Unicorn

独角兽书系

# THE LAST TUDOR

# 最后的都铎

[英] 菲利帕·格里高利 —— 著
仇俊雄 —— 译

P H I L I P P A
G R E G O R Y

重庆出版集团 重庆出版社

· 金 雀 花 与 都 铎 系 列 ·

版贸核渝字（2017）第214号

图书在版编目（CIP）数据

最后的都铎 /(英) 菲利帕·格里高利著；仇俊雄译．—重庆：重庆出版社，2021.1
书名原文：The Last Tudor
ISBN 978-7-229-14667-2

Ⅰ．①最…　Ⅱ．①菲…　②仇…　Ⅲ．①长篇小说—英国—现代　Ⅳ．① I561.45

中国版本图书馆 CIP 数据核字（2019）第286190号

**最后的都铎**
ZUIHOU DE DUDUO
[英] 菲利帕·格里高利　著　仇俊雄　译
责任编辑：邹　禾　肖化化　方　媛
装帧设计：徐　图
责任校对：何建云

重庆出版集团
重庆出版社　出版

重庆市南岸区南滨路162号1幢　邮政编码：400061　http://www.cqph.com
重庆出版社艺术设计有限公司 制版
成都国图广告印务公司 印刷
重庆出版集团图书发行有限责任公司 发行
E-mail:fxchu@cqph.com　邮购电话：023-61520646
全国新华书店经销

开本：890mm×1230mm　1/32　印张：19.5　字数：515千
2021年1月第1版　2021年1月第1次印刷
ISBN 978-7-229-14667-2
**定价：118.80元**

如有印装问题，请向本集团图书发行有限公司调换：023-61520678

## 菲利帕·格里高利

*Philippa Gregory*

英国畅销作家，资深记者，媒体制片人。1954年出生于肯尼亚，后随家人移居英格兰，在获得萨塞克斯大学历史学学士、爱丁堡大学18世纪文学博士学位后，她出版了第一部小说《威德克尔庄园》，此书的畅销令她成为一名全职作家。此后她笔耕不辍，以严肃的历史背景为依托，融入女性写作者特有的细腻情感，创作了多部系列小说，其中“金雀花与都铎”系列作为她的代表作被多次改编为影视作品，收获广泛关注，也为她带来“英国王室历史小说女王”的美誉。

“金雀花与都铎”围绕14~16世纪的英国宫廷女性写作。许多女性在历史上并未留下浓墨重彩的痕迹，菲利帕结合想象与考据，丰满了史书间女人们的名字。这是一个相当庞大的系列，且仍在持续更新中。

在小说之外，她还写过童书、短篇集，并与大卫·巴德文及麦克·琼斯合著非虚构类作品《玫瑰战争中的女性》。同时，她还是英国广播公司第四频道《英国问答》的常客，都铎王朝时代频道的专家。

目前她和家人一起住在英格兰北部。她喜爱骑马、散步、滑雪和园艺，另外在冈比亚建立了一所园艺学习慈善机构。

## 金雀花与都铎 系列

另一个波琳家的女孩

女王的弄臣

处女的情人

永恒的王妃

波琳家的遗产

另一个女王

白王后

红女王

河流之女

拥王者的女儿

白公主

国王的诅咒

驯后记

三姐妹三王后

最后的都铎

献给我的姐妹

# 最后的都铎　人物关系简表

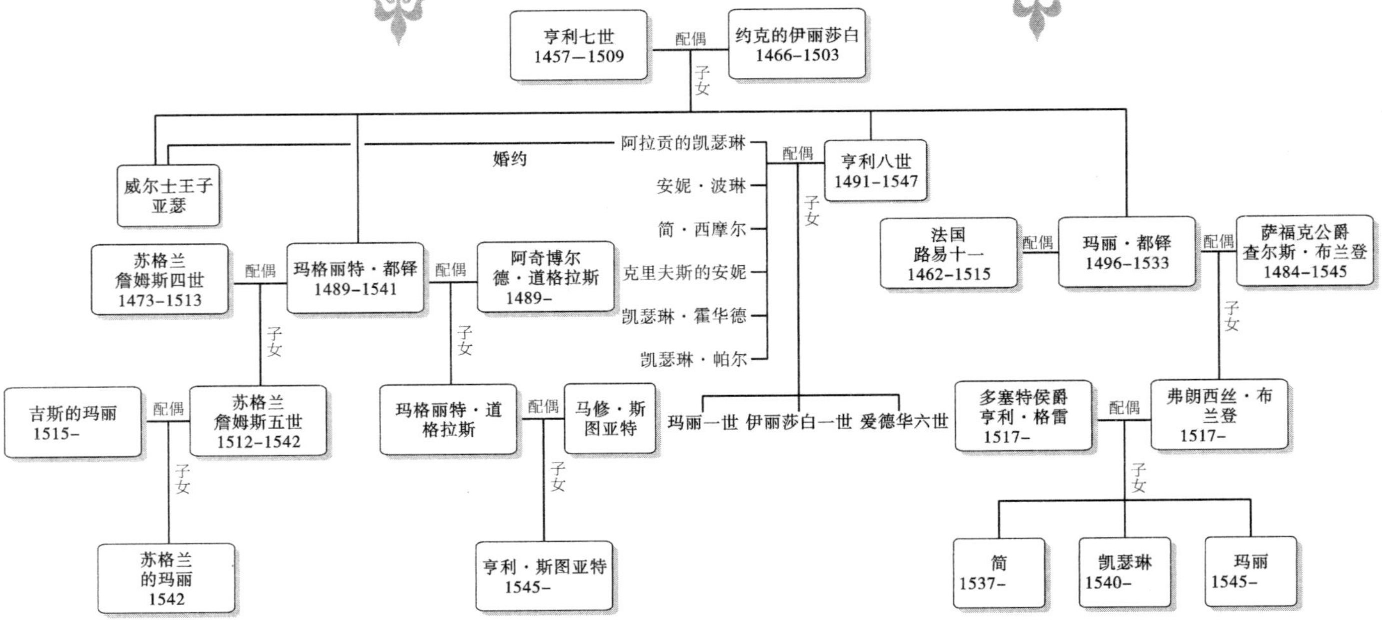

# 第一章

# 简

# 1550年春

**莱切斯特郡　格鲁比　布拉德盖特府邸**

我爱我的父亲，因为我知道他永不会死，而我也一样。我们被上帝选中，遵循着他的旨意，且从未背离过他的训诫。我们不必用做弥撒或者别的行为来贿赂他，以期能在天堂求得一席之地，也不必在吃面包时假装那是耶稣的肉，饮红酒时称其为耶稣的血——因为我们知道这不过是欺骗无知者的把戏，是给愚蠢的天主教徒们准备的陷阱，这份知识源自我们的骄傲与荣誉。随着日子不断流逝，我们愈加深刻地理解到：我们被上帝拯救过一次便永远获得了救赎。我们无所畏惧，因为我们永远不会死。

说真的，父亲庸俗得可怕，简直到了罪孽深重的地步。我希望他能让我拯救他的灵魂，但他只是笑着对我说："得了吧，简，去给我们的朋友写封信，就是那些瑞士改革派，我欠他们一封，你可以为我代笔。"[①]

他回避那些神圣的论述是不对的，但这份罪不过是因为他的漫不经心，我知道他全心全意地支持真正的信仰。另外我还得记住一点：他是我父亲，不论我对父母有什么看法，都要对他们毕恭毕敬，全知的上帝自会对他们作出评判。他理解我的父亲，而且已经宽恕了他，我父亲是靠上帝的恩典得救的。

---

①指在1520年左右由乌尔里希·茨温利领导的瑞士新教改革，因此后文提到父亲"回避那些神圣的论述"。

而我的母亲则恐怕不能从地狱的烈火中幸免于难，妹妹凯瑟琳还是个九岁的小孩，而我已经是个十二岁的年轻姑娘了，别人一度肯定她会早夭，永远不会长大。凯瑟琳真是蠢得难以置信，如果我是个迷信的傻姑娘，真会以为她被什么东西附了身；这真是令人绝望。我的小妹妹玛丽生来就背负着原罪，而且还将背负一生：她个子很小，和娃娃一般大，简直就是凯瑟琳的缩小版，我觉得这就是有罪的迹象。母亲本打算在她还是个婴儿的时候把她送走，让她在远离我们的地方长大，好让我们不为此蒙羞，但父亲对自己发育不良的幼女动了恻隐之心，所以她才和我们住在一起。玛丽不傻，她的课学得很好，是个聪明的小姑娘，但对上帝的恩典毫无概念，她不像我和父亲一样是被上帝选中的人。但像她这样在成长途中受到撒旦的祸害而发育不良的人，倒是更应该对救赎充满热忱。我猜，对于一个五岁的姑娘来说，决定远离尘世或许太早。但我在四岁的时候就开始学习拉丁语了，我们的主在我这个年纪就已经前往圣殿觐见了贤者①，如果你在襁褓中时不像我们的主一样学习，那又要从何时开始呢？

我从孩提时代就开始学习，又在伟大的学者凯瑟琳·帕尔王后最为支持的新教中长大，现在很可能已经是全国上下学识最丰富的年轻人②。我或许是欧洲最了不起的青年学者，当然也是受教育程度最高的女孩。我不觉得自己的表妹伊丽莎白公主是个真正的学生，**“因为被召的人多，选上的人少”**③。可怜的伊丽莎白毫无被上帝选中的迹象，她学的东西很俗，一心想要让自己看起来聪明些，以取悦她的老师，并展示自己的光彩。就连我也得注意不要犯下骄傲这宗罪，不过我妈妈却很无礼地说，我更应该关

---

①《圣经·路加福音》第2章第41—52节。

②简·格雷生于1537年，1534年英格兰议会通过《至尊法案》，宗教改革宣布完成。

③《圣经·马太福音》第22章第14节。

心如何不让自己变得那么荒唐可笑，但当我对她解释伊丽莎白有罪时，她便揪着我的耳朵，威胁着要教训我一顿。我倒是很乐意为我的信仰挨一顿打，就像圣安妮·阿斯科[①]那样。但我觉得对上帝来说，道歉、行屈膝礼以及在餐桌前祷告更能取悦他。另外，晚餐还有一个我最爱的焦糖奶油梨子派。

在布拉德盖特成为一个杰出人物实属不易。这幢大房子充满世俗气，我们又是大户人家。宅邸坐落在查恩伍德广袤的森林中，用砖砌成[②]，颜色和汉普顿宫一样红，耸立的门楼也和它的一样大。我们享有王室专属的奢华特权，因为母亲是玛丽公主[③]的女儿；玛丽公主曾是法国王后，也是国王亨利八世最爱的妹妹，所以她是英格兰王位的第二继承人，排在已故国王[④]的孩子们之后。我有两位姨妈，她们分别是玛丽公主和伊丽莎白公主[⑤]，继位顺序紧随她们的弟弟爱德华六世之后。这一切让我们成为了全英格兰最重要的家族，我们永远记得这一点。我们有一屋子的家臣，总数超过三百个，而他们只是为了侍奉我们一家五个人。我们有着满是良驹的马厩，宅邸周围是一片稀疏的林子，再向外便是农田和村庄、河流与湖泊，这一切都位于英格兰的中心。我们有自己的熊，它们被关在马棚的笼子里，

---

①安妮·阿斯科于1546年7月16日因为支持新教而被处以火刑，死前曾遭受折磨，当时英格兰的宗教以天主教为主。

②在都铎时代只有上流社会才用得起砖，汉普顿宫是当时最有代表性的砖砌建筑之一。

③指亨利七世和伊丽莎白王后的女儿玛丽·都铎，后嫁给法国国王路易十二。

④指亨利八世，于1547年去世。

⑤指后来的玛丽一世（血腥玛丽）和伊丽莎白一世，为亨利八世与阿拉贡的凯瑟琳、安妮·波琳所生。

还有自己的熊苑[①]和斗鸡场。我们的宅邸算得上是中部地区最大的房子之一[②]，里面有个大厅，一头挂满了音乐家的肖像画，另一头则是御用讲台；全英格兰最美丽的乡村也在我们名下。我生来就知道这片土地属于我，一如我们属于英格兰。

当然，在我的母亲和王位之间还有三名王室子女，分别是爱德华国王、他的姐姐玛丽公主与伊丽莎白公主。爱德华国王才十二岁，和我一样大，所以和枢密院议长一起统治国家。有时人们不把两位公主认作王位的继承人，因为她们被人说成是私生子，连自己的爸爸都不认她们，甚至都不会把她们的名字编入王家族谱里。但是我的导师凯瑟琳·帕尔出于基督徒的仁慈把这对姐妹接到宫里，让她们得到了众人的承认。更糟的是，玛丽公主（愿上帝宽恕她）公开信仰异教，宣称自己是天主教徒[③]。尽管我把她当作姨妈一样爱，但在她家里的时候还是把我吓坏了：她坚持做时辰颂祷礼，就好像自己是在女修道院里似的，可这个国家已经经历了一场宗教改革，我们现在都已经是新教徒了[④]。

我没有谈论过伊丽莎白公主，从来没有。当我们和凯瑟琳王后以及她

①又可称作熊坑，通常为一个圆形的大土坑，四周筑有高墙，主要以观看熊与其他野兽，如狗或者狼等搏斗为主。

②简·格雷生于布拉德盖特，该地位于莱切斯特郡，地处英格兰中部，靠近爱尔兰。中部地区指英格兰地区的中部，范围大致为现今曼彻斯特和剑桥之间那块区域。

③此前亨利八世极力反对天主教，并于1534年通过《至尊法案》，与罗马的天主教廷断绝关系。

④当时每日的时辰颂祷礼要做七次，晨祷在三点，早祷在六点，午前祷在九点，午时经在十二点，午祷在十五点，晚祷在十八点，夜祷在二十一点，但新教徒不做时辰颂祷礼。

年轻的丈夫托马斯·西摩尔[1]住在一起时，我倒是经常能看见她。倘若真要我说，伊丽莎白应该对自己感到羞愧，并向上帝告解，坦言自己做过的事。我亲眼看见她和自己继母的丈夫互相追逐调笑，一起嬉闹。她让托马斯·西摩尔这个了不起的男人变得轻率鲁莽，最终导致了他的死亡。她的罪源自她的色欲和通奸，即便那些事不是真的，也是在心中存有过念想。是她导致了托马斯·西摩尔的死亡，将他称为谋划叛国的罪人，这直接让他上了断头台。伊丽莎白让他以为自己是她的爱人和丈夫，假装他们是王位的继承者。不过她或许没有说那么多，也不必说这么多，我见过他们在一起的情形，知道她指使他做了什么。

但我不会也从不对他人加以评判，因为这是上帝的责任。我得保持谦恭的思想，避免注视他人，并怀着罪人对罪人应有的同情。不过我可以肯定，当她在地狱的烈火中为她的放荡、不忠和野心做迟来的祷告时，上帝对她也会置之不理。上帝和我会心怀怜悯，而后任她遭受无尽的惩罚。

不管怎样，玛丽和伊丽莎白公主都是私生子，显然无权继承王位；而比起爱德华国王这两位同父异母的姐姐来，亨利国王最爱的妹妹玛丽王后所生的女儿才更具备继承王位的资格，而那个人就是我的母亲。

这就是她为何应该把学习新教放在首位的重要原因，她还应当把那些漂亮饰物放到一边，避免参加筵席和酒会，只和家中最纯洁的女士跳舞，不能骑着她那匹高头大马在乡间整日驰骋，也不能像只原野上的饥饿野兽，在狩猎的季节外出打猎。我们房子周围的森林回荡着她狩猎的号角声，草地被血染红，狗在熊苑中死去，小母牛在厨房外被宰杀完毕。我害怕她充满贪欲（都铎家族的人都是如此），也知道她很骄傲（都铎家族的所有人生来就是暴君），每个人都能看出来她生活放纵，热爱那些尘世间的活动。

---

①伊丽莎白的继母即亨利八世第六任王后凯瑟琳·帕尔。在亨利八世去世后，凯瑟琳与托马斯再婚。——编者注

我应当训斥她的，但当我和我的导师说，我准备鼓起勇气告诉我妈妈，她正是因为没有丝毫荣誉感，以及愤怒、暴食、色欲和贪婪而获罪时，他紧张地对我说："简，我真诚地规劝你不要这样做。"我知道，那是因为他和其他人一样对她心存畏惧，就连父亲也害怕她。这只能证明她有着男人般的野心，和她的其他行为一样有罪。

我本该和其他弱者一样害怕，但信仰在默默支持着我，这可不是在骗人。如果你信仰的是新教，那获得上帝的支持并不是件容易的事。可对天主教徒来说，鼓起勇气再简单不过了，每个蠢蛋都有一堆东西可以给他们指示和鼓励：比如教堂中的雕像、窗框中的花窗，还有修女、牧师、唱诗班，以及焚香的气味和美酒那令人陶醉的味道，他们让自己相信饮用的是带咸味的血液。但这一切不过是浮华与虚无而已。我在一片寂静中跪在白色的小礼拜堂里，随后听见上帝亲自对我说话，他的声音就像慈父般温柔。我是自己读《圣经》的，没有人为我朗读，随后我听见了圣言，才知道信仰在支持我。我祈求自己能够获得智慧，当我说话时就知道这是《圣经》里的语言。我的母亲有时会对我喊道："看在上帝的分上，得找个人把你这闷闷不乐的家伙带走，在我把你从书斋里赶出去之前自己快去打打猎吧！"但我是上帝的侍女，也是他的代言人，所以我知道她这么做简直是大错特错。

她真是错得离谱，我祈祷上帝会和我一样原谅她。不过我知道上帝和我都不会忘记她羞辱我的话，因为我是上帝的侍女。我从马厩里牵出了一匹马，但没有去打猎，而是和妹妹凯瑟琳按辔徐行，只有一名马夫跟在后面。我们可以朝任何方向骑上一整天，就算这样也不会离开自己的领地。马儿载着我们一路小跑，经过草地和近郊的田野，那儿生长着郁郁葱葱的燕麦；我们涉水过河，让马儿饮用清澈的溪水。我们是英格兰王室的孩子，在英格兰的乡村感受到了极乐，在这片世代传承的土地上蒙受着祝福。

母亲今天不知什么原因，脸上一直挂着微笑，还让我穿上新裙子，说是晚餐上会有贵宾出席。那是一件用深红色的天鹅绒制成的长礼服，有着深黑色的兜帽和袖子，上周才刚从伦敦送过来。我问大管家是谁要来，他说是前任护国公，萨默塞特公爵爱德华·西摩尔。他曾以叛国罪被关进伦敦塔里，现在出了狱，回到了枢密院。这便是我们所处的危险时期。

“他把儿子也带来了。”大管家说道，他竟对我眨眨眼，好像我是个不谙世事的女孩，会傻乎乎地被这消息弄得激动不已。

但我的傻妹妹凯瑟琳却说：“噢，真是太令人激动了。”

我不由得叹了口气，告诉他们我会在卧室里看书，一直看到准备吃晚饭为止，自己心中却盘算着，如果我关上卧室和私室的门，或许凯瑟琳就能读懂我的心意，乖乖待在外面。

但事实并非如此。

才过了一会儿，我就听到有人在敲那扇刻有布褶纹饰的门①，生着一头金发的凯瑟琳把她的脑袋探进了我的房间，问道：“噢！你在学习吗？”这话说的，好像我做过别的事情似的。

“当然，我关上门就是为了学习。”

她没领会我言语中的讥讽，自顾自地进了我的房间，问道：“你觉得萨默塞特公爵为什么要来这里？”玛丽也跟在她身后，好像我的房间是王家会客室，任何穿着打扮足够好的人都可以骗过守门中尉走进来。

“你是不是把那只讨厌的猴子也带进来了？”我看向玛丽，看到他正坐在她的肩膀上。

她看起来很惊讶：“当然啦，我去哪里诺兹先生就去哪里。除非我去看

①都铎时代的一种装饰样式，木门上饰有方格，方格内雕刻出状如布料皱褶的浮雕纹饰。

那头熊，他怕那个可怜的家伙。”

“好吧，可他不能进来，他会弄乱这些书和纸张。”

“不会的，他会乖乖坐在我的腿上。诺兹先生是只乖猴子。”

“带他出去。”

“不。”

“我命令你带他出去。”

“你不能命令我。”

“我是你的姐姐，这又是我的房间……”

“我长得最漂亮，拜访你还是出于礼貌……”

我们怒视对方，她把诺兹先生的项圈给我看，他瘦骨嶙峋的黑脖子上绕着一圈银链。“简，求你了！我会紧紧抱着他的。”她向我保证道。

“我也会帮你抱住他的！”玛丽附和着，最后成了她们两个在我房间里争着抱那只猴子，而那只猴子本来就不应该出现在我的房间里。

“你们两个都给我走！”我暴躁地说。

但凯瑟琳转过身，拉着玛丽，让她坐到小孩子坐的椅子上。玛丽对我笑着，她比一个洋娃娃大不了多少，笑容中包含着世间所有魅力。

“坐直了。”凯瑟琳提醒她，玛丽挺起胸膛，坐得直直的。

“别闹了！快出去！”

“让我问完这个问题我就出去。”凯瑟琳很开心，她又回到了老样子。她漂亮得不像话，只是没有诺兹先生那样通情达理。

“很好，”我严厉地说，“快问问题，问完就出去。”

她吸了口气，问道：“你觉得萨默塞特公爵为什么要来这里？”

“我怎么知道？”

“可是我知道，你又怎么会不知道？我以为你是很聪明很聪明的呢。”

“我不想知道。”我简单地回答她。

“我可以告诉你，你只知道书里的东西。”

“书里的东西，”我重复那个无知的小女孩说的话，“没错，我是只知道书里的东西，但如果我想了解那些世俗的新鲜事就会去问爸爸，他会告诉我真相。我才不会到处偷听父母的对话和仆人们的闲言碎语。”

她跳上我的木制大床，看起来准备在那里躺到吃晚饭的时候，还拿了个枕头靠在上面，像是要睡一觉。那只猴子自在地待在她身边，把自己皮包骨头的小手指探进自己的毛发里。

“他身上有跳蚤吗？”

“有啊，”她满不在乎地说，“但没有虱子。”

“那就赶紧让他从我床上下去！”

但她只是把诺兹先生抱到自己腿上，对我说：“你听到这个激动人心的消息可不要太惊慌，他们来是为了和你订婚的！嘿！我还以为这消息会让你惊讶到跳起来。”

我倒不是很惊讶，只是把一根手指夹进书里，来记着我看到哪儿了。“你是从哪里听来这个消息的？”

“大家都知道啊，”她说，说明这消息和我预料的一样，是仆人们的谣传，“噢，你的运气真好！我觉得奈德·西摩尔是全世界最帅的年轻人。”

“是啊，只要穿着长筒袜的男人你都喜欢。”

“他的双眼和善极了。”

“他那双眼睛可不具备爱情的力量，只是能看见东西而已。”

“还有可爱的微笑。”

“我猜他的微笑看起来和别人一样，但我不打算亲眼见识了。”

“他骑在马上的样子也很优雅，穿的衣服也很漂亮，他爸爸是全英格兰最有权势的人。没有比西摩尔更了不起、更有钱的家族了。他们比我们有钱，甚至还比我们更接近王位。”

这个了不起的家族并没有保护到托马斯·西摩尔，他一年前才因为伊丽莎白的事被斩首，就连他的哥哥，也就是护国公本人都救不了他，反要为此蒙羞。如今的爱德华·西摩尔正在试图重新掌权。但这些我只是在心里想想，并没有说出口。

“他是护国公的儿子，长得英俊潇洒。”她长吁一口气。

凯瑟琳和往常一样又犯迷糊了。“爱德华·西摩尔不再是护国公了，这个职位已经被废除了。”我纠正她，“枢密院现在由约翰·达德利议长负责。如果你想要和即将前来的男人结盟，那个人应该是达德利家族的才对。”

“好吧，不过他仍然是国王的舅舅啊，奈德也依然是赫特福德伯爵。”

“大家都说我要和他订婚吗？”我问。

“没错。”她回答得很简单，“你结婚后就要离开我们了，我会想你的。虽然你一直在抱怨我傻，但有你在这更好。你和凯瑟琳王后一起住的那些日子里我也很想你。虽然我对她的去世感到难过，但总的来说还是很高兴，因为我想让你回来和我们待在一起。”

“简，不要走。”玛丽突然哭了起来，几乎是毫无缘由的。

尽管《圣经》里说，门徒必定要应福音的感召而离开他的家，离开他的兄弟姐妹和父母，我还是被她打动了。“如果我被召，让我去世间某处的宏伟之地，我必将前往。”我告诉她，“我们的表舅爱德华国王有一个圣庭，我住在那儿应该会很开心，如果上帝召我去世间某处宏伟之地，那么我将成为那些敬仰我的人的榜样。等到你们被召时，只要你们听话，我就会告诉你们该怎么做。说真的，如果我要离开的话也会想你的，还有小玛丽。”

“你会想念诺兹先生吗？”凯瑟琳满怀希望地问道，她爬下床，把诺兹先生举得高高的，他那张闷闷不乐的小脸紧挨在我面前。

我温柔地把她的手推开：“不会。”

“等我结婚的时候，我希望新郎就和奈德·西摩尔一样英俊，”她说，

“我也不介意当赫特福德伯爵夫人。”

我意识到那会是我的新名字和新头衔，等奈德的父亲去世后，他就会变成萨默塞特公爵，而我就是公爵夫人了。“上帝自会为你我安排好一切。”我说道，同时脑海中浮现出了公爵夫人冠冕上草莓叶片状的纹饰和领子上又沉又柔软的貂皮。

“阿门，”她心不在焉地说，好像仍然沉浸在对奈德·西摩尔迷人微笑的幻想里，“噢，阿门。”

“我很怀疑上帝会不会让你成为公爵夫人。”我说。

她看着我，蓝色的眼睛睁得大大的，和我一样苍白的皮肤泛出红晕。“噢，为我祈祷吧，”她深信不疑地说，“简，如果你为我祈祷的话，就能为我找个公爵当新郎。你很虔诚，肯定可以让上帝为我找一个的，记得让他给我找个英俊点的。”

平心而论，我得承认凯瑟琳说得没错，奈德·西摩尔和西摩尔家族的其他人一样富有魅力，他让我想起了他的长辈托马斯·西摩尔。他是我认识的人中最和善的一个，娶了我的导师凯瑟琳王后，但后来伊丽莎白摧毁了他们幸福的生活。奈德有着棕色的头发和眼睛，我之前从来没有注意到他有一双那么温和的眼睛，但是我的妹妹是对的，他展现出的热情令人愉悦，微笑也让人无法抵挡，我只希望在他的外表下没有什么罪恶的念头。他在宫廷中长大，一直陪在我的表舅爱德华国王身边，所以我们互相很了解，一起骑过马，学过跳舞，甚至还一起读过书。他的想法和我以及其他人一样，觉得所有聪明的年轻人都是新教徒。我会称他为朋友，在这个叫做王宫的“熊苑”里，大家到目前为止都还互相保持着友谊。他极力支持改革过的宗教，所以我和他在这点上也达成了共识，在他无忧无虑的外表下，却有着严肃深远的思想。我的表舅爱德华国王和我一样博学且不苟言笑，所以我们喜欢一起读书。但奈德·西摩尔却能引得我们开怀大笑。他从来不做那些卑劣的事——我堂弟绝不容许自己身边出现这样的人，不过奈德·西摩尔很聪明，又充满那种西摩尔家族特有的魅力，这让他不论去哪儿都能交到朋友。他就是那种会让你看到就情不自禁露出微笑的男孩。

在进晚餐时，我和母亲家的贵妇坐在一起，他和他父亲家的男士们坐在一起。我们的父母坐在布道台处的主桌，比我们坐的位置都高，居高临下地俯瞰我们。当我看到母亲高傲的下巴微微抬起，便想到风水轮流转这句话，因为被召的人多，选上的人少。她就是个例子，我肯定她永远不会被上帝选中，等我成为公爵夫人后就和她平起平坐了，她也不能再对我大喊大叫。

众人用餐完毕，餐具被撤下，音乐随后响起，我领命和母亲家的贵妇及妹妹凯瑟琳一起跳舞。当然了，凯瑟琳在跳舞的时候有意甩动着裙裾，把它提得很高，这样就可以展示出她穿的那双漂亮的鞋子和若隐若现的双脚。她一直对着主桌微笑，奈德站在他父亲的椅背后，我得抱歉地说，他才朝我们这里眨了一次眼，我猜那是给我们两个人的，而不是单属于凯瑟琳本身。虽说他在看我们跳舞让我挺高兴，但还是觉得他该少这么眨眼为妙。

接着就是自由跳舞的时间，我母亲命令我和他搭档。虽然他比我高了一个头，可每个人都说我和他在一起很般配。我又瘦又小，格雷家的女孩们骨架子都不大，但我对自己纤细的身形十分满意，才不愿意长得和伊丽莎白公主那样粗壮。

我和奈德靠在一起，等着另一对舞者跳完他们那段舞，他对我说："你跳得很美。知道为什么我父亲和我要来这吗?"

舞蹈的动作又把我们分开了，这让我有时间去酝酿一个庄重的回答。

但我能想到的也只有这句话了："不知道，你呢？"

我们跟着其他跳舞的人笔直前行，他一直握着我的双手，然后站定面对面行了个屈膝礼，我们没有松开的双手在空中形成了一个拱形，奈德在别人低头逶迤而行的时候冲我微笑了一下。"他们想让我们结婚，"他高兴地说，"这事定了，我们会结为夫妻。"

我们要等另一对舞者来到队伍尽头，所以不得不面对面站着，这样奈德能看到我对这个新消息的反应。我能感到面颊开始发烧，试着不要让自己的声听看起来像个充满期待的傻瓜。"应该由我爸爸告诉我这件事，不应该是你来说。"我的声音听起来很僵硬。

"他对你说了你会高兴吗？"

我的目光投向低处，这样他就不知道我在想什么了。我不想让自己棕色的眸子也和他的一样兴奋地闪光。"我奉从上帝的旨意，要听我父亲的话。"我说。

"那你是否愿意听他的话嫁给我？"

"乐意之至。"

我的父母显然认为最后才需要和我商量这事，因为他们第二天才把我叫到母亲的房间里，那时候奈德和他的父亲正准备离开，前门开着，马儿早已等在门口，春天的气息伴着求爱的鸟儿喜悦的歌声被风吹进房间里。

我跪在父母面前，听见仆人们正在楼下大厅中取出鞍囊，母亲点头示意仆人把门关上。

"奈德"她轻描淡写地说，"这事定了，但还没有以书面形式订婚。首先我们要看看他的父亲能否让他回到议会和约翰·达德利一起工作，现在达德利才是掌权的人，我们得看到西摩尔家族能和他共事并重新崛起才行。”

“除非有别的事情发生……”父亲意味深长地看着母亲说道。

“不，他一定会娶外国公主为妻。”她爽快地说。

我立刻就知道他们说的是爱德华国王，他曾经公开声称自己要和一位有着王后般嫁妆的外国公主结婚。我自己则从来没有想过，如果真的这样，会起什么变化，尽管有些人说我会成为了不起的王后，充当改革后宗教的灯塔，帮助这个正在经历阵痛的国家加快宗教改革的步伐，但我现在只能保证自己一直低着头，一句话也不说。

“但他们很般配，”父亲恳求道，“两人学识不仅十分渊博，而且都很虔诚。让我们的简继承凯瑟琳·帕尔的位置再合适不过。我们就是为此把她抚养长大的，而凯瑟琳王后也是这么训练她的。”我可以感觉到母亲正在上下打量着我，但我没有抬头。“她会让宫廷变得像个修道院！”她笑着说。

“她会让它变成世间的一盏明灯。”父亲严肃地回答道。

“我倒是挺怀疑的。但简，不管怎样，你可以认为自己就要和奈德·西摩尔结婚了，除非我们告诉你事情另有变化。”

父亲把手搭在我的肘部扶我起来。“你会成为一位公爵夫人，或者更甚于此，”他对我保证，“你难道不想知道比这更好的是什么吗？让你拥有英格兰的王座如何？”

我摇了摇头，告诉父亲：“我所着眼的，是天堂的冠冕。”并未理会母亲的粗俗一笑。

# 1553年春

## 伦敦 萨福克宫[①]

还好我没有一心将英俊的奈德·西摩尔认做我的丈夫。他的父亲重新掌权不过是昙花一现，很快便伴随着他的死亡土崩瓦解。有人发现他正在密谋推翻约翰·达德利，于是他旋即被捕，遭受指控，并以叛国罪处死。西摩尔家族亦伴随着他的死亡再度没落。他那因骄傲而闻名的妻子安妮·斯坦霍普曾经怀着罪恶的自负，在晚宴进场时把我的导师，也就是亨利八世的遗孀凯瑟琳·帕尔推到一边，这样她就能第一个入席。现在她成了寡妇，被抓进了伦敦塔，奈德也不进宫了。我很高兴自己不用和他结婚，不论他的双眼有多和善，他的父亲都是一个为人所不齿的叛国者。

我也从来不让父亲的想法进入我的祷词，虽说我早就知道所有支持改革的教会人士、所有新教徒、每个英格兰的活圣人都想让我和国王结婚，带领这个朝圣者的王国前往我们在天堂的居所。但我的表舅爱德华国王并没有说这些，他坚持要和外国王室的成员结婚。但他显然无法忍受自己迎娶信仰天主教的公主。在所有信仰新教的女孩中间，我显然是最合适的一个，因为我和他有着相同的宗教信仰，在孩提时就成了玩伴，并且出自同一位公主的血脉。

---

①萨福克宫位于萨瑟克区上伯勒街西侧，属于萨福克公爵，建于15世纪，并于1522年由查尔斯·布兰登重建成了文艺复兴时期的样式。

值得一提的是，父亲让我学习修辞学，这是一种王室成员才会掌握的技能，我也学习了阿拉伯语、希伯来语、拉丁语和希腊语。我随时能接受世人让我戴上的王冠。我曾经和凯瑟琳·帕尔王后生活过，知道女人既能成为学者，又能成为王后。事实上，我的准备比她更充分，但我不会让自己陷入贪图王冠的罪恶中。

我希望爱德华国王同父异母的姐姐们在学习和宗教信仰上都能以我为榜样，但事与愿违。她们只是竭尽所能来保住自己在宫中和世人眼中的地位，而忽略了上帝，她们都不像我那样沐浴在神圣的光辉下：玛丽公主是坚定的天主教徒，天知道伊丽莎白信仰什么。我的其他直系亲属也信仰天主教，比如苏格兰的玛丽[①]。她在声色犬马、纸醉金迷的法国宫廷中长大。还有我那嫁给苏格兰人的玛格丽特阿姨[②]，她的女儿玛格丽特·道格拉斯隐居在约克郡，据说也是个天主教徒。

但是玛丽公主离王位最近，不论我们对她的宗教信仰怎么看，都得对她表示尊重。当玛丽公主的队伍大张旗鼓、炫耀国力似的进入伦敦时，铁母亲和约翰·达德利的妻子都骑马走在了她的队列之中，似乎是在提醒所有人：她是国王的继承人，而她们都是最好的朋友。

我是家里唯一一个拒绝穿上华服乘坐玛丽的火车的人。我不会戴着绣满花纹的兜帽四处炫耀。但是她给我寄了几件长袍，好像是为了讨我的欢心。我告诉她的侍女安妮·沃顿，说自己受不了整天听到那些无关紧要的事情——比如伊丽莎白公主因为穿着比我更得体而被表扬，因为我只穿最朴素的衣服。英格兰只会有一位王室神学家，也只会有一位改革家和王后凯瑟琳·帕尔的继承人、一位引导新教的女仆，而那个人会是我。世人不

①指苏格兰国王詹姆斯五世之女玛丽·斯图亚特，在苏格兰被摄政王统治时期，她在法国度过了大部分的童年时光，后嫁给弗朗西斯二世。

②指玛格丽特·都铎，嫁给苏格兰的詹姆斯四世。

会看到我穿着比伊丽莎白更华丽的衣裳，也不会看到我在一辆属于天主教徒的火车上闹事。

如此做法宣告了表亲情谊的告终。不过我也不相信玛丽公主很喜欢我，因为我曾经问过她的侍女为什么要对圣体匣行屈膝礼，还羞辱了它一番。那个巨大的水晶匣子放在教堂祭坛上，里面装着块做弥撒用的圣饼。我执意拯救她的灵魂，让她聆听圣言，这样她就能解释为什么她会信仰天主教，还相信那块面包就是耶稣的身体。我会让她认清这块面包仅仅是面包而已，耶稣想让信徒们知道他在最后晚餐中给他们吃的面包是真正的面包，同时请他们为自己祈祷。但他并没有说那面包就是自己的身体，他根本没有提到这一点，你们这些笨蛋难道就不明白吗?

我以为这会是一场妙趣横生的讨论，能让她了解真相。但很不幸，尽管我很清楚自己要说什么，她并没有按照我的想法回答我，而是和我的设想大相径庭。她说自己只是对着耶稣行屈膝礼，感谢他创造了我们，这个回答真是毫无意义。

“他怎么创造的?”我有点激动地问道，“他在圣体匣里怎么创造我们?他难道不是由面包师烤出来的吗?”

但她根本没有回答，上帝一定要原谅我没有像修辞学课教授那样建立论点，并且重复三次自己的观点。我在卧室里做得就比在博利厄的天主教堂里好很多，这只能说魔鬼在自我保护，而安妮·沃顿则在他毛发丛生的蹄下。

我回到房间，对着镜子演讲。镜中的我有着苍白的脸颊，古铜色的头发，小巧的五官，鼻子上缀满了小小的雀斑，我怕这会破坏我的美貌。

我那苍白的皮肤就像是最上等的瓷器，但上面落着来自英格兰夏天的尘埃，如同花粉一般。当我自己扮演辩论的双方时，我就显得非常有说服力：我和虚构的安妮·沃顿的灵魂较量时，自己犹如天使一般闪耀；但面对着真正的安妮·沃顿，我却根本没法说服她。

我发现人们的信仰的确很难改变，他们太蠢了。要使罪人悔改，光靠慈悲可不够。我为自己练习了几句台词，让自己的声音听起来就像传教士那样有力；在我练习辩论时，安妮·沃顿去见了玛丽公主，把我说的话告诉了她，于是公主就把我当做她信仰的敌人。真是遗憾，她之前一直对我很和善，也很宠爱我，现在她鄙视我的信仰，因为她将其视作一种谬误。我那出众的信仰居然被视作谬误！不过我应该原谅她这点。

我知道她不会原谅我，更不会忘记过去的事，所以我和母亲一起乘坐玛丽公主的火车时，心里多少有点不适。但至少伊丽莎白公主现在的境况更糟，她曾对托马斯·西摩尔不敬，现在甚至连进宫的资格都没了。如果我是她，那肯定觉得自己早就在羞愧的地狱里了。所有人都知道他根本不爱她，在他妻子死后，他承认自己准备娶伊丽莎白为妻，还意图窃取王位。上帝啊，请从像伊丽莎白那样放纵的女人手中拯救英格兰吧！上帝啊，请从像玛丽那样信仰天主教的王后手中拯救英格兰吧！上帝啊，救救英格兰吧！如果爱德华国王没能养出一个儿子来当继承人，那么整个国家就得在天主教徒、卖弄风骚的女人、法国公主和我母亲之间做出选择了！

玛丽公主没有待太久。她弟弟的王宫并不是什么令人愉快的地方。我的表舅爱德华国王咳个不停，我在他身边读柏拉图的书给他听时一直能听到他咳嗽的声音，虽然柏拉图是我们都钟爱的哲学家，但他却很快感到了疲惫，不得不去休息。父亲发现我一直在给国王读希腊哲学家的著作，脸上隐隐带着微笑，但其他人只是因为他看上去病恹恹的而感到担心。

爱德华本来准备参加议会的开幕大典①，但后来还是卧床不起。议会成员和律师们进出他的房间，谣传他正在决定自己的继承人并立下遗嘱。

①一般在五月或六月举行，标志着新一届国会任期的开始，国王需要上台对上下议院的议员们致辞，内容一般是今年议会准备做的事。

我很难相信这是真的。他才十五岁，和我一样大，我不相信他在写遗嘱。他还年轻，还没有准备好离开人世。没错，夏天会来的，他会活得好好的，等天气暖和了，他的咳嗽就会好起来，身体也会恢复健康。如果他肯来布拉德盖特转转，坐在花园里，再沿着河边走走，然后在宽阔美丽的湖面上泛舟，身体一定会好转。他的遗嘱可以和其他那些写着要紧事的文件一起交给议会保管，并被人忘在脑后。他会结婚生子，关于谁支持哪个王位继承人的算计都会被遗忘。他会娶一个了不起的欧洲公主为妻，她有着巨额财富，我和她会成为好友，自己也会是宫中一个有权势的女士，可能是个公爵夫人吧。尽管奈德·西摩尔的父亲有不光彩的一面，我或许还是会和他结婚。他可能会重新得到原来的头衔；我可能仍会成为一名学识渊博的公爵夫人，一盏闪耀在卑劣之人面前的明灯。

# 1553年春

## 格林威治宫[1]

宫廷上下前往格林威治出游，每个人都最喜欢那座宫殿。它在伦敦下游，远离城市的嘈杂与臭气。那里的码头天都会被潮水冲刷两次，金色的河岸在太阳下熠熠发光，仿佛属于天堂。它就像是天国在世间的景象，只是毫无神性。父亲、国王和我坐在王家驳船的同一排，但爱德华国王躺在我们身后的软垫上，身上包裹着皮草，似乎冻得浑身发抖。塔楼上响起枪声，停泊的船只鸣响礼炮，这响声让他全身一缩，苍白的脸转向一边。

“他的身体会变好的，对吧？”我小声地问父亲，“他看起来病得很厉害，但会在夏天痊愈吧？”

父亲面色阴沉地摇了摇头，说道：“他已经立下遗嘱，选择好了王位的继承人。”我可以听到他的声音激动地颤抖起来。

“难道王位不应该是由最年长的亲属继承的吗？”

“当然，所以继承人本来该是玛丽公主，但是她已经向罗马主教宣誓服从了，怎么能让她当女王呢？而且她肯定会嫁给一个信仰天主教的外国望族，难不成等她坐上王位后，再让新国王管理我们这群新教徒？不会的，国王已经做出了正确的选择；他就像他父亲一样遵从上帝的旨意，将她从

①也被称为普拉森舍宫，最初由格洛斯特公爵汉弗莱·德·博恩建于1443年。

继任的名单中排除在外了。”

“国王不是可以指定自己的王储吗?”我问,“宪法上就是这么说的。”

“如果王位是他的私人财产,他当然可以选择自己的继承人。”我父亲说。他的声音压得很低,这样那个在皮草中瑟瑟发抖的男孩就不会听到他说的话了。他的话里藏着一股锋芒,不容争辩,这些话在王宫的每个角落里一直精心排演着。“王冠就像是我们每个人都拥有的财产。人们可以随意处置自己的财产,也可以随意选择自己的继承人,就像亨利八世那样。最重要的是,像爱德华国王那样在宗教改革后的国家中长大、心中毫无天主教想法的年轻人,是绝不会把王位留给罗马教廷的仆人的。他不会接受这个决定,约翰·达德利也会确保这一点。”

“那继承人会是谁呢?”我问,心想自己或许知道这个问题的答案。

“国王和他的智囊团会更倾向于血缘关系最近并且信仰新教的人,还得有个儿子能够登上王位。”

“得是个都铎家的男孩吗?”

父亲点了点头。这就像是家族的一个诅咒——都铎家得有个男孩来继承王位,但这对他们来说却比登天还难。亨利国王有六位妻子,却只有爱德华这一个儿子。他的姐姐玛格丽特也只生了一个儿子,叫做詹姆斯,而这个詹姆斯也只有一个女儿,就是苏格兰的玛丽王后。她住在法国,已经和王太子订了婚约。

玛格丽特的女儿玛格丽特·道格拉斯是我的表姨,她是名天主教徒,或许还是个私生子,所以她的儿子亨利·斯图亚特几乎算不上是王位继承人。亨利国王最爱的妹妹玛丽王后是我的外婆,国王也宣布她这一脉有王位继承权,但她所有的孩子都去世了,独剩我母亲一人①。母亲生了我们

①玛丽·都铎嫁给查尔斯·布兰登后育有五个子女,至1553年止,除弗朗西丝·布兰登尚且在世,其余四名子女均已去世。

姐妹三人，肯定不会再怀另一胎了。也没有人为伊丽莎白公主安排婚约，人们不清楚她的身世，而且她也没有多少嫁妆，谁愿意娶一个国王的私生女呢？玛丽公主的婚约则总是谈妥后又被毁约，她几乎把全欧洲的每个国王都试遍了，却仍未有着落。显然，都铎家族现在没有男孩，未来也看不到有的迹象。

“我们这些人当中没人有孩子，”我想着那些表姐妹说道，“如果他们想把王位交给都铎家族的男孩，那就后继无人了。我们五个甚至都没有婚约在身，更不用说结婚了。”

“那就是为什么你接下来得……”父亲飞快地说道。

“结婚吗?”

“立刻。”

“谁？我?”

“你们。”

“我，玛丽公主还有伊丽莎白?”

“不是她们，是凯瑟琳、玛丽还有你。”

# 1553年春

## 格林威治宫

凯瑟琳在对保护我们不受这个突然计划的干扰方面毫无帮助。母亲下令让她火速赶往宫中，凯瑟琳被格林威治宫的房间、仆人、食物，甚至她穿的长袍吓得不轻。她给诺兹先生穿了件都铎绿的外套，还用给她买丝带的零花钱买了只雪白的小猫。

她干脆就把那只猫叫做“丝带”，还把他装在斗篷的袋子里，到哪儿都带着他。她唯一的遗憾就是自己远离了布拉德盖特的马儿和那只大棕熊。她希望能用善良驯服那只熊，这样他就不再杀戮，而是会和她跳跳舞。她对突然到来的婚约一点也不像那些黄花闺女一样害怕，而是激动得要命。

“我要出嫁了吗？噢，赞美上帝，谢谢！我终于要嫁人了！谁要嫁给我？谁要嫁给我？”

“是你要嫁给别人。”我冷冷地说。

“管他呢，谁会在意这点？我要嫁给谁？快告诉我！”

“亨利·赫伯特勋爵，”我简短地说，“他是彭布罗克伯爵威廉·赫伯特的儿子。”

她的脸刷地红了，好似一朵娇艳的玫瑰。“噢，他超帅的！”她深吸了一口气。“而且他还那么年轻，和我们差不多年纪[①]，才不是那些一把年纪

①亨利·赫伯特生于1538年，比凯瑟琳大两岁。

的老骨头。”有只漂亮的小鸟停在她的手指上，她把那只鸟儿举起来，亲了亲它的喙。“我就要结婚啦！”她和鸟儿说，“而且娶我的人是个年轻英俊的勋爵。”那只鸟儿啼鸣了几声，好像能听懂她的话。她把小鸟放在她的肩头，鸟儿舒展自己的尾羽保持平衡，侧过头来打量着我，眼睛就和我妹妹的一样明亮。

“对啊，”我不动声色地说，“他的确很讨人喜欢。”

“而且他信仰上帝，是凯瑟琳·帕尔的侄子，你肯定会喜欢他的。”她兴高采烈地说。

“我本来就还挺喜欢他的。”

“我们在一起该会多开心呀！”她在原地轻轻转了个圈，双脚仿佛不受控制，要为心中的欣喜起舞。肩头的鸟儿扑打着双翼，两爪紧紧地抓着她的肩头。“而且我还会变成伯爵夫人！”

“是啊。”我干巴巴地回答，“他的父亲会和我们父亲以及诺森伯兰公爵约翰·达德利结成牢固的同盟。”

她没想到这层。全国最有权势的三个人，也是新教的三个领袖聚在一起，让自己的儿女相互通婚来形成一个牢不可破的同盟。他们之间本没有多少信任可言，所以才把自己的孩子抵押给对方，以此达成协议。就像亚伯拉罕把儿子以撒、木柴和刀一齐带到山上，将他燔祭给上帝一样①。

“那你会嫁给谁呢？”她停下了自我陶醉的吉格舞②问道，“她们给你相中了谁？他们是和西摩尔家的人一起吗？”她气喘吁吁地说。“噢！难道那人不是国王？快告诉我！告诉我你不会嫁给国王，然后变成王后！”

我摇了摇头，瞥了眼门。“嘘！这一切都是因为国王病得太重了。他们

---

①《圣经·创世纪》第22章。

②英格兰传统民间舞蹈，16世纪流行于英格兰北部，跳时要求双脚舞动但上身尽量保持静止。

最大的希望是让他看到我们中有人生了儿子，这样他就能把那个孩子立为储君。他们想让我们俩立刻结婚生子，让国王把我们的儿子封为储君。”

“我可能会成为英格兰国王的母亲？”她惊讶地叫道，“如果我比你先有了儿子，那太后就是我而不是你了？”

“有可能。”

她高兴地拍手笑道：“那你要嫁给谁？”

“吉尔福德·达德利。”我简单回答道。

她突然静了下来。“不是和奈德·西摩尔吗？他们给你换了个人？现在你要嫁给达德利家的男孩了？”

“没错。”

“那个金发高个？”

“当然啊。”

“就是那个妈妈的小男孩？”

“对，吉尔福德。”

“这真是个不小的打击，”她得意扬扬地说，“你不会喜欢的！他是新晋公爵第二小的儿子，你没法从他那儿得到带着草莓叶片纹饰的女公爵冠冕！”

我心里痒痒的，想给她那张傻气的脸来一巴掌。“这不是喜欢不喜欢的问题，”我坚定地说道，“这是父亲的愿望，他想和枢密院议长结盟。父亲决定让我们出嫁，和对方共寝，这样国王就能见到自己的继承人在新教的影响下长大。就连玛丽妹妹都和别人订婚了，她要嫁给威尔顿男爵威廉·格雷之子亚瑟·格雷。”

她尖叫道：“那个脸上有疤的丑男爵？”

“是的。”

“但玛丽才八岁啊！亚瑟肯定已经二十岁了！”

“他现在十七岁，”我冷冷地说，“但不管怎么说，她还远没到出嫁的年纪，而且个子太小了。如果她不快快长大，又怎么生小孩呢？而且她的脊柱弯曲得不正常[①]。我觉得她无法生育。现在的一切都严重偏离了正轨，玛丽个子太小，你又太年轻，我之前也向上帝许下诺言，将自己许配给了奈德·西摩尔。父母对我们许下过诺言，我根本没法想象这些婚礼要怎么举行，也不相信这会是上帝的意愿。你得和我一起找他们谈谈。”

“我不去！”她明智地说，“我不会违抗母亲，如果我能带上诺兹先生，那我就支持你，不过我不能自己去见她。”

“这样他们就不会让你嫁给一个陌生人了吗？这样他们就不会让还是个小孩的你出嫁了吗？”我大声喊道。

“噢，我可以嫁给赫伯特的啊，”她对我说，“我年纪没那么小，可以结婚，对此也不反对。你们两个如果不想结婚就拒绝好了，但我想。”

“我们谁都不能结婚。”我重申。

随后是一阵沉默，她气呼呼地噘着嘴对我说：“简，你可别把每件事都毁了！别这样。”她紧紧地握着我的双手，鸟儿的叫声好像在鼓励我似的。

“我会为此祈祷并聆听上帝的旨意。”

“那如果上帝同意了你的看法然后把一切都毁了怎么办？”她哀号着说，“他什么时候为我们着想过？”

“那我就会让父亲知道他自己心存疑虑。”

父亲没有独自过来见我，似乎在警告我：他不会听我说话。他害怕我的口才——“可怜可怜我吧，别让她一直叨念个没完。”我母亲总是这么说。

---

①据同时代的人描述，玛丽身形矮小，且有严重的驼背。

我走进王家会客室，就好像但以理走进狮群中[1]。爱德华国王不在房间里。他或许在内阁某个紧闭的房门之后，也可能退到了更里面的房间里，比如他的书房和卧室。南安普顿侯爵威廉·帕尔和他的妻子伊丽莎白[2]朝我点头示意，脸上挂着奇怪的微笑，好像他们什么都知道，或许吧。我草草地行了个屈膝礼，感觉更加不自在了。

父母在和威廉·卡文迪许爵士、他的妻子伊丽莎白[3]以及我母亲的好友贝丝阿姨玩牌。桌子摆在凸窗边上，这样他们能在人来人往的房间里留有一份隐私。我穿过人群的时候父母抬头望着我。我突然意识到人们在给我让路。关于我和枢密院议长的儿子订婚的事情一定已经传开了，我的重要性也随着消息传播越来越广而日益凸显。每个人都尊敬达德利一家，他们或许是个刚出现在人们视野中的家族，但显然有着一套获得并掌握权力的诀窍。

“我出2。”母亲说着打出一张牌，我向她行了个屈膝礼，她伸出一只闲着的手，在我头上漫不经心地做了个赐福的手势。

贝丝阿姨给了我一个温暖的微笑。我是她最喜欢的孩子之一，她能理解一个年轻姑娘得靠自己的领悟来找到世间的路。

“我有王后。”父亲说，亮出了自己的手牌。

母亲大笑道：“或许王后也有点价值吧。”她转向我，心情很是舒畅，“简，怎么了？想来一起玩牌吗？你是不是打算把自己的项链押上？”

“别逗她了，”见我正要指责赌博的罪恶，父亲急忙来打圆场，“孩子，怎么了？你想要做什么？”

“我想和您谈谈。”我看着母亲，“就我们两个人。”

---

①《圣经·但以理书》第6章。

②威廉·帕尔的第二任妻子伊丽莎白·布鲁克。

③威廉·卡文迪许的第二任妻子伊丽莎白·帕克。

“你可以在这儿说，”她命令道，“靠近点。”

谢天谢地，威廉爵士和她的夫人机智地起身，朝一边侧了侧，她的贵妇身份让她一直拿着牌，这样就可以立刻继续玩那个罪恶的游戏。

父亲示意音乐家开始演奏，有六名女士准备跳舞，立刻就有男士向她们鞠躬，准备邀请她们进入舞池。在嘈杂的声音掩盖下，别人就听不见我说话了。“父亲，母亲，我相信自己不能和吉尔福德·达德利订婚。我已经为此祈祷过了，并确信了这点。”

“为什么不行？”母亲问我。她几乎没有把注意力从打牌上移开，她看着手上的牌，把几张皇冠滑过桌子，移到中间的一堆牌里，只有一半心思放在我身上。

贝丝阿姨摇了摇头，好像她觉得母亲应该更注意点我似的。

“我已经订过婚了。”我坚定地说。

父亲抬头瞥了我苍白的脸孔一眼。“不，你没有。”

“我就是相信自己已经订婚了，”我说，“我们都说好了，我应该嫁给奈德·西摩尔，我们定了口头协议的。”

“没写下来就什么都不是。”母亲提醒道。她对父亲说：“我再给你加码一张皇冠。我和你说过她会喜欢的。”

“言语和纸上的字有着一样的约束力。”我对父亲说道，他是一个新教徒，一定言而有信，“我们有过协议，您也答应过我。奈德也对我说过，就像他父亲说的那样，他也同意和我订婚。”

“你对他保证了？”母亲突然来了兴致，开始质问我，“你也对他做出了承诺？”

“我对他说了‘乐意之至’。”

她大声笑着，父亲从桌边起身，抓着我的手把我带离母亲和舞者身边。“现在听着，”他温柔地说，“我们的确曾经谈论过订婚的事，也都觉得这件事很有可能，不过大家都知道这取决于西摩尔一家能否再度掌权。除非我的姑娘们出嫁会给家族带来利益，否则我是不会同意的。

“现在一切都变了。西摩尔死了，他的妻子仍以叛国的罪名被关押着，儿子也已经失去了继承权。和他们继续保持联系没有丝毫价值。像你这么聪明的姑娘应该可以察觉到，这个地方其实是由约翰·达德利管理的。国王恐怕活不了多久了，但我们总得面对这令人难受的消息。

“他会把王位留给任何一个信仰新教并且生了个儿子的表姐妹。你们中有个人会生一个儿子，直到他到了可以继承王位的年纪之前，都要做摄政王后。之后那个男孩就会登上王位，这么说你明白了吗？”

“那伊丽莎白公主怎么办？”我问道，尽管与先问她的事似乎有点本末倒置，“她也信仰新教，也是国王的近亲。”

“我们没有打算让她出嫁，再说了，她也不能自己选择自己的丈夫，因为她之前和托马斯·西摩尔有过一些不愉快。我觉得她也告诉我们，自己远未准备好做一个聪明的女孩。”父亲轻声笑道，“我们想要一个都铎家的男孩，姑娘就不是那么理想了。上帝保佑国王，希望他能看到自己的继承人在新教教堂中受洗，但愿他能活到那一天。不过我们对此既无期待，也无准备。但他身体状况堪忧，想要现在就把这一切都安排妥当。你可以帮他一把，减轻他内心的焦虑是份神圣的工作。你同吉尔福德·达德利结婚生子，这样国王就知道会有两个经验丰富的父亲能辅佐两位信仰新教的年轻人，还有一个襁褓中的孩子能够继承他的王位，你能明白这些吗？”

“他病得有那么厉害吗？”我简直不敢相信。

“不管怎样，如果他在娶妻生子之前行将去世，肯定想知道谁会来继任自己的王位。”

“那个孩子就会成为他的继承人吗？”

“如果他膝下无子便会如此。”

但这看起来就像是遥不可及的未来光景。“但是我已经发过誓了，”我说，“您也发誓了，让我嫁给奈德·西摩尔。”

“还是忘掉吧。”他给了我一个简短的忠告，“爱德华·西摩尔已经死了，他的儿子和一个监护人在一起，那个人会用自己觉得合适的方式处置他。别谈这个了，你得乖乖的，不然就会有人教你怎么守规矩。”

母亲大步走到父亲身边，显然已经等得不耐烦了。

我鼓起勇气对他们说：“我已经为此祈祷过，除非我对前赫特福德伯爵的誓言作废，否则我不会嫁给其他任何人。我向你们保证过，你们也对西摩尔家族保证过，虽然没有立下誓约，但上帝看见，也听见了一切。我不能假装自己从来没说过这话。请原谅我。”我努力反抗，抬头看着犹豫不决的父亲和面无表情的母亲，泫然欲泣。

“你可不能拒绝我们的要求，”母亲直截了当地说，“因为我们是你的父母，会让你乖乖听我们的话。”

# 1553年5月

## 伦敦　达勒姆府[1]

她当然是对的。我现在住在达德利家族位于伦敦的巨型宅邸里，好像是为了强调他们一家的重要性。世人称其为达勒姆府，我的婚礼就会在这儿举行。这场集体婚礼有三对新人，分别是我、我的妹妹凯瑟琳，还有达德利家的凯瑟琳，她要嫁给亨利·黑斯廷斯，他今年十八岁，是亨廷顿伯爵的儿子。我最小的妹妹玛丽虽然公开订婚了，只是要等她再长大几岁才能结婚入洞房。大家对此似乎都非常满意，但他们必须和我一样，意识到这场婚礼不过是英格兰权势最大的几个人用自己子女的血签署的一份契约。我常常在想，自己是不是唯一一个向上帝祈祷，希望他能告诉我为什么这三个男人要互相立下契约的人。他们觉得若不用联姻来约束对方又会遇到什么危险呢？为什么我们六个人要一起结婚？我的妹妹凯瑟琳觉得这对她来说是个优势，因为自己无疑是三个新娘中最漂亮的那个，不过她关心的也就只有这个了。

每天都有王家衣橱[2]的服装送来，王家金库把首饰借给我们，还给了

①这幢宅邸于1345年由达勒姆主教托马斯·哈特菲尔德建成，后来卡斯伯特·汤斯敦主教把它转让给了亨利八世。

②该地被用作王家服饰及一些个人物品的仓库，后来也存有伦敦塔放不下的武器。原址已在1666年伦敦大火中烧毁，后重新选址，现位于卡特巷和圣安德鲁教堂之间。

我们珍贵的宝石。我的表舅爱德华国王病得很重，没法参加婚礼，但他给了我们几匹布：有银黑相间的布料，上面饰有玫瑰，还有紫白相间的花纹。几匹金丝和银丝锦缎，一条金制腰带，以及为我头巾制作的一条镶边，上面嵌着十三颗切割成方柱形的钻石与十七颗巨大的珍珠。骑士比武场粉饰一新，挂满了旗帜：婚礼当天会有一场比赛，伦敦每个有骑士头衔的人都会赴宴，厨师们几天前就开始准备了。这顿盛大的筵席会有几十道菜，中央庭院的喷泉流淌着葡萄酒，几百人会穿上自己最好的衣服坐在桌前享用一道道佳肴，又会有成千上万的人看着他们。我会成为众人关注的焦点，因为我乃都铎家族的子嗣，衣着华美如同公主，与达德利家的男孩共同步入婚姻的殿堂。

“这简直是天堂。”凯瑟琳捧着一条紫罗兰色的丝巾，把绯红的双颊埋了进去。

“才不是。”我告诉她，“你这种说法就是异端邪说。”

“就和复活节一样美妙。”玛丽含糊不清地说，因为她的嘴里塞满了油酥点心。

“这和你一点关系都没有，”我说，“你会和人订婚但不会出嫁，也没有理由暴饮暴食，还有，站直了。”

她听话地直起了腰，凯瑟琳身披银丝锦缎，在一边转着圈，等着裁缝为我们量体裁衣。王家衣橱的男仆们又送来许多匹天鹅绒和丝绸，凯瑟琳把一些价值连城的蕾丝披在头上当作面纱。“你们也没有理由爱慕虚荣。”我尖刻地说。

“我快要爱上他了，”凯瑟琳滔滔不绝地说，“他昨天给了我一条金链，临走的时候还捏了捏我的手，你说他是在暗示什么？”

“母亲也会捏我的手，”我说，给他们看我手腕处的瘀伤，“她告诉我这也是爱的表现。”

“这是母爱。”凯瑟琳辩护道。

玛丽神情严肃地看着这些瘀痕。我们的母亲、奶妈、家庭女教师和父亲都或多或少地打过我们，只有我的导师约翰·艾尔默是个例外，他虽然有权利体罚我，但从来没有施行过，我告诉他这就是我热爱学习的原因。

“这是能发生在我们身上最好的事。”玛丽鹦鹉学舌，重复着她听到的话，“因为我们会由此成为王位继承人。”

“对你来说可不一定，”我告诉她，“你还生不出英格兰的国王。”

她的双颊微微泛红。“我的心脏又没有比别的姑娘小，之后也肯定会长高的。”

玛丽一直拥有的那份勇气总是让我心软，我向她伸出双臂，两人抱在一起。“不管怎样，我们都不能违背他们的旨意。”我在她那头金发上方说道。

“你爱他吗？哪怕只有一丁点爱。”凯瑟琳问。

“等我们结婚了就会爱他，”我冷冷地说，“到那时候就会了，一如我在上帝面前许下的誓言。”

我的妹妹们对婚礼上提供的服务失望透顶：她们希望婚礼用拉丁语主持，充满着富有仪式感但又晦涩难懂的誓言，乐手们演奏出嘈杂的音乐和喇叭声，四处布满家徽，圣水沾湿衣衫，焚香的气味浓烈得让人窒息。相反，婚礼遵照我的信仰，置办得十分淳朴，我高兴地发现达德利一家也是虔诚的基督徒，在国王给予人民《圣经》、传教士在世界各地布道的时候他们就转而信仰了新教。我们的婚礼对于信仰天主教的玛丽公主来说是个活生生的指责，她既没有参加婚礼，也没有参加后两天奢华的庆典。我们也没有邀请表姨玛格丽特·道格拉斯。她人在苏格兰，拜访某个她称之为父亲的人。既然约翰·达德利给她送去了放逐令，我觉得他就是想让她离这一切远远的。

尽管我一再表明自己的态度，但终究没有穿得像新教徒那样过于朴素。我身着一身王家紫色和金色织锦制作的外袍，上面点缀着珍珠和钻石。她们让我栗色的秀发披过肩，任发梢垂过腰际。这是我最后一次像个处女一样穿着宽松的衣服。现在我是最庄重的新娘，而金发的凯瑟琳穿一袭银色长裙，是最美的新娘。但我并不妒忌她的服饰和外貌，如果她有点自知之明，便会知道婚礼不过是一场世俗的表演。

婚礼上有舞蹈和长枪比武，以及假面舞会，依照男女分为两组，还有表演者与乐师。达德利家族把全家人都邀请了过来，并敞开宅邸的大门，这样伦敦的每个人都能过来见识这场了不起的婚宴。一切都好像会永远持续下去，只是被食物毁了：有些菜坏了，很多客人上吐下泻。还有很多人高估了自己的酒量，在第一天喝高了，于是第二天便请了假。我的新婆婆达德利夫人腹部翻江倒海，整日在她的房间里痛苦地呻吟，窘迫不堪。我不认为这是上帝通过圣言传递的征兆，也不是通过星辰、汗水或狂风带来的。我觉得这是对我父母做出的严厉责罚，让他们知道我的婚礼要让宾客们反胃不已，就像它也让我感到恶心。

我们门不当户不对，和身形矮小的妹妹玛丽订婚的是威尔顿的亚瑟·格雷，比她高不少。他已经是个年轻人了，而且把自己视为父亲的同事和伙伴。他年纪太大了，早已不适合当玛丽的玩伴，玛丽的年纪和个子也太小，还不够当他的妻子，不能和他结婚或是同房。我觉得她那根弯曲的脊椎让她永远不能和一个男人同床并且支撑她怀胎十月直至分娩。亚瑟·格雷肯定私下里瞧不起她，他们还要分居多年才能结婚，这段时间她就和母亲住在一起。我想，她在和丈夫结婚之前，这段婚姻就会先行破裂。

我的新姑子凯瑟琳·达德利不过是个孩子，而且还是傻乎乎的那种。

他们把她许配给亨利·黑斯廷斯，他是个受过良好教育的学者和朝臣。他看着自己上蹿下跳的小新娘时脸上一直挂着耐心的微笑，但这微笑不免会日渐消退。

凯瑟琳妹妹的丈夫是彭布罗克伯爵之子亨利·赫伯特勋爵，他整整两天没有和任何人说过一句话，面如死灰，病恹恹的，几乎站都站不住。他们说尽管亨利对天发誓自己没法走到圣坛面前，他还是被人从病床上拽了下来。他不过才十五岁啊，我希望我的妹妹别还没结婚就成了寡妇。他病得那么重，她年纪又那么小，自然不可能完婚，这样她就能少承受一点我所承受的严苛压力。这三个无法联合的团体只会让我感觉更糟。我是家里三个姑娘里唯一既当新娘又当妻子的，也算得上是名副其实了①。

“你为什么拉长着脸？”我的蠢妹妹凯瑟琳问，“你知道，如果你出嫁了，那就不仅要行夫妻之名，还要行夫妻之实。要不是他病得那么重，我也会和你一样。”

“我也是。”玛丽附和道。

“你的情况和这不一样。”我对她说。

“我可看不出什么区别。”她倔强地还击道。

我不想和她争辩，于是对凯瑟琳说：“还有你，年纪还太小。”

“才不是呢，”她说，“不管怎样，你就是错了。”她稍稍调整了下我头上的头巾，让我知道自己已经结婚了。“快点，你要第一个进婚房，真幸运。”

我的母亲、婆婆还有男方家的七大姑八大姨出现在门口时，我感受到了不同寻常的压力，他们跟着我入洞房，看着我的侍女为我宽衣解带，随即便把我抛下，让我和丈夫待在一起。

---

①在牧师引导新人宣誓之前都称为新郎和新娘，宣誓后才可用丈夫和妻子称呼对方。

他绝非令人生厌的类型，各方面都无可挑剔，既年轻又英俊，皮肤白皙，有一张坦率的脸和一双明亮的蓝色眸子。他比我高得多，我的头顶甚至还没够到他的肩膀，所以看他时得仰着脖子。他有一双修长的腿，别人说这是一个好舞者所应有的条件，所以他就在做自己应做的那些事，比如骑马、狩猎、比武等等。他在信教的家庭中长大，并且博览群书。如果我们没有结婚，那我也不会对他过于依赖母亲的行为有所指摘，但这个“巨婴”做什么事情都要看母亲的脸色，就连说话或者是坐是立都不例外。

他不是我的选择，也不会成为我的选择，我担心在上帝看来，嫁给他这件事并非是我所能决定的，但既然我们结了婚，我也不能说他什么。信奉上帝的妻子就应对丈夫言听计从。他被我欺骗了，正如被夏娃欺骗的亚当一般。不管我对他的评判如何，我都应该服从他。

我们的新婚之夜正如我所预料的那样充满尴尬和痛苦。我甚至觉得，如果自己嫁给了奈德·西摩尔也不会好到哪里去。虽然他可能会比吉尔福德更加自信，也不会让我觉得自己像个什么都不知道的傻瓜。最难的地方在于，除了那些最抽象的概念之外，没有一本书告诉过我关于情爱的事。我只知道罪孽带来的痛苦，没有任何一本书告诉我关于新婚之夜的疼痛。没有谁警告过我：新婚之夜最糟的就是一个完全陌生的人对你做的事。这一切如同一个谜，我们都不知道那件事应该怎么做，要是这一切都弄砸了，人们又会全都怪罪到我头上。而我甚至都分不清这些事情是对是错，除了我一开始感受到的阵阵疼痛之外，余下的都是令人厌恶的感受。他做这事不是出于欲望或者爱恋，我也一样。等他入睡后，我从床上起来，乞求我能获得足够的力量助我承受这一切，还有我在人世间所承受的痛苦，就像耶稣承受的那些。

客人们终于要走了，凯瑟琳前往她在贝纳德城堡[①]的新家，让重病的丈夫躺回病床上，因为他的生母去世了，凯瑟琳就像母亲一样照看他。我的父母和小玛丽一起回到了萨福克宫，只有我被留在一幢陌生的宅邸里。仆人们清理着两日筵席留下的乱摊子。婆婆病得不轻，只得把自己锁在房间里。我丈夫面色阴沉，一言不发，因为他的母亲压根没告知他的言行应当如何。

到了早上，我才被允许回家和家人团聚，但只能去萨福克宫。我渴望着布拉德盖特的夏日原野，只是自己只能留在伦敦。

“母亲说如果你想回家就回去吧，”我的丈夫很不客气地说，“但她又说我后天得和你吃饭，并在你的房间过夜。”

“我的书都在房间里，”我试着开脱，“我得回去学习。”

“母亲说你可以回去。”

我没有问他，如果他们想让我早点回去会怎样，最好还是不要问了。或许我可以前往在伦敦的居所，在那儿一直待到夏天，如果国王还活着，约翰·达德利和他的儿子就要进宫了，但不会带着妻子前往。我有机会回布拉德盖特，在林间骑马，看着农民怀着丰收的喜悦在满月下散步[②]，随后在湖上泛舟，这一想法是支撑我度过新婚后数日的唯一动力，当然，我的那些书也是。我可以随时翻开一本书，让自己隐身其中，在属于我的精神世界中寻求慰藉。

我想回到布拉德盖特，将母亲当做避风港，为的就是离开那个比母亲还要刻薄的家庭。这些念头让我首次理解了上帝对夏娃说的话：*我必多多*

---

①该城堡重建于1428年，在玫瑰战争时期是约克家族位于伦敦的大本营，爱德华四世和玛丽一世都在此加冕。

②原文为Strawberry moon，直译为草莓月，这一说法源自英格兰农历，指六月的满月。

增加你怀胎的苦楚，你生产儿女必多受苦楚。你必恋慕你丈夫，你丈夫必管辖你[①]。身为女人实在是件痛苦的事，夏娃则告诉我们当妻子更糟。

达德利夫人和我母亲达成了协议，我可以回萨福克宫与父母住一起，只要我按时拜访他们家，并经常和他们共进晚餐即可。我婚后的第一周就是这么过的，但达德利夫人又打破了誓言，她在晚餐前径直来到我们的房间，吉尔福德和我正无言呆坐在房间里，她对我说："简，现在你必须把衣服和所有东西都送过来，你今晚就在这睡，之后也必须如此，从今往后，你就得住在这儿。"

我起身对她行了个屈膝礼："我以为今晚会回家睡。"我说，"我的母亲正在家里等我。"

她摇了摇头。"这得改，我丈夫给我写了信，告诉我你必须待在这儿，你得和我们在一起，我们也必须做好准备。"

吉尔福德起初站着，随后跪在母亲面前，他母亲把手搭在他那头卷发上。"我们要做好准备了？他是不是病得更重了？"吉尔福德急切地问。

我的目光从达德利夫人移到了她的儿子身上。"谁病得更重了？"

她对我的无知报以恼怒的啧啧声。"你们回避一下。"她对和她一起进来的女士们说，"简，你坐好了。吉尔福德，我亲爱的儿子，来我这里。"

他站在她身后，就像诺兹先生抓着凯瑟琳的肩膀一样，两眼直直地看着我，他母亲对我说："是国王，上帝保佑他，他病得更厉害了。你总知道他病了吧？"

"当然知道，我经常坐在他身边。"

"现在他病得更重了，他的医生说他活不过这个夏天。"

"这个夏天？"这简直快得难以置信，我以为他至少能活到结婚生子的那一刻。他们说他活不过今年，但我对此完全没有概念。"上帝保佑他，"

---

①《圣经·创世纪》第3章第16节。

我悄声说，震惊得不能自已，“我不知道，但又怎么会变成这样？我以为他只是……”

“这不重要，”她打断了我的话，“重要的是他的遗嘱。”

事实上，重要的是他不灭的灵魂，但现在不是说这个的时候。

“他修改了遗嘱，”她说，声音里有一种得意的味道，“改完后，所有议会成员都宣誓认同。”她向上瞟了一眼正对她微笑的吉尔福德。“你父亲也看到了修改的内容，”她说，“是他把这一切都准备妥当的。”达德利夫人又望向我。“国王将他半数姐妹的继承权排除在外。”她说得很快，完全无视了我惊讶的神色。

我站了起来，好像要凭此来获得与她对峙的勇气。“那不可能。”我说得很慢，因为我知道玛丽公主就是王位的继承者。不论我觉得她的宗教信仰究竟如何，她的即位顺序是毋庸置疑的。国王不可任意选择继承人，王位也不可随便给予他人，爱德华国王肯定知晓这点。不论我父亲说了什么，国王肯定不能自己选择王位的继承人。

“当然可能，”达德利夫人说，“等他驾崩了她就会知道。”

我立刻害怕起来，担心这一切是个叛国的阴谋。谈论国王的死自然是对他的忤逆，那谈论公主的死又如何呢？

“我觉得我最好还是回家去。”我说。

“你留在这里。”她立刻说道，“没时间让你跑回你母亲那去了。”

真是讽刺。我看向她的儿子，显然他根本不用跑回母亲身边，因为自己一直在她羽翼的庇护之下。

“你得待在这里，等我丈夫把你接到伦敦塔去。”她这么和我解释。

这话让我吓得倒吸一口气，上一个被她丈夫带到伦敦塔去的人是爱德华·西摩尔，最后落得个头点地的结局。

“不是你想的那样，傻东西，”她不耐烦地说，“在国王驾崩的那段时间里你要待在那里，在塔里被人看着，我丈夫想保证你的安全。”

这简直令人难以置信，也着实太荒谬了，我压根没想到这点。我知道父母肯定不会让约翰·达德利把我带进伦敦塔的。

“我还是打算回家。”我坚决地说，然后走向门口。我才不愿参与这些事，驳船在码头候着我，侍女在走廊里等我出来。没人能阻止我回家，我会和母亲说达德利已经疯了，他们觉得自己可以改变王位的继承人，还想把我带到伦敦塔去。

“阻止她。”吉尔福德的母亲命令他。

他箭步上前，抓着我的手腕，我转身对他喊道：“让我走!”我朝他啐了一口，他畏畏缩缩地向后退去，好像凯瑟琳养的一只小猫突然转身抓伤了他的脸似的。

我没有错过这个机会。我冲出房间，脱掉了靴子，跑过宫殿，走上步桥的时候木板发出了“喀啦喀啦”的响声。“起锚!”我上气不接下气地说，随后大笑起来，因为我自由了。

# 1553年6月

## 伦敦　萨福克宫

我尚未进门，还没机会和她说我被达德利夫人虐待的事，就看到母亲怒气冲冲的样子。她在房间里大步地走来走去，父亲坐在桌边，无言地望着她。他的十指指尖相对，呈一个锥形，表情充满戒备。当我进来时，母亲转身看见了我苍白的脸。

“他们告诉你了？”

“达德利夫人和我说了，”我平静地说，“但爸爸，我不理解为什么要这么做，然后立刻逃回来了。”

“告诉她！”母亲命令道，“告诉她约翰·达德利做了什么，而你又同意了这一切。”

“国王没法活到有孩子的那一天，这件事不论是对我们还是对他来说都越来越明显了，”父亲沉重地说，“国王的御医甚至都怀疑他能不能活着见到你儿子的出世。”

“除了玛丽公主和伊丽莎白公主外，我就是下一个继承人。”母亲大声说道。

“医生说他只剩几周时间，甚至不足数月。”

“上帝保佑他！怎么会这样？”我轻声说。

“我应该在几周内继位，甚至都用不了几个月！”母亲大声叫道。

“但国王执意要选一位男性继承人，越快越好，”父亲继续说，没有理睬她的抗议，“因此他出于为国家着想的角度，打算略过你母亲，而选择下一代和再下一代，也就是你和妹妹以及你们的儿子来当继承人。”

“但你说过……”

“所以他任命你当王后，你的儿子会继承你的位置成为国王。他不能选一个尚未出生的男孩做储君，所以他选了你。”

“整个议会，包括你父亲都签署同意了这份遗嘱！”母亲大喊道，“居然把我排除在外！丢到一边！他们还指望我会同意！他们在国王面前把我继位的权利给抹消了！”

“如果不这样，我倒是不知道还能怎么办，”父亲耐心地说道，“我强调了你的情况，但这是国王自己想出的办法，让我们能在这一代就登上王位。”

“这样就把约翰·达德利的儿子送上王位了！”母亲的怒火爆发了，“这就是他为什么要把整个议会都带到国王边上听他的遗愿！约翰·达德利一开始就计划好了：简在我的宫殿里加冕为后，吉尔福德·达德利就在她身边，然后一群达德利家的兄弟就成了王公！那我的位置又在哪里？我可是法国王后的女儿，英格兰国王的外甥女，就这样被略过了。你还告诉我我必须得同意这个决定！”

父亲轻声地安慰她。“没人否认你的王室血统，”他说，“正是因为这个，才能让国王选择继位者的时候第一个想到简。你的权利传递到了她身上，成了王后的母亲，也是除她之外朝野上下最有权势的人。”

“我要为此祈祷，”我说，“这不对，国王有自己的姐妹。”

“国王已经为此祈祷过了，我们都祈祷过了。上帝告诉他，这是让都铎家男孩继位的最好方法。”

“所以我得接受他？”我问，脑海中浮现出了吉尔福德摸索我身体带来的疼痛，“我得怀上并生出一个都铎家的孩子，其他五位姐妹都做不到这一点?”

“如果这是上帝的旨意，那就是如此。”父亲提醒我，“你还会成为英格兰教会的领袖。想想这个吧，简，你难道还没有动心吗?”

妹妹玛丽在小礼拜堂里找到了正在祈祷的我。我跪在地上，两眼直直地看着祭坛空桌后的白墙，在我们周围是圣徒画像晦暗的轮廓，他们画在被石灰粉刷过的墙上。礼拜堂落成伊始，这些画像色泽鲜亮，世人借此获得启迪。人们之所以需要这些偶像，是因为他们那时没有《圣经》，也无法直接向上帝祈祷①。我必须尽一切可能来防止这个国家再度回到那个时代：人们被远方的教皇奴役，还有一个信仰天主教的女王向愚昧的人散布谎言。

“诺森伯兰公爵夫人，你的婆婆派人来叫你回去了。”玛丽悄悄地说。她站在我身边，我跪着和她一样高。“她叫了个女仆告诉我们的母亲，说你得立刻回她们家。她说你一点也不听话，如果他们需要你的时候你不回应，便会使所有人蒙羞。”

我抬起头来，但是固执地没有动。“我不会走的。”

“母亲说你不会走，而是会留在这里。达德利夫人说如果这样的话，她就要把吉尔福德关在家里，世人就会知道你是个不顺从丈夫的妻子，还和他分居两地。”

我怔怔地看着她。“我得服从自己的丈夫，我亲口发过誓要当他妻子的。”声音里透着一股凄凉。

玛丽面色苍白，这倒让她的双眼看起来很大。“母亲就是这么说的。”

---

①在宗教改革之前，《圣经》多为希腊文、希伯来文和拉丁文，马丁·路德提倡把《圣经》译为各国文字。威廉·丁道尔将希伯来文和希腊文翻译成英文，于1529年左右修订英文版《新约》并着手翻译《旧约》。他于1536年被处以火刑，四年后英文版《圣经》全文出版。

“她坚持让我回去吗？”

“你必须得回去。”玛丽点了点头，“母亲说这是她的愿望。”

我站起身，如同我的表舅爱德华国王一样浑身乏力，周围的人为了王位争执不休，而他却在与死神斗争。“那我回去，”我说，“上帝知道接下会发生什么。”

当驳船载我回到达德利家里去的时候，我的胃里不断翻腾。我可以看到个子高挑的丈夫在码头上等着我，驳船刚轻巧地靠在岸边的石头上，他便对我微微鞠了个躬。跳板一落地，水手们便快速地用缆绳固定船只，他伸手帮助我走上码头。我抬头瞥了一眼那座房子的窗户，它们空无一物，似乎就像俯瞰着花园和河道那般注视着我，看起来并不是很高兴。

“没错，是我父亲派我来接你的，”他说，“他正在窗户里看着我们，想立刻在他的房间里见你。”

“我感觉不舒服，有点恶心。”我说。

“这也不能让你逃避这一切，”他冷冷地说，“他一听到你回了萨福克宫，便从威斯敏斯特赶了回来。你回去这件事违背了他的愿望，违背了我母亲的要求，也违背了我的命令。”

“我真的感觉很难受，”我对他说，“我想回到我房间里，现在不能见任何人，你能请你父亲原谅我吗？告诉他我得躺下来才能觉得舒服些。”

“我会告诉我的母亲，不过她或许会直接到你房间来强迫你去见他。”他有点犹豫，就好像一个不开心的孩子在警告另一个孩子，“你知道的，房门锁不上，没有钥匙。如果你躺在床上，她会直接进门把你从床上拖起来。”

“她又不能打我。”我的话里带着一种冷酷的幽默。

“事实上，她可以。”

他转身离开，留我一个人站在花园里，直到我的一个侍女前来搀着我的胳膊，扶我走回房间。

没等多久，达德利夫人就和她儿子预料的一样开门进来了。她进门前没有敲门，俯视着我，脸上带着关切的神色。“你是不是在早上进礼拜堂的时候就病了？”她问。

“没错。”我答道，试着从床上坐起来，但令我惊讶的是，她把我按回枕头上。

“别起来，躺着好好休息。你有觉得头晕吗？”

“是的。”

“你的胸口是不是一碰就疼？”

我发现她突然对自己的儿媳妇如此关心，而她之前对我从来都没什么兴趣，这让我的脸刷地红了，缄默不语。

“这症状是什么时候开始的？”

我压根不知道，有时来得晚，有时根本没有。“我觉得是这周开始的，或许是上周。”

她那生气的脸上的确有阵奇怪的痉挛，我明白她动了恻隐之心。她握着我的手。“你应该休息下，”她突然温柔地说道，“好好休息吧，亲爱的。”

窗外的院子里传来一阵嘈杂声，达德利家的骑士们都涌进了院子里，嚷嚷着要刷洗马匹、披甲作战。噪声传入了我的耳朵，我只得转头避开那扇明亮的窗户。

“你可以去切尔西的庄园休息，”她提议道，“你不是喜欢那里吗？”

我在凯瑟琳王后刚丧偶之后和她一起住在那里，她那时在写书。这是全世界我最喜欢的地方。“我爱那里。”我说，“但我记得您丈夫说过我得待在这里才行？”

“噢，不是的不是的，你可以过去，我们留在这里等待消息。”她说，“吉尔福德可以来见你，我丈夫也会把最新的消息告诉你的。你的侍女可以和你一起过去。”她一边轻轻地拍着我的手，一边说道。她从来都没有这般温柔地待过我。“你可以在那儿静养，吃得还会不错。我有过十三个孩子，所以这些事我都懂。”她向我倾诉道。

难道这个疯女人以为我怀孕了？以为我肚子里有她的孙子？但不管她心里想的是什么，我都不准备与她争辩，特别是在她要我独自一人去切尔西这件事上更是如此。

“我会让他们在那个老宅子里准备好你住的房间，”她说，“等他们一准备好，你就可以坐我们的驳船走。看看我对你多好！现在好好休息吧。”

我闭上了双眼，等我再次睁开时，她已经离开了。

# 1553年

## 切尔西　旧宅

我简直不能相信，我的挚友、良师，甚至可以算得上是我母亲的凯瑟琳王后居然没有和我一起待在切尔西。每次我从书页上抬起头，都希望能看见她在自己的桌前一边读书，一边记笔记。

这是她的宅子，我则是她最宠爱的孩子，一个以她自己为模板培养出来的小姑娘，她把我当做自己的女儿一样疼爱。我们一起在花园里散步，在果园里玩耍，在河边静坐，一日不落地在房间里学习，那间漂亮的屋子就在花园上方，从窗口就能望见河流。如果她错过了皇宫里的热闹场面也不会有任何表示。相反，她的生活方式一如自己所期望的那样：当一个有文化的女士，远离充满罪恶的世界，与她爱的男人幸福地生活在一起，还能自由地投身于学习和祷告中去。她的著作也是从这里的图书馆送予印刷厂付梓的，还邀请了当时最伟大的学者来此布道。现在我感觉她刚踏入花园或者刚走过长廊，而我随时可能遇见她，这也多少让我感到些慰藉。她在这里的生活正是我所期望拥有的：在学海中寻求平和。

在这段安静的时光里，我读遍了所有关于侏儒的著作，这让我觉得自己的妹妹玛丽并不仅仅是鸡胸、发育不良或者生长缓慢那么简单，父亲为了不让她留在家里，已经用尽了这些借口。我觉得她可能永远不会长大了，自己也暗自思忖，为何会这样？我从古希腊的哲学家那里几乎什么都没学到，古埃及的文献里倒是有侏儒神，还有些身出名门的侏儒朝臣。我写信把所有这些都告诉玛丽，但我没提到罗马宫廷里侏儒的行为。这些事对于一个年轻姑娘而言一点也不合适，更何况她还是王位继承者的女儿。事实上，我对自己能在凯瑟琳·帕尔的图书馆中找到这些书感到惊讶不已。

除了我的侍女，几乎没有别人和我一起住在这儿。吉尔福德每隔数日便骑马来看我，告诉我他知道的新消息，但总不是很多；随后他便返回宫廷，他们在那里日夜不休地监视着我可怜的表舅，那个垂死的国王。吉尔福德有时候和我一起吃饭，但他更多的是和父母一起，也睡在他们那里。我的侍女问我想不想他，毕竟他是个英俊的丈夫，我们又刚喜结连理，但我只是勉强一笑，应付道："并没有特别想他。"我希望他不再重压在我的床上，不用在厚重的被褥下汗流浃背，不再把床压向他睡的那侧，我在心中将其视为一种解脱，但却从未开口说过。他还是得关心我，正如我得忍受他一样；我们是在教堂的律法和父母的指令下才同床的，但为什么有女人会将房事视为一种欢愉，甚至还费心索求？我无法想象。

但我的确记得凯瑟琳王后最开心的时候是托马斯·西摩尔赤着双腿从她房里走出来的那些早晨。我知道母亲很享受和父亲相处的时光，达德利夫人也明显对我的公公百依百顺。或许这是等我长得更高更强壮之后才会懂得的秘密，又或者想要体会到肉体的欢愉，你得先有个足够健康的身体去感受。如果我那时腹部没有那么难受，发烧也没那么厉害，或许感觉会好很多。但我没法想象自己有一天会长得又胖又健康，渴望吉尔福德笨拙的抽插，又或者当他扇我屁股的时候我还咯咯作笑。

这也是我唯一一次发现我的书辜负了我。古希腊的著作里是有几页讲到孩子的事情，但就算那几页也都是和月相有关的[①]。书里还有一些可怕的图，画的是人们把婴儿从死去母亲的腹中取出。另有许多关于“圣灵感孕”说的神学著作，因为我们的主的生命不是由男人带来，而是由圣灵赐予给一位处女的，一些多虑的作者撰文质疑这一事件的可能性。但似乎没人真正写过关于女人如何孕育生命。我和那些女人就如符号般存在于这个世上。书里丝毫没有提及我和吉尔福德一同默默承受的痛苦、羞耻和尴尬。他们也不曾提及孩子是如何从痛苦的同房中产生的。我不觉得有人能够清楚地知道这一切，当然我也不能问。

吉尔福德在早晨和我交谈了一会儿，他和我说，国王的病情已经通知给了议会，教堂也在为他的康复祈祷。玛丽和伊丽莎白公主也受邀进宫，现在正在各自的乡间宅邸里等候消息。

“她们会过来吗？”我问。

“我不知道，”他说，“不过父亲会知道的。”

“会发生些什么事？”我问他。

“我不知道，不过父亲会知道的。”

“你就不能问问他吗？”

他有趣地朝我皱了皱眉，说道：“不能，你会去问父亲下一步的计划是什么吗？”

我摇了摇头。

“他和约翰还有安布罗斯，或者也许是罗伯特谈了话。”吉尔福德说了一串他哥哥的名字，“他们一起商议这件事，清楚它的来龙去脉，不过他们比我大得多，都在朝中议事，还上过战场。他们可以给父亲出主意，他也

---

①有些传言认为在满月时期会有更多的孩子出生，也有说月蚀会对胎儿有害，若女人有怀孕的征兆则应记住当晚的月相，分娩日期就是该月相第十次出现的时候。

会听，而我只是……”他的声音越来越低。

“你怎么了？”

“是个吸引你的诱饵，”他说话的声音听着像是在侮辱我们两个人，“一只给蠢鳟鱼吃的肥苍蝇。”

我迟疑了一会儿，忽视了他话语中的无礼还有听起来受了伤的声音。“但我们怎么知道接下来要做什么？”

“有人会告诉我们的，”他说，“等他们需要的时候就会把我这只死苍蝇和你这条鳟鱼一起叫过去。”

我才意识到他还年轻，未及弱冠，和我一样事事都得遵从家庭的指示。这也是我初次看到他为我们之间那些计划好的事感到焦虑，我的脑海中第一次浮现出了这个想法：我们都是一根绳子上的蚂蚱，会共同走过未来的日子，也会一起长大，要齐心协力面对接下来发生的任何事。我向他露出了一个有些害羞的浅笑。“我们只要等着就行了吗？”

令我惊讶的是，他用自己的手指与我的手指相碰，似乎领会了我心中的感受，我们如同布拉德盖特的熊，关在熊苑里等待猛犬来临。“等着就行了。”他应和道。

吉尔福德的姐姐玛丽·西德尼在某天的午后来访，她身披斗篷，头戴兜帽，好似她深爱的诗歌中出现的女英雄。她那双深蓝色的眸子闪烁着兴奋的光芒，苗条的身躯不住地颤抖。

“你得先过来！”尽管房间里除了我的侍女外只有我和她两个人，她还是低声对我说道。她们趁着落日的最后一丝余晖还能洒在书页上，都坐在窗边抓紧时间读书。

“是不是你父亲派你来把我叫过去？”

“没错！”她激动地说，“你马上就得动身。”

“我还没痊愈，”我告诉她，“我这段时间一直病着，好像被什么人下了毒。”

“你才没有被人下毒，你得现在就和我走。”

我支支吾吾地说道：“那我的东西，还有我的书……”

“别磨蹭了，我们只是去和他见个面。你什么都不用带，现在就走。”

“就我一个人？什么都不带？”

“对！没错！”

我的侍女们把我的斗篷和帽子给我，没时间换长袍了，我只得拿了块皮草来御寒，乘坐驳船夜航时的晚风甚是寒冷。

“快点！”玛丽·西德尼催促道，“抓紧时间。”

达德利家的驳船正在码头上等我，但象征公爵身份的三角旗和其他旗帜都卷好扎了起来。我们安静地上了船，水手们在静默中起航，迅速而又平稳地划起桨来。我立刻就发觉他们好像犯了错：船往上游开，驶向了错误的方向，一路向西，离城市越来越远。我对此不甚理解，如果我那可怜的表舅病情恶化，应该顺游航向格林威治宫与他相聚。但我们一直逆流而上，桨手们一次次把桨伸进水里，激起的浪花让船身在其上跳跃。我和玛丽两人并肩坐在雨篷下，随着船身的颠簸在座位上东倒西歪。我感到一阵恐惧袭来，抑或是恶心也未必，便用手捂着腹部。

“我们要去哪儿？”我问。

“赛恩府。”她说[①]。

---

①位于伦敦西侧，原为赛恩修道院。该修道院由亨利五世主持建于1415年，后于1431年迁至现址，于1539年关闭。萨默塞特的首任公爵爱德华·西摩尔在1552年以文艺复兴风格将其重建。

我倒吸一口凉气，赛恩府是凯瑟琳·霍华德[1]被押往伦敦塔斩首前关的地方。

“现在这儿是我父亲的房子了。”玛丽不耐烦地说，好像她已经猜到我感到害怕了，“他只是想在那儿见见我们。”

“为什么?”

她摇了摇头回答我：“我不知道。”她坐了回去，在斗篷下双手抱胸，双眼直直地越过那些劳作的桨手，也越过黑色的河流，看着黑夜中向后飞逝的原野和长满树木的河岸。我们的船驶过潮湿的草场，在泥地里打滚的牛用一种责备的目光看着我们，好像是我们打扰到它们愁容满面地喝水，而非它们自己沉重的蹄声。船驶过茂密的森林，那里的树木弯向水面，好似要触及自己在水面的倒影，放眼望去，河面上的根根树枝与水面的倒影相接，还有绿色的树叶与更葱郁的草甸。天色更暗了，玛丽理了理我肩上的皮草，一弯细瘦的弦月在我们身后升起，在如镜的水面投上一层惨白又微黄的月光，好像鬼火一样，催促着我们赶快航向目的地。

“你真的不知道他们为什么要叫我过去吗?”我悄悄地问玛丽，似乎怕愈加黑暗的夜空会听见我们的说话声。

她摇了摇头，像是也怕打破这寂静。黑暗中传来了夜枭的号声，苍白的羽毛让它看起来如同鬼魂。我看见它舒展开厚重的羽翼，从一棵树落到了另一棵上，随后又是一声悲啼。

我们航行了数个时辰，她突然说道：“到了!”远处是星星点点的灯火，那便是赛恩府了。

---

①亨利八世的第五任王后。——编者注

# 1553年7月

## 赛恩府

他们迅速准确地把驳船停在码头上，搭起了上下船用的踏板，在我们下船时向我们鞠躬致意。道路两边是举着火把的仆人，火光一直延伸到府邸。我的公公已经把那个陈旧的修道院改建成了一座私人宅邸，但他保留了修道院的墙壁，雕花的石质窗框在凄冷惨白的月光下独自矗立在那里，我甚至都能听见修女们在她们家园的残垣断壁中吟唱的素歌[①]与赞美诗。

我们走过那些石头，就好像它们只是古战场上四散骷髅的颗颗牙齿。我们也忽视了那些倒下的雕像，有根金色的箭矢插在草地里，还有块石头被刻成了常青藤的样子，那本是石棺顶部的装饰。玛丽·西德尼和我走在属于旧信仰的碎石地上时都没有向四周打探，我们走上了低矮的楼梯，穿过巨大的木门，不断向里走，直到进入一条长廊。周遭一片昏暗，墙上嵌着木镶板，或许女修道院长和其他修女曾经就坐在此处。但现在这里空无一物，只能听见阵阵回声，石质壁炉里残存着早已冷却的灰烬，一张沉重的椅子边上摆着铸铁烛台，上面跳动的烛焰便是房间里唯一的光线。嵌着木镶板的墙上有块漂白的木板，以圣经故事为题材的画作曾挂在那里，现在已经被取走了。这倒没错，因为有人制造耶和华所憎恶的偶像，或雕刻，

①指只有人声合唱没有伴奏的圣歌。

或铸造，那人必受诅咒[1]。但这却让这间阴暗的房间看起来更加悲惨。

我看向玛丽，问道："其他人呢？我们为什么要来这里？"

"我不知道。"她说，但我现在可以肯定她在撒谎。

她走到门前，开了一道缝偷偷听着，就算我们离厨房那么远，也能听见盘子的碰撞声和人们的喧嚣，但在大厅尽头的房间却是一片寂静。玛丽关上门，看着我，好像在盘算着要对我做点什么。我紧了紧自己的斗篷，用它包裹着我瘦弱的身子，回望着她。

"你的眼睛睁得大大的，"她说了句让人摸不着头脑的话，"不要怕，你得勇敢一点。"

"我一点也不怕。"我撒了个谎。

"你看起来就像一只面对着猎犬的小母鹿。"

我的信仰在我躺在布拉德盖特的床上时是我坚强的后盾，现在也应该如此，我知道上帝与我同在。"我信赖的主啊，求您让我永不蒙羞。"我悄悄地说。

"天啊，看在上帝的分上，"玛丽不耐烦地说，"你前不久才和你的公公一起吃过晚餐。"她搬了张凳子，坐在巨大的壁炉旁。我迟疑了一会儿，也学着她的样子坐了过去，我俩就像两个爱扯闲话的老太婆一样坐着，她往壁炉里丢了一些引火物，又加了几块小木头。虽然没有什么温度，但摇曳的火焰却把房间的黑暗驱到了角落里。

"我们来这儿的原因是和国王有关吗？"我悄声问道。

"是的。"她说。

"是不是他让我当王后？"

她抿紧了双唇，好像要把话憋在心里。

"这件事……是不是发展得太快了？"

---

①《圣经·申命记》第27章第15节。

她点了点头，似乎事情的发展也吓到了她，让她说不出口。随后我们坐在那里，静默无言。门开了，一个身着达德利家制服的男仆走了进来。“大人希望在大厅见到你们。”他说。

玛丽和我跟着他走下楼，他突然打开两扇门，我们步入一间光彩夺目的房间。烛光和火光让我感到头晕目眩，房间里挤满了王国上下的大人物，还有一列列数不清的衣架。帽子上的珠宝散发出逼人的贵气，又重又粗的金链子散落在一个个宽阔的胸膛上。我能认出六个人，凯瑟琳妹妹生了病的丈夫不在里面，但他的父亲威廉·赫伯特在，站在他身边的是亨利·赫伯特的姐夫——北安普顿侯爵威廉·帕尔①。弗朗西斯·黑斯廷斯和亨利·菲茨艾伦刚还在勾肩搭背地交谈，一看到我们就不说话了。我们伴随着突如其来的安静走进房间，公公约翰·达德利对玛丽点头示意，好像在感谢她做的事，随后房间里的人依次把头上的帽子摘掉，安静地站着。我环顾四周，心中半是希望国王从我身后走来，半是希望玛丽公主的出现，但那人却是约翰·达德利，这位诺森伯兰公爵是议会中权势最大的人，就连他也摘下缀满珍珠的帽子，朝我深深地鞠了一躬。“国王驾崩了，”他说，“上帝保佑他不朽的灵魂。先王指命你为王位的继承人，你从今便是女王了，天主降福，赐汝荣光。”

我茫然地看着他，傻傻地想着，这肯定是一场梦：在河上的夜航，长途跋涉后寂静的屋子，冰冷的壁炉……眼前这些大人物看着我，好像我应该知道下一步该怎么做，这样就能给我加一个叛国的罪名。

“什么?”我只憋出了这个词，“什么?”

“你是女王了，”约翰·达德利重复了一遍，他环顾四周，说道：“天佑女王!”

---

①亨利·赫伯特生于1538年，威廉·帕尔之妻伊丽莎白·帕尔生于1526年。

“天佑女王!”他们都大声喊道，嘴张得大大的，脸也刷地红了，好像齐声喊话会让事情成真。

“什么?”我又问了一次，好像觉得自己会从这黄粱梦中醒来，眼前的一切看起来都荒诞不经。我可能会在切尔西的床上醒来，或许还会把这个可怕的梦告诉吉尔福德，而他会开怀大笑。

“把我的夫人接来。”约翰·达德利轻声和门口的仆人说道，我们就在一片寂静中尴尬地等待着。没人与我的眼神相交，但他们都看着我。我一直在想：他们想让我做什么？我简短地祈祷了一番：“圣父啊，告诉我应该怎么做，给我指示吧。”随后我的婆婆达德利夫人进来了，我的母亲也在她身边。按理说，母亲的出现会安抚我的心，但这两个死对头突然决定团结在一起却让我比以往更害怕。伊丽莎白·帕尔也进来了，她站在身为汉普顿侯爵的丈夫身边，面容既欢欣又坚毅。

母亲不怀好意地攥住我冰冷的手。“简，我的表弟，也就是国王，驾崩了。”她高声说道，好似在对房间里的众人宣扬她的王家血统。

“爱德华去世了?”

“是的，他还任命你为新一任女王，”她忍不住添上最后几个字，“这还是借由我的权利。”

“可怜的爱德华!”我说，“他最后走得安详吗？是不是因病而死？临死之际有没有牧师在他身边?”

“这些都不重要，”我的婆婆说道，一点也不愿在我表舅的灵魂上花时间，“重点是他任命你为女王了。”

我望着她那张坚定的脸，简短地答道：“这不可能。”

“这是真的，”母亲重复道，“他在最后时刻提到了我们的家族，你因我的血缘继承了王位。”

“那玛丽公主怎么办?”

“她自己的父亲说她是私生子，那我们就随他的意。而且我们永远也不会接受一个信仰天主教的女王。”达德利夫人插嘴道：“她想都别想。”

“那伊丽莎白公主呢？”我悄声说。

这次她们两人都没费心回答。我甚至都没提苏格兰的玛丽王后，尽管她获封的可能性和我们一样大。

“我做不到的，”我悄悄地对达德利夫人说，瞟了一眼挤满人的房间，“我真的做不到。”

“你必须要做到。”

议会成员逐次朝我下跪，他们的身高与我双肩齐平，都和我的小妹妹无异，我感觉就好像被一群固执的侏儒包围着。

“别这样！”我难受地说，“各位大人们，我求求你们，不要这样。”我感觉自己的眼泪正顺着脸颊流淌下来，这是为了我那可怜的表舅，为他的英年早逝而哭，当然也是为了我自己，我独自身处在这间令人战栗的房间里，那些可怖的男人以及那些绝不会伸手帮我的女人单膝跪地。“不要这样，我做不到。”

但他们对我话充耳不闻，而且靠得更近，仿佛聋了一样。这一切简直是一场噩梦，他们起身，一个接一个地向我鞠躬并吻我的手。我想把手抽回来，但母亲伸手从背后搂着我，牢牢地支在我的臂窝处。达德利夫人拉着我伸出的手，如此一来，那些有权势的陌生人就可以把他们那两片柔软的嘴唇贴在我攥成拳的手上。我不断抽泣，泪如雨下，但没人在意这点。“我不能继位，”我边哭边说，“当女王的应该是玛丽公主，而不是我。”

他们牢牢地抓着我，但我仍然设法扭来扭去，我觉得他们会把我拖上绞刑架。我羞辱玛丽姨妈的信仰之时就等于羞辱了她，我再也不敢这么做了。宣称自己继承王位这件事是叛国，会被处以死刑。我不敢，也不会这么说。

大厅的门开了，父亲和吉尔福德一起进来。“父亲！”我哭喊道，他好似我的救星，“快告诉他们我不能当女王！”

他走到我身边，让我感觉自己如同一个获救的孩子。我以为他会把我从这个悲惨的境地中解脱出来，告诉他们这一切是不可能的。但他也深深地鞠了一躬，这是从来没有过的事，接着他用最严厉的声音说道：“简，你被我们敬爱的先王任命为女王，他做出了一个正确的选择，接受他给你的委任也是你的责任，这是神授予你的君权。”

我无力地尖叫道：“不！不！父亲，不要这样！”

母亲放在我肩上的手抓得更紧了，她轻轻地摇了摇我。“安静点，”她突然低声说道，“你生来就是要做女王的，应该高兴才是。”

“怎么做才行？”我哽咽着，“我不行！我做不到！”

我慌乱地望向四周那一张张严肃的脸，想要找一个理解我、接受我的人。吉尔福德走近我，抓住我的手。“勇敢点，”他说，“这对我们来说是个好机会，也是件好事，我为你感到骄傲。”

我茫然地看着他，好像他说的是我完全听不懂的俄语。这话是什么意思？又到底说了什么？他朝我露出一个孩子般俊美的微笑，然后松开我的手，走向了他母亲。没人在意我是否拒绝这一切，他们对我不愿接受王位的哭诉充耳不闻，不论我是否同意，都会为我加冕。我犹如一只被套索困住的兔子，可以挣扎，可以尖叫，可没人会出手相救。

# 1553年7月

**伦敦　伦敦塔**

我身着一条绿色丝绒长裙，上面绣有金色花纹。他们肯定偷偷地照着我的尺寸做了这身衣服，随后等着这一天的到来。当他们把紧身胸衣套在我腰上时，我觉得就和套在我脖子上的绞索一样。我在这时才意识到这是我那垂死的表舅给我的赠礼，这是个早有预谋的计划，裁缝早在数月前就量好了我的腰身。我的公公约翰·达德利是议会首领，肯定是他指导大家准备了这身长裙，也准备了这个加冕仪式。我父亲也同意了，议会的其他大人也对此宣读了誓言，我那可怜又疲惫不堪的表舅爱德华也曾宣读过自己的誓言，命令他们反对自己同父异母的姐姐玛丽公主——王位的正统继承人。

母亲经由我的同意后被赦免，她要和自己的骄傲做好几个星期的斗争才能平复自己的心。他们都有几个月的时间来平复自己的良心，当然，前提是他们还有良心。但这几天我得把自己的恐惧呈现在上帝面前，并与神授的君权进行一番思想上的斗争。如今我穿着那件绣有金色花纹的绿色长裙，登上王家驳船，坐在设有金色华盖的王位上，伴随着迎风舒展的王室三角旗一路航向伦敦塔，为自己的加冕仪式做准备。

我只陪同我的表舅一起坐过王家驳船，可如今仅有我坐在中间的王位上，感受着河面上的冷风是如何吹过这把毫无遮挡的椅子。当船驶过码头时，有上百名群众聚集在河岸和伦敦塔内盯着我看，我走下驳船，在金色的华盖下穿过狮门，这并非是属于我的颜色[①]。我很庆幸吉尔福德能在我最孤独最恐惧的时候陪着我，这感觉让我很是惊讶。他牵着我的手缓缓而行，接着向后退一步，让我走在他前面，动作优美，宛如我们在婚礼上跳的舞。我很高兴自己的头上有块华盖遮着，好似它能在我走向叛国的深渊时为我挡住上帝的目光。母亲走在我后面，提着我的裙裾，把它拉向左边，又摆向右边，像一个农夫驾驭着一匹桀骜的马，甩动缰绳迫使它耕作板结的土地。

我们走进了塔内的遮蔽处，我看见更多的人等着来见我。挤在那群女士中间的有我妹妹凯瑟琳，她困惑的目光与我相遇了。

“噢，简。”她说。

“你得叫她陛下。”母亲打断了她的话，甩了甩我长袍的裙裾，就像在甩动一匹倔强的马儿身上的缰绳。

凯瑟琳听话地鞠了个躬，我从她身边走过，这过程中她仍抬头看着我，那双蓝色的眸子充满惊骇的神色。她没有跟上来，那个面色苍白的丈夫跌跌撞撞地跟在她身后。我们进了国王的房间，我脸上一阵红晕，因为我们直接闯进了爱德华国王的私人住所、礼拜堂与卧室。我都不知道自己怎么能来这儿，我肯定不该睡在这里，怎么能睡在国王的床上！他的东西已迅速被人清理干净，地板也清扫了一番，好像他已经驾崩了好几个月而非四天。但就算这样，我心里仍时刻觉得他会随时进来，而我坐在他的椅子上，会被他抓个现行，并为此羞愧不已。

但这不再是爱德华的房间了，里面的一切如今都属于我，我们站在这里，感觉有点笨拙，无所适从。门砰地打开，一群王家裁缝抬着一排大箱

①都铎时代有些特定的颜色只属于帝王，简头顶金色华盖，心中却并不认可自身女王的地位，因此原文用了“borrowed colour”一词。

子进来，里面装满了王家衣橱和珠宝店送来的长裙和珠宝。凯瑟琳·帕尔穿过的所有华美长袍都在这里，我记得她穿这些衣服的样子。那些披肩属于克里夫斯的安妮，还有西摩尔家的珍珠，安妮·波琳的法式兜帽，还有属于首位王后的西班牙金饰——她在我出生之前就已经去世了。唯一适合我的长裙是那件属于凯瑟琳·霍华德的小裙子，她以叛国罪被处死的时候不过比我大几岁而已。她也和我一样被迫结了婚，在学会如何成为一个女人前就被任命为王后。

“这双鞋子真漂亮。”吉尔福德拿着一双鞋子，给我看它上面的刺绣和钻石。

“我不会穿死人的鞋子。”我耸耸肩道。

“那就把上面的钻石摘下来给我好了。”他笑道，一头钻进那些箱子里，好像一只在挖玩具的小狗。他把镶满宝石的帽子在他那头金发上摆正，还把天鹅绒斗篷围在自己肩上，他母亲在一边宠溺地看着他。

凯瑟琳睁大蓝色的双眼看着我。“你还好吗？”她问。

“把它们放一边去，”我暴躁地对吉尔福德说，“我才不要披旧皮草，戴那些老珠宝。”

“干吗不？”他问道，“这些是王家的东西，我们干吗不以最好的面貌示人？别人都没有这个权利。”

我转向凯瑟琳。“我觉得自己还好，你呢？”我的声音颤抖着。

“他们说我是你的继承人，”她讷讷地说，“等你去世了女王就是我。”

我忍不住笑出了声。“如果我死了你就要继承这个王位？”我质问道。

她那张漂亮的脸蛋怔住了，但又一脸茫然，呆呆地说道：“希望我们两个人都不要那样。”

她把手伸进长披肩的袋子里。

“你有没有把那只小猫崽丝带带到这里来？”我问。

她摇了摇头。“他们不让我带。”

古温切斯特侯爵威廉·保莱特带着一只四角镶金的皮箱进来，用一个金制的锁头锁着。我看着他，好像他给我带来的是一条毒蛇。

“我觉得你应该试试看王冠。”他边说边露出了一个不露齿的微笑，“戴上看看！”

“我不想要它！”我突然产生了一种强烈的厌恶感，大声说道。这是爱德华国王的王冠，而在我心里它无疑属于玛丽公主。“我不想要它！”

“那我来戴，”吉尔福德突然说道，“把它给我，让我试试看。”

“我会给你找顶不同尺寸的，”侯爵微笑着对我丈夫说，“这顶王冠对你来说太小了，这是安妮·波琳在她加冕的时候戴的。”

如果它没有被诅咒，那这样的事怎么可能发生？上一任戴着它的王后在加冕后三年内就去世了，我拉着吉尔福德的胳膊，把他从那个打开的盒子及缀满珠宝的金王冠边上拉开。“你不能当国王，”我悄悄对他说，“只有议会要求而且我同意将其移交给你才行。你没有被任命为爱德华国王的继承人，我才是，如果我要当女王，那你就得是我的丈夫而不是国王。”

“吉尔福德是王配，”他母亲打断了我的话，走到我们身后，“在你加冕时他会伴在你左右。”

“不。”一种激进的想法出现在我的脑海中，这件事比我篡位感觉更糟——至少我还是都铎家的人，还拥有王室的血脉，这条血脉至少遵从了亨利国王的意愿。但吉尔福德是个以叛国罪被处死的征税人之孙，他没资格登上王位，这个念头太荒谬了，简直有辱王室血脉的纯正。“先王是我的表舅，他特意经由我母亲这一支将我选为女王。如果是你上位，那我们显然不再是以王室一脉行事，而是在做某种罪恶的行当。我的表舅被上帝授予王权，我则继承了这份权利。我是都铎家的人，乃是天佑的女王；吉尔福德不过是达德利家的人而已。”

“你会发现达德利家族是这片土地上最有权势的家族！你会知道我的丈夫乃是将国王扶上王位的重臣！”吉尔福德的母亲对我怒吼道，“我们让你当上了女王，也会让吉尔福德当上国王！”

“休想！是我把继承权让给简的！”母亲抬高了声音，快步走到我身边，“简才是坐上王位的那个人，而不是你的儿子！”

“看看你都挑起了什么事！”吉尔福德狂怒地对我说，“你这个白痴！我是你丈夫！你为什么就不能让我戴上王冠？我是你的主人，你也发誓要服从我，你都当了女王，我的位置怎么能比你低？现在睁开眼看看，你把我妈妈惹恼了！”

“我不能这么做！吉尔福德，我为此祈祷过。上帝让我坐上这个位置，虽说我不想，但我知道他在喊着我的名字，为的是测试我的信仰。但上帝没有选召你，他没有让你坐上这个位置，你不是王位的继承人，我才是。”

他的面色因愤怒而苍白，一时间找不到合适的词来反驳我。“你这个不听话的妻子！”他朝我啐了一口，“简直不可理喻！你的登基就是叛国行为！更不用说其他事了！”

吉尔福德转身，大步走出了屋子，他的母亲对他低声道：“别说那个词。”说罢便急匆匆地跟在他身后，只剩我一个人因为愤怒和压力而颤抖。在我面前的桌上放着打开的盒子，里面有安妮·波琳的王冠。我的妹妹双眼圆睁，盯着我。

正是那个温切斯特侯爵挑起了这一切。他对王冠许下了愚蠢的诺言，让吉尔福德信以为真。现在他转向了阿兰德尔伯爵亨利·菲茨艾伦和凯瑟琳妹妹的公公威廉·赫伯特，挑起他的眉毛，好像在问，这个国家要如何由一个不和的家庭管辖。“我以为大家都同意这一切的？”他狡猾地问。

“当然。”凯瑟琳的公公立刻回答道。他当然不想碰到什么阻碍，这一切也是他的计划。站在他身边的儿子也附和地点了点头，好像知道这件事似的。

“我没有同意。”我说，突然感到上帝的手在头顶上展开，我立刻就明白了自己的想法。我不是个傻子，明明白白地知道要在这里做什么，我不再被恐惧吞没，而是能望见属于自己的道路。“我会接受这顶王冠，因为这是上帝的愿望，而我也能替上帝行事。但这并非吉尔福德的命运——是我从爱德华国王那里继承了王冠，上帝保佑他，也保佑吉尔福德，他是我的丈夫，我身边的王位是留给他的。”

我虽然没看见，但感觉到我的妹妹凯瑟琳对我这侧更为亲近，大概是因为我说她是我继承人的关系吧，我还说我们是有着王室血脉的姑娘，才被任命为王位的继承人。我们既非愚者也非弄臣，我的丈夫不会被加冕为王，她的丈夫亦如是。

“但他得有个名分，”凯瑟琳的公公沉吟半晌后提醒道，“得是一个王室的头衔，毕竟……”

他话没说完，但我们都知道他会说什么，毕竟诺森伯兰公爵可不会单单把亨利·格雷的女儿扶上王位。但谁又在乎我呢？我登基后对达德利家有什么益处？吉尔福德这几天做了不少事，为此至少得封他一个头衔，他的家人肯定也会想要一份酬劳。**牛在场上踹谷的时候，不可笼住它的嘴**——达德利家正是那群贪婪的牛。

“我会封他为公爵，”我提议道，公爵的确是个王室头衔，“他会成为克拉伦斯公爵。”

上一任克拉伦斯公爵因为自己狂妄的野心而在此被人淹死在一缸玛姆齐甜酒中，我才不在乎达德利一家会不会拿自己与他作比较。

我和妹妹凯瑟琳睡在王室的床上，一名仆人睡在床边地板的矮床上[①]。真丝被褥用金熨斗暖过，为了防止刺客，床垫还被刺了几下。吉尔福德没有和我一起来，次日凌晨，我的胃痛更厉害了，醒来却发现自己来了例假，正在流血。

凯瑟琳一下子从床上跳了起来，把被子一掀。“真恶心！”她说，“你干吗要这么做？你不知道自己的例假是什么时候来的吗？”

“它不是一直在同一个时间来的，我怎么知道它会现在来？”

“你的例假来得真是太不是时候了！”

“我又不能控制！”当然，在国王的房间里从来没发生过这种事，在这个房间，这张床上从未躺过任何一任女王，所有女王都住在女王的房间里。凯瑟琳和我得把板结的床单扎起来送去洗衣房，洗床单的小伙子看起来甚是嫌弃。我简直羞愧得无以复加，得叫人送来新的衬裙，再把一大盆脏的送过去洗，他们还带来了一罐热水和散发着芳香的毛巾。当我最终走进礼拜堂的时候感觉颜面尽失，我把脸埋进双手里，祈祷上帝让我流血至死，让自己从这件可怕的事上解脱。

我刚进房间，坐在王位上，就收到了一则我婆婆的消息。她的一个仆人进来，对我行了王家屈膝礼，身子弯得很低。她起身后告诉我，她的主人，也就是诺森伯兰公爵夫人，今早不会上朝，她和儿子吉尔福德会在赛恩府休养。

“就因为我没让他当国王？”我毫不客气地问。

那个女人听到我直白的话眨了眨眼。“我的主人吉尔福德说，光是当个公爵还不够，如果他不是国王，那就不能和女王结婚。”

“他要离开我？”我心存疑虑地问。

随后一片沉寂，她的脸刷地红了，只能再行一个屈膝礼，然后双眼盯着地板匆匆离开。

---

①这种床四角一般装有轮子，不用时可以推进大床底下。

我再次感受到那种狂热的决心，如今意识到这是上帝的帮助：他给了我力量，让我双眼看得更明晰。我转向站在我身边的阿兰德尔伯爵亨利·菲茨艾伦，咬牙切齿地说道："请去我的夫君那里，告诉他女王命令他上朝，并告诉他的母亲，女王也希望能在那里看到她。没有我的允许，他们俩谁都不许离开，让他们明白这点。"

他向我鞠了一躬，离开了房间。我环顾四周，看着其他领主，有些偷偷隐藏着笑意，我知道如果自己再不去更衣室换衣服，经血就会弄脏我的长裙，而我又要为此蒙羞了。我望向凯瑟琳，向她寻求帮助，她也茫然无助地看着我，一点也不知道该怎么办。我只得找了个借口："我感觉身体不适，准备回自己的房间了。"

他们都跪了下来，我走过他们，侍女跟在我身后。我的腹部好痛，站都站不稳，走路的姿势也冒着傻气，就好像在人行道边上挪着步子似的，这只是为了不让经血流出来。我强迫自己回到房间，一路忍着疼痛和恼怒，直到门关上，留自己一个人独处时，我才哭了出来。

我从来都没有流过这么多血，也从来没感到过如此虚弱。"一定有人下了毒。"我悄悄地对女仆说道，她正把那些沾血的月经带和锈色的水拿走，"肯定有可怕的事发生。"

她望着我，吓得嘴都合不拢，一时间手足无措。她整晚都在照顾英格兰女王，如今我告诉她有人对我下了毒，任谁碰到了都会慌张的。

# 1553年

**伦敦　伦敦塔**

事情变得更糟了。我丈夫的哥哥，就是那个十分英俊的罗伯特·达德利没能抓住玛丽公主——或者应该说是玛丽女士，我们现在得这么叫她了。他骑着马把诺福克兜了个遍，挨个拜访那些相貌英俊的男子，确保没人帮她逃走，不过他没把她带进自己的城堡里。

半数大臣告诉我她肯定逃到西班牙去了，我们应不惜一切代价防止她率领天主教的军队来攻打我们，将全英格兰消灭殆尽并送入地狱。还有半数人说她的离开一定经过了同意，她将被永久驱逐出境，如此便无人会举兵反抗我。然而除了这些，她还做了件对我们影响很坏的事，没人能料到这事会出自一个妇人之手：她不仅将自己在肯宁霍的豪宅装修得更奢华了，还写了封信给议会，告诉他们她才是真正的女王，若他们能允许她立刻前往伦敦登基，便免除他们的叛国之罪。

对改革的正当性而言，这是最糟的一件事。我知道上帝不想让她登上王位，而她所说的"允许所有信仰存在"，并且不强迫那些异教徒信仰已经见到光明的基督教，这都是魔鬼把戏的一部分，为的是否认凯瑟琳·帕尔所信仰的一切，摧毁爱德华国王取得的成就以及我所宣誓继承的那些东西。玛丽公主休想把这个国家交还给罗马，摧毁我们试图建立圣徒之国的机会。我承蒙上帝之请，将与她斗争到底，决意让人集结一支军队将她缉拿归来。

她有很多机会去更好地理解圣言，和我一样在凯瑟琳·帕尔门下学习，但她却走向了错误的方向。如果我们把她抓住，且国会坚持认定她该因为反抗女王我而以叛国罪处死，那就处死好了。我会有勇气将她和所有异教徒送上断头台，我与上帝强大的军队联系紧密，因为我是被召的人，是被上帝选中的。我将像耶稣手下忠诚的士兵那样蒙受痛苦，但不会听闻上帝的召唤后却发现自己还不够格。

我在房间里和凯瑟琳妹妹一起跪了好几个小时，向上帝寻求指引，玛丽跪在凯瑟琳边上。凯瑟琳显然不与圣者同列，我看到她在打瞌睡，便用手肘顶了顶她的肋部，她才开始说“阿门”。这倒不要紧，我必须保持虔诚和真挚。凯瑟琳是我的伙伴，也是我的妹妹，她可以打瞌睡，正如耶稣的精神正在遭受极大的痛苦时圣彼得却在睡梦里一样。但就算这样我也会一步步向前，取得象征圣徒身份的圣冠。

为了对玛丽公主声称自己是正统继承人作出回应，议会公开声明我是女王，所有中尉统监[①]都被派到各自的封地，确保全国上下的每个人都知道先王已经驾崩，而我是他任命的继承人。那份宣告张贴在伦敦各处，传教士也在他们的布道坛上宣布这个消息。

“有人反对吗?”我紧张地问父亲。

“没，连一个‘不’字都没有，”他打消了我的疑虑，“谁都不想西班牙人来占领我们，也不想回到罗马教皇的统治下。”

“玛丽公主在国家里肯定有些支持者。”我焦虑不安地说道。

“是玛丽女士，”他纠正道，“你当然会这么想，但不管那些人怎么想，没人会站在她那边，这个国家肯定遍布天主教徒，但不会对她宣誓效忠，约翰·达德利掌权了那么久，肯定会准备好这一切的，只要西班牙不多管

①该军衔最初由亨利八世创立，于1550年交由议会任命，负责统筹每个郡的军事力量。

闲事就行。”

“我们必须集结一支军队。”但我对军事方面一无所知。

“我们已经着手准备了，”他说，“由我来率领军队。”

“不，”我突然说道，“父亲，说真的，没有你我便做不成这件事，不要抛下我而让我和达德利家的人在一起，我不想和吉尔福德还有他可怕的父母相处。不要只留母亲和我的妹妹们在这儿，母亲从未说过反对达德利一家的话，而凯瑟琳比普通人更糟，玛丽还太小，得有一个人在这里陪我。”

他犹豫了。“我知道你母亲不愿意我与她的姐姐玛丽公主交战，我也并非行伍出身……”

“约翰·达德利必须要去，这都是他的主意，他的计划。而且他在四年前刚刚镇压过凯特的叛乱[①]，让他去再合适不过！”我喊道。

“别难过。”父亲说，他那双疲惫的眼睛望着我通红的面颊，我的音量也提高了。他目光上移，越过女仆，朝母亲点了点头，好像她必须过来安抚我。

“我没有难过，”我飞快地回答，我得不断打消别人的疑虑，“我只需要自己的家人陪伴我身边，吉尔福德就是这样。他的兄弟们为他工作，母亲在他身旁，父亲为他把一切都打点妥当。为什么朝廷里满是达德利家的人，而你却要离开我们，把我、凯瑟琳、玛丽和母亲留在这里？”

“不要慌，我会留下来的。上帝与我们同在，而你将会成为女王。约翰·达德利的军队会抓住公主，就算她到了法拉姆灵厄姆的城堡，在那里建立起她自己的一套规则也不顶用。”

“是女士，”我提醒他，“是玛丽女士，这也不是她定下的规则，而是

①应指自1547年发生的“凯特叛乱”，诺福克的一名乡绅罗伯特·凯特所领导的反对国王宗教政策的叛乱行为，罗伯特·凯特后于1549年被绞死。——编者注

我的。”

约翰·达德利在离开伦敦前举办了一场盛大的饯别晚宴，其间充斥着夸耀和恐惧，真是罪孽深重啊。他的演讲一点也不鼓舞人心，我读了不少历史书，知道一个即将出征捍卫自己信仰和女王的人应以何种姿态说话。他没有声明这一行为的正义性，也没有提及自己必将获得的胜利，而是提醒在座的每个人，这次出征赌上了他的生命和名誉，向众人传递了一种真切的焦虑而非虚假的自信。

吉尔福德和我并肩而坐，我们目光扫过整个大厅，饰有我家族徽记的织物铺满我的椅子，而不是他的。我的椅子也比他的更高，他的父亲正在威胁议会，如果他们背叛他，那么他也不会对议会保持忠诚。这不是那种凯撒出征前做的讲话，我对吉尔福德说道。

“他们哪能称得上是罗马王室的军团司令官?”他尖刻地回答，“台下的人一个都信不过，如果他们觉得自己要输了，就会毫不犹豫地翻脸。”

我正要解释为什么他说错了，父亲却立刻转头对着我们，做了个雄辩家演说的手势，说到了我的事情。他说我是被他们诱骗当上了女王、被强迫着推上了王位的，而不是出于自己的意愿。吉尔福德和我就像在鸟巢中的小猫头鹰一样面对面眨巴着眼睛。那我神授的君权又在何处？那我表舅将自己的王位授予我的权利呢？还有我母亲那合情合理的声明，她将先王亨利的遗愿铭记在心并交之于我，这又到哪儿去了？吉尔福德的父亲把我登基这件事说得像是有所预谋而非上帝的安排。若有预谋，便是叛国。

约翰·达德利向萨福克的东北方进军，我们则留在伦敦，着手处理执政事宜，但这给我的感觉更像是一场化装舞会而非真正的统领，直到有一天，我们得知玛丽女士被捕了。吉尔福德没有再争辩自己的名号或者头衔，但他每天独自进餐，还会赋予自己一些权利，比如登位时用金色的华盖遮挡，和国王一样；还送出五十盘菜肴分给议会中的各位，他把这群人邀请过来，就是为了给别人留下一个气派的印象。有些时候我胡乱地想：他正在侵犯我，僭用特权，一个阴谋套着另一个阴谋，一个罪衍包裹着另一个罪衍。他和自己的那群男仆在一起放纵粗野地喝酒，我在自己的房间和夫人们用餐时都能听见他们的叫喊和歌唱声，但最糟糕的是，吉尔福德比我更早从他的父亲和兄弟那里得到消息。

他的兄弟罗伯特爵士在诺福克举兵对抗玛丽女士，而他的父亲约翰·达德利带领军队从伦敦出征，前往法拉姆灵厄姆。这很正常，吉尔福德的宫廷是男人汇报并得知消息的地方，而我的宫廷里则都是女士，所以很容易就被排除在外。那些消息并非不传给我，我迟早会知道，他们也明白自己得向女王报告那些事，但第一步却是把消息说给男人们听。当然，一个女王所在的宫廷自然会有许多女士，我若不居于议会的男性中间，又何以成为一个统御天下的女王？

这是我未曾预料到的问题，我以为一旦我强迫自己接受了英格兰国王的王冠，那我就有了国王的权力，如今我意识到作为一个女王掌权是件全然不同的事。男人们跪在地上向我宣誓，但对他们而言，却不会向一个女人展示男人的忠诚。说真的，我个子太小，纤细瘦弱，就算有上帝为我撑腰，看起来也不会威严多少。

况且，这群男人的确言而无信。约翰·达德利出兵的头天晚上，我就听到温切斯特侯爵威廉·保莱特未经允许就离开了他在伦敦的寓所的消息，就是他愚蠢到答应把王冠给吉尔福德的。同样试着溜走的还有威廉·赫伯特。我不会原谅这种违背上帝意志的不忠，因此立刻派人告诉侯爵，让他回到自己的岗位上。

我把枢密院的人召集起来对他们说，我每天在夜幕低垂时都会关上伦敦塔的大门，希望每位议会成员都能在伦敦塔里。我也希望所有夫人，包括我的妹妹，我的母亲和婆婆，还有我的丈夫都与我一同上朝。他们将我扶上伦敦塔内的王位，所以不论是在王位两侧或是伦敦塔内的任何地方，都要一直伴我左右。约翰·达德利向玛丽女士进军，就像是气势汹汹的魔鬼在侵略疆土，但我们只有与天堂的圣人并肩才会获得胜利。

威廉·赫伯特在午夜前偷偷溜回了我的接见厅，我还在熬夜，母亲和婆婆都在陪我，就连吉尔福德也在，今晚算是他第一次没喝醉。赫伯特的儿子跟着父亲一起进来，面色依然苍白，看起来病恹恹的，凯瑟琳妹妹跟在她丈夫后面，保持着半步的距离。

“大人，你得留在这里。”我直截了当地说，“我们一旦收到消息就会需要你，可能会随时召集议会全员。”

他向我鞠了一躬，但什么话都没说，也没有争辩。

“我也希望有妹妹的陪伴，”我继续道，“若无准许，亦不可将她带离此地。”

我忍不住一直在瞥着母亲，想看看她是否同意我说的话。她点了点头，就连达德利夫人也做了个赞同的手势。每个人都知道我们得团结一心。

“没人可以离开，”吉尔福德补充，好像我没把这事说清楚似的，“这是我父亲的意愿。”

我们必须齐心协力，不能露出分裂的征兆，我们是上帝的士兵，必须齐步前行。议会召开会议，一致同意他们应该写信给理查德·里奇，他向我宣过誓，如今却销声匿迹，这么做是为了提醒他保持忠诚。诺福克边郊的态度摇摆不定，东部的主权也模糊不清，他们担心船上的水手们会宣誓向玛丽效忠。会议暂停后发出了信函，但今早晚些时候凯瑟琳进了我房间，在我写字时扯我的袖子，让我把纸都弄脏了。

“看看你都做了什么好事！怎么了?”我问她。

“我们要走了，”她用近乎耳语的声音对我说，“现在就要走，我公公说的。”她给我看了看绕在她胳膊上的猴子，“我得把诺兹先生放进他的笼子里，他也要一起走。”

“你不能走。我告诉过他，我和他们每个人都说过，你得待在这里，你们都听到我说的了，你们都得留下来。”

“我知道你告诉他们了，”她说，“所以我现在才来找你。”

我仔细端详着她，这在我们彼此的生命里还是头一回。她看起来不是那个稍稍惹人烦躁的年轻姑娘，而是布拉德盖特一抹熟悉的风光，如同我每日经过的花园中盛放的白玫瑰。面前的她是个真真切切的姑娘，和我一般真实；她也是一个年轻的姑娘，遭受着和我一样的痛苦。但我看着她雪白的脸颊和情真意切的黑眸，还有她流露出的紧张和焦虑，心中却没涌起半点同情，而是更为恼怒。

“你怎么了？看起来像五月多雨的日子那般阴郁。”

“他们都和我们一起走，”她哀怨地说，“很多人都要走。你的议会、枢密院，他们都要和我们一起回到贝纳德的城堡。他们答应了我公公威廉·赫伯特，说要在那里会合。他们抛弃了你，转而追随他，对不起，简，我没办法阻止他们……”她的声音越来越轻，微微耸了耸肩。她当然无法阻止那些领主做自己认为合适的事。“我真的有和他们说过不能这么做……”她的声音几乎细若游丝。

“但我命令过他们留在这里！他们觉得自己能在你的房子里干些什么?”

“恐怕他们要拥立玛丽女士为女王。”

我直愣愣地看着她，满脸惊愕。“什么?”

她也看着我。“我也得走。”她说。

她显然得服从自己年轻的丈夫，还有他那权势极大的父亲。

“你不能走。”

“我们可以问别人吗？”

这问题真是荒唐。“问谁？问他们什么？”

“我们应该做什么？就不能派人传个消息，问问罗杰·阿斯卡姆[①]？”

“问那个学者？你觉得他能做些什么？难道要问他：我的枢密院已经跟着你的公公跑了，他们还要认一个天主教徒当女王，这该怎么办？”

“我不知道。”她抽泣道。

她当然不知道，她从来就没弄明白过任何事。

“父亲得告诉他们，”她轻声说道，“告诉枢密院。父亲必须让他们不要去贝纳德城堡随后转而对付你。我不行。”

“那就让他去和他们说啊！现在就去找他！”

“他不会说的，我已经问过他了，我们的母亲也不同意。”

我们一时间沉默以对，却比以往更像姐妹，在担忧和恐惧降临在身上时团结在一起。正确的事情并非经常发生，圣人通往天堂的道路并非一帆风顺，上帝也未必总能奏响凯歌，我们两个人的权力并不比小玛丽大多少。那只猴子，诺兹先生，把她的手帕从口袋里掏出来，塞进她的掌心。

“那我呢？”我问。

我第一次从她的眼中看见泪水。“你不会一起来的对吗？”她说，“不会和其他人一起到贝纳德城堡去。”她深吸一口气。“难道你会对玛丽女士道歉？难道你会说你登基是个错误？你会和我一起走？”

“别傻了。”我尖刻地说。

---

①罗杰·阿斯卡姆（1515—1560），英格兰学者、作家，以他的散文文体、对地方语言的推广及教育理论而闻名，自爱德华五世起主管国家的教育工作。

"如果你和我说那是个错误又如何？如果我证实了你是对的，说你并没有这层意思又如何？他们逼你这么做的？"

我看着她把装着宠物猴的短上衣紧了紧，好像她会派人来监视似的。

"不可能。"

她摇了摇头："我不觉得你会答应。"说完，她把那块潮湿的手帕递给我，一言不发地走出了房间。

我环顾四周，发现有些侍女不见了，如今才意识到她们今早的祷告就缺了席。我的房间越发冷清，人们正在抛弃我。

"你们倒是谁都没有离开我啊。"我用刺耳的声音说道，她们这才把头探出来，好像一等我走出房间就都准备离开伦敦塔。这是背信弃义的行为，这是错误的信仰。我觉得女人更倾向于做出这些不光彩的事。我为此厌恶她们，如今却对此束手无策。我无法想象她们要如何面对自己，如何面对上帝。她们背叛了我，上帝会让她们付出代价，因为我是他的女儿。善恶到头终有报，那些有权势的夫人和她们作奸犯科的夫君终会明白这一点。

我们和往常一样进餐，吉尔福德坐在我身边那把稍低的椅子上，饰有我家族纹饰的金色布料在我上方延展开来，我环顾大厅，没有嘈杂的谈话声，大家看起来都没有胃口。我差点就耸起了肩：既然他们都想要那样，为什么又会为自己的所作所为后悔？当然了，他们难道不知道这世界不过是一片泪谷[1]，我们都是可悲的罪人吗？

大厅尽头的大门开了，进来的是我父亲，他的步子看起来很僵硬，好像膝盖正疼。我抬头看着他，但他却并未回以微笑。他向我径直走来时，所有的谈话都停了下来，整个房间一片寂静。

---

①出自《圣经·诗篇》第84篇第6节。

他站在我面前，嘴唇颤抖着，却一言不发。我从未见过他这样，一阵不祥的预感传来，我能察觉到有些可怕的事就要发生了。“父亲?”我问。随后他突然伸手抓住了华盖的垂帘，然后用力一扯，那根稳稳支撑着它的杆子向一侧倒了下去，如同一棵被伐倒的树。只听“呲啦”一声，那块布裂了开来。

“父亲!”我喊道，他转身对着我。

“这个地方不再属于你了，你必须遵从时运。”他突然说道。

“什么?”

“你必须脱下皇袍，并自愿回归常人的生活。”

“你在说什么?”我再次问道，但这次只是在拖延时间。我猜我们输了，他才不得不做这种反常的事，和他挚爱的女儿说话时更像是宫廷假面剧里的演员而非父亲：这样才能解释他为何亲手扯下华盖的垂帘。或许是流言将他击垮，但它们没有击垮过我，从来没有。“我更愿让他们感到不快而不是遂他们的心意。”我说，“不遵从你和母亲的意见让我罪孽深重。”

他看起来很是惊讶，好像那面破布会说话似的，其实是它挡住了在我身边瞠目结舌的吉尔福德。

“你必须放弃王冠。”父亲又说了一遍，好像是我吵着要把它留在身边似的。未及我作出回应，他便离开了房间，甚至都没有向我鞠躬。

我起身离开残破的华盖，回到我自己的房间，侍女们跟着我。我看见有一个人停下来和我父亲的仆人说话。

门一关上我便说道：“我们会祈祷的。”

“请您原谅，”那个女人在我身后说，“但是你父亲派人传令，说我们现在就可以走了。我能打点好自己的细软回家吗?”

我身处被人遗弃的寂静房间，可以听见伦敦塔大门外传来的欢呼声。

城中的神父们下令要让葡萄酒流淌在喷泉中，城里的傻子和流氓们都喝得烂醉如泥，大声喊道："天佑女王！"我出去找我父亲，他会知道我应该做什么，或许他会带我回到布拉德盖特的家里。

我开始找不到他，他既不在放着王座的房间里，也不在更里面的房间。会客室和私室都没有他的身影。他也不在吉尔福德的住处，那里终于清静了一会儿。甚至连吉尔福德也闷闷不乐，正在和六个好友玩牌。他们一见到我就站了起来，我问吉尔福德有没有看见我父亲，他说没有。

我既没有问他为什么看起来面色苍白又焦虑，也没有问他那些以前很粗野的伙伴今天怎么异常安静，我只想找到我父亲。他不在白塔里，所以我到外面，跑过草地来到圣彼得礼拜堂，或许他正在小而静的圣坛前独自祈祷，但他也不在那里。我花了很长时间走到马厩，一进去，就听到圣保罗教堂的钟声一遍遍地回响，并非鸣钟报时，而是发着没完没了的噪音，接着所有的钟都开始响起来，好似全伦敦的钟都一起被敲动，发出了刺耳嘈杂的声响。我可以听见伦敦塔外的人群正在叫喊欢呼。乌鸦从伦敦塔的公园里、从塔内所有藏身的树枝上挟带着噪音振翅高飞，如同一片黑云，一片带着噩兆的积雨云。我用手塞住耳朵，将永不停歇的铃声和聒噪的鸟声隔绝在外。我听见自己不耐烦地说："我不知道这些噪音是干吗的！"但我的确知道。

我像个穷人家的姑娘一样跑进马厩的院子里，裙子沾满了泥，发现父亲一只脚正踩在上马用的垫脚石上，准备翻身上马。我走向马儿，把手放在他的缰绳上。

"父亲，发生什么事了？"我得大声喊出来才能盖过钟声。通向马厩的门被撞开了，好像有五六个马夫猛地从这里冲出去似的，门空落落地开着。"看在上帝的分上，告诉我到底发生了什么事。"

"我们输了，"他说，从鞍上弯下腰，把手放在我的头上，好像在临别前赐予我祝福，"可怜的孩子，这是场孤注一掷的冒险，但我们没能赢下来。"

我依然没理解他的话，我觉得自己一点也没明白，因为我听不见。这就是问题所在：我听不见他在说什么。钟声太响，乌鸦太吵，我一定是听错了。

“我们输了什么？我知道我们正在撤退，她也一直在坚守法拉姆灵厄姆，但你们开战了吗？难道约翰·达德利的军队输了？”

“没有开战，她未等利剑出鞘便赢得了胜利。伦敦已经承认玛丽为女王了，”他说，“我为你做的一切只不过是徒劳。他们正是为此敲钟的。”

我松开了握着缰绳的手，踉踉跄跄地朝后退去，离开那匹大马，父亲立刻将这视为离开的信号。他二话不说，猛踢了马一下，便猛冲向敞开的马厩院门，我跟在他身后跑着。

“但你要做什么？”我朝他喊道，“父亲！你要去哪里？”

“就我一个人。”他说，好像这句话能解释一切。

“你要去哪里？”

“我要去承认玛丽是新的女王，再去乞求她的原谅。”

在他的马跑向门口的时候我还和他一样快，但我坚持不久，很快落在了后面。门被撞开，我可以看见外面的人在街上跳舞，互相拥抱，将钱抛向空中，楼上的人们从窗口探出身子，向那些在街上的人大声喊出新闻，伦敦成百上千的教堂钟声不断齐声奏鸣，声音如雷，周而复始。

“父亲，停一停！等等我！我接下来该怎么办？”

“我会来救你的。”他对我保证，随后用马刺踢了下马，马儿一阵慢跑穿过院门，穿过人群，街上的人们甚至都来不及认出他来。他的女儿也曾是名女王，只是继位未及两周罢了。

我像个傻子一样呆立着目送他远去。他会救我的，这个念头多少让我感到有些慰藉。他骑马离开去救我，我们遭受了巨大的挫折，但父亲会让一切重回正轨。我得等在这儿，他会回来告诉我现在必须要做什么。不论我们要在这里做什么，现在这一切对我来说就像一场梦：等你醒来后几乎就要大声笑出来，并将这个噩梦带到祷告中与上帝分享，因为它如此荒诞不经，毫不受控。不论我们过去在这里做过什么，现在都已经结束了，至少我觉得是这样。除非这个挫折只是暂时的，我们有一天又会重回王位。

父亲会如同他对我许诺的那样救我的，约翰·达德利会有个计划，我最好回到自己的房间里，确保没有其他人离开。我们不想让自己看起来太过慌乱，也不想变成老底嘉人，他们因为对待事物不冷不热的态度而备受谴责①。我们也不想在上帝的敌人眼中使他蒙羞。我最好让自己看起来像相信天上的父一样相信我那尘世间的父。

我不由得想到，他们这样选我当了几天女王就好像选我当糊涂道长一样②，其实是个戴着纸冠的愚者，而我还觉得自己是个真的女王，闪闪发亮的权杖很沉，自己的责任很重。我甚至开始觉得自己像是个跳梁小丑，人们都在暗地里取笑我。

如果真是这样，我会尴尬到死。我能忍受一切，但没法接受自己变得荒唐可笑。所以我待在自己的房间里，确保侍女们陪在我身边，吉尔福德

①《圣经·启示录》第3章第14—22节，为《启示录》中提及的七教会之一，历史上老底嘉地区位于雷加斯河畔，生活富足，以银行、制衣和眼科医院为主，但耶稣指出这个看似自足的教会其实是个不冷不热、贫穷、赤身且瞎眼的教会。

②原文为Lord of Misrule，意为“愚者之宴”的主持人。宴会举办日各地皆不相同，大致在每年12月26日至1月1日间，由多数人推举出的一位农民得以在那天主持筵席和狂欢派对。这项习俗在1541年遭到亨利八世的废除，后又被玛丽一世恢复，最终被伊丽莎白一世禁止。

的大臣们和他在一起。华盖的垂帘被我的亲生父亲扯下丢在地上，我没让别人再把它捡起来。我还没有下令，王位就被搬走了，枢密院大印不见了，挂钩上伦敦塔的钥匙也不见了，我的房间空空如也。我来得太晚了，没能把那些侍女留在身边。这让我想起在布拉德盖特的某个夏末，我注意到燕子正绕着塔楼越飞越快，但突然间一只都不见了，我甚至不知道它们是何时离开的。我的侍女就像那些燕子一样消失了。我不知道她们决定要走，也没看见她们离开，就连我的母亲也像褐雨燕一样失踪了。她离开之前都没告诉我，还是带着玛丽一起走的。我觉得她对我比凯瑟琳对我更糟，至少那个如苇草般瘦弱的姑娘过来和我说她得走了。伦敦塔里仅剩下的女人们是那些地位低下的太太，还有仆人，那些伦敦塔治安官们的妻子，以及我的婆婆达德利夫人。她被丈夫抛弃在这里，面色惨白，看起来就像是一头困在寒冷沙滩上的鲸鱼，意外搁了浅。她坐在长凳上，两手空空，既无要读的《圣经》，又无待缝的裙子，全然一个无事可做的女人，瘫坐在自己计划的残骸中。

“你有没有你丈夫的消息？”我问道。

“他投降了，”她哽咽道，声音中饱含悲痛，“就在剑桥那里，那些人前一天还以称他为大人而感到自豪，如今却让他成了阶下囚。”

我用力点着头，好像这对我有意义似的，好像我真在听她说话似的。但我完全无法理解这点。我从未读过任何一页书来帮我接受这个反转，同样也不认为史上发生过这种事，至少在我学过的历史中没有。不用战斗就输得一败涂地？全然没有反抗的余地？我们集结了大批军队出征，但他们却悄无声息地背叛了我们，这不像是真实的历史，倒更像是童话。

“那么，我要回家了。”我下了决心，声音听起来意志坚定，心里却暗自希望她会命令我到伦敦的他们家去，或者命令我等在这儿，让父亲救我。

她摇了摇头：“你走不了，他们关上了伦敦塔的门，”她说，“要是我能走，还会留在这儿和你在一起吗？你曾是女王，如今却是囚徒。你闩上了门不让你的人民进来，如今轮到他们把门闩上不让你出去，你永远无法再次见到自己的家乡，不过上帝曾向我保证，我最终可以回去。”

“这一切该由我来定夺！”我怒气冲冲地说，转身走出房门，前往吉尔福德的大房间。

除了空无一人，别的设施一应俱全。我在门口闻到了一股烤肉的焦煳味，感到一阵恶心，不得不停了下来。大厅远处尽头的壁炉边聚集了几个男人，几个仆人正在收集高脚杯和脏盘子。吉尔福德一个人坐在他的大椅子上，他那耀武扬威的华盖垂帘东倒西歪地向各个方向倒去。他就像一个扮演国王的小丑，但周围却没有大臣跟随。

他见了我，站起来向我鞠了一躬，我对他说：“所有人都走了。”

“我们能走吗?”他问，“我母亲有没有说我们现在可以回家了?”

“她说人们把门闩了起来，我们都被关在这里，他们逮捕了你父亲。”

他看起来大吃一惊。“我应该警告过他的，”他说，“我应该和他一起走的，如果我和他一起去就好了，以他儿子的身份与他同行!”

“你喝醉了，”我毫不留情地说，“而且你什么都不懂。”

他点了点头，好像这个信息很有趣似的。“你是对的，”他对我说，“两点都说对了，我喝醉了，而且什么都不知道。”吉尔福德咯咯笑道：“你可以确信伦敦有一半的人会在今夜酩酊大醉，他们什么都不会知道，尤其不会知道我们达德利一家。”

吉尔福德后几天也过着醉生梦死的日子，他被关在位于比彻姆塔的新房间里，没有朋友，没有侍卫，只有两个仆人，每天早上把他从床上拖出来，晚上又把他丢回去。他不被允许踏出屋子一步，我觉得直到玛丽女士宽恕我们之前，他都得被软禁着。达德利夫人则在我房间里安排了一个沉默寡言的守夜人。

我研读着自己的书，有意思的是，我除了不能离开伦敦塔之外做什么都行。我可以穿过绿塔走进礼拜堂，或者去契据室、花园和马厩逛逛。我喜欢在塔楼间的城墙上漫步，在夜晚俯瞰泰晤士河。凉爽的空气抚慰了我剧痛的腹部，我依然血流不止，还是病恹恹的。肯定有什么东西让我中毒了，除非父亲带我回到布拉德盖特，否则我是好不了了。我开始梦见自己就在家里的卧室俯瞰湖面，但当我醒来，仍能听见城市的嘈杂，看到清晨柔和的天光，这才意识到我仍然远离自己的家乡。

我听见拜沃德门楼那里传来一阵噪声，我从墙上望过去想看看是谁来了，发现来者是六个囚犯，有个警卫看着他们，我能听见门外的人群对他们的嘲笑，但当门关上，门闩放下后这声音就安静了。我只能看见为首的囚犯长什么样。天啊，是我的公公约翰·达德利！他昂着头骄傲地走着，帽子拿在手里，我看见他的几个儿子也在队伍里。感谢上帝，我的父亲不是他们中的一员。达德利一家被捕，我父亲获得自由，他会见到我们的表亲玛丽公主，向她解释事情的来龙去脉，并请她放了我。感谢上帝，为这一切负责的是达德利一家。每个人都知道这是他们的阴谋，他们这几年一直野心勃勃，如今终于东窗事发。

这群人分成两队，我的公公经过水门前往圣托马斯塔，他的儿子们被带到比彻姆塔，和自己的兄弟吉尔福德住在一起。我看着他们走下台阶，低着头穿过矮门时，心中却无任何感受，既无同情也无恐惧。想要走下台阶和他的儿子们一起的约翰·达德利费了点劲，除此之外一切正常。我看到最小的一个孩子亨利正在哭，我猜吉尔福德和自己的兄弟们在一起会很开心，但也会发现醉酒和两耳不闻窗外事并不能救他，因为自己的父亲已经被抓了。

我想自己最好还是回房间去，但等我过去的时候才发现自己的衣服和书被搬走了，现在我住在纳撒尼尔·帕特里奇先生的房间，他可是伦敦塔的绅士狱卒。这间房子很漂亮，面朝塔内，正对着花园，对面是白塔。我的房间大小正合适，舒适至极，身边依旧有三名侍女和一位男仆，对我来说和之前的房间没有差别。我对狱卒的妻子，也就是帕特里奇女士说："外面上演的种种闹剧对我来说毫无意义，只要有我的书和书房，自己还能祈祷，我便别无所求。"

她微微做了个屈膝礼，不是约翰·达德利被捕前行的那种毕恭毕敬的礼。我发现这很令我恼火，但随后记起这不过是外界上演的闹剧，自己对此应当不甚在意才是。

"让我一个人待会儿，"我平静地说，"我想写点东西。"

我觉得自己应该把这些天记录下的事写成信，再把它寄给我的表姨玛丽公主，向她解释发生的这一切并非我的所作所为。如果爱德华国王临终前的愿望可以被忽略，那我也乐于再次成为平民，让她再次成为王位继承人，成为加冕的女王。这正如都铎一家经历的那些变数——天知道究竟有多少。她自己的母亲被丢到一边，还因假结婚被人指控，头衔也丢了，她自己一生中两度成为公主，又被贬为庶民。玛丽公主和其他人一样终会理解，我的头衔可以像他们强加给我那般轻易取消，我对此已经想得很清楚了。

次日，我在卧室窗下听见一阵声响，我把脸贴在冰冷的窗玻璃上，刚好能看见年轻的黑斯廷斯爵士亨利·赫伯特，就是我妹妹凯瑟琳·赫伯特那弱不禁风的丈夫。看起来他好像正要离开达德利兄弟一家所在的比彻姆塔。他正哈哈大笑，向另一个人挥着手，我一眼就看出那人手里拿着一张释放他的许可证。伦敦塔的治安官约翰·盖奇站在一边，手里拿着帽子。显然，年轻的亨利不再像他的哥哥那样被指控为叛国者，又一次成了权贵。当然了，玛丽公主对她的朋友很是怜悯，亨利和她的家庭教师玛格丽特·坡比较亲近，她就死在那群人现在互相热烈赞美的地方。亨利能走出伦敦塔一定很高兴，这地方实在为他们的家族带来了太多不幸。我看着他大步走向主门，这时又有一个男人进来了。

他们经过那人身边时没有做出任何表示，这肯定是个陌生人，不过我随后意识到，亨利·黑斯廷斯当然不会对任何进来的人示意，就如同我的丈夫，他说自己酩酊大醉，什么都不知道。这几天里大家当然是装作什么都不知道，也不会和任何人打招呼。对步入伦敦塔的任何人来说，亨利·黑斯廷斯都是陌生的，他父亲弗朗西斯还关在这里，彻底被遗忘了。在这里认识别人反倒不安全，所以他经过那个新来者的时候看都没看他一眼，只是做了一个和对方远离的手势，把头稍稍扭了扭，这样两人的眼神就不会相交。

我对这场略带苦意的宫廷假面剧付之一笑，看着他远去，随后将注意力转移到了新来的那人身上。我起初没有认出他来，他的头低垂着，步子很慢，看起来和其他所有进塔的人一样，好像没了呼吸，个子就和侏儒一样高，就像他们都对我下跪时那样。

所以那个拖着步子新进来的人是谁？他是不是那些自封为我麾下谋士中的一员，如今同样要被迫承认自己犯下的过错？我只能看见他的头顶和后脑勺，但我感觉自己肯定认识他，那佝偻的肩膀，缓慢的步伐……我突然喊出了声，用手捶着厚厚的窗玻璃，铅玻璃把我的手掌弄得生疼。他听不见我的尖叫，可那个颓唐的男人是我唯一可以信任的人：“父亲！父亲！你听见了吗！”

我请求他们能让父亲和我住在一起，这是个很蠢的做法：他不是皇宫的贵客，我也不是可以随意分配房间的女王。我正被软禁，他是监狱里的囚犯。现在我意识到一切都变了，彻底变了，不仅仅是他没法和我住在一起，我甚至都不能去见他。于是我要求见我母亲。

“她甚至都不在伦敦，”伦敦塔的狱卒帕特里奇先生局促不安地说，“对此我很抱歉，王……”他磕磕巴巴地把我的头衔咽了回去。“不管怎样，她已经走了。”

“她在哪儿？”我问，“在家吗？”

“她不在自己家，”他缓慢地说，仔细斟酌说出口的每个词，“她已经动身前往女王那儿请求宽恕了。”

我肩上的担子突然轻了，几乎都要哭了出来。当然了！她会向自己的表姐说情，让她原谅我父亲。赞美上帝！“她会派人过来接我和父亲，我们会回到布拉德盖特的家里。”

“当然，我也这么希望。”

“女王在哪儿？”

他的目光飘忽不定，好像觉得我不要知道为妙。“她正前往这里，”他说，“从容不迫地在前往伦敦的路上，速度不快。”

“我也想见她。”我勇敢地说。毕竟她是我的表姨，我曾是她最爱的小孩，她明知道我和她信仰不同，却仍给我穿她的漂亮衣服。我希望自己现在对她错误的想法能更为宽容。尽管如此，我们依然有着血缘关系，我应该和她谈谈，当面和她解释更好。我在琢磨着给自己一个正当的理由，但或许应该先以个人身份和她道歉才是。

他看着地板和靴子的鞋尖，没有抬起眼睛。“我会告诉他们你请求觐见女王陛下，”他说，“但有人告诉我你不会被放出来。”

“直到女王要求把我放出来为止。”我说。

“到那时就行了。”他说话的声音却不像我那么有底气，不过我也是装的。

# 1553年8月

**伦敦　伦敦塔**

我不断望向窗外，就像一个落寞的孩子。但我再也没见过父亲，只是见到我那短命议会的成员一个个进来，他们都被捕了。随着日子一天天过去，我看着他们又一个个走了出去。他们被释放了，女王一定慈悲为怀，但她又有什么理由不这么做？她已经粉碎了这场图谋不轨的反叛，赢得了公众的承认，作为异教徒的她本来永远也配不上这份荣誉的。与其惩罚自己的敌人，她反倒更应该感谢他们才是，因为他们为她团结起了这个国家。如今她要让他们所有人都付出巨大的代价：每个人都给她一大笔财产。

她除了宽恕他们，倒也没多少选择，想到这里，我心头泛起一阵苦笑。如果她处死枢密院中每个向我下跪过的人，那整个枢密院也将不复存在。全国的每个贵族曾经都请求让我登基，她别无他法，只得放他们走，作为代价，她打算筹集一笔财富，就像她的父亲和祖父一样：让背叛她的人转而服从自己，并在他们的封地上狠狠地罚一笔。

"你的父亲被释放了。"侍女在我晨祷后提醒道。

"什么？你怎么知道的？"

"他在晚上走了，是帕特里奇家的小女仆和我说的。"

"他逃了？"我结结巴巴地说，不理解究竟发生了什么事。

"不，是被释放的，不过他选择在早上城门被打开前安静地离开。那个小女孩想着你可能想知道他现在已经安全了。她和你一样信仰新教，并且觉得自己能为他从酒坊中拿麦酒，从馅饼店里带出晚饭给他是件值得骄傲的事，她觉得替一个为了新教而冒着生命危险的人服务是自己的荣幸。”

我像个小娃娃一样点了点头，就是那种手按下去头就会不断点来点去的娃娃，点啊点的。我走到自己辟出来用以祈祷和阅读《圣经》的角落里，跪下来感谢上帝：父亲终于安全了；也感谢女王：感谢母亲说服了她。母亲也一定向全世界做了保证，随后才得到女王对她丈夫的宽恕。我应该高兴，她的话语很有说服力，也在为我父亲不断奔走。我的父亲很安全，这是最重要的，我应该很高兴才是，而不应该总想着他没有在临走之前来见我，也不应该想到为什么自己没有和他一起获释。我知道我的父母一直让我听话，或者只要一想我就要让我回到他们身边。我知道一家终会团聚，会回到家乡，回到布拉德盖特。没人会将家园从我们身边带走，也没人能阻止我回到那小小的卧室，那华丽的花园，故乡的原野树林，汗牛充栋的图书馆……只有上帝知道回归故里给我带来的喜悦。

暑气渐长，我的房间在晚上又冷又潮，在下午两点的时候又热得窒息。他们允许我在帕特里奇房前封闭的花园里散步，我有时也和帕特里奇女士在能俯瞰泰晤士河的城墙上走走。临近黄昏，河岸边开始吹起清新的海风，我在凉爽的空气中闻到点点咸味，感觉自己好像要飞上空中，如同鸣叫的海鸥那般冲上云霄，我似乎可以张开双翼和它们一起飞翔。城市看起来安静得很，我很惊讶，以为上帝不会容忍一个信奉天主教的女王，以为他们会举兵对抗她，但看起来玛丽公主，这个西班牙潜藏的势力，和与基督教敌对的可怕力量，实现了那些我的参议者们发誓绝不可能的事——将一位信仰天主教的女王扶上信仰新教的英格兰的王位，而且还没有一句反对她的话。

整个下午我都在学习，晚上则用来写作。我对这间小房子及其下方的花园和通向绿塔的门，还有占据此地中心的塔没有什么怨言。我可以活在自己的小世界里，就像一个在小屋中的僧侣。我正在研读《诗篇》的一版新译文，也在信中向女王表达了自己的清白。我觉得自己必须和她解释一下，如果她释放了我的资深顾问约翰·达德利和他的儿子，那她也能把我放了。她已经原谅了我母亲，是她的血统将我推上王位，比起我来，母亲倒是离王冠更近。玛丽女王也释放了我的婆婆达德利女士，正是她坚持让我试试这顶王冠的——那么她一定也会释放我，否则全然不合情理。

“你的婆婆去见玛丽女王了。”凯瑟琳妹妹说，她难得见我一次，给我带了干净的亚麻布和药物，我的小腹依然有痉挛，有时也会流一些血。她的宠物猴诺兹先生在她肩膀上保持平衡，把他又黑又小的脸埋进手里。“女公爵达德利夫人去见了玛丽女王，但女王甚至都不愿见她。”

“不会吧！”我的注意力立刻被转移了去，就像一名在贩鱼码头的老鸨听见了八卦一样。我感受到了家族血统中被人忽略的一抹骄傲。“不！真的吗！她知道女王已经见过我们的母亲了吗？”

“没错，但当然了，我们母亲是王室家族的一员，也是我们的女王表姨的最爱。可达德利一家有王室血统吗？”她微笑着说。

“不，当然不，可他是个公爵啊。”

凯瑟琳摇了摇头。“他当不了多久了，我觉得他们会拿走他的财产和头衔。”

“但为什么呢？女王已经宽恕那么多人了。”

“他做了件可怕的事……”凯瑟琳指出，“你知道我说的是什么意思吧？”

她的声音低了下来，看着我，眼睛睁得大大的，好像我这个看书看得比她多、教育比她好的人肯定能知道她未说出口的东西是什么。她举着手指伸向肩头的诺兹先生，他用小手抓着凯瑟琳的手指，好像觉得这样能安全些。

我面无表情地看着她，却发现她那双蓝色的眸子噙着泪花。

“简！你知道的！”

“我发誓自己不知道你在想什么，你把眼睛瞪那么大看着我也不能告诉我什么。”

“因为他是个叛徒，”她轻声说，“他试图把一个错误的女王扶上王位，这是欺君、叛国和渎神之罪，人人得而诛之。他是个叛徒，这不仅仅是说他像我们的父亲那样送出了一些文件或者写了几封信那么简单，他的叛国行径绝非限于言语，而是付诸了实际行动。他召集了一批军队对抗女王，自己的儿子在剑尖面前向一个错误的女王宣誓。他们都会，也必须被处决。”

但我依旧茫然地看着她：“达德利家的男孩们都会死？”

我倒是不觉得这五个英俊帅气的年轻男孩们应该死，他们的父亲是个工于心计而且狡猾的人，肯定有办法让自己免于上断头台。那些男孩是重要的角色，父亲又极为聪敏，他们不会死的。

“还有你，简，”她缓慢地说，好像在教我们的小妹妹玛丽说话，“你知道的，对吧？你是他们扶上位的伪女王，达德利一家会因扶持一名伪女王而死，你正是那名伪女王，所以他们说你也会被一并处决。”

我看着自己那漂亮的妹妹，只有她才敢说出这种可怕的谎言。“不，他们不能杀我。”我甚至对她会说出这些话感到震惊不已。

“我知道！”她完全同意我的话，一脸严肃的诺兹先生也点了点他的头，“我的确觉得他们不能这么做，但真的不能吗？事情就是这样，简，他们说自己会这么做。”

凯瑟琳是个傻瓜，我始终知道这点，甚至都没法同意她的话。她援引权威说的话，把自己看不懂的文件给别人读的目的何在？我好像在和她的猴子或者猫儿说话。我知道自己只是在听从父母的话，如今又在听从我的丈夫还有他父母的话。这并非叛国，也不是犯罪，而是上帝赋予的职责：当孝敬父母，使你的日子在耶和华——你上帝所赐你的土地上得以长久。[①]

玛丽女王、凯瑟琳、小玛丽、伊丽莎白和我一样师从凯瑟琳·帕尔，一同伏案读书，女王本人也和我一样明白这点。因为我令父母享到荣光，因而会在这片土地上永生，如果我因遵从父母被处死，那就与之完全相悖了。这便违反了《圣经》中说的话，可那是绝对不被允许的。

我把给女王的解释信写完了，待自己对那封信的修辞、语法和书面整洁度都足够满意后便寄给了她，希望她会读完这封信，了解我的理由并下令释放我。我在信中向她澄清，自己对玛丽·西德尼为何带我去赛恩府的原委毫不知情，而她自己多半也不清楚。过去的我不渴望王冠，如今亦然。但他们用法案的合理性和正确性将我说服后，身为女王的我也的确尽力做到了最好，自认没有可让别人指摘的地方。我得遵循自己的父母，遵循这些论点背后的逻辑。那件事发生时我以为这是正确的，但却忍不住一直在想：上帝所赋予的使命最好由一位学习他的言语、遵循他的律法的女王去履行，而且还必须不归于罗马管辖。尽管这类说法都是毋庸置疑的事实，但我没有把它们和女王解释，因为我知道她不会同意的，毕竟忠言逆耳，良药苦口。

这封信写得很长，告诉她我作为新的女王听从了他们看似建议实则命

①《圣经·出埃及记》第20章第12节，摩西十诫中的第五条。

令的要求，从那些把我视为更年长更智慧的人手中接过王冠。“那些归咎在我身上的错并非都由我导致。”既然她的议会和现在的谋士们都曾经是我的人，那我只能极尽可能地把话说得非常圆滑，我也没有犹豫是否要责备约翰·达德利或是他的妻儿，而是指出我自从被迫和他们一起生活后就一直病着，或许是被人下了毒。

在等她回复的时候我继续学习和翻译，还派人拿了更多书。在我做事的时候我需要请教相关的权威，但让我无比恼怒的是有些书现在没法弄到，因为教皇规定它们都是禁书，没人能带给我。这些书居然被禁了！那些都是关于《圣经》的书籍，是有思想的论者对上帝的话语发表的言论。敌基督者正是这样进入了人们的头脑，它也是暴政者用宗教维系自身统治的手段。我对此倒不是很惊讶，只是这样我就得从自己的记忆中调用语句，并在书页空白处做上记录，等我被释放，回到布拉德盖特自己的图书馆里后，就能读我想读的任何东西了。

城市中满是喝彩、号声和教堂的钟声，我试着让自己的注意力不被这噪音所分散。我削尖羽毛笔，翻了一页正在学习的希腊语语法。学徒们的呐喊声和女人们欢快的尖叫声传到我的耳朵里，我没有走上城墙向下看，但可以想象出这些声音都是为何而发。实际上，我并非真想见到我的表姨在众人的欢呼声中，经由伦敦塔的大门进入伦敦，并依照自己的喜好来释放囚犯，我只希望她能早日接见我。

我能理解女王在宽恕我之前得先审判并处决犯人，但我希望自己能不再看到那些虚伪的牧师，甚至还有那个敌基督者斯蒂芬·加德纳本人。他是改革的敌人，是迫害凯瑟琳·帕尔的祸首。他们走进伦敦塔内的礼拜堂，为那些倒戈的叛徒做弥撒[1]。我把垫子垫在膝盖下，背对窗户，前额靠到冰冷的石墙上，为我永恒的灵魂祈祷。与此同时，那个邪恶的老头在礼拜堂里鼓吹教义，随后举起圣体，慢慢地在教堂中卖弄魔法并引导异教崇拜，而我不久前还在那里直接向上帝祈祷过。想要让上帝听见你的声音，根本不用让人在隐藏起来的祭坛前摇晃香炉、挥洒圣水，长袍还传来阵阵沙沙声。

但并不是每个人都和我想的一样。我的公公约翰·达德利公开放弃自己的信仰，做了告解，在面包师烤的面包和酿酒人酿的酒前卑躬屈膝，假装把它们视作耶稣的身体和血，希望这能取悦女王，从她手里乞得数年可悲的日子来换取天堂无上的荣光。面包师烤的面包、酿酒人酿的酒，这个可怜的异教徒坚持说这就是上帝真正的身体和血。这不是我们所信仰的宗教，这是迷信，是魔法，他为了多活几年，而失去了自己永恒的灵魂。

他们把他带了出去，还有服侍他的约翰·盖茨爵士以及没比别人多做多少事的托马斯·帕尔默爵士，三人一起被带到了塔山[2]后像普通犯人那样被砍了头。

我深深地感到震惊，却无法哀悼约翰·达德利，因为我没有为他悲伤的理由。我的公公在他生命中的最后时刻转而信奉天主教，所以他的死全因违背爱德华五世和我所信奉的正统新教，这罪孽比他承认的叛国罪更加深重。在生命的最后时刻，他想到的是再讨数日罪人般的生活，而不是追求永恒。他做出了错误的选择，就像对我做的事一样。

“我只是还年轻，”我对不请自来的妹妹凯瑟琳说，“可不会因为对生命

---

①弥撒是天主教的最高礼，纪念耶稣牺牲的宗教仪式，当中有分食象征圣体的面饼和象征圣血的葡萄酒的环节。此处可以看到国教又由新教转变成了天主教。

②塔山在伦敦塔外侧北部，现有塔山纪念碑，历史上此处为著名的公开刑场。

的热爱而放弃自己的信仰！他的生活甚是滋润，于是便渴望拥有更久，你可以说……”

“不，我不会那么说……”

“他或许觉得牺牲自己的灵魂是值得的，你会说……”

“老实说，我不会……”

“他才不在乎自己要付出多少代价——这理由听起来倒是不错，否则他便会在牢狱中度过余生。”

她为了打断我，差点喘不上气来。“我才不会说这样的话！”她抗议道，“但我能理解他既为人夫，又有着英俊的儿子，所以不想离开自己的家人，愿意说出一切来保住自己的命！”

“耶稣说，凡在人面前不认我的，我在我天上的父面前也必不认他①。”我直截了当地说。

“但当女王宽恕你之后，你也会和她一起祈祷，”凯瑟琳提醒我，“我已经这么做了，坐在她后面，照着她的动作一步步来。简，老实说这对我而言没什么分别，同样是站起来、坐下、鞠躬，在身上画十字，是什么信仰又有何关系呢？你肯定不会公开反对做弥撒吧？只需要照着做他们要求的一切，当他们举起圣体的时候你要鞠躬……”

“那根本就是猪食！你口中的圣体简直是给猪吃的东西。”我说得很直接，她用手捂着脸，从指缝里认真地看着我。

“简……”她轻声说道。

“怎么了？”

“你那样会把自己害死的。”

“我永远都不否认上帝。”

“简……”她又叫了声我的名字。

①《圣经·马太福音》第10章第33节。

“又干吗?”

“我不想失去你。”

我的注意力被她斗篷口袋里那个动来动去的凸起勾走了。“那是什么?”

“丝带，我把他带来了，想着你可能会要他的陪伴。”

她把那只有着蓝色眸子的白猫从口袋里拿出来，他张开嘴打了个粉色的哈欠，垂下了小小的玫红色的舌头。他长着小小的尖牙，四肢却因为困倦而显得有气无力。

“我不想要一只小猫。”我说。

她看起来失望透顶。“他不是能给你做伴吗？我肯定他不信异教的。”

“别傻了。”

# 1553年11月

## 伦敦塔　伦敦

我们这些拒绝她的异端邪说、选择追随复活的主的囚犯，要学着主曾经的样子在众人面前走过，这便是所谓仁慈的女王下的命令。但我知道在这场宫廷假面剧中感到羞愧的应该是她而不是我，我才不怕自己被宣为叛国者，反倒对此感到高兴。从码头开始的路程可以让我宣明自己的信仰，让我成为走向宣判路上的但以理[①]。我已经准备好了，我会和几个剩下的囚犯一起在伦敦市政厅受审，她以为自己想到了一个可以带给我屈辱的计划，但她并没有意识到，这对我来讲倒是件神圣的事情：让我从伦敦塔走向市政厅并接受宣判于我而言是件荣誉，我与背负着十字架的耶稣一样丝毫不会感到羞耻。她觉得这能让我在众人面前感到羞愧，她错了，这是我殉教的机会，我对此心存喜悦。

从伦敦塔前往市政厅的道路两旁站着一排警卫，我所在的这队犯人跟在大主教托马斯·克兰默[②]身后，由一位刽子手举着斧头在前带路。是这位虔诚的牧师给了我们英文的祈祷书，也是他和我亲爱的王后凯瑟琳一起翻译了《诗篇》，现在却因为反对女王引入天主教弥撒而被关进伦敦塔。他

---

①《圣经》中的四大先知之一。——编者注

②他是第六十九任坎特伯雷大主教，正是他宣布玛丽一世女王的母亲阿拉贡的凯瑟琳与亨利八世的婚姻无效。

和凯瑟琳王后一样都曾是我的导师，我对他很了解，如果他跟随那把斧子，那说明主就走在前面，我全心全意地相信这点。对于能跟从这么一位圣人，我感到十分自豪，并愿意跟着他直到天国的门口。

可不幸的是，紧跟在他身后的不是我，而是我的丈夫吉尔福德，他面色苍白，明显被吓坏了。接着是我，由两个侍女护送着，在我身后是达德利家的安布罗斯和亨利，他们看起来带着一副庄严的表情，态度甚至有些藐视。

我穿着一身黑色长裙，头戴滚边的黑色兜帽，身披黑色的毛绒斗篷，手上拿着一本打开的祈祷书，边走边读。小小的字母在我眼前跳动，说实话，我一个字都看不清，但这没关系，我对这些祷词非常熟悉。重点是我拿着这本书，看起来像在认真读它，每个看见我的人都能看到我仰赖着上帝的言语，这些话经由耶稣之口，写入圣约中，再被凯瑟琳王后和我翻译过来。我并不仰赖牧师喃喃的祷词，也不依靠即将在市政厅“迎接”我的冗长拉丁语礼拜。我依靠自己的信仰在世间获得救赎，而非在自己身上画十字架、嘴里还轻声念诵“阿门”，尽可能展示与新教有所不同的天主教：与真相相对的谎言，与神相违的异教，与绵羊相异的山羊[①]，与我相悖的他者。

这个审判没有什么特别的，不过是场无味的朗诵，说的人心里明白，但却没有公开声明的勇气；听的人心里也明白，只是他们的未来全仰仗于有一天否认这一切。所有人都在撒谎，没人请我讲话，只是让我做告解，我没有机会去解释上帝言语的力量。

和被告同样罪恶的法官判了所有人死刑，他们将被拖去行刑地，吊

---

①绵羊象征义人通往永生，山羊象征恶人通向永刑，见《圣经·马太福音》第25章第31—46节。

在绞架上，再砍断绞索放下来，掏出内脏，砍去四肢[①]，这便是吊剖分尸刑，它和上十字架一样残忍。执刑地选在了塔山，他们倒是应该把那里改名叫做髑髅地的[②]。我听着法官的裁决，甚至都没有颤抖，因为我完全无法相信这点。凯瑟琳王后最亲近的朋友和导师居然会被宣为异教徒而被剖腹？给先王亨利涂敷圣油的正是大主教托马斯·克兰默，他写了《公祷书》[③]，又怎么可能会是异教徒？他朋友的女儿又怎么会剖腹取出他的内脏？

而对我来说，情况不仅更糟，甚至还自相矛盾：他们判我死刑，要么像叛国者那样用巨斧斩首，要么像异教徒那样在绿塔处以火刑。我面无表情地听着他们嘴里的谎言，还有用来威胁我的死刑判决。安妮·阿斯科也不过是一介普通女子，也曾为我们的信仰在史密斯菲尔德的柴堆中被焚至死，他们难道真觉得一直在支持她的耶稣也会让我失望吗？他们难道觉得我不敢像她那样殉教吗？我敢，而他们又如何呢？

我有信仰，我觉得他们会给我判决，但却迟迟未定。当大家都安静下来，把我们都忘了之后，就会放托马斯·克兰默、达德利家的男孩们还有我回家了。死刑判决不过是用来震慑他人，让他们闭嘴屈服的手段。这不是我的末日，我会继续等待、继续学习，不会感到害怕。随着时光流逝，他们会释放我，我终究会回到布拉德盖特的家里，坐在敞开的窗下，在桌边听着林中鸟儿鸣啭，闻着夏日微风中干草的气味，和凯瑟琳、玛丽在树林里捉迷藏。

---

①该刑罚最初记载于亨利三世统治时期，即1216年至1272年间，直到1870年废除之前一直是对叛国者的处刑方式，多数情况还会施以阉刑，遗骸会在市中心展示数日以儆效尤。不过这种刑罚只适用于男性，女性叛国者会被处以火刑。

②古耶路撒冷附近的一髑髅形小山，即耶稣被钉死于十字架之处。

③该书于1549年出版，圣公会的祈祷用书。

“我不害怕。”我对凯瑟琳说。

“那你就是疯了！”

她的手用力扯着自己的裙子，在膝盖上形成了个布兜，里面装满了水果，摇摇晃晃的，好像装的是个婴孩，那个我永远无法生出的孩子，我握着她的手。

“我并不害怕，因为我知道生命不过是我们穿行的一条泪谷，”我用威严的语气说道，“靠你有力量心中向往此处的，这人便为有福。他们经过流泪谷，叫这谷变为泉源之地。并有秋雨之福，盖满了全谷。”[①]

“什么？”她激动地问，“你在说什么呢？”

我把她带到窗边，坐在我身旁。“我准备好了，”我告诉她，“我不会失败的。”

“快向女王请求原谅！”她突然冒出这句话，“别人都这么做了。你不需要再次声明自己的信仰，只要说你对反叛的行为感到悔过。她看过你的信，知道这不是你的错。你再写一封给她，告诉她你知道自己错了，会终止自己的婚约，出席弥撒，这样你就可以安静地在布拉德盖特生活，我也会和你快乐地在一起。”

时运虽不济，
风水仍轮转。
切莫觉蹊跷，

①简说的这句话出自杜埃—兰斯版的天主教《圣经·诗篇》第84章第5—6节，其他版本的《圣经》这处文字与其都不相同。不过杜埃—兰斯版《旧约》部分出版于1609年，《新约》部分出版于1582年，按理说简·格雷所在的时候该译本还未出现。

好运终降临。

她尖叫一声。“你在说什么？这是什么意思？”

“这是我写的一首诗。”

她紧张地绞着自己的手，我试着握住它们，但她突然跳起来，走向门口。“你疯了！”她说，“要么就是在自寻死路。”

“我的心神全在天堂。”我坚定地说。

“不，才不是，”她以自己特有的机敏指出，“你以为自己不用道歉她就会原谅你。你以为约翰·达德利输了，而你却能赢。你以为自己公开了信仰，大家都会为此崇拜你，就像导师罗杰·阿斯卡姆那样[①]，还有那个在瑞士的荒唐家伙。”

这话说到了我的痛处，她侮辱了我的精神导师亨利·布林格[②]，这让我暴怒不已。“你这是嫉妒！”我朝她啐了一口，“你提到了那些伟人，但永远不理解他们的教诲！”

“我嫉妒什么？”她也提高了自己的声音，“嫉妒这个？”她做了个手势，把这几间相连的矮顶房间都包括了进去，从这里望去可以看见围起来的花园，塔如高墙般立在远处。“你被关着，判了死刑，这里真没有什么值得我嫉妒的！我想活着！我想结婚生子，我想穿着漂亮的长裙翩翩起舞！我渴望生活，你肯定也是。在英格兰，没人在十六岁的时候就想为了自己的信仰而死！在王位上的是你的表姨，她会原谅你的！她已经原谅了父亲，只要求她网开一面，等回到布拉德盖特的家里，我们就能幸福地生活在一起！想想看你的卧室，你的书，想想我们骑马的地方流

---

①于1548和1550年担任伊丽莎白公主（即伊丽莎白一世）的导师。

②即海因里希·布林格（1504—1575），瑞士改革家，乌尔里希·茨温利的继任者。

过的那条小溪。”

我转过身去，好像她的话能诱惑我似的。如果我能将其视作世俗的诱惑，并且认定那句话是长着一副石像鬼面孔的东西说的，而非出自我那个漂亮的金发小妹妹之口，也没有她单纯的喜好和愚蠢的希冀，那倒是好处理得多。“不，”我说，“因为凡要救自己生命的，必丧掉生命；凡为我丧掉生命的，必得着生命①。”

她转向门，我听见她的抽泣声，然后在门上猛捶了一下发泄自己的情绪。她对辩论这事不像我那样，从小就有人教导如何据理力争。她虽然受过教育，可并非学者，我的傻妹妹几乎不可能说服我，但我被她的眼泪打动了。如果可以，我会好好安慰她，只是我被上帝所召，所以没有转向她，反倒提醒她说：“耶稣前来是叫儿子与父亲生疏，女儿与婆婆生疏②。”

“母亲。”她止不住地流着泪说，被袖子盖住的声音听着朦朦胧胧的。

我吃了一惊，抓着她的肩膀，让她转身面对我。“怎么了？”

“是母亲，”她重复道，“应该是儿子与父亲生疏，女儿与母亲生疏，不是和婆婆，因为你恨达德利夫人所以说错了，这暴露了你，简③。这不是上帝的话，你在试着与达德利一家撇清关系。你希望女王在你不改变自己信仰的前提下原谅你，而像约翰·达德利这种死前改变了信仰的人会被世人当做胆小鬼和异教徒，你只是想让自己看起来比他更勇敢。”

她的愚蠢令我勃然大怒。“你的愚蠢真是让我受够了！你什么都不懂，我倒是惊讶你还知道些《圣经》里的东西，但你用它来动摇我的信念却真是用错地方了。现在就给我走，永远都别回来！”

---

①《圣经·马太福音》第16章第25节。

②《圣经·马太福音》第10章第35节。

③《圣经》中是儿子与父亲，女儿与母亲，媳妇与婆婆。

她面对着我，蓝色的双眼燃着都铎家的怒火，她和我一样骄傲。“你配不上我对你的爱，”她用自己愚蠢的逻辑说，“可你虽然配不上，我还是会一如既往地爱着你，因为我看见了你所处的困境；而你虽然聪明，却无所察觉。”

# 1554年2月

**伦敦　伦敦塔**

我曾想过女王会放我出来过圣诞节，但过了整整十二天也没有动静。全国上下的人都被迫用拉丁弥撒庆祝耶稣的生日，我却像一个品行端正的基督徒那样赞美主，只有祈祷词和心中的沉思，没有异教带进来的绿色①，没有故弄玄虚，没有偶像崇拜，没有多余的饮酒和吃食。我甚至觉得自己从未像现在这样遵循圣诞节的礼数过，圣诞节一整天我都用来祈祷、冥想和阅读《圣经》。没有礼物，没有飨宴，我一直都想这么度过圣诞节，但之前从未如此纯粹、如此孤独过，我很高兴自己能独处斋戒。

“但那多可怜啊！”凯瑟琳呜咽道。她从我们在伦敦的家里过来，带着父母给我的礼物，还从她自己的衣橱里拿了顶崭新的风帽。“简，你都没有冬青枝条吗？壁炉里也没有圣诞节圆木？②”

她把带来的知更鸟放了出来，那鸟又小又温驯，它跳到空荡荡的石质横梁上，叽喳地叫着，好像在抱怨房间里没有青枝绿叶，也没有音乐。

我甚至都没有回应她，只是盯着她看，直到她的嘴唇颤抖，轻声说道：

---

①在天主教的弥撒中，根据不同的时间段做礼拜和弥撒会有不同的主题色，在常年期为绿色，一般而言常年期前段始于1月6日左右的主受洗节，以2月中旬的圣灰星期三做结，后段从圣神降临节后第一个星期一开始，至降临期第一主日，也就是圣诞节前的第四个星期日结束。

②人们相信在圣诞夜焚烧圆木能带走霉运，并为新年带来好运。

“你肯定很孤独吧？”

“没有。”我嘴上虽然这么说，实际却是孤独的。

“就算你没有想我们的妈妈，也肯定想我们了。”

“我有东西要学。”但这些学习并没能避免这些谈话，甚至连无知少女那些琐碎又愚蠢的谈话都没能代替。

“不管怎样，我想你了。”她冒冒失失地说，钻到我怀里，把自己泪流满面的脸颊埋进我的脖子，在我耳边大声地抽泣着。我没有拒绝她，而是把她抱得更紧了。我没有说，“我也想你了”，让我们两个人都泪流满面的意义何在呢？何况我正依照主定下的规则生活，按理应该什么都不想才是，除了《圣经》便别无所求。但我把她抱得更紧了，好像在抱一只小狗似的：虽然舒服，却无甚意义。

“我有个秘密要告诉你。”她把自己湿湿的脸颊凑近了我的耳朵。

“说吧。”我们并非独处，但我的侍女坐得离我们还有点距离，她在窗边，趁着天光赶自己的针线活。凯瑟琳可以悄悄在我耳边说话，那女人会以为我们正抱着哭泣。

“父亲举兵了。”她的声音细若游丝。

我几乎听不清她说的话，还得确保自己的脸被挡着。“为了救我？”

我看起来像是在凯瑟琳环抱的肩膀上哭泣，但却得忍住自己欢欣雀跃、大声尖叫的念头。我一直知道父亲不会把我们抛在这儿的，如果母亲不能说服玛丽女王放了我，那父亲就会用武力把我夺回来。我始终知道他们会这么做，他们不会把我留在这里。我是家中的长女，也是英格兰女王的继承人，才不是什么容易被忘记的无名之辈。

“这不会非常危险吗？”我问。

“我倒不这么觉得，”妹妹轻声说，“现在玛丽女王准备和西班牙的王子结婚，没人再想让她继续当女王了。”

我的脑子一片混乱，因为自己什么都不知情。

“她要和谁结婚?”

“西班牙的菲利普。”

“那会有人起义反抗他吗？他们会把我重新扶上王位了!”

“我是这么想的，”凯瑟琳含糊地应付道，“感觉他是这么计划的。”

“这是不是举兵对抗伊丽莎白的?”我问，突然起了疑心。

“噢，不是，”她说，“伊丽莎白成了天主教徒[1]。她让女王给她送来了十字架和圣餐杯，放在自己的教堂里，还让自己的教士们穿上白色的法袍和袈裟[2]。”

就连像凯瑟琳那么笨的人都不会误解这样的信号。“你是不是肯定父亲要来救我?”

她点了点头，终于算理解了这个事实。“我确定。”

我们不再拥抱，她的眼睛闪烁着泪花，面颊红彤彤的。

“走的时候把那只鸟儿也带上吧，”我提醒她，“你知道我不喜欢它们的。”

我知道天上和凡间的父都没有忘记他那怀有诚挚信仰的女儿，虽然一心等待救援无异于孤注一掷，但这让我的生活生机焕然，让我的祈祷充满热情和希望，而非一味地道歉，等待女王的宽恕。我知道，也一直坚信英格兰的人民已经尝过了自由阅读、自由思索、自由地向他们的救世主祈祷的滋味，不会再愿意回到奴役他们思想和灵魂的天主教教堂中去。我知道一旦他们认清自己的信仰遭到了背叛，便会反抗那些伪基督徒。这不过是

①原文此处用词为papist，一种新教徒对天主教徒带有贬义的称呼。

②法袍是穿在身上的，里面一般再穿一件黑袍，袈裟可以带帽也可以不带，胸前带扣，披在身上。

时间和信仰的问题，我必须耐心等待，就像上帝那样。

另外我也想警告玛丽女王，所有丈夫都想要王冠，我就有过这样的情况，他们一让我当上女王，吉尔福德就要拿走我的王冠。我们的表妹，也就是十一岁大的苏格兰的玛丽现在在法国，她也很快会发现与她订婚的丈夫等到年纪稍长，也将意图夺取她的权力。上帝让丈夫管理他的妻子，就算自己的妻子贵为女王、本就该身居高位，他们也要寻求自己的地位。玛丽女王的年纪够当我的母亲了，但我觉得自己还是得告诉她：男人就是这副德行。他们娶了比自己地位更高的女人，一旦他嫉妒起她的位置，那便是篡权夺位之时。这就是为什么这个国家从来没有真正被女王统治过，她们只能在国王驾崩后充当摄政王后。这还解释了枢密院里为何没有公爵夫人：如果男人赢得了荣誉，那便归诸他，如果女人赢得了荣誉，却得算在她丈夫头上。所以女王处死了约翰·达德利，但留了我一条命。她读了我写给她的东西，知道王位原应由我继承，但他却想为自己的儿子谋取这一切，所以她立刻意识到我或许是对的——吉尔福德对王位垂涎欲滴。我本应警告她，不论她选谁做丈夫，对方都会设法窃取权力，英格兰人民永远不会欢迎一个西班牙国王。她才即位不满八个月，却已经把自己给毁了。我为她难过，但对父亲举兵对抗她并不后悔。

一切已昭然若揭，所有异教徒终难逃一死。

我等待自己获救的那一刻，迟迟未来。我等着凯瑟琳前来告诉我发生了什么事，可她也没来拜访我。突然间他们就不让我在花园里散步，也不让我走上伦敦塔里建筑的房顶了，却没人告诉我为什么。天色渐晚，河面升起薄雾，云压得很低，我也不想去花园散步了，于是喊来了帕特里奇女士。一年中的这个时节，万物都停止了生长，树干光秃秃的，绿塔那里只剩一片泥地。不需要别人阻止我，也不用女王的命令，光是冬天的气候就把我阻挡在了屋内。帕特里奇女士紧抿着双唇，一言不发。

伦敦城某处传来了人们的叫喊声，还有手枪开火的声音。毫无疑问，是我的父亲带着他的军队来救我了。我的书在桌上码得整整齐齐，纸张也捆好了，我已整装待发。

“发生了什么事?”我平静地问帕特里奇女士。

她画了个十字，好像这是下意识用来驱走厄运的动作。

“上帝会宽恕你的!”我看到这个可怕的手势忍不住说道，“你做那个荒唐的动作是想驱走什么？你觉得那样有用吗？要是你面对撒旦，与其这么做还不如拍拍手试着把他吓跑算了。”

她直视我的双眼。“我在为你祈祷。”她就说了这一句，然后走出了我的房间。

“发生了什么?”我喊道，但她只是关上了身后的门。

# 1554年2月8日周四

### 伦敦 伦敦塔

约翰·费克纳姆前来拜访我，他身着奶油色的羊毛长袍，腰部系着一根皮带，长着张大方脸，面颊发红，一顶白色的风帽落在肩上，这身着装表明了他的信仰。一个本笃会[①]僧侣来拜访我，他真是个可怜的蠢货。

他是走台阶上来的，现在还气喘吁吁。“太陡了”，他大口喘着气，费力地说道，随后深深地鞠了一躬。“达德利夫人，我此行便是来造访您的，如果您有任何需要我的地方，请尽管开口。”他的口音很重，听起来像是个屠夫或者挤奶工，和我在剑桥毕业的老师拥有的优雅口音完全不同。这就像一个弄臣在传教，让我不禁发噱。

“我不用请一个黑夜中的盲人为我带路。”我平静地说。

“我有个重要的消息想告诉您。”他不论和我说什么话腰都弯得很低。我想到了父亲，他统领着军队，正在救我的路上，可我柔软的腹部却感到一阵恐惧。我希望他一切都顺利，但若非事情有变，他们也不会派一个奇怪的异教牧师来找我。这个圆脸的异教胖牧师还有着下等人的口音，这肯定是为了羞辱我。

“谁派你来的？”我问，“是谁让你这样的胖子给我带来那么有分量的消息？”

---

①本笃会是天主教的一个隐修会。

他又吁了口气，好像很难过，但也有可能只是气喘："我来这儿不是为了和您强词夺理的，"他说，"议会命令我把这个消息告诉您，女王亲自命令我将您从伴您长大的迷信中解救出来。"

"把我从伴我长大的迷信中解救出来？"我冷冷地重复道。

"没错。"

"他们给你多少时间？"我强忍住没有笑出声。

"没有多久，"他非常平静地说，"他们已经给您判了死刑，我很抱歉。处刑日就在明天，达德利小姐，我们的时间不多了。"

这几个词让我彻底感到麻木。我无法呼吸，因为例假而痛得颤抖的腹部突然静如止水，甚至连心脏都停止了跳动。"什么？你前面说了什么？"

"孩子，我很抱歉。"他温柔地说。

我看着他宽阔红润的脸颊。"把刚才的话再说一遍。"

"你和您的丈夫吉尔福德·达德利即将在明日处决。"

我发现他噙着泪。他眼里的泪水，笨拙的话语，绯红的脸颊，重浊的呼吸，这些都比他说的话更能令我信服。

"你刚刚说是什么时候？时间？"

"明天，"他的声音很平静，"我可以和您谈谈您那永恒灵魂的事吗？"

"现在谈这个太晚了，"我已经无法思考，耳朵里响起了噪声，我意识到这是心脏快速跳动的声音，"没有时间去在意那么多事了，我没有想到……没有……"说实在的，我压根没想到自己贵为女王的表姨会落井下石，但随后意识到是她错误的统治方式把她逼疯了，这在历史上屡见不鲜。

"我可以让他们给我更多时间来拯救您的灵魂，"他满怀希望地说，"只要我能告诉他们我们交谈过，并向他们保证您会忏悔，或许就能拖延一点时间。"

"没问题，"我说，"当然可以。"为来救我的父亲争取哪怕一天也好，我必须活下去，这样他就能把我救出来，我知道他离我越来越近了。他不会让我失望，我也不能让他失望。虽然他现在或许还在河的南边作战，但当他行过桥时，我必须在这。

# 1554年2月9日周五

**伦敦　伦敦塔**

约翰·费克纳姆在黄昏时分前来拜访我，如他所保证的那样带着一箱面包与酒，还有高脚酒杯，圣带[①]，蜡烛，熏香，以及他的全部行头和玩具，他就是用这些来让那些愚昧无知的村民们上当受骗，供愚蠢的孩子们取乐的。我看着他的木箱子，又看了看他诚实的脸。

“我不会改变信仰来保住自己的脑袋，”我说，“我考虑的是自己的灵魂。”

“我也是，”他柔和地说，“女王给了我三天时间和你谈谈这些神圣的事。”

“我一直挺喜欢学习和讨论的。”

“那现在和我说说吧，”他说，“告诉我您对这些圣言有什么理解……你们拿着这个，分着吃了：这是我的身体，为你们舍的，你们也应当如此行，为的是纪念我[②]。”

---

①长条形的丝带，大约274厘米长，8或10厘米左右宽，末尾稍宽或等宽。穿戴时从脖子后绕过去，使其平贴于身上，两侧等长，饰有十字架或其他宗教符号，根据教历中不同的时段有相应的主题色圣带可供替换。见《圣经·民数记》第15章第38—39节，其目的是要警醒世人，使他们不随从自己的心意眼目行邪淫，乃要寻求耶和华。

②埃斯—杜兰版《圣经·路加福音》第22章第16节。

我几乎都要笑出声来。“你难道不觉得我这辈子都在争论其中的含义吗?”

“当然知道,”他的回答不慌不乱,“我可怜的姐妹啊,我知道您从小接受的教育就是错误的。”

“我不是你的姐妹,”我提醒他,“我只有两个妹妹,如果我还有个哥哥或者弟弟的话,我现在也不会被困在这儿了。”

我听见狮门那里传来警卫们的说话声,许多人走进了伦敦塔,发出嘈杂的声音。有人让他们站好,为他们分配牢房。我知道自己看起来一脸惊恐。“我想看看……”

他没有从椅子上站起来,我猜他知道谁被抓了。我快步走向窗台,目光越过花园,却认出了我的父亲,我可怜的父亲啊!在他身边是个衣衫褴褛的人,没了双臂,旗帜倒在地上,马儿也没了,显然被打得一败涂地。

我转向费克纳姆,问道:“我父亲又被捕了吗?你来这里带着满腹建议,却没有告诉我这个,这才是我不知道的,也是我需要知道的!”

“他再次叛国,”费克纳姆毫不留情地指出,“他和托马斯·怀亚特爵士试图领兵进入伦敦。”

“他们是为了救我!”我心中突然爆发出一阵愤怒,“我一生都受他宠爱,如今被判了死刑,他试图救我哪里轮得到你们指责?我是他最爱的女儿,和他一样虔诚,和他一样有学识。像他那样的人又怎么会任由自己的女儿死去,自己却无所作为?没人能够说他一句坏话!”

我们相顾无言:我面颊绯红,泪水在眼眶中打转,他看起来有着一肚子怨气,像是一个被市场上的香肠价格欺骗了的猪肉商。费克纳姆低下头,惯常的神色又在他宽阔的脸上蔓延开来。

“他并非为您举兵,”他温柔地说,声音却如一口告死的巨钟的鸣响一般直击我心,“亲爱的,这一切是为了将伊丽莎白公主扶上王位,但他们为此下令要了您的命。孩子，我很抱歉。”

“他是为了伊丽莎白举兵？”我无法相信，我告诉过父亲伊丽莎白是怎样的姑娘，为什么他会为她征战沙场？她的信仰既不坚定，亦如暂住的客人般不可依靠。

“没错。”

“但如果父亲是为伊丽莎白出征，为什么要处死我？”我轻声说，我作为学者也无从厘清这纷繁的头绪，“这根本毫无道理，不合逻辑！”

费克纳姆脸上带着苦笑，说明他也同意我的说法：“女王的西班牙谋士想要以此表明，若有人谋反，则格杀勿论。”他又加了一句：“谋反女王。”

我对此毫不在意，一心想着我父亲。“他不是来救我的？他从来没打算救我？这一切都是为了伊丽莎白，而不是为了我？”

费克纳姆知道这答案糟透了。“您一定会被释放出去的，我保证。”他看见了我的闷闷不乐，还有眼中的泪水，“除非他们招供，否则我们永远不会知道那些人在密谋什么。我们一起向天上的父祈祷吧，他一直都爱着你，常伴你左右。”

“没错。”我磕磕巴巴地说，随后一起跪在地上，背诵主祷文[①]祈祷，这是耶稣亲自教授给信徒的，人们都称呼上帝为“我们的父”。就算没了地上的父，天上的父也一直陪伴着我。费克纳姆用拉丁语祈祷，我用英语。我坚信天上的父能听见我的祷词，也能听见他的。

①分长短两个版本，见《圣经·马太福音》第6章第9—13节及《圣经·路加福音》第11章第2—4节。

# 1554年2月10日周六

**伦敦　伦敦塔**

他们起诉了我父亲，他因参与叛国阴谋而受审。这场叛国阴谋声势浩大，而且极有可能成功。他们打算把伊丽莎白推上王位，让她嫁给爱德华·考特尼[①]，他是我们金雀花王朝的近亲[②]，也是我们家族中的一员，同时信奉着这份信仰。当然了，伊丽莎白否认了这一切。当他们起诉她的时候，像她这样受过良好教育的姑娘却努力装作一无所知。然而这场阴谋的败露也意味着玛丽女王将她所有女性亲属都视作一种威胁：伊丽莎白，我，凯瑟琳，甚至小玛丽，还有玛格丽特·道格拉斯，以及远在法国的苏格兰的玛丽。对她来说我们任何一个人都有可能成为英格兰的女王。我们的理由都很充分，如今都成了嫌疑人。

我痛苦极了，此刻听到有人敲门，觉得如释重负。来者是约翰·费克纳姆，他又大又红的脸上带着犹疑不决的微笑，还挑起淡色的眉毛，好像在担心自己不受欢迎。

"你可以进来。"我不怎么和善地说道，随后深吸一口气，说出了准备好的一段话："他们让我活这几天和你交谈，尽管我对自己面临的沉痛之事

---

①首任德文伯爵。

②爱德华·考特尼的父亲亨利·考特尼为约克王朝的首任国王爱德华四世之孙，爱德华四世之弟为约克王朝末代国王理查三世。

思考甚少，但我认为它比以往任何时候都更清楚地表明了上帝对我的恩惠。”

“你早有准备，”他立刻就识破了我的那番话，随后把自己的书放在桌上，坐了下来，好像知道拯救像我这样误入歧途的异教徒的灵魂得花好大一番功夫才行。

# 1554年2月11日周日

**伦敦　伦敦塔**

他们允许母亲和凯瑟琳探访父亲，凯瑟琳遂了父母的愿，让他们单独在一起，自己来到我房间。

她不知道要和我说什么，我也没有什么对她说的。我们坐在尴尬的沉默中，她哭了一小会儿，用长裙的袖子盖住自己的抽泣声。她坐得那么近，还用泪汪汪的眼睛盯着我，我完全无法学习、写东西和祈祷，甚至都没法倾听自己内心的想法，只是被她的后悔、恐惧与悲伤弄得心绪不宁。我感觉自己好像在一桶黄油里翻搅，正变得令人作呕。我不想让一天剩下的日子都这样度过，因为我还想写一篇约翰·费克纳姆和我争辩的记录，里面要记述我打败他错误思想的过程。我还想为自己在断头台上的时候准备一场演讲，想通过不断思考来麻木自己的感受。

我们可以听到手推车推着木头驶过的声音，还有工人们大声喊着要各种工具，引导推车到绿塔去的声音，他们在搭建刑台。木头在卵石路上的震动、锯子的拉扯、锤子的敲击，每一声都让凯瑟琳更畏缩。她的脸就和脱了脂的牛奶一样白，双眼又如墨水般沉郁。

“我会因为自己的信仰而死。”我突然对她说。

“你之所以会死是因为父亲加入了反抗女王的军队，”她爆发了，“他甚至不是为你而死！”

“他们或许这么说，”我平静地答道，“但女王已经背弃了那些相信上帝真相的人们，背弃了人们可以自由选择信仰的诺言，将国家置于罗马主教和西班牙贵族[①]的号令之下。因为我的信仰仍未改变，她便转来对付我，判了我死刑。”

凯瑟琳用手把耳朵捂上。“我不想听这些叛国的事。”

“你从来不听任何事。”

“父亲已经让我们失去了一切，”她说，“我们现在一无所有了。”

“我们失去的不过是尘世间的事物，”我答道，“它们对我毫无意义。”

“那布拉德盖特呢？布拉德盖特对你来说也没意义吗？你为什么要说这些话？那是我们的家啊！”

“你应该想想上帝在天上的家。”

“简，”她乞求道，“在我离开前，求你像亲姐妹那样对我说句好话吧。”

“我做不到，”我简单地回绝了她，“我必须将我的心神放在我的旅程和那充满欢愉的目的地上。”

“你会在吉尔福德死前见他一面吗？他说想见你。他还是你的丈夫吗？你们会最后团聚一次吗？他想和你道个别。”

我不耐烦地摇了摇头，对她的多愁善感嗤之以鼻。“不会！我不会去见他！除了费克纳姆兄弟，我谁都不想见。”

“他是个本笃会的僧侣！”她尖叫道，“你为什么想见他而不是吉尔福德？”

“因为费克纳姆兄弟知道我是殉道者。”我的脸颊发烫，“在你们所有人中，只有他和女王知道我是为信仰而死，所以我只想见他一面，这也是为什么他会和我一起赴刑场。”

“如果你承认这件事和你的信仰没关系，那你就不用死了！这本来就和

---

①原文为hidalgo，指西班牙或葡萄牙无世袭地位的贵族。

你的信仰无关，只是因为父亲为伊丽莎白公主举兵反叛而已!”

“这就是为什么我不会和你或者吉尔福德说话，”我突然怒火中烧，“那些人想让我明白这不过是个愚人做的糊涂事，最后却葬送了自己女儿的性命，他不过是个马前卒而已。没错！父亲是应该把我救出来，只是他又为了另一个人四处征战，他的失败让我丢了命!”我心中满是愤怒与悲伤，提高了嗓门，朝着凯瑟琳大声喊着，上气不接下气。我觉得自己得回到平和安宁的状态。这就是我为什么不能与世俗之人争辩这些世俗之事；这就是为什么我没法忍受见到她，见到他们任何人；这就是为什么我只想用不断的思考来麻木自己的感受。

她的嘴呆呆地张着，双眼圆睁，轻声说道：“他已经把我们毁了。”

“我不会在死前想这些东西，”我愤然地朝她低语道，“我不会为愚蠢的错误而死，只会为信仰献上生命。我永远不会死，父亲亦然，我们会在天国相会。”

我给父亲写了封信。我一直坚信他永远不会死，如今我已启程，却毫不怀疑自己会在旅途的尽头与他会面。

父亲，愿上帝宽恕你……上帝带走了你的两个孩子，亦即我和我的丈夫。但我以最谦恭的姿态恳请您，不要觉得自己永远失去了我们，而是要相信我们凭借失去这易朽的肉身，赢得了永恒的生命。于我而言，我已在此生为父赢得荣光，亦会在来世为你祈祷。

# 1554年2月12日周一

**伦敦 伦敦塔**

我的两位侍女艾伦和伊丽莎白·泰勒妮女士陪我站在窗前，等候与我成婚仅八个半月的丈夫的死讯。她们抓着我的肩膀把我从窗边拉走，好像我还是个孩子，好像我不应该见到事情的真相。掌管伦敦塔的中尉约翰·布里奇斯站在门边，面容坚毅，试着不去感受任何情绪。

我挣脱了她们："让我看，我对死亡毫不畏惧。"我想让他们知道，就算自己身处被死亡阴影遮蔽的幽谷里，我也毫不畏惧。

虽然有上帝支持我，但当板车从我窗下经过，又从塔山隆隆地回来时，我依然被吓得不轻。我知道他是被斩首的，可我从未想过他的尸体会比我记忆中的他少了整整一个头的长度。沾满血污的尸体边有一个篮子，随着板车的颠簸，他的头颅就在篮子里打滚。可怜的家伙，这场面看起来就像是一个屠夫推着死去动物的残肢，它们不再是美丽的野兽，而是被人去皮剖肚后的肉块。他是唯一与我同床共枕过的男人，曾经也试图胁迫和控制我。可如今他倒在板车上，身首异处，像被扯下了几章书页的禁书。没了脑袋的他看起来怪异至极。那些人把他英俊的头颅放进篮子里，把他的尸体抛在染血的稻草秆上，这种恐怖的场面让我始料未及。我一直觉得死亡应该如同阳光中的河滩般壮丽，而不是像被屠宰的野兽一样，任由自己熟悉之人的尸体慢慢变硬，被抛在一辆肮脏的板车上。

“吉尔福德。”我轻声说，仿佛在提醒自己他真的死去了，而不是什么伶人的把戏。

刽子手身着一身黑色的长袍，头上罩着黑色的兜帽，这让他的脑袋看起来高得异常。他步履沉重地跟在板车后面。那车驶向教堂，刽子手站在绿塔新建的断头台边，斧子插在地上，低着头，双手抱胸。我猛然间意识到，他在那里并非因为他是吉尔福德送葬队伍中的一员，而是为了另一个完全不同的目的——他下一个要斩首的人是我。尽管我觉得自己已经准备好了，但还是震惊得难以自持。我的行刑之日到了。不论这一切是如何不公，如何不合逻辑，如何自相矛盾，我的存在仍会被抹消，我也终将身首异处。

我停下了笔，不再往约翰·布里奇斯的祈祷书中写东西。之前写的那么多内容在这一刻都变得毫无意义。我只是单独的个体，文字却能永不消逝。我想到：在起初已有圣言，圣言与天主同在，圣言就是天主[①]。我想自己理解了这句话：肉身易朽，但文字永存。虽然吉尔福德沾满血的尸体把我吓到了，但我依然相信这一点。我的导师和良师益友凯瑟琳·帕尔也笃信不疑。她面对死亡毫无惧色，我也将如此。

“敬爱的中尉先生，既然你祈望一个单纯的女人在如此无价的书页上写下祷词，”我这么起了个头。

我用了“祈望”，因为它本身就带着庄重和肃穆之感。一段写完后，我又补了一段，随后署名，费克纳姆兄弟看着我，平和地说：“时辰已到，该停笔了。”

---

①《圣经·约翰福音》第1章第1节，此处用的是思高本的翻译，在和合本里译为：太初有道，道与神同在，道就是神。“道”是一种更加抽象的概念，联系上下文看，这里的word一词应指简写在祈祷书上的字，因此没有用和合本的翻译。

我已经准备好，也必须准备好。我已无须再写，因为我已写下了和费克纳姆讨论内容的概要，还有自己想和女王、父亲以及凯瑟琳说的话。在结尾，我写下了自己对狱卒的《圣经》的告别之情。这份活计业已完工，我便身着黑色长裙，把自己的祈祷书打开，捧在手上。

“我准备好了。”我说，记下了心中那可怜的局促不安，这感觉让我忍不住想大声喊道：“等等！就等一会儿！我还要做件别的事！就等一下，一下就行，再给我一秒……”

约翰·费克纳姆在前面带路，我抓着自己的英文祈祷书，想试着在我们沿着狭窄的楼梯下去，穿过小花园的门，慢慢走向绿塔刑场的那段路上读一读书上的内容。当然了，不论是走下楼梯还是走在花园小径上我都不能真的看清书上的字，没人能做到。不过这样就能让所有人看到，我在走向刑场的时候手里捧着托马斯·克兰默的《公祷书》。凯瑟琳·帕尔王后写下了这些祷词，并将它们从拉丁语翻译成了英语。我现在手捧这本能证明我正确性的书，这是我们的成果，我已经准备为它而死，拿着它而死。

我身后的侍女们不断地抽泣，好像连气都喘不上来，我心中希望别人都能看到我并没有像她们那样哭。我期盼每个人都能看见我边走边捧着书祈祷的样子，我的样子如此虔诚，让人一眼就瞧出我肯定能获得来生。我们走上断头台的阶梯，在平台上集合。来看我殉教的人很少，这让我很是惊讶，便对他们朗声开口。

我担心自己的声音会发颤，幸好没有。我祈求上帝的怜悯，随后对众人说自己会蒙受上帝的慈悲而得救，而非依靠牧师的祷告，或教堂里的弥撒。我请求众人在我还活着的时候为我祈祷，因为我死后将直接进入天堂。“这世上没有炼狱”，我想加上这句话，不过大家都明白我的想法。

我用英语朗读了《求主垂怜诗》[①]，上帝是懂英语的，认为只能向他

①《圣经·诗篇》第51篇。

用拉丁语祈祷纯粹是迷信。约翰·费克纳姆也跟着我一起读，只不过他用的是拉丁语。我今天才发现这种语言听起来是如此优美，如此悦耳，与我读出的英语和谐相配。我们的声音回荡在河面上方腾起的潮湿薄雾中，与海鸥的叫声交织在一起，如钟磬和鸣。直到现在我才记起，自己原来只有十六岁，却再也没法见到那条河了。我也不敢相信自己会与布拉德盖特的山丘诀别，与凯瑟琳和我在林中走过的小路诀别，与我那匹在田野上的老马诀别，与熊苑中的老熊诀别。祈祷的时间久得难以置信，时间似乎也失去了概念，突如其来的结束令我惊讶，我得把自己的手套、手帕以及祈祷书都交出去。侍女们需要把我最后的王家仪容准备好，她们脱下了我的滚边兜帽，取下了我的衣领。时间突然间便如白驹过隙，我想说的话还未出口，想用双眼真切确认的事物还未来得及细细端详。我肯定自己还有遗言要说，还有往事要回想，但这一切都发生得太快了。

我跪了下来，耳中还能听见费克纳姆平稳的朗读声。他们用蒙眼的绑带包住了我的双眼，最后映入我眼帘的事物是那些海鸥，我本该看着云朵，本该保证自己最后一眼看见的是天空。我在阳光下被蒙住眼睛，所见只是茫然一片，我突然明白了恐惧的滋味。

“我要做什么？这是哪儿?”我惊慌失措地尖叫道，有人抓着我的手，让我摸到了那块坚实的方形木桩，我知道自己命数已定。这的的确确是有形的世界，这是我触碰过最真实的东西。我意识到这是自己死前所摸到的最后一件物体，便紧紧抓着它，指尖甚至可以感觉到木头的纹理。我把头低下来靠在上面，才发觉蒙眼的绑带已经被泪水打湿，它变得又潮湿又温热，紧紧贴在我闭着的双眼上。我肯定一直在哭吧，但至少没人能看见，不论接下来发生什么，我都知道自己永远不会死。

## 第二章

# 凯瑟琳

# 1554年春

## 伦敦　布拉特盖特城堡

亲爱的凯瑟琳妹妹，我给你寄了本书，尽管它的外表并无黄金点缀，但内里却比宝石更珍贵。这本书就是耶稣立下的律法，是他的遗嘱和遗愿。他为世间不幸之人受苦，将他人引导至永恒的欢乐。若你带着善良的心去阅读，带着真切的心去追寻，那它就会给你带来不朽和永恒的生命。

它会教你如何生活，也会让你认识来世……就算你继承了我们那可怜的父的封地，所获的也不会比这本书给你的更多……这份财富恒归于你，觊觎它的人无法拿到，窃贼也无法偷走，衣蛾也无法把它蚕食……

若你得知了我的死讯，愿你与我一样充满喜悦。我将从这易朽的肉身脱离，变为不朽的存在，我必将脱去肉体凡胎，获得永恒的幸福。

我最爱的妹妹，永别了，信仰上帝，只有他会永远支持你。

爱你的姐姐，

简·达德利

我读着姐姐最后的布道，也是她唯一的道别，心中却越来越不相信这一切。那是我再也无法见到的姐姐啊。我又读了一遍，这一次却感到愤怒：她究竟希望我遵照这封可悲的信件做什么，她究竟觉得这封信对我会有什么好处？我真的不知道。我只知道，如果要死的人是我，那我肯定不会给小玛丽写这么一封信。她究竟写的是什么！这样的东西难道能给予她慰藉吗？我一遍遍地阅读这张纸，直到两眼因为哭泣而变得酸痛，无法看清她书写时的样子。没有被画去的错字，没有墨水的污点，她写的时候没有流下一滴泪，不像正在阅读的我泣不成声。她给我这个仰视并深爱着她的妹妹写信时并没有热切地在纸上奋笔疾书。她没有着急告诉我她对我的爱和思念，或是我们无法在一起长大令她心碎。我们无法一起成为那些在宫廷里对仰慕者们咯咯微笑的女士，也无法成为博学的夫人，读书给我们的孩子听。在他们带她前往刑场前，她在脑海中构思了这些优美的段落，博学多才的她一蹴而就，写下的全是关于上帝的东西。**没错，上帝！**和她平时一样。

当然，我越是一遍又一遍地读，心中便越是明白自己应对这封信持何种态度。我不该像刚看到它时那样爆发出一阵悲痛，一心只想把它揉成一团丢进火里，而是该做她想让我做的事。她甚至都不用和我说的，因为她肯定知道我能领会她的心意。她不必为了教导我而浪费那超然的状态，我对她的想法心领神会。我会把这封冷冰冰的、不带情感的信寄给在瑞士的改革派们，他们就是那些所谓举足轻重的朋友，他们会印刷并出版这封信，并将它散发给所有人。世人读到后，便会称赞这封信是多么贴切地表达出了对信仰的敬畏，写信的姑娘又是多么虔诚，她给自己的妹妹又提了多么明智的建议，她的信念也终将把她带至天堂。她的存在让我们都蒙受了祝福，真是一件幸运的事。

之后所有人都会仰慕她，并会永远引用这封信。英格兰、德国还有瑞士的人们会印刷这封信，将其作为简·格雷杰出学术成果的一部分，证明她是个出色的年轻女性，对她的记忆会永远持续下去，她的一生对年轻人来说便是一场布道。如果有人还能想到我，那我在他们心中就是愚蠢又轻率的姑娘，收到了一位殉道者在人生的终末寄出的最后一封信。如果抹大拉的玛利亚在复活节的早晨来到耶稣墓前，没有发现那个看园的人正是复生的耶稣[①]，那就永远埋没了复活节的奇迹。我觉得自己就像是她：在伟业中担任配角，面对她的角色时完全失去了光彩。如果抹大拉的玛利亚被一块岩石绊倒，再抱着自己受伤的脚趾原地跳来跳去，那我现在就是那样。简在众人的记忆里是位圣人，却没有人会多想想我，我成了那个收到她临死前最后一封信的傻妹妹。没人会觉得我真正想要的是一封临别前的信，一封真正的、私人的信。大家更不会想到小玛丽，她甚至都没有参与这场令人难受的布道。

如果简没有死，我会对她的所作所为气愤不已。“学会认识来世！”这话真的该写给一直深爱着她的妹妹吗！如果她还活着，我会立刻前往伦敦塔，把她的黑色兜帽扯下来，然后用力扯她的头发惩罚她，谁让她给自己的妹妹写了这封没心没肺的信！还说我应该为失去万贯家财而感到高兴，应该为流离失所而欣慰，甚至还说我得了《圣经》应该比得了珠宝更喜悦。好像我应该守着一本老旧的书，而不是自己可爱的家，而不是布拉德盖特！好像其他人都会这么做似的，她是不是觉得我就不该爱珠宝和其他漂亮的东西，且不该把它们看得比世上的所有东西都重要！她不是知道这点吗！她不是为了我愚蠢的虚荣嘲笑过我千百遍吗！

我突然感到一阵恐惧，腹部似有一块坚冰，因为我想起来她的兜帽不再戴在她的头上了，她的头也不再与身体相连。如果我抓住她的辫子，那她的头颅就会像一个系在绳上的球一样在我手中左右摆动。我会发现自己在大声尖叫，于是我用手捂着嘴，不让自己惊惶地大声喘息，直到自己强

①《圣经·约翰福音》第20章第15节。

忍住哽咽。

我疲惫极了，在安静的房间里躺下后立刻就睡着了。我的丈夫亨利没有和我躺在一起——大概也永远不会那样了，我觉得他甚至都禁止自己来见我。当然，自从玛丽女王从伦敦凯旋后，我们一直都没有独处过。我想赫伯特大概迫切地想把这场婚姻放到一边，将自己解放出来，毕竟他妻子的姐姐因为叛国罪而被砍了头。他们肯定会写坦白的信，发誓自己与格雷家族一点都不熟。在九个月前，这段婚姻还是明智之举，那时的我尚且是个钓饵，现在的我只会给别人带来难堪。我一直待在自己的房间里，去吃饭时就坐在女士们的桌边，一直低着头，希望没人和我说话。如今的我甚至都不知道自己叫什么名字：我应该仍然叫凯瑟琳·赫伯特吗？还是说又变成了凯瑟琳·格雷？我无所适从，不知道应该说什么，所以保险起见，还是什么都不说为妙。

我想为父亲祈祷，却不知道他们允许我们用哪些祷词。我只知道他们不让我再用英语祈祷了，也绝对禁止用任何不属于旧弥撒的方式。我不是什么无知的小姑娘，对拉丁语我还是很了解的，只是用一种大多数人都听不懂的语言来祈祷对我来说很奇怪。有一回我走上了圣坛的楼梯，被带到圣餐桌前，信徒们都上来拿面包和酒，但牧师背弃了他们，把弥撒当作是他和上帝之间的秘密，这对我来说有些难以理解。人们喃喃地重复着上帝的回答，那些奇怪的字词让他们含糊不明。没人知道神圣的东西为何物，没人知道什么是对什么是错，也没人知道我是谁，就连我自己也不知道。

他们审判了我父亲，再次发现他有罪。我思忖着：既然女王之前宽恕过他一次，肯定会继续宽恕他吧？他犯的这些错不都差不多吗？为什么这次没有原谅他呢？如果他第一次叛国的罪没那么严重，那重蹈覆辙就变得罪不可赦了吗？我没法去见母亲，问她是否还希望像上次一样去救父亲，现在的我哪里也去不了。我不会离开贝纳德城堡半步，可也不清楚自己能不能出去，我猜是不行的。

没人问我自己是否想出去拜访个什么地方，也没人带我坐上驳船前往别处，或者请我和他们一起出行。没人请我去骑马，除了仆人之外，也没人和我说话。我甚至不知道如果我朝外门走去，守门的人是否会为我开门。我所了解的自己不过是个被关在丈夫家的囚犯，被软禁在家里，面临着叛国罪的控诉，别人也没有和我说任何事。

事实上，除了我公公之外，其他人也哪里都不能去，只有他紧了紧自己最好的夹克，匆匆走向法庭，坐在公开审判席里，审判那些数周前还和他结盟的人。如今他们被指控叛国，一个接一个地被吊死在城中的十字路口。伊丽莎白本人——就是那个私生女，王位的继承人——被怀疑有叛国行径，而且就我所知，她才是隐藏得最深的幕后黑手。如果他们准备把她的头也砍下来，我倒是不介意。既然他们能判简死刑，而且她一开始就从来没有想过谋求王位，那我实在看不出他们为什么犹豫要不要判伊丽莎白死刑，毕竟她对王位充满渴求、行事肮脏、自视甚高，又身居谣言的中心。

我甚至见不到小妹妹玛丽，她现在和母亲一起待在伦敦的萨福克宫。我能在用餐和教堂祈祷时见到公公和那名义上的丈夫，除此之外我谁都见不到。我们在教堂中每天祈祷四次，在闪烁着烛光的薄暮中一遍又一遍低语那些奇怪的字句。他们俩不和我说话，但公公看着我，仿佛对我仍然在这儿很是惊讶，他也记不起我为什么还在这里了。

我没有给他抱怨的把柄，而是像一个与世隔绝的修女那样虔诚，虽然称之为与世隔绝比较勉强，但这又不是我的错！我受新教的影响长大，学过拉丁语，不是跟着牧师瞎嘟哝。我懂拉丁语的语法，但从来没有强记过祷词，所以《诗篇》和那些祝福之言对我来说和俄语一样毫无意义。我低着头，嘟哝着没意义的话，装作是虔诚的祷词。我站起来又跪下去，周围的人画十字时，我也有样学样。如果我没有那么难受的话，现在我会无聊到死。他们在晨祷前悄悄告诉我父亲和其他叛徒一起被斩首了，我心中更多的是疲惫而不是伤悲，也不知道该为他读什么祷词。我想，既然玛丽女王当权，那他的灵魂一定被投到炼狱去了，我们该为他组织一场弥撒。但那些修道院仍然关着门，我又该去哪里找人为他做弥撒呢？再说了，那样会对他的灵魂有好处吗，因为简说过世上没有炼狱这种地方。

我只觉得自己对这一切越来越厌倦，心里只在乎自己什么时候能结束软禁生涯以及能不能快乐起来。我想，自己肯定像简说的那样，全无圣灵的眷顾，有那么一瞬间我觉得自己应告诉她，她是对的，我是个俗不可耐的傻瓜，但此刻却无端地感到沮丧；随后我才想起来，自己再也不能和她说任何事了，再也不行了，这才是我沮丧的原因啊。

令我难以置信的是，我的母亲——这个世上最不像天使的人，却给我带来了真正的奇迹。她一直参与朝政，向女王苦苦哀求，请她宽恕我们还活着的一家三口，因为我们不过是我父亲野心的无辜牺牲品。母亲不断地追逐着女王的好意，好像她是一只丰腴的小鹿，等到最后把它逼到走投无路，便可亲手割开那毛茸茸的咽喉。一旦简离开，不再成为任何背叛的中心点，再等父亲死去安葬后，女王就会把我们的博默纳宅邸还给我们，它就在布拉德盖特的园子旁边，位于拉夫伯勒的一整座漂亮花园也将一并归还，那样我们就能再次享受荣华富贵了。

“那只熊怎么办？”母亲和我说这个激动人心的消息时，我问她。

“什么熊？”

“在布拉德盖特养的那只熊啊，我还在尝试驯化它呢。它会和我们一起搬到博默纳去吗？”

“看在上帝的分上，我们之前差点就要上断头台了，你现在却和我说那只熊的问题？他和布拉德盖特一起都不再属于我们了，那些猎狗和马匹也是，他们都依照女王之意送人了。我这辈子算是毁了，现在成了伤透了心的寡妇，而你还在操心熊。”

简会勇敢面对她，坚持认为那只熊应该和我们一起到博默纳去，但我做不到。我的脑海里没有可供争辩的句子，另外我也不能和她说，我觉得那头熊就和诺兹先生，还有所有的生灵一样，都值得被人重视和注意，都值得被爱。我应该告诉她，自己的心也伤透了，但我不知道应该怎么开口，她也不怎么感兴趣。

“去赫伯特家，”她厉声说，“把你的东西带回来。”

# 1554年春

**莱切斯特郡　博默纳**

当镰刀从我们头顶掠过时我们低下了头，如今我才觉得，我们终于安全到家了。玛丽、母亲和我、诺兹先生、小猫丝带，以及那些马和猎犬都在一起，但是没有熊。我们到了新家，但却没有家的感觉，新家离那片树林很近，甚至都能见到我们旧宅子的高烟囱，我怀念我们原来的旧宅子，可不管怎样，如今我们还活着，还能在一起生活，虽然不时有不痛不痒的小摩擦，但这表明我们还能自由说话，还能听见对方的声音，至少我们是安全的。

我们也算幸运，起码相比其他人而言幸运得多。父亲永远不会再回来了，我也永远见不到姐姐了。他们将她埋在了教堂里，表姨伊丽莎白公主被关进伦敦塔，人们指控她在托马斯·怀亚特和我父亲的领导下犯下叛国之罪。只有女王才可裁定究竟是伊丽莎白公主得以获释，还是更多都铎家的人会血洒绿塔，但她什么都没说。除非我能帮上忙，否则我再也不会回那儿去了，再也不会了。

我很高兴自己安全地远离了伦敦，不过仍希望自己能回到布拉德盖特的宅子。我想念简的房间，还有她的图书馆里那满满一屋子书，诺兹先生想念我的卧室和他在窗边的小床。我也想念那只可怜的熊。能离开赫伯特家那清冷又寂静的房子对我来说实在是一种安慰，我也明白自己的婚姻已经被晾到一边，可以被彻底遗忘了，就好像这事从来没发生过一样。我现在和在婚礼上一样高兴，每每想到这个，心里也觉得甚是有趣。玛丽、母亲还有我三个人住在一起，我们是五人家族中仅剩的三位幸存者，和我们一起来到博默纳的还有我们的马夫阿德里安·斯托克斯，他为我们切开餐桌上的肉，对母亲恭谦有礼，对玛丽和我也甚是和善。

至少我现在可以自由地坐在树下，简和我曾经在这棵树下读书，在暮色中听夜莺在高处的枝条上唱歌。母亲可以策马疾驰打猎，好像过去的一切从来都没发生过，自己也没有痛失丈夫和女儿，甚至于我从来都没有一个姐姐。

我们失去了那么多“可怜的父的封地”，我想起了简的那封信，她在信中是这么说的，我思忖着自己要如何讥诮她，让她知道，不论这片封地究竟是不是糟透了，至少我们把大部分地又拿回来了。我想问问她，现在究竟什么才是真正值得的？是一本旧书还是上百亩地？只是我那时才想起自己已经不能告诉她，错的是她而不是我，这片地比一本老旧的《圣经》更加值钱。我永远也没法再和她说话了。

在我们分别的那几个月里，玛丽几乎一点都没长。她还是和原来一样小小的，是个漂亮的小孩子。虽然她脊柱还有点弯，不过她现在已经学会如何站直了，只是在漫长的一天过后会让她隐隐作痛，如今她的肩膀至少不再倾斜，走路和跳舞的时候也有了点优雅的感觉。我想她只是因为难过而停止了生长，之后也永远不会变老的，就和简一样。这感觉好像我的两个姐妹的时间都停滞了，一位永远是新娘，另一位永远是孩子。但我从来没对玛丽说过这些东西，因为她才九岁。我也没有把这话告诉过母亲，她可是把自己养的猎犬生出的每窝小崽中身体最弱的那只都淹死了。

# 1554年夏

**莱切斯特郡　博默纳**

到仲夏时节，母亲为我们争取到的权益比之前更多：她让玛丽和我进宫，三人都陪在下令处死了我姐姐和父亲的女王身边。我们回到宫里的时候，众人就像欢迎表亲一样恭迎我们，我们谁都没想到会有这一出，甚至连小玛丽也没想到。我彻底被弄糊涂了。如果我去思考这事儿，我可能要疯。母亲每天都尽力向她敬爱的表亲女王展现出一种忠诚亲密的形象，把"我最亲爱的表姐"挂在嘴边，让别人记着自己和她是有血缘关系的；而且她与女王同为皇亲贵胄，却没有争权夺位的野心。

大家也没有忘记其他几位表亲：私生女伊丽莎白现在被软禁在伍德斯托克，在法国当异乡人的玛丽·斯图亚特被许配给法国的王子；还有嫁给伯爵的玛格丽特·道格拉斯①，她比我们更受女王青睐，因为她公开宣称自己信仰的是天主教。

当我的表亲们次第就座用餐时，这当中的焦虑就像看一场假面舞会一样精彩。伊丽莎白本应该出席，走在她的姐姐身后，按照亨利国王的旨意，她才是王位的指定继承人，就连玛丽女王也无法改变这一点。她听从了建议，剥夺了伊丽莎白的继承权，但是人们告诉她，议会并不支持她这么做。但为什么议会支持杀死简，却不支持剥夺伊丽莎白的继承权呢？恐怕答案

---

①于1544年7月6日嫁给第四任伦诺克斯伯爵马修·斯图亚特。

只在他们那可怕的会议上才能知道了。但不管怎样，伊丽莎白仍然被关着，或许永远也不能回到宫里了。

所以女王毫不客气地占了她的位置，独自走在所有女士的前面，她身材矮小，衣着华丽，一张和善的方脸上却堆满了愁容。等一下！我的母亲在那儿，她浑身缀满珠宝，身着绿色的浮花织锦长裙，这是为了向那些闭目塞听的忠权者表明她是都铎家的人。她的王位继承权排在伊丽莎白后面，如今伊丽莎白并不在这儿，她就要紧跟女王，忍受她的严苛对待。在头两位的顺序确定之前，没人敢排在这条队伍之后。可谁都未曾料到，那个最后的闯入者却是玛格丽特·道格拉斯。她是一度被人称作苏格兰王后玛格丽特和她那犯了重婚罪的丈夫所生的私生女，但这都是之前的事了，玛丽女王和教皇制定新规，如今的她有了个正统的名分。事实如何并不重要，他人口中所说的才是关键。如果她是合法婚姻所生，成了苏格兰王后玛格丽特（亨利八世的姐姐）的女儿，那她的继承顺位就在我母亲之前，因为我母亲是法国王后玛丽（亨利八世的妹妹）的女儿。但是遵照亨利八世的旨意，他任命了我们一脉为继承人，爱德华国王的遗嘱也是如此，所以谁也说不准下一位继承者究竟是谁。谁能说清跟在女王身后的人应该是谁呢？反正肯定不是我，肯定也不是那些等着进餐的人中的一个。

于是这一切就变成了暗中较劲，成了合法子嗣的玛格丽特猛地推开我，站到了我面前，我则出于礼貌向后退了一步，看起来假装是为了保护自己。她是玛丽女王最爱的一个，一心忠于罗马，对成为了女王的表妹①忠心耿耿。她身形高大，复古的兜帽下是一头浓密的灰发。她过去时而获得先王的青睐，时而又失宠，进出伦敦塔对她而言早已习以为常。现在的她习惯于争抢属于自己的位置。在她身边，我看起来就像一个过分讲究穿戴的女儿，或许是孙女也未可知。比起她来，我肤色白皙，美丽优雅，现在才十

①玛丽女王生于1516年，玛格丽特·道格拉斯生于1515年。——编者注

三岁，是都铎家那位著名的法国女王的正统孙女。我向后退了一步，有点不耐烦地叹了口气，这么做看起来比她嘟哝着推开人进来更有王家气质。

她和我母亲并肩站立，几乎要掐起架来，看起来如同每晚在村镇广场上举办的摔跤比赛。玛丽女王向后笑了下，和其中一人说了句话，随后就恢复了秩序，我们也终于能次第就座用餐。

玛丽是世上最小的侍女，她一直跟着我，好像我们是舞伴一样。我们在一起看起来光彩夺目，甚至都没人注意到她的个子比起其他人来说矮得多。她引得众人开怀大笑，甚是惹人怜爱，别人告诉母亲，让她一定要带她多做运动，多吃烤肉来长个子，没人想过她的身体或许有点问题，我母亲也什么都没说。三个女儿中最出色的那个死了，现在的她得珍惜剩下的两个。我注意到玛丽有几次看着宫廷的矮个弄臣托马西娜，那神情就像是两只坏脾气的小猫在互相挑衅。托马西娜长完个后身高也未及一米五，但她却骄傲得很，把玛丽彻底无视了。

我在用餐时再一次见到了赫伯特父子，但那感觉却像是陌生人。我离开他们家还不到一年就已如此，我的婚姻被取消了，好像这事儿从来没发生过，他们也对我一言不发。赫伯特勋爵朝我鞠了一躬，似乎他有点忘记了我叫什么；他的儿子亨利侧着头，脸上还带着淡淡的怨恨，我对他们两个置之不理。

我一点也不喜欢他们，这个宫廷里的所有人我都不喜欢。我又成了王室中的一位年轻女士，重新回到了原来的地位。我几乎无法相信自己曾经还有个姐姐，因为根本没人提及她。我没有父亲，没有姐姐，小玛丽和我是玛丽女王的两位王家侍女，她去哪儿母亲都陪着，因为她是玛丽女王最爱的表姐和宫廷中最受宠的年长女士。我在女王的住所有自己的房间，但小玛丽和其他姑娘一起住在女仆们的房间。我们都成了女王的表亲，互相交友做伴。

我见到了简妮·西摩尔，她是奈德·西摩尔的妹妹[①]，后者是个帅小伙儿，几年前和简订过婚。我立刻就喜欢上简妮了，她是个聪明的姑娘，和简一样满腹经纶，甚至还能写韵体诗，为人也风趣幽默。她比我漂亮，和简一样学识渊博，完全就是我理想的朋友，我一下子就被她吸引了。她曾经希望能成为简的小姑子，也是朝野上下唯一一个谈到过她的人。我们分担了失去简的悲痛，如今可以成为挚友了。

我们两人都暗中反对女王接受西班牙的菲利普王子的求婚，他比女王小十一岁，更比她好看千万倍，英俊的相貌令人头晕目眩。他带着一群身着黑衣、谈吐风趣朋友过来，这让我们所有的姑娘变得轻佻起来，充满了被倾慕的渴望和幻想。他们都很有钱！财富之多既难以言喻，也无法想象。女孩暗自学两句西班牙语，祈祷这些先生中的任何一个注意到她也无可厚非。他们黑色的斗篷都绣有金线或者银线，那可都是真金白银。他们在肩上系着金色的绳子和链子，绕着脖子围了一圈，好像那是围巾似的。他们的帽子上缀着珍珠，穿戴红宝石就和穿戴石榴石一样随意，而且每个人都在喉咙下的亚麻衬衣上绣着一个巨大的十字架，也有人骄傲地把那个渎神的符号紧紧地绑在了自己的衣领处。我不禁微笑着想到，如果简见到这样无谓地炫耀着财富和异教信仰的人是否会气得浑身发抖。她那双绿褐色的眸子肯定会圆睁，脸上写满震惊的表情，双唇由于反对所见的事物而抿紧，我每每想到这些，心中对她的思念便增加一分。

住在玛丽女王房间的姑娘们互相低语，讨论自己是不是应该和这些英俊的王公贵胄结婚，然后前往西班牙，再也不回来了，我心中想的正是如此，上帝知道我会这么做。我才不会让自己被异教和正统性之类的问题困扰；我想翩翩起舞，在手指上戴着价值连城的戒指；我想被人爱着，想要让自己感觉到生命的存在，每一天，每一刻，我都想感受自己怒放的生命，

①简妮（简）·西摩尔约生于1541年，奈德·西摩尔生于1539年。

因为我曾亲眼所见一个女孩的生命是多么易逝。“这会让你认识来世！”我的确认识到了，现在的我只想好好活着。简妮·西摩尔说，我的心跳得就和她一样快，得赶着时间过活。我们虽然尚且年轻，应当拥有一切，这便是变得年轻美丽的意义所在——而不是像女王那样，她已年过四十，动作迟缓，仿佛一个耽于享乐的肥胖老妇。

女王在温切斯特宫嫁给了西班牙的菲利普王子，只是表现得却很糟糕。她因为紧张而面色苍白，而且因为继承了她坏脾气父亲的习惯，只要一感到焦虑，那长方形的小脸就会拧在一起。她的站姿和菲利普王子那张糟糕的画像的站姿如出一辙，双腿在她厚重的长裙下分开，就像只好斗的母鸡。我的老天！她看起来真像是个坚定的老妇！我知道不再年轻美丽不是她的错，我还没有傻到去指责这个，当然啦，我还是更喜欢年轻漂亮的女士，我现在也正是她们中的一员。但她至少在婚礼那天还是尽力让自己看起来状态最好，她身着一袭金色长袍，袖子缀有钻石，这么穿的确符合她的身份。我们接下来就要开始令人窒息的等待，看看她是不是能怀上菲利普王子的儿子。

# 1555年夏

### 汉普顿宫

玛丽女王在炎热的天气里忍受着累人的妊娠，同时也决心原谅她那难以相处的妹妹，听从了她丈夫菲利普王子的劝说，把伊丽莎白从伍德斯托克宫放了出来。她回宫的时候穿着十分端庄，一顶小巧的兜帽拢住了她那头姜黄色的头发，衣服的颜色是象征着新教徒的黑色和白色，表现得和任何身处名门但尚未结婚的贵族姑娘一样富有魅力而又热情洋溢。

但她的出现不过在四处走动的女王身后又多了个匆忙的跟班而已。可以肯定的是，尽管伊丽莎白可以竞争王位优先继承权，她肯定不会真的以为自己有机会被任命为女王的继承人吧？她的出现仅仅为了向世人展示出信仰的分立，每个人都知道伊丽莎白和我姐姐一样，是个新教徒。

整个王室迁至奥特兰兹。母亲回到位于博默纳的家中，全然不曾对我与玛丽提及，便脱下服丧的黑纱，嫁给了她的马夫阿德里安·斯托克斯。打我记事起他就一直在照料我们，为我们一家打理马匹和猎犬。玛丽说那是因为我们的母亲没法支付他的工钱了，但又不能少了他帮忙照料马儿，我倒觉得她很高兴自己能摆脱掉格雷的名号，这姓氏在每本非法的改革派宣传册上大事宣扬，在整个基督教世界都家喻户晓，如今她嫁给阿德里安·斯托克斯，就可以将自己叛国的罪名彻底埋藏起来，一起消失的还有她那犯下了叛国罪的丈夫以及倡导新教的女儿，她自己也终于能像其他人一样，假装他们从未存在过。

一切对她来说都很理想，她成了斯托克斯夫人。可我清楚，她之后会让人叫她弗朗西丝小姐，还要别人给她按照王家礼节深深鞠一躬。但我仍然是凯瑟琳·格雷小姐，玛丽也还是玛丽小姐，除非别人娶了我们，否则我们没法改变自己的名字。我们没有可以隐藏的手段，伊丽莎白、苏格兰的玛丽，还有玛格丽特·道格拉斯亦然，我们是都铎家族最后的继任者，都有王位的继承权。我们在宫殿外面四处闲逛，等待着玛丽这次火速受孕的结果，五个人中的一个肯定会是继承人，除非她能生下活着的孩子，而这件事就连她母亲也才做到过一次①。

①玛丽女王的母亲是阿拉贡的凯瑟琳，总计怀孕七次，1509年8月她首次宣布怀孕，翌年1月31日流产；1510年5月她再度怀孕，生下康沃尔公爵亨利，五十二日后夭折；1513年初第三次怀孕，11月产下一名死婴；1514年夏第四次怀孕，翌年1月8日产下一名死婴；1515年第五次怀孕，生下玛丽；1517年第六次怀孕，流产；1518年2月第七次怀孕，产下一名女婴，后夭折。

# 1555年夏

## 萨里　奥特兰宫

只有上帝才知道为什么都铎家的一切都不顺。玛丽女王没有生下她一直期待的儿子。她挺着状态良好的大肚子进了预产日，我们这些受邀陪同的女士坐在她身边，缝制婴儿的衣服看起来也很迷人。当我们出来时都在摇头，谈论着自己不能和英俊的西班牙朝臣们提起的女性之间的私密问题。许多人对我说，像我这样的女士不宜就女王今天的表现有多优秀发表言论，这些事情对于我这样未经人事的姑娘（我不是被人抛弃的妻子，只是因为这场婚姻几个月内就作废了而已）来说仍是未知的。从怀胎七月到整整第九个月，随后步入第十个月（这点吃不太准）实在是件令人喜悦的事，我们都是这么认为的。但如今这对我们来说成了个谜，女仆和助产士也一头雾水。我们竭力隐藏自己的焦虑，嘴上说着她可能弄错了自己的预产日，随时都可能生下孩子，可就连我也觉得这种说法有点牵强了。

在等待女王分娩的日子里，伊丽莎白简直就像酒吧招待一样讨所有女士欢喜，她对那些领主们既体贴又关心，对自己深爱的姐姐的健康又无微不至，不过对姐姐的丈夫而言，她又像个被逐的修女一样：倘若自己年长的妻子因为妊娠过世，那他显然得将她认作自己的担保人。

我问母亲，女王怎么了，为什么她不分娩，而是像普通的女人一样怀着孕，她斥责我说：“世上有那么多比你笨的姑娘，怎么就你问了这么个蠢问题？你就不该问王位的继承者在哪里，只要孩子一天没出生，我就仍是第一顺位继承人，你的地位只会越来越高。”我悄悄说道：“那伊丽莎白呢？”母亲呵斥我：“就是那个被自己的生父说成是私生女的家伙？”再用她的马鞭抽了我的指关节。我领会了其中的意思，知道自己不能再从她那里得到更多来自一个母亲的建议，于是便闭口不问。

又过去了一个月，女王的肚子反倒小了下去，好像什么事情都没有发生过，她不过是像只年迈的绵羊在放牧时闯进了一片长满苜蓿的草地，一度敞开肚子吃到肚皮滚圆。

这对她来说一定很苦恼吧，因为她疯狂地爱着菲利普国王，他又有礼貌又有耐心，可如今比自己年长的妻子假装自己怀了孕，让他们两个看起来活像两个傻子；事实上这对我们来说都很尴尬：所有英格兰的大臣为此忙上忙下，我们这些姑娘在一边闹哄哄地跑来跑去，竭力让我们看起来显得很重要。最过分的要数伊丽莎白了，她进餐时仍紧跟在女王后面，还流下了同情的泪水，好像菲利普国王对她的关注就能说明她才是王位的继承人，大家似乎都忘了我母亲和我才是先王认定的王位继承者。

这个荒谬的情况如今出乎所有人的意料，而又和每个人犯过的愚蠢行为相似，现在的我发现自己不幸地继承了母亲的野心。只消看看这份野心将我们置于怎样的困境，可说真的，我本以为自己会鄙视它的，但却发现自己无法控制住自己。我恨那些说我不是继承人的人，每天晚上都在克制着自己思考继承优先权的问题，努力不与他人争吵。

这并不是说我想成为女王。我无意取代玛丽女王，但却想成为她的继承人。我只是不觉得有谁能配得上这顶王冠，我对伊丽莎白能坐上王位这个念头并不高兴，也无法想象她占着简的位置；谁都不应该占着，至少她不配！从任何方面而言都是如此，她的黄头发看着可怕，根本不是和我一样的金色，还有她的皮肤，肤色和那群西班牙人一样难看，她根本不配当大英帝国的女王。我宁可许愿玛丽女王能生个王子出来，作为两位统治者的子嗣，继承西班牙和英格兰。但我永远不会容忍自己舅公的私生女继承王位，现在大家甚至都不知道这一点：她母亲曾和五个男人通奸！那么伊丽莎白完全可能是宫廷中鲁特琴演奏家的女儿，谁知道呢？

玛丽女王的摇篮里没有小威尔士亲王，她自己也没有再次怀孕的迹象，在这令人尴尬又无聊的遗憾时刻，我也和别人一样思考起了自己的权力。另外，我似乎成了两位其他人士，确切地说是男人感兴趣的对象。其中一位是我的前夫亨利·赫伯特勋爵，因为每当我们这群姑娘们从他身边走过时，他总是会扭头给我一个不易察觉的微笑。但我却没有回以同样的礼数，只是瞥了他一眼，和简读到自己不喜欢的东西时的表情有点相似：有点类似挑起眉毛，或者垂眼看自己鼻子时的样子。我倒是觉得这么做魅力十足，玛丽说我对着亨利·赫伯特扮俏皮相，好像我希望自己和他仍是夫妻似的，我气得打了她一下。

我告诉她，她的身高才刚刚够到我的紧身上衣那儿，根本没资格说我。“你比女王养的矮子高不了多少，”我这句话说得还挺过分，“才没资格这么说我。”

“我不是矮子，”她坚决地说，“我只是生下来的时候矮了点，但还是有着王室血统的。我和托马西娜一点也不像，每个人都这么说。”

我不能挑战她那弱小的尊严，只能说道：“噢，你倒是说说看都有谁这么说？”

“我啊，”她带着满满的尊严说，“而且我在乎。”

她一直为自己身材矮小却又不能继续长高而感到十分困扰。有一回简告诉她，在一些异教国家，矮子会被人奉为神，这让她很是骄傲。她个子矮，对自己的评价却很高。我有个轻视尘世的姐姐，也有个渴望它的妹妹，而我却在她们俩中间出生，个子又高又漂亮，是整个宫里最期待俗世欢乐的姑娘，这倒让我觉得很奇怪。

“我猜你肯定想再嫁给他一次。”玛丽像个圣人般说道。“我还觉得赫伯特曾经对你的苛待会让你永远离开他呢。”

我告诉她这一切根本不是这样的！根本不是！我们从来没有结过婚，从来没有！就好像她也从来没订过婚，婚礼不再被人承认，如今也落得个被人遗忘的下场，我实在不知道为什么他对着我笑得那么充满魅力。如果他那么喜欢我，如果他想过要违抗家族的命令，遵从自己的内心，那一开始就应该继续让我当他的妻子。可他犯了错，让我离开了他，如今他又发现我成了宫廷中的焦点，想到他如今悔得肠子都青了，我倒还是挺高兴的。

但另一个对我感兴趣的绅士却让我更加吃惊，他实际上是名贵族，西班牙大使费里亚伯爵[①]。

我不是傻子，才不会觉得他会因为我的美丽而坠入情网，尽管他说我宛如一尊迷你的石膏塑像，皮肤纯净无瑕，有着如同天使般的金发。他告诉我，若是在西班牙，世人定会为我的美貌跪倒于石榴裙下，我就像画在教堂彩色玻璃上的天使般美丽，熠熠发光。我当然享受这些赞美之言，但心中却很清楚：虽然我的相貌在整个宫廷里数一数二，但引起他们兴趣的并不是我的长相，肯定是我的王家血统和我的王位优先继承权。如果西班牙大使对我感兴趣，那是不是说明西班牙国王[②]，也就是英格兰女王的配偶本人自己也对我有兴趣？他用空洞的奉承取悦伊丽莎白是不是在掩饰对

①这里指戈麦斯·苏亚雷斯·德·菲格罗亚，约生于1520年。

②按照常理，英格兰女王的丈夫除非已经明确表示能继承别国的王位，否则是不会让女方的头衔降低的，与玛丽女王结婚的腓力二世是神圣罗马帝国皇帝查尔斯五世的大儿子，此时英格兰国力远不及西班牙强盛，所以英格兰议会封他为国王，而不是封以亲王头衔。

我的喜爱？简是被新教徒推上王位的，那我会不会被天主教徒推上王位？那些西班牙人是不是希望如果有一天女王驾崩了，就能宣称我是王位的继承人，然后菲利普会娶我为妻，并通过我来统治这个国家？

我并没有直接问西班牙大使这个问题，在这方面自己还是很聪明的。我当然也理解这些权术的游戏是怎么玩的。除了菲利普国王也爱慕我之外，他什么都没和我说。西班牙那边真的对我有善意吗？我是会和自己那可怜的姐姐一样成为坚定的改革派，还是会向真正的教堂低头呢？

我谦逊地低下头，看着自己的足尖，微笑着对自己说，除了仰慕菲利普国王之外，没人能帮得上我。自己说的话一点也和异教沾不上边，也绝无引起歧义的可能，但我暗自发誓，自己不会成为任何人的傀儡。没人能再对我指手画脚了。如果有人想着自己能像把我的姐姐推上王位那样让我也坐上那个位置，那他们终究会发现，我对于自己的权利就如女王般有着绝对的掌控权；他们也会明白，一旦世人将王冠戴在我的头上，那我会死死地保护好它，也会保护自己肩上的脑袋。谁也不能怂恿我参加毫无长久之计的篡位行为，也没人能诱惑我坚持自己的继承权。此后我将一心遵从自我利益，不会为了信仰冒任何风险。如果上帝想让我坐上英格兰的王位，那他就得自己先去费点劲了。

不过我也在仔细聆听西班牙大使那些奉承话的弦外之音，如果西班牙说服玛丽王后任命我为她的继承人，他们随后又支持我的话，那我肯定能登上王位。

“另外，不考虑你姐姐的情况，你是否本身就倾向于支持旧的信仰呢？”费里亚伯爵问我，那话中的语气比他舀进我碟子里的柑橘酱还甜。

我透过睫毛看着他，他那样子似乎是要让我否认我死去的姐姐，以及她所信仰的一切。“我的信仰自然是与女王的一致。”我毫不费力地回答道，“我得从头学起，还要学拉丁文的弥撒，因为我从小家中的人都是新教徒，他们都用英语祈祷。不过我很高兴自己能学习真理。”我迟疑了一会儿，补充道：“我不是异教徒。”

我当然不是了。表姨登上王位时甚是仁慈，她向我们保证，所有人都可以依照自己的方式找寻上帝，可她反手就因为我姐姐的信仰问题处死了她，如今又引入了宗教裁判所，为的就是折磨所有人，并将有着和简相同信仰的人处以火刑。但那些人中绝不会有我！我才不会因为几句话就被押进大牢，也不愿因为自己不肯向典礼官行屈膝礼，或者忘记把手指浸到圣水钵[①]里，又或者因为那些昨天还无关紧要今天却变得生死攸关的事掉脑袋。如今祭坛藏在了圣坛屏[②]后面，所以牧师的所作所为成了一个谜。如今每座壁龛里都有一个雕像，在它们面前势必会有一根蜡烛。在众人都休憩的日子里有了圣人的纪念日，还有除了鱼之外什么都不能吃的斋日。我要学一大堆东西，这样才能让自己看起来不像是个改革派，也不像一个危险的改革派殉教者的妹妹。我欠身，心怀最敬畏的信念闻着熏香的味道。谁都不会说我是异教徒，因为我背对着隐藏在圣坛屏后的祭坛，不再在正确的时间里站起或者坐下。

我决意如此。只要别人要求我，那我就遂他们的意。我会从这位最为虔诚的王后那里获得一笔财富，之后她会为我选一个英俊的男人嫁了，我会生几个漂亮的孩子，随后会成为信仰天主教的王位继承人，襁褓中的孩子也对天主教笃信不疑。她肯定会任命我当下一任女王，我命该如此。我会助其走上正轨，但不会承担任何风险。我对菲利普国王的外交官微笑了一下，他就差问我想不想成为英格兰的女王了，我确保他知道：除了我之

①圣水钵一般位于天主教的安立甘宗和路德宗教堂门口，常被置于十字架或者其他宗教象征物之上，提醒教徒勿忘受洗时的誓言。

②圣坛屏位于教堂中殿和教堂底部高起的区域之间，通常是木质或石质的雕花窗格，源于承载着巨大的耶稣受难像的十字架圣坛，主要起到烛台的作用。

外，整个英格兰没有更合适的人选。

玛格丽特·道格拉斯自然不会这么想，她觉得这王位应该是属于她的；还有苏格兰的玛丽女王，她在法国的宫中思忖着是否应该统领着一支法国军队来攫取属于自己的位置。最后才是伊丽莎白，她最不可能从自己同父异母的姐姐那里继承王位，不论是从法律上、宗教上、性情上以及出身来看都不可能。

闷闷不乐的伊丽莎白进了宫，在角落里唉声叹气，装出一副为被拘禁的教士和在史密斯菲尔德被焚烧而死的殉教者们感到悲伤的样子。她穿得很是朴素，这个骗子，装出一副不爱华服和珠宝的样子。她就是个装腔作势的家伙。在做弥撒的时候，她在身体一侧握紧了手，好像她很痛苦，都不能向典礼官鞠躬，有些时候她还假装晕倒让自己被人抬出去，在外等待的众人都能看见她是如此渴望自己所信奉的改革派信仰，心中就会觉得女王对她同父异母的妹妹是多么残忍。那个工于心计的伊丽莎白恢复的速度可真是快得惊人，很快人们就能看见她和菲利普国王在花园里并肩行走，他的目光落在伊丽莎白低垂的面颊上，俯身听她说的话。

我认为伊丽莎白打算放长线钓大鱼：她觉得女王每日愈加病重，而且越来越寡言少语，去世只是早晚的问题，随后菲利普国王会娶自己为妻，让她取代玛丽的位置，当上英格兰女王。西班牙大使奉承我，正如他的主人菲利普国王奉承伊丽莎白一般，她那少女似的保守态度与我如出一辙，我们的目光都落在那王位上。

每天我都要在觐见女王时和她见面，我们非常有礼貌地互相鞠躬，像姐妹一样亲吻对方，我发誓自己和她都在想：你又为什么在这里？你距离王位可比我远得多！他们又在对你保证什么？如果我当了王后，那你总会知道的！

# 1558年冬

## 威斯敏斯特宫

当玛丽女王病重，又不幸恶化至生命垂危的时刻，一切的征兆都指明我会成为王位的继承人。因为我有西班牙人的暗中支持，也极力向她展示自己对天主教的虔诚，可她却任命伊丽莎白作为她的继承人！她在弥留之际，在病榻上做了这个决定！这决定让我震惊不已。

我做了那么多事来证明自己是个优秀的天主教徒，但玛丽王后却辜负了我，也辜负了她曾经高声宣誓效忠的信仰以及那么多为它而死的人。她甚至都没有提到那个纯正的天主教徒：苏格兰的玛丽女王。她如今嫁给了法国的弗朗西斯，还厚颜无耻地宣称自己是英格兰王后，似乎忘记了我这一脉的继承权的优先级高于她这一事实。尽管玛丽女王曾经向玛格丽特·道格拉斯做过保证，要命她为王位的继承人，但也没有明说她的名字。她把我们都耍了，将王位让给了伊丽莎白，那可是她的敌人啊！

“为什么玛丽女王没有任命你？”我问母亲，强迫自己第一次与她坦诚相对，对她的感情由愤怒转变成了诚挚，“她为什么也没有任命我？”

母亲带着满腔无处发泄的怒火，面色阴郁。如今她得在伊丽莎白的房间里扮演一名讨人欢喜的堂姐兼侍女的角色，心里根本不期待一个年纪小得可以当她女儿并且有着百般理由厌恶她的女人会对她宽容以待。母亲本来嫁给了自己的马夫，为的就是向玛丽女王表明她无意嫁给一位意欲夺权的男人，也不会再生下一位有着王室血统的儿子，如今却发现自己再无尊贵的头衔和继承权了，阿德里安·斯托克斯不过是个无名之辈，母亲与他所生的孩子都夭折了。如今的她既无法取悦玛丽女王，还发现自己的所作所为对伊丽莎白而言更加毫无意义。

“你能不能把那个该死的东西丢到外面去？”她大声喊道。

我养了只新的小狗，是只漂亮的巴哥，给她取名叫做乔，她到哪儿都跟着我。既然母亲这么说，我只得弯腰轻轻把她抱出了房间。她哀号着，用前爪挠着门，然后幽怨地坐在屋外的木地板上等我出来。

“玛丽女王的家族观念一直很强，”母亲咬牙切齿地说，“除此之外，她遵照着自己父亲的愿望登上了王位，并不觉得这段政权应该被颠覆。他将伊丽莎白视为己出，在他的旨意里，将她的继位顺序排在了她姐姐玛丽之后。除非伊丽莎白没有子嗣，那才轮得到我即位，这就是女王做这些决定的理由。”她吸了口气，我看得出她在努力控制自己的愤怒，她的身子颤抖得很厉害，我觉得她似乎要痉挛了。“这一切都与传统一致，也与亨利国王的旨意相符，上帝保佑他。”

“那我呢？我怎么办？”我问道，觉得自己这一生都在不断问这个问题。

“你得耐心等待。”母亲说这话的语气好像我还没满十八岁，却急切地想去继续自己的生活，在筵席中朵颐，在庆典上起舞，穿着王家衣橱缝制的精美长裙，与突然出现在这间新殿中的所有改革派年轻男子调情，匆匆放下拉丁语，阅读英文版的《圣经》，每天也只要祈祷两次就行。

“我等不及了，”我哭号道，“自从父亲把简任命为女王后的每一天我都在苦苦等待，我自己做的一切也只是在等待着某件事发生在我的身上，并希望进展顺利。简妮·西摩尔说过……”

“我听够关于简妮·西摩尔的事了，”母亲毫不客气地打断我的话，“你这个月又打算和她们待在一起吗？她们还没有厌烦你呐？”

“不，她们才没有，另外除非你下令让我和你一起待在宫里，否则我会一直留在汉沃斯，”我这么说是为了反对她不让我和最好的朋友在一起，“如果我们早点去那里，也不会受到伊丽莎白的垂青。她的朋友们纷纷从躲藏的地方走上台前，我看不出自己有什么去那里的必要。而且在伊丽莎白从王家衣橱那儿定制本该属于我的新裙子时，我又为什么要在一边看着？”

“这不是关于裙子的事。那又不是什么重要的东西。”母亲说道，这回她又错了。

# 1559年春

**密德萨斯　汉沃斯宫**

我和简妮以及她的母亲安妮·西摩尔女士一起去了她们位于乡野的那幢漂亮宅邸，而不用看着伊丽莎白坐在王位上，在一堆金银财宝中扬扬自得，那些东西原本都是属于我姐姐的，本应由我继承。我把自己的宠物猴诺兹先生、小猫丝带和新买的小狗乔都带了过去，在汉沃斯宫，大家都很爱它们，也没人要我把它们关进笼子里。我肯定在宫里没有一个人会想我，或许只有亨利·赫伯特除外吧，他在我身上游移的目光告诉我，任凭世人将他与女王的表亲分开是个大错。我之前的另一位仰慕者西班牙大使，如今却在抑制自己的感情，等着看自己安全远离故土的主人是如何驯服那位新的女王，以及她是否会如同之前保证过的那样嫁给他。

我甚至怀疑女王有没有注意到我缺席了。那些严肃的西班牙人突然消失了，可悲的玛丽女王也去世了。这些的确是令人激动的事。剩下的都是年轻人，又全是新教徒，而且个个都风情万种。伊丽莎白女王处于这一切的中心，她被突如其来的安全感和重要性冲昏了头脑，去哪儿都跟着罗伯特·达德利，他是我姐夫的哥哥。他们就像是恩爱的情侣，几乎整日手牵着手，突然拥有了自己的宫殿，也一定因为突如其来的宽慰而感到一阵眩晕。一夜之间从伦敦塔中的囚室搬到了王家宅邸，这对他们来说无疑是个奇迹般的转变。他们一定想过自己的头有一天会抵着断头台的木板，如今脸颊却枕在最上等的亚麻布上，上面还绣有小冠冕[①]。伊丽莎白的母亲被斩首了，罗伯特的父亲亦然。他们的名字曾被刻在伦敦塔的监狱里，数着日子等着审判时刻的到来。可当你从阴暗的地道出来，发现自己站在通向王宫的大道上时，心中一定会觉得那刻自己身处天堂。我姐姐却走了一条相反的道路，她从王宫的房间走向了断头台，她被羁押全是因为罗伯特的父亲，而伊丽莎白谋反的计划是导致她被处决的最后一根稻草和原因。虽然他们成功了，可我永远不会忘记这点，这不过是乞丐的胜利罢了，难道他们就不会感到羞愧吗?

可除了我之外，没人这么想，我也只能试着不去想它。伊丽莎白的王宫里充斥着从瑞士或者德国赶回来的人，还有那些为了躲避宗教裁判而逃到别的地方去的家伙。从这里到苏黎世的路上肯定到处都有累倒的马儿吧。我们的好朋友贝丝·卡文迪许女士也出现了，与我们重续友谊。她之前做了寡妇，如今嫁给了一位信奉路德宗的有钱人，她本人也是伊丽莎白忠实的支持者[②]。我们年轻漂亮的继外祖母，萨福克公爵夫人凯瑟琳·布兰登在流放后再度现身[③]，还带着她那位出身庶民的丈夫和两个可爱的小孩子。全世界的人都想要土地、金钱与宠信，所有人突然间都成了全英格兰最孤独的女孩的挚友。伊丽莎白的家庭女教师凯特·阿什利因为叛国罪被关押

---

①王冠在头顶有金属打造的十字拱形，顶点嵌有宝石，小冠冕则没有拱形，自然也没有顶部的宝石，多为王子和贵族佩戴，根据地位的高低，冠冕的形制也有所不同。

②这里指贝丝·哈德威克，约生于1527年，于1547年再婚，嫁给了威廉·卡文迪许爵士。1557年10月25日威廉·卡文迪许去世，她于1559年1月嫁给了威廉·圣·洛，信奉路德宗的有钱人当指他。

③指凯瑟琳·威洛比，查尔斯·布兰登的第四任妻子，查尔斯·布兰登是本章主角凯瑟琳·格雷的外祖父。流放指玛丽安流放——在玛丽一世和菲利普国王统治时期新教徒前往荷兰、瑞士等新教国家避难。

进弗利特河畔的监狱，如今又回到了她身边。伊丽莎白不再是受人鄙夷的私生女，而成了匡扶英格兰信仰的新教公主，是所有改革派的女英雄，而我的姐姐简却不是，就好像我这位生来就信奉新教、有着纯正王室血统的姐姐从未存在于这个世上一般。

我并没有因为自己的姐姐当过女王而收到过任何赞扬，但伊丽莎白才当了九天女王，却被所有涌进新教王宫的人们赞扬。伊丽莎白没有什么家庭的概念：她害怕自己的父亲，在她同父异母的弟弟爱德华国王身边紧张不已，而他深爱着简，她同父异母的姐姐玛丽女王又视她为敌。我由母亲抚养长大，她整天念叨着我们具有王室血统，伊丽莎白则孤身一人，她的母亲去世了，父亲娶了别的女人，所以她和我打招呼时并不怎么高兴，这点我倒是不惊讶，我也让自己昂起头，挑起眉毛，和她说话时完全不在乎地位之间的差异。在她大张旗鼓地炫耀自己成功的这几天，我用自己的优雅与美让她显得黯淡无光，这便是我报复她的唯一方式。她真是无比虚荣，迫切地想要成为整个宫里最漂亮的姑娘，不仅仅是在英格兰，更要在全世界闻名。我纤细苗条，可她身形浮肿；我的双眸闪着光，而她的眼中却透着疲惫；我无忧无虑，像她这样的幸存者却每天都有新的责任，不断获知足以让她恐惧的新消息；人们说她皮肤白皙、秀发金黄，可事实上她肤色暗沉、头发枯焦，我只消在房间里走过便能让她气得发疯，我的确也这么做了。

对我来说她肯定太操心在苏格兰的那些新教徒了，她设立了属于英格兰自己的信仰，努力让自己成为英格兰国教的最高领导人，那是给女人坐的位置吗！她这么做全是为了与我孩子气的反抗小动作作对。我还有汉沃斯可以去，因为母亲总是斥责我，说我是个傻瓜，一心只想折磨那个刚登基、还焦虑不已的年轻姑娘。但在我心中那是属于简的王位，应该由我继承，伊丽莎白不过是个鲁特琴演奏师与妓女的女儿，空有着满腔热情，却无章法。

她保证过会任命自己的继承人，但却食了言。她应该把我选为王位继承人的，可她闭口不提我的名字。除非她像一个女王该做的那样结婚生子或者指定一个人做继承人，否则不会从我这里获得尊重，当然了，她也不会给予我尊重。

“你说得很对，”简妮·西摩尔强调道，她咳嗽起来，转身用袖子挡住自己的脸，整个身子也随着咳嗽而抽搐起来。但等她转过来的时候脸上又带着微笑，双眼闪着炽热的光。“你是对的，所有人都知道她不是真正的继承人，是不合法的，但没人支持你。所有改革派都认为伊丽莎白是他们目前最好的选择，就连天主教徒都不敢建议让苏格兰的玛丽王后做继承人，她可是拥有半个法国的女人。”

诺兹先生坐在我的腿上，我逗着他胖乎乎的小肚子，他的双眼舒服得闭了起来，过一会儿就会打个小哈欠，也或许是在不出声地笑吧。“如果我结婚了……”我想到达德利一家为简出谋划策、四处奔走甚至揭竿而起，如果我有个有权势的家庭为我密谋，如果父亲还活着，那我如今会在哪里呢？如果我有个丈夫，在他父亲眼里的我们又会有怎样的可能呢？

“噢，当然了，但是赫伯特一家不会冒任何风险去对抗伊丽莎白。”

“我从来没想过和亨利·赫伯特结婚。”我轻而易举地撒了个谎，简妮的目光和我相遇，突然爆发出了一串笑声，却以一阵咳嗽声作结。“你当然没想过，但你仍旧是王位继承人，他的父亲可没忘记这点！现在他一直对你彬彬有礼呢！”

“我才不在乎呢！”我一扭头，让诺兹先生自己坐在一边，他用眼神严肃地望着我们。

“但你得结婚啊，”简妮说，她刚刚才喘过气来，“伊丽莎白不会给我们找什么好夫君的，她除了自己之外，不想让其他任何人谈恋爱，如果可以的话，她恨不得让我们都成为修女。现在玛丽女王没有让你在伊丽莎白之后做王位继承人，伊丽莎白也没有跟你作过保证，你母亲没给你准备任何计划吗？”

“她希望伊丽莎白会宠信我们，”我说，“只有伊丽莎白承认我们是她家族的一员，才能找到比较好的丈夫与我们相配。可她显然只考虑自己。我被彻底遗忘了，甚至在宫中的私人套间里都没有属于自己的房间。我不在核心圈子里。你会觉得我像是个与之毫不相关的陌生人，就像某个苦苦等在王家会客室外的不知名的请愿人一般。虽然我仍是皇亲贵胄，但玛丽女王永远不会这么待我们。”

简妮摇了摇头。“这不是嫉妒，”她话说到一半房门就打开了，她那俊朗的哥哥奈德把脑袋探进房间，发现房内只有我和简妮便走了进来。

“你们两只小蜘蛛又在张罗着织什么网呢？”他问，一屁股坐在我和简妮座位间的凳子上，紧挨着壁炉。

我感觉到自己悄悄地坐直了一些，微微地昂起了我的脸，让它迎着光，摆出完美的斜角。自从奈德·西摩尔和我姐姐订婚的时候我就一直仰慕他了，我告诉姐姐他是世界上最英俊的青年男子，有着最和善的目光，但她根本没在意过这些。如今我几乎每天都能看见他，他把我当做老友一样开玩笑，可我仍觉得他是世界上最帅的男人。

“我们在说结婚的事情。”简妮这么说，就是在试探我敢不敢反驳。

“和我们没关系，”我连忙说道，“我对结婚一点兴趣也没有。”

“噢，真是残酷！”奈德微笑着说，“如果你一生都打算保持着处子之身，那宫里很多人肯定都要心碎了吧。”

我咯咯笑着，面颊绯红，一时间想不到什么反驳的话。

“她当然得结婚了，”简妮说，“还会嫁给那些家室最显赫的某个人，但会是谁呢？奈德，你觉得是谁？”

“或许是一位西班牙王子？”他问，“是不是那个你的仰慕者，西班牙的外交官？还是说是个法国老爷？当然啦，凯瑟琳·格雷这样的女士离王位那么近，而且又那么漂亮，挑选夫君的眼光自然很高。”

“我真的没想过！”我试着让自己看起来谦虚点，但却被这段不合礼仪的对话彻底吓坏了，“这该由我的朋友和家人去决定。”

“噢，那就不是西班牙人！她不想嫁到西班牙去，”简妮快活地说，“我不能让她走，当然了，她肯定会嫁给一位英俊的英格兰绅士。”

“那样的人我一个都不认识，”奈德断言道。“谁都没有那么帅。我甚至都不知道从哪里开始说起，周围的朋友们都毫无亮点，至于我……”他突然不说话了，直直地看着我，“你该不会想的是我吧？我的人际关系很不错。”

我可以感觉到自己的脸在变红。“我……我……”

“这是什么问题！”简妮清了清喉咙，“奈德，你这是在求婚吗？如果是的话可就要注意点，我在旁边看着呢！”

“如果没人配得上你，那我就……”他的目光落在我灼热的双颊上，又停在我的嘴上。我甚至觉得他会把身子探向前来吻我，他和我离得那么近，看我的眼神又是如此亲密。

“你是在开玩笑吧？”我努力低声问道。

“如果你喜欢那也无妨。”他说。

“她当然喜欢了！”简妮说，“有哪个女孩不喜欢听关于爱的玩笑。”

“我可以为你写一首诗吗？”他问我。

他是个名气响亮的诗人。如果他想写一首关于我的诗，那我光靠这个就能出名。我真的觉得自己会因为脸部的灼热和耳膜传来的不断的鼓动声晕过去。我的目光没法从他那双温暖又带着笑意的眼睛里移开，他开始盯着我的嘴，好像随时都要前倾身子，离我越来越近，直到吻上我的双唇为止。

“你有没有去打过猎？”我突然问了个不着调的问题，“马儿怎么样？”

**马儿怎么样？**如果说我之前有过什么经历让我尴尬，现在这情况真的不如让我死了好。这就像是我除了胡言乱语之外脑子里什么都没有，我的嘴也想着背叛自己，向他保证他离我那么近的时候什么都没想。简妮用一种困惑的眼神盯着我，奈德笑了几声，好像明白了我陷入的愚蠢处境，随后他慢吞吞地站了起来。

“马儿对打猎非常有帮助，”他说，低头对着我微笑着，“你知道的，骑着他从这儿小跑到那儿，需要的时候还能驾着他快跑。我的那匹是好马，只要一声令下他就停了，骑着也很惬意。”

“我知道。”简妮突然专心且兴致勃勃地看着我们，我紧张地咽了口唾沫。

“我会回来带你们俩去吃晚饭的。”奈德说，随后站直了身子，他真是无比英俊，个子很高，一头棕发，眸子乌黑，身穿马裤和长筒靴，看起来身材苗条，肌肉结实。奈德拉了拉自己夹克的下摆，让衣服贴合着自己的细腰，随后朝我和他妹妹鞠了一躬，从房间走了出去。

“我的天啊！你爱他！”简妮太激动，又让自己咳得蜷起了身子。诺兹先生从我的腿上跳起来，走向房门，好像自己准备跟着奈德一起走。“你这个小撒谎精！我这些天一直在想是不是赫伯特，结果你爱的是我哥哥，还一直守着这个秘密不说！‘马儿怎么样？’老天啊！你居然会问这样的问题！”

我又想笑，又觉得害羞不已，差点就要流下泪来。“别说了！一个字也不许说。”

“你那时候都在想什么呢？”

“我什么都没想！”我只得坦白，“只是在盯着他看。他看着我的时候我根本没法思考。”

她把手放在心口。“好吧，”她说，平复了一下自己的呼吸，“我想这就是那个问题的答案了。你应该嫁给奈德的，那我会成为你的小姑子。我们西摩尔一家足以比肩英格兰的任何家族，你父亲为你姐姐简选择了他，现在你要是和他结婚，那我们简直高兴得无以复加！我会成为那个小王位继承者的姑姑，如果在你的怀里有个都铎与西摩尔家族血统的男孩，那就没人能否认你的重要性！我猜伊丽莎白会成为他的教母，除非她自己生个儿子，否则应该会任命他为王位继承人。”

“如果我们结婚了，伊丽莎白会发疯的。”我不无得意地说。

“当然，但之后她就得把你带进她的私室，把你作为她那些重要的女士中的一员看待。不管她愿不愿意，你都会再度成为她的表亲。她不得不将你的儿子任命为她的继承人，因为所有人都会坚持这么做。想想看吧！我的侄子成了英格兰的国王！”

“那我就是赫特福德夫人了。”我试着给自己安上这个头衔，就像把一匹匹织物贴在自己脸上，看它们是否与我白皙的皮肤相配一般。

“这头衔很适合你。”简妮如是说。

这事开始的时候还挺正经。在我们刚开始做朋友那年，简妮和我肯定为对方物色了六七个求婚者，但后来奈德开始和我们一起骑马，去花园里散步，带我们进餐，在我们晚上玩纸牌下注时，他一直用温暖、略带挑逗而又亲密的语气和我说话，我的脸便刷地红了，只能一边咯咯地笑着，一边慢慢找到对应的回答。起初只是有些玩笑性质，如今却慢慢变成了真正的爱情，我知道自己人生中第一次，同时也是最后一次坠入了爱河。

所有人都可以看出来这点。我们是漂亮的一对，身高、长相和血统都极为般配，不单单只有简妮这么说，所有人都想方设法让我们待在一起，或者告诉我们对方在哪里。

如果我从马厩前门进来，一位马夫就会对我说：“奈德阁下就在马厩后的院子里。”

如果奈德为他母亲骑马去办完事，一进屋子，就有人对他说：“凯瑟琳女士和她的巴哥犬在花园里散步。”

“夫人们在图书馆里……年轻的女士们在自己的房间里做针线活……奈德阁下在祈祷，会在正午回来……”每个人都告诉我奈德在哪儿，也告诉他我在哪里，直到后来我和他整天都待在一起。每次我见到他的时候都会有一种战栗的感觉，好像那是我们第一次见到对方，每次他与我分离时，我都希望他永远都不要走。

我和简妮一起躺在她那张木质的大床上，四周的帘子放了下来，我的小巴哥、小猫和诺兹先生和我们窝在一起。本该是入睡的时间，简妮却不无渴望地问我：“你真的爱他吗？”

“我不能说，”我小心翼翼地回答道，“也不应该说的。”

“快说吧，”她满意地说，“任何人都可以说不爱的。”

“我不应该说的。”我自己纠正了之前说的话。

“那么你确实爱他。”

奈德和简妮的母亲安妮·西摩尔自然也和其他人一样看到了这一切，于是在一个早上把她的两个孩子叫进自己的礼拜堂里谈话，而我没有受邀。我肯定她要阻止兄妹俩见我，我们从此将分隔两地，我早就知道会是这个结果了。我会被遣送回家里，受尽羞辱。她会说，不能让人看见简·格雷的妹妹和她姐姐之前的订婚对象调情。她是个可怕的女人，自视甚高，或许她在第二次婚姻中嫁给了比她地位低的人，但她的第一任丈夫在当时可谓一人之下、万人之上，她也一直自视为护国公夫人。她会告诉她的儿子和继承人，自己已经安排好了他的婚礼，对方是个地位显赫的女人，所以他不能再向我求爱了。

简妮从礼拜堂冲回我们一起住的卧室，向我确认了这个消息。“她的确是这么说的。”她喘得上气不接下气，用手捂着胸口，继续说道：“我全力冲回来的，因为我知道你肯定很想知道她说了什么。”

我把丝带从她的椅子上抱起来，这样她就能坐着了，可还是得等她脸上的红晕褪下去，再等她喘过气来。她一能说话，便开口道：“她对奈德说，他不必孤立你，因为他对你而言并不合适，你也一样。”

“噢！我的天！”我说，躺在床上，紧紧握着简妮的手，“我就知道！她讨厌我！那他说什么了？他会就这样放弃我吗？”

“他做得很好！”她大声说，“很平静，声音听起来像是成熟了很多，一点也不着急。我从未想过他会像这样直面我们母亲。他说年轻人可以互相陪伴，自己不论是在这里还是在宫中都没有理由回避你。母亲说他不该像这样孤立你，他还说女王明显对你们两人之间的友谊并不反对，她也从来没说过反对这份友谊的话，还知道你们一起待在这里。”

“他真是这么说的？”我为他的自信感到震惊不已。

“没错，而且说话的样子非常帅气。”

“那你母亲说了什么？”我小声问道。

“她看起来很惊讶，并说自己对你并无成见，也不反对我们之间的友谊，不过女王肯定对你们两个有自己的安排，他们并不会支持你嫁给奈德。她还说女王不会让你嫁给西摩尔家族，否则像你这样的表亲离王位就会更近了。”

“伊丽莎白才不会在意这些呢！”我说，“她对我什么安排都没有，也乐于这样。她并没有在我身上考虑太多。”

“奈德就是那么说的！”简妮兴高采烈地说，“他还说现在你和妹妹都自由了，所以没有理由阻挡我们相互做伴，说完他就鞠了一躬走了，就像之前那样。”

“就像之前那样？”我重复了一遍。

“你知道他鞠躬和走开的样子吧。”

我当然知道，他移动身子时就像一个舞者，脚尖轻盈，但肩膀却保持不动，就像一个需要认真对待的男人。

# 1559年夏

**格林威治宫**

在我来访的最后几天，我把诺兹先生、小猫丝带、小狗乔都关进了他们旅行用的小篮里，回到宫中参见女王，和母亲还有玛丽住在一起。那房间比我在玛丽女王统治时期住的房间更小，我们已不再是最受宠信的那些人，房中装饰的是由男仆选出的稍劣的家具。母亲让诺兹先生住在一个笼子里，并向我抱怨丝带扯坏了那些颜色暗淡的挂毯。我闭口不谈关于奈德的事，他也没有进宫，可他之前和我保证过自己会来的。我觉得这毫无疑问是他母亲从中作祟，把他留在了汉沃斯。如果伊丽莎白承认我的身份，把我认作她的表亲和继承人，他母亲就会立刻转而支持我们的爱情。可这样一来，她就会害怕我有一天会坐上王位——伊丽莎白没有什么家庭观念，她尽力向那些天主教徒们保证她不再需要新教继承人。

母亲一直觉得身体不适，有时候便干脆不进宫了。玛丽和她一起去了里士满。伊丽莎白女王身后没了种种勾心斗角，母亲也无心再为王位争斗了。

只有一个人待我与众不同，就是西班牙外交官费里亚伯爵。他依然那么有魅力，令人钦佩，待人又如此温暖，我对他毫无戒备。我对他说，只要伊丽莎白还是女王，我在英格兰或许永远不会感到快乐。他却为我展示了一个诱人的前景：我应该和他一起去西班牙做公爵夫人，他们会把我介绍给和菲利普一起来的那些英俊贵族。他还告诉我，英法两国之间多了一条新条约，年轻的苏格兰的玛丽王后为了求和而遭到她的法国家族欺骗，她再也不被允许参与英格兰王位的角逐。如今的她不再受人重视，我成了英格兰王位的唯一继承人。

听了他说的话，我笑了，我怎么能去西班牙呢？但我对他保证，自己会一直听取他的建议，也会一直将他视作唯一的朋友，我的结婚对象也只会是和他确认过的人，但我还没有轻率到告诉他自己已经有了心上人。

# 1559年夏

**萨里　无双宫[1]**

奈德不在宫里，这情况还一直持续着，我听说他身体欠佳，和母亲住在一起接受调养。他们一家向来身体不好，我第一次见到简妮的时候就这么觉得，可她之前还一直坚持进宫。除了和宫里的人一起出游，每天骑马，呼吸新鲜空气之外，我实在想不出比这更好的方法了。因为我可以肯定这么做对他们是最有益的。我最害怕的还是奈德的母亲试图让他与我保持距离，我没做任何让他们讨厌的事，这样子真是太不公平了。这一切都是伊丽莎白的错，正是她对我恶劣的态度才让所有人都对我避之不及。

她有好几次给我穿小鞋：我的房间比我应得的小；我有王位优先继承权，可她私下却对我毫无偏爱；她也没有请我去试王家衣橱的那些漂亮裙子，没有给过我任何东西。她身边的侍女会领到一小笔钱，女王还会送她们些礼物和恩惠，这也能从中捞到不少好处；可我从来没有从伊丽莎白那里拿过任何东西，也没人付钱给我，让我帮忙引见女王，因为世人都知道她从未和我说过话。

当整个宫里的人出去巡游的时候，伊丽莎白会请王家衣橱的人过来，给所有女士发放裙子，当然，我穿上裙子看起来比别人都更漂亮，这点倒是让我挺满意。她最大的爱慕者，也就是掌马官罗伯特·达德利或许试着

①由亨利八世于1538年所建。

忘掉我曾是他弟媳的妹妹，可他仍然能看见我稳稳地骑在强壮的猎马上。伊丽莎白或许不喜欢我，可她无法否认我就是宫中最漂亮的姑娘，我跳舞时动作优美，骑马时身姿出众。我的继祖母年轻时嫁给了我的祖父查尔斯·布兰登，她那时是个远近闻名的美人，有一回她亲了我的额头，说我比宫中的女孩们漂亮得多，她在我这个岁数也和我一样。我们出行了数周之久，随后来到了无双宫，它坐落于河边一片美丽的草地上，简直像是童话中的世界。阿兰德尔伯爵亨利·菲茨艾伦的妻子离世了[①]，如今他是宫殿的看守，依然记着对他第一任妻子、也就是我姑姑一家的诺言，带着我参加为宫中的人们准备的各种娱乐。等奈德·西摩尔和简妮终于加入进来时，他们发现我正在假面舞会中翩翩起舞，在狩猎中骑着自己的新马冲在最前面，在整个夏日的宫殿里，我始终是众人的焦点。

在宫中的日常生活让奈德不论在教堂抑或是用早餐、打猎或者进晚餐，以及跳舞玩牌之时都陪在我身边。宫里每天都要准备并上演一个新的娱乐活动。阿伦德尔姑父组织了戏剧、假面舞会、舞蹈、野餐、赛马和骑士比武大会。我在哪里都能看见罗伯特·达德利，他对这些布置精美的典礼和额外准备的庆典无动于衷。他位于一切事物的中心，没人能把目光从他身上移开。他恢复了往日的荣华和宠信，身上闪着成功者的光彩。在别人看来，伊丽莎白女王对他的痴迷可谓表露无遗，甚至有失体面。她的目光根本没法从他身上移开；她看见罗伯特·达德利的时候会表现得容光焕发，还会主动穿过整个房间走向他。我能看见他们寻找对方，眼里只有彼此。我觉得自己非常了解这样的感情，知道她的感受，因为我也深有体会。

在宫内的会议室里，那些地位较高，尤其是较年长的领主于宫中尚在玩乐之时便召集众人召开枢密院会议。除了日常的紧急事务之外，还有每天从议会发来的信件，敦促她嫁给西班牙的菲利普国王的堂兄弟，又或者

---

①即他的第二任妻子玛丽·阿伦德尔，于1557年去世。

嫁给法国的某位王子，任何能成为她强而有力的盟友的人都行，还可能生一个儿子作为继承人。但伊丽莎白每天都与罗伯特·达德利在马背上交颈相靡，与他整夜共舞，宫中的任何一个女人都能告诉议会，伊丽莎白是不会听从他们的意见的。万幸的是，她还是同意自己必须结婚，因为国家的安全仰仗着一次与外国盟友强有力的联姻，王国的未来则必须由一位继承者维系。但她黑色的双眸始终流连在罗伯特·达德利的身上，他在房间中穿行，在一个又一个漂亮的女孩身边停留，但最终都会回到她的身边。

众人都关注着这场求爱，女王疯狂而且毫不遮掩地与一位已婚男士坠入爱河，在这个令人飘飘然的气氛下，所有人都能随意调情，甚至偷偷溜出去接吻。年长的人和顾问们一个个都气急败坏，神色严峻，那些保守的老夫人们总是在追忆过去的风气有多好，只是他们忘了，他们在背后窃窃私语谈论的、和英格兰女王并肩骑马的那个男人正是女王的爱人，他们一起骑马回家的时候，手藏在别人看不见的地方，十指紧紧地缠在一起。

在这种情况下自然没人关注我，也没人关注奈德。简妮病得很重，没法从床上起身，我们就在她的房间见面。我在那儿照顾她；奈德是个好哥哥，他时常来看望自己的妹妹。她倚在枕头上，面带微笑，睡意昏沉地望着我们，我们坐在窗边，握着对方的手，低声说话。我们想方设法在宫里任何一个角落和门廊见面，匆匆说两句话，他落在我手背、脖子和长裙袖子上的吻令我面颊绯红。当他在走廊上与我擦身而过时，会伸手握住我的手指；当他弹奏鲁特琴，唱一曲爱情的歌谣时，也会第一个把目光投向我，好像在告诉我：*这些曲子都是唱给你听的*。我们在晚上和简妮还有贝丝阿姨一起玩牌，现在我应该叫她圣·洛女士了，在晚上，如果有人要找舞伴跳舞，那我们就是舞会上的搭档。每个人都知道公爵的儿子奈德总是选凯瑟琳女士做舞伴。甚至都没有别人请我跳舞，别的姑娘也不与奈德调情。就连宫里年长的妇人们，比如我的母亲和他的母亲，包括她们那群眼光锐利的朋友，都认为我们是如此天造地设的一对：身材颀长，容貌俊美，而且都有着王室血统。

接下来的场景他们可没见到：等舞会结束了，我们就走到大厅的角落里，他的手环绕在我的腰上，让我面向他，好像我们仍在起舞，有时他会把我抱得离他更近些。

“凯瑟琳，你占据了我的心，”他在我耳边低语道，“对你的爱令我痴狂。”

他的碰触令我感到头晕目眩。我甚至觉得自己随时都会昏倒，可他稳稳地抱着我，我任由他把手放在我的下颌；他轻轻抬起我的脸，给了我一个吻。他的嘴唇又温热又急切，身上带着一股洁净的亚麻布和柑橘水的香气。他把脸深埋进我的颈边，我能感觉到他在轻轻地咬着我的耳垂。我紧紧地抱着他，他迎合着我而探下身来，他强壮的臂膀、宽阔的胸膛，还有那竭力前倾的大腿紧紧地抵着我的身体。

“我们一定要结婚，”他说，“这次绝非戏言。”

他深深地吻着我，让我无法点头，随后我们分开了一会儿，我把手探到他脖子的后面，让他继续与我长吻。

“嫁给我好吗?”他说，双唇再次探了下来。

# 1559年夏

### 汉普顿宫

新任的西班牙外交官阿尔瓦罗·德拉·考德勒身穿主教长袍，径直穿过花园小径走来，为我带来新消息，好像我们不仅是朋友，还是共谋者。

“谢天谢地，我终于找到你了！法国国王驾崩了！”他说。

“上帝啊。”我平静地答道。我对他并不像对费里亚伯爵那样充满信任。他似乎觉得我们之间已经达成了共识：自己已从前任外交官那里继承了与我的友谊。这个角色不再是我的爱慕者，而是单纯的盟友了。

“愿上帝保佑他。”我说，“我以为他只是在长枪比赛上受了伤。”我和他沿着杉树荫下的砾石小道走着，简妮倚在我的身上，奈德会在这里假装偶然遇见我们。

“不！不！他死了！死了！”德拉·考德勒伯爵喊道，抓住了我的双手，完全无视了简妮的存在。“他们派人在他身边守了一整夜，却什么都做不了。他们想尽办法，却没有一个能救活他。他驾崩了，现在由上帝接管并保留他的灵魂。小弗朗西斯，也就是他的儿子当了国王，而你的表妹苏格兰玛丽会成为王后[①]。”他放低了声音。“想想这对你意味着什么吧！”

我思索着这个问题。我之前对法国国王受的伤有多严重毫无概念。在

---

①苏格兰玛丽生于1542年，比本章主角凯瑟琳小两岁，她于1558年嫁给弗朗西丝二世，后者于1559年即位，她因此成为王后。

长枪比赛中，男人一直都会受伤，但国王被杀可谓罕见。法国王室肯定一片轰动，他的位置也将由他的儿子弗朗西斯二世继承。这让我的表妹又当了一次王后，她已经是苏格兰女王了，又将成为法国王后。这下她的重要性不仅仅是翻了个倍那么简单，或许翻了三倍，甚至变得无法计算。她成了一片广袤领土的女主人，而这片领土注定会变得愈加重要。现在法国国王会支持他的妻子登上英格兰的王座，身后还有全法国的军队为她撑腰。国内每一个天主教徒也都会更支持信仰天主教的玛丽女王，而不是那个信仰新教的伊丽莎白女王。许多人会说，从始至终，她才是王位真正的继承人。她乃亨利八世的姐姐、苏格兰王后玛格丽特的孙女，玛格丽特王后的第一任丈夫可是苏格兰国王[①]。苏格兰的玛丽可不像伊丽莎白，她的继承权毫无疑问是合法的，父母都有王室血脉，不过最重要的是，若她想夺取王位，身后可是会有着整个法国出手援助。

“她是法国和苏格兰女王。”我若有所思地说。没错，这就是她，虽然出身不如我好，也并非像我那般出现在亨利八世的遗嘱中，可她尚未到二十一岁便成了两个国家的女主人。

“这下一切又变了。”大使悄悄对我说，伸手把我从简妮身边拉走，简妮转身背对宫殿，挥手示意让我离开那个年纪比我父亲还大的朋友。

“我倒是没看出来有什么不同，”我说，“我该和简妮·西摩尔一起回去了。”

“因为新即位的法国王后在吉斯的亲戚们迫切地想让她夺回在苏格兰的王位，并让整个国家的宗教信仰恢复成新教。他们还会鼓励她夺取英格兰王位，这回可并不会像之前的那位法国国王一样在乎英格兰是否和平——他们只想统治苏格兰，并由北至南入侵英格兰。”

---

①指詹姆斯四世，他于弗洛登之役战死沙场，也是英格兰和苏格兰地区最后一位死于战场的国王。

没错，他的确不是我能应付的，我开始担心他那低沉的声音正在一步步将那些论据编织成陷阱。“可是阁下，这与我一点关系也没有啊。我不理解你为何特地为此来见我。”

他微笑着，好像这新闻会让我高兴似的。“我会通知你的，”他低声说，“之后我们会派一个侍从来找你的。”

“什么?”我问，这件事完全出乎我的意料，“什么侍从?”

他对我微笑着，好像我们之间有个长久以来心领神会的秘密，他告诉我，属于我的时刻终有一天会来的。“我们会把你从这里生活的重担中解脱出来。”他说。

谢天谢地，奈德从边上的小路快步走了过来，他看见外交大使的时候差点向后跳了一下。我对他大声说道：“我朋友简妮·西摩尔的哥哥来接我了，请阁下务必原谅我的无礼。”随后我便冲向奈德，他抓着我的手，等外交大使对我们鞠躬离开后，便拥我入怀，深深地吻我。

“他们在想什么呢，奈德?”我慌张地问道，“他说，他们会把我从这里的生活重担中解脱出来，这是说他们会杀了我吗？为什么?”

“他们打算绑架你，让你嫁给西班牙的王位继承人。”奈德坚定地说，“我看到他和你在一起的时候，就觉得他或许会说服你跟他一起走。我是听一个刚从马德里回来的人说的，这事在全欧洲都传遍了。他们想再让一位他们能信得过的西班牙盟友坐上英格兰王位。上任法国国王已经去世了，西班牙无法忍受让那位新的法国王后成为英格兰王位的继承者，他们绝不容许法国再次扩张自己的领土。为此他们会让你来对抗苏格兰的玛丽，并强迫伊丽莎白任命你为英格兰王位的继承人。”

“我什么都不能做。”我发出了一声惊恐的呻吟，“我不能强迫伊丽莎白女王，她必须自愿任命我为继承人才行。我也不能成为法国的敌人！他们不能这么称呼我。我不能成为西班牙人所偏好的英格兰王位继承人，尤其是他们还要用我对抗我那个当了法国王后的表妹。为什么他们就是看不出来，我对这一切都束手无策呢?”

他摇了摇头，神色冷峻。“不，事实更为残酷。他们并不觉得自己可以说服伊丽莎白，让她任命你为继承人，也不认为她可以抵挡住为了玛丽而进攻我们的法国军队。他们绝不容许让类似法国王后登上英格兰王位这样的事出现，因此计划绑架你，宣布你为真正的王位继承人，随后入侵英格兰，扶你登基。”

我轻声惊叫了出来。“奈德！他们不能强迫我这么做!”

“如果你母亲愿意与伊丽莎白聊聊，如果伊丽莎白愿意宣布你为她的继承人，如果我们能够成婚，我会确保你的安全。”

“我不会嫁给西班牙人的，”我急切地说，“我不要！我不愿意！我只会嫁给你。”我紧紧抓着他，他的臂膀围绕着我，吻落在我的脸上，温暖的嘴唇慢慢沿着我的脖子向下探去，之前的一切烦恼立刻烟消云散。我在他耳边低语道:“奈德，我们不能再等了。这么做会改变一切，不要让西班牙人把我带走。我会成为你的妻子，不会像简那样被迫登上王位，也不会像她那样未尝爱情之乐便离开人世。”

“这一切不会那么遂人意的。”他说，“他们都是一路人，不论女王还是西班牙大使，包括我母亲和你母亲都是一样的，他们一心只想着王位，完全不考虑我们。我们生来就是天造地设的一对，此生注定要在一起。”

我瘫倒在他怀里。我才不在乎这一切会有什么后果，只想活在这世上，被爱着，成为他的妻子。奈德轻哼一声，抱着我让我坐在凉亭下。我径直倒在他身上，他笨手笨脚地解开自己的马裤，我则像史密斯菲尔德的妓女那样提起自己的裙裾。我不在乎别的，也不想思考，我不想未尝爱情之果就英年早逝，也不想前往一个没有他陪伴的地方。他用力把我拉向他，我突然感受到一阵痛楚和喜悦，随后涌来如洪水般的欢愉。我轻轻地喘了口气，把脸埋在他的肩膀上，身上的所有感受都被放大了。除了我们压低声音的喘息，我对一切都视而不见，充耳不闻，随后迎来一声长长的叹息和长久的寂静。

我们只能相处一会儿。等我回过神来，意识到自己在哪儿、自己在做什么之后，就从他身上起身，匆匆吻了他一下，便冲回自己的房间。我飞快地换好裙子，催促着我的侍女为我弄好袖子上的蕾丝，她们慢吞吞地系好我的紧身胸衣，侍女们一边听着我的厉声催促，一边把兜帽别在我凌乱的金发上。随后我边跑边走，赶到了伊丽莎白的房间，在后方加入进宫的队伍，希望没人发现我迟到了。

伊丽莎白用她阴沉的目光扫过房间，就像一只在寻找猎物的游隼。她的目光落在了我的绯红的脸颊上，向我一步步走来。"啊，凯瑟琳小姐。"她说，一个多月来她都没有把我单独叫出来过。我轻轻地行了个礼，克制着自己的恐惧。我是都铎家的人，被一个优秀的男人爱着，还和他订婚了，有些事比她已确信的部分还多。

"我觉得你并没有把准时出席当回事，"她说，"我在礼拜堂也没见到你。"

她身边的所有女士都后退着远离女王的怒火，使得我与女王之间空出了一条道，所有人都把目光投向我。我看见威廉·塞西尔爵士疲惫的面容，他被这件事情打断了，看起来很易怒，也很没有耐性。他是伊丽莎白最重要的顾问，对女王来说，整个国家有那么多事要做，因此当她与自己身边的女士争吵，便是对他耗尽的耐心的巨大考验。我还看见了罗伯特·达德利，他像看着一个陌生人一样看着我。我也看见了我的贝丝·圣·洛阿姨，她瞥了我一眼，好像希望我能表现得更好，我也在一群侍女中看见小玛丽的半张脸，她正在对我所处的境地做鬼脸。

我在想，他们真是靠不住。我的姐姐曾是女王。我因为与深爱的男人见面，所以到伊丽莎白的会客室只比预定的晚了五分钟，他正直善良，会保护我的安全，不让我受全国上下敌人们的中伤。但此刻他们对我的态度好像我是个调皮的学童，那个私生女竟然胆敢训斥我。

我再次对她行了个屈膝礼，努力克制住自己想说的话，并用自己最甜美的声音说道："女王陛下，我对此非常抱歉。"

"你是暗中与西班牙外交大使见面了吗？"她质问道。

她那轻率的言行让威廉·塞西尔扬起了眉毛，而在房间后方的西班牙外交大使德拉·考德勒温柔地鞠了一躬，好像在说，根本就没有这事。

"没有。"我坚定地说。

"那就是和法国大使了？"她说，"我从各方面都听说，你对王室并不满意，我必须得说，我并不知道要怎样才能取悦你。不过，"她顿了顿，品尝着这充满恶意的玩笑，"考虑到你姐姐抢了本该属于我的王位，我又为何要取悦你呢？"

正是她提到了简才让我忘记了自己。我的怒火陡然升起，与之前的欲望一样炽热强烈。我绝不允许这样一个红发篡位者侮辱我的姐姐。"你并不用费力讨好我，"我咬牙切齿地说，"再说了，我只是迟到了一会儿罢了。"

她本可以让这事就这么过去——比起我的傲慢，她有更重要的事情要操心，但她被拔净的双眉高高地扬了起来，对我的回答充满惊讶。"你终于对了一次：我的确没有对你和颜悦色的义务。"她恶毒地说，"当然，你在我心里并不算什么恭顺的淑女。你为我带来了什么？你迟到了，行为粗鲁；你母亲病了，总是缺席；你的妹妹则是个侏儒。你们三位并没有完整地体现出自己是个合格的女侍臣。又或者，我应该说'你们只能算两个半'吗？"

她这么戏谑我的妹妹，令我的怒火熊熊燃烧，不受控制。"你并不需要为我做什么，谁也不能与达德利一家相比！当然了，你可是为他费尽了心力！”我大声地说，特地放慢了语速，这话直击她那苍白的脸和涂了胭脂的双颊，她睁大的双眼带着恐惧。

贝丝·圣·洛发出轻声的尖叫，我看见罗伯特·达德利对我怒目而视。玛丽用手捂着嘴，睁大双眼看着他们。伊丽莎白一言不发，但她拿着扇子的手却在颤抖，看得出来，她在努力控制自己的情绪。这番话虽然羞辱了她和罗伯特·达德利两个人，但她却并未看向他，而是把目光投向了威廉·塞西尔，他歪着头，好像准备对她倾诉耳语。只是他什么都不用说，因为伊丽莎白心里清楚，如果她对我的话回以愤怒，那就无异于将我说的话钉在圣保罗教堂的门上：每个人都会听见我到底说了什么。塞西尔急忙对她低声说话，让她不要理会我，将我刚才迸发的怒火当做一个玩笑。

她朱唇轻启，大声笑着，那样子活像一只聒噪的乌鸦。“凯瑟琳女士，你真是幽默风趣！”她说，随后从王位上站起来，穿过整个会客室与别人谈话。那人并不是什么身份显赫的人物，她这么做好像是为了躲开我和我对她义愤填膺的指责。

我甚至都没有转身看到奈德，就感觉到他站在我身边。他那双明亮的眸子闪着骄傲的神色。“*万岁！*”他说，“*女王万岁！*”

我羞辱了伊丽莎白，这事让我丢尽了颜面。没有一位女侍臣胆敢被人看见与我在一起，西班牙的外交官在公共场合见到我仍会鞠躬示意，但不再拦下我说话，也避免与我在私底下接触。我觉得现在除了奈德，没人会关心我，我最爱的奈德啊。不过如果他爱我，那我也不在乎自己是不是被他人无视。伊丽莎白的脾气非常糟糕，她思虑我们的表妹，也就是苏格兰的玛丽会继承法国王位，之后会带着与她攀附了亲缘关系的强大后援一起谋取英格兰的统治权。没人敢接近她和她说话，只有罗伯特·达德利可以将她的注意力从恐惧中分散出来。

“你得注意点。”玛丽妹妹这么对我说，试着用她的智慧影响一个比她高整整两英尺的女人，“万一惹恼了女王，你可承担不起这风险。整个宫廷只有一个女人能与她坦诚地对话，也只有她才能训斥女王。”

我笑了：“你是说凯特·艾什莉那次了不起的抗议吗？”

玛丽笑盈盈地看着我。“天啊，我真希望你看到那个场景。”她说，“那就像一场宫廷假面剧，艾什莉女士跪着请求女王不要如此公开展现对罗伯特·达德利的喜爱，她还发誓说这样会让女王的名誉受损，艾什莉提醒她，罗伯特·达德利已经结婚了，她不应该时常与他为伴，而伊丽莎白说，如果她爱上了罗伯特爵士，没人能阻挠她。”

“那你们都说了什么？”我问。这件事发生在伊丽莎白的卧室里，当时她还在梳妆打扮。她的前任家庭女教师凯特·艾什莉是唯一一个敢对伊丽莎白说这话的人，她说现在全国上下都觉得她是个彻头彻尾的婊子，而罗伯特·达德利是个野心勃勃的奸夫。我妹妹那时正巧目睹了这一切。她那时正拿着伊丽莎白女王两头金边的系带，准备为她系上鞋子，凯特就是在那时跪了下来，乞求女王不要再行这种伤风败俗之事。

“我们什么都没说，不像凯特·艾什莉那样有胆量，但又带点愚笨，”玛丽坚决地说，“我可不像你一样冒失，我能控制住自己的脾气。你以为我会奉劝英格兰女王，让她不要追逐她爱的男人吗？还是觉得我会像你一样起身与她对峙？”

“他才不是可以随便与别人坠入情网的男人，”我一本正经地说，“她也一样。他们之间的情况与我和奈德的不同。她身为女王，应当为自己的国家而嫁，而他则是一个早已成婚的男人——至于我和奈德，我们都还年轻，也没有种种束缚，并且我们都品行高尚。”

“你从来没和奈德谈论过结婚的事吗？”玛丽问我。

我蹲下来看着她，这样我们就一样高了。“噢，我的玛丽啊，我和他说过了。”我对她低语道，“我说了！我对你发誓！”

# 1559年10月

**汉普顿宫**

奈德穿着深蓝色的天鹅绒外套，里面的夹克绣有深蓝色的线条，头戴用天鹅绒制作的无边呢帽，上面点缀着海军蓝的丝带。他骑在自己那匹俊美的马儿背上，比我高出不少，我才到他那匹马的脑袋那么高。诺兹先生在我的肩膀上一边保持平衡一边看着他。

“这匹马怎么样？”我刚说完，就把我们两个人逗笑了，想起仅仅几个月前我面对他还紧张得不行，如今却满是自信的喜悦。

他要动身前往位于希恩[①]的切特豪斯府，请求我的母亲允许我和他的婚事。“记得提醒她，伊丽莎白不能对此提出异议，”我对他说，“也不要忘记告诉她，我的岁数够大了，能够清楚地知道自己想要的是什么。”

“我会转告她的，”奈德对我保证，“你的母亲没有拒绝的理由。她和你的父亲就是这么为你的姐姐安排的。如果我配得上你的姐姐简，那我也肯定配得上你。我们两家人都曾地位显赫，也尝过家道中落的滋味。我们的姨妈玛格丽特·道格拉斯把自己的儿子亨利送去参加法国的加冕典礼，这让伊丽莎白气急败坏，所以她已经准备原谅你对她的无礼之举了。”

他对我微笑了一下，让我的心怦怦乱跳。“我们才不用管伊丽莎白究竟喜欢谁或者厌恶谁。我们有王室血统，所以她应该同意的。你不仅是她的

---

①现里士满，该名称源于1501年亨利七世于希恩重建的里士满宫。

表外甥女，还是都铎家的人，而我则姓西摩尔。她不能拒绝我们两个人的婚礼。”

他要花一个小时才能到希恩。出行前，我为他的马鞍、鞍带还有马镫皮带忙上忙下，就像他的妻子一样。“路上小心！”尽管我知道他的马夫与他随行，但仍旧忍不住叮嘱他。他并没有危险，对伊丽莎白来说，她的生命常要面对诸多威胁，剩下的王室成员却都蒙受爱戴。大家都记得王后简，记得她为了生下爱德华国王而悲惨地死去，在世人心里，她是西摩尔家族中令人骄傲的一员；我所在的格雷家族则因简·格雷女王备受爱戴，普通人称她为圣徒——只有伊丽莎白假装不承认她是一位加冕过的女王，也只有她想假装自己才是最后的都铎。

“我后天下午就回来，”他说，“大概一个月内就能称你为妻子了。”

我挥手与他告别，我才不在意谁看见我站在那里目送他离开。对于他，我丝毫不存疑虑，也相信我母亲会立刻给出允诺。她一直都喜欢他，西摩尔一家家世显赫。她的母亲不太情愿地答应了我们俩的婚事，前提是我母亲得和伊丽莎白女王谈谈。在我们实现目标的道路上，不应有任何障碍。

# 1559年10月

### 希恩　切特豪斯府

我的母亲病了，她深受自己的坏脾气所扰（我得承认，一个女人有这么糟的脾气倒并不令人惊讶）。她一听见奈德的目的，便命令我和玛丽一起到希恩来，和她丈夫斯托克斯先生以及奈德一起。她说我必须亲口告诉她，我想让奈德成为我的丈夫。母亲在会客室接见了我，好像她是女王，而我是她的公主。玛丽走在我身后，像个缩小版的女侍臣。

这和订婚一样正式。我对母亲说："我非常期待能与赫特福德领主共结连理。"她从椅子上起身，向我走来，面带微笑，把手放在奈德的手上，说她很高兴看到我能作出决定，嫁个好人家。

阿德里安·斯托克斯敬重地站在她身后，他并非贵族，却是个通情达理的好男人，他也给了我们建议。我们一致同意必须小心应付伊丽莎白女王。整个夏天，她都被罗伯特·达德利迷得神魂颠倒，对他人疏于防范，如果我要求与前任国王的表亲结婚，那她就会更加关注我。她和所有私生子一样声名狼藉，也和所有篡位者一样对自己的头衔感到恐惧，所以我们永远永远也不要表露出我们比她更有教养，更配得上这个王位。我只能期望她可以忽视这一点，那就是我作为都铎家的子嗣，想与西摩尔家的奈德联姻，结成具有王室血统的关系。

所有人都一致认为我母亲必须写封信给伊丽莎白女王，向她征求同意，并亲自前往王宫说服她。我们五个人一起写了封措辞典雅的信，内容如下：

> 赫特福德伯爵对我的女儿凯瑟琳女士心存爱意，我特此恭请女王陛下开恩，应允她与那位伯爵的婚事，望能使女王陛下大悦。

我担心的是，万一她拒绝了呢？她当然够恶毒，能够拒绝我俩的婚事。奈德抓起我的手对我保证："如果她拒绝，那我们就秘密成婚，任由她独自反对。"

于是玛丽像书记员一样起草了这封信，接着便该由母亲用自己最好的字工工整整地誊写一遍，但她没写，只是拿着草稿躺到床上，声称自己的身体现在看起来臃肿不堪，而且病恹恹的，这样没法去宫里，她不在最好的状态，自然无法觐见伊丽莎白女王，所以我们得等她好转了才行。

"现在该怎么办?"我问奈德。

"我亲自回宫里准备这封信，"他向我保证，"我有朋友，我们的家族也有一些影响力，可以请人替我们向女王说情。我们现在有了双方母亲的允诺，便不必再要更多的东西了。"

# 1559年秋

## 温莎堡

奈德和我分头回到了宫里，这样谁都不知道我们已经在一起秘密商议过了，可是接着我们却产生了犹豫。我们似乎不可能打断伊丽莎白与罗伯特·达德利的耳语，令她参与进我们的事情中。在我们之前还有整整一排人：来求婚的各国外交官，还有手握一大叠账单等着女王签字的威廉·塞西尔，他试图说服女王支持苏格兰信仰新教的贵族，因为他们正举兵反抗为法国摄政王增员出兵的法国天主教徒。如今她虽然身为女性，却已被任命为教会的最高领导者。我心中却想到，若我的姐姐简还在世，会如何借此机会拯救这个国家的灵魂。从天主教手里拯救苏格兰，这个念头不免有些苦涩。不管怎样，伊丽莎白没时间应付我和奈德的事，我们也找不到一个可以打扰她的借口。

宫中充斥着焦虑不安的私语。伊丽莎白对法国和苏格兰的事情备感焦虑，甚至都没法让罗伯特·达德利离开她的视线；不过她仍旧将威廉·皮克林爵士视作求婚者，招待了他一番，每天都与他谈论费迪南大公①，好像她有意嫁给他似的。一时间，从挂满苹果的果园中的黑色鸟儿到房间里的女王，都有自己的爱侣相伴。奈德和我却成了这么多对情侣中唯一一对

①指费迪南一世，于1558年加冕成为神圣罗马帝国皇帝，前妻为波希米亚与匈牙利国王弗拉迪斯拉夫四世的女儿安娜，她于1547年去世。

只能在门廊的阴影中亲吻的人。

苏格兰信仰新教的贵族们起兵对抗吉斯的玛丽[1]的摄政统治，并成功打败了她。他们现在来寻求伊丽莎白女王的帮助，她自然什么都不敢做。如果简是英格兰女王，那她肯定会派出一支正义之师。尽管威廉·塞西尔与女王据理力争，在枢密院和女王的房间里争得精疲力竭，最终伊丽莎白也只敢派出一小支秘密船队前去支援苏格兰的贵族们。

其他人都在争论这点兵力究竟是否足够以及女王是否应该派遣军队的时候，奈德和我悄悄溜了出去，追求着我们秘密的爱情。我们安全地躲开女王和她的顾问，只有他的妹妹简妮和我妹妹玛丽知道我们的行踪。她们为我们出谋划策：只要奈德在简妮的房间，她就邀请我去那儿；当我们在河畔的码头上或者汉普顿宫秋日的树林里见面时，玛丽则在一边为我们望风。我们跟在女王和她的爱侣身后一起骑马时，金色和古铜色的落叶在我们身边起舞。有时我们也在女王身后缓步前行，巧妙地与她保持着一步之遥，巴哥犬乔在我们身后小跑着，而他们则在我们前面，手挽着手，边走边私语。在这场新的危机来袭时，伊丽莎白紧紧地抓住了罗伯特·达德利。显然，她在这场危机中无法遵照自己的信仰为人民行事，也只有罗伯特·达德利能给予她勇气来拒绝威廉·塞西尔的提议。不过我对此倒是不在乎。现在的我坠入了爱河，只希望在秋日夜空中早早出现的星辰罕见地排成一条直线，这意味着女王的心情不错；母亲的身体也能有所好转，可以来到王宫为我的婚礼请愿。

或许只有长久担任女王顾问一职的威廉·塞西尔看出了我和奈德之间的爱情，我认为他同意我们的关系。他是个沉默寡言的男人，却不会错过任何东西。当我们在走廊里擦身而过时，他有时会给我一个不易察觉的微

---

①法国吉斯家族的后裔，詹姆斯五世之妻，苏格兰王后，苏格兰的玛丽之母，于1554年至1560年以其女之名担任苏格兰摄政王后。

笑，或者对我说些彬彬有礼的话，又或者当整个宫里的人一同出行时，他恰好与我并肩骑行。他是一位坚定的新教徒，也知道我和姐姐简都是在相同的宗教影响下长大的，我也永远不会有贰心。他那博学的妻子米尔德丽德同样也是新教徒，非常喜爱简，我觉得他是在我身上寻找我姐姐的影子。他那强烈、坚定的信仰驱使他敦促枢密院和女王，令他们与苏格兰的新教贵族们联手，将那个国家从教皇的统治下解放出来。我知道他对我有好感，因为我是新教徒的后裔，即便他没有为我在女王面前美言几句，势必也在其他人面前为我说过不少好话。他永远不会接纳我的姨妈玛格丽特·道格拉斯，她算是半个天主教徒，这就已经够丢脸的了，更不用说法国的玛丽王后，她母亲所属的吉斯家族用最残忍的手段迫害那些与我们信仰相同的人。

# 1559年11月

**伦敦　白厅宫**

当我的继父阿德里安·斯托克斯派信使前来的时候，简妮正和我走一起。信使告诉我，母亲病得很重，似乎时日无多，玛丽和我必须立刻赶到那儿，简妮紧紧握着我的手，我从眼里挤出几滴不情愿的眼泪，心中却想着，如今的我得身着黑服服丧了，还要去沉闷的切特豪斯，在那里住下，其他人却身着华服，准备参加圣诞晚宴。

“你得把这消息告诉你妹妹。”简妮说。

玛丽睡在女仆的宿舍里，我前去找她。她们起得很晚，我隔着厚厚的木门都能听见她们在房间里嬉闹。这女仆的主人真应该好好管管她们：她们应该学习如何在宫里好好守规矩，而不是像街头那些淘气的孩子一样大声喧闹，并且像现在这样用床单打来打去——我是从门后传来的尖叫和大笑判断的。

我拍着门上的板条，随后走进了房间。玛丽在床上跳来跳去，用攥在手里的水壶泼洒周围的女孩。有个姑娘威胁要泼出一碗凉了的剩汤，她们四处追逐对方，在床上跳上跳下，在床帷边上互相推搡，尖叫求饶，看起来真是有趣极了。如果我年纪没那么大，没有那么成熟，而且要不是可能快订婚了，我肯定会禁不住她们的诱惑，加入到这欢快的行列里。不过现在，我是来这里传递坏消息的。

“玛丽!”我大声喊着，试图盖过女孩们嘈杂的声音，把她叫到门边。

她从床上跳下来，走到我这里，脸颊红红的，黑色眸子闪着光。她的个子真小，比一个孩子高不了多少，我甚至都不相信她已经十四岁了。她早就该与他人订婚，不久之后，母亲就再也没机会为她安排婚事了，不过我不知道谁会娶她。她有王家血统，只是在伊丽莎白的宫廷里这绝非什么优势。

我把手搭在她瘦骨嶙峋的肩上，弯腰在她耳边说道："玛丽，到外面去，我有个坏消息要告诉你。"

她在睡袍外披上一件斗篷，跟着我到了女仆房间外面的走廊里，等简妮把门一关上，房间里的尖叫和笑声仿佛被闷住了，她向一边站了站，离我们远了点。

我这才意识到我不知道自己应该说些什么。眼前的那个小女孩尚未成年，就已经失去了整个家庭的依靠：她的姐姐和父亲被斩首，如今连母亲也快要去世了。"玛丽，我很抱歉。我来这里是为了告诉你，我们的母亲马上就要去世了。阿德里安·斯托克斯写信告诉了我，我们现在得立刻赶往希恩。"

她没有做出任何回应。我弯下腰，看着她那张漂亮的小脸。

"玛丽，你之前知道她病了吗？"

"当然了，我只是个子矮，又不是傻瓜。"

"我会当你的好姐姐，"这话说得有点笨拙，"如今整个家只剩下我们两个了。"

"我也会做你的好妹妹，"她严肃地说，好像她那小小的影响力能给我带来些好处，"我们永远都不分开。"

她真是个小甜心，我弯腰亲了她一下。"我马上就要结婚了，"我对她说，"等我有了自己的房子，你就搬过来和我一起住吧。"

她听了这话也微笑起来。"等我结婚之前，都可以。"她回答我，这个可爱的小丫头。

# 1559年冬—1560年冬

**希恩　切特豪斯府**

伊丽莎白终于给了我们家族应有的关注。她用毕生无二的方式为我的母亲主持了葬礼。这场王家葬礼甚是宏大，选在威斯敏斯特教堂举办，许多吊唁者前来参加典礼，整个宫殿都被装点成了黑色，家徽上也刻着母亲的名字和王室称号。玛丽和我穿着黑色的天鹅绒长裙，担任葬礼的丧主。等母亲的棺材一就位，克拉伦斯[①]纹章官[②]朗声宣布，这一切皆为上帝所愿："最高尚和杰出的贵族，弗朗西丝夫人，已故的萨福克公爵夫人。"若我母亲尚未去世，她听闻自己被伊丽莎白的纹章官封上了王家头衔，势必会高兴到极点。

约翰·吉尔与我姐姐年迈的宗教导师们都是好友，他以新教的方式进行丧礼布道，我想，若是简见证到自己的母亲以她为之而死的宗教所遵循的方式下葬，那一定会很高兴吧。我想到简曾为女王，最后却落得身首异处的下场；头颅落在篮中，最后被丢进伦敦塔教堂中叛徒墓穴里的情景；我母亲如今却躺在那里，为之举办的是全国规格最高的葬礼，她被荣誉淹

---

①英格兰首席纹章院下分嘉德纹章院、克拉伦斯纹章院和诺瑞-厄斯特纹章院，特伦特河以南的部分皆属克拉伦斯纹章院，以北则属诺瑞-厄斯特纹章院。

②身着绣有家族纹章的无袖短上衣，在重大场合组织活动、宣布消息，有些时候也在骑士比武中担任裁判。皆隶属于纹章院。

没，绣有家族纹章的饰带放在她的灵柩上，这些事在我心中勾起一阵奇怪而又痛苦的感觉。

宫中的女士们身着的黑纱和戴着的黑色皮手套均由女王出钱买单，还有我母亲的灵柩，灵柩外面裹了一层黑色和金色，彰显了她的重要性。

贝丝·圣·洛握着我的手说："我对你的母亲有着很深的感情，我会想念她的。虽然我永远不能取代她的位置，却会代替她来爱你。"有那么一会儿，我注视她情感丰沛的模样，几乎要为我母亲去世而落泪；只不过若你是都铎家的人，就并非真的拥有"父母"这个概念。你的母亲可能是你的资助人，而你的孩子只是你的继承者，你会忧心同时失去他们两个。我不用贝丝阿姨告诉我她是个伟大的女人，也没人有资格对我说她是个好母亲，但我看见宫里上下终于承认了她和我们王室成员的身份，心中不免有些慰藉。

可事情远不止于此。

伊丽莎白选择这个时候来恢复我们的头衔，宣称我们是拥有王家血脉的公主。母亲在她去世时实现了一生中致力实现的野心：让我们被伊丽莎白承认，并称作她的表外甥女，成为王室的一员，拥有"公主"的头衔，最重要的是拥有继承王室的资格。愿上帝原谅我的母亲，换作她，可能会单纯地觉得这不过是因为她的死而带来的，这是一场划得来的牺牲。简为了换取我们母亲的权利而死，如今，他们终于把这份权利在她母亲的葬礼上交予到了她妹妹们的手中。

玛丽和我成了庄严的哀悼者，我们的脑袋端端正正，好像戴着花冠。我瞥了一眼身后，确保玛丽也承受着属于我们的新荣誉。我朝她微微一笑。她昂首站着，肩膀绷得直直的，看起来就像一个身形娇小的王后。我们在仪式结束后卸下重担，回到了希恩的切特豪斯府。我心中急不可耐，忍不住想回到宫里看看伊丽莎白最终是否会给予我表亲间的尊重，为我在王宫里的私人套间中留有一席之地，并让我走在宫中所有侍女的前面。在她此生余下的年岁，我应跟随她的脚步，亦步亦趋，只待她有一日驾崩，我便得以迈上王位。不过我现在至少可以像她的表外甥女一样与她谈论我的婚事。

“等我服孝结束就能立刻成婚了。”我扬扬得意地对继父斯托克斯说，“我们现在就应该请求恩准，现在王宫上下正在哀悼，伊丽莎白对我们仍然非常慷慨。”

他看上去精疲力尽，真切地为自己妻子的离世而感到悲痛。他不像我们这两个活着的孩子，他对母亲的爱是真心诚意的。“我很抱歉，”他生硬地说，“我在葬礼结束后和赫特福德伯爵说了，如今你们的母亲已经去世，所以这事必须由他告诉女王。”

“噢，那很好，奈德说了什么？”我自信满满地问。巴哥犬乔趴在我的腿上，和小猫丝带缠在一起，我温柔地拉着她如丝缎般柔滑的耳朵。“他是打算等等，直到我在服孝结束后回到宫中再说吗？”

阿德里安·斯托克斯摇了摇头，目光停在了我的脸上。“我很抱歉，”他有些笨拙地说，“凯瑟琳，我真的很抱歉。如果你母亲尚在世，我知道她肯定也会为此感到难过。不过我不觉得他会同意结婚。事实上他对我说了很多。如今没有母亲为你向女王争取这件事，他的母亲也改变了主意，不想让这场婚约继续下去了。没了你母亲的支持，西摩尔夫人不想与王后谈论这件事，奈德也不想。如果把话说得直白点，那他们就是不敢这么做。”

我几乎不敢相信他说的话。“但女王刚让我成了有王室血统的公主啊！”我辩解道，“现在她把我当做王室成员了！我从来都没有那么备受宠爱！”

“这就是症结所在，”他说，“如今你成了公主，这便更坚定了女王掌控你婚姻的决心，她不会希望你嫁给一个有望夺得王位的人。”

“我应该嫁到赫特福德的！”我抬高声音对我的继父喊道，“她应该命令我嫁到赫特福德去的！你应该为我坚持这一点！”

他摇了摇头。“凯瑟琳小姐，你知道的，我一点影响力都没有。我只是一介平民，没有大笔钱财。不过我知道女王不想让你嫁给一个有望夺得王位的贵族。若是她尚未结婚，也不会让你比她先出嫁——假设你生了个儿子，比她更有权利登上王位又会如何？她自然不会冒这个险。我能猜出西摩尔家在盘算什么：很明显，除非女王结了婚并有了自己的儿子，不然她绝不会希望一位有着都铎与西摩尔家族血统的男孩出现在宫中。西摩尔一家不愿冒险触怒她。”

“你们都不懂她！”我反驳道，“她不是这么想的，也不是这么事先计划的！她心里想的只有成为一切的中心，并让罗伯特·达德利牢牢地待在自己身旁。”

“我认为她的确深思熟虑，”他提醒我，“我觉得她在监视着你，因为她不会冒险等着别人养育出一个足以威胁她王位的子嗣。”

“伊丽莎白没有监视我！”

“办那事的是威廉·塞西尔，他留意着所有人的动静。”我的继父看到了我脸上震惊的表情，无力地耸了耸肩。

“你是说，除非伊丽莎白自己结了婚，生下自己的儿子，有了自己的王位继承人，她才会允许我结婚？”

他点了点头。“基本可以肯定是这样，”他说，“她得确立一个比她还要更具有竞争力的王位继承人。”

“这可能会等上好几年。”

“我知道，但我觉得她不能忍受身边出现个竞争者。”

“她会将我置于死地的。”我直截了当地说。

他皱起了浅黄褐色的眉毛，好像在想我说的“置于死地”是怎么回事。“我希望不会这样，”他说，“不论是你的名誉还是女王的名誉，我都希望你能谨慎对待。”

我想到了奈德与我共处的凉亭，想到了欢愉与刀割般的痛楚并存的时刻，想到了自己抵着奈德的肩膀所落下的泪和在他耳畔留下的低语——“我的一切为你所有。”

“我和他已经确定要结婚了！”我说。

“按照传统，这事必须要女王同意才行，”他柔声提醒我，“法律规定如此。唯有女王可以恢复法律。但无论如何，西摩尔一家说了，他们不会主动提结婚请求的。”

“那我母亲的信呢？她写信给女王，请求她允许我和奈德结婚。如果没人能鼓起勇气把这封信上呈女王，那就由我来。我们可以说这封信是在她桌上的纸堆里找到的，它也成了母亲的遗嘱。”

继父疲惫的脸上更添了一层阴郁：“我正是通过那封信才知道你正被人监视着。信本来放在她的房间里，最后却丢了。我们这才意识到她身边有眼线，有人偷了那封信。凯瑟琳，为了你的安全着想，你必须忘记这一切。”

“他们不会只偷一封信，然后把它交给女王！也不能翻阅我们的文件，拿走他们想要的东西。谁会做这种事？”

“我不明白，也不知道为什么。但不管怎么说，这件事已经过去了，我们也没办法把这封信拿回来。我想，你除了忘记它，让这件事从你心里彻底消失，也别无他法。”

“我没法忘记这件事！”我大声抗议着，“我爱他。我已经对他许下了诺言！我们已经订婚了！”

而他唯一能说的就是“我很抱歉”。说罢，还说了些更糟的话：“我可以这么讲——他也感到很抱歉。一想到他或许永远都见不到你了，他也觉得很难过。”

“永远也见不到我？”我喃喃道，“他是这么说的吗？”

“他这么说的。”

在希恩的日子非常安静，也很无聊。因为房门不合门框，诺兹先生在房间刮过的冷风中瑟瑟发抖，小猫丝带也不愿出去沾湿自己的爪子，所以我一直跟在他身后为他清理排泄物。每次我离开房间，巴哥犬乔就会发出呜咽声，好像在说她也很寂寞。

不过至少我没有错过宫里的圣诞活动。简妮写信给我，说这个地方就和玛丽女王当权时一样悲惨，因为伊丽莎白在是否要出兵援助苏格兰的新教贵族们这件事上犹疑不决。她当然得那么做，对于那些从未听闻过福音的人而言，这会是一声惊雷，除非女王有所举动，否则他们便不会相信它的存在。可伊丽莎白并不会遵循上帝的道路，她也害怕苏格兰的摄政王后——也就是吉斯的玛丽——她是新任的法国王后苏格兰玛丽的母亲。他们势必会出兵平定苏格兰新教贵族的叛乱，他们一旦进发苏格兰，又能拿什么来阻止他们南下向伊丽莎白进攻呢？若是换成我的姐姐简，她必定会立刻派出一支神圣的军队来支持那些信奉上帝的贵族对抗天主教徒。换作任何一位强势的英格兰君王，也都会做出相应的决策。但伊丽莎白什么也不信，也不会为信仰而发起一场战争。对伊丽莎白而言，最让她感到棘手的就是威廉·塞西尔了，他的信仰与我们家中的任何人一样强烈，而他声称：如果女王不接受他的提议，拒绝在苏格兰支持我们的信仰，那他也将不再坚持，他会选择离开宫里，回家见他的妻子米尔德丽德。

“若是没有他，那么伊丽莎白将毫无希望。”我和玛丽坐在母亲的私人房间里，我把信上的内容说给她听，冰冷的雨点拍打在铅条装饰的玻璃花窗上。“我敢说，如果法国人向她进军，那她的王位也将不保。”

“他们肯定会入侵我们的，对吧？我是说如果她在苏格兰宣布与法国开战的话。他们会穿过南方的英吉利海峡，同时还会从苏格兰挥军南下。”

我点点头，一边仔细地研究简妮潦草的字迹。“而且她一支军队也没有，”我说，“也没有筹集军队的钱，除非她不把奈德送回爱丁堡去！这里说的是赫特福德吗？”

“不，”玛丽说，“这上面写的是霍华德。信里说的是伊丽莎白要将她的表亲托马斯·霍华德送到爱丁堡去。奈德很安全。”

我的双手啪地合上，好像自己要跪在床边的祈祷垫上祈祷似的。“上帝啊，如果我能回到宫里和他见面就好了！如果我能见到他就好了！”

“如果法国入侵了英格兰，他们就会让苏格兰的玛丽王后坐上王位，而不是你。”玛丽提醒道。

“我不想要什么权力！”我不耐烦地说道，“为什么大家都无法理解这点？我只想要奈德啊！”

# 1560年春

**伦敦　白厅宫**

虽说我不想成为女王，但当我回到白厅宫，发现自己成了宫中的荣誉成员时，心中燃起了止不住的野心，好像我一直都该获此尊荣。女王的核心顾问威廉·塞西尔赢得了为苏格兰新教徒们出兵的决议，现在已经回到了宫里，时刻敦促军队前往苏格兰，为新教徒的权益而斗争。他肯定也意识到我是新教的继承人，时不时地对我鞠躬示意，并在打招呼时与我简短交谈几句，好像现在的我引起了他的兴趣，似乎他觉得伊丽莎白退位他将成为我的顾问这一时机已经到来了。

我受到了宫中所有人的欢迎，成了备受爱戴的公主，而非被人藐视的拜访者。我不再是被人忽视的可怜亲戚，而是整个王国中备受赏识的继任者。我有一种奇怪的感觉，好像自己来到了一个熟悉的地方，但周遭的一切又有所不同。在这些伪装的笑容背后有着新的现实，好像我们来到了这出假面戏剧中的第二幕，演员们伪装背后的面容已经不同于往昔，现在的他们必须做着完全不相同的事。

我的表姨玛格丽特·道格拉斯的丈夫马修·斯图亚特派了一位仆人前来提醒法国外交官，玛格丽特是法国和苏格兰的玛丽的近亲，她的丈夫伦诺克斯伯爵是苏格兰的王位继承人。我们抓住了这个仆人，这深深地冒犯到了女王。他传的话虽然不假，但任何人都会告诉玛格丽特，这些话一旦被传出去，势必会引得伊丽莎白心生恐惧、暴跳如雷。玛格丽特应该发挥自身的强项，那就是让自己变得朴实无华，而且她已年迈，或许伊丽莎白会原谅她身上流淌的王室血液。但不论如何，当我们得知威廉·塞西尔派人翻找存储在档案室的陈旧资料，证明了玛格丽特·道格拉斯虽为亨利八世姐姐的女儿，即苏格兰王后之女，事实上却是非婚生子时，大家都明白，不论是她，还是她那俊美的儿子亨利·斯图亚特，都没有继承英格兰或者苏格兰王位的权利。她的名声几乎会比伊丽莎白更糟，要知道伊丽莎白的母亲可是因为跟五个叫得出名字的男人通奸而被砍了头！

我感谢上帝，没人会质疑我的血统。我的血脉承袭自亨利国王最喜欢的妹妹玛丽王后，她嫁给了国王最好的朋友查尔斯·布兰登，生下了我的母亲；她毫无疑问具备着美德，又有着糟糕的脾气。如今我又受了宠，大家突然都看出我与自己那位有着王室血统的漂亮祖母之间的关系。许多人互相提醒，说我和都铎家族的公主一样漂亮，仰慕我身着一身象征约克家族的白色。

罗伯特·达德利自由进出女王的私人房间，也公开认领了自己在宫中的卧室，他同时是女王最信任的朋友，并以王室亲属的身份对我备加殷勤。我们的家族改变得如此频繁，他是我姐姐简的大伯哥，也是我的姨夫，那位贵为女王的表姨最受宠爱的求婚者。如今的他乐得记住我们的关系，曾经与陌生人同住的我也突然有了朋友。我几乎觉得自己深得大家喜爱，也被他们仰慕着。我现在就像母亲一样开始说“我那位贵为女王的表亲”，玛丽用她的小手掩住对我的笑声。

只是我得意扬扬地回到宫里，发现虽然自己有了许多新朋友，甚至还得到了女王的青睐时，却没有任何东西可以补偿失去奈德使我产生的痛苦。他出于他自己的意志主动向我求婚，我亦作为他的爱人寻求他母亲的祝福和我母亲的应允；而如今的他却径直走过我身边，就像没有见到我一样，当我们碰巧面对面撞上了，他只会对我鞠躬，好像我们之间除了礼节性的问候之外一无所有。

他冷酷的视线第一次投向我的时候，我都觉得自己会因为难受而晕过去。好在有玛丽，我才没有倒在地上。她站在我肘边，个子还没到我的肩膀。她那时用力掐我的手臂，都在上边留下了瘀青，她低声对我说："抬头！把下巴昂起来！"

我瞥了她一眼，彻底糊涂了，玛丽对我微笑着补充道："站稳了！把身子绷直了。"那神情活像父亲教我们骑马的样子，这终于让我回过神来。我把手搭在玛丽肩上，我几乎不能一步步地走路了。我和她一起去教堂，她搀扶着我，好像我得了病。等我跪在女王身后，便对着上帝深深弯下了腰，求他将我从这痛苦中解脱出来。

我痛苦地想到，奈德已经放弃了我，这一切只是为了避免让女王感到不悦，而她却永远不会牺牲自己的欢愉。伊丽莎白任由自己与她的爱侣纵情欢愉，我与我爱的男人或许连说话的机会都没有。她让罗伯特·达德利把自己抱下马，或是在晚上与他共舞，当他们走在一起的时候，她总是把头倚在他的肩上，她也会召他进自己的房间，他们可以在那里独处。我只要想到她能寻欢作乐，却从未想过我的感受，便发现自己恨极了她的自私。她任由自己在公众场合与一位有妇之夫没羞没臊地公开爱恋，而我只能与自己爱的男人永远分离，到死都会是孑然一身的老姑娘，为此我要狠狠地责备她。

如今她公开宣誓，一旦哈布斯堡的费迪南大公来到英格兰，她就将与他成婚；她也保证自己会与西班牙的势力联手来确保英格兰的安全。不过很明显，大家都能看出她在撒谎——不论谁将与她成婚，不等他的船靠上格林威治的码头，就会被她戴绿帽。

西班牙人现在也知道了这件事。新的大使被深深地冒犯了，让他全家人都闷闷不乐。威廉·塞西尔非常心烦意乱，他试图维系与西班牙的友谊，用对方强大的国力与来自法国的威胁保持平衡。我们一起走向河边灯火通明的亭子，准备晚上在那里听诗歌朗诵，外交官阿尔瓦罗·德拉·考德勒发现自己就走在我身边，他提醒我，费迪南大公已经注意到了我的魅力，比起要对伊丽莎白进行旷日持久且会有损自己声誉的追求，他宁可娶我。终有一天，我会成为伟大的英格兰女王，大公在我身边，身后有强大的西班牙支持着我。我同时还会成为备受欢迎的女大公，在英格兰宫廷中占据惹人妒忌的位置，身居那些天主教徒目标的中心。

"噢，我不能。"我低语着，对他敢于这么直白地向我袒露这些很是害怕。感谢上帝，没有别人听见我们说话，也没人见到我们，除了一位碰巧经过的人，他是威廉·塞西尔的手下。"阁下，你真是令我备感荣幸，只是若我没有表姨，也就是女王的允诺，我不能听这些话。"

"不必提及她，"他很快说道，"我很自信地告诉你，如果你愿意，也能理解这事会变成什么样。"

"我真的什么都不期望。"我确凿地对他说。

我所言非虚。我对王位并不期待，只想成为他人的妻子，而非一位坏脾气、终身未嫁的女王。我想要个丈夫，他不能是别人，只能是奈德，别的男人用手碰我都会让我难以忍受。就算我老了，就算我到了五十岁，也将一直渴望拥有他，而不是别的男人。我们在走廊里擦肩而过，还有用晚餐、去教堂的路上，这些偶遇都伴以痛苦的沉默。我知道他还爱我。在教堂里的时候，我能看见他的目光穿越众人落在我身上，可我只能以手掩面，这样他就没法瞧见我正从指缝中也盯着他。他看起来似乎饱受相思之苦折磨，我却不能送上安慰。

"我对你发誓，他和以往一样爱你，"简妮忧伤地说，"奈德日渐憔悴，但母亲仍不让他和你说话，还警告他，万一女王知道这段恋情，必将为之不悦。你们未能成眷属实在让我难以忍受。我告诉他，他有着比我还严重的病，而愈疾的唯一良方便在这里！你就是能治愈他病症的人啊。”

“除非你母亲愿意与伊丽莎白说这事才行！”我说。

简妮摇了摇头。“她不敢这么做。她之前告诉我，枢密院已经告知伊丽莎白，让她立刻为我找一个对王位没有威胁的丈夫。英格兰正准备往苏格兰出兵对抗法国，他们害怕你会出来反抗她，或者干脆离开这个国家。他们害怕西班牙会接纳你，因此希望将你嫁给一位出身低微的英格兰男人，让你埋葬在婚姻里，这样你就会困在家中，也再无争夺王位的可能。”

“我才不会去西班牙！”我绝望地说，“我为什么要去？又会去哪里？这世上我唯一愿意与之共结连理的男人就在这里。我对大公或者其他人毫无兴趣！还有，我为什么应该嫁给一个地位低下的英格兰男人？我凭什么要受到这种羞辱？”

简妮对我说的流言让我恐惧不已：他们想让我嫁给一位寂寂无名的男人，然后将我遗忘。更让我恐惧的是苏格兰贵族们的提议：我应该嫁给我的表亲爱伦伯爵，他曾与伊丽莎白调情，如今却被她抛弃了。他有苏格兰王位的继承权，所以英格兰就能有一位与苏格兰叛军抗衡的新教女王，他们也能以爱伦和我的名义集结新的军队并挫败法国。换言之，这些贵族想让我嫁给爱伦，让我成为苏格兰的女王。

“我应该做些什么？”我对简妮说，“难道他们都疯了？不断试着让我嫁给一个又一个可憎的人，这样的日子会有尽头吗？他们称我为公主，只是为了将我卖给别人，换取同盟的支持？你必须告诉奈德，如果他不来救我，我会被绑架走。”

奈德并没有来救我。他对此束手无策，因为他的母亲阻止儿子这么做，而母亲又不可违抗。他所做的不过是长久地凝望我，然后悄然走开，除此之外，什么都没为我做。他一心只想着自己和伊丽莎白，每当那些危险关头来临之际，他总是站在女王那边，我暗想，若是她不牢牢地控制着奈德，或许她将失去自己的智识。当然，在这背后定是威廉·塞西尔作祟，他对这一切了如指掌，也是他主动与我交谈。他刚结束枢密院的会议，出来时把腰弯得极低，并伸手让我搭着，走向女王的房间。我微微动了动自己的手指，好像他会松开我的手，但他却继续用温暖的手抓着我，所以我与他一同进了房间。我看着伊丽莎白女王抹着口红的双唇，嘴角确凿无疑地上扬着，他们都同意应该密切监视我，因此为我设计了一小支舞蹈，让我表演。

“凯瑟琳，你好啊，”她对我说，把目光从罗伯特·达德利身上移到我这，好像我比他更能引起她的兴趣。“我亲爱的外甥女。”

我放大胆子，行了个动作最不明显的礼。“伊丽莎白表姨，我在此参见陛下。”我这么说，是因为最近我们的关系看上去亲密了不少。

“过来坐在我身边，”她示意让我坐在王位边的高脚凳上，“我一天都没能见你几次。”

离她上次忍受我缺席的事已经过去了好几天，她之前从未邀请我与她共坐。我瞥向奈德所在的一侧，他在一边看着，双唇紧闭，默不作声，表情凝住了，双眼投向地面，好像自己甚至都不敢对我微笑。他太害怕惹怒伊丽莎白了，现在的我正像是一只在肥胖橘猫爪下的老鼠。

“真是一只可爱的小狗！”伊丽莎白说道。

我低头看着乔，她的爪子搭在我脚上，像是怕我遵循宫廷礼节把它献给女王，因为后者正冷冷地看着她。

“我把你当做女儿一样疼爱。”女王对着我上方的空气说话。就连她这样的大骗子，也没有勇气看着我的眼睛。众人听闻这句话，个个都惊讶不已，脸上一片茫然。我看见了西班牙大使备感兴趣的注视。“她就像我的女儿一样。”她又高声重复了一遍。她随后明白了这句话的含义，便用柔和的声音对我说："你一定很想母亲吧。"她说。

我朝她弯下腰。"没错，女王陛下。"我本分地回答道，"她为我和我的小妹妹玛丽可谓操碎了心。"

"噢，对，还有玛丽。"女王心不在焉地说道。玛丽听到女王提到她的名字，便从女仆的队列里走出来，对女王行了个屈膝礼，女王点头回应。玛丽显然不受宠爱，受宠的只有我。

伊丽莎白俯身对我低声说道："如果你感到孤独或者难过，一定要随时告诉我，我尝过没有母亲的滋味，也知道在这宫中无依无靠的感觉。"

如果我知道自己应该做什么，那这场假面剧我会演得好很多。女王把她戴满戒指的手搭在我的肩上，她的手指冷冰冰的。我在想，谁会从这场表演中获益？那个人显然不会是我。

"若我有你的恩宠，那在这宫中便不是什么朋友都没有。"我犹疑不决地说，抬头看着她面无表情的脸庞。

她把手放在我肩上。"你会有的。你和我非常亲，不论如何，我们都是最亲近的人。"

就是这句话！她已经把我称作她最亲近的人了。我成了她的继承人，离王位只有一步之遥。既然她已经这么说了，便不能再食言。我抬头，看见威廉·塞西尔正在看着我。他也听见了。事实上，他已经把这一切都写在了纸上，计划好了每一步的行动。

"我可以提一个请求吗？"我的目光直直地望入她明亮的黑色双眼中。这目光不含一丝温柔：她不过是在与我做一场交易而已，我们就像两位卖鱼的妇人，在码头上称量盐鳕鱼罢了。

"尽管开口！"她假惺惺地微笑道，"看看我能为自己可爱的皇亲做些什么！"

"我会的。"这是对她保证，也对自己保证，而在我心里，这也是对奈德许下的诺言。

罗伯特·达德利带着不易察觉的微笑亲吻了我的手，那神情就像是一个人喜欢另一个人似的。威廉·塞西尔与我一起来到走廊里，他和我说了苏格兰的战况，好像我有必要知道一样。随后我才意识到，他正在教授我他在四代君王的统治下所学到的治国之术，他想让我知道，我作为新教女王的继承者，必须扮演好这一角色。坐在王位上的人是由贵族们出谋划策的，理解这点对我来说很重要，那些贵族的想法同时又源自议会。我必须明白伊丽莎白的王位并不稳固，整个国家仍有半数人并未信仰我们的宗教，欧洲强大的势力对我们而言更是天然的威胁，教皇也在号召一场对我们的圣战。我作为她的继承人，必须吸引诱惑、密谋和承诺。我必须向他汇报这些事，也必须让自己对伊丽莎白毫无威胁，同时也需要扮演好新教国家中的新教继承人这一角色。

我经过人群时，众人朝我深深地行礼，他们为我和玛丽分配了更多侍女，突然之间，我就需要有人为我随身携带手套了。玛丽从气氛融洽、亲密无间的女仆房间中搬出来，我们两人在宫中有了另一个专属于自己的小宫殿，像公主那样被侍奉着。我给诺兹先生穿上一身都铎绿的制服，乔和丝带脖子上戴着绿色丝质褶领，丝带戴着一枚打出来的银制铃铛，睡在白色天鹅绒做的垫子上。

我所经之处，皆处在一片恭敬而又好奇的风暴中心。王家衣橱为我提供的漂亮长裙都用天鹅绒和金丝织就的布制作。我的地位日渐显赫，这为我带来了不少问题，不过没有人能让我安心地询问：是不是伊丽莎白打算等到她和罗伯特·达德利可以自由结婚的那天，才通过任命我为她的继承人来为她争取时间？他的妻子或许会因为某种疾病去世，或许会寿终正寝，伊丽莎白或许最终会嫁给他。又或者，她既然已经是教会的最高领导者，会不会用自己的权力来宣布他目前的婚姻无效，随后嫁给他？既然她已经把英格兰交给了合法的新教继承人——也就是我——那么便没人能指责她的种种行为。

若是这样，那她遵从我的选择，让我嫁给一位英格兰贵族不是很明智吗？他离王位很近，又是王室中的新教徒。另外，对于伊丽莎白而言，我和奈德是不是突然变得非常有用？我们都生于王室，又信奉新教，而且势必会养育后代。如果我能生出一位合法的都铎子孙，这是不是意味着伊丽莎白就可以自由地取悦自己？她又是否会收养我的孩子以此来结束所有争辩，并为英格兰献上一位珍贵的礼物：一个健康的都铎男孩？既然女王已经对我作出了承诺，我又是否敢让奈德娶我呢？当然，这得先让他母亲同意才行。而我此刻是否又敢把奈德叫到我的房间里，在众人面前与他谈论我们的婚事呢？

伊丽莎白继续只对我一人展现出宠爱。在用膳时，我坐在女士桌的一端，玛丽则坐在桌子的另一侧，身子还被垫子垫高了。在晚上，只有我有权拿着女王用的扇子，也只有我才能在走向马厩的时候拿着她的手套。我有了一匹属于自己的新马；当众人一起用猎鹰狩猎时，我手上也有一只隼。我与女王一起玩牌，在教堂里祈祷时，我就跪在她身后。毫无疑问，我正在经受成为王储的训练。西班牙大使不再与我私下交谈，但他对我鞠躬仍是毕恭毕敬。罗伯特·达德利为我展露了他那摄人心魄的微笑。在会客室里，我遇见了奈德越过人群、朝我投来的目光，我知道他想要我。既然我可以向我那成为女王的表亲要求任何事，那我势必可以询问她：我想嫁给一位英格兰王室的贵族，这样便能尽我们的一生来服侍她，可以吗？

简妮对我说："我有个惊喜给你，快到我房间来。"

离用餐还有一个小时，其他内廷女官正在陪着女王，看女仆们为她穿上长裙，她们手上都拿着金色的兜帽、珠宝匣和扇子。每个人都等待自己能上前一步，参与这为女神梳妆打扮的典礼，这样就能赴宴调情，今晚有幸迎合她反复无常的性情、激起她兴趣的任何男士。每隔三天便轮到我在晚上侍奉她，每隔四天则是我的妹妹玛丽，她站在那儿，捧着她的珠宝。一直以来都是简妮为她递上金色兜帽，不过今晚我们都有空。

我们三个就像从看不起孩子的继母眼皮底下逃学的小姑娘，偷偷溜过女仆们的房间，简妮打开了通向她卧室的门。我们进去后发现……奈德也在那儿。

我瞠目结舌地站在门槛那儿，仿佛不相信房间里等着我的人正是他，那感觉好像他从我的梦中步入现实，向我走来。

"奈德?"我犹疑地问。

他只消一步便迈过房间，将我拥入怀中。"我的爱，"他说，"亲爱的，请原谅我。我一刻也不能没有你的陪伴。"

我毫不迟疑地抱住他的脖子，骄傲和愤怒都没有阻碍我的行动，我拉低他的头，让他的双唇与我的相触，一开始有点笨拙，接着便吻了起来。我的舌尖尝到了他的味道，那熟悉的气息令我战栗不已。我既想哭泣，又想大笑，但此时的我只能说出那两个字："奈德。"

这个吻似乎永无止境。我听见在我身后门轻轻关上的声音，那是简妮离开了房间关上了门。有那么一瞬间，我想自己真的应该对奈德用冷冰冰的态度发怒，让他祈求我的宽恕，但我却把他抱得更紧了。我无法忍受失去他的痛苦，甚至觉得不能松手让他离开。我无法思考，没有任何念头，只有对他的渴求。

等他稍稍松开自己的怀抱，我才觉得一阵眩晕，任由自己倒进他的怀里。长久以来我一直努力保持坚强和勇敢，如今终于能倚靠在我爱的男人身上。他帮我坐在窗边的位置上。我想躺在窗边，他也躺在我边上。我想感受他压在我身上的重量还有他紧抵着我的大腿，不过我们现在只是并肩坐着，他的手搂在我的腰上，仿佛我对他无比重要，他甚至都没法忍受我离开他一步。

“你是为了我回来的吗?”我只说了这句话。接着又问他：“你是不是为了我才回来的？这不单单是……你是为了我才回来的对吧?”

“当然了，”他说，“你是我此生所爱，我唯一爱的人。”

“每天我只能看见你，却不能触碰，这样的生活我无法再忍受了……”

“我也是！我过去只能在教堂里远远地望着你。”

“我知道，”我打断了他的话，“我之前也偷偷看着你，发现你的目光也在我身上。我是这么希望的……我祈祷着……”

“祈祷什么?”

“祈祷这一天的到来。”

他握着我的手，将它们放在自己的双唇上。“这个愿望不是实现了吗?你拥有我，我们永远也不会分开了。”

“可你的母亲……”

“我会向她解释，她不会阻挠我的。”

“但女王这里……”

“我们会结婚的，”他果断地说。我觉得自己心脏之所以跳动，只为见证他口中吐出坚定的话语。我想让他再吻我一次。

“我会请求她……”

“她喜欢你，她已经把这点告诉众人了。喜欢你的不仅仅是她。塞西尔已经建议她与你保持密切的关系。这就是为什么她对你的态度那么和蔼。她怕的是你会嫁给苏格兰或者西班牙人，这样你就会被带走了。”

“天啊，别让他们将我们分开。”我低语道。

“不会的，所以我们不打算问别人，因为我担心他们会回绝我们的婚约。我们打算先结婚，等婚礼结束后再告诉她和其他所有人，这样那些人就束手无策了。”

“她会暴跳如雷的。”我指出他这个计划中的漏洞。朝野上下对都铎的愤怒变得越来越警惕了，玛丽女王还只会陷入绝望，伊丽莎白则会尖叫着把东西丢得到处都是。只有罗伯特·达德利能抚慰她的情绪，只有威廉·塞西尔能对她提出建议，除此之外，她不欢迎所有人。

我的爱人和未婚夫奈德耸了耸肩，好像在表示自己不怕女王。“她的确会恼怒不已，不过怒气终会平息的。我们见过她对凯特·阿什莉大发雷霆，也见过她对塞西尔恼怒不已，不过那也只持续到他离开宫中为止。等塞西尔回来的时候，女王还是遵照了他的提议。对我们来说也会是这样：她先是暴怒，我们顺势离开宫里后，她又会原谅我们，并在一个月内让我们恢复原来的地位。另外，我们结婚对她而言是有益处的，所以你会很安全。塞西尔也会这么建议她，而达德利会让她微笑着面对坠入爱河的人。”

“我只想拥有安全感。”我依偎在他身上，和他靠得更近了，“想和你安全地在一起。奈德，在我的梦中曾经出现过这个场景。”

“我也梦见过你。”他轻声说，“还为你写过一首诗。”

“真的吗?”

他摸了摸夹克的内侧口袋。“我随身带着它呢，”他说，“是在你服丧的时候写的。那时你身穿黑服，我之前见到的你有着一头金发和凝脂般白皙的肌肤，你看起来就像一尊用大理石雕琢的雕像，外面裹着一身黑色天鹅绒。我当时心想着，或许再也没法触碰到你了。我之前觉得我们就像特洛伊罗斯和克瑞西达一样分开了。”

“读一读这首诗吧!”我轻声说道。它写的真就如同一个浪漫的故事。

特洛伊罗斯描述的她，
身着黑裙，孑然独立，
眼中的目光令他受伤。
我描述的她依然如此，
而那双眼的视线，
正乃我痛苦之源泉。

我颤抖着表达自己的喜悦。“我能留着它吗?”之前从来没人为我写过诗，连简那样了不起的学者和女王也没人为她写过。人们为她写训诫文，但奈德写给我的是首真正的诗，一个男人写给爱人的情诗。而且还不止于此，这更是一位诗人、一位著名的诗人写的情诗。训诫文自然不能与其相提并论。他把这首诗塞进我手里，我拿起它，贴在我的心口。

# 1560年夏

## 格林威治宫

我兴奋地想：这才是生活，这才是活着，这才是年轻漂亮的意义所在。在生活中感受欢乐，而不是整天泡在那些可悲的教条里，学着怎么死去。我之前从伦敦塔出来，将我的姐姐留在身后，那时的我就是这么希望的。我相信自己的生活本该如此，如今终于成了现实：生活充满乐趣，充满激情，比自己曾经梦想的更加美妙。

奈德和我擦身而过时依然静默无声，我们避开对方的目光，但在教堂里他会朝我眨眨眼，在抱我下马的时候抱得非常紧。每当舞池中的脚步让我们靠近，我都能感到他手心的温暖，他还悄悄按着我的手指。当舞蹈让我们面对面时，他离我如此之近，我甚至可以感觉到他在我耳边温热的呼吸，环绕在我腰间、把我抱向他的手带着一种坚决。我们是一对秘密的爱侣，正如我们之前秘密地分别。有时我转身离开，假装没有看见他，心中却是笑意满盈。至于我之前还想着大哭一场这事，现在已经完全被忘到脑后了。

这个夏日，整个宫中的人们都在游玩，其他事情似乎都变得不重要了。一切严苛的繁文缛节好像都可以暂时抛到脑后，所有对信仰的限制也都解除了。不再有“让你认识来世”这样的话出现，也没有死亡。没有对未来的恐惧，没有关于谁是继承人的揣测，没有女王的种种设想，也不会有战争，只有风和日丽的天气与华美的服饰。玛丽女王时期宫中残留的种种悲苦都像撒在地上的香草一样被扫走了[①]，爱德华国王统治那几年的残余恐惧如今也已消弭，那些密谋夺权、阴谋造反和图谋不轨的人也已入土。我们作为他们的后代，发誓要过得快乐。我们得学会如何生活。

威廉·塞西尔去了爱丁堡，在苏格兰领主和法国出生的摄政王后之间斡旋以求和平。伊丽莎白不情愿地派出了一支军队，现在也成功达成了目的。但没有塞西尔的监督，她的行事变得鲁莽起来，好像没了他看着别人就不知道她都在做什么。她公然和罗伯特·达德利如情侣般相处，他像丈夫一样去她房间，笑她的所作所为，拥她入怀，更是对伊丽莎白百依百顺，仿佛自己已经成了女王的配偶一样。

每天我们都骑马出游，猎犬们跑在我们前面。罗伯特·达德利献给了女王好几匹马，一只比一只精神俊美。他们并肩骑行，似乎两人的关系永不可破。他们每天都一起到宫殿外去，消失在树林里，只在用餐时才出现。侍者在林中的小空地上搭好一顶顶漂亮的帐篷，晚宴就在这里面举行，桌椅都摆好了，杯中的酒水也已斟满。他们先是一起光明正大地骑马离开；末了再没羞没臊地回来，脸上容光焕发，带着难以言喻的喜悦。剩下的人都跟着猎犬，为了寻求欢愉策而马奔行一阵，然后带着各自的马去河边饮水，或者从马上下来，在树荫下散步，又或者悄悄地走到一处安静的地方，躲开宫里的其他人接吻和耳语。

阳光虽然炎热，但这小块林间空地却被橡树和山毛榉长出的新叶所遮蔽，鸟儿不停地歌唱，像是在与藏在林间树杈中的音乐家们共同演出一曲合奏。木头燃烧发出的烟味和烤肉的香气，与仆人撒在大地毯、小方毯及靠垫上的碎草叶和草药散发出的芳香混合在一起，等我们在桌边用完餐，

①中世纪的英格兰会把散发芳香气味的药草洒在地上，踩过时便会散发出香气。

就能懒洋洋地躺在上面饮着酒，讲着故事和诗。有些时候我们也会一起唱些古老的乡村民歌，奈德会为大家读读自己写的诗，但从不读“她身着黑裙，孑然独立”，因为这是写给我的诗，只属于我一个人。

那些年长又聪慧的人没耐心花一整天时间在野餐上，而我们这群年轻漂亮的人直到黄昏才回去，并肩骑着马，低声交换誓言。他们对威廉·塞西尔在爱丁堡做的事充满担忧，如果伊丽莎白没有选出英格兰王位的继承人来将这份和平延续下去，那一切都将付诸东流。然而与苏格兰交战的结果让伊丽莎白松了一口气，也让她被喜悦冲昏了头脑，她开始得意自满起来，觉得这场战争的胜利让自己变得坚不可摧。她变得轻率了，觉得整个世界都缺少爱情的滋润。就算枢密院提醒她，应该把全国上下任何说她是罗伯特·达德利的娼妓的人的舌头切掉，她仍然在早晨半裸着倚在卧室窗前，让罗伯特·达德利立刻来到她身边。

宫中所有人都知道他们的房间紧挨着，当中只有一门之隔。他们可以整夜留在对方的房间里，不过每个人都相信罗伯特·达德利的贴身男仆整夜都站在他主人通向走廊的房门边上，因为英格兰女王会偷偷从隐藏的门里来到达德利的房间。就连本该对宫闱秘事一无所知的乡镇村民也说伊丽莎白被她那英俊的掌马官弄得神魂颠倒，许多人还觉得他们早已秘密结了婚。他那可怜的妻子，且不论她姓甚名谁，早晚会在女王的令下被自己的丈夫抛弃——这就和女王的父亲亨利国王一样，他也毫无理由地把自己昔日的妻子打入了冷宫。

苏格兰的摄政女王，也就是吉斯的玛丽驾崩的消息传来，没了她的支持，法国在苏格兰的势力骤降。塞西尔成功地达成了一份和平协议后凯旋；但罗伯特·达德利和女王坚称他这次艰难的出游并没有什么收获：从纽卡斯尔到爱丁堡的城市都夺回来了，但伊丽莎白还想要上千英镑的赔偿，并让加莱港回归英格兰[1]，同时禁止法国王后玛丽在餐盘上使用王家饰章。不论大事也好，琐之事也罢，女王都想从这份协议中获得更多益处。她和罗伯特，就像女王和她的丈夫一样，肩并肩地站在宫中所有人面前接见了威廉·塞西尔，还伴以大段大段的抱怨。

法国在苏格兰统治的覆灭本应当作胜利一般高声欢呼，但凭借自己的外交手段争取到和平的威廉·塞西尔却被伊丽莎白忘恩负义的态度所摧毁：女王居然听从罗伯特·达德利的意见，他对此怒不可遏。整个宫中的人被分成两派，其中一边将达德利视为势不可挡的新星，他既是一位丈夫，又是女王未来的配偶，他们说威廉·塞西尔只能是属于先王的参谋，而达德利是他那个叛国家族[2]中一个不凡的后裔。

伊丽莎白带着宠溺说，我就像是她的女儿一样，还保证会合法收养我，并如母亲般待我，忘记我之前做过的一切，因为一场新的危机诞生了：那个像她父亲一般的男人和像她丈夫一般的男人因为愤怒而从不交流。宫里上下都肯定塞西尔会抛下她不管，达德利终有一天会毁了她。人们互相耳语，嘀咕着刺杀他的计划；她不敢同意让这个国家的群众自己选出王位的继承人。如果苏格兰人能够反对他们的玛丽女王，那为什么英格兰人民得接受伊丽莎白？她对自己爱人和未来的焦虑让她根本无暇关心我和任何别的女人。

“不过我倒是挺喜欢被遗忘的，”我的妹妹玛丽说，“虽然经常出现在她眼皮底下，却不被提及，我猜自己已经习惯了这种状态。不过这并不意味着你想做什么都可以。”

---

①在英法百年战争期间，英王爱德华三世率军与1347年占领加莱港，罗丹的雕塑《加莱义民》即取材于此。1558年7月，法国国王亨利二世派吉斯公爵弗朗西斯收复加莱。

②他的祖父埃德蒙·达德利被亨利八世以叛国罪处死，其父约翰·达德利也因叛国罪被玛丽一世处死。

“那你想做什么？自己那些惹人发笑的小事吗？”我弯下腰来无礼地说，因为这样我才能直视她那张精致的脸庞。“你长大就是为了在这半个宫里挑拨是非吗？还是说你恋爱了呢？”

简妮不怀好意地笑着，像是觉得没人会爱上玛丽。“你可以和我的追求者在一起。”她说。简妮在被我们的姑父，也就是阿兰德尔伯爵亨利·菲茨艾伦追求着。他可算是婚姻中了不起的幸存者，第一任妻子是我的姑姑凯瑟琳·格雷[①]，如今他又摆脱了婚姻，重获自由。他家财万贯，急着想为自己添一名有着王室血统的子嗣，在家谱上加上一笔，他会让孩子含着金汤匙出生，长在蜜罐里。

“我才不要你看不上的男人，”玛丽一挥小手，拒绝了那个有钱的贵族老爷，“我自己有一个仰慕者。”

听到这话我并不惊讶，玛丽自有都铎家族特有的魅力，还有一种天生的气质，能让许多男人觉得娶她为妻正合适。如果她当妻子，做得肯定会比体弱多病，且有着疯狂能量的简妮·西摩尔更好。玛丽是迷你版的喜悦：当她站在身披甲胄的骑士面前，能看见他的胸甲上映出自己漂亮的脖子和肩膀；如果她坐在一张高脚桌后的垫子上，一位男士只能看见我们的头和肩膀，那他很难选择出谁是我们中最漂亮的那个人。只有当她站起来时，才突然展现出自己是个身形娇小、体形只有常人一半的姑娘。倘若她高坐在马背的鞍座上，我相信她看起来一定会比我更美。她站得很直，每个月都有要学习的课程——或许她会有一位求婚者，或许她终有一天会结婚。

“宫中其他女士都在与人调情，我和她们一样，”玛丽说，“我为什么不能与别人打情骂俏呢？”

“噢？谁在和你眉来眼去？”简妮嘲笑她。

---

①与本章女主角同名，是第二任多塞特侯爵托马斯·格雷和玛格丽特·沃顿之女。他一生结过两次婚。

“和你没关系，”我那个不太好对付的妹妹说道，“我有自己的事，就像凯瑟琳一样，我也绝不会让你来管我的闲事，就像你总是为她操心那样。”

“我才没有多管闲事，只是帮她出主意罢了。”简妮气呼呼地回击道，“我是她的好朋友。”

“那行，我用不着你来对我指手画脚！”玛丽说，“我有自己的朋友，比你们两个人加起来都要好的朋友。”

# 1560年秋

### 温莎堡

我爱温莎堡。我骑马来到河边的浸水草甸[①]，这片公园里有一群鹿，它们安静地绕树走着，就像水中泛起的涟漪，城堡高高地立在村庄远处的上方。我们来这里庆祝伊丽莎白的生日，好像这是个比圣诞节更隆重的节日。罗伯特·达德利作为女王的掌马官，选了一位仪式的主持人，命他雇来一群乐手、合唱者、舞者和表演者，这当中包括杂耍艺人和魔术师。还会有诗人赞颂伊丽莎白的美丽，有主教为她长久和愉悦的统治祈祷。这场活动会持续数日，为的是庆祝一位姑娘的诞生——她的母亲被控通奸而死于断头台，在她的大半生中，自己的父亲并没有将她视作自己的女儿。我看着伊丽莎白命令宫中的人庆祝她自己的生日，几乎都要笑出声来，老一辈的人还记得这个小姑娘有着怎样不堪回首的过去，如今每个人对她的态度却与过去截然不同。

罗伯特·达德利几乎无处不在，他既是王宫里名义上的国王，也是伊丽莎白快乐的源泉。而威廉·塞西尔却是自我满足的家伙，心中存着一丝愤怒。他与法国艰难签订的协议正在推进，却没有得到一声感谢。这一切并没有被当作一场外交上的重大胜利来庆祝，因此他对伊丽莎白钟爱罗伯

①常见于16世纪至20世纪早期欧洲各地的河边，用以调节灌溉，以此增加农作物产量。

特·达德利而得出的失实判断心有芥蒂。

典礼的主持者设计了一支优美的舞蹈，宫里所有年轻的姑娘们都得学会它。我们分别代表了不同的美德：我代表的是“责任”，简妮则是“荣誉”。她非常擅长舞蹈，面颊上的红晕褪去了，双眼也不再带着灼热的视线。而玛丽代表的是“胜利”，她要站在高塔顶端，这既能掩盖她娇小的身形，还能展现出自己的美貌。女王的守门中尉，同时也是掌管整个宫中安全的人是个又高又壮的男人，块头比其他所有人都要大。人们把他叫进来，让他把玛丽抱到高塔顶上。他殷勤地对她鞠了一躬，在他如巨人般的体形面前，玛丽的身形看着就像是仙子一样娇小。眼前的场景如戏剧般有趣：她把自己的小手伸出来，守门中尉把她的手放在自己唇边，再伸手环绕在她纤细的腰上，将她一把抱了起来。所有人都鼓起了掌，这一切做得很漂亮，有人说，吉斯先生应该暂时放下在大门那儿的安全工作，在这出宫廷假面戏里出演自己的角色。吉斯先生鞠了个躬，面带微笑，身着都铎制服的他很是帅气，玛丽的小手埋在他那只巨大的手掌中，听见了这话后大笑着，行了个礼，面色也为之一振。

奈德分配到的是“信任”，他与弗朗西丝·缪塔斯组成一对，她代表女性的信任，或许更应该叫做“轻信”才对。我只希望她能和我换一换角色，但我若想开口，就只会让她知晓我想与奈德共舞，而他压根没想到去暗示她，让她觉得或许自己更喜欢扮演“责任”——他看起来甚至还挺享受她的陪伴。在他俩的舞蹈结束后，他们和我们一样一起站在室外享受落日的美景，啜饮着一杯淡啤酒，他让她的手钩在自己的胳膊上，还为她倒了一杯酒。

这支舞跳得完美无瑕。贵为一国之主的伊丽莎白微笑着观看我们在她面前起舞，不过我敢说她更愿意偎在罗伯特·达德利的臂弯里。我知道自己只愿与奈德跳舞，根本不想在一边眼睁睁地看着他与别人跳。我敢肯定，弗朗西丝·缪塔斯脸上化了浓妆，这让她看起来有点可笑，她黏在奈德身上，就像爬在墙上的蜗牛。我对奈德皱了皱眉，告诉他我不高兴，奈德却一脸茫然地回应了我的目光，仿佛在说他没有料到这一幕——另一个女人将手搭在他的胳膊上，凝望他英俊的脸庞——可能会令我不快。他是个充满魅力的青年男子，他的微笑勾魂摄魄，双目明亮如炬，我无法忍受他与像弗朗西丝那样普通的姑娘成为舞会上的搭档，我心想：她肯定会意识到奈德渴望和我在一起。没错，她肯定能明白，如果是奈德和我共舞，那这支舞一定会漂亮很多。

当西班牙外交大使德拉·考德勒及其他各国大使一同前来为伊丽莎白女王献上生日礼物时，我就站在她的王座旁，于是便由我用最热情的语言来说明，我们是最好的朋友。关于我是伊丽莎白的继承人这件事已经广为人知，塞西尔的和平协议又表明苏格兰的玛丽已经放弃了对英格兰王位的争夺。在我说话的过程中，伊丽莎白还记得转头对我微笑，并朝我妹妹挥手。我与伊丽莎白的亲密无间全是被安排好的，就像那场舞蹈一样。我来这里是为了告诉大家，苏格兰的玛丽没有英格兰王位的继承权，我才是真正的继承者，在下届议会开幕时，她就会任命我的。

德拉·考德勒鞠了一躬，身子弯得很低，他走上台阶与女王交谈，但我并未参与那些王室政务，我在看着奈德，他和弗朗西丝·缪塔斯一起穿过人群，走向大厅的后方，蜡烛在那里投下幽静的阴影，热恋中的爱侣在那一角厮磨。我看不见他，也不能进人群中找他，对我来说这真是一场可怕的折磨。随后我恰好听见伊丽莎白对西班牙的外交大使说，罗伯特·达德利的妻子因为生恶疮而死。

我正盯着大厅后面看，这些话语却直击入我的脑海，让我感到一阵焦虑，我不再寻找奈德，而是把目光投向了伊丽莎白。她刚才是不是真的说达德利夫人已经死了？“或者也算半死不活了吧，”她更正了自己说的话，

“这个可怜的女人啊。”

德拉·考德勒看起来和我一样震惊，好在他的良好修养让他不至于惊叫出来：“什么？真的吗？[①]”

伊丽莎白为什么要说这件惊世骇俗的事？为什么先是说那个女人已经死了，随后又改口说她“半死不活”？难道那些美德品行之类的都被她抛诸脑后了吗？她难道没有意识到，由一位女士宣布另一位被抛弃的妻子的死讯并不是什么值得称赞的事吗？更不用说这当中还带着个人的感情了。再说了，她究竟是死是活呢？如果她死了，为什么罗伯特·达德利没有在自己家中穿着吊唁的衣服为妻子安排葬礼？如果她尚在弥留之际，为什么罗伯特·达德利还在伊丽莎白的生日宴会上与她跳舞，而不是守在自己濒死的妻子身边？

我急于找到奈德告诉他这段惊人的谈话内容，可当礼物呈现的环节结束之后又迎来了一场舞蹈，而我依然留在伊丽莎白身后的华盖下，她此时正在与罗伯特·达德利窃窃私语。不管她在说什么，当他微笑着低头看着他，目光游移在她的双唇上时，我敢说他们肯定没有在谈论他妻子的恶疮或者病榻上的事。

奈德不在舞池中的人群里，也不在看着女士跳舞的男人中。他也没有小心翼翼地走到房间高处，通过这样来接近我。我四处都看不见他，也看不见弗朗西丝·缪塔斯。

我被困在王座的华盖下，与伊丽莎白一起，奈德没有过来这边。王宫里的人们很晚才休息，我依然整夜都没能见到他。伊丽莎白不断跳舞，纵情饮酒，最后终于恋恋不舍地让我们回去，可就连退场时向我们鞠躬的男士中也没有奈德的身影，在最后一刻，弗朗西丝·缪塔斯从走廊中小跑着冲出来，满脸绯红，加入了那些女士的队伍，离开了房间。

---

①原文为西班牙语。

我就寝时带着泪，怒火中烧，却又心痛难耐，甚至不觉得自己此生会再像现在这般痛苦，这感觉比我上次失去奈德的时候更糟：因为这一次我已经对他作出了承诺，我相信自己与他之间只剩婚姻之隔。

我在热乎乎的床单上辗转反侧，与我同床的女士带着睡意问我："小姐，你是不是病了？需要我为你拿点什么吗？"

于是我迫使自己像个枕头一样躺在床上一动不动，但仍能听见耳朵里传来受伤的心脏不断跳动的突突声。耳中也有钟表敲响报时的声音，每个小时敲响一次，从午夜直到凌晨，直到天色开始转亮，仆人们开始闲谈，往即将熄灭的火堆中添柴时，我才渐渐入睡。

我在教堂里看见伊丽莎白时，才发觉她昨晚的睡眠和我一样糟。我不知道她出了什么事，照理说她不会受到影响，因为她的希望是那么多：她的竞争对手生命垂危，或者已经死了；举国上下欢庆她的生日，好像她真是个备受爱戴的女王；罗伯特·达德利就在她身边，面带微笑，像一个充满自信的新郎。但伊丽莎白却躲闪着他。她派人唤来了塞西尔，与他一起走着，她的头垂得很低，浑身颤抖，倚在他身上。有什么严重的事情发生了，不过我依然在专心寻找奈德，没空惊扰伊丽莎白，也无暇理会她多变的情绪。

宫人都跟在塞西尔和伊丽莎白身后，显然他们不想被人打扰，直到最后塞西尔鞠了一躬，向后退了一步，其他人才走上前，对着女王献殷勤。威廉·塞西尔发现自己与西班牙的大使并排走着，玛丽和我跟在他们身后，他们前进时缓慢的速度正好适合玛丽的小步子。我牵起了她的手。

"我自己能走。"她说，对我耸了耸肩，离开了。

"我知道你可以，只是我想要一些安慰，我现在很难过。"

"嘘！"她冷冷地说，原来她正偷听我们前面的人的谈话。越过河水拍打河岸的声音，我可以听见塞西尔说的只言片语。他在抱怨伊丽莎白，这可是他从来没做过的事。他对西班牙大使说自己打算离开宫里，他没法忍受这样的日子了。我掐了下玛丽的胳膊。“留神听他说的话！”我震惊不已，“他说了什么？不会又要离开宫里了吧？”

玛丽松开我的手，朝那两人稍微走近了点，我则留在后面。没人注意到她，像她这样的人本来可以成为塞西尔众多眼线之一的。她能在人群中穿出一条路，好像自己是个行乞的小孩，别人永远不会看见她。她跟在那群人屁股后面走了一会儿，一点也不起眼，接着放慢了脚步，等我走上来，她的眼睛里满是震惊，睁得圆圆的，好像在盯着什么可怕的东西。

“他说女王和罗伯特爵士打算谋杀艾米・达德利，随后罗伯特会与女王结婚，”她放低声音，飞快地说着，几乎都要呛到自己，“这是塞西尔亲自说的！我听见了。他说官方对外宣称达德利的妻子得的是恶疮，女王之后就嫁给罗伯特，不过整个国家都不会同意的。”

“他绝没有对德拉・考德勒说过，”我充满怀疑地看着我的妹妹，“对方可是西班牙大使，这样他说的每句话都会传到西班牙那里！为什么塞西尔要对他说这些？”

“他就是说了，我不会错的。”

我摇了摇头。“这说不通啊。”

“我亲耳听到的！”

“我的天，他们真的打算杀了艾米・达德利？我们难道不应该阻止他们吗？”

我震惊地看着玛丽的脸。“如果塞西尔知道这一切而不加以阻止，那我们能告诉谁？又怎么才能阻止他们？”

“但女王不能就这样谋杀一个人，就算是她的竞争对手也不行。不能让这种事发生。”

“塞西尔说这会是她政权覆灭的开端。他说整个国家会举兵反抗她，而不是任由一个杀人犯坐在王座上，另外还说自己准备回家了。”

这些东西我一点也无法理解。塞西尔会就这样把伊丽莎白抛弃了吗？他一手塑造了女王，难道会任由她犯下如此可怕的罪行，让她的灵魂与整个国家蒙羞吗？如果他真的放任不管——且容我这么假设——如果他真的让她下手了，那他会回来找我，并把我放在伊丽莎白的位置上吗？

“他说自己没法忍受一边为她出谋划策，一边放任罗伯特·达德利在她身边耳语；他还说全国都不会忍受达德利担任女王伴侣的事实。”

“这倒是真的，”我勉强地说，想到了自己的姐姐简因为她公公的阴险狡诈，而拒绝为罗伯特的弟弟，即自己的丈夫吉尔福德加冕，“谁都没法忍受达德利家的人再次接近王位了。”

“但和西班牙大使说这话真的合适吗？”玛丽还是被这个吓到了，“他对西班牙人说伊丽莎白毫无信誉，整个国家已经负债累累。我发誓他说过她和罗伯特准备谋杀达德利夫人，他就是这么说的，他真的说过啊，凯瑟琳！”她用一种奇怪的姿势摇了摇头，好像在把耳朵里进的水甩出来。“我不相信自己听到的话，塞西尔居然对西班牙人说女王的不是？”

“这没道理啊。”我说。随后奈德的行踪之谜又开始困扰我了。“一切都没道理，”我有点刻薄地补充道，“这个王宫就是由谎言构成的世界。”

玛丽听到的话是对的，伊丽莎白的焦虑实在所言非虚。她在刻意避开罗伯特·达德利，几乎把时间都花在房中独处上，除了卧室里的侍女之外，谁也不能进她紧闭的房门一步。罗伯特·达德利之前可以随意进出女王的房间，如今她的门口有了侍卫，谁都不能随意出入了。伊丽莎白公开宣称自己身体不适，不过她总是在房里徘徊，更像一个心理上遭受困扰的女人，而不是对外宣称的那样。整个礼拜天她都像一只永不歇息的猫，踮脚从这里走到那里。她早早地上床睡觉，还抱怨头痛难耐，但我觉得这是她自己臆想出来的。如果威廉·塞西尔说的话中有四分之一是真的，那她就对一位无辜的女人痛下杀手了。我觉得这不可能。但我随后记起她的母亲是安妮·波琳，有人说她曾经毒死过自己的竞争对手，那伊丽莎白会不会也下决心毒死自己的宿敌呢？

第二天轮到我值班，所以我还是要等着女王。她看起来脸色苍白，睡眠不足，我也一样。没有女王的允许，我不能离开房间一步，所以也不能去寻找奈德。

弗朗西丝·缪塔斯今天也没有上朝，我只知道她肯定在和奈德享受自己的闲暇时光，而且没人看着他们。想到这个我就心如刀绞，我甚至连靠墙站着都很困难。我双手绞在一起，目光低垂，伊丽莎白在自己的房间里来回走着，她缓移二十步来到窗前，又走了二十步到了另一扇窗边。罗伯特·达德利走了进来，她告诉他，不论今天早上也好或是下午也罢，总之不想骑马了，那些马儿可以解鞍后放归草地，今天整个王宫都没有出游的计划。

他没有问她为什么。既然达德利没有挑战她的权威，那就说明他知道伊丽莎白出了什么事，他也在一起承担她的羞愧。他不过是鞠了个躬，然后向马厩传了封口信，在他转身对马夫说话的时候，我发现他的视线越过马夫和我，看向了站在门口的男人，那是达德利的仆人之一。他走了进来，神色凝重，跪在了达德利面前。

我站在女王身后，浑身颤抖着，好像自己在等着听到一些坏消息。女王和达德利一起看着那人，他们的手挨得很近，我觉得她很想握住他的手。那个人递上了一封信，轻声对罗伯特·达德利说了几句话，他的声音很低，只有我们三个人能听见。那人带来了一个坏消息：达德利夫人去世了。

女王的脸色霎时变得惨白，甚至有点泛黄，我觉得她马上就要晕倒了。

但她站得笔直，就和王宫大门处身形高大的守门中尉一样。我自己也快晕过去了，因为我从未料到她真的会对达德利夫人下手。

她的步子东倒西歪，好像没了膝盖。“女王陛下，”我轻声说，“需要我为您端杯淡啤酒吗？”

但她就像没看见我，怀疑的眼中空无一物，或许这就是杀人犯的面容。上帝啊，求你让我避开她那恶狠狠的目光吧。我的视线穿过房间，看到了奈德，他跟在达德利仆人身后，也在悄悄看着他们。他试探性地对我微笑了一下，英俊的脸上带有一丝困惑，随后又看向别处。我不能告诉他自己知道的事，因为他辜负了我。

罗伯特凑在女王的耳边对她低语了几句，她点了点头，僵硬地转过身子，登上台阶坐上了王位。我等着罗伯特对女王鞠躬，再转身向众人宣布自己妻子的死讯，可他什么都没说，女王也是。他们凝视对方许久，充满了种种复杂的情绪，而威廉·塞西尔就在房间后头静静地看着。我有一种可怕的感觉：这一切都是依照剧本编排好的，只是我不知道罢了。

天知道我们是怎么挨过这一天的。达德利夫人的死讯最后还是没有公布出来。他们用完早餐和晚膳；宫里的人们照常做游戏，听音乐。晚上还有弄臣表演，那些人不知道这个恐怖的秘密，仍然发自内心地大笑，为表演鼓掌喝彩。而走过人群的伊丽莎白则宛若一只由意志驱动的木偶，她面无表情，一言不发。我跟在她身后，感觉整个世界正在崩塌，而且我失去了自己唯一能够信任的男人。

直到伊丽莎白首次告诉西班牙大使艾米·达德利已经因为恶疮去世后的第三天，这条消息才被公之于众。伊丽莎白坐在教堂里的王座上，那间圣所的墙上还挂着嘉德骑士团的荣誉旗帜，她用所有人都能听见的声音高声宣布这个不幸的消息：艾米·达德利去世了。人们只知道达德利夫人曾经因为被自己的丈夫抛弃而伤心欲绝，或者抱怨自己的病体，如今听到她的死讯后倒抽了一口凉气。只有玛丽和我，或许还有威廉·塞西尔以及西班牙大使在想，为什么他们要隔那么久才宣布这件事。

伊丽莎白与塞西尔交换了一个眼神，他们虽然小心翼翼地保持着毫无表情的面容，但这个小动作却表明他们精心策划了整件事。她把头倾向自己的爱人那边听着他说话，脸上却如同一尊雕塑般冷漠。达德利说完话鞠了一躬，向后走去，离女王远远的。他的头低着，仿佛是在哀悼被自己抛弃的妻子。

“您爱人的离世令我们非常痛心，”伊丽莎白用庄严的语气说道，“宫中会为达德利夫人吊唁。”

她用戴满戒指的手做了个手势，示意众人可以说话了，于是台下传来交谈的嗡嗡声，比起表示哀悼来，更多的是兴奋。没几个人认识艾米·达德利：罗伯特就像其他备受女王宠爱的丈夫们一样，确保自己的妻子远离宫里的一切。如今的他成了自由身，一切都那么突然。人们走到罗伯特跟前，向他表示哀悼，不过更多的是为此恭喜他。他那个不受大家喜爱的妻子本就应该在这个时候死掉嘛！所有人都认为他会成为女王的丈夫，他们立刻就会结婚。奈德走向我，我看见他身后的塞西尔、达德利和伊丽莎白正凑在一起，似乎在谋划什么。罗伯特·达德利看起来有点不适，另两个人目光却很坚定。

“达德利真是够幸运的！”奈德说，“他们现在肯定能结婚了。”

“他们是够幸运的。”我说，但他没听出我强调的重点。

“真奇怪，女王说她在罗伯特对宫里的人宣布这个消息之前就去世了，”简妮加入了我们的讨论，“你听说了吗，凯瑟琳？女王说她受到恶疮的折磨，不过随后那个可怜的女人出门时就摔下楼梯死了。”

“真的？”奈德问。

“我听塞西尔说的倒和这个完全不同。”玛丽也加入了讨论，她的声音很轻，我们只能弯腰听她说话。

“塞西尔说了什么？”简妮问奈德。

“奈德没听到，因为他那时正在和弗朗西丝·缪塔斯走在一起，眼里只有她。”我尖刻地说，“我和玛丽一起走的时候，奈德也没有选择陪在我身边。”

简妮看着我苍白的脸，又看了看他的，说道：“凯瑟琳，我们家族与缪塔斯家族是世代之交。弗朗西丝的母亲之前也为我们的血肉至亲，也就是王后简·西摩尔服务过。她对我们两人来说是个好朋友。”

我耸了耸肩。“噢，没错。不过为什么奈德要和她跳舞，还要和她走在一起？而且在我最需要他的时候和她一起消失了一整夜！”

“我没有！”他愤慨地说，“我和她跳舞是舞蹈老师要求的，你和你舞伴不是也跳了吗。”

“跳完舞之后我又没有和他散步，也没有给他递上一杯淡啤酒，晚上剩下的时间也没有和他躲在别的地方。我没有跟在他身后骗自己。对我来说，”我心中的愤慨令我愈加疑惑，“天知道这里发生了什么事。我觉得整个宫里的人都疯了，我又到处都找不到你。我没有忘记自己许下的诺言，没有做任何不光彩的事。”

奈德脸上的血色消失了，他的目光阴郁，充斥着怒火。“我也没有。这位女士，你可错怪我了。”

他居然叫我“女士”，好像是因为我老了，变得冷酷无情，才让我把矛头对准他。“奈德，你怎么敢这么说？你对我说过的那些话、发过的那么多誓言难道都是假的！我被困在女王身边的华盖下，用目光苦苦搜索着你……却始终无所得。我一直站在那里，直到我们离开了都没能见到你。”让我感到尴尬的是，我发现自己的声音在颤抖，随后在王宫中央放声大哭起来，所有人都能看见我。

玛丽立刻走到我身边，伸手环抱着我的腰，我们一起看着西摩尔一家，好像他们是我们共同的敌人。

“你指责我吧!”他气得脸色发白，“随你怎么责备我。我什么都没做，你应该相信一个随时愿意为你赴汤蹈火的男人。”

“你根本没有为我冒过什么险!”我对他大声喊道，“我拒绝了西班牙人的邀请，也回绝了苏格兰人的提议，所以现在被困在这里，和女王待在一起，发誓自己谁都不嫁！天知道她会做些什么，天知道她对自己的竞争者做了什么。而我做的这一切都是为了你！你又为我做过什么？你这个骗子!”

“他没有骗你，”简妮立刻说，“收回这句话吧。”

“如果我姐姐这么说了，那他就是骗子!”玛丽忠心耿耿地说。

“去问问弗朗西丝，看看他对她都说了什么!”我对简妮愤愤地说，“去问弗朗西丝·缪塔斯啊，她不是你的好朋友吗？既然她就要成为你哥哥的妻子了，不如就问问她，奈德都对她撒了什么谎！我是永远攀不上这门亲事了!”

我甩开他们两人，跑回了女士们的房间，走的时候还不忘对王座行礼。如果他们问起我为什么未经允许就擅自离开，我就说自己病了，得躺到床上去。我想念自己的床，想在那上面哭一整天。

玛丽妹妹对所有人说我是因为吃了没煮熟的苹果而得病，此刻对我最好的做法就是让我自己一个人待着。她来到了我的房间，这房间和女士们住的地方很近，在她身后跟着一位仆人，端着一碟厨房做的肉，还有一些面包房烤制的面包。

“我吃不下。”我把头从枕头上慢慢抬了起来。

“我知道，”她说，“这些都是给我自己吃的，不过你要是想吃就可以来一点。”

她坐进床边的椅子，递给我一杯兑了水的葡萄酒。“你和奈德分手了吗?”她问，“他的脸就像猪屁股一样，整天还在宫里走来走去呢。”

“别用这么粗俗的说法。”我啜了一口酒，“妈妈听了会打你的。”

“要是我们的姐姐简听见了就会闭上眼睛祈祷让自己多点耐心，”玛丽咯咯笑着，“不过他看起来就是这样，我没骗人。”她撕下一小片用精制白面粉烤焙的面包，把它递给我，我咬了一小口。

“我知道他在对弗朗西丝·缪塔斯献殷勤，”我说，“我感觉自己的心都碎了。”

玛丽扬起了她那双有着完美弧度的眉毛。“不管怎样你都不能嫁给他，”她说，“因为你没有得到女王的允许。另外，牛津那儿传来了一个可怕的消息。他们说达德利夫人根本没有得病，而是从楼梯上摔下来的，把脖子折断了。更糟的是，他们现在还在对她的尸体做检验。”

“她没得病？不过所有人都这么说……连女王也说……”

“从楼梯上摔了下来把脖子折断了。”玛丽重复道。

“我的天啊！但尸检又能查出来什么?”

“它能告诉我们发生了什么。因为人们说她不是自己摔下去的，而是被人推了一把!”玛丽满嘴都是面包和肉，“这样罗伯特爵士就得从宫里抽身回去，独自一人为自己的妻子哀悼。他回到了自己在克佑花园的房子里，伊丽莎白只能在自己的房间里走来走去，就像一只饥肠辘辘的狼。她不能去看他，甚至不能给他写信。他是谋杀的嫌疑人，女王不能与他有联系。她一步都没有迈出过房间，几乎把自己软禁起来了，甚至都没有出席宫中的活动。没人知道该做什么，他几乎就要被摧毁了，每个人都说他为了与伊丽莎白成婚而谋杀了自己的妻子，还有些人说女王知道这个事。”

我一想到伊丽莎白失去了罗伯特·达德利就觉得兴高采烈，就好像我与奈德分开那样。“她的确知道这件事！不管怎样，她都知道艾米·达德利会死掉！但是谁说这事和伊丽莎白有关的？”

“西班牙大使自己说的！”玛丽提醒我，“他又是听塞西尔说的，他四处宣扬这件事，这下她再也不能见到达德利了。每个人都说女王知道他要杀死自己的妻子。如果找到了他的犯罪证据，就会处死他，让他得到应有的报应。”

“他们不可能处死罗伯特·达德利的！”我苦涩地说，“她不会让那些人这么做，至少不会对他这么做，毕竟那是她最爱的人。”

“如果他真的杀了自己的妻子，那就和他的身份无关，”玛丽说，“就算伊丽莎白凌驾于这片土地的法律之上也一样。如果牛津方面宣布他为谋杀犯，那就连女王本人也没法为他开脱。另外他也不是这个家族里第一个被砍头的人。”她看着我的脸，朝我伸出手，像是觉得我在想着我们的姐姐，她签名就写的是“简·达德利”。“我不是指她，我从来没有把她当作达德利家的人。”

我的脑海里突然浮现出了姐姐和达德利家那个被宠坏的男孩。“他们家的人一无是处，”我嫌弃地说，“罗伯特却是他们中最好的那个。”

奈德与我又一次形同陌路。我以为他会立刻来见我，求我原谅他，但并未如愿。没有他，我的日子过得很是悲惨，可我没有犯错，又拉不下脸去求他原谅。因为我亲眼看见他和弗朗西丝·缪塔斯走在一起，还和她跳舞了，每次想起这事都让我一而再、再而三地心生嫉妒。我决意惩罚他的不忠，但好似只有我处在痛苦的境地。

宫里充满压抑和忧虑的氛围，随着日头逐渐变短，叶子开始变色，大家都变得闷闷不乐起来，看似永恒的夏日也在一点一点地消失。天空中的蓝色渐渐消散，愈加晦暗的云取而代之，伦敦开始刮起冷风，而后沿着泰晤士河一路南下。

伊丽莎白没有罗伯特·达德利做伴怅然若失。罗伯特则远离宫中，安心待在自己位于克佑花园的家里，穿着一身黑色的衣服，感到无比羞愧。他和我们一样都在等着阿宾顿验尸官的结论和参与调查死亡原因的陪审团给出的结果，或许他将得以重返王宫，毕竟他是达德利家的人，只要未被斩首，经受任何打击后都能重新振作起来。不过现在的他是没法迎娶女王了，就算陪审团认为他的妻子死于一场意外，所有人也都会认定是他在陪审团中安插了大量自己的势力来改变结果的。事实已经变得不重要，这是一场对他名誉的宣判，可惜名誉已经像他可怜的妻子那样归西了。他为求娶女王所做的一切努力业已告终，就连罗伯特·达德利自己也能想象得出来，这个国家不会再认为他是本国合格的顾问或者朝臣，就连枢密院甚至女王自己也不这么认为。他曾经以为可以帮助自己通向王位的罪行，如今已经葬送了他自己。

曾经的对手出局了，威廉·塞西尔对此很是得意。他立刻表现出了后悔之意，同时又暗含盛气凌人之实：既然罗伯特·达德利因为妻子的死而变得声名狼藉，女王便必须嫁给一位信奉新教的王子。可痴迷于罗伯特的女王没了自己心爱的男人，只像一个伤透了心的寡妇；她想以女王身份继续活下去的决心又牢牢地抓着她，如同缠身的恶习。她对罗伯特只字不提，憔悴的面容时常转向塞西尔，昂着头聆听他谨慎的决策，对他所说的一切都言听计从。女王曾经想嫁给自己爱的人，结果却落得个死亡与耻辱相伴的下场，所以大家毫不怀疑她会与塞西尔觉得最合适的人选结婚。

我又重新获宠了，不过却说不清这里是不是一个好地方。伊丽莎白抑郁缠身，终日缄默不语，期盼着自己所爱之人。而在她身后的我离她只有一步之遥，正渴望着奈德。我几乎想要告诉她：我理解她的痛苦，因为我与她感同身受。可随后我便记起，正是她的过错导致了奈德与我的分离。我们二人并未被罪恶毁灭，本可以自由地结婚，正因她的过错，才让我落得如此悲惨的境地。只消她说一句话，便能让我与此生唯一爱过的男人在一起，但她不会说的，她永远不会说。她就是想让所有人一直孤单下去，和她一样沉沦在伤感、落寞的心绪里。

# 1560年10月

**温莎堡**

天气日渐转凉，河上已经没有游船了，王宫也已迁至伦敦。艾米·达德利的死被认为是一场意外，罗伯特·达德利漫长的服丧期终于结束了，他的名声又恢复了往日的清白，现在他被请回了宫。全世界的目光都聚焦在了伊丽莎白和她的爱人身上，她如今也知道所有人都相信罗伯特是个杀人凶手，便只匆匆和他打了个招呼，他所在的地方变得异乎寻常的严肃。

他们应该在一起的，这并不是他们能决定的事，所有人都能看得出来。但不会再有关于结婚的讨论了：因为威廉·塞西尔早就发现了这点。正是他散布了达德利会杀死自己妻子的谣言，也是他告诉别人这个国家永远不会忍受让达德利成为国王。事实的真相已经不重要了，整个基督教世界如今已经相信这一点，伊丽莎白和达德利蒙受这份羞辱，在重担下抬不起头。

我的表姨玛格丽特·道格拉斯在这个惨淡的时候被招进宫里，她真是个可怜的女人，又丑又老，还是个天主教徒。他们召她来并不是为了嘉奖她，而是为了监视她。伊丽莎白想通过长时间的审问从她那个发了疯的参谋那里知道一切消息，因为那人既是双面间谍和预言者，又是叛变的牧师，可最后换来的只有失望，于是只能寄希望于在宫中长期监视她。他们知道玛格丽特勾结了苏格兰的法国王后，却不知道她为此提出的条件是什么。

一切事务的优先顺序被全部重新排列，因为那个女人、那个天主教徒，本该为自己做了那些丢脸的事感到谦卑和惭愧，她还试图插队，让自己排在我前面。若非失去了奈德让我闷闷不乐，我才不会对她的行为做出反抗。当女王允许玛格丽特回到她在约克郡的家里时，真是让我好好松了一口气，她临走的时候仍然备受怀疑，而且依然是一个又老又丑的天主教徒。

我决定给奈德写一封信，告诉他当宫里的人们回到伦敦后，我不希望在城中巡游时看见他。只是我知道这没什么意义，因为相见是不由自主的事，我们侍奉的是同一个女王，在同一座宫殿里共事，每天总是抬头不见低头见。

但我还是用很不友善的语气写道："但我不想与你跳舞，不想由你把我抱上马背，不想让你陪我去教堂，总之不想与你单独相处。"我写罢，一滴泪不由自主地落在了纸上，我赶快用自己的袖子吸干，这样他就不会发现我在写信时候哭了。"我祝你和弗朗西丝生活幸福，我则永远不会结婚，因为本人已经对爱情失望透顶。"

我觉得自己这封信写得的确十分庄重。我打开他写给我的那封信，里面是那首珍贵的小诗，我永远不会忘记它，每一行字我都牢记于心。之前我把这首诗叠好，装进一只亚麻袋子里，贴身放在自己心脏那儿，就像一枚抵御忧愁的护身符。如今我想自己应该把它寄回去，让他明确知道我已经将他从曾经许下的爱的誓言、充满希望的婚约还有成为特洛伊罗斯与克瑞西达的幻景中解放出来。我派一位信使把这个包裹送往奈德在伦敦巨炮街的宅子里，对他说不必等对方回复。他读了之后肯定哑口无言。

翌日，我们从教堂走回来时，简妮来到我身边，递给我一封信，封口是赫特福德家族的印章。"奈德把这封信给我，"她笨拙地说，"是他的信使在黄昏时送来的，我想他或许花了一整夜写这封信给你。他让我立刻把它交到你手上。凯瑟琳，我们重修旧好吧，请务必读一读这封信。"

"这是什么？"妹妹玛丽闪烁着自己的双眼，一脸好奇地在我手肘下问道。

“我不知道。”我说，但我能感觉到自己因为快乐而面色泛红。他一定是向我求婚了，这是第二次了。如果他同意分手，那肯定不会熬一整夜给我写信，并赶在清晨时分寄出。他一定是爱我的，想重新赢回我的心，他一定在信中试图劝我回心转意。

“是奈德吗？”玛丽问。她拽着我的手，这样就能看见上面的印戳。“哇哦，果然是。”

“哇哦什么。”我嗔怪道。我本来跟着女王前往大厅用早膳，现在便往边上走了一步脱离队列。

“你不要迟到，”玛丽提醒我，“她今早脾气坏得很，就像沙果那样酸到牙齿根了[①]。”

“你先过去，”简妮说，“如果有人问起来，那就说我病了，让凯瑟琳带我回自己的房间里。”

玛丽很没礼貌地转动着自己的眼珠，跟上了那些女士的步伐。简妮和我走出了花园大门，步入冰冷荒凉的院子里。我拆开了那封信。

“他写了什么？”简妮问，她的声音透过袖子传了出来，听上去朦朦胧胧的，原来是她捂着自己的嘴，试着不在河面里升起的潮湿空气中咳嗽。

我模糊的视线从信上移开，但却看不清简妮的脸，因为我的双眼噙满泪花。“他说自己无法控制想要娶我的冲动，”我说话的声音越来越轻，“等王宫里的人回到伦敦后我们就立刻成婚。他不会再等了，也不会再听从威廉·塞西尔或者其他任何人的警告。他说罗伯特·达德利曾经建议让他把这一切都交给时间，罗伯特的确那么做了，如今的结果却是落得声名狼藉。奈德说他不会再相信别人，不会再继续等待了。”泪水顺着我的脸颊滑落，我紧紧地抓住了她的手。“简妮！他马上就要来娶我了！”

---

①这里形容脾气坏和味道酸都用了 sour。

# 1560年秋

## 伦敦　白厅宫

枢密院正在开会，女王端坐椅子上，两位侍女站在她身后，不过她倒是没有邀请我。我悄悄地溜到会客室，走上楼梯，来到女傧相[①]的房间里。简妮在那里等我，接着我们去了她的房间。

她真的有点太紧张了，先是摘下我的兜帽，再为我梳头，又为我把兜帽戴上。“这不过是恋人之间的小吵架，没什么大不了的，”她说，“谢天谢地，你们的争吵总算是结束了。”

我发现自己又突然露出了微笑，好像一切都没什么大不了的。“还不是因为他写了封那么好的信。”

“他是位诗人，”简妮说，“他对你的心意都透露在字里行间，而弗朗西丝·缪塔斯对他而言什么都不是。”

“他永远都不该在舞会结束后牵起她的手。”我说。

“这点他明白。”简妮表示同意。

“第二天晚上他是不是和她在一起了？”

“他都没去见她，那天晚上他在和自己的侍从玩牌。他对我保证过不会与弗朗西丝见面，而我也亲眼看见他在干吗。那不过是你的嫉妒心在作祟。”

---

①替主人接引宾客和赞礼的人，地位较之女侍臣要低。

“我才没嫉妒呢!”

简妮侧过头打量着我:“你真的没有吗?”

我笑了下，但那不过是喉头的一阵哽咽。“简妮，你要知道，这里处处充满谎言。我与他的婚姻前途更是一片迷茫，非但没有女王的允许，向她请求允许的机会也从来没有过！如今伊丽莎白和罗伯特·达德利永远分开了，他虽然回到了宫中，但却再也不能和她在一起。世人唾弃他，称他为谋杀妻子的凶手，连伊丽莎白自己也避免和他说话……她在这样的情况下又怎么会开心呢？我们再也不能请求她同意让我们结婚了！伊丽莎白永远失去了自己所爱的人，至少现在，她不会让别人过得快乐。”

作为回答，简妮走向门口招手示意，奈德悄悄溜了进来。我立刻站了起来:“奈德?”声音中透着些许不确定。

这次他既没有将我拥入怀中，也没有立刻拜倒在我的裙下，而是非常正经地鞠了一躬，然后开口说话，就好像在他的口袋里有一份精心准备好的演讲稿:“我长久以来对你心怀爱意，你不该觉得我意欲嘲笑你，若你愿意嫁给我，那便算了却了我此生的心愿。”

他握着我的手，我能感觉到自己正在微微颤抖着。他从口袋里掏出了一枚戒指，滑进我左手的第三根手指上，这是枚订婚戒指。上面的钻石经过切割，熠熠发光，优雅地缀在我细长的手指上，似乎我们两个人的心经由这枚钻石明亮的火彩融合在了一起。

“你会如何回答?”他轻声问我，“对我和这婚约又作何想?”

“我爱你，也爱这婚约，我愿意嫁给你，真心实意。”我郑重地回答道。

“你愿意为我们的订婚见证吗?”他简短地问简妮。

“噢，当然愿意!”她深吸一口气，站在我们面前，来回看着我们。

“我，奈德·西摩尔在此宣誓，将娶凯瑟琳·格雷为妻。”他发誓道，“为此，我交予你这枚戒指为证，附上这袋黄金，还有我神圣的誓言。”

我从来没有订过婚，不知道自己应该做什么。我只能看着自己未婚夫那张黝黑英俊的脸庞。

“你说一样的话就行了。”他说。

“我，凯瑟琳·格雷在此宣誓，愿嫁与奈德·西摩尔，让他成为我未来的丈夫。”我重复着他的誓言，“为此，我接受这枚戒指，以及这袋黄金，还有你神圣的誓言。”

“我在此见证。”简妮说。

爱德华把一小袋金币放在我手里，这象征他将自己的财富交予我保管，随后把手放在我的颔下，抬起我的脸，吻着我的嘴唇。我想：大约我此生不会再感受到悲伤和孤独了吧。

“我们什么时候在牧师面前正式结婚呢?”我轻声问道。

给出计划的还是简妮。“等女王出去打猎的时候，我们就到你家里去，我来负责找牧师。”她提议道。

“应该是布道士。”奈德说的更明确些。

我想，我的姐姐简永远不会让我在信仰旧时宗教的牧师前结婚，可我还是对他微笑着说：“当然了，但没人会认识我们。”

“对，我会请一个陌生人，”简妮说，“这样就没人知道你是谁了。我会是唯一的见证者。还要请谁？你的妹妹吗?”

我摇了摇头。“不，如果我们告诉女王，她一定会暴跳如雷，所以我不想让玛丽为我受责骂。我带上自己的女仆就行。”

“那就尽快，”奈德说，“等到女王出去打猎我们就结婚。不过我们现在已经算成婚了，之后不过是再举行一次仪式。我们已经是夫妻了，这场订婚仪式就像婚姻一样将我们牢牢绑在了一起。”

简妮微笑着说：“那我就坐到女傧相的房间里去了，没人会进来的。”

她走出房间，门在她身后关上了。奈德锁上了门，把钥匙放进我手里：

“我是你的囚徒。”他说，“你想对我做任何事都可以。”

我稍感迟疑，我可以体会到自己的欲望，听着它在我耳中传来的轰鸣。

“我是你的未婚夫，”他微笑着说，“你真的可以对我做任何事。”

我抓着系在他喉咙处的亚麻衬衫领口的系绳，把打好的结解开。“我想让你把它脱了。”我在他耳边低语。

“想让我裸着吗？”

我浑身发烫，像是得了高烧。我看过他裸露的肩膀，他的胸膛和他腰际的蕾丝衬边，也一直渴求一睹他的大腿和他结实的臀部。他把我的脸颊捧在手心时，我能感觉自己脸颊滚烫，他说：“感谢上帝，我们都如此渴求对方。”他脱去衬衣，我看见他紧实的躯干时不由得倒吸了一口气。随后我向前靠去，将自己绯红的脸颊贴在他温暖赤裸的胸膛上。

他褪去自己的裤子，如今连下身也全然赤裸。“命令我吧。”他轻声说。

“躺下来。”我说，他伸展着身子躺在床上，一丝不挂，又似乎不知廉耻。我让自己爬上他的身躯，压在了他的身上。

# 1560年

## 伦敦　白厅宫

随之而来的是无尽的等待，这段时间半是长久的美妙，半是痛苦。每天早上我都希望今天伊丽莎白会说她即将前往汉普顿宫或者温莎打猎，或者去新堂，抑或是比尤利等别的地方。我一点也不关心她会突发奇想去什么地方。可日子一天天过去，我和奈德仍分别在会客室的两头，只能礼貌地点头示意，好像我们只是朋友。除非晚上有舞会能让我们在一起跳舞，平时我们甚至都不敢交谈，如今我们之间虽说多了欲望，更多的却是恐惧，与他走到房间角落里耳鬓厮磨更是奢望。

每天能见到他并争取一切时间与他相会是莫大的欢愉，而在早上醒来，发现那是适宜狩猎的好日子时，却总令我感到一阵痛苦的喜悦：屋外寒风凛冽，阳光明媚但又透着寒冷，我便暗想，伊丽莎白今天肯定会出去狩猎吧？可她什么都没说，与奈德共舞也成了愉悦的折磨，除了与他偷偷躲开众人的视线接吻，别的什么也不敢做。这是段充满激情的求爱之途，如今我已明白他触碰我的时候带给我的喜悦。这是迟来的欲望，这是延后的爱情，世界中已没有比他的臂弯更美妙的东西了，除非我知道自己即将倒在他的怀里。

一天晚上，晚餐尚未开始，我们仍在会客室等候女王完成她漫长的梳妆程序，女王的顾问威廉·塞西尔过来坐在我身边。

“你现在的容貌真是美丽极了。”他说，“我们应该再让西班牙人向你求婚。我从未见过你这般美貌之人。”

我低垂目光，我并不傻，虽然我知道他是我的朋友，但也知道他首先忠于自己的信仰，其次忠于英格兰，最后才忠于女王，其他所有都位列在这三者之后。我曾见过他在爱丁堡力压法国，也见过他在朝廷上重挫罗伯特·达德利，我势必永远不得低估他。只有上帝和威廉·塞西尔自己知道，他为了保住一位新教女王，让她坐在英格兰的王座上会做出怎样的行径。

“啊，大人，你知道我无意前往西班牙或者其他任何地方。”我说，“我的心属于英格兰。”

“在你自己的属地里是不是很安全?”他温柔地和我取笑，就像备受女王优待的舅舅在与他漂亮的侄子开玩笑。

“当然了，我永远不会走丢的。”我回答说。

“不错，他是个英俊的年轻人，和你十分般配，”他说话时脸上带着意味深长的微笑。

我忍住了自己倒吸一口凉气的冲动。这个平时素以低调闻名的顾问，平日似乎在宫中四处走着，对那些愚蠢的年轻人不理不睬，头脑中除了治国之事外别无他物，却发现了只有简妮和玛丽知道的秘密。

“我或许年纪大了，但双眼绝非目不视物。”他温柔地说，“但作为她的继承者，你要记住，必须得到女王的允许才能结婚。”

我暗自笑道：你发现得太晚了！不过我还是顺从地说：“我知道，可威廉爵士，你会为我在女王面前说情吗？我应该现在就问她吗?”

“别着急，要等时机来临，”他说，似乎忘记了年轻人急切的渴望，“至少对现在来说，她明白自己的婚姻必须对国家有益，应将其视作一种结盟的方式，而非私事。等到她订婚时，她对于你和宫中其他女士的婚姻会有更多的理解。”

“让我们所有人都等她做好准备着实有点困难，她的进展未免太过缓慢了。”我说。

他对我谨慎地微笑了一下。“女王的婚姻大事一直拖着，对我们所有人来说都不是什么容易的事。”他说，“不过她终会完成自己的使命，嫁给一位合适的男士，而你也一样。”

“她现在永远都不能嫁给罗伯特·达德利了。”

他脸上微妙的笑容让我捉摸不定。“的确不能，”他说这话时几乎带着一丝惋惜，“感谢上帝，现在他和我们一样清楚这件事。在他的帮助下，女王会嫁给西班牙或者法国的王子，甚至也有可能是瑞士或者德国的，而你和我，还有英格兰所有人都能睡个安稳觉了。”

“那最近宫里会去狩猎吗?”我把想了一整夜的问题问出了口。

“噢，当然，这次去埃尔特姆宫，明天就出发。”

“我想我得请个假，”我说，“我牙疼。”

威廉·塞西尔点了点头。他见识了那么多事物，却忘记了一个年轻的姑娘不会因为牙疼而放弃一天的行程。他的年纪太大，看不出我所感到的疼痛并非来自牙齿，而是自己心中的欲望。

“我会告诉女王的，”他和善地说，“注意防寒保暖。”

## 1560年12月

**伦敦　巨炮街**

简妮和我在湿软的泥地中互相搀扶，磕磕绊绊地沿着河岸走着。我们起先以为前往奈德在巨炮街的住处最简单的方法就是沿着河岸走，等潮水退了就能悄悄过去，可那条路现在堆满了废弃物，到处都是断裂的桅杆和船只的残骸，还有一些恶心的垃圾。等我们来到奈德花园的墙下，登上水闸的楼梯时，我的鞋子已经沾满泥土，简妮则撑着墙气喘吁吁。这一路只有我们两个人，我们谁都没有过在没有护卫、侍女和女仆的陪伴下走出伦敦的经历。这次冒险让我惊惧不已，简妮自己在一旁很是激动。我们甚至都没有请女仆来见证这一切，我让妹妹玛丽和宫里的人一起去打猎了，她不知道我在做什么，因为我们觉得孤身前往或许会安全一点。

奈德透过水闸的吊门看见了我们，便转动曲柄，帮我走上长满水藻的绿色台阶。他见到我只说了这么一句话："我的爱，我的妻子！"

简妮紧跟着上了台阶，奈德问道："牧师呢？我还以为你们带上他了。"

"我让他在这里和我们会合，他没来吗？"

"没有！我从凌晨起就在这儿等着了。如果他提前来，我应该会听见的。"

"你们先进去，"简妮对我们说，"我去找找他。"

"但你要去哪里找？"我问，奈德的手搭在我背上，催促我赶快进屋。

“我去教堂看看，实在不行就去圣保罗布道坛[1]，”她说这话时上气不接下气，又带着一点笑意，“我会尽快回来的。”

奈德已经在他的房间里布置好了婚宴。一碟碟食物摆在餐柜里，等着被端上餐桌，还有大壶大壶的葡萄酒和威尼斯玻璃制成的高脚杯，他甚至还准备了淡啤酒和清水。今天仆人们都被请了出去。他的床已经铺好，那张刺绣床单诱人地掀开一角。他看见我朝那儿瞥了一眼，便说：“我想我们得等一等简妮。”

“如果他们进来了怎么办？”

他笑了：“那你作为伯爵夫人，会端起一杯葡萄酒吗？”

这个新头衔惹得我笑了起来，我想起自己曾经让简姐姐向上帝为我求得一位公爵，她肯定为我祈祷了，上帝也一定听见了她的愿望。我现在拥有的男人曾是一位公爵的儿子，他的头衔或许会由伊丽莎白的好意而重新恢复，当然，前提是她有这份好意的话——那样我就会成为一位王家公爵夫人。“谢谢你，我的丈夫。”

他为我倒了杯酒，又为自己斟满了一杯。我们坐在床边，看着外面泥泞的河岸，潮水起起伏伏，海鸥在空中飞过，时不时地钻下去。他让我背靠在他的胸膛上，伸出双臂环绕着我。我被他拥在怀中，稳稳地倚在他身上，从未想过原来还有如此安全和舒适的感觉。

“这是我最幸福的时刻，”他说，“似乎我与你在一起的每一刻都有如天赐。”

“我知道，”我说，“我小时候就爱上了你，还以为我的姐姐简会嫁给你呢。”

“上帝保佑她！我将自己的全部身心都托付给你，”他对我保证，“你永

①位于旧圣保罗大教堂门前的广场上，为都铎时期和斯图亚特王朝早期最重要的布道坛，众多关于政治及宗教改革的声明都在此宣布。

远不会再感到孤独和恐惧。”

“我会成为你的妻子，”我说，“如果我们共结连理，那我就永远不会感到孤独和恐惧了。”

他伸向自己的口袋：“这枚戒指是专门为你制作的。我们刚订婚那会儿，我就在金匠那儿画好了它的草图。”

他把自己紧握的拳头张开，那份礼物就静静地躺在他的掌心，我带着喜悦倒抽了一口气。这份礼物十分精致：一枚隐藏的弹簧让一圈宽镶木弹了起来，露出五枚金环，它们又组成了一枚戒指。

“我为你写了首诗。”他说。

这一切深深地让我着迷，我把戒指放在手里翻来覆去地看着，惊叹于那小小的机关，以及那些交错的金环组成的戒指是如何弹出随后又藏起来的。

五枚圆环由妙手连接，
共同构成你我的婚戒。
经由秘密的力量作用，
信任结合成忠贞不渝。
世上除了贪婪的死亡，
谁也无法打破这一切。
时间和未来自会证明，
我的戒指已无须多言。

“经由秘密的力量作用。”我重复了这句话。

“我保证，没有任何一种力量能将我们分开。”他说。

“没人可以，”说罢，我把手放在他的手心。

门突然打开，进来的是简妮，她面色绯红，看起来很兴奋，跟在她身后的是个有着粉色脸颊的红发男人，留着一脸络腮胡，身穿黑色的毛皮长袍，和瑞士的改革派一样。

“这对新人就在这里。”简妮说，用夸张的动作指着我们。

他看见我们紧握的双手和铺好的床，发出了简短的笑声，并对我们鞠了一躬。奈德有一本早已准备好的祈祷书，他为我戴上了婚戒，那枚有着神秘力量的戒指就躺在扉页上。布道士宣读了婚礼的誓言，我们跟着他复述了一遍。我感到一阵眩晕，这与我在达勒姆宅邸中与陌生人进行的第一次婚礼全然不同，我还记得那次是和简姐姐一起结婚，她走在我前面，在抗拒中嫁给了吉尔福德·达德利，随后便是为期两日的盛宴。我几乎听不清那人用陌生的口音说的话，也听不清自己说的誓言。这一切几乎立刻就结束了，简妮把布道士带出房间，我听见了硬币撞击的声音，似乎简妮在给他钱。

她很快回来了。“让我为你们的健康喝一杯，”她说，“为了我的哥哥和他的妻子，上帝保佑你们!”

“上帝保佑你们所有人，”奈德说，他温柔地垂眼，看着我把戴在手上的戒指翻来覆去地看着，“戒指合适吗?”他问。

“非常合适。”

“你会有个怎样的孩子呢?”简妮猜测，“离王位又那么近！一边是都铎家，一边又是西摩尔家，如果你们有一个男孩，那他是否就是英格兰国王了呢?”

“如果我们有一个男孩?”奈德意味深长地问，“这要怎么做呢?”

“噢！别再暗示我了，我这就出去!”简妮笑着说。“我读本书或者弹弹维金纳琴[①]或者写首诗，不要担心我。但要记得，我们得在晚饭前走。如

①流行于16至17世纪的一种长方形键琴。

果晚上凯瑟琳不在她的位置上，那他们会起疑心的。”

她轻快地转身离开了房间，关上身后的门。现在我和自己的丈夫终于独处了。他轻轻地拿起我手中的那杯酒，彬彬有礼地问道：“让我们开始吧?”

我们做的事就像是在跳一支美丽而又奇怪的舞蹈。我转身背对他，他温柔地解开我后背绑在三角胸衣后的衣带[①]这样我便能脱掉紧身胸衣，只穿着宽松的连衣裙站在他面前。他解开了夹克的绳子，于是我们都身着上有刺绣的白色亚麻衣服，面对面地站着。我又转身背对他，他解开了裙子背后绑在腰部的丝带，衣服滑落在地上，我从地上那些衣服中迈出，任由它们散落在那里。

他对我微微一笑，解开自己下装的系带，把马裤脱去，身上只穿一件衬衫。他握住褶边，从头上把衬衫脱去，这样我就能看见他那紧实的身躯。他听见了我充满欲望的一声惊叹，笑着走上前，同样抓住我那身宽松的连衣裙的边沿，抬手把它脱了下来。我转过身，双手交叉放在胸前，突然感到有点害羞，但尽管如此，他还是抓着我的手，把我带到了床上。他先躺进被子里，把我拉到他身边，我滑进冰冷的被窝，冷得直抖，他压在我身上吻着我，顷刻间我便忘却了尴尬和寒冷，甚至连刚才的婚礼和那位布道士都已被抛诸脑后。我脑中仍有的不过是奈德，在我生命中，他那赤裸温暖的身躯第一次这样抵着我，还有他在我的秀发中低语的双唇与缠在一起的双脚，这一切带给我的都是无比的喜悦。

我们做完爱后小憩了一会儿，醒来时欲望又一次充盈全身，好像两个人从来没有睡过觉似的。我刚因为欢愉而感到一整眩晕，就听见一阵敲门

①一种装饰性的衣物，穿着时用针别在紧身胸衣与长裙之间，上面可以缀有各种宝石等装饰物。

声，这声音似乎从很远的地方传来，接着便是简妮叫我的声音："凯瑟琳！我们得走了！时间晚了。"

这让我猛地一惊，奈德看着我说："时间真是过得太快了，现在是什么时候了？"

我看向窗外，我来这儿的时候迎着寒冷冬天的天光，尚是凌晨，如今我可以看见天空被落日染成黄色。"奈德！奈德！已经快日落了！"

"我们真是傻瓜，"他懊悔地说，"我的伯爵夫人，快点，我来当你的女仆。"

"抓紧时间。"我说。

我穿上衣服，他为我绑带子，复杂程度让他不由得笑了起来。我的头发散了下来，本想戴着我那块象征妻子身份的手帕，但他说我不能戴着。我必须把它和两枚戒指一起装在我心口，直到世人允许我们将自己结了婚并同床共寝的事实公布为止。

"我会把自己的戒指穿进项链，然后戴在脖子上，"我对他保证，"当我一个人在晚上躺在床上时，我会戴上这些戒指，假装自己和你在一起。"

他穿上了自己的马裤，对我发誓："这一天很快就会到来的，我知道罗伯特·达德利支持我，他会为我们说话的。"

"威廉·塞西尔也支持我们，"我说，"他对我是这么说的，伊丽莎白也会原谅我们。她又为什么会拒绝呢？其他人又为什么会觉得这是件坏事呢？我们的母亲也同意了。"

"奈德！"简妮在门后大声叫着。

我把钥匙递给他，他打开门，看见简妮两眼发光笑着的样子。"我睡着了！"她大声喊道，"我都不用问你们两个做了什么。你看起来就好像已经死后升入天堂了。"

"没错。"奈德平静地说。他把我的披风披在我肩上，三人一起穿过花园大门，来到小花园里，一路走向水闸。我们来时那片台阶还是干的，如今上涨的潮水拍打着台阶，于是奈德喊来了一艘内河船，船头调转驶向我们。奈德打开水闸的门，扶我上船。

“明天见，”他深情地说，“我明天来见你，今夜我不会入睡，而是会想着你和今天发生的一切。”

“明天见，”我说，“此生的每个明天也都将相见。”

我溜进宫里，蹑手蹑脚地走进两扇大门中开出的边门，向女王手下身形高大的守门中尉托马斯·凯耶斯挥了挥手以表歉意，因为我没有等他做完那套礼节性的开门仪式。“我迟到了！”我对他喊道，看见了他露出一丝宽容的微笑。简妮跟在我身后，她的手放在胸前，似乎上气不接下气。我迫不及待地想去换上我的衣服，在动身去用晚餐之前赶到女王的房间里，但我察觉到似乎有丝异样，不由得停下来环顾四周。

人们并没有赶着去换衣服，也没人往女王房间走，相反，似乎所有人都在角落和窗台那儿窃窃私语。

有一瞬间，我惊恐地觉得他们都在议论我，因为他们都知道我是谁。我与简妮交换了一个惊恐的眼神，突然玛丽从一群女士中冲了出来，向我跑来。

“你去哪儿了？”她质问我。

“发生了什么？”我问。

“法国的小国王之前一直病着，”她说，“而且病得很重，现在他驾崩了。”

“不可能！”这与我充满负罪感地冲入宫中参加晚宴比起来相差实在太多，与我满心的喜悦实在不甚合拍。我看着玛丽，意识到自己只是没有理解她说的话。

“你说什么?”

她晃着我的腰说:“醒醒!法国国王已经驾崩了，所以我们的表亲，也就是法国王后玛丽成了遗孀，她不能再坐在王位上了，身后也没有了法国军队为她撑腰。并且她膝下既无王储，也不是整个基督教世界里最有权势的女性，如今只是苏格兰女王而已。”

我瞥向简妮，她还倚在一根石柱上喘气。

“那我现在成为伊丽莎白的王位继承人了，而且没有任何对手，”我缓慢地说，“因为玛丽只是苏格兰女王，所以伊丽莎白不再惧怕她了。并且塞西尔签署的条约让她无权再参与英格兰王位的争夺。”

我在简妮的眼里看见一丝野心，对她微微一笑。

“没错，”玛丽说，“除你之外别无他人。”

# 1560年12月

## 伦敦　白厅宫

我活在一场梦里。他们为了营造冬日的气氛，把高大的杉树和松树搬进宫里，每天都早早地点上蜡烛，将宫殿装扮成仙境。他们挂起了接吻环，那是一种用柳枝编织的花环，缠绕着绿色丝带，中间还有一尊小小的婴儿基督像。他们在会客室的房门上挂了这个，奈德和我每天至少会想方设法在接吻环下见两次面，仿佛这是场惊喜。他握着我的手，吻在我的嘴唇上，似乎像是为了今后的友谊而接吻，但只有我们才知道在接吻时是如何大口品尝着对方的气息，嘴唇柔软而又温柔，每一次触碰都是为日后相见所做出的承诺。

窗台上装饰着绿色的树枝，点着蜡烛，风干的橘子散发出浓郁的香气，它与松树汁液的气味混在一起，令我感觉自己置身于冬日的树林中。我们每天都在练习跳舞，舞蹈老师批评我，说我一定是恋爱了，因为脚步总是踩错。我和其他人都笑了起来，但我的笑是出于喜悦。我想告诉他们所有人：这是真的，我坠入了爱河，被人深爱着。更好的是，我结婚了，成了别人的妻子。简的死亡令我们的家族蒙上一层可怖的黑暗，如今我照亮了这一切，终于从悲痛和负罪感中解脱出来。我也不再姓格雷，而是成了凯瑟琳·西摩尔，赫特福德公爵夫人。我的丈夫是全英格兰最英俊，也是最富有的青年男子之一，当我告诉所有人我们秘密成婚的那件事时，我们二人会成为公众的领袖，被世人承认的继承者，所有人都会仰慕我们。

奈德悄悄把我从简妮的房间带走，我们抓紧一切时间来一场匆忙的性爱，不在乎是不是只有一分钟都不到的时间。我热切地想被他抱在怀里，甚至都不在乎他让我背靠着墙，我这么做是不是像索斯沃克的姑娘一样[①]，当然我也不在乎他根本没有时间做别的事，只能在黑暗的角落里匆匆交换一吻。

有一天他带我去一处通往吵闹宫殿途中的安静窗台，在窗前对我说："我有个东西要给你。"

"在这里吗？"我挑逗地问他，奈德回赠给我一个温暖的微笑。

"这个，拿着。"他深情地说，在我手里塞了一卷羊皮纸文稿。

"这是什么？"我展开后读了它，这的确是一份礼物。我快速地浏览了一遍，他送给了我一片土地。

"这片土地是你的嫁妆，"他说！"我们没有父母或者监护人来起草我们的婚约，所以我给了你这个。看见上面你的名字了吗？"

他称我为他亲爱的妻子。我把这份文件贴在胸口。"我只要这句称呼就足够了，"我说，"土地并不重要。"

"别的都不重要，"他同意我说的话，"土地，财富，头衔皆是过眼云烟，只要我们在一起就好。"

宫中又传来了更多关于法国的消息。那位早年丧夫的王后，也就是我的表妹[②]苏格兰玛丽在为自己年轻的丈夫深深哀悼，但这并没有让她被排除在法国王室之外。尽管我们那位年轻的表妹失去了自己的母亲，如今她

①泰晤士河南部的索斯沃克在都铎时期是伦敦著名的烟花柳巷，那儿的妓女被称为温切斯特鹅，因为她们都是由温切斯特主教颁发证书后持证上岗的。

②凯瑟琳生于1540年，苏格兰玛丽生于1542年。——编者注

年轻的丈夫也已离世，可伊丽莎白仍对她毫无同情。我站在女王身后，听她坐在椅子上与威廉·塞西尔低语，发现她所在意的不过是当玛丽决意前去苏格兰时，会对那里产生何种影响。苏格兰人是会举兵对抗新的王后还是对抗她的母亲呢？亦或者他们会表现出自己野蛮的本性，情绪高涨地对她表示认可？

不论如何，我如今都对英格兰的安全至关重要。伊丽莎白肯定从未如此清楚过，她现在应当在议会面前公开任命我为她的王位继承人，以防她的表亲玛丽威胁她的位置。伊丽莎白看向我的时候，脸上的微笑比平日更甜。她不想让其他所有人有理由觉得苏格兰的玛丽有一天会成为英格兰女王。她称她为“非常远的表亲”，似乎她能改写家谱树，告诉我们，其实我们之间辈分都相同，“另外，英格兰永远不会为一位天主教女王加冕”。

塞西尔看上去不太确信。“这是任命你丈夫人选的最佳时机，”他说，“玛丽女王无疑会再次结婚，如果因为配偶的问题输给她就太遗憾了。”

伊丽莎白睁大了双眼。“你是觉得瑞典的埃里克[①]会更喜欢玛丽而不是我吗？”她质问道，“你真的这么想？”

这真是全世界最危险的问题了。伊丽莎白害怕成为候选者，她必须明白自己是每个人最喜欢的那个。

塞西尔巧妙地回答道：“我是说我们不想让苏格兰的玛丽嫁给一位力量更大的人，使得他们在边境威胁我们。他是我们意欲结盟的对象，如果联姻成功，一切都将不同，我们得保证如果她来到英格兰，那身边跟着的不能是法国、西班牙甚至瑞士的王子。等她回到苏格兰的时候，若仍旧是孤身一人、没有朋友，那对我们会十分有利。”

“这种情况可能吗？”

塞西尔摇了摇头。“可能性不大。但你至少得先选择基督教国家中最有

---

①指于1560年9月登基的瑞典国王埃里克十四世。

势力的人。她应该不会抢在你前面急着挑选自己的丈夫，因为她做决定的速度比你快不少。”

“或许她不会再结婚了。”伊丽莎白说。

“不会的！她清楚地知道自己必须为苏格兰的王位诞下一位继承者，”塞西尔坚决地说。“她生来就知道自己得这么做，这已经无关乎她的个人爱好。她才十八岁，据说身体健康，面容姣好，有很大可能诞下一子。任何一位女王都知道自己必须为自己的国家生下一位继承人，这是一国之君应尽的义务，上帝赋予的责任。”

“我有一位继承人，”伊丽莎白说，她的视线越过肩头微笑着看向了我，“一位年轻漂亮的继承者，也即将成为一名年轻漂亮的女王。”

我行了个礼，也对她报以微笑。

“没人能否认凯瑟琳女士的正统继承权，”塞西尔用尽他最后的耐心说道，“只是这国家更想要一位男孩。”

# 1561年春

**伦敦　白厅宫**

天气渐渐转暖，我终于可以在室外与我的丈夫见面了，每天我们一起在王宫周围的各个花园间散步。那些鸟儿十分温顺，坐在刚冒芽的枝头上鸣啭，好像和我们一样高兴。我在小猫丝带的脖子上挂了一枚铃铛，那些刚出生的雏鸟长大些后会飞进果园，落在篱笆和树上，这是为了保护它们。

奈德有时会溜进我的房间，仆人们见状纷纷躲开，留我们两个独处。有时简妮和我也会一起去巨炮街的小房子里，她在阳光明媚的会客室里打盹，而我和奈德整个下午都在他的床上缠绵。直到下次会面为止，我什么都不能思考。在睡觉的时候我也会想着他。我开始觉得亚麻布衣服有着丝绸质感，既像我最精致柔软的蕾丝，又有着我锦缎长裙的光泽，似乎全世界都因为我对奈德的激情而变得更加鲜明了。

我们在河边散步，潮湿凉爽的海风闻起来带着一丝咸味，奈德说："这一切对我来说也是如此，我写的东西比之前加起来的都多，文思更流畅，理解也更加深刻了，一切似乎都变得更加明晰。世界变得更为明亮，烛火也燃烧得更加灿烂了。"

"我们能在一起，不必像他们一样真是太好了。"我朝着女王和罗伯特·达德利散步的地方扬了扬下巴。罗伯特在对女王耳语，她的手则搭在他的肩膀上。"如果我们不能永远在一起，真的会让我难以忍受。"

“我怀疑他们经常分居两地，整个国家都是对她的闲言碎语，现在她告诉爱伦伯爵，自己不会嫁给他，所有人都知道这是因为达德利。我绝不愿见你遭受如她那般的侮辱。要知道，在欧洲，人们说她是自己掌马官的妓女。”

我秉持着妻子般的贤惠，失落地摇了摇头。“可若是她的婚姻没有爱情会多可怕啊！”我说，“如果我被迫与你分开，那我永远都不会嫁给其他人。”

“我也是，”他轻声说，悄悄地捏了捏我的手，“今晚是你负责服侍女王？我能在晚餐前来你房间吗？”

“可以，”我也轻声说道，“昨天我伺候她穿衣，今天就不用了，我的门今晚不会上锁。”

大斋节马上就要来了，但伊丽莎白统治的宫中却鲜有动静，他们似乎将这个节日和其他天主教所遵守的习俗一并抛弃了。我们的确不吃肉，但厨房用鱼烹制了各种各样的菜肴，另外，似乎家禽和狩猎打来的野味对这位信奉新教的公主而言也不算是肉类。我不知道如果简了解到这个情况后会怎么想。我想她肯定相信这类关于饮食的律法必须严格遵守，她肯定每一条都知道，甚至关于那些别人闻所未闻的食物所颁布的禁令她也清楚，所以我才希望自己能问问她。

以至于到了现在，在她离世整整七年后，我仍发现自己每天都想问她一些问题，或者与她说说话。比起母亲来，我更想念的人是她，这挺奇怪的不是吗？我之所以能忍受母亲的死，因为这全属预料之中，也因为我有时间与她道别，说实话吧，更因为她不是一位讨人喜欢的女性。但简的死亡如此突然，而且毫无道理。我来不及问她种种问题，甚至还没能成为现在这样的自己，她就先离我而去了。尽管她在学术和信仰上是一位正直而极其虔诚的人，可她对我来说仍是真正的姐姐，也是玩伴和一起长大的姑娘。我会长成与她认识中完全不一样的妹妹，不再是那个曾经被宠坏的小女孩了。如果我们两人能一同长大，她或许会喜欢我现在的样子。那天在绿塔，我失去的不仅仅是姐姐，更是我与她共同的未来。

如果她知道一对夫妻在大斋节时躺在一起会怎么想呢？我不知道，但想到自己去问她这个问题就让我忍俊不禁。光是问她就足够让她惊讶了！只有她才知道爱情将我带至何方；也只有她才知道自己的爱情。“它会让你认识来世！”我的心为她隐隐作痛，我想告诉她：“不是的！我已经学会了如何去爱，这就像是来自另一个世界的奇迹，与之相比，死亡是如此世俗的事。”我没有听从她的建议，因为我自己容易被急切的欲望所征服，所以最终还是决定和我的丈夫一起在斋戒日躺在床上，之后的节日也是如此，就连礼拜天也是。我不在乎这些！我会和他躺在一起，整个大斋节的四十天都如此。我受着难，还与男性圣徒在一起，那么身上的罪也会消失。

我正和简妮讲述自己的理论和以此与教会旧俗进行的斗争，还有我自己对新教的一些偏爱时，她问我：“那你没来例假吗？”

“没有，”我随口说道，“大概从十二月起就没来了。”

“真的没有吗？”她突然认真了起来。

“我觉得应该没有。”

“但现在都快到三月了！”她大声说。

“我知道，但你不是也没来例假吗？”我说，“我知道你没来，因为我们是同一天，就在圣诞节前几天吧，你还记得吗？”

她挥手驳斥我的观点。“那是因为我病了！你不是，知道吗？我的例假总是不太规律。但这对我几乎没有什么影响！你也看到了，它来不来跟我明显没什么关系。你吃得很好，身体健康，又是新婚，现在又没来例假。

凯瑟琳！你还没发现吗？你可能怀孕了！”

我看着她，一脸惊诧。“怀孕了？”

“多棒啊！”她说，“如果那是个男孩，他就会成为下一任英格兰国王！想想吧！”

“你说我怀孕了？”我惊讶地重复了一遍。

“我为你祈祷过，如今终于获得了结果！”她说，“上帝啊，求你让我活到那时候吧！”

“你为什么会活不到那时候呢？”她说的每句话都让我越来越困扰，“有些孩子可能会在今年出生，有些会在明年出生，别人怎么能说得准呢？”

“噢，谁在意这个啊？你一定要告诉奈德。”

“我肯定会说的，”我说，“那他会说什么呢？”

“他会很高兴的，”她自信地说，“要是自己妻子肚子里怀着英格兰王位的继承人，哪个男人不会感到高兴呢？”

我感觉周围的一切对我来说都发展得太快了。“我还没有想过这么早就要一个孩子，至少要等别人知道我们结了婚才行。”

“如果你时刻和他同床共枕，你想想还会发生什么？”她看着我，好像我是个傻子，我觉得自己很愚蠢。

“但别人怎么知道我怀孕了？”

“你当然对自己做了什么清楚得很！”简妮发出了一阵猥琐的笑声。

我的脸刷地红了。“我当然知道自己和他是情侣，但这也不会立刻给我一个孩子吧？我母亲只有三个孩子，她和我父亲可是数年来一直同床共枕的。”

“你倒是应该感谢上帝，自己像一片肥沃的土地那般能生育，都铎家的其他人都是贫瘠的荒漠啊。”

对此我倒是很高兴，但我宁可让都铎家的子嗣晚点来。“我们得告诉所有人，我和奈德结婚了，”我说，我感到有点焦躁，“趁我还没长胖，每个人都得知道，我们要立刻告诉他们。等到身体变化明显大约是什么时候?”

“如果你能生个男孩，他们就会原谅你的秘密，”她揣测道，“如果你能为伊丽莎白诞下一位都铎家的男孩，让他作为王位的继承人，那你不管之前做了什么都会被原谅。我的天啊，塞西尔会成为他的教父！所有人都会如释重负！你为伊丽莎白准备了一位儿子和继承人，你会成为英格兰的救世主!”

“我一定要把这消息告诉奈德。”

“就在今天晚上，”她说，“在晚餐后来我房间，赶在跳舞之前。我会让他在那时候来见我，对外我就说自己病了，错过了晚餐。”

简妮为我们铺好了床，壁炉中也燃起了炉火，一碟为两人准备的简餐放在炉前的桌子上。她又一次当了我们的天使。奈德悄悄地进来，关上身后的门，看着他的妹妹和他的妻子我。

“怎么了?”他问，“发生了什么事?”

随后是一片安静。“凯瑟琳有些事想告诉你。”简妮催促我。

我试图微笑，却发现自己正在颤抖。“我想我或许有了个孩子。”我说，“奈德，我希望你能感到高兴。”

我绝不会认错他脸上惊惶的神色，他问：“你确定吗?”

“不！我不太确定，”我和他一样害怕，“简妮这么觉得，我或许搞错了。”

“她当然怀孕了，”简妮说，“她一月的时候没来例假。”

“但有时候我的确会有一个月不来，”我说，“我忘了数，一个月或者两个月没来都有可能。”

“所以你还不确定？”他又问了我。

“你不高兴了吗？”我能感觉到自己的嘴唇在微微颤抖着，我迫切地想让他也感到快乐，就像简妮那样。但我很害怕这件事对我们来说会意味着什么，也不知道之后该做什么。

他一步穿过房间，握着我的手，跪在我面前，似乎我即将册封他为骑士。“我当然很高兴。没有比我们之间的孩子更令我向往的东西了。他即将降临到这世上，真是件美妙的事。”

“他也是王位的继承人，”简妮提醒他，“除了玛格丽特·道格拉斯的儿子们，他就是我们这一代唯一一位都铎男孩。”

“前提是如果这是个男孩，另外我也没弄错。”我提醒他们。

“不论男孩还是女孩，他们都有一位漂亮的母亲，为此我都会全身心地爱着我们的孩子。”奈德说罢，吻了我的手，随后站起来与我接吻。简妮机敏地走向房门，但奈德做了个手势让她留下。

“简妮，等下，我们得再谈谈。另外我们现在也不能用你的床。”

他微笑着看着我，我才意识到如果我怀了孕，那直到我分娩完，别人为我做完感恩礼拜①，我都不能和他睡在一起了，我要等好几个月啊。

“我不太确定。”我又重复了一遍，想到自己虽然有着和往常一样强烈的欲望，但因为不确定是否怀孕而不能与他共享云雨之欢，就感到难以忍受。我们真的要去遵守这个过时的迷信吗？

“当然，”简妮高兴地说，“我们得计划好之后的事。”

“我们去把这个消息告诉女王。”奈德说。

“必须在我开始变胖之前和她说，”我说，“但在这之前没必要先开口，你们觉得呢？”

①一般为产后恢复的母亲祝福，庆贺她在分娩后健康活着，不论婴儿是否死产或未及受洗便夭折，该习俗源于《圣经·利未记》第12章第6—8节。

“或许我们应该提前和她说，这样我们才有回旋的余地，对她而言也不会是太大的惊吓。我们先告诉她我们结婚了，之后再和她说你怀孕了。”

我一言不发，一想到要告诉伊丽莎白我们结婚了，心里就充满了恐惧。

“她应该会感到高兴的，”简妮说，“如果王位后继有人，她就可以一直不结婚了。”

“她应该会感到高兴，”我小心翼翼地重复这句话，“那如果她发怒了呢？”

“噢，她最差还能做什么？”简妮冒冒失失地质问我，“把你逐出宫里一段时间？你总会顺利分娩，如果她流放你，你可以去汉沃斯把孩子生下来，奈德和我也会过去陪你的。”

“如果她暴跳如雷……”

“她为什么会暴跳如雷？”奈德问我，“我们只不过没经她允许就结婚了而已，玛丽女王废除了这项法律，所以这并不算违法。如果我们向她请求，那她毫无疑问会答应我们。她没有理由拒绝，也没有缘由感到不悦。人们或许会责怪我们太过匆忙，但绝不会责怪我们那光荣的爱情。我们的父母同意了这场婚姻！他们不会反对的。”

我终于有了勇气。“那我们就告诉她。”我点头同意，一阵短暂的沉默后，我问：“什么时候和她说呢？”

“我们要好好选一选时间，”奈德说，“不要在大斋节结束后和她说。或许在复活节宴会的时候挺合适，那时整个宫里的气氛又恢复了，宫里开始演奏音乐，也开始跳舞——宫廷假面剧也会上演——她喜欢看假面剧和跳舞。我们就在她享乐的时候告诉她。”

“没错，那是个好主意。”简妮说，她用袖子遮住嘴，轻轻咳了声。“就在复活节季[1]和她说。”

简妮比以往更加虚弱了——如果我不是那么专心地注意着奈德对我的消息在作何反应，试图看穿他精心掩饰的喜悦、弄清他是不是和我一样害怕那些事，我就能更清楚地察觉到这一点。她用袖子挡住自己的咳嗽，在衣服上留下点点血痕。

“简妮!”我担心地喊道。

“没事的，我嘴上起泡了。”

翌日，她卧床不起，奈德和我不再遮掩，直接去她房间里看望她。我第一次发觉她病得那么厉害，看似绯红的面颊和高昂的兴致不过是因为她身边有位深陷狂热爱情的姑娘。

医生说，只要随着天气变好，她的身体也会慢慢好转。可太阳每日照常升起，鸟儿在她窗外歌唱，她的病却一如既往，我实在不理解为什么医生对她的病充满希望。有一天，我在做完礼拜后直接去她房间，但是房门紧闭，简妮的女侍臣坐在门外，她刚哭过，双眼红红的。

“她在睡觉吗?”我问，“怎么了?”

斯里夫特夫人摇了摇头，泪水盈满了她的双眼。“小姐，我……”

“简妮怎么了！她在睡觉吗?”

她咽了一下口水。“不，她走了。就在刚才走的。我派人请来了医生和她哥哥，他会把这个噩耗带给女王。”

我还是没有理解这话的意思，或许是不愿理解吧。“什么意思?”

“她走了，我的小姐啊，她去世了。”

我扶着门框冰冷的石头，勉强支撑着自己。“她不可能就这么去世的，我昨晚用餐时还见过她，直到她说要去睡觉我才离开她的。她是发烧了，

①指从复活节到圣灵降临节间的五十天，或从复活节到升天节间的四十天，或从复活节到三一节间的五十七天。

不过她一直如此，不应该会死去啊。”

她摇了摇头。“我很抱歉，可怜的姑娘啊。”

“她才十九岁！”我这么说，似乎她不会就这样死去，可我却更应该明白这点：我的姐姐十六岁就离开了我，而我们的表舅爱德华国王驾崩时不过十五岁，他得的病和简妮很像。

斯里夫特夫人和我茫然地看着对方，似乎谁也不能相信简妮已经去世了。

“如果没有她，我该怎么办？”我的声音听起来很是凄凉，就像一个迷途的小孩，“没有她，我要如何面对这一切？”

她看上去也担忧起来。“尊敬的小姐，你要面对什么？”

我用前额抵着木门，似乎我如果迫切需要简妮，就会让她起死回生。我已经失去了自己的姐姐和父母，如今连最好的朋友也离我而去。“没事，”我喃喃低语，“没什么。”

失去妹妹让奈德悲痛不已。她是他最了不起的顾问，也是他最热烈的仰慕者。她曾经是他所写的诗歌的第一位读者，她会读完这些诗，再为他提出建议。我甚至还没对她开口，她就已经对奈德说我爱上了他。她不仅是奈德和我的朋友，更是知己。

“是她找到了布道士！”奈德说。

“她让我变得勇敢起来。”我说。

“她告诉我们爱是无所畏惧，”他同意我的说法，“爱是勇往直前。”

“我不知道没了她我会怎么样。”我说，这个宫里满是敌人，朋友多是萍水之交，虚情假意，其中最明显的当属伊丽莎白，她是所有虚伪人士之首，她做事当面一套，背后却是另外一套。

“威廉·塞西尔之前对我说，他觉得我应该去法国，”奈德说，“去那里参加新任国王的加冕仪式。对我而言是个巨大的荣誉，但我现在根本无心前往。”

“不要离开我！”我立刻说，“亲爱的，你不能离开我！没有你，我在这里会走投无路。”

“简妮说我应该去，塞西尔的思想如同抚恤金一样好，他的友谊会对我们有所帮助，凯瑟琳，他会向女王提起我们结婚的事。”

“没错，我也这么想，”我不太确定地应声道，“但我现在不能想这些，简妮死了，我没法像个大臣一样思考这一切！”

“我来安排她的葬礼，”奈德悲伤地说，“我已经派人把这消息告诉了母亲，还会告诉哥哥。我和塞西尔说，若是能够去法国就会动身，但目前我还不确定。”

“我会出席葬礼，”我说，“所有人都知道我爱她有如亲妹妹[①]。”

“从任何方面说，你都是她的姐姐，”奈德说，“我和你结婚后，你们更是亲如手足，她生前还很是为此高兴呢。”

这场葬礼令人印象深刻。伊丽莎白让整个王宫都为简妮的去世哀悼，在葬礼中她这辈子第一次承认了简妮承袭自爱德华国王，有着与王室相连的血缘关系。我有些苦涩地想，她一个兄弟姐妹也不想要，也不想有继承人，只希望与自己有关的所有人都像她的母亲那样死去。她用一生维系的所有荣誉都与她的王室亲属们一同被埋葬了。

奈德的母亲参加了女儿的葬礼，但地位较低的第二任丈夫却在家中。

---

①凯瑟琳生于1540年，年长简妮一岁。

有一瞬间我突然想到自己可以与她谈谈，她虽然未经允许，仍选择嫁给了自己爱的人，我与她一样。但她克制着自己的悲痛，没有以泪洗面，也没有看看我这个或许会成为她儿媳的人，甚至都没有和她的儿子们讲话。她在葬礼的队伍中站着，默默地跟随吊唁的人群，似乎希望这一切从未发生过。葬礼一结束，她就立刻离开了王宫。

奈德的时间全都花在了策划葬礼和筹备运送棺柩的马车上，还要监督威斯敏斯特教堂唱诗班的练习。约有三百位吊唁者跟在棺柩后面，我也是其中之一。奈德苍白焦虑的脸在昏暗的大教堂中显得尤为悲伤。他看着我，似乎感觉到了我充满爱意的眼神，便对我微微地笑了下，可笑意中更多的是悲痛。唱诗班唱起他挑选的圣歌，简妮躺在她们家族的墓穴中，这块墓地紧邻着我的家族。简妮和我母亲的墓地挨得很近，这对我来说多少是个安慰，但我姐姐简却身首异处，远远地葬在伦敦塔中的小教堂里。

葬礼结束后，奈德陪自己的母亲回到汉沃斯住了数周，虽然我给他写了不少信，他却只回复过我一次。他说自己在为简妮的灵魂祈祷，帮母亲打包她的衣服以及其余零散的小物件。我立刻回信给他，告诉他我愿意接手她养在汉沃斯的那些朱顶雀，但他甚至都没有回复我。

# 1561年春

## 白厅宫

在等待奈德回来的那段时间里，大家对我低沉的情绪并不惊讶。所有人都知道简妮和我是最好的朋友，没人怀疑我此刻也在思念奈德。这段时间唯一发生的事情是我的表姨玛格丽特·道格拉斯派出了自己俊美的儿子前往法国，代表他们家族前去吊唁驾崩的法国国王。不过根本没人在乎伦诺克斯家族！但有谣言说她命令自己的儿子亨利·斯图亚特向丧偶的王后求婚。如果苏格兰的玛丽想让另一位漂亮母亲的儿子坐上她过世的丈夫的位置，那必须找个方便控制的人来移交这份权力。但我想她更愿意找一位男士结婚，而不是仅仅当作自己的玩偶。像她的表亲们都更喜欢与自己尊崇的男人结婚，比如玛格丽特·道格拉斯就崇拜自己的丈夫伦诺克斯伯爵马修·斯图亚特；而伊丽莎白那样偏爱投机者简直是整个家族的耻辱；我也永远不会考虑让一位我并非真心尊敬的人做我的丈夫。

葬礼过后数天，我在自己的亚麻布睡袍上发现了点点血迹，或许这是我迟来的例假吧，虽然晚了，但好歹也是来了。血迹并不多，我也没有人可以倾诉。我多希望简妮也在这里，她会和我一起数着每次例假的时间，并且肯定地告诉我这是例假来迟了，我并没有怀孕。遇见这样的事情我却拿不准，我感觉自己像个傻瓜。我身边没有一位聪明的女士或者年长的妇人告诉我该做什么。我不敢去问任何可能知道答案的人，比如那些在王家衣橱里管理长裙的老夫人们，因为她们太爱道那些家长里短，简直是为流言蜚语而活。

奈德回到宫里时问我的第一件事就是这个。他把关着朱顶雀的笼子递给我，我惊讶地大叫起来，提着它们回到我的房间，把笼子挂上窗边的钩子，让阳光能时时落在它们长着绿色和黄色羽毛的翅膀上。

“凯瑟琳，亲爱的，先别管它们，”他央求着我，“我有事要和你说。”

“我们去花园里说吧。”我提议。

我走在他前面一点，然后走向我们最喜欢的那座精心设计的花园里，窄窄的小路铺着鹅卵石，在低矮的树篱间蜿蜒曲折。但这座有围墙的花园里有许多园丁，他们在用耙子翻土，修剪树篱。

“这里不合适!”奈德恼火地说，“我们去果园说。”

果园里开满了粉色和白色的花，它们累累地长在树枝上，弄弯了枝丫，宛若落满了玫瑰色的积雪。蜜蜂就像挤奶女工一样，从一朵张开的花苞飞向另一朵，我能听见布谷鸟的叫声，便循声寻找它那灰色的背脊。我喜欢布谷鸟，虽然经常听到它们的叫声，却甚少见到它们的身影。

奈德急匆匆地开口了：“听着，伊丽莎白给了我一张通行证，可以让我前往法国。”他给我看了看她的签名，除了开头花哨的“伊”字之外，其余的字也用了花体。“但如果你怀着我们的孩子，我是不会选择走的。哪怕有一点可能性，我也会留下来陪你，并一起把这一切告诉女王。”

比起让奈德离开我身边，我更恐惧的是在没有简妮的帮助下直面伊丽莎白。“我不知道。”我说，心思却被布谷鸟的叫声带远了。它的叫声那么近，肯定就藏在我头顶的树枝之间。“我可能没有怀孕，但没法肯定。我想自己最近是来了例假，就在简妮……”我没法说出葬礼这个词。

奈德紧紧地握住我的手。“除非你让我走，否则我会留在这里。”

“我猜你是想去的吧，”我情绪低落地说，“巴黎，兰斯，还有各种地方。”

“我自然是想去见见这些城市，再去参加法国国王的加冕礼，我想认识这个世界。”他老实说，“另外，这能让塞西尔觉得我是个可靠的人，我们没有任何损失。对我来说这自然是个很好的机会，但如果你怀了孕，我就不会去，我不会抛下你不管，因为我保证过。我是你的，凯瑟琳，这点到死都不会改变。”

我摇了摇头，想到要与伊丽莎白坦白让我甚是害怕，简妮也肯定弄错了，我根本没有怀上孩子。我有一种感觉，在这个哀伤的春天我似乎失去了一切：我最好的朋友简妮，她哥哥的孩子，如今连他也要离我而去。“我没有怀孕，我想自己大概从来没有怀过吧。”我对奈德说。

“女人们难道不清楚这种情况吗？”

“我不知道自己应该有什么感觉！”我大声说，“因为简妮的事，我只感到恐惧和悲痛，我也不敢直面伊丽莎白。但除此之外我什么都没有感觉到，我没有变胖，也没有别的异样。”

他看着我，似乎觉得我应该知道这些秘密，好像全世界所有的姑娘天生都会知道这些，而我不知道只是因为自己太蠢。

“我怎么会知道这些？”我质问他，“如果所有人都知道我们结婚了，那我完全可以去问你的母亲或者接生婆。这又不是我的错。”

“这当然不是你的错啦，”他急忙说道，“我们都没有错，只是对这事更加确定肯定会更好。当然，更重要的是你能确定这事。”

布谷鸟在我们的头上叫着，我抬头望去，它胸前漂亮的羽毛在我眼前一闪而过。

“你到底有没有在听我说话？”奈德激动地问我。

“你最好还是出去，然后尽快回来，”我闷闷不乐地说，“我猜就这一个月也不会有太多变化，否则别人还会纳闷你为什么拒绝那么好的机会。”

“如果你让我去，那我很快就会回来，”他对我保证，“不管你因为什么事情需要我回来，收到消息后我会立即动身。我有个新的仆人，他会为我们送信，不会把消息透露给任何人。他叫格林，记住他，下次见到时大可信任他。”

“我会记住的，但你能保证参加完法国国王的加冕典礼后立刻回家吗？”我问他，“不要和玛格丽特·道格拉斯的儿子亨利·斯图亚特那样，像一只小狗似的跟在丧了夫的王后屁股后面跑。”

“我保证，”他说，“我不会去很久，就几周吧。”

“那好，我们走吧。”我有点闷闷不乐。

他从身后拿出来一只小小的纸卷和一袋金子。“这是给你的，”他甜甜地说，“我亲爱的妻子，这是我走后给你的花销，也是我的意愿。我给你留了价值一千镑的土地，一千镑呢！”

“不要说了！”我想到了简妮甚至都没来得及对我说再见，在夜晚孤独地死去，眼泪霎时间又涌了出来。“不要说这些，我不想从你这里继承任何东西，只想和你好好地生活在一起。我所爱的人都死了，如今你又要离我而去。”

“不管怎么样，好好保管它，”他把那些东西放在我的手心，“我大约一个月之内就回家，到时再向你讨回来。”

# 1561年夏

## 格林威治宫

奈德向女王道别时几乎没有别人注意到，大家都在为娱乐活动忙活着。这是伊丽莎白一年中最爱的时刻——舞会、游猎和野餐昼夜不息。我们骑马离开格林威治宫，来到河边的浸水草甸打猎，傍晚在花园里散步，看着雨燕和家燕绕着高塔盘桓，时而突然猛冲向水面，一头扎入自己在水面投下的倒影中，溅起阵阵小水花。

伊丽莎白对罗伯特·达德利的爱一如既往，不论是他伸手请她跳舞还是让她走在身边，她都无法拒绝。他有时也威胁女王，如果她不把他当做自己的丈夫，拒绝与他共同商议某些事，那他就会住到西班牙去。对于这样的威胁，她自然是无从抗拒。虽然他再也无法参与朝政，但他因为妻子的死亡所失去的东西都已经被他毫厘不差地夺了回去。这个国家永远不会让罗伯特成为伊丽莎白的丈夫，不过她这一生谋划的就是向罗伯特做出能让他留在身边的承诺，但又不让其他人发现她对他发下的誓。我觉得她这样的欺骗行为比我更加不合王室规范，也更恶劣。虽然我必须瞒过所有人，但至少没有对奈德说谎。

威廉·塞西尔比起之前来似乎越来越关注我了，他好像在害怕罗伯特·达德利会说服女王嫁给他，那样整个国家就会转而支持我——人们宁可让我当上女王，也不愿意接纳一个嫁给达德利家族成员的女人。

“你看起来脸色苍白，”他温柔地对我说，“还是在想你的好友吗？”

我刚听到时心里一惊，以为他在说奈德，但我随后定神，发现他指的是简妮。“没错，我很想她。”我说。

“你要为她祈祷，”他说，“在我心里，她肯定会去天堂的。世上没有炼狱这种东西，认为灵魂不能通过祈祷走出炼狱的说法都是骗人的，但为了我们朋友在天堂中的快乐，祈祷仍然令人备感慰藉，上帝会仔细聆听每个人的祷告。”

我没有告诉他自己是如何疯狂地祈祷奈德能早日回来，只是让双眼看向地面，希望塞西尔能让我离开，前往女王的房间。在那里才没人在意我看起来如何，伊丽莎白倒是更喜欢我面色苍白、沉默寡言的样子。

“你是不是也很想念她的哥哥赫特福德伯爵？”塞西尔尖锐地问。

如他这般严肃的人抛出这个问题着实令人感到奇怪，我冒险向上瞥了一眼，他正微笑着看向我，黑色的眼睛在我的脸上搜寻着什么。我能感觉到自己的脸刷地红了，也知道他肯定发觉到了这点，会做出自己的判断。

“没错，”我说，“我想念他们兄妹俩。”

“你有没有什么想和女王……或者和我说的？”他柔声暗示我。

我飞快地扫了他一眼，决不想为此被他耻笑。“你之前对我说过，让我等待合适的时机去告诉她这件事。”

“没错，”他的话里带着法官般的庄严，“现在还不是时候。”

我抿紧嘴唇。“我听候您的吩咐，会在您认为合适的时机告诉她。”

只要威廉·塞西尔认为时机已到，我就会鼓起勇气，同时召奈德回家，这样我们便能一起把真相告诉女王。但在那之前，我都会因为对她的恐惧而保持沉默。我没敢告诉威廉·塞西尔，在没有他的允许和罗伯特·达德利的支持下，我和奈德究竟到了哪一步。不过奈德相信威廉·塞西尔与罗伯特·达德利早已准确猜到我和他之间是什么关系。人们也愿意打赌，只要奈德和我能每天在一起，那么像他那样英俊的青年男子和我这样漂亮的公主一定会坠入爱河。这么看来，我们倒是应该尽快说出这件事，并希望威廉·塞西尔能站在我这边。

但若威廉·塞西尔并没有鼓励我鼓起勇气，而是相反，用一种讽刺的语调警告我不要与奈德结婚又如何呢？我真希望他能在奈德和我结婚同房以及奈德离开前，就把这事说得更清楚些。

更糟的是，我发现自己在早上会感觉有点恶心，也吃不下肉类，特别是带着肥膘的肉，这种情况直到晚上才有好转。我的胃也变得奇怪起来，用早餐时便觉得有些饿，从教堂出来和斋戒结束后更是饥肠辘辘。姐姐简之前说我太贪吃，我对此报以大笑，并说……不过我之前说了什么已经不重要，因为我再也没有说这句话的机会了。现在的我只能勉强吃下面包和牛奶，有时甚至连这些都吃不进。巴哥犬乔坐在我的腿上，把我的大部分东西都吃了。我觉得自己的双乳正在变得更加温热，也稍稍变得有些柔软。我不太确定，而且现在也依然没人可以让我咨询这些问题。我想这或许是怀上孩子的征兆，但之后该做什么呢？

克林顿女士，就是我的阿姨伊丽莎白·菲茨杰拉德，和我也有血缘关系，她曾经对我的姐姐简甚是宠爱。她在走廊里喊住我对我说，没了我的朋友——也就是西摩尔一家——现在的我看起来有些郁郁寡欢。说罢她便等在那里，似乎我应该说些什么来作答。诺斯安普顿女士跟在她身后，直截了当地对我说，如果我与奈德·西摩尔相爱了，那我最好把自己的想法告诉女王，让与他同房过的我和他结婚。她们并肩站着，两人都是伊丽莎白女王的朋友，也是她的知己，可在我看来她们就是两个泼妇，装作真的知道什么似的，似乎我珍贵守护的秘密同她们曾经的风流韵事一样：那些可怕的事发生在好几年之前，那时她们还是掌权者，年轻漂亮，心肠还没变坏。

我的脸颊因为害羞一下子变得绯红，她们谈起奈德和我的时候，应该把我们当做一对普通的情侣，一对在宫廷后面偷偷牵着手的傻瓜。但我们深爱着，不管怎么样，最终也结了婚，她们不会知道也不会理解这一点。

“如果他对你保证过要结婚，但最后又离开了你，我们就禀报女王，”克林顿女士低声说道，“所有人都看到你们亲密无间，现在他又突然离开，我会为你出这口气的。”

想到她们觉得我成了一个失败的女人，我心里不免感到害怕，但也十分愤怒，因为她们觉得我是个会被言而无信的爱人抛弃的傻瓜。我可是英格兰王位的继承人！简·格雷的妹妹！我难道会像是放低自己的身段，与不是自己丈夫的人上床的女人吗？难道还需要靠她们来帮我把他带回家与我结婚？我不能告诉她们，我们已经结婚了，他去巴黎还是经过了我的允许的。但我也不能向那两个老泼妇吐露自己的隐私（她们至少都有三十岁了），也不能告诉她们我不但已婚，还怀有身孕。我努力平复自己的怒火，露出一个甜美的微笑，对她们说，我非常想念简妮。她们看见了我的泪水，于是都说她是个可爱的女孩，失去她实在是一个巨大的损失，却不知这泪水其实是由愤怒变成的悲痛，之后我们谁也没有再说关于奈德的更多事。

似乎所有人都沉浸在夏日的欢乐中，似乎所有人都在求爱，只有我与这一切无关。伊丽莎白和罗伯特·达德利已是公开的情侣，去哪儿都在一起，有时甚至在众目睽睽之下牵着手。她待他就像丈夫或者别的地位相近之人那样，如果有人想要一笔津贴、退休金或者犯了什么罪需要获得宽恕，那罗伯特·达德利说的话就同女王的话一样管用，大家都知道这点。他们两人挨得很近，对这些事她别无选择，对别的事也一样，她的舌头无暇说话，只顾与他诱惑的双唇缠绵。

他仗着自己获得的宠幸变得傲慢起来。伊丽莎白给了他巨量的财富，下令对利润巨大的贸易征税。她差点就册封他为公爵，不过最后还是收了手，轻拍着他的脸颊，保证他的家族会再度崛起。他妻子那场疑点重重的死亡就发生在不到一年前，如今却没人再提起这事了。大家也忘了他的父亲和祖父都是因为叛国罪而被处以死刑的。只有我记得，随后就是我的姐姐被罗伯特·达德利的父亲逼迫登上王位，最终也被送上了刑场。但现在宫里的其他人似乎都认为达德利是来自一个伟大的家族，从始至终都受着宠爱的。

国家里的其他人当然不会这么想。我收到一封别人寄来的密信，写信者向我保证，如果他们计划举兵对抗伊丽莎白和她那犯下通奸罪的情人，那他们就会转而支持我。我甚至没敢读完这封信，便立刻交给威廉·塞西尔，他却只是平静地说："女王正是因为有你这般忠诚的继承者才得以蒙受祝福，她会为此宠爱你的。"

我想回答得更聪明些，比如说："她倒是没怎么展现出喜爱我的迹象。"或者想反问他："她是不是足够爱我，能让我变得更加快乐吗？又或者，她把我放在这样摇摆不定的位置上，真的只是太爱我的缘故？"

尽管所有人都知道我是英格兰王位的继承人，但她在议会的影响下仍然没有正式任命我，如今苏格兰的玛丽也已经宣布她正动身前往苏格兰，许多人说伊丽莎白应该任命她为继承人，以此来换取与她以及苏格兰和法国之间的和平。

"你的朋友奈德在巴黎受到众人欢迎，他写信给我，说苏格兰的玛丽不会签署和平协议，决定坚持回到苏格兰，保留自己争夺英格兰王位的权利。"威廉·塞西尔对我说，"他成了法国宫廷中一位了不起的情报员，为我提供各种消息。他在那里受到王子般的礼遇，而且也和我的儿子托马斯一起见过了全法国每个重要的角色，奈德告诉了我很多宫中连我自己也不知道的秘密。”

“他们什么时候回来?”我努力让自己的语气听起来轻松随意。

“但愿很快，我暂未听闻他们花钱大手大脚的消息。”塞西尔说，却什么消息都没透露。

我必须知道他是不是马上就要回来了。先前写给他的几封信都没有回音，我不由得担心他是否已经忘记对我的承诺，爱上了别的人。我命令那位叫格林的仆人一回这里就立刻到我房间，但他从没有来过。我又写信给奈德，告诉他我对自己是否怀孕仍然拿捏不定，但我已经不怎么感到恶心了，这说明其他一切都是我想象出来的，什么都代表不了。但这封信他也没有回复。新一次的例假又没有来，我也自然而然地胖了起来，三角胸衣系得越来越松，腹部的曲线也日渐明显。但我仍不能相信在我肚里有一个孩子。奈德曾经躺在我身边，那只充满渴求的手沿着我光滑的肋腹滑下去，这一切似乎已经是数月之前的事了，一算已有半年之久；这些事过去太久，我无法相信自己已有个孩子，但却也不能让自己停止害怕这一切的发生。

我的侍女莉注意到了我增大的双乳和变粗的腰身，我问她一个女人如何才能知道自己是否怀了孕，还有在洞房后多久才会分娩。她被我的问题吓住了，双眼睁得大大的，对我战战兢兢地轻声说道：“我的女士，这可是耻辱啊!”

我让她发誓对这件事保密，她做我的侍女已经很多年了，应该知道我永远不会做有辱声誉的事。我告诉她我已经结了婚，还给她看了我的戒指和象征我是奈德妻子的手帕①。我告诉她，奈德的求婚信安全地藏在我的

①以手帕定情在当时十分流行，在莎士比亚的《奥赛罗》中，奥赛罗给苔丝狄蒙娜的定情信物即是一条手帕。

珠宝匣里，信中满是他的真情实意。他让我成为他的妻子。我还和她解释道，自己腹中的小孩就是王位的下一位继承人，她也告诉我一个女人可以计算自己要多久才能分娩，时间是我上次例假后的第十个月，通过腹中婴儿是以什么姿势躺着，以及我最近是爱吃甜的还是咸的，则可以判断孩子究竟是男是女。如果我在头一个月有晕船的感觉，那孩子便不会死在海上。如果我把自己的小猫从房间里拿走，那孩子长大后就会成为一位值得尊敬的大人物。虽然我觉得这当中多半都是胡扯，但这些对我即将面对的事都有帮助。

我得指望她来帮我，如果我真的怀孕，即将临盆时她可以帮我隐藏起自己的不适。她说这没什么难的，可现在她妹妹患病在家，家里人需要她过去帮忙。我让她请了一周的假，这样她还能帮家里制备干草，但她之后也凭空消失了。

就是这样！她再也没有回到我身边，可她之前为我服务了好几年，这让我意识到自己现在的处境很是麻烦。如果莉小姐毫无征兆地离开我、离开宫里，通过我的秘密而做些有利可图的事，那我一定成了危险的累赘。我本来会付给她一笔钱来让她留在我身边帮助我——奈德留给我的那袋金子都可以给她，可她宁可逃走也不愿留下来。她一定觉得我要么已经颜面尽失，要么真的处在危险之中，任何一种情况下她都不会想为我做事，如今的我只能再次依靠自己了。

我真希望有人能帮助我决定下一步应该做什么！我在英格兰驻巴黎外交大使的掩护下又给奈德写了封信，虽然我都不能确信他是不是还在巴黎。我告诉他那几只朱顶雀都很健康，巴哥犬乔对我的忠诚看起来实在有点可笑，好像她知道我需要一个朋友似的。她开始睡在我的床上，每次都要靠它舔我的脸我才能起床。我在信中对奈德说，女王和罗伯特·达德利就像是婚后蜜月的夫妻，还对他说莉小姐从这里逃走了，我没有可以为我出谋划策的对象。另外我也不知道自己究竟处在怀孕的什么状态，但如果他能在我身边，我会高兴不少。我虽然不想让自己听起来可怜巴巴的，像在求着他回到我身边，可我焦虑万分：没有丈夫的陪伴，的确甚是孤独；现在的我非常需要他。

然而我还是没有收到回复。

尽管我知道这当中有很多原因导致他不能给我回信，但我仍害怕他是因为忘了我，又或者与某个法国天主教徒坠入了爱河。漂亮的英格兰玛丽成了遗孀，若是她对奈德备献殷勤，带他去苏格兰做她的丈夫，那我就永远不能在伦敦见到他了。我又写了一封信，尽管自己苦苦等待，却仍渺无音讯。

“我的儿子和你的朋友，赫特福德伯爵奈德准备出发前往意大利了，”威廉·塞西尔对我说，似乎这是个好消息，“你对此事有何看法呢，凯瑟琳小姐？我们是否应该让他们放弃自己欢乐的时光召他们回来？”

我想说：当然是召他们回来！不过我越过自己三角胸衣的平滑线条，看着自己鞋上的蝴蝶结，感觉自己痒痒的腹部紧紧地抵着紧身胸衣的龙骨。“噢，没事，让他们好好享受这段时光吧，”我慷慨地说，“我们在这里也过得很开心，不是吗？”

但我可以从威廉·塞西尔眉间深深的皱纹中看出来，他过得并不快乐，当他加入宫中欢快的闲聊时，声音听起来就像在强颜欢笑。他害怕苏格兰的玛丽回到自己的国家，也担心伊丽莎白女王会将自己的王位交由另一位女士，就好像上帝从没有在伊甸园中造出过亚当，女人可以去选择自己的继承人，更不用说那人也是个女的。他厌恶让天主教徒成为英格兰王位继承人的想法，因为他毕生都致力于让英格兰成为一个和平的新教国家。而伊丽莎白漂亮的表亲离她那么近，这个念头把她迷惑住了。塞西尔怀疑玛丽女王或者其他一切天主教徒都是他统治时期的敌人，决意颠覆他此生的工作，不过他也清楚，自己对此鞭长莫及。他不能说服女王，对她说你的表亲是你的敌人；也不能说服她，让她嫁给合适的人选；更无法强迫她怀上孩子。她不会为这个国家诞下一子，而我却可以。对此我很害怕，害怕自己会为国家生下一个儿子。他生来属于王室，又是王位继承人，可除了我之外，没人知道这点，而且我对此也不太确信。

有那么一会儿，我几乎都觉得自己会告诉塞西尔真相。他温柔地把手搭在我肩上，与其他女士区分开来。“我们是不是应该把赫特福德伯爵叫回来呢?”他温柔地问我，“你要他回来吗，凯瑟琳女士?”

我转过脑袋，学着伊丽莎白在假装自己无忧无虑时的样子甜甜地微笑着。“老天啊，不用啦!”我向他保证，“我现在还不需要男人，特别是那些伯爵!”

我们乘着驳船在河上航行，伊丽莎白坐在王家华盖下的王座上，身边是些乐手，人们则在岸上看着她。罗伯特·达德利一如既往地站在她身边，其他女士坐在甲板四周，都打扮得美丽动人，优雅高贵，这当中也包括我。没人在意简妮的消失，只有我在想念她。我的妹妹玛丽坐在高高的椅子上，就像一个娇小可爱的娃娃。她调皮地对我眨了眨眼，似乎没有什么东西能让她感到忧愁。我想自己应该告诉她，我很害怕自己怀了孕，被丈夫抛弃，但我想起她是我的妹妹，我们的姐姐简总是努力让我们不受忧愁影响，保护我们的性命，从来不对我们说出自己心中的疑虑或者恐惧。她给我写的那封信里面，都是她在那个时候能给出的最好建议。我不会成为一个比简差的姐姐，不会让玛丽承受我的忧虑。

外交大使、伯爵和领主们一同坐在大驳船周围，边喝着最好的葡萄酒边闲聊。我看见罗伯特·达德利低下自己满头黑发的脑袋，在伊丽莎白耳边说了些什么，她转头看着他微笑着。他们之间的爱如此强烈，充满热情，在那瞬间，我突然忘记她其实是我最难对付的表姨，眼前的她似乎又是一个坠入爱河的年轻女人了。从她转头的方式到她抓着王座的雕花扶手来让自己不与他接触，我都能看出她究竟有多么渴望接近罗伯特。我知道这份心情是什么滋味，也能理解这种感受，因为我曾经也这样过。我没让她看见自己脸上感同身受的表情，她还没转过头来，我就带着这个危险的表情看向了别处。

“这可真是一出不知廉耻的闹剧。”我的耳朵里传来一个人轻轻的说话声，我转头一看，是我曾经的公公彭布罗克爵士威廉·赫伯特，他站在我身边，我在看伊丽莎白，他则一直看着我。

“噢，我没看见您来。”我连忙说道，我放弃了自己的名声，装出一副既无知又无辜的样子，好像那是同一回事。

“没关系，上帝会保佑你的。”那个曾经把我从他家赶走，而且没有送上祝福和道别的男人说道。

玛丽坐在椅子上对我微笑着，还点了点头，似乎在建议我做些什么来扭转这个棘手的情况。

“赫伯特家族的人都很想你，”他假惺惺地说，“我知道我儿子与他漂亮的小妻子分开后一直懊悔不已。”

我对这些接二连三的谎话无言以对，只能睁大眼睛一言不发，看看他这葫芦里卖的是什么药。

“我知道你也喜欢他，”他想尽办法来博取我的好感，“童年时代起你就是众人的小甜心，又非常漂亮，或许你可以再次用充满爱意的眼神看看他？你是位出众的女士，或许也有着同样出众的未来，但你肯定不会忘记自己少时爱过的人吧？”

他的话里有着太多我想反驳的内容，可我只能把手放在三角胸衣上，因为腹部传来一阵颤抖，就像是婴儿的咯咯声。我低下了头。

“这就是我的儿子亨利，他和过去一样爱你。”他的父亲妄自断言，往边上让了一步，给我看他的儿子，像是假面剧的演员为观众展示自己的舞伴：那人正是亨利·赫伯特，他已经不再是我们婚礼那天那个面色苍白的男孩了，他健康了不少，相貌英俊，微笑地看着我，对我的爱溢于言表。

“我没想到你会来。”我对他说，他的父亲匆匆走向伊丽莎白，跪在她面前。

“请原谅我，”亨利有些唐突地说，“你要知道，我从未想过让你离开我的身边。你还记得那一切发生得有多快吗？让人根本弄不清什么是对什么是错，而且我那时病恹恹的，只能听我父亲的安排。”

我闭上眼睛，我还记得那时心中的恐惧和现场的混乱。我知道简已经去世了，做什么都不能让她起死回生。“记得。”我不自然地说。他们那时飞快地甩开我，好像我烫伤了他们的手指，这些事我当然清楚地记得。可我也记得我们两个人对此都手足无措，像他那样手足无措的年轻人自然不会是我的丈夫。

“我从未想过他们就这么隔绝了你我，”他的话语中带着诚挚，“我以为我们的承诺是真的，我以为我们会结婚，成为夫妻。我从来没想过我们会分开。”

我记得自己曾经像个姑娘渴望一名丈夫那样，对他也有过渴望；我记得那场奢华美丽的婚礼，记得那身精心缝制的长裙和持续了两天的婚宴。当然我也记得他，尽管病得像一只小狗，但还是努力和我一起跟在简与吉尔福德·达德利身后走向祭坛。我记得简，她的脸紧绷着，有如鲁特琴的琴弦，她不知道什么是自己该做的，什么又是上帝那难以言喻的旨意。我还记得她对那顶王冠的恐惧和她面对它时的勇气。

想起自己坚强不屈的姐姐，我微笑起来，说道：“没错，我记得这些事。”

他看见我的微笑，还以为这是为他准备的。“你现在是女王的继承人……”他终于道出了实情。

“她还没有对国会说呢。”我提醒他，同时瞥了一眼王位那儿，达德利快要把自己挤到女王身边了，他们俩几乎就像两条纠缠的蛇一样，女王都快坐到他的腿上去了。

“你是唯一一位新教继承人，”他纠正道，“也是最被国家喜爱的那个，她可是在宫里当着所有人的面以继承人来称呼你的。”

我点头示意。

“如果我们结婚，”他用非常平静的语气对我说，如果我们就像之前一样再次结婚，并且生下一个男孩，那么那个男孩就会成为英格兰国王。”

他的话让我有种奇怪的感觉，好像我的胃被一阵突然袭来的恶心或者胃胀气弄得翻江倒海。我心想，这是不是因为胎儿听见自己即将登上那个伟大的位置而产生的胎动呢？难道就像《圣经》中的伊丽莎白[①]一样吗？求求圣徒和罪人保佑我吧！我想。如果那是我孩子发出的动静，那我一定要立刻结婚！如果不是赫伯特，其他人也可以。不过老实说，赫伯特是更好的选择，不仅是因为他已经来找了我，还因为他的父亲也想让我们再次成婚，由于我们之前结过一次婚，伊丽莎白也很难阻止我们再结连理。这场婚礼在当时看来非常合适，现在亦然。赫伯特想与我结婚，他的父亲也这么想，女王又无法阻止这一切……而我又必须得嫁给一个人。大约只有耶稣才能知道奈德究竟什么时候才能回来，也只有圣母玛利亚知道为什么奈德不回我的信。她曾经和我一样，苦苦寻找一个可以当她腹中孩子父亲的男人，也和我一样明白自己不能太过挑剔。如果婴儿已经在我腹中有了胎动，那我必须尽快和别人结婚。

我腹中的动静很大，他肯定也看到了。我向他伸出手，他不知道我这么做是在向他寻求援助。“没错，我们的确有过一份美好的回忆。”我几乎

①指《圣经·路加福音》第1章，伊丽莎白蒙受神恩年迈得子。她是施洗约翰的母亲，圣母玛利亚的表姐。

是在胡言乱语。此时我汗如雨下，他肯定会看见豆大的汗珠从我苍白的脸上淌下。

他握住了我的手说："我从来没觉得之前的结婚是不作数的，我一直把你当做我的妻子。"

"没错，我也是。"我随口说，但心中突然涌上一个可怕的念头：我腹中的孩子是不是现在就要在所有人面前出生了？我必须回到驳船上，找一个能坐下的地方，咬紧牙关，试图阻止这场分娩，并祈祷这场享乐之旅能早早结束，这样我就能回到自己房间里了。我绝不能在这里分娩，不能在宫中的其他人面前生下孩子！更何况我还在驳船上，在这艘王家驳船上！而且还穿着自己最好的裙子！

他低头给我看他掌心里的东西，这是我许久以前订婚礼上的那枚婚戒。"你愿意把这枚戒指拿回去当作我们订婚的纪念吗？"他轻声说。

"可以！"我一把抓过戒指，只希望他能早点离开。

"我会给你送一幅我的画像。"

"好的好的。"

"你也会送我自己的画像吗？"

"会，当然啦。不过抱歉，我现在想……"

"那我们又重新订了婚？"

"没错。"

我真是个傻瓜。那场剧烈的恶心不是分娩的前兆，而是一场胎动，但谁知道这会如此可怕？在《圣经》里可没有说过会是这样，我那时似乎就要死了。可一旦经历后，我便知道了这是什么感觉。我肯定怀了孕，确凿无疑。我的胃开始经常出现这种翻江倒海的奇怪感觉。婴儿移动的方式不会听从我的意愿，所以有时我躺在床上，大肚子里的孩子会轻轻跳跃，在腹中蠕动，我可以真切地看到腹部的动静，似乎自己在睡袍下藏了一只小猫。但那不是，如果是一只小猫，我自然清楚地知道自己该怎么做，心里也不会有任何反对声，但这是个婴儿，现在的我根本不被允许怀上他，也不被允许将他生下来。可不管我是否能养育下一代，也不管我是否乐意，这个孩子就这么降临到了世上，就像一个可怕的，难以被遏制的力量，如同一片积雨云飘过乡野的上空，阴沉，令人望而生畏，无法控制。

“你还好吗?”玛丽带着身为妹妹的坦率问我，“你看起来和女王生病时一样浮肿，而且这几天脾气也变得很差。”

我想对她说，自己与奈德仍在相爱，可最近却从未听闻他的消息。他本应该只离开几周，如今已经过去了数月。我也想告诉她我们结婚了，但他抛弃了我，如今我怀上了孩子。但这场婚礼是秘密举行的，我甚至不能公开抱怨他对我做的事，那个婴儿则是个更可怕的秘密，我无法再继续遮掩下去了。但孩子总会出生，随后我的秘密就会曝光，那时我将会像一个拖在车后被人鞭打的妓女一般羞愧难当。

“我很难受，”我痛苦地说，“真的非常难受。噢，玛丽啊，我多希望自己能告诉你，我现在究竟是什么感觉。”

她让自己坐在窗边的椅子上，紧挨着我，把小小的脚向前伸去。“你没有发烧吗?”

“没有，我没有生病，只是心里很难受。”我纠正了一下自己之前错误的说法。

“你想奈德了?”

“一点都没想他。”

她皱眉看着我，漂亮的脸上也带着困惑的神情，似乎完全不能理解我的话。“我有个朋友，秘密的朋友，我不会告诉你他是谁。不过我也不会否认他的存在。”她说出自己的秘密来和我交换，“他说他爱我，我也知道自己爱他。关于他我就说这么多，这是为了让你知道我可以保守好一个秘密。虽然我个子看起来很小，但也已经是个成年人了。你可以告诉我自己对奈德的爱，我会把它放进自己的秘密库里保存好，这点你尽管可以放心。”

想到自己的妹妹也落进了和我一样可怕的情境中，我不由得满怀绝望，低声哀号。“不要说他了，”我说，“不论那个秘密朋友是谁，你都不要再提起他。也不要对他说任何事。不要把他当作心里的秘密，最好把他忘了，甚至连梦都不要梦到他。如果他想娶你，那就告诉他：除非有女王的允许，否则你谁都不会嫁。”

“她永远都不会让我结婚的，”玛丽闷闷不乐地耸了耸肩，否决了我的提议，“她太怕我生下的孩子成为王位继承人了，而且也不想要一个身高四英尺的都铎公主。”

想到这个我顿时感觉很害怕，于是上气不接下气地对她说：“你能生出一个正常体形孩子吗?”

“谁知道呢?”她又耸了耸自己圆圆的肩膀，玛丽身形娇小，却展现出了不一样的风情，“谁知道这都是怎么回事？但不管怎么样，我肯定要选个个子高挑的对象来平均一下孩子的身高。”

“玛丽，你不能恋爱！甚至都不能用这件事来开玩笑。向我保证，你不会与别人见面，还要把你的秘密抛到一边，不再提它。”

“这是关于奈德的事吗？你是不是和他秘密结婚了?”

我连忙用手捂住她的嘴，愤怒地看着她。“别再说了，”我说，“真的，玛丽，不要再说了。我没有秘密，你也不要再说别的话了。”

她一把推开我的手。“嘿!”她冷冷地说，“我才不是你被子里的跳蚤，不要对我指指点点的。不过我也不会到处说。你不了解的秘密在我这儿保管得很安全。”她扭动着身子，从窗边的位子上下来，轻轻跳到地板上。

“不过，记住我的话，亨利·赫伯特和你并不相配。他是个见风使舵的家伙，风往哪里吹，他就倒向哪里，父亲说什么他就做什么，而他的父亲也是个一心只考虑自己家庭的人。现在他们以为议会即将任命你而不是玛丽女王为王位继承人，于是谋划着等伊丽莎白死后借此夺取王位。所以他们才围着你团团转，好像都爱上了你，可你千万不要产生这种错觉。”

“我也不觉得别人真的爱我。”我凄惨地说。

玛丽抓着我的双手，把它们贴在自己脸上。“我就很爱你，”她说，“我的心很大，至少比亨利·赫伯特的大得多。”

“他是我唯一的希望。”我哀叹道。

“你真的准备嫁给他吗？”她疑惑地问我，“我可要警告你，他已经把你的肖像给宫里的人都看了一遍，还说你们两个已经订婚了。人们问起我这件事，我否认了。”

我腹中的孩子翻腾着，似乎在表达不满。我轻轻地叹了口气。“我不敢拒绝他。”

“他给你戒指了吗？”玛丽追问道。

“没错，那是我和他之前的结婚戒指，他一直留着。他还给了我一只手镯和一袋黄金来证明自己的诚意。他的父亲更是把他母亲传下来的胸针给了我。”

“趁着我们现在还在出游，你快去请求女王的允许和他结婚吧。”玛丽建议道，“宫里的人离开伦敦的时候是说这话的最好时机，她和达德利白天一直腻在一起，晚上也不会分开。或者不如让达德利帮你在女王那儿说两句好话？他在这个夏天也陷入了爱河，势必也会站在爱情的角度考虑问题。他没能处处小心谨慎，一心只想尽快和女王结婚。如果你和他有着同样的想法那就再好不过，可我实在想不通为什么你会这么想。”

我眨了眨眼，岔开了话题：“我的东西都还没打包好，我找不到诺兹先生旅行用的笼子了。”

“我来帮你一起找，”她有些惊讶，“别哭了。奈德很快会回来重新和你相聚，当然你或许会选择嫁给亨利。不管怎么样你都会成家，有一个丈夫，有人会爱着你这个人本身。总有一天我也会这样的。你还乞求什么呢？”

# 1561年夏

**通向旺斯特德的途中**

我们离开伦敦，在旺斯特德的宫中留宿第一夜。那位立刻就抛弃了简的理查德·里奇领主[①]作为东道主欢迎我们。罗伯特·达德利把他晾在一边，亲自扶女王下马，带着她跨过旺斯特德宫的门槛，似乎这是他的家，而伊丽莎白是自己的新娘。女王高兴地笑着，理查德·里奇只能强颜欢笑。

仆人们打开了我们衣服和首饰的包裹，但旺斯特德的一切都甚是精致，因此我们决定穿他们的亚麻衣服，用他们的金银盘碟。我看见伊丽莎白望着这幢大宅子周围丰饶的邸园，便知道宫中次日即将出去狩猎。我必须请假，仅仅骑了十英里的路就让我感觉疼痛不已，当我从马上下来时几乎都站不稳了，这样的状态肯定不能跟在猎犬后策马飞驰。

“有一封你的信。”一位身着里奇家制服的仆人对我鞠了一躬，递给我一封信，上面写着我的名字。

“信?”

有那么一瞬间，我都没有伸手去拿。我带着愈加高涨的希望盯着它，随后缓慢而又若有所思地放下了自己的手。感觉好像有个人递给我一把钥匙，能让我逃离这令人忧虑的牢笼。

奈德终于还是写信给我了，终于！或许这封信是他在海岸附近写的，

---

①理查德·里奇本应在1553年出兵代表简对抗玛丽女王，但却从未出现。

如今他已经回到了英格兰，向北骑马寻找我的下落。我很高兴能收到他的信，它虽然来得太迟，但也足以消弭自己先前的不满。之前的事都不重要，那些事都算不上什么。如果他现在就来找我，我们大可对众人坦白。我会毁了和亨利·赫伯特的婚约，可以把这件事告诉女王，所有的愿望都会成真。正如有着与自己年纪不相符的智慧的小玛丽所言，我所要的不过是一个家庭，一个丈夫，除此之外还有什么索求呢？

但我随后发现这并非奈德的笔迹，也不是他的印戳。我一拿到手，心中的希望立刻破灭了。马夫们在马厩院子照顾宫里的马匹，让它们前往茂盛的草场吃草，我离开忙碌的院子来到花园里，树林在石制长椅上洒下阴凉的树影，我可以坐在那儿放松一下自己疼痛的背脊，读一读收到的信。

这是亨利·赫伯特写给我的，内容令我犹如五雷轰顶。

我迄今为止一直品行端正，如今亦不会以失去荣誉为代价，与一位娼妇共度余生。几乎所有人都在谈论……

我差点拿不稳那封信，甚至觉得自己要晕厥了，更是出于恐惧而无法呼吸。我又读了一遍，他称我为娼妇，他说所有人都在谈论我。我能感到自己的心脏在怦怦跳动，腹中的孩子也停下了，似乎他也知道了那些对母亲的侮辱，吓得静止不动。

“奈德。”我悲惨地喃喃自语。我不相信他会这么离我而去，任由这些可怕的事发生在我身上。不相信我们的爱情会以这种灾难性的方式收尾：我的腹中多了个孩子，而亨利·赫伯特！就是他当着所有人的面说我是个娼妇！

你试图用隐藏在甜美友善外表下的毒饵诱骗我进入你设下的

陷阱，但感谢上帝，我看清了这一切。我不会再被那些信物困扰，我送出它们，收到的却是你残忍的冷落，将其用作遮羞布，遮掩你和他的恶行。

他知道我怀了孕。虽然没有提到奈德的名字，但其他人很快会用我的恶名来玷污奈德的好名声。我必须归还赫伯特的礼物，求他保持沉默。他显然对我试图诱骗他的行为感到恼怒不已，老实说，我不能说他错了，而我清白无辜。对他燃起的怒火我无话可说。我本想与他结婚，利用他的名字来掩藏自己那可怕的羞耻行径。当然，我心里一直都明白这样做行不通。或许在我们走向圣坛宣誓结婚前我就会分娩。我不得不在即将成婚的时候告诉他真相，那时他也会和现在一样对我大发雷霆。

但我随后会成为他的妻子，孩子也会冠以他的名字，我会借此给自己赢得一个暂时的避难所。除此之外我还能做什么？我以为自己在孩子出生前结婚就够了，那样孩子会有一个名字，我也会有一个丈夫。但因为我试着嫁给他的同时还与另一位男人通奸，现在我只得在世人面前蒙受耻辱，诞下腹中的孩子，还被他冠以娼妇之名。

我把脸埋进手心，为那封残忍的来信痛哭。我真的不知道自己接下来应该做什么，对之后要做的事全无打算。我肚子里的孩子这时转了个身，猛地向下一坐，按到了我的腹部，我不得不再次匆忙跑进厕所解手，心中在想：上帝啊，这太悲惨了。这是我能想出最悲惨的遭遇，如今却发生在了我身上。我曾经很高兴能成为奈德的妻子和简妮的朋友，还一度成为女王的继承人，有个被尊为圣人的姐姐，如今却倏地跌到了人生的谷底。这是真真正正的谷底，甚至都看不到重回旧日生活的希望。

想要说服伊丽莎白房间里的女人们，让她们知道我不舒服并不是什么难事。我脸上露出的压力夺走了本应美丽的少女容貌。我整夜都睡不好觉，只要一躺下来，肚子里的孩子就对我拳打脚踢。我的脸上出现了黑眼圈，凝脂般美丽的肌肤被许多痘痘给毁了。任何人都会觉得我得了晕船病。隆起的腹部让别人觉得我像是得了水肿，背部和腹股沟那儿总是有痛感。我每天与女王一起上朝都得一直站着，而她却可以时而坐在王座上，时而到处走走，再与人跳个舞。我行礼的时候背也要挺直，还要一直保持微笑。这就像一个漫长的折磨，比起伦敦塔里任何一种刑具来都毫不逊色。我最好立刻招供迎接判决，而不是像现在这样每天满口谎言，忍受永无休止的痛苦。如果他们真的对我用刑，大约也不见得会比现在更糟。

队伍还在一路前行。伊丽莎白快乐得像个举止粗鲁的暴发户，罗伯特·达德利整天在她身边，和她整夜起舞，晚上就睡在隔壁的房间。他们和年轻的恋人一样，调情，大笑，赌博，一同骑马。他们在一起时如我和奈德在一起时那般快乐——在奈德被她送走，使我感到羞耻及孤独之前。

我写信给留守在威斯敏斯特的一位女仆，让她在珍宝室中找到我的箱子，拿出里面的珠宝匣，把亨利·赫伯特给我的所有东西都寄过来。我必须把他那幅愚蠢的肖像画和夹有他一缕头发的吊坠还给他。他的钱已经被我花了，所以没法退还。

# 1561年夏

**埃塞克斯郡　普利格宫**

我的女仆一点消息都没回复我，我怀疑她没收到我的信，或者找不到我的东西，又或者有什么地方弄混了。我想给她再写一封，命令她抓紧点。不过我还没动笔就到了我叔叔约翰·格雷在普利格的新宅邸。这幢房子让他很是引以为豪，因为这是女王赠与他的。他相信这象征着女王对自己的宠爱，而其代表的恩泽也必将漫溢到我身上。他在为女王准备的娱乐活动中给我安排了重要的角色；他想让我领舞，可不能理解我为什么在竭力躲开女王的注意。

“那个漂亮的你哪儿去了？”他抱怨道，“你变胖了，这到底怎么回事？直到你被任命为王位继承人，而且议会公开宣布之前，都不能再暴饮暴食了。女王才没有耐心对付那些暴饮暴食的人。我们都想要一位漂亮的继承人，而且还要看起来容易生养的才行。可你看着就是一副精疲力尽的样子。”

“我知道，对不起。”我简短地说。

有那么一瞬间，我在想自己能不能告诉他，我犯下的错远比暴食可怕，可我看着他棱角分明的脸，不敢告诉他：另一位格雷家的侄女又让自己处在了与王位相悖的那侧。

“你斗篷下藏着什么？”他突然问我。

“我的猫，它叫丝带。”我说。

这只漂亮的橘猫并没有引得他微笑。“真是荒唐，”他说，“可别让我的猎狗们看到，它们准会把它撕成碎片。”

“有封给凯瑟琳女士的信，”负责用膳的仆人说罢递给我一封信，上面有着彭布罗克家族的徽章。“信使等着你的回复。”

“噢？真的吗？”我的叔叔立刻高兴起来，“亨利·赫伯特写给你的？是他吗？他的父亲前几天刚刚和我说起过这事，说他或许会考虑重新与你订婚。拆开看看吧，姑娘。”

“我还是过会儿再看吧，”我口干舌燥。

他大声笑着。“别在意我。”他说，然后转身对着男仆说了些关于女王用晚餐时的安排，我乘机拆开蜡封，展开信纸。

**夫人，请立刻派人送还我给你的信件、纪念物与肖像，以及其他所有东西。告诉你吧，我会让全世界都知道你犯下的那些有伤风化的行为。感谢上帝让我知道这一切，也让我一窥你的其他所作所为。**

我觉得自己可能病了。我把这封信读了一遍又一遍。他明知道我在路上，以为我会把他的肖像随身带着到处跑吗？可怜的傻瓜，我猜他就是这么以为的。我的思绪漫无目的：他真是虚荣，也够蠢的。我很高兴自己不用和他结婚，但我随后想到，上帝啊，如果我们不能结婚，如果他准备对所有人说我是个娼妇，那我该怎么办？

“没事吧？”我的叔叔问，“你看起来不太高兴，是不是和恋人吵架了？”

“一切都挺好的。”我结结巴巴地撒了个谎。

如果亨利没有收到自己的信件，公开宣布我是奈德的情人，那我就会失去王家众人的宠爱，不仅是我的叔叔，所有的亲戚都会与我一刀两断。我的妹妹玛丽会被逐出王宫，她又能去哪里呢？我们不会再像女王的侍臣那样收到钱，也不会从请愿人那里拿到贿赂，更得不到女王的赏赐。我的没落会让全家人遭殃。而这个孩子又将在哪里出生，谁又将出资养育他呢？

“都挺好的。”我咬紧牙关，干巴巴地微笑了一下，“一切都还不错。”

“那就好，那就好，”他高兴地说，“我们会向女王请求，让她同意你和亨利·赫伯特的婚事，或许趁她还在这里的时候说最合适。如果今晚一切顺利，她也情绪高涨，那就直接问她怎么样？你真该看看我准备的杏仁糖膏城堡的尺寸！只要他们能把蛋糕从复杂的厨房里端出来，还不碰落到地上就行！这真是让我提心吊胆！年轻的凯瑟琳小姐，你是时候结婚了。”

“还没到时候呢。”我抑制住自己的怒气，“现在还不要和女王说，我求求你。我的亨利领主在一些小事上对我有点不满，我得送给他一个纪念物。如果我能派自己的女仆前往威斯敏斯特，她或许能帮我找到他要的东西。”

他听了大笑起来。“噢，你这个可爱的小姑娘啊！干吗要让自己处在那么困难的境地！你可以从我的花篱上采一朵玫瑰，压干后给他送去就行了，等着看吧。等女王心情不错的时候，只要你给我点头示意，我就会和女王说这事。”

“我会的，”这个回答不免有些愚蠢了，“但只有我向你点头了你才能说。”

他拍了拍我的肩膀。“快去换上你最漂亮的长裙吧，”他说，“我们要为女王准备晚餐和一场表演，让她在整个统治期间都难以忘怀。”

“另外，把你的宠物放到马厩去，”他说，“我不允许它们弄脏我的新房子。”

我把丝带关进它的旅行箱里，因为它实在是太调皮了，不过还是偷偷地把乔和诺兹先生带进了自己的房间，让它们在屋子里自由自在地玩耍。愿上帝保佑它们吧，它们是这个世上仅有的几个关心我的小生灵了。不管叔叔怎么说，我都不会把它们留在马厩里的。

我像个疲惫苍老的演员一般扮演着叔叔偏爱的侄女，也是仅次于苏格兰的玛丽之后女王第二喜欢的表外甥女，同时还被女王任命为继承人。我终于挨过了整个晚上，但那个晚上就像一个梦游的人那样毫无意识，却又得小心翼翼地拿捏着尺度。我想不到自己能做什么，也想不到谁会帮我。我不能阻止亨利·赫伯特向自己的父亲控诉我给他带来的羞辱，也没办法阻止他对宫中的其他人说起这件事。就算我能找到他那些该死的纪念物，按时给他送过去，我也怀疑这究竟能不能阻止他。我深深地伤害了他的自尊心，也狠狠地刺痛了他的虚荣心，所以现在我得好好想想，如果他把这些事全抖出来，成功羞辱了我，那么女王就会立刻知道我的丑闻，这样一来威廉·塞西尔、罗伯特·达德利、克林顿女士、我的叔叔、我的后奶奶凯瑟琳·布兰登还有我的阿姨贝丝·圣·洛，以及所有其他曾经向我许下美好诺言的人都会因为这件事恨我，因为我成了一个淫猥的姑娘和骗子。

我想自己应该把这件事告诉某个人，或许是我的朋友，可以站在我和女王之间。我必须选一位大臣，他既在这段时间里一直为女王服务，又能理解我的难处，并且又以自我为中心。我必须找到一位可以倾诉自己可怕的秘密，且希望他会站在我这边的人。

我可以告诉威廉·塞西尔，他是辅佐女王的顾问中最出色的一位，同时也支持我成为信仰新教的公主和继承人。他反对一切天主教徒，所以一直更偏爱我，而非苏格兰的玛丽或者玛格丽特·道格拉斯。我是这些人里唯一一个信仰新教的公主，而他也发誓与我站在同一战线上。不过我不能把这事告诉他，没有什么原因，就是不行。我不能直视他那双棕色的眼睛，因为他的眼神既充满信任，又带点悲伤，就像猎犬的眼睛一样。我要告诉他数月来我都在对他撒谎，我与奈德秘密结了婚，如今我失去了他，他和塞西尔自己的儿子一起去了我不知道的地方，留我一个人独自面对女王的愤怒。这对他而言未免太沉重了，我不能这样，不能对他说出这些话。我羞于向威廉·塞西尔这样的人坦白一切。

“你没事吧？”妹妹玛丽虽然个子只到我的肘部，还是抬头看着我的脸，“你看起来有点不舒服。”

“我觉得有些恶心，”我说，“不要看着我，我不想任何人看着我。”

“你这几天是怎么回事？”她问，“看起来和被父母抛弃的孩子一样神经紧张。”

我眨了眨眼，忍住突然涌起的泪水。

“还有，你总是在哭！”她抱怨道，“是因为奈德抛弃你了吗？”

“是的。”我说，这两个词从我嘴里说出，如同一块石头落了地，我终于承认了这件事。“他说他会给我写信，但从来都没有写过。他也说自己只会离开我几周，可都已经过去好几个月了，他连一封信都没有回我，我甚至不知道他在哪儿。所以，真的，我得说他已经离开我了。他很久前就抛弃了我，没有他，我又应该怎么办？我不知道。”

“找亨利·赫伯特？”她建议。

“他知道我爱的是奈德之后暴跳如雷，我们之间的事他都知道。”

她噘起自己漂亮的嘴，问道：“没有他们，你就不能开心生活了吗？”

“我们互相发誓过要结婚的。”我说。就算到了这个时候，我也不能把真相告诉自己的妹妹。“我不过是感觉自己被连累了。”

玛丽对着我大笑起来。“看在上帝的分上！我们的姐姐听了上帝的话却死在了断头台上，这才是被连累了。她之所以死了，全是因为自己对上帝许下了誓言，而且还不能收回自己说的话。难道你要让自己的生活被一个小小的誓言彻底摧毁吗？仅仅是一个爱的誓言，一个对男人说出的誓言？忘了你发的誓吧！食言又没什么错。”

“这和简的情况根本不一样。”我说。

“怎么不一样！我们应该竭力不让自己像简那样活着，要为了自己的欢愉而活，寻找快乐和幸福，这才是我们该有的生活方式。简的死告诉我们一个道理，那就是生命可贵，每天都是应当珍惜的礼物。你改变一下自己的观念吧！不要再像过去那样了！你自己发下的那些誓言，是要自己去做个了断了。”

“那才不是她想教会我们的东西，”我想起了她写给我的话，“她想让我们学会认识我们的来世。”

“我才不觉得她是个好老师，也不是个好榜样。”玛丽毫不避讳地说。

玛丽的话着实让我吃了一惊，不啻于我看见巴哥犬乔突然学会用双脚站立。我根本没想到自己的妹妹思考过那么多。我一直觉得她年纪太小，还不能理解简身上发生的事情，更让我羞愧的是，我以前还觉得她身形矮小，应该不会听见我们在她漂亮的兜帽上方进行的讨论。

她那双黑色的眼睛兴奋地闪着光，随后微笑起来。“我会找到自己的生活哲学，过上属于自己的人生，我什么都不会怕。”

她从我身边走开，有人请她跳舞。我看着她和其他身高是她两倍的姑娘们站成一排，但她们远没有她漂亮。我想，我不能把这件事告诉伊丽莎白，我不能就这样毁了玛丽的生活。

我或许可以告诉我的阿姨贝丝・圣・洛夫人。她虽说不是世上最心软的女人，但她爱我的母亲，并向我保证自己与我会结下深厚的友谊。她在我母亲的葬礼上说过我可以求助于她。贝丝阿姨是个经验丰富的女人，她结过三次婚，孩子多得数不清，所以她肯定知道什么是怀孕的征兆，也清楚孩子什么时候会出生。她也一定会知道爱究竟会如何推动一个人奋勇前行，超越自己本应所处的位置。另外她也是伊丽莎白的密友。如果她能清楚我的情况，那肯定也会帮助我向伊丽莎白坦白真相并摆平这一切吧？

# 1561 年夏

**伊普斯维奇　高街　摩尔先生的宅邸**

我做下决定，但却找不到合适的时机，甚至连合适的话都没想好。大家还在叔叔这儿住着，所以我不敢把话说出来：我不能冒着让他蒙羞的风险。万一伊丽莎白生气了，怒火会波及到每个人身上。当她觉得自己遭受了不公正的对待时，肯定会遍洒那些尖酸刻薄的话，而我不能让叔叔被波及，所以我在耐心等着。女王出游的路线不断慢慢向东，就连那些潮湿的日子和夏天的暴风雨也未能阻挡她的脚步，有天晚上降下了一场非常强烈的雷暴，屋顶上的烟囱都在震动，所有人都觉得世界就要毁灭了，这样的天气一直持续到众人到达伊普斯维奇为止，可我一到那儿就有一种新的痛楚，疼痛从我的胯部蔓延到肋骨，我在想：上帝啊，我要裂成两半了，我必须告诉贝丝阿姨，再找一位医生来，否则当婴儿从我腹中产下时，我也要带着这个秘密死去了。

# 1561年夏

**伊普斯维奇　高街　摩尔先生的宅邸**

我一直等到夜幕降临，但宫中的人们在夏日纵情欢乐，无忧无虑，伊丽莎白直到午夜才恋恋不舍地上床睡觉。不过一切最终安静下来，仆人们趴在镇里官员家中的搁板桌上睡着了，有些人在巨大的壁炉边叠着自己的斗篷，这时候我才悄悄地让乔在我的枕头上打着呼噜，自己则蹑手蹑脚地走到女士们房间门口，叩了叩门，直到我听见贝丝阿姨问“是谁啊？”才开门溜了进去。

她穿着睡衣，就着烛光阅读《圣经》，睡帽系在她的下巴上。谢天谢地，她是一个人睡的。如果她和别人睡在一个房间，我就一个字也不能说了。她的丈夫是女王侍卫的首领，也是男仆主管，因此需要先于宫中的众人一步，确保下一个住所超乎伊丽莎白所要求的标准。所以贝丝和自己的丈夫仅仅结婚两年，就要分开，这一切都只是因为要让伊丽莎白和她的情人能在威廉·圣·洛先生尽力安排的最豪华的环境中享乐。我们也都围着这位难以相处的女王团团转，可她之前不是在小小的家中被养大的吗？能有穿过的旧衣服就很高兴，既没有名号，也没有头衔，更没有朋友。

“是谁？”贝丝问，随后她看见了我，微笑着说：“噢，是凯瑟琳啊，亲爱的，你有什么事吗？是不是不太舒服？”

我关上身后的门，走到她床前。

“贝丝阿姨……”我刚开口，随后却又想到，不能把什么事都告诉她。我不能把一切都说出来，一时间我竟哑口无言。

“凯瑟琳，你怎么了？亲爱的，到底怎么了?”她问我，看起来对我很关心。我想，如果我的母亲能像她那样看着我，我一定会把所有事都告诉我母亲。

“我……我……”

她盯着我，问道：“怎么了？你是不是碰到麻烦了?”

我解开自己层层叠叠的睡袍作为回答。在外套之下，我的白色亚麻布睡袍紧贴在我肿起的双乳和隆起的腰身上。她可以看见我腰身的曲线，还有我腹部明显的小肚脐，尽管我把腰带扎得紧紧的，可它还是凸显出来了。

她惊讶得用双手捂住嘴，棕色眼睛睁得大大的，努力不让自己发出尖叫声。

“上帝啊，你都做了些什么?”她轻声问道。

“我结婚了。”我的回答带着绝望。

“什么？难道是和亨利·赫伯特吗?”

“不，不是他，那是我在绝望的时候胡乱向他许诺的，不过他清楚这些。”

“我的上帝啊!”

“我和奈德·西摩尔结婚了。”

“真的吗?”

“千真万确，可他现在去了别的地方，一直都没有给我写信。”

“他悔婚了?”

“我不知道，但愿没有。”

“他知道这事吗?”

“我不清楚，我们当时还不确定，只有简妮知道。”

“这到底对谁有好处?”贝丝愤怒地说，“她死了，他呢?失踪了。还有别的人知道吗?威廉·塞西尔呢?”

“不，不行，我不能告诉他，也不能告诉克林顿女士，另外我……”

“那你为什么要告诉我?”她压低声音，愤怒地说道，双手仍然捂在嘴上，“你究竟为什么要过来告诉我这件事?”

“我以为你会帮我的。”

“想都别想!”她直接说道。

“但是，圣·洛阿姨，我的母亲——你不是和她是老朋友吗?你曾经对我保证过……”

“我是很爱你的母亲，在我与第二任丈夫结婚的时候，那时还在你家里吧，她对我很好，我第三次结婚时也是如此。不过听好了孩子，是结婚，公开举行的婚礼。如果你的母亲知道你这个情况肯定会杀了你，而不是放任你在这个国家待着，连个丈夫都没有。她也不会让我伸手相助，而是会把你赶出宫里，让你随便去这个国家的任何地方，并向上帝祈祷那个孩子能夭折，这样你才能掩盖住自己羞耻的行径。”

“贝丝女士……”

“我可没有足够的信用，”她直白地对我说，那语气就像热那亚的银行家拒绝放贷，“我没有足够的信用来帮你挺过难关。没人能这么做。你必须离开这里。”

“我不想要钱……”

“你会想要的，”她说，“你会迫切地需要钱。还有一个家，一个丈夫，以及一位能为你向女王解释这一切的好心人。而你需要的这些我都没有。不过就算我有，也未必会将所有的信用花在像你这样愚蠢透顶的女孩身上。”

我开始怯弱地哭了起来。“可我已经无处可去了……”我做梦也没有想到她会对我发怒，“我可以去哪里？贝丝阿姨，求你了！你就没有什么地方可以让我避一避吗？我可以去你家吗？”

她又一次伸手捂住嘴来抑制自己的尖叫声。“让一个都铎家的人在我的屋子里出生？而且各有一半都铎和西摩尔血统？你真以为伊丽莎白不会将其视作谋反之举？不可能！你没听见我说的话吗？如果她知道我们说了什么，甚至说她只要知道我了解过这些事，绝对会毫不犹豫地把我逐出宫去。快出去。现在就走，不要告诉别人你和我说过这些事，我肯定会矢口否认。”

“但我又能去哪里呢？”我问她。

她伸手去拿床边的蜡烛，跳跃的烛光在她惊恐的脸上映出阴影。“随便找个地方躲起来，把孩子生出来后送给别人，如果实在没办法就只能把他遗弃了，最后回到宫里，假装一切都没发生过。”她这么建议我，“另外，永远不要告诉别人你和我说过话，我肯定永远不会承认的。”

“亲爱的贝丝阿姨，我求求你！请不要吹灭蜡烛！”

蜡烛呼的一声灭了，整个房间坠入一片黑暗之中。

我站在黑暗之中，简直不敢相信这一切，过了一会儿我才磕磕绊绊地向房门走去。

我躺在床上无法入睡。肚子里的孩子又在动了，我想它似乎往下挪了挪，因为腹部鼓胀的地方不再像之前那么高。我有一会儿在想，或许肚子里的孩子已经死了，它的身体正在我腹中萎缩，这或许对我来说是最好的情况。可它随后又开始蠕动，用力踢我，我根本没办法假装它已经死了。

说来也怪，我突然对这个可怜的小东西涌起了一阵爱意。我不想让它死去，也不能希望他死去。当圣·洛女士说我应该希望自己死产的时候，我甚至觉得她是个恶魔，甚至已经超越了残忍的范畴。我不会把这个可怜的小生灵抛到一边，也没想过把枕头捂在它小小的脑袋上，再把尸体丢进沟渠里。我到死都不会忘记蜡烛吹灭的声音和房间中的那片黑暗。她怎么能这么做？可现在为贝丝阿姨的所作所为感到痛苦没有意义，我必须想想自己应该做什么，应该去哪里。

我擦干双眼坐在床上。我必须立刻做点什么，那疼痛仿佛腹中有一只恶毒的手正无情地揪扯自己的内脏；肯定有什么情况发生了。尽管贝丝阿姨说得很清楚，她不会为我做任何事情，但也为我指出了一条路：我应该离开宫里，秘密地把孩子生下来。我或许会把孩子交给一个好心人家，然后再回到宫里。当奈德回来的时候——假如他会回来，并且还爱着我——如果这一切到最后被发现只是个可怕的误会，那我们可以请求女王，让她允许我们结婚，对外宣称我们已是夫妻，之后再生一个小孩，让它成为新的王位继承人。

至少罗伯特·达德利对此会觉得挺高兴。因为这可能会为伊丽莎白带来一位男性王储，她可以将那孩子推向王位，自己则免于婚姻之苦，也能从联姻中解脱出来，让自己嫁给罗伯特·达德利。如果有一位新教继承人呱呱坠地，那威廉·塞西尔也会很开心。可我得先找个能安全隐藏自己秘密的地方。

我很想回到自己在布拉德盖特的老宅子里，但那里的人都认识我，消息很快就会传到宫中，像是间谍骑马的速度那样快。我希望自己可以去汉沃斯，住在奈德家；但我们之前向他母亲请求结婚时，她并没有支持我们的婚礼。如果我孤身一人前去拜访，没了简妮的陪伴，她又是否会欢迎我呢？没有受到邀请的我不敢前往，也不敢告诉奈德的母亲我为什么需要一个自己的家庭。我也不能告诉自己的叔叔，因为我已没有勇气对他袒露真相，也不会将自己的耻辱带到他新家的门前。我需要找到一个家里有着广袤的土地和众多屋舍的人，他可以在孩子出生前为我提供躲避之所，也能请得起乳母，并付钱让人保守秘密。那个人还要有勇气把我藏起来，躲开女王的视线，同时冒着忍受她不悦的危险，让我为她诞下一位新教继承人。

我想，这样的人只能是威廉·塞西尔或者罗伯特·达德利了，除此之外没人能拥有贝丝阿姨口中的“信用”这个东西，因为我们对自己的名誉都像守财奴般吝啬，苦心积存着自己的名声。我也不能把自己求爱的事和那些秘密许下的诺言说给威廉·塞西尔听。他年纪太大，德高望重，和我说话时就像一个和蔼的叔伯一样。我应该很快就会和自己真正的叔叔格雷坦白这一切，而非选择告诉威廉·塞西尔。另外，他也已经问过我了，可我在这漫长的孕期中已经厚颜无耻地对他撒过了谎，他肯定不会忘记这一切。不过罗伯特·达德利对我一直和蔼有加，他对奈德很好，也知道我作为王位继承人的重要性，在“谋杀”了自己的妻子后，如今的他已重新恢复了名誉，由此他的信用是整个国家里最强的。他拥有数十幢女王赐给他的房子，所以也肯定能将我藏入其中一幢房子里吧？我决定在今晨告诉他。我下定决心后便重新躺下试图入睡。

可我仍在床上辗转反侧，躺在床上毫无作用。我费力地挪动着身子，从床的一侧滚到另一侧，像一条在岸上搁浅的鲸鱼，肚中的孩子在我的心脏下方挤压着，让我的呼吸变得极其艰难，怎么都找不到舒服的姿势。它斜倚在我的腹部，我最后不得不起身用夜壶解手。我的耳膜感觉到了一阵阵隆隆声，似乎自己正处在危险之中。除非我向罗伯特·达德利承认这一切，而他最后又为我提供一处避难所，否则我是睡不着的。我相信他肯定睡得很晚，最好立刻去找他，把这件事一五一十地说给他听，将我毕生的好运交予他手，并让自己的命运寄托在他的慈悲心上。

我下定决心，起身来到他的房门口，轻轻地敲着门。门很快就开了，似乎有人在一侧等着似的，罗伯特的男仆塔姆沃斯探头看向走廊。

“凯瑟琳女士！”他温柔地说着，向外迈出一步，抓住了我的手，将我向房间里拉去，“不要在那儿等着，有人会看见你的。”

我关上身后的门，看见有人在四柱床上挪动着身子。“噢，欢迎！”达德利说，在他说话的声音中有笑意。他一把甩开身上盖着的被子，一丝不挂地站在床边，似乎在等待着一位爱侣。当他看清是我时，转身躲开我惊讶的脸，从床上抓来一些东西系在腰间。他赤裸的肩膀很宽阔，胸膛是虬结的肌肉，看起来很是强壮。我不禁在想他在等谁，他独自一人赤身裸体地躺在床上，在黑暗中隐藏着自己俊美的身体，打着盹儿，等待着她来找自己。我忍不住看着他那完美的身体，心想任何女人都会开心地让塔姆沃斯将自己带至他的床前，不过很明显，这事他已经不是第一次做了。

“塔姆沃斯，你可以出去了，”达德利简短地说，“在外面等着，看好门。”

塔姆沃斯把斗篷披在睡袍上，走出房门，我听见椅子嘎吱作响的声音，那是他坐到走廊的椅子上照看着我们的隐私。这时我突然注意到，他很清楚自己要做些什么。

罗伯特瞥了一眼他房间中的另一扇门，说道：“声音轻一点。”

“那是女王的房间吗？”我几乎不敢相信，就算在这样的风口浪尖上，他们还一起住在相连的房间里，那这么看来所有的流言蜚语都是真的了。

“没关系，轻声说话就行。”他悄悄地走向与他房间相连的那扇门，滑动着上了油的门闩把门锁上，“你想要什么呢，凯瑟琳小姐？你不该来这儿的。”

“我碰上麻烦了，而且还是个很大的麻烦。”我对他说。

他点了点头，问道：“发生什么了？”

我几乎不知道自己该从哪里开始这个话题。“奈德·西摩尔和我秘密订婚了。”我终于开了个头。

他那双黑色的眼睛盯着我的脸看着。“愚蠢。”他简短地说出这两个字。

“然后我们秘密结了婚。”

他的视线更加集中了。“你一定疯了。”

“随后他和托马斯·塞西尔一起去了法国，现在到了意大利。”

他听了一句话都没说，只是看着我。

“我怀孕了。”

他简直惊掉了下巴。“上帝啊。”

“我知道。”我的声音颤抖着，但第一次没有落泪。我想自己必须去一个没有眼泪的地方。我到了人生的最低谷，居然在午夜之后来到女王情人的房间里，告诉他一个令人羞愧的秘密。这也是我能想到的唯一能让自己活过这一系列可怕事件的方法。

“威廉·塞西尔知道这件事吗?”

我想，这或许就是问题所在，我成了大人物手中的一枚筹码。

“不知道，我只来找过你。”

“不，你不应该来找我，”他毫不客气地说，“至少不要为这样的事情来。”

“那我现在该去找谁呢?”我问他，“我没有朋友，还是个孤儿。”我的眼睛遇上了他神情莫测的注视，“我没有姐姐来帮我出谋划策，”我提醒他，正是他谋划的一切导致了简的死亡，“也没有父亲。”我想，这也是拜你所赐。

他转身在房间里走了一圈，套上一件亚麻衬衫，又穿上了一条马裤。“你很早之前就应该躲开女王。”

“没错，但是我不能在现在走。”我抗议道，“我以为你会让我住进一所你名下较小的房子里，远离这一切，然后让我生下自己的孩子。”

“这不可能，”他说，“那些让你头痛不已的丑闻会变得远远超出你的想象——所有人都会觉得这是我的孩子，或者是女王与我秘密生下的私生子。你会从王位上掉下来的。你难道没有想过——”他咒骂了一声，说道：“你当然没想过，对吧？”

他说的没错，我是没想过。我已经无法思考了。

“你选的这个时间真是糟透了，”他几乎是在自言自语，“苏格兰的女王正在回爱丁堡的路上，而那份和平协议甚至不是由她签署的……”

“孩子要出生了，”我对他说的话断然反驳道，“不管苏格兰的女王是否会坐上英格兰王位，那个孩子都会马上出生，我必须藏在某个地方。”

他把手伸进自己黑色的卷发中，问道：“什么时候？”

我疑惑地看着他。“你指什么呢，罗伯特爵士？”

“你孩子的预产期是什么时候？它什么时候会出生？”

“我不知道，”我说，“还不能确定，不过我想应该很快了。”

“看在老天的分上！”他忘记了周围的环境，不由自主地提高了自己的嗓门，“你肯定知道自己什么时候和他结婚以及同房的吧。你肯定有个大概的概念。”

“我和他是十二月的时候在他家里结的婚。”我说，和简妮一起在泥泞中打着滑，沿着河岸走向奈德的家里，想到这个，我不由得浮起一丝微笑。

“那可能是下个月。”罗伯特说。

“真的吗？”

“有时候是这样，一般是九个月之后。”

“真有这回事？”

“你连这个都不知道？看在上帝的分上！你还没有见过接生婆吗？”

我不能对他坦白说，我们在婚前就同房了。“我怎么能见到接生婆呢？”

他这才意识到我究竟有多孤独，心中的愤怒突然消失了。我没有母亲可以为我提出建议，姐姐也死了，我也还没有找到可以代替简妮的朋友。

如今的我已经沉到谷底，只能来找他。“对，当然了，”他平静地说，“可怜的姑娘。”

“我希望你能帮帮我，”我谦恭地说，“看在我姐姐简的分上，她嫁给了你的弟弟，这是你父亲的计划，但从此之后一切都不对了。”

他做了个手势打断了我的话。“不准再提她的事，”他说，“你也没必要提，她和你没关系了。”

“我结了婚，”我坚定地说，“她不应该因为我为爱结婚而指责我。”

“那么你的丈夫在哪里？”

我结结巴巴地说，“你知道的，我不知道他在哪儿。”

“一点消息也没有吗？”

我摇了摇头。

罗伯特·达德利坐在壁炉边的椅子上，但并没有请我坐在他身边。我只能抓住其他椅子的椅背靠在上面。他从茶几上拿下一把小刀，在手里转着，一边思考，一边让刀身映着壁炉里反射的光。

“这倒没问题，不过这是奈德的孩子，”他说，“你要把真相毫无保留地告诉我。”

“这倒没问题。”我重复了他的话，默默地咽下了这当中的羞辱。

“那么等他回来的时候，他会承认吗？”

“他不能否认这一切。”

“有人为你们的婚礼作证吗？”

作为回答，我给他看了脖子上的项链，还有我的订婚戒指以及由五个环连成的婚戒。

“我看见你戴着婚戒了，”他干巴巴地说，“你的证婚人是谁？”

“简妮，”我说，“可她已经去世了。”

“那总还有别的人吧？”

“只有一位牧师。”

“一位有着自己教区的合规牧师吗?”

“简妮知道是哪个教区。”

他点了点头。“你还有西摩尔家族的信。他给你钱了吗？有没有给你土地的契约书?”

“我有一封订婚信，还有他任命我为他的妻子和继承人的嘱托。”我骄傲地答道。

罗伯特点了点头。

“我还有一首诗。”我说。

他把手放在前额上，揉着自己的眼睛，似乎在努力忍住不笑。“不要管这些了，现在听好了，凯瑟琳。我不能把你送到别的地方藏起来，这只会让你的情况变得更糟，对我也会有很坏的影响。我会把你对我说的东西一五一十地告诉女王，你也必须亲自面对她。不过她听到后会很生气，你不该在没有她允许的情况下就结婚的。作为王位的继承人，你的丈夫对国家的安全而言至关重要。不过既然这事已成定局，我们也得感谢上帝，你没有把这事弄得更糟。他不是西班牙间谍，也不是天主教徒，也没有争夺苏格兰王位的权利。奈德生于一个好家庭，也是新教徒，备受女王宠爱，而你现在有了孩子，如果是男孩，那对女王来说也会减轻不少压力。”

“如果她有个新教家庭出生的英格兰男子作为继承人，就可以嫁给自己爱的人了。”我评论道。

达德利用他的黑色双眼扫过我，说道：“没错，不过这不是你可以评论的。不要试图装得很聪明，因为你显然并不是真正聪明的人。所以你现在先回到自己的房间里，明天早上梳洗完毕后等我派人来通知你。我会早点把女王叫醒，告诉她你对我说的那些事。”

我差点就说他不能去叫醒女王，因为除了她下令，否则没人能在早上进她的房间。不过随后我才想起那扇相连的内门，明白达德利可以随意进出她的房间。

“你会对女王说，我对此很抱歉吗？”我轻声说，“奈德和我坠入了爱河，就算现在我也依然爱着他。除了他之外，我永远不会爱上别的人。我这么做并非有意冒犯女王陛下，因为我除了对奈德的爱，别的什么都没想。”

“我会尽力向她解释清楚的，”罗伯特简短地说，“不过我现在就可以告诉你，她是永远不会理解这份感情的。现在快回去吧。”

一整个早上我都在等着别人传我去见伊丽莎白。恐惧让我感到很难受。这几个月的早上我都是因为怀孕的情况感到反胃恶心，如今却是因为对女王的恐惧。我怀疑自己还会不会好了，也怀疑自己还会不会再感到快乐。我想着自己可怜的姐姐，想到她是如何听着女王表姨的命令，等待着自己究竟是死是活的判决，不过我们现在永远也不能谈论这些东西。我生下的孩子会是她的小外甥，而他永远都不会知道自己有过一个姨妈。

到中午的时候，有个叫做佩吉的女士把脑袋探进门里四处张望，说道：“她在召你过去。我们要去河边，你真是选了个坏日子！”

“她要找我？”我立刻从椅子上站起来，把脑海中混乱的思绪抛到了九霄云外。

“她刚刚想知道你在哪里，我说你睡过头了，不过你最好还是赶快现身。”

我瞥了一眼自己那面锤银小镜子，反射出的柔和画面展示了我的美：奶油般的肌肤，金色的头发，还有一双黑色的眼睛。

“快点，”佩吉不悦地说，“他们现在正在登船。”

“她想让我上船吗?”

“我不是刚说过吗?”

我赶快跟在她身后，两人一起走到码头那儿。我不敢相信伊丽莎白会在河上航行的时候盘问我，因为我还以为她会在罗伯特·达德利刚对她说起我时就喊我过去。发生的一切都让我难以理解。自从伊丽莎白来到伊普斯维奇后她的心情就一直很糟。镇上的人对改革过的宗教充满热情，但伊丽莎白却支持老一套的宗教仪式：这里的牧师可以结婚，可她却想要独身的牧师，而且还要穿着最华丽的长袍。伊丽莎白真是新教和天主教相结合的愚蠢范例，对于自己的信仰，她不如简那般忠诚。他们向她保证会在船上上演一出假面剧，这样能让她的注意力从抱怨上转移开，而我们也都得乘上那艘巨大的贸易用船，在上面用餐，看着为取悦伊丽莎白而准备的表演。

罗伯特·达德利就站在她身边，他看见了我急切的视线，脸上却面无表情。很明显，我从他这里得不到任何帮助。伊丽莎白对我的行礼微微点了点头，但却没有传我到她身边。她既非生气，也没有对我表示出同情，而是一如既往地冷漠，似乎罗伯特·达德利什么都不曾对她说。有那么一会儿我在想，他肯定是什么都没有对她说，肯定是在最后一刻害怕了。他藏在女王王位后的手做了个让我安静的手势，警告我什么都不要讲，也什么都不要做，于是我又行了个礼，退下了。

船已经抛好锚，退潮产生的水波让船身死死地扯着缆绳，整艘船在水面颠簸摇晃。这真是一系列可怕的动作，船身不但左右晃动，还随着浪一上一下，这感觉比乘坐众人划行的驳船糟糕得多。我能感觉到自己的胆汁上涌到了喉咙口，嘴里咸得发苦。

“我们即将准备用餐。”伊丽莎白说，似乎她能读懂我那张苍白的面容，知道我因为害怕自己呕吐而在努力挺过这一天。“噢，今天吃的是牡蛎!”

她说。

仆人们为女王呈上了著名的科尔切斯特牡蛎，她瞥了一眼罗伯特·达德利，说道："有谣传说它们能在不经意间就激发出人们的性欲，是真的吗？"

"可不仅仅是在不经意间。"他回答，随后两人一起笑了起来。

"或许凯瑟琳女士和我这样的处女可不该尝这些？"她说。那个仆人领会了其中的含意，立刻将伊丽莎白那大盘牡蛎呈在我面前。在她阴险目光的注视下，我不得不拿了一只。

"每个人的喜好不同，"罗伯特说，"我自己就不是很喜欢这个味道。"

她听了之后笑了起来，打了一下他伸向第二只牡蛎的手，但依然在看着我。我别无他法，只得吃下从女王的盘子里拿来的礼物，将牡蛎举到嘴边。它散发出的海草腥味和壳上黏糊糊的样子对我而言实在难以忍受，我知道自己永远都没法吃下这东西，也知道自己肯定会在回宫前当众出丑。我能尝到自己嘴中温热的胆汁带来的咸味，也能察觉到自己的胃正在翻江倒海。

"祝你胃口大开！"①女王对我说，尖锐的目光依然没有从我发青的脸上移开。

"您也是，女王陛下。"我说，然后张嘴将牡蛎倒进嘴里，囫囵吞了下去后紧紧闭上嘴，好像它是一个捕兽的陷阱。

女王笑得上气不接下气，只得抓着罗伯特的手。"看看你的表情！"她说，"再来一个吧！"她央求我。"再多吃几个。"

直到晚上在教堂中祷告过，我才能和罗伯特·达德利私下交谈。我们

①原文为法语。

在大厅中的时候，我试图站在他身边，问道："你告诉她了吗？"

"我说了，但她要等我们到了伦敦才肯说这件事，"他说罢便瞥向首席，女王正在那儿转动着一头红发寻找他。"抱歉，容我失陪一下。"

"她没有生气吗？她会原谅我吗？"

"我不知道，"他说，"她只是说等到了伦敦之后才会提起这件事。你对此有什么想法吗？"

我不知道应该对此怎么看，每天的怀孕只让我离牢狱之灾越来越近。我放着那么多年轻女孩会去问的助产士不问，而是问了罗伯特·达德利，他作为唯一对此事发表过观点的人，觉得预产期一定是在九月。感谢上帝，我们预计会在九月回到伦敦，女王将会告诉我应该做些什么。旅程是日复一日的痛苦煎熬，夜晚对别人来说充满欢愉，但对我而言却悲惨无比，外加每天早晨面对新一天时的恐惧，没有比这一切更糟的事了。

# 1561年夏

**威斯敏斯特宫**

我被允许赶在王家队伍之前先行回到伦敦。没人告诉我为什么，不过我将其视作罗伯特·达德利为我争取来的宠信，尽管他说自己什么都没做，女王也像他真的没说这事一样保持着轻松愉快的心情。我立刻前往王家金库，找到了亨利·赫伯特作为誓言赠予我的那些信物。但我保存那些珍贵信件的盒子不在我放的地方，里面放着的是奈德写给我的求婚信、他对我爱的誓言以及赫伯特的情书。

“你把它拿走带在身边了！”我的女仆说，“因为你说它们对你很珍贵，所以你要随身携带。”

“可我写信给塔比莎让她帮忙找到它们，她说它们不见了。那些信不在我身边，我们没有带着它们。”

她看起来非常困惑。“我保证自己把它们都打包起来了。你的珠宝都安全吗？”

“那和这事一点关系都没有！”我反驳道，“我清楚地记得自己让你拿上那盒信件，把它们交给王家衣橱的男仆，让他们为我存在珠宝室里。”

“噢，那个盒子！”她说，脸上的疑惑一下子消失了，“没错，我帮你拿了。”

“那赶快找到它。你为什么一开始没有去拿？”我突然感到一阵精疲力竭，重重地坐在床上，随后传来一阵敲门声。我立刻跳了起来，亲自把门打开。在外的是侍卫主管，身后跟着几位侍卫①。

“凯瑟琳·格雷女士，”他说。

“这不是很显而易见的吗？”我尖刻地说，“谁找我？”

“你被捕了，”他说，“请受命和我一起前往伦敦塔。”

“什么？”我只是不能理解他在说什么。

“你被捕了，所以请跟我前往伦敦塔。你可以带三位女侍前去侍奉你。她们可以带你想要的任何东西，然后跟在我们身后。”

“什么？”

他没有过问我，也没有鞠躬，径直踏入房内，伸手示意我走出敞开的房门。腹中的孩子在硬挺的三角胸衣下转了个身。我遵从指示走了出去。他把手放在我的腰背处，我扭身挣脱了他的触碰，这实在令我难以忍受。我不想让他粗重的手放在我腹部附近的任何地方，这时我的孩子突然踢了我一脚，让我不由得轻轻倒吸一口气。

“这边走，”他说，还以为我会叫出声来，便又加了一句，“请不要引起骚动。”

我根本不会引起任何人的注意，自己就像只在眉心挨了一锤的小母牛那样晕晕的，步履蹒跚地走在通往屠宰场的路上。我的女仆们聚在会客室里，样子活像一群目瞪口呆的母鸡，眼里充满恐惧，似乎我带有瘟疫，而她们因为害怕被感染手里扯着裙子；可我眼中几乎没有她们，因为我的双眼已被惊恐所蒙蔽。

“伦敦塔？”我自言自语道，但这些字对我来说没有任何意义。

①原文为yeoman，本指英格兰中世纪晚期至近代出现的一个阶级，即有自耕地的农民，但在亨利七世时曾将这批人召为侍卫，此后便相继指代治安官、总管和教区执事等职位。

队长走在我前面，他的手下跟在我身后。这就像宫廷假面剧中的一出戏，我除了跟着他，不知道还能做什么。但我真的不清楚到底发生了什么。

“我得带上自己的朱顶雀，”我突然说道，“还有我的小狗、小猫和一只猴子，那可是很娇贵的动物。”

“你的侍女们会带上他们的。”他严肃地说，转身看了我一眼，确保我能跟上他们的步伐。他把我带出宫里，穿过私家花园，一直往河边走。我四处张望，以防我认识的某个人来给我带来消息，可又有谁会带来消息呢？再说了，那人又能说些什么？

“这和西班牙人有关吗？”我问，“我没有和那些人说过话，我还把他们和我说过的一切都一五一十地告诉他了。”

但回答我的依然是一片静默，我们穿过大门，来到码头。女王的守门中尉托马斯·凯耶斯正在站岗。他为我们把着门，看见我后他弯下自己高高的身子，对我深深地鞠了一躬。“您好，我的女士。”他毕恭毕敬地说。

“凯耶斯先生。”我无助地说。

队长带路，一直前往码头那儿，在台阶的尽头有一艘驳船，上面没有任何装饰。他伸手扶我走上台阶，我小心翼翼地走着，留意着自己的大肚子，还有让自己不由得前倾的重量。我走过步桥，在驳船的后方找了个位置坐下，一顶凉棚为我挡住下午的烈阳和从宫中投来的视线。我胡乱地想，或许威廉·塞西尔已经失势，就像亨利国王之前的顾问那样。或许提起他的名字会是个错误，于是我改口道：“我要向罗伯特·达德利禀报，自己从未失信于女王，从未做过任何有违忠诚的事。”

“我接到的命令是护送你，除此之外的事一概不知情。”那位队长说道。

队伍准备起航，桨手们抬起桨，在驳船被推离岸边的瞬间，把桨齐刷刷地插进了水里。鼓手敲一下鼓，桨手们又把桨抬起，驳船飞速航行起来，我在座位上颠簸着。鼓一次又一次地轻声敲响节奏，我也随着驳船晃动的节奏而动。水面上的阳光令人目眩，腹中的孩子又很是沉重。我很害怕，却不知道自己应该害怕什么。我希望奈德在这里，全身心地希望着。

我生命中第一次无话可讲，也不曾抗议地尖叫，甚至都没有落泪，哪怕一个字也没有说。我很震惊，被现状惊得说不出话来。伊丽莎白曾经哭哭啼啼地走下这段水闸阶梯，自怜自艾个没完，还让人保证将她所说的话记录在案，而我此刻沉默不语。我下了驳船，抓着别人伸过来的手，帮助自己走下台阶。一路上我都很安静，就像一个吓坏了的孩子，他们带我去哪儿，我就木然地跟着他们。我走上石阶，穿过花园的大门，来到中尉房子的前门，这幢宅子坐落在一个有着围墙的小镇上，里面有铸币厂、铁匠铺、藏宝室，甚至还有宫殿、监狱及处刑台。

他们帮助我走上狭窄的台阶，来到了屋子前面一间尺寸很大的卧室里，当我坐进椅子，他们就走出房间，悄声关上了房门。随后我听见了钥匙在锁眼里转动的声音。那不是可怕的摩擦声，而是经常使用的上了油的锁的声音，而我只是它锁住的另一个囚犯而已。

# 1561年夏

**伦敦　伦敦塔　中尉的屋子**

早上醒来，我透过小窗户的花窗玻璃看见了绿塔，他们就是在那里造起断头台，并将我姐姐斩首的。如果我眯着眼睛向左看，能看见埋葬她的小教堂。他们把她砍下的脑袋埋在她截短了的身子边上。我躺着的这张床正是她当女王时躺过的那张，我不由得把脸埋进她的枕头里痛哭起来。我坐在她的旧椅子上，墙上的挂毯也是曾经挂在她卧室中的那些。

马厩在塔内空地的另一侧，经过白塔，在视线之外，简就是在那儿把手搭在父亲的缰绳上，求他不要离开自己的。我还记得那天大门为他打开的声音。他也被埋在这里。而这里，就是伊丽莎白带着难以置信的残忍，为我选择的羁押之所。

她这段时间就像是一个毫无感情的人，在路上对我微笑，朝着人群招手。她在西班牙和法国大使面前对我亲善有加，而且就算罗伯特·达德利告诉她这件消息，引发了她的嫉妒和憎恨，她也什么都没说。就在我向她坦白之前，她让所有人，甚至包括我，都误以为我仍是她的继承人，因为我是她的表外甥女和女侍臣，备受宠爱，她甚至还视我为她的女儿。可事实上呢？她装作罗伯特·达德利什么都没对她说过或者什么都没听见的样子，好像我从未坦白过，贝丝·圣·洛和罗伯特·达德利也什么都没和她讲过。

她允许我早早地回伦敦，等她能轻松迅速同时又秘密安稳地行事时才把我逮捕起来，关进三个房间里，让我俯瞰着绿塔，不论我看向窗外的何处，姐姐被斩首的记忆都会在我的脑海中一遍又一遍地重复。

她当然不会把我斩首。我之前做了更坏的打算，所以她这么做倒并没有让我胆怯。她的确对我愤怒不已，但我并没有犯罪。这几个房间还挺舒服的，我的宠物和侍女也跟着我，直到孩子出生，待奈德回来，我会一直被关在这里，随后我会和奈德一起乞求女王的原谅，直到她忘记这回事，或者愿意原谅我们。最糟的情况不过是她像对待自己表姐玛格丽特·道格拉斯那样对我充满猜疑和厌恶。不过我也会像她那样，自己养大我的都铎家的儿子并暗自窃喜。

不论她是否愿意承认，我生下的任何一个儿子都会成为下一任英格兰国王；属于我的权利会传到他的身上。这或许会让伊丽莎白对我更加和善，因为她可以任命他为继承人，这样就没人会执意让她成婚了。不过既然伊丽莎白拥有的都铎血脉向来残暴，她又无意生育，这么做倒是会让她对我更加生气，因为比自己更漂亮的表外甥女做到了她自己做不到的事。但伊丽莎白的意图无法揣测，我没法读透她的想法。不过我从来没想过她会把一位即将分娩的女人投入监狱，毕竟这个女人除了嫁给自己所爱的男人之外，根本没有做其他更糟的事。

当伊丽莎白建立起自己的统治时，我和整个国家都意识到了她的强大和不择手段。我相信她同自己的父亲一样都是邪恶的暴君，如今她打算把我关在这间屋子里，直到我的儿子出生为止，就算她做出更糟的事我也不害怕。她意图羞辱我，也的确获得了胜利。事实上，她的确让我处在了人生的低谷。

我的妹妹玛丽爬上高脚餐椅，努力坐直身子，小小的双脚伸向前方，她对我说：“噢不，她的计划可比现在糟得多。”

“还能坏到哪去？”我问。

尽管宫中的人们都回到了伦敦，玛丽却是我唯一的访客，有个女人护送她前来，她显然是为了过来监视我们，再把我们说的话都如实禀报回去。没别人来见我。女王允许我的女仆来服侍我，我的长裙、饰有家族纹章的盘子和银餐叉也一起送了过来，简妮给我的朱顶雀被关在笼子里，乔生了六只小狗崽，它们窝在她的篮子里，乔看着它们，而小猫丝带又看着乔。诺兹先生一遍又一遍地探索着三个房间的墙壁和壁炉，从挂毯跳到壁炉架，再从桌子跳到地板上，随后又跳向高处。比起自己来，我更同情他，因为诺兹先生更喜欢阳光明媚的花园，而这些房子就算在白天也是又闷又阴暗，晚上又很冷。

“女王将其定义为谋逆之罪，”玛丽轻声说道，“她认为是西班牙人安排你和奈德结了婚，好将她赶下王位，任命你为女王。奈德是你的丈夫，你的儿子会以王储的身份被抚养长大，以此与法国女王候选者，也就是苏格兰女王的子嗣相抗衡。”

我盯着玛丽说道：“真是疯了。奈德和任何一位英格兰民众一样，都是新教的坚定支持者，我更是简·格雷的妹妹！没人觉得我们会让天主教势力登上英格兰王位，也没人能觉得我们会和西班牙人联手！”

有人轻轻拍了拍门，那个女眼线被引开了。“可她就是这么觉得的，”玛丽压低声音飞快地说道，“因为换成她就会这么做，她为了当上女王会做任何事，没有意识到人和人之间的区别，因为她自己永远不会为爱情而结婚，所以也不相信你会这样。”

“一定要派人告诉她我不是这么想的！”我说，“罗伯特·达德利一定要把这件事告诉她。威廉·塞西尔会和她说的，我经常和他汇报西班牙大使的行踪！”

玛丽摇了摇她聪明的小脑袋。“天啊，宫里的情况可比这糟得多！如今她也开始怀疑他们两个了！比如说罗伯特·达德利，因为他知道你结婚的事情……”

“可那是我亲自告诉他的！第二天他就立刻转告给女王了！”

“奈德在法国，准备前往罗马，她觉得那是因为他打算向教皇报告。”

“他和托马斯·塞西尔同行！难道威廉·塞西尔觉得自己的儿子也变成了天主教徒了吗？”

“没错，就像我之前说的，宫里变得很是恐怖。她一遍又一遍地提起：如果他们两个不是为了觐见教皇，那为什么还要去罗马呢？塞西尔知道吗？这是他的计划吗？看起来真是糟透了。”

“只有她觉得一切都是谋反才会这样。”

那个女探子回到了位子上，看看我，又看看她，害怕自己错过了什么。我们给她投去一个温和、美丽的微笑。

玛丽双手抱胸，搭在自己腿上，用平静的目光看着我。“她一直都这么想，特别是对我们这些晚辈更是如此。”

我站起来，拉直了自己松垂的长袍，在腹部绷得紧紧的，这样她就能看清我的肚子到底有多大。另外，我被捕之后产生的羞愧感让我索性换上了宽松的长裙，这样所有人都知道我快分娩了。“我看起来像是个会逃到西班牙的女人吗？我看起来像是个能率领叛军对抗英格兰女王的女人吗？”

“在我看来你当然不像，”玛丽坚定地说，“我会去和塞西尔谈谈。”

“别去。”我很害怕玛丽也被当做从犯抓起来。如果他们能够失去心智，把我都抓住了，那肯定也会指控玛丽。“什么都不要做，安静地待在宫里，尽心侍奉女王，行事保持平常，也别频繁地来见我。”

“你不想见到我吗？”

我肯定她心中受了伤。“我不想让你受到危险，也不想再让另一位格雷家的姑娘被关进伦敦塔里。两个已经足够了。我们和简一样，都是清白的。

我不想让你最后也被关进这里，待在这个他们杀死简又折磨我的地方。”

玛丽用手轻轻一撑，把身子挪到椅子边上，双脚灵巧地着地。她走到窗边，踮起脚尖望向绿塔，姐姐就是在那里死去的。“我相信她此刻身在天堂，”她坚定地说，“我也相信你是为了爱情而结婚，而不是有什么计谋。我还相信，不论别人怎么想，我们都注定要去做那些自己认为正确的事。”

我闭上眼睛，不去看绿塔的景色。“我相信她此刻身在天堂，”我同意玛丽说的话，“我也是为了爱情而结婚的，如今也依然爱着他。我们当然得按照自己的想法生活；可我真的想让你对自己出现的场合、自己交的朋友和信仰非常谨慎。”

“我会的，”玛丽说，她什么都不害怕，“我从威廉·塞西尔那里得到前来拜访你的许可，也得向他汇报自己是如何找到你的。我既是他的探子，同时也是你的妹妹。我想每个人都是对方或者其他人的密探吧。”

“你可以把这一切都如实向他禀报，”我说，“我没有什么可隐瞒的。”我遇上了那个和我妹妹一同进来的女探子好奇的目光，于是又重复了一遍：“我没有什么可隐瞒的。”

“我知道，”玛丽说，“我会告诉威廉·塞西尔，请他放你回汉沃斯。你应该在奈德的祖宅里生下西摩尔家的孩子，也应该在自己的教堂里受洗。”

# 1561年秋

**伦敦　伦敦塔**

中尉的小房子又热又闷，我不能走出自己的房间，不能在花园里走路，也不能登上伦敦塔平坦的屋顶，我曾经至少可以走上去呼吸夜晚的空气，在那里看着太阳渐渐西沉。

我被关在那儿的日子里，爱德华·华纳每天都会来我房间盘问我：还有谁知道奈德和我坠入爱河？还有谁知道我们结婚了？谁是我们订婚和结婚的见证人？又是谁鼓励我们这么做并保守这秘密？

他一遍又一遍地问着相同的问题，诺兹先生攀在石墙上，可怜地拉扯着挂毯磨损的边沿，抓着褶边悲惨地摆动着，似乎那是一根钟绳，而他摇响的正是丧钟。

我只能不断地告诉爱德华爵士，我们两个年轻人是自由恋爱的，目击者是简妮，除了她之外知道的或许就只有仆人了吧，当然了，还有牧师，他把自己听到的话仔细地写下来然后对我说，他们会找到那位牧师，我最好希望他的故事和我的对得上号。我对他说，自己在王家宝库中的那盒信件能证明我说的话，只要他们愿意去找就能如数找到。我还告诉他，我已经把这一切都告诉了罗伯特·达德利，中尉说这些也被记了下来。他还问我自己对贝丝·圣·洛说了什么，我开始结巴起来，想起了突然吹灭的蜡烛和随之突然降临的黑暗。

“贝丝·圣·洛?”我有气无力地重复道。

“她被抓起来审问了，”他缓慢而又高声地说道，“事实上，是我亲自审问的她，着重问了她关于阴谋的事。”

“上帝啊，她也在这儿吗?”

他点了点头。“她和你一样，也被怀疑参与了叛国阴谋。”

“爱德华爵士！根本不是这样的！我只是告诉她我怀孕了，求她帮助我，因为她曾是我母亲的朋友！上帝啊，根本没有密谋这回事！她对我喊道，让我再也别来找她，还命令我离开她的房间，对我面对的困难，她提都不想提。”

他又把这些话逐字逐句地记了下来，写得很缓慢。我只能强忍耐心，咬着自己的嘴唇。“爱德华爵士，我向你保证，这只是一个关于爱情的故事，或许有点傻，但当我看见奈德的时候……”

“赫特福德伯爵正从法国动身。”他告诉我。

我的膝盖突然软了下来。我伸手探到身后的椅子，径直坐了下去。“我必须坐着。”我轻声说道。想到自己要与他再见，我连气都喘不上来。我忘记了如今我们身处的悲惨境遇，脑海中只能想着他在回来见我的路上。“他要回来了吗?”

“他被勒令回国进行盘问。”

“你们随便怎么问他吧!”我得意地说，“他的回答肯定会与我的毫无二致。”

“我会去问他的，”他用和之前一样冷峻的语调说道，“他正在被羁押着来这里的路上。”

他们在黄昏时利用夜色的掩护把奈德押了进来，我可以听见窗下有好几双靴子重重地踏在步道上。有许多囚犯和他一起被守卫们羁押着走进来，有一位女士低头哭着，一手紧紧地抓着另一个男人的手臂，也有人在队伍的后面懒散地走着，对此表示抗议。有个男人把胳膊搭在了另一个人的肩膀上。肯定有十几个人一起被捕了。

起初我并不知道那些人是谁。随后我的恐惧逐渐蔓延，意识到是伊丽莎白下令把奈德抓起来了，被抓的还有他的仆人、他的兄弟和他们兄弟的妻子，我的继父阿德里安·斯托克斯，我的仆人，女王卧室中的女侍臣，以及贝丝·圣·洛的仆人们。所有认识我的人都被抓起来进行盘问了。女王正在效仿自己的父亲迫害坡家族的人那样迫害我们①，从上至下，直到最近一代人为止。宝库的人也在找我说的那些信件，我的房间也被翻了个底朝天，仔仔细细地查了一遍。奈德从法国带回来的箱子都被没收了，他们彻查了他在伦敦的房子，从小隔间到阁楼都没放过。

通过庞大的眼线网，伊丽莎白开始大张旗鼓地清理起了谣言四起的密谋活动。塞西尔的密探们在寻找我姐姐简的支持者与西班牙盟友和伊丽莎白的敌人们之间的联系，那些有望成为王位继承者的人都被称作私生子。女王已经说服自己相信此刻国家正在酝酿一场阴谋，而且还是由英格兰境内的新教徒与境外的西班牙人联合组织的，目的是将我推上英格兰王位，以此来阻止苏格兰的玛丽成为女王并将国家的权力交予法国人手里。

奈德身边的守卫在中尉的屋子门前停住了，随后进了门，消失在我的视线里。我以为他们要把他带进我的房间来，和我住在一起，便立刻冲向门，以为自己能把它撞开，可我随后想起自己被锁在里面，只得向后退了

①1536年，亨利八世试图与安妮·波琳结婚，时任红衣主教的雷金纳德·坡写信表示反对，随后两者正式决裂。1539年，坡被派往神圣罗马帝国组织对英格兰的贸易禁令，而亨利八世在对他鞭长莫及的情况下对坡的家人进行报复。此事史称埃克塞特密谋，坡的家人被逮捕，所有财产被查封。

几步。我扯着自己松垂的长袍，害怕他会发现我肥大的肚腹，并对此惊讶不已。他喜欢我曲线优美的细腰，当他看见我在怀孕最后几天的相貌时，会不会觉得我很丑陋？我理了理头发，拉直头巾，坐在椅子上，随后又起身站在壁炉边。我迫不及待地想见到他，几乎都想把门给拆了。

他们沿着石梯走上来，我听见了一阵可怕的声音，应该是他们经过我房间时发出的。他们没有停下进门来，而是走上了更高一层的房间。我失望地哭了起来，跑向门口，把脸贴在门上，试图分辨奈德的脚步声，认出他的呼吸。我听见楼上的房门开了，他们走了进去，随后传来他们放下包裹，在铺着石板的地面拖动沉重木椅的声音。门被摔上了，钥匙在锁眼中转动着，脚步声沿着楼梯走下去，直至消失。

奈德就在我楼上，如果他用力在地板上踏一脚，我就能听见他。如果我全力尖叫一声，那他也能听见我的声音。我长久地伫立在那里，抬头看着屋顶，小狗们呜咽着，似乎也在和我一起企盼，我期待着自己能听一听我丈夫说话，他现在终于回家了。

我每天都有奇怪的痉挛，而且肚子凸出得很厉害，我想自己快要生了。"我不能再像这样继续耗着了，"我不顾一切地对爱德华爵士说，"你想让我和简·西摩尔一样死于难产吗？"

可他看上去也甚是焦虑。"只要你肯坦白，"他说，"只要你肯坦白，我就会把你送往你叔叔那里，或者送到汉沃斯，接生婆也会和你一起前往。"

"我没法招供自己没做过的事！"我大喊道，半是出于疼痛，半是出于自怜。我处在绝望的境地，谁又能向都铎家的女王证明她并非处于危险之中？都铎家的所有君王都终日惶恐不安，而且通常毫无理由。亨利国王放眼四周，所见皆是宿敌，便出于恐惧杀死了自己的好友和谋士。

“我是为了真正的爱情嫁给了一位贵族，我坚持要见自己的丈夫。你至少得告诉他我在这儿，在他楼下，而且我离分娩之日越来越近了。”

突然传来一阵敲门声，我还以为是奈德，心脏跳得更快了：他是不是突然获得了自由而前来救我呢？爱德华爵士怀疑地看着我。

“你在等什么消息吗？”

“我什么都没等，只想等着女王宽恕我。”

他对站在门边的护卫点了点头，那人拉开了门闩，把门打开了。门外站着一名中尉的仆人。“你想要什么，杰弗里？”他无礼地问。

那个男人鞠了个躬，他手里拿着一小束红艳的晚玫瑰。“这是为你准备的，年轻的女士，”他说，“是赫特福德伯爵赠予你的礼物。”

玫瑰是深红色的，就是兰开斯特家族的红色。都铎王朝的宫里没人会送出白色的玫瑰。我松开手，爱德华爵士特意甩了甩那束花，确保没有便条从里面掉出来。随后他又把花束拆开，寻找它所夹带的信息，还问我这些红玫瑰对我而言意味着什么，是不是代表了某种信号。我说，这只是代表奈德对我的思念，因为我与他仅仅只有一层楼之隔。我们已经数月未见，如今又重新相聚在同一屋檐下。他知道我在他离开的时候怀了孕，我又因为他的离去而饱受折磨，于是通过这一举动对我表达自己的爱意。“就是这些，”我说，“他是个诗人。花朵对他如同言语。红玫瑰象征着真挚的爱情，告诉我他对我的爱一如往昔。”

爱德华爵士虽为伊丽莎白的监狱看管人和眼线，仍然无法掩盖自己被感动了的事实。“好吧，你可以留着它们。”说罢，终于将花递给了我。

“谢谢你。”我说。我把花举到唇边。“这些是我此生收到的最珍贵的花朵。你会告诉他我收到这些花有多激动吗？而我们再度相聚又是多么令我高兴，就算是在这监狱里，就算我们的父亲都曾在这里被囚禁过也是如此。我依然爱着他，对这一切毫不后悔，他对于爱上我和娶我为妻这些事是否曾心生悔意呢？请你告诉他，我每天都在祈祷我们会像之前计划的那样，以夫妻的身份重聚。”

他摇了摇头。“我只能告诉他你很喜爱这些花，”他说，“剩下的我记不住。”

“你可以写下来，”我笑道，“你既然记下了我说过或做过的一切，那为什么这些话不行？”

奈德送来的花朵怒放着，我把几朵塞进我腰间的丝带上，又把另几朵别进头发里，把一枚花苞放在枕下，将最后一朵花夹在《圣经》的《雅歌》那儿，那是关于爱的诗篇。我原谅了他，权当他从未离开过我的身边，也原谅他让我待在这个非常危险的地方。我爱他，他的判断是对的。他是我的丈夫，我们什么都没有做错。

玛丽又过来找我了。

“你确定自己过来是明智之举吗？”我挺着大肚子，弯下腰来亲吻她的面颊。

“我可是得到过允许的，他们想让我和你说话，希望你会说漏一些证明自己有罪的事。”玛丽说这话时全无愤恨，还对一位站在门边的女侍行了个礼，她竖起耳朵，听着我们交谈的所有内容。

“但你是怎么过来的？”

“我是和女王的守门中尉托马斯·凯耶斯先生一起走过来的，他正等在楼下接我回去。”

我对女王的间谍置之不理。伦敦塔里的所有人都会向女王汇报我的情况，我说的每句话都被记录在案，每天都要经受盘问，他们甚至都会偷听我祷告的内容。他们大可尽情收集这一切，所得到的内容不过是我袒露对自己丈夫的爱，而这也是应该的。

“女王身体可否健康？我祈祷她有个好身体。”

“我很抱歉，但事实并非如此，”玛丽说道，“她很累，疲惫不堪，茶饭不思。我想，对谋反这事的恐惧肯定给了她很大的压力。她相信有一场大的针对她的谋反之举正在暗地进行。苏格兰大使也已经来到伦敦，劝说女王提名他们的女王来代替你成为她的继任者。这当然是个可怕的错误，她对此感到很苦恼。”

我低下头端庄地说：“她必须按照最适合的方式来，可我们那一脉自国王的姐妹开始，所任命的继承人都是生于英格兰，而且信仰新教。”

“她必定依照自己的愿望行事，”玛丽同意了我的说法，“可她对苏格兰的外交大使说，任命继承人就像在自己面前铺上一层裹尸布，君主们就不会喜欢自己的孩子了。”

玛丽用她最清澈的眼神迎上了我的目光，我用嘴形向她说道：“真是疯了！”她点头表示同意。

“我希望自己能祈求女王的原谅，并向她保证，她对我完全不用感到害怕。”这话完全是说给那个悄悄偷听的女人听的。我们都清楚，绝不可说任何可能引起伊丽莎白怀疑及恐惧的话。“我为了爱情而鲁莽行事。她或许会将我视作一个傻瓜，但绝非她的敌人。”

“她谁都怀疑，”玛丽说，“不仅把西摩尔家的人都关了起来，甚至连我们可怜的继父阿德里安也未能幸免，要知道，他与我们毫无关联，而且完全不知道你在宫里做了什么。她甚至还对威廉·塞西尔事先知道你的结婚情况并对此表示鼓励而心存恐惧。”

听到伊丽莎白连对从小就指导过她的人都心存疑虑，我真的震惊了。“她应该相信威廉·塞西尔，他除了伊丽莎白之外，从来不会为任何人考虑。当然，威廉·塞西尔对此也并不知情。如果他暗中支持我和奈德的婚礼，并想让我怀上他的孩子，那还会把奈德从我身边送走吗？”

“我就是这么说的。”玛丽说，还朝着那个等着的女人点了点头，似乎欢迎她将听到的一切都如实上报，“她也明白我对此毫不知情。”

“这是个秘密，”我简单地说，“我们想要一场秘密的婚礼，所以除了简妮之外没有第二个人知道。我已经和他们说了好多遍了。”

“真是让人疲惫不堪的活，”玛丽评论道，“他们每天都会问你一遍？”

“他们每天都会过来，我得站在他们面前，一遍又一遍地接受他们的盘问：我们做了什么，又是如何认识的，这件事还有谁知道。”

“他们居然让你站着？”

我苦笑着对她说：“他们或许不会折磨一位贵族女士，倒是会给我点苦头尝尝。不过至少有位接生婆和我一起来这儿了，她说一切正常。”

“她有没有说孩子什么时候出生？”

“她也不是很确定，谁都不知道。不过她觉得分娩之日已经临近了。”

门口的女人有点不耐烦了，玛丽连忙说：“我不能待太久，他们只允许我过来看看你过得好不好，并且确保你没缺什么必需品。”

“我要见见自己的丈夫，”我对她说，“也需要见见女王。”

玛丽噘起嘴，耸了耸肩。我们都知道这是说给探子听的。她能给我带些苹果，但绝不可能是自由。

“我下周还会再来。”她跳下椅子，看着我的宠物，“有人会带它们出去散步吗？房间里的味道很糟糕啊。”

“它们才没有什么味道呢，”我说，“难闻的是护城河。我希望中尉会让我去花园走走，这样我也能把它们都带到外面去，否则他就只能忍受这味道了。”

日子过得很漫长，我的房间又热又闷。于是我只能终日与小狗们玩耍，再向朱顶雀吹口哨，让它们绕着房间飞一圈，再落回我的手上。诺兹先生痛苦地抓着石墙根，可随后又蹦上椅子，从一个雕花椅背跳到另一个椅背上。他跳上墙，用一只细瘦的黑胳膊吊着自己，最后再跳进我的怀抱中。

“你会对刚出生的婴儿做些什么呢?”我问他，“你一定要对他好一点，不要掐他。”

我倾听着奈德的动静，有时能听见他走路的脚步声。他每天早上都会给我送来一份小礼物，到了晚上则会用靴子敲击地板来传达对我的爱意。他们不让他给我送来任何字条，且继续着每天的盘问。我听见他们拾级而上，来到他的房间，一小时后又下楼来找我。我猜他们希望证明我们在谋划反对女王，可到了月末，塞西尔派来盘问我们的人看起来和我们一样对这几个翻来覆去的问题感到疲惫。我们没有勾结，两人告诉他的都是相同的故事，事实就是那么简单，他们必须相信我们是出于爱情而结婚的。女王怀疑我们的动机我们一个都没有，只是两位年轻的情侣因为对方的魅力而相互吸引。实际上，所有人一开始都明白这点，只有心怀恐惧的伊丽莎白才觉得这是一场阴谋，也只有像她这样冷酷无情的人才会为此强行寻找一个解释，而其他人所见的不过是两个正值青春年华的人，还有他们洋溢的年轻欲望以及无忧无虑的生活。

# 1561年秋

**伦敦　伦敦塔**

我发现他们问的问题有所变化。他们不再问这种问题打探我们的计划、我们在宫中的朋友是谁、我们与西班牙大使见面的频率如何，如今他们又用了新的一招：转而关注起是谁出现在订婚现场，是谁见证了我们的婚礼。他们问起仆人们，是谁准备了奈德端进卧室的冷肉，又是谁端上了红酒？而牧师又是谁？他们问起了简妮。

“所以那个所谓的牧师并不认识你？”爱德华爵士问道。参与盘问的三个人在我一再抱怨自己疲惫不堪而且又临近分娩后，终于允许我坐了下来。这次盘问的时间是在深夜。

“你们第一次问我的时候我就告诉过你了。”

“他隶属哪个教区？”

“我不知道，他是简妮找来的。”

“她是从哪里找来的？”

他们用讨厌的声音盘问我。“我不知道，我猜是去牧师们传道的地方吧，或者圣保罗十字路口。她把那个牧师带回来，那人宣读了誓言，然后她给了那人十镑钱。”

桌子另一头的那个男人抬头问道：“她从哪里得来的这十镑？”

“我不知道！”我不耐烦地说，“可能是她自己的钱，也可能是奈德给她的。”

“你怎么知道他是教会里的牧师？”爱德华爵士煞有其事地问道。

“因为他穿着一身皮草长袍，就像瑞士的牧师穿的那样啊！”我鲁莽地说道，“因为当简妮需要一个牧师的时候他就跟着回来了？因为他带着一本《圣经》并宣读了婚礼誓言？还是因为他说自己是个牧师？还有别的吗？我是不是还得找他要一份证明自己的文件？我为什么要怀疑他？你们为什么现在又开始怀疑起他来了？”

他们交换了一下目光，显然觉得不适，这让我更加肯定：有人让他们追查这条新的线索，但违背了他们自己的意愿。

“还有那枚戒指呢？”

我骄傲地张开左手，向他们展示了我的中指上奈德给我订婚用的钻石戒指，以及无名指上由五个环连接而成的婚戒。我在婚礼那天把它们穿进项链戴在脖子上，如今我终于可以骄傲地戴着它们。“这是他给我的戒指，”我说，“从我结婚那天起，便从未与它们分开过。”说罢，我吻了吻它们。

他们残忍的表情如今也已变得柔和起来。“还有伯爵亲笔写下的求婚信，以及他在前往法国之前任命你为他的妻子时的相关信息呢？”爱德华爵士问。

他知道我没有这东西。大家都知道我的那些信件都不见了。我那愚蠢的女仆以为自己把那盒信件和其他东西一起都带进了宝库，那些东西是我在跟着女王出行时想让她为我安全地在伦敦保管的，但当她再去找时已经不见了，如今我被捕了，谁都没法找到。

“我把它和自己其他信件放在一起了，”我说，“只要我能去自己在威斯敏斯特的房间，肯定就能找到。”

“你的房间已经被搜遍了，”他说，似乎我已确实是个罪犯，“你在宝库的盒子也都被查了一遍，谁都找不到任何信件来证明你结了婚。”

我指了指自己隆起的腹部。“我想谁都能看得出来。”

爱德华爵士清了清嗓子说道：“如果主持婚礼的并非是真正的牧师，”他笨拙地说，“那么婚姻可以是无效的。伯爵和他的妹妹或许欺骗你进行了一场虚假的婚礼，他们找了一位假冒的牧师来主持，而你并没有和他结婚……”他停了下来，想找位失去童贞的老姑娘作例子，一时间却无所得，可我敢打赌，他脑海里跳出来的肯定是女王本人。

“爱德华爵士，你恐怕弄错了自己的地位，”我平静地说，“我结婚了。我是西摩尔夫人，赫特福德伯爵夫人，你要记得，我有王家血统，没人能质疑我说的话。”

他低下头，这些讯问对我来说是件苦差，对他也一样。“我请求你的原谅，我的意思只是如今我们没有证据。”

“我当时就在现场，此外还需要什么证据吗？”我坚持道，“我的朋友简妮永远不会这样算计我。她既然想让我们结婚，又为何要做这种事？她的哥哥是我真正的丈夫，永远不会背叛我，又为什么想要背叛我呢？他想的不过是想以一种合乎荣誉的方式，以爱情的名义与我成婚。我们所做的不外乎此，你大可自己去问他。”

“我们会去问他的，”桌子那头的人看着自己的笔记说道，“可他是我们能问的唯一一个人了。除了他的妹妹之外，你们没有别的目击者，她如今也已经死了，我们也找不到主持你们婚礼的牧师，所以没有证据可以让我们写在纸上。”

“那你们就应该记下我和赫特福德伯爵说的话，”我骄傲地说，“对于任何英格兰的臣民而言都已经具有足够的效力。两人在上帝面前结为夫妻，对于上帝和法律而言都已足够，这点你和我一样清楚。虽然我们找了一位牧师，但其实用不着他来帮我们进行所谓真正的结婚仪式，只要我们在上帝面前对对方发下誓言，便是一场合法的婚姻。我们不需要第三个人为我们见证，因为上帝已经见证了这场美满的婚礼，而我们正是这么做的。这对我已经足够，对你来说肯定也一样，对任何让你像这样质问我的人亦然。”

他们终于沿着楼梯排好队走了下去，互相抱怨此次仍然一无所获，这场争论让我疲惫不堪，我躺在床上，一直睡到清晨。我的女仆为我的早餐准备了一些面包和肉，还有一小杯麦酒和一些梅子，可我什么都吃不下。我觉得自己烦躁不安，从房间的一头走到另一头，看看窗外的泰晤士河，又俯瞰着绿塔。肚子里的孩子变得非常平静，我肯定它在腹中沉得更低了，我因此行动也变得更笨拙了。

他们的新问题让我很困惑。既然无法证明我们有谋反的意思，便打算否认我们的婚姻，但是羞辱我又有什么好处呢？谁又能相信像奈德那样的年轻人会对自己的荣誉如此不珍惜？谁又能相信像我这样年轻的女人，同时也是圣人简的妹妹会在没有新教牧师的主持下结婚？

就在我看向河面和上空盘旋的海鸥时，我突然觉得自己的肠子似乎都转了个身，这个瞬间我甚至有一种强烈的感觉，自己要死了。我死死地抓住椅背，痛苦地喘气，这阵剧烈的疼痛甚至都让我无法尖叫。血水在石地板上流淌，我的侍女冲了过来，随后被吓得倒退一步。诺兹先生跳上挂毯，迅速爬了上去，小狗们连忙跑回自己的窝里，害怕地呜咽着。丝带过来闻了闻，然后摇了摇爪子走开了。

“上帝啊，你要分娩了！”我的侍女说道，“你的羊水破了，但你的产期还没到啊！”

这阵痛楚来得快，去得也快，想到自己虽然被锁在伦敦塔里，所幸还没有完全失去自由，我差点笑出了声。我本应该躺在黑暗的房间里，身边有两位助产士，还有两位女侍臣和十几位女仆，一位奶妈带着几张摇椅，准备接手那孩子，而丈夫除了用晚餐就是在教堂中祈祷，当然现在一切都错乱了，但什么都不能阻挡孩子的出世。

“告诉伦敦塔的中尉，让他派一个助产士过来，再看看能不能找个人把这事告诉赫特福德伯爵，让他为我和我们的孩子祈祷吧。”我虽然这么说，其实心中很想出于恐惧而大声尖叫，因为自己得在没有母亲、姐姐或者其他任何和蔼可亲的女人的陪伴下生下自己的孩子。

侍女匆匆把门关上，等我再次听见守卫们踏着缓慢的步子拾级而上时，这当中似乎过了许久许久。“让我出去！我得去见爱德华爵士！”守卫含糊不清地对她说的话表示猜疑，而她则回报以大叫：“孩子要出生了！”

我试着挪动身子，来到房间的角落里，那儿的墙上有个不加装饰的十字架，在它面前还有一本打开的《圣经》。我试着跪在它面前，虔诚地祈祷，祈求孩子和我都平安无事，祈求助产士能赶快过来，也试着等待那阵痛楚再次来临，因为上帝知道我们在这儿迫切地需要一个知道自己该做些什么的人。

助产士敲响外门，冲上了楼梯，就在这时，我听见了楼上我的丈夫，也正是我的真爱奈德在用力捶着上锁的大门，大声咆哮着：“发生什么事了？怎么了？”就算我隔着自己房间厚厚的木门，也能听见他的声音。

我朝着房顶的横梁喊道：“奈德！奈德！我们的孩子要出生了！”诺兹先生钻进我凌乱的床铺上，把头埋进枕头里。我听见奈德的脚步飞快地走来走去，大声喊着，声音听上去变闷了，他似乎正将自己的嘴唇抵在房间的地板上，努力试着让他说的话传到我这里。

我听不清他说了什么，因为他的房间地上铺着的是又冷又厚的石板。但我其实不需要听清，我知道他爱我，也知道只有自己在生完孩子后告诉他：我状态尚佳，孩子也顺利呱呱坠地，他才能从痛苦的焦虑中解脱出来。

助产士冲进房间，门在她身后猛地关上，拉上了门闩。我在这里忍受着痛苦，可心中不免有些小小的喜悦，因为奈德就在楼上，与我只有一层之隔，他跪在地上，脸贴着地面，准备倾听孩子的第一声啼哭，同时也在为我，为他的妻子祈祷。

虽然助产士说就第一次生产而言我的速度已经很快了，之前她陪过的一个妇女忍受了这样的痛苦足有数日之久，可这对我来说仍是一个漫长的折磨。我试着不让自己听她说那些悲观的预测，和关于难产而死，还有婴孩死产的可怕故事，我的侍女在一旁打断了她的话："但凯瑟琳女士现在做得非常好！"

"凯瑟琳女士的确表现出色。"那个老巫婆倒是肯定了这句话。

我大声喘息着，等着痛楚消失，然后纠正她："是赫特福德夫人，"我坚持道，"我是赫特福德伯爵夫人。"

"如你所说，我的夫人。"她的目光从我身上移开，这让我不禁再次想到，假如有人企图证明我们的婚礼根本没有发生过，那她正是被勒令不要用我婚后的名字称呼我。

我无法思考，我在痛苦中上下穿行，随后躺在床上休息，头脑中充斥着疼痛和恐惧。我感觉自己裂成了两半，似乎我没有经受绞刑，而是忍受着车裂。我想起了简，只要你向窗外投一块石头，便能落在她死去的地方，当斧子落下的时候，她必定感受过痛苦吧。我或许也会像姐姐和父亲一样死在伦敦塔里，在这阵痛楚结束后，我只希望自己能在天堂里与他们相会。

我痛苦地走来走去，随后停下了身子，倚在椅子上，因为疼痛而呻吟着，助产士先是看着，然后突然放下手中的纺锤说道："孩子要出生了，赶快做好准备。”

“我要做些什么?”我问道，“发生了什么?”

她笑了几声。“你之前就应该问的，凯瑟琳女士。”她说。

“是赫特福德夫人，”我生气地轻声说道，就算这或许是我最后一口气，我也要捍卫自己婚后的名号。“我是赫特福德伯爵的妻子。”

可她只是粗野地推着我，让我的手和膝盖着地，就像一只劳作的母马。我呻吟着，按照她的指挥用力，又听从她的指示休息，随后突然有了一阵奇怪的感觉，先是什么东西在我体内滑动，接着又是一阵扭动，接着她说:“上帝非但保佑了你，更是出手相助，你生了个男孩。”

我为自己的孩子，也就是比彻姆子爵取名为爱德华，这是为了纪念他的父亲和祖父。他可以以此将自己的血脉追溯至爱德华四世甚至更早的时候。他的父母皆为王室成员，所以他的降生本应被加以庆贺，应该鸣响礼炮，并告知所有基督教国家，可他们只是把他放在了我床上，将他塞在我枕边，甚至都没有人来拜访我们。他们把他带到伦敦塔中的小教堂里，我那可怜的儿子正是在他家族坟墓上方的洗礼盆上受洗的。似乎伦敦塔中叛国者的坟墓成了我们家族的教堂。他的阿姨和外公格雷正埋在洗礼盆下方。西摩尔家族的爷爷也埋在那儿。而且他甚至不是由一位牧师，而是由伦敦塔的中尉、看守他的狱卒爱德华爵士施洗的。伊丽莎白作为英格兰教会的最高领袖，甚至不让一位正式的牧师进入监狱，为她新生晚辈的灵魂祝福，这让我不禁哭了出来。这实在太残酷了，她也太过残忍，禁止一位牧师为无辜的婴儿受洗实在令人发指。

# 1562年冬

**伦敦　伦敦塔**

我的孩子躺在摇篮里发出呀呀的声音，看见我就会露出微笑，望着他，我实在无法难过起来。他比任何宠物都要更有趣，着实使人着迷，就连诺兹先生看见这位王子出现在我们之间，也和侍女们一样露出了欣喜的表情。他喝完奶后把奶吐出来时，她们连忙跑去抓来一块布料垫在我的肩上，当我拆下缠在他身上的襁褓时，她们会帮忙握住他挥舞的小手和胖胖的小脚。

我亲自喂他，仿佛自己是个农家姑娘。伊丽莎白虽然专横，却无意给了我这份我所知道的最大的喜悦，想到这个我不由得笑了起来。如果我在最好的出生地，也就是王宫里生下了这位小子爵，那别人会在他一出生就把他从我怀里抱走，我也将开始与他分别的生活。王室会聘请一位乳母将他带大，我则要一直留在宫里，不论之后发生什么，哪怕我要与他分别数周。等他长大后，我对他而言就会如同陌生人般疏远，他的第一个微笑也会属于自己的奶妈。不过我现在既然被关着，他和我一样无辜，却也被拘押于此，我们俩便能像两只被困笼中的小鸟，能一起歌唱，一起梳理自己的羽毛，和那两只朱顶雀一样快乐。

在夜里，我让他枕着我的手臂睡觉。我醒着，倾听他安静、快速的呼吸声。有时他睡得很死，我会把耳朵凑近他的小鼻子，告诉自己他还活着，还很健康，到了早上，他睁开自己如婆婆纳[1]般蓝色的双眼对我微笑着。

他们说他是个好孩子。没错，他从来不哭，可他们告诉我我要把他宠坏了，因为他一躁动我就把他抱起来，和他一起从一个房间走到另一个房间，当我读书或者写字的时候把他放在自己腿上，只要他一把自己的小脸蛋埋进我的身子里，我就把他放在我丰满的胸脯上。我的乳汁很容易就涌了出来，涌出的也同样是我对他的爱。这是我从未梦想过的快乐。我不知道自己会那么爱一个孩子：他的出生便带来了快乐，他的生命更是奇迹，我永远永远不会后悔生下他。

我们叫他泰迪，我每天早上都会在窗边系上一条蓝绸带，这样他的父亲奈德每天清晨从自己的窗口向下看时，就会知道自己的儿子一切安好。我希望他能见证自己的儿子会长成怎样一个英俊的人，也希望他能看见我们两个就像简妮保证的那样，生下了一个非常漂亮的孩子。泰迪继承了我的金发和优雅的身姿，也继承了奈德颀长结实的身材。他很适合当一位王子，不过当然啦，他本来就是。不论伊丽莎白承认与否，他都是她的继任者，也是英格兰王位的下一代血脉。

未来终将属于他的王宫并没有为这个小男孩送来礼物，只有玛丽前来拜访了我，还给我带来了一个小巧的音乐盒，我立刻就认出那是汉普顿宫大接待厅里的东西。

“我偷出来的。”她老实说，然后给它上了发条，放在泰迪面前，可他对此一点兴致都没有。

“玛丽！”

“我才没有觉得这是属于她的王家收藏中的一部分，”她直白地说，“这些东西更应该属于你。如果你只是因为未婚先孕的事而被外界忽视，失去了继承人的身份，那我又为什么要去侍奉一位由波琳家的娼妓所生，被众

---

①一至两年生草本植物，花中心白色，边缘为蓝色。

人称作达德利的娼妓的女王呢？”

我立刻向门口扫了一眼，但今天没有人等着监视我们。

“没错，除了守门中尉托马斯·凯耶斯之外，今天没人跟着我一起过来，他人很好，陪着我一路走到这里，现在他在楼下等着。”

“他没有偷听吗？”我紧张地问。

“他没有在监视我，是我真正的朋友。”她说，接着爬上了一张破破烂烂的椅子，在上面摇着头。“一切都变了。我身边没有了密探，他们也不在意你到底说了什么。他们相信你这么做是真的出于爱情，没有任何阴谋。他们不再盘问别人，放走了所有的囚犯，唯独留下你和奈德两个人。”

我感到很高兴，“啪”地合上双手，问道：“他们接受了我们的婚姻吗？我们是不是马上就要被放走了？”

“不，我觉得他们打算否认这场婚礼来羞辱你。”

这句话带来的失落感并不让我惊讶。去年他们更换盘问的问题时我就知道这一天总会来到的。不过我的孩子就躺在我怀里，我的丈夫和我住在同一屋檐下，别人对我的评价也变得不怎么重要了。我知道真相究竟如何，也知道奈德对我和我对他的态度，上帝也知道。又有谁会在乎伊丽莎白怎么说呢？只要我们重获自由，就能复婚，至于现在怎么样又有谁在意？

“他们会不会否认我们的婚礼，之后她就放我们走了？”

我们谁都不必说“她”究竟是谁。伊丽莎白在我心中已经成了魔鬼般的存在。一位都铎家的女王带走了我的姐姐；另一位则夺走了我的名誉。

玛丽悄悄做了个手势，有可能是真的，也有可能并非如此。“她想方设法把你关在这里，但却没有任何理由。他们向枢密院汇报了对西摩尔家族和贝丝阿姨的审讯结果，也提到了你和奈德的情况，很明显，你们两个人纯粹是出于爱情而结婚的。他们搜寻那位主持你们婚礼的牧师，但却一无所获。我倒是不觉得他们找得有多么认真，可不管怎么说，你们都交换了誓言和戒指。这是一场私下举行的婚礼，是连她的母亲都没有过的经历。枢密院等了好几天，让她去发明一些罪名，或者立一条法律，让她可以亲自公开宣布你的婚礼不再作数，可她什么都没说。”

“她为什么不说？”

玛丽露出了不怀好意的笑容，让她漂亮的脸都扭曲了。“因为她害怕了，”她轻声说，“全国上下有半数的人都是天主教徒，所以他们更愿意让苏格兰的玛丽来当英格兰女王，而信仰新教的另外半数人则更希望你成为王位的继承者，因为你嫁给了一位英格兰的男士，也有了自己的儿子和继承人。谁都不是真的想让她待在王位上，她既无法生育，还爱上了那个谋杀自己妻子的异教徒。”

我听见玛丽对伊丽莎白和她爱人罗伯特·达德利那尖刻的评论，不由得倒吸一口冷气。

“没错，他们不喜欢女王，”她毫不客气地说，“但谁又能指责他们呢？国家已不再如同玛丽在位时那般繁荣了，曾经的和平业已不再。如今我们被法国和西班牙共同威胁着，而且女王不会通过联姻来为我们争取到一位盟友。”

虽说每个人对自己的继任者都有自己的偏好，但伊丽莎白对我们不能继承王位所给出的原因只是我们的父亲因叛国之罪而被处死，我的表姨玛格丽特·道格拉斯不能继承的原因则是她的父母并未结婚就生下了她。那么候选者就只剩下苏格兰的玛丽了，而她又不肯任命她！人们只是想知道下一任统治者在哪儿、又是谁，如果伊丽莎白不肯明确告知民众的话，那民众会自己做出选择。

我瞥了一眼摇篮，简单地说：“必须是泰迪。我的继位顺序在伊丽莎白之后，他又是我的儿子。”

“当然啦，”玛丽说，“所有人都清楚这点。这也就是为什么枢密院不能同意伊丽莎白在毫无理由的情况下就把你关在监狱里，因为他们都清楚你是英格兰下一任国王的母亲。你还记得玛丽女王来到伦敦时的情形吗？简所在的朝廷里，所有的人都跑去见她，告诉她那是他们弄错了。”她苦笑道。“还记得他们有多懊悔吗？”

“我也跑过去了，”我告诉她，“至少我的公公和丈夫过去了。”

“我们的母亲跑过去了，父亲也是，所有人都在祈求她的宽恕。我也被拖过去向她行了个礼。而这就是伊丽莎白害怕的地方——所有人都得和自己的继承人建立友情，这么做可是有原因的。所以，除非他们肯定你永远都不会成为王位继承人，否则他们都不敢和你作对，因此伊丽莎白才一直不公开确认这点。”她把脑袋侧到一边说道，“不过相对的，大家害怕她那可怕的脾气，所以也没人会为你说话。”

“她不能收回我的继承权。”我说。

“她私下里和我们说她不敢，不过也不会通知议会甚至枢密院。可泰迪……”

“唯一能否认泰迪继位可能性的方法就是宣布他为私生子。”我缓慢地说。

“没错，”玛丽说道，“那个邪恶的都铎女巫下一步要做的就是这个。”她俯身凑近了摇篮，似乎自己是童话中对抗坏仙女的好仙女。“她企图证明这个无辜的男孩是私生子，不适合继位，这也是她唯一能否认泰迪是她继承人的方法——宣称他是个私生子，而这个方法，却是由她这位众人皆知的私生子想出来的。”

玛丽说的一点也没错。现在已是二月，每天清晨，窗内都会结上一层白霜，每天的黑夜要持续整整十二个小时，爱德华爵士就是在这个时候叩响了我的房门，鞠了一躬，走了进来。

“尊敬的夫人。”他这么称呼既避开了我的娘家姓，也避开了我婚后的姓。

“爱德华爵士此行是有何贵干？”

“我过来是通知您，您将在明天受邀前往兰贝斯宫，接受大主教的亲自盘问。”

“他要问我什么？”

爱德华爵士看起来很尴尬，但还是竭力用平静的语调说道：“询问您关于假装自己结婚一事。”

“我根本不知道还有这件事。”我冷淡地说。

他给我展示了一下手中的那张纸。我看见了王室印戳，还有伊丽莎白满是圆圈的签名。“这上面是如此讲述的。”他说。

我对他露出微笑，请他自己来见识这个冷笑话。“看起来这倒是个很公平的质问啊。”我说。

他低下头，平静地说道：“你的丈夫也去，不过你们要坐不同的船前往，互相看不见对方。”

“告诉他我爱他，”我说，“另外，我永远不会避而不认他或者我们的爱情以及儿子。”

“你说你和他的爱情？”他怂恿我说出更多的内容。

“我对他的爱和我们的婚姻，”我不耐烦地说，“没人能让我否认真相。”

马修·帕克作为将我的姐姐简推上王位的众人之一，如今被册封为坎特伯雷大主教，赢得了机会，成了能为伊丽莎白加冕的唯一一人，但我现在并不指望他会反对女王转而支持我。他是由伊丽莎白亲自任命的，永远不会违抗她的旨意。我在兰贝斯的大主教宫殿并不会比在枢密院里找到更多正义。

可伦敦的人民都站在我这边。我的驳船驶出伦敦塔的水闸，搅起泰晤士河黑色的河水，开始逆流而上。我可以看见人们停在河岸边，偷偷地看向那艘驳船，随后，我依稀能听见他们在冰冷的灰色水面上空的叫喊声。

他们对审判的时间可谓精挑细选。海水倒灌入泰晤士河，驳船被一阵冰冷的风推行，迅速逆流而上，可这也不如消息传得快，他们立刻就知道凯瑟琳夫人，也就是英俊的奈德·西摩尔的新娘终于走出了伦敦塔，动身前往兰贝斯。等桨手们平划着他们的桨，让我们靠上宫殿边的码头时，所有在马匹渡船①上的人都挤在最靠近我驳船的地方看着我，那些在河岸和码头边的人都在热情地为我欢呼尖叫。

我站了起来，这样他们就能看见我了。我朝他们挥了挥手。

“我的女士，请往这边走。”大主教的管事紧张地对我说道，但他无法阻止我对人群微笑，听他们为我喊出的祝福。

“什么都不用怕!”有人对我喊道。

“上帝保佑你，也保佑你那健康漂亮的儿子!”

“愿上帝保佑女王!”有人喊道，可他们并没有说这个女王指的是谁。

我挥着手，似乎自己接受了这份祝福，随后冒着险，尽可能放慢脚步，走入宫殿黑暗的拱廊中，这样所有人都能看见我作为一个犯人准备接受审问，同时也能让他们见识到我的年轻和美丽，我只有二十一岁，正如我一直以来，将来也是一样，正担任着英格兰女王合法的继承人，同时也是被封为圣人的女王简的妹妹。如今所有人也开始思考这其中的可能性了。

①一种可以让马和马车都在船上横渡泰晤士河的船只，兰贝斯与威斯敏斯特之间的那条航线最为著名，现已建为豪斯福大道。

# 1562年冬

**伦敦　兰贝斯宫**

我刚认识帕克大主教的时候，他还只是简的公公约翰·达德利手下的一名随军牧师[①]。他与其他改革派们频繁碰头，讨论英格兰新教教会中的神学，简和他们的宗教顾问们一直保持着书信往来。不过我敢说他从来都没注意过我，我真的算是一个不怎么重要的妹妹，不过我还记得在简继位的时候他就出现在宫里，也记得他和其他人一样转变得很快，立刻就放弃了他所有的誓言，转而支持天主教的女王去了。所以我那时并未将他视作圣人的顾问，就像我现在也没有将他视作大主教一样。

他很不礼貌地把我晾在他的会客室里，等他终于进门时，身后跟着一位面色阴郁的牧师，没经我的允许就坐在了房间左边，将笔尖蘸进墨水瓶里，等着把我说的一切话都记下来。如果我没有注意到他们派了一艘朴素的驳船来接我，而且速度快得令人难以置信，如果我忽视了冰冷的前厅以及与我姐姐曾经信仰同一教派并建立过友谊的人冷淡的招呼，我不会留意到，那个牧师恶毒的笔下写出的绝非是一位精神导师和一位不小心惹怒了坏脾气女王的年轻女人的谈话。这仍是一场审问，上头要求他一五一十地记下一切并禀报给女王，他即将面临的难处可能连他自己都未必清楚——

①原文为chaplain，指附属于不受教会管辖的组织中的神职人员的统称，如医院、军队和大学中的牧师或者拉比。

我永远不会否认自己光荣的婚姻，永远不会放弃自己爱的男人，也不会否认自己孩子是个子爵，并为他安上一个奈德私生子的污名。

大主教帕克阴郁地看着我。“你最好把这场虚假婚礼背后的真相仔仔细细地告诉我，”他的声音听起来很和蔼，“孩子，你最好向我坦白一切。”

我深吸一口气，在他脸上看到了一丝希望。如果大主教帕克回到伊丽莎白身边，告诉她我已经向他坦白，自己并没有结婚，我从来没有结过婚，那么即便是厌恶已婚牧师的伊丽莎白，听了我的答案后也肯定会备感喜悦，进而继续对奈德那半遮半掩，而且有着王室血统的妻子保持视而不见的态度。如果他能告诉伊丽莎白，我在伦敦塔里的私生子身体欠佳，那她就不必急于结婚生子，还能向苏格兰的玛丽做出承诺，告诉对方英格兰的继承人仍然没有确定，以此来用和平与继承权诱惑那位年轻的女人。

“我会向你坦白的。”我甜甜地说，看见那位牧师蘸了蘸自己的羽毛笔，屏息凝神地等待着。“大人，我相信你和我的姐姐简都认为一个备受困扰的灵魂应该直接向上帝坦白一切，对吗？”我给了那位牧师一点时间把这句话记下来，随后我说：“不论如何，我在此坦白，我爱上了一位年轻的男人，他有着高贵的出身，双方的母亲都知道我们坠入了爱河，准备共结连理。他们准备向女王请求允许，可彼时我的母亲去世了。我如实说吧，我们在一位证人面前订了婚，也在证婚人和牧师的面前结了婚，唯独没有得到女王的允许。我承认自己和他一起躺在婚床上共度良宵。我也承认我们生了一个英俊的男孩，有着古铜色的头发，和都铎家的人一样任性。我还承认自己不能理解为什么被监禁，也不知道你为什么请我来向你坦白。”

这对于会持续一天的盘问而言是个很好的开始。大主教不断地讯问我之前早已问过的问题。很明显，我们之前做的事毫无问题，他们唯一的希望便是我最终会崩溃，为了自己的自由而选择撒谎。经过整整一天的盘问，大主教面容憔悴、苍白，我则面红耳赤，愤怒不已。他斥责我在宣誓之后仍然撒谎，我矢口否认。我对他逼迫刚生下孩子的我把孩子称为私生子、把丈夫称为恶棍的做法表示深深的鄙夷。

“今天就到这里，我必须去祈祷了，而夫人，你应该考虑一下自己是否应该继续如此顽固！”大主教虚弱地说。

我对他轻轻点了点头，似乎是我让他退下的，随后我走向门口，向他建议：“没错，去祈祷吧。”

“我们后天再见，我也希望你到那时会给我一个真实的答案。”大主教说。

我停在门前，我的侍卫为我拉着门，他能听见我说的话，如果他愿意，也大可将其转述给全伦敦的人。“我今天已经将真相告诉了你，”我吐字清晰，“不论是明天还是之后任何一天，我对你说的都会是同样的内容。我的婚礼光明磊落，我的儿子是比彻姆子爵。”

# 1562年冬

**伦敦　伦敦塔**

我把脸贴在中尉宅邸冰冷的玻璃和更冷的雕花玻璃窗上，盯着从绿塔到水闸的那条小径。我在那儿从日出等到日落，脸颊越来越冷，直到我看见守卫从我们的前门走来，带着奈德走向驳船。

他是我的爱人，我唯一爱过的男人正走在四名守卫之间。有两个人在前面带着路，剩下两位跟在他身后，似乎觉得他会抛下尚在囚禁中的我和他的孩子逃跑。我猜他们会在我今天做出证词后把他带到大主教帕克那儿。等他消失在我的视线中后，我转身离开窗边，把自己冰冷的脸颊贴在桌上的《圣经》上，祈祷他对我的忠诚。

当然，他就算如实阐述仍然可能犯下一些错误，这会让大主教找到对付我们的破绽。如果奈德忘记那位牧师身穿皮草长袍，记不清他的外国口音，那他的证词就会与我的相左。如果他试图通过否认我们在婚前就已坠入爱河来保全我的名誉，那么他们就会抓住他的谎言不放。只要我们在任何细节上有所出入，他们就会试着证明我们的婚姻是错误的，我们的故事全是为了保全颜面而捏造出来的。

我不禁对此感到担忧。这件事发生在很久之前了！距今已经过去了一年，我们又同时被抓，一切进行得又都那么快。我把那些信件弄丢了，而奈德又完全不记得牧师的名字。我们还失去了简妮，她既是我们的目击者，也是我们唯一的朋友，所以奈德很有可能会忘记一些东西，他去年起就在游历法国、勃艮第和意大利，还遭受了突然被召回来的惊吓。不过我有他送给我的两枚戒指，心中记着他为我写的诗。没人会真的以为这一切都是虚构的，但也没人真的在意事情的真相。他们想要的不过是让我的儿子成为私生子，这样奈德、我和泰迪就会一起从人们的视线里消失，蒙受羞辱，尔后被遗忘。

他们盘问了奈德一整天，等他回来时天色已经全黑了，而且他们也没有把他带回中尉宅邸。我等着他拐入大门，一直举着蜡烛，准备看到他时挥舞起来。可我开始根本看不见他，只有他的守卫举着的火把发出的跳动的火光，他们带着他从黑色的拱廊走向高耸的白塔处，那座塔独自凄凉地立在那儿。可他刚从拱廊出来便停下脚步，拉下了自己的兜帽，直直地看着我的窗户。我举着蜡烛的手伸出窗户，这样他就能看见那点小小的微光在风中摇曳，知道这是为他而亮，我对他是真心实意，正如我相信他对我也是如此。

他们让他继续走，于是奈德对我举起手，走过了中尉宅邸，一路走过我的门前，穿过绿塔，走向在夜色中隐约可见的白塔。他走上台阶来到门前，门打开了，等他进去后，便在他身后轰然合上。我知道他一定是说了什么，又或者他们发现了别的把柄，才被关进王家监狱，让他处在狭小的隔间里。他不再被关在中尉的屋子里，不再像一位拥有名誉的领主一样被软禁在房里，而是被关在用来关押与拷问叛徒的地方。

整整四天，我们都来往于大主教和住处之间，每次他见过奈德后，都会问我更多细节上的问题：我可以肯定一些事是真的，一些又是编造的，但另一些事我已经不记得了，又或者根本不知道。我感觉自己的处境日渐糟糕，最初的反抗渐渐成了恐惧。我央求他能够理解：如果我让上帝作为我的目击者，那我就不会对此撒谎。我是简·格雷的妹妹，难道看起来像是那种会把上帝的话当做儿戏的人吗？我的声音从蔑视转变为恳求。大主教的焦虑似乎日渐减少，更像是一个慢慢得到了自己心中答案的人。那位牧师也越写越快，我不敢想象之后究竟会发生什么。

# 1562年夏

**伦敦　伦敦塔**

此后一片风平浪静。令人痛苦的是，根本没有任何事情发生。我只能等着。我想起了简，想起她住在帕特里奇斯的房子中那会儿，不断地等待并坚信玛丽女王能原谅并且释放她，随后中尉进来了，告诉她会在明早被处死。有时我会梦见自己是简，流着泪在夜晚醒来，觉得自己经受的等待终于到了尽头，到清晨时分，我得走上一小段路前往绿塔，可我随后在床上转了个身，向摇篮里的孩子伸过手去，他的脸因为哭泣而变得绯红，又因饥饿而急需哺乳，小脚不耐烦地蹬着。我把他抱在胸口，感受他在吸吮我的乳汁，我明白这种强大而又无辜的生命不会被扼杀，总有一天早上，总有一天，我会带着自己的孩子离开这里，让他得到自己应有的自由。

我的小妹妹玛丽带着一篮芦笋拜访我。“这是有人刚从自家的院子里采来给我的。”她语焉不详，把这个篮子举到窗边的座位上。“那是奈德的窗户吗？”她问，看向白塔，有面窗户的铰链上挂着白色围巾，正在迎风飘扬。

“没错，他每天早上都会把白色围巾放在窗外，告诉我他很好，而我也一样，”我说，“如果他病了，他就会放一条蓝色的围巾，他若是被释放了，就什么都不放。”

玛丽点了点头，她没有问如果出了坏消息他会换上什么颜色的围巾。

伦敦塔里的所有人都不想准备接受这个坏消息。只有我的姐姐简有勇气直面她的死亡，并写信让我认识自己的来世。

“宫里的人准备启程离开伦敦，”她说，“我也得跟着一起走，不能惹她生气。你或许会想，我和你一点关系都没有啊，也不是她的亲戚，可她待我就和宫里任何一名夫人一样，而且我还是最不受她宠的那个。托马西娜和我一样也是矮个子，得到的关注却比我多得多。我跟着王宫里的人四处走，也和那些夫人们一同用餐，可她却很少对我说话，也经常没能注意到我在哪儿。不过她对其他人的态度更糟。”

“噢？她对谁态度更糟？”我好奇地问。

“我们的表姨玛格丽特·道格拉斯就算一个，”玛丽平静地说，“她在西恩的查特豪斯的家中被抓了，理由是涉嫌谋逆。”

我倒吸一口凉气，用手捂住嘴：“又一个表亲被捕了吗？而且还是在我们的老房子里？”

“他们说她试图让自己的儿子亨利·斯图亚特与苏格兰的玛丽王后结婚。”

“真的？”

“几乎确定了，不过她没理由不这么做。这场婚姻对男方而言非常合适，对女方来说也是如此，对我们来说，让女王嫁给一位英格兰人要比嫁给法国人更好。”

“那玛格丽特·道格拉斯全家是不是都被捕了？”

“我猜她的丈夫还被关在这里，就在伦敦塔的某处。不过他的儿子达恩利不见了。”

我把手放在头上，似乎就要扯自己的头发似的。“什么？真是疯了。”

“我知道，”玛丽阴郁地说，“伊丽莎白和她父亲一样，被恐惧折磨得要疯了。可我必须侍奉她，只要是她喜欢的地方我都得跟着去。”

“如果你能摆脱她就好了。”我轻声说道。

玛丽摇了摇头。“不会的，他们正是以此来要挟你。没事，我会继续这样，并且假装自己乐在其中。”

我伸手把她揽在怀里，问她：“你今年要去哪些地方？”

“北方。我们打算在诺丁汉住一段时间，她下令让我们排一出假面剧，所有人都要参与其中，当然也包括我。我在秋千上扮演一个和平天使。这幕剧叫做‘不列颠与帝王’，要整整持续三天呢。”

“天啊。”

“开场是帕拉斯骑在一匹独角兽上，我猜是伊丽莎白自己扮演这个角色。在她身后是两名骑在马上的女性，分别象征谨慎和节制。后一天的主题是平和，最后一天是抛去怨恨，我们一起唱歌。”

我看着她阴郁的表情，听着她枯燥无味的描述，不由得笑了起来。“我肯定场面会很漂亮。”

“噢，没错，有狮子、大象，还有各种各样的东西。不过重点是两个女人联手了，主题就是她们之间的友谊。它还传达了一条信息，便是英格兰国王是由血缘传承，而并非被先王选定的。”

“她想表达什么？难道是说给苏格兰的玛丽王后听的？”

“她应该是这么打算的。伊丽莎白在告诉她，她们都是英格兰的君主，可以共同统治英格兰：玛丽统治北方，伊丽莎白统治南方，玛丽也会是她的表亲和继承人。她差不多对她许诺了，要把王位给她，她也说这符合继承法，符合王位由血缘关系最近的人继承的原则。这既非本人的选择，也非信仰的问题，更非世人的意愿。”

我迈了三步穿过小房间来到桌前。“她终于敢公开否认我的继承权了。”

“她还没有公开，也没有否认。”玛丽有点生气地说，“这出假面剧不是公开表演给民众看的，除非他们受过古典文化教育，否则根本无法理解其中的含义。我已经给半数的夫人们解释过其中的含义了。她没有勇气公开坦白，能做的只是把你放在一边，让大主教帕克为她做这些事；也只能在假面剧中公之于众。她想让宫中的人知道你并非她的继承者，因为你蒙受着羞辱，你的儿子更是私生子；但她不敢把这一切公之于众。”

“亲爱的上帝啊，玛丽，那个大主教真的宣布我的婚礼无效了吗？”

“没错，还把那个可怜的孩子称为私生子。”玛丽难受地朝摇篮点了点头，我那无辜的孩子正在摇篮中安睡，还不知道自己的名分早已被掳走。“愿上帝饶恕他。她希望别人不会再为一个被称作荡妇的女人说话，也不会支持一个被冠以私生子名号的孩子。你的名声被毁了，而他则被剥夺了继承权。奈德自然也蒙受了不该有的屈辱。”

我抱起一只小狗崽，把他凑在我的下巴那儿权当慰藉。“大主教就是个骗子。”我只说了这句。

玛丽点了点头。“所有人都清楚。”

房间静了下来，有那么一会儿我们就坐在沉寂中。

“我还得在她那场用意卑劣的假面剧中跳舞，”玛丽嫌弃地说，“第一天我要在帕拉斯的队列里，开始的时候坐在秋千上，末了还要为平和跳舞。当她命令我跳舞的时候，我心里很清楚自己在做什么，这是在为天主教徒玛丽传递一份信息，让我来干这事！让简·格雷的妹妹，来传递希望英格兰接受天主教继承人的信息！”

“她的确清楚自己在做什么，”我同意玛丽的说法，“她终于克服了对我们的恐惧。她肯定自己永远都不会生下一个儿子，而我的儿子如今被称作私生子，我又背上了不贞的名号。”

“噢，她已经赢了，”玛丽不耐烦地说，“我们甚至都没有密谋对抗她，她却处心积虑地对付我们，仿佛我们是她最恶毒的敌人。玛格丽特·道格拉斯也只是夸夸其谈，并在为自己儿子争取机会时表现得有点野心勃勃罢了，可她也被安上了叛国者的罪名。她和我们的女王没什么血缘关系，接近女王对她而言没有什么诱惑力。女王反正已经毁了你的名誉，你觉得她会放了你吗?”

我站起来走向窗边，把窗打开。“你要做什么?”她问。

“我要挂一根黑色的丝带，”我平静地说，“这代表了坏消息。现在没人会再为让我出狱而声援我了。”

王宫上下都离开了伦敦，我想象着玛丽作为平和手下的一位天使坐在她的秋千上，并在假面剧中为伊丽莎白起舞的样子。这是为了向众人宣告：苏格兰的玛丽王后作为一位天主教信徒，作为一名法国人，如今即将成为伊丽莎白的继任者，而我们则被遗忘了。我想，事实的真相对我而言实在难以接受，我和自己的爱人都被关在伦敦塔里，他离我的窗户不过百尺之遥。可这一切对我的妹妹玛丽而言似乎更难承受，她要微笑着侍奉自己和她姐姐的敌人，这个将所有女性皆视为仇敌的女人。

天气转暖了，我在夜晚来临时打开窗，果园里的乌鸫歌唱得一天比一天更晚，它们唱着求爱的歌谣，并筑起属于自己的巢穴。我把铃铛系在丝带的脖子周围，这样他就不能捕杀那些筑巢的鸟儿了。我每天都会把早餐的面包揉碎放在窗台上，看着知更鸟落下来，在花窗玻璃前昂首走着，展示他那鲜红的胸脯，宣告这是自己的地盘。

我在晚上学习，读着简留在中尉图书馆里的书，学着她寄给我的《圣经》，一遍遍地重读她留给我、朋友们和老师们的信，心中已经不仅将她单单视作我的姐姐，更是一位女英雄。我试着在我心中找出她的勇气所在和对命运的认识。不论他们是将她带向王座抑或是断头台，她始终明白自己的双脚正走在神圣的道路上，也走在接近上帝的路上。我觉得她恐怕会认为我既浅薄又愚蠢，可我现在了解得更多了，希望她也能知道。

泰迪健康地成长着，我只用在夜里醒来为他哺乳一次。我问中尉，我们母子俩能不能在温暖的夏日空气中走走，这样他的皮肤就能感受到阳光的照耀，他说我的侍女可以每天带着泰迪在花园里和河边散步。

“没人和我说过那个无辜的婴儿也在关押中。”他说。我从他平静的声音里听出了一丝怨恨，我想，这就是在伊丽莎白手下尽忠的感觉吧：起初还是充满希望，但随后就会发现一切都开始越偏越远，甚至超过了自己能够承受的底线。

我早早地躺上床，在一片暮色中等待夜色慢慢笼罩整个房间，心中思绪万千。如果苏格兰的玛丽对伊丽莎白的宫廷假面剧中所传递的信息作出回应，那究竟会发生什么？这两位宿敌真的能够共同走向和平吗？她们真的能像玛丽所要求的那样，在一座岛上同时出现两位女王吗？是否真的会进行一场伟大的会面，最终成就一段友谊呢？伊丽莎白最终又能否找到一位和她地位相同的、可以信任的人呢？

如果她们真的会面了，还成了朋友，钦佩对方的威严，那伊丽莎白有没有可能放走我和奈德呢？我的野心是否也会被那些曾经认为我有朝一日必将继位的人所遗忘呢？

房间的大门传来敲门声，钥匙在锁眼里转动，发出了刺耳的声响。我起身披上长袍，准备前去开门。我的女仆和泰迪睡在一起，我的女侍臣则每天都会来。除了我之外，不会有人在晚上从里面开门。说实在的，这并不难猜，从来没有人在用过晚餐后来过——肯定是一位带着消息的守卫，我不敢奢望这是女王的赦免。

“是谁？”我有点紧张地问道，可我在拉开门闩时却没有听见回应。当我把门打开时，门外站着一个守卫，还有一个个子更高的男人，他戴着兜帽，帽檐拉得很低，我看不清他的脸。

我刚准备把门关上，可那人立刻伸手把门抵住。“你不记得我了吗，亲爱的妻子?”他轻声说。

是奈德！是奈德！我的丈夫，他英俊的脸上带着一丝微笑。他对守卫点了点头，然后推开门，一把将我揽入怀中，吻落在了我的脸上、头发上和被泪水打湿的眼睑上，还有我的嘴唇上。

“奈德!”我抽泣着，已经哭得上气不接下气了。

“我的爱，我的妻子。”

“你自由了?”

“上帝啊！才没有呢！我贿赂了守卫，让他给我一个小时来与你相处。亲爱的，我很爱你，对你的爱从来没有停止过。我之前离开了你，请上帝原谅我，现在我再也不会走了。”

“噢，我知道！我就知道！我应该清楚的。我就知道你会回来。你收到我的信了吗?”

“没有！我一封信都没收到！这让我很是费解！我在勒令回国后才收到过一封信，他们告诉我你和孩子被捕了，我不知道自己该怎么办。法国人说在那边和他们在一起要比回去面对伊丽莎白安全得多，他们求我不要离开那儿，可我不能抛下你不管。”

“你真的没有收到我的信？我写了！我经常写信，在信里求你回来。信里不会弄错的。”

我们看着对方，真相在我们之中了然于心，我们意识到自己已被敌人团团包围。

“我写了很多信，这肯定不是个意外。它们一定是被人偷走了。”

“密探从一开始就在我们周围。”奈德说，他把我拉进卧室，飞快地脱下自己带兜帽的长袍，扯下夹克，把衬衫从头顶脱去。他比未入狱的时候更瘦了，在暮色中，他的皮肤如奶油般白皙。我立刻燃起了欲火，呼吸不由得急促起来。

“噢，不过你必须见见泰迪！”

“我会的，当然会，不过首先我必须见你。这么久我一直在想你。”

我们穿过门廊，来到床边。我没有犹豫，掀开被子躺了进去，奈德斜着他那赤裸的上身，把我的睡袍从头顶上脱去，我甩手把衣服丢到一边。

“你对大主教发誓我们结婚了吗？”

“发誓了！我永远不会让他否认我们的婚姻。”

他短促地一笑：“我也是这么说的。我就知道你不会背叛我。”

“我永远不会否认你做的事，永远不会。”

我把手伸向他，他脱下自己的长筒袜，倒在了我身上。我们急促，热情。我俩已经分别了一年多，如今小别胜新婚，面对对方只感觉欲求不满。我曾在梦中见过这个场景，渴望着他的触碰。他急切地压在我身上，凝视着我陶醉的脸。

“亲爱的。”我轻声向他低语，他的身子贴在我的身上，就像一只看见猎物俯冲而下的鹰隼。

我们在一起的时间只有一个小时，他磕磕绊绊地从床上下来，我帮他穿上衬衫，这让我不由得想起我们结婚时的情形，我们互相为对方穿衣，笨手笨脚地绑上丝带，之后简妮和我急匆匆地赶回住处吃晚餐。

“现在让我见见我的儿子！”他说。

我把他带到女仆的房间，孩子正睡在女仆床边的摇篮里。女仆虽然睡熟了，可她的手仍然伸着，当孩子蹬腿的时候，她就能摇动着摇篮安抚他。泰迪睡得很香，他仰面睡着，一只手伸向头顶，攥成一个小拳头，脸颊红红的，嘴唇上方因为吮吸母乳长了一个粉色的小水泡。

“感谢上帝，他长得真美，”我的丈夫轻声说道，“我之前从来没有概念，还以为婴儿长得很丑。他继承了你所有的美貌，看起来就像一个完美无瑕的小娃娃。”

“他和你一样固执，”我说，“在别人为他受洗的时候长得还没那么好看。肚子饿想吃奶的时候就会大声叫唤，就和领主一样，一点都推迟不得。”

我们小心翼翼地踮着脚尖走回我的房间，奈德问道：“你是自己喂他的吗？”

“没人帮我做这个啊！”我不禁嘲笑起他一脸震惊的模样，“我就像怀里抱着孩子的贫穷妇人那样用心把他拉扯大了。我用自己的奶水和爱养育他，看着他以此茁壮成长。”

他吻着我的双手、嘴唇、脸颊……就像饿极了的人尝遍各种东西般吻我。“你就是天使，是我和他的天使。我明天晚上还会再来的。”

“你还能再来？”我几乎不能相信他的话，“为什么？”

他咯咯笑了起来，我好久都没有听过他的笑声了。“虽然我们刚结婚的候就已经分开，但既然他们都公开称我俩是罪孽深重的情侣，似乎也允许了我们在一起。爱德华爵士曾经向我点头示意，似乎在说，我们已经为自己犯下的罪受了那么多残酷的惩罚，不如好好享受它。我偷偷塞给守卫一枚钱，于是他就带我来见你了。”

“我们能在一起了吗？”只要我们能睡在对方怀里，他也能看见自己的儿子，我才不在乎我们此生是否都要被困在伦敦塔里。

“我们能够过上怎样的生活并非只是由我的希望所决定的，但这也是我们现在能做出的最佳选择了，”他说，“我仍旧怀有希望。伊丽莎白不能违逆所有顾问，威廉·塞西尔和罗伯特·达德利知道我们是无辜的，而且真心实意地爱着对方。他们是我们的朋友。他们想让新教徒坐上王位，我们有他们的支持。他们会阻止苏格兰的玛丽登基，因为在他们的心里永远没有属于她的位置。所以亲爱的，我的心中并不绝望。”

“我也是，”我说，他的话让我鼓起了勇气，“我并不感到绝望，只要能和你在一起，我永远不会感到沮丧。”

# 1562年夏

## 伦敦　伦敦塔

尽管未来变数重重，尽管女王心怀怨恨，但我们仍旧很开心。奈德的母亲把他的土地和财产征得的地租及费用寄了过来，他成了一个有钱的囚犯，以此贿赂守卫，下令让他做任何事。每天晚上他都过来与我共进晚餐，和孩子一起玩耍，并且共度良宵。我在白天等待，也是我学习、照顾孩子、给宫中的朋友们写信的时刻。爱德华爵士作为伦敦塔的中尉，特意允许我在他的花园里散步，于是我就带着孩子一起，让他在被太阳照暖了的草地上爬行，他能在草地上蹬腿，看着海鸥在他头顶的蓝色天空中盘旋。

夜晚才是我生活真正的开始，守卫悄悄地让奈德溜进我的房间，我们一起说话，一起读书。他看着我喂我们的儿子吃饭，用襁褓带包好他，并在晚上交给保姆。随后我们一起享用他母亲从汉沃斯送来的珍馐佳肴，这些都是免费给伦敦塔里的人享用的，还有来自伦敦人民的礼物。

奈德或者我每天都会收到一张便条或者一封信，上面写着，如果我们公开反对我们的判决，他们保证会支持我们。有些人保证如果我们选择逃跑，那一定会找到一处避难所。还有一两位甚至愿意出兵将我们解救出来。我们收到后立刻把它们付之一炬，绝口不提。伊丽莎白已经判定我们是罪人了，她既然没有针对我们施加更为残酷的刑罚，那我们也不会给她任何借口，让她以叛国之罪再次审判我们。

但不管怎么说，这个夏天她倒没有怎么太过关照我们。她似乎是觉得自己已经竭尽所能来毁了我们的名誉，所以将自己的注意力投向了与他人进行别的争吵上。她最亲密的朋友、女侍臣凯特·艾什莉向她举荐了瑞典王子艾瑞克的求婚，结果反被她逮捕。凯特之前警告她看起来如同娼妓，如今向她推荐结婚对象时反倒受到了更多阻挠。谁又能预测下一个引起伊丽莎白恐惧的会是什么？没人知道她下一步会怎么走。她很害怕，本性却又残忍，因此把自己所爱的女教师也给关了起来，可她曾说过，凯特·艾什莉对她而言就像是自己的母亲。

“罪名是什么?”我问奈德。

“没有罪名，”他说，“伊丽莎白并没有活在自己制定的律法里。凯特·艾什莉被捕只是她心血来潮，只有上帝才知道她会遭受什么处罚。”伊丽莎白或许会给她安个罪名，也或许只关上几天就会释放她，并使她再度受宠。又或许伊丽莎白会在同一封赦免信里把我们也放了。

有好几个人和我们一样被毫无理由地关了起来，无端接受审判，我们都是伊丽莎白嫉妒或者恐惧的受害者。我的表姨玛格丽特·道格拉斯正在接受盘问，密探提供的许多含糊不清的线索都在指控她，她被软禁在家，受到严密的监视。而她的丈夫，伦诺克斯伯爵马修·斯图亚特也被关在伦敦塔的某处。不论我们在屋顶上散步或从窗外窥探时，都从来没有见过他。我怀疑他被单独关在某地，也明白他终究会禁受不住那般折磨——因为他从来没有获得过女王的赏识，自己的妻子更是女王最有力的竞争者，他没有承受这一切的勇气。他们的儿子亨利·斯图亚特亦然，不过对他来说最好的便是他已经逃往了法国。宫里遍布流言，说玛格丽特雇了一位死灵术士兼预言者，她已经预言了伊丽莎白的死，因此催促着苏格兰的玛丽嫁给自己的儿子亨利·斯图亚特，以此将英格兰和苏格兰都纳入他的统治。

“什么?”我忍不住打断了奈德，“伊丽莎白怎么受得了这个？如果玛格丽特做了这一切，那为什么她只是被关在赛恩府，好像只是因为犯了什么鲁莽无礼的小错，而我们根本没做什么却被关在这里。”

“如果他们证实了对她使用死灵巫术的指控，就可以以女巫之名将她处以火刑，”他严肃地说，“如果他们为她捏造了这样一个罪名来对付她，那我倒并不妒忌她被软禁在赛恩府。倘若他们真能证明她请了一位巫师来预言女王的死，那他们可以直接把她从赛恩府转移到史密斯菲尔德，这当中都不用审判。”

我怀里的孩子吸着奶，有点昏昏欲睡，他还拿脚蹬我，似乎我把他抱得太紧了。“伊丽莎白真的会选择除掉自己的表姐吗？”我平静地问他，“她真的会让自己这么做？”

奈德摇了摇头，他也不知道女王会做什么，谁都不知道。

“我有个消息给你，”我开口打破了沉默，“今晚我有些事要告诉你，希望这能让你高兴起来。”

他喂给我几颗早熟的草莓，这是肯特的田里一个无名的朋友送的礼物。

“告诉我嘛。”

“我的例假没有来，应该是又怀孕了。”我试着露出微笑，可嘴唇却不由自主地颤抖着。我很怕他会生气，因为这会让我们面临更多麻烦。但他放下勺子，绕着桌子走到我这侧，跪在我面前，伸手把我抱住。这次他表现出的可谓是纯粹的喜悦，他温柔地抱着我和小泰迪。

“这是我能听到的最好最好的消息，”他说，“想到你身体健康，而且又能生育，而我身体尚且强壮，本就该在这个可怕、见证了诸多死亡的地方再生下一个孩子。感谢上帝为我们在黑暗中带来了光亮！这就像是个奇迹。在囚笼中生下孩子就像是驱走死亡本身。”

“你真的感到高兴吗？”我想再确认一次他心中的想法。

“上帝可以作证！没错！这个消息太棒了！”

“我们应该告诉爱德华爵士吗?”

“不,”他拒绝了,“我们谁都不要说,像你之前那样保密。你可以在保姆和女侍臣的眼皮底下隐藏这事吗?”

“如果我的身段能和之前一样苗条,那只有到了最后一个月才会被人发现,”我说,“早期根本看不出来。”

“那我们就看看应该何时何地公开这个消息,”他说,“这是你隐藏的一个大秘密,我们可以在最需要的时候将其公之于众。亲爱的,我好高兴,你感觉还好吗?你觉得还会是个男孩吗?”

我笑了起来。“再生一位伊丽莎白的继承人?你觉得如果伊丽莎白又多了一位王室亲戚,她会高兴吗?”

他的笑容僵住了。“我想她不能否认我们儿子继承的合法性,如果我们有两个孩子,那就会让这个希望大上一倍。”

“如果生下的是个女孩呢?”

他抓住我的手,吻了吻说:“那我们就叫她凯瑟琳-简,以此来赞颂她漂亮的妈妈和圣洁的阿姨,愿上帝保佑我的女儿、她的母亲和她的阿姨,她们都被错误地关在了这里。”

# 1562年

**伦敦　伦敦塔**

城里越来越热，我开始担心起瘟疫来。夏天经常有疫病发生，这也就是为什么宫里的人们选择在这时候出游，这样才方便派人打扫宫殿，使伊丽莎白那无法生育的身子远离疾病。这也是我第一次在伦敦度夏，泰晤士河和伦敦塔周围护城河中的恶臭让我很害怕，就算你不是医生都能知道这是象征着疾病的味道。伦敦散发着死亡的气味，我甚至连呼吸空气都感到害怕。

出于安全考虑，伊丽莎白儿时的伙伴、女侍臣凯特·艾什莉从伦敦塔搬走了。她虽然仍旧背负污名，但伊丽莎白不会让她最爱的凯特冒一点危险。但我们却被留在护城河和泰晤士河散发出的瘟疫之雾中，尽管知道这会带来疾病，仍把我的孩子留在了这里。

“我要写信给威廉·塞西尔，请他帮忙让我们搬离这里吗？”有天晚上我这么问奈德。

他抱着孩子，为他唱着一首自己做的短诗，泰迪发出了舒服的呜呜声，似乎能够理解那些带着韵律的字词，他那双深蓝色的眸子盯着自己父亲慈爱的脸庞。

“等宫里传来了消息再说，”他说，瞥了我一眼，“那里正在进行翻天覆地的变化，这多少会影响到我们。女王试着与苏格兰的玛丽女王结盟，但法国那儿正在对改革教派展开可怕的攻势。新教徒公开反抗吉斯家族的统治，并向伊丽莎白请求帮助。她之前打算与玛丽王后会面，不过我现在觉得她不能这么做了。这位王后所在的家族当众处死过与伊丽莎白信仰相同的人，就算伊丽莎白有意公开地与她成为好友也不行。当伊丽莎白在秋天回到伦敦的时候，传教士们和议会的成员势必会迫使她承认自己不能与法国结盟，因为那些人的手上沾着新教同胞的鲜血。正是苏格兰的玛丽家的亲属——吉斯家族——将信仰新教的男女们无情地杀害，伊丽莎白不能让英格兰与吉斯家族的女儿结成同盟。没人会同意这个决定的。”

“如果她放弃与玛丽结盟，那王位只能是玛格丽特或者我的。”我说。

“还有这位小小的领主阁下，”奈德说道，“如果你运气够好，她选择将王位传给你，那比彻姆子爵就是这一系列继位顺序上的下一位成员。瞧瞧他看我的眼神有多坚定，他肯定会成为一名了不起的国王的。”

“她已经将他称作是私生子了。”我愤愤地说。

“所有人都知道这是一场谎言，”奈德说道。“我甚至都没想过这件事。”

# 1562年夏

**伦敦　伦敦塔**

整个王宫的人在夏末回到了汉普顿宫，尽管众人很不情愿，但也必须出兵保卫在法国的新教徒们。伊丽莎白虽然对未能与苏格兰的玛丽结成同盟很遗憾，但也只能鼓起勇气下令向勒阿弗尔派出增援，以此来保护胡格诺派免遭吉斯家族军队的追杀[①]。所有人都希望由罗伯特·达德利指挥英格兰军队，但女王坚持让他留在后方，而派他的哥哥安布罗斯·达德利代替他上前线，因此关于女王偏爱达德利的流言四起。对伊丽莎白而言，罗伯特·达德利太过珍贵，她不愿用他来冒险，就连捍卫女王统治的神圣职责也是如此。

这场战斗或许会成为我们的救赎。伊丽莎白几乎肯定会给奈德自由，让他亲自去统领军队。

“伦诺克斯伯爵听到自己被释放的消息肯定也会很高兴，”我的看守爱德华爵士打消了我的疑虑，“可怜的男人，他的性情让他实在无法忍受监禁。”

“我想没人会喜欢的。”我焦躁地说。

“他对你丈夫重获自由还有你们能见面这事充满抱怨。他也很想念自己的妻子玛格丽特夫人，非常想。甚至每天晚上都会在自己的房间里哭泣，

---

①史称第一次宗教战争。

低声吐露着自己的孤独。”

“那他当初就不该密谋反抗女王，”我一本正经地说。

“但愿如此。”

“当然了，不过他到底犯了什么错？”

中尉向我靠过来，似乎除了我肩头的诺兹先生和怀里的小泰迪，还有别人能偷听到他说话似的。

“那个可怜的男人，他着实有些精神错乱了。他会扒着门，喊着他妻子的名字，还说墙越靠越近压迫着他，因此他求我把窗打开。”

“他是不是要发疯了？”我问。

“他是不太正常，”爱德华爵士承认，“你也明白，有些人没法承受这一切。并不是所有犯人都像你和奈德那样过得那么快乐。”

“我们对此很是感激。”我说。这话说得没错，我的丈夫，他的孩子还有我三个人就像笼子里的朱顶雀一样快乐地生活着。当我知道自己还有一位待产的孩子时，这份喜悦便又多了一层。

# 1562年秋

**伦敦　伦敦塔**

我等着自己的妹妹玛丽前来拜访我，而且越来越相信她会过来告诉我，我们马上就要被释放了，可她最终没有来。不过她派人送了一份便条，上面说她们仍在汉普顿宫，女王卧病在床；人们找来了医生，但谁都不知道她得了什么病。

“上帝啊，如果是致命的疾病该怎么办?”奈德早早地就来到了我的房间，轻声说道。他吻了吻自己的儿子，然后将他交给女仆去带。“快过来。”他说，把我拉到窗边的座位上，我们可以在那儿私密地交谈。诺兹先生跳了上来，一脸严肃地坐在我俩当中。

“致命的疾病？我还以为她又患水肿了呢。”

“我在宫里的朋友告诉了我这个消息，这次很严重，非常严重。亲爱的，女王这次可是得了天花。真的，天花，而且她现在意识模糊。现在她不能说话也不能动弹。就我们知道的情况而言，她现在很可能已经驾崩了。她很可能已经去世了。议会正在召开紧急会议。我一直都能收到消息，为了以防伊丽莎白突然驾崩，他们在选择王位的继承人。”

“以防她驾崩?”他的话着实让我一惊。伊丽莎白一直以来都是我生命中的恶咒和灾难，我已经很难想象没有她的世界了。“驾崩？伊丽莎白有可能死掉吗?”

“没错！你没听我说吗？有这个可能。虽然有点难以置信，不过可能性很大。她得了天花，而且身体也不强壮。她已经卧床不起，体温也在不断上升。枢密院也被召集到了一起，如果她无法说话，那他们就会替她选择继承人。高烧让她的头脑变得愚钝，此刻她的头脑已经云里雾里了。他们的候选名单上有亨利·黑斯廷斯、苏格兰的玛丽女王和玛格丽特·道格拉斯。”奈德停顿了一下，微笑着看着我，眼里闪着光芒。“但最重要的是，他们选择了你。”

我深吸一口气，想着他们把王冠交到简的手上时，她也知道自己除了接受它之外别无选择。

“我？”我干巴巴地说，想起了简和野心带来的可怕危险，又想到了王冠带来的诱惑和可能会给我儿子带来的机会。

“亨利八世曾下令让你的母亲成为仅次于伊丽莎白之后的王位继承人，”他平静地说，“既不是玛格丽特·道格拉斯的母亲，也不是苏格兰的那一支血脉，而是你的母亲，随后便是你。伊丽莎白说过，继承权应当遵循自然的顺序，可议会才不打算让有着一半吉斯家族血统的苏格兰女王玛丽坐上英格兰的王位，更不用说他们现在正在法国和她所属的家族交战。老国王亨利会让你作继承人，依照爱德华国王的意愿，王位的继承人应当是简，随后是你。如今都铎家族的继承人也只有一位信仰新教，那就是你。所有的可能性都指向了你。”

我深吸一口气，思考着，想着我的儿子，还有腹中那个本应生来就是王子的孩子。监禁磨砺了我的野心，我不甘空为一名继承人但无缘王座。“我准备好了。”我说道，尽管我的声音听起来微微有些颤抖，“我准备好了，可以戴上姐姐的王冠。”

他长吁了一口气，似乎我明白了自己对这个国家应肩负起的职责，明白自己应当登上王位一事让他感到如释重负。“伊丽莎白现在就有可能去世，他们很有可能会给你带来王冠，也有可能正在从汉普顿宫出发的驳船上顺流而下。”

“来这里找我？来伦敦塔？”

“没错。”

在简开始和结束统治的地方开始我自己的统治实在是非常可怕且不幸。但我转念一想，这种想法是多么的微不足道和愚蠢。在他们前来告诉我伊丽莎白的死讯之前，我应该准备好自己的演讲。“这会引发一场战争吗？”我问，“如果我登上了王位，天主教徒们会起兵对抗我吗？”

他皱眉说道：“几乎肯定会有，可他们不会有任何增援。法国正在爆发骚乱，所以苏格兰的玛丽女王势必不能向我们发起进攻。玛格丽特·道格拉斯虽然写了一封战书，可她没有军队也没有支持者。而且她还被拘禁着，自己的丈夫正倚在窗边的铁栏上痛哭。亨利·黑斯廷斯来自历史久远的王室家族，但没有任何支持。除此之外没有别人了。这次是你的机会，王位必将属于你。”他点头示意让女仆把门关上。“还属于他，显而易见，他就是王位的继承者。”

门口传来轻轻的叩门声，我站起来的时候撞到桌子，把酒洒了出去。“现在就来了？”我问，感觉自己的心脏正在剧烈地跳动，我想到了自己的孩子，它正安全平静地躺在我的肚子里，它的哥哥正在另一屋睡着。我们组成了新的王室家庭，或许是他们给我们带来王冠的。

奈德只消三步便穿过屋子，把门打开。站在门外的是守卫，身边还跟着另一个人。“大人，这是一名信使，”守卫毕恭毕敬地说，“他说自己必须要见你。”

“你做得很好。”奈德轻松地说。守卫退后一步，信使便走进屋内。

我的眼睛死死地盯着他手上拿着的卷轴。或许上面有着王室印戳，或许是枢密院通知我伊丽莎白的死讯，告诉我他们正在向这里赶来。

奈德急切地伸出手去，信使把卷轴递给他，上面写着一条潦草的信息。

“上面说要我相信你，”奈德对那个男人说道，“里面是什么消息?”

“女王任命了罗伯特·达德利。”

“什么?”奈德大声地惊叫道，他很震惊，我听见泰迪在女仆的房间里大哭，还引得她开门向外窥探。

“没事的没事的!”我说，挥手让她回去照看孩子。我转向信使说道：“你一定是搞错了，不可能会这样。”

“女王任命他为护国公，英格兰的全境守护，议会也对他宣誓效忠了。”

奈德和我交换了一个难以置信的眼神。

“这不可能。”我轻声说。

“你的主人对此怎么说?”奈德问。

那个男人笑了起来。“他说他们不会与一位将死的女人争辩，不过你的妻子应该早点做好准备。”他转向我，深深地鞠了一躬，“你不会等太久，没人会支持一名达德利家的人，而且没人想多要一名护国公。女王因为高烧，已经头脑糊涂了。正是因为任命了罗伯特·达德利，她才给了议会权利，让他们可以依照自己的想法选择国家的继承者。她这么做毫无道理，他们也没法和她理论。没人会把王冠交给他。女王这么做否认了自己的那支血脉，背叛了自己的国家。所有人都知道王位应当属于赫特福德夫人。”说罢，他又向我鞠了一躬。

奈德点了点头，他飞速地思考着：“在女王去世之前我们按兵不动，愿上帝保佑她。我们只有等那时才能有所行动。只要她一息尚存，我们在她眼里都是需要对付的王室成员，不过我们还是会为她的康复祈祷。”

“好的，”那个男人说道，“我这就回汉普顿宫，告诉我的主人你明白了。只要有更多别的消息，我们立刻会告知您的。”

“我们生在一个了不起的世代，”奈德几乎是在自言自语，“真是奇观辈出啊。”

我们自然是睡不着了，甚至都没有一起躺在床上或者接吻。我俩茶饭不思，只能在房间里烦躁地来回走着，看向窗外夜色中的花园，寻觅着向我们走来的跳动的火把的踪迹，除此之外什么都做不了。我换了一件长袍，这样当领主们带着王冠过来见我时，看起来会最为美丽动人。我也在朱顶雀的笼子上盖了一块布料，这样它们就能安睡，不再歌唱。小狗们安静地窝在自己的盒子里，我也把诺兹先生关进了他的笼子。这里既没有会客室，也没有宫殿，我们只能尽力保持庄重。我坐在一张精美的椅子上，奈德则站在我身后。我们忍不住摆出这样的姿势，就像假面剧中的演员们一样，或许连信使都已在路上，准备要告诉我们手谕就绪，这场演出如今已成真。

"我会奖赏伦敦塔的中尉。"我提醒自己。

"现在不要说话，"奈德提醒我，"我们在为女王的康复祈祷，愿上帝保佑她。"

"没错。"我同意他的话。我在想，表面上为某人祈祷，内心却希望她能死去，这样做是不是错了。我希望自己能问问简，这正是她会知道的事。但是说真的，我怎么会想让伊丽莎白活着呢？她对我和我那无辜的儿子来说都是彻头彻尾的敌人。

"我在为她祈祷。"我告诉奈德。我想自己会祈祷她直接升入天堂，也祈祷没有炼狱；如果真的有，她肯定没法逃脱。

我们听见了鸟儿的第一声啼鸣，在我们安静的房间里听着很是响亮，随后鸟儿们开始此起彼伏地叫了起来。一只歌鸫唱起了一连串的歌谣，这声音就和笛子一般响亮。我在椅子上坐立不安，看到奈德正看向窗外。"已经是清晨了，"他说，"我得走了。"

"可消息还没来！"

“信使们找到我很容易，”他苦笑着说，“我被锁在伦敦塔的房间里，哪儿都去不了。如果消息先到了你这里，那只要等他们通知了你，就会立刻告诉我……”他走向门口。“记得，如果有人问起来，你就说自己整夜都在为女王的健康祈祷，”他说，“你一直都是一个人在这儿的。”

“我会这么说的，而且我也的确是一个人待在这儿。”虽然这么说不全是谎言，但我还是在背后交叉起手指祈祷着，“你明天晚上会来吗？”

他抱着我，说道：“我不会失信于你的，只要我听见任何消息就会告诉你。你只要在用晚餐时派女侍臣过来找我，我会把所有从汉普顿宫那儿听到的消息都告诉她。”他打开门，但又迟疑了。“不要被流言误导了方向，”他说，“除非枢密院亲自登门拜访，否则不要离开你的房间。如果你被人看见接受了王冠，而伊丽莎白又康复了，这对我们来说是致命的。”

我很害怕她，因此只要想到如果自己犯了这个错，将不免要面对她，并接受针对自己进行的真正的叛国指控，便莫名感到一阵战栗。“我不会的！我不会的！”我对奈德保证道，同时也对自己发誓，自己绝不会像我的姐姐简一样仅仅当九天女王——要么永不加冕，要么整个余生都要牢牢地坐在王位上。但事情的发展方向并不是我能决定的，而是取决于这位接近而立之年的女人，她如今身患重病，正与世界上最危险的疾病进行斗争。

“记得为她的健康祈祷，”奈德说，“要让人们都看到你正在为她祈祷。”

我们听见楼下的门开了，守卫一边上楼，一边用沙哑的嗓音低声喊道：“大人？”

“我这就来，”奈德回应道，他匆匆地在我唇上留下一吻，“如果今天不出什么事，那就晚上见。”他再次向我保证。

我得等上整整一天。伦敦塔的中尉爱德华爵士前来拜访我，发现我正跪在自己的《圣经》前。“你之前肯定听说女王患病的事了吧。”他说。

我起身说道：“我为她祈祷了一整天。愿上帝保佑她，赐予她力量。”

“上帝保佑她。”他重复道，可他看向我那遮遮掩掩的目光却在告诉我，我们两个人都知道，如果女王由昏迷不醒转而死亡，那英格兰新的女王就会随之诞生，摇篮中的那个小男孩也会成为威尔士的爱德华亲王。

“你或许想去花园里散散步。”爱德华爵士提议道。

我点了点头。“那现在就去吧。”

我不能直直地站在那里，但或许哪里都不想去。我无法集中注意力来读书，更不敢做白日梦。“露西，记得带上泰迪的球。”

我等啊等，每天都听见侍卫查问口令和大门打开的声音，但没有更多消息从汉普顿宫传来。伊丽莎白被这场生命中长久而又缄默的斗争死死地缠住了，枢密院正在交换着对于王位继承人选择的偏好。没人会同意伊丽莎白任命达德利为新教徒领袖的选择。达德利的父亲就因叛国罪被斩首，而后葬在伦敦塔的教堂里，他自己也知道这样是不可能的，但我敢发誓他第一次听见这个消息的时候，心中的野心肯定陡然膨胀得更大了。

他肯定会偏爱自己家族的成员，也就是亨利·黑斯廷斯，他也是在我和简结婚的那场婚礼上与自己的妻子结婚的。就算是现在，在简去世后整整八年，达德利家族对王位古旧的阴谋依然持续着，就像一座巨大的水车不断地转动，永远无法停下来。正是它推动着一个接一个的齿轮，最后带动起了足以撼动整座建筑的巨大磨盘。这个计划不断变化，像是潺潺的水流，像是转动的水车，只可惜没有人会支持他们。

同样也没人会公开支持苏格兰的玛丽王后。她身为天主教徒，家族的其他人正在对胡格诺派新教徒发动一场战争，并正准备对身处勒阿弗尔的英格兰士兵发动进攻。她几乎在一夜之间就成了英格兰的敌人，并永远不会赢得一位作为统治者所应有的名誉。这样，除了我之外，便没有其他既拥有王室血统又信仰新教的候选者了，也没有人出自可以遵照国王旨意继位的家族。只有我才可戴上曾经属于我姐姐的王冠。

我和泰迪一起在花园中玩耍时一边扶着他，一边让他站在我的腿上，可脑海中全是这些念头，仿佛教堂中没有器乐伴奏的素歌般反复出现在我的耳畔。我整天都一遍又一遍地听见："我会戴上姐姐的王冠，我会实现她的梦想，简所开创的事业将由我来完成，让身处天堂的她也深感喜悦。"

我在用晚餐的时候派自己的女侍臣去等我的丈夫，也让她顺带捎一篮桃子来当作礼物，带到奈德的餐桌上。她回来时嘴唇抿得紧紧的，似乎藏了一个秘密。

"夫人，我有个消息要告诉你。"

"什么?"我问，可头脑里仍是这两句话喃喃不休：**我会戴上姐姐的王冠，我会实现她的梦想**。

"大人让我告诉你，感谢上帝保佑，女王的身体已经康复了。她从昏迷中苏醒，身上的疱疹也开始破了。他还说要为女王的身体好转而赞美上帝。"

"赞美上帝，"我响亮地重复道，"我们的祈祷终于有了回应。上帝保佑她。"

说罢，我转身走回房里，让泰迪和女仆待在一起，尽管他喊着我，伸手央求别人把他抱起来，我也仍旧没有回头。我不能让别人看见自己脸上的苦楚。那个邪恶的女王、那个从一开始就是错误的王室亲属居然康复了，而我依然被囚禁在监狱里，没人会过来赐予我自由，更没人会前来为我加冕。

# 1562年冬

**伦敦　伦敦塔**

伊丽莎白居然重获健康了，仿佛是魔鬼用邪恶的温柔悉心呵护着她。简的大姑子，也就是玛丽·达德利被伊丽莎白传染天花后与死亡擦肩而过，永远失去了她那出了名的美貌。我对她倒是没有什么同情，正是她在晚上带着简坐驳船来到赛恩，正是达德利家的人在那里迫使她当了女王。那是一场不明智的旅途，如今简已经死了，而玛丽的余生都要在世人面前隐藏她那张满是痘疤的脸，这么看来，似乎是达德利家的野心毁了他们女儿的美貌。

虽说女王已经康复了，但整个国家仍处在一片骚乱之中。所有人都知道她之前差点儿就死了，而且还没有留下自己的继承人，如今谣言四起，飞快地传播向全国各地，从伦敦几大名门望族的家里流向大街小巷。人们说她试图让一名叛徒的儿子，也是另一名叛徒的孙子成为护国公。我们的女王试图让她的爱人成为像理查德三世那般的暴君。人们担心她会在履行任命继承人的职责前就先行去世，最后背叛国家，将王位留给她最爱的那个人。人们谈论起其他王室成员的喜好，还有一个举棋不定的君王所带来的危害，奈德也从他的朋友们和我的支持者那儿听到一系列传闻——他们都参加了由新教徒的领主们组织的晚宴，发誓必须要为英格兰王位选定一名继承人，而那个人必须是我。

“威廉·塞西尔已经决定将你任命为王位的继承人，”他向我保证，“他说不论是从宗教信仰抑或是继承权上看，除了你之外没有别人更适合那个位置。伊丽莎白很清楚这点，其他人也是。另外你也必须被释放，所有人也同意这点。”

“那我们为什么还被关在这里？”我问。

我们一起坐在房间里那张破旧的椅子上，这张椅子曾经还被当作简的王位。我和奈德穿得很单薄，带着被窝里残存的暖意坐在火炉前，身上披着一张毛毯，亲吻爱抚着对方。

“我得说自己曾经去过更糟的地方。”他把我抱得更紧了。

“我愿意在余生的每个夜晚都像这般和你共同度过，可绝不是被锁在房间里。”我说，“伊丽莎白已经放走了玛格丽特·道格拉斯和她的丈夫伦诺克斯伯爵，为什么我们还被关在这里？”

“他们没有获得自由，”奈德纠正我说的话，“只是她的丈夫被放走和她住在一起罢了，不过他们仍然处在监禁状态。伊丽莎白让他和自己的妻子生活在一起，这全是因为他受不了监禁生活。”

“我也受不了！”我抗议道，“或许这样她就会让我们在守卫的监禁下住在一起。就算他们不能彻底给我们自由，也可以试试看这么做。这样我就能在你汉沃斯的家中生下这个孩子。”

“我们自由后就再也不会回到这里来了。一年只回来一次，在我们家人的坟墓上献花。”奈德对我保证道。

“我加冕的时候也不回来了吗？传统上是要这样的。”

“我们会创造新的传统，”他说，“我再也不要让自己的儿子处在这些高墙之中。”他温柔地抚摸着我那圆圆的肚子。“两个人都不要再这样。”

“我最喜欢温莎堡。”我睡意昏沉。

“你应该说汉普顿宫的，”奈德提议道，“或许我们应该再造一幢新的城堡。”

“不，应该造一幢宫殿。”我纠正了他的说法，“我们不再需要新的城堡，整个王国会处在一片和平之中。我们可以建造漂亮的宫殿和房子，成为与民众一起生活的王室家族。”

“并最终获得神圣的和平。”他说。

“阿门。”我有一会儿没有说话，脑海里浮现出宫殿漂亮的外观。或许我们可以称它为西摩尔宫。“这一切终会实现的，对吗？”我问，“因为我们拥有过那么多希望，也经历过那么多困难。”

他考虑着。“没错，我想这次肯定不会出错了。她真的没有其他可靠的继承人，而且这一次她走得太远，甚至连她的朋友和谋臣们也力有不逮。”

# 1562年冬

**伦敦 伦敦塔**

奈德和我度过了一个属于囚徒的圣诞节。我们从城里买来了圣诞礼物，从伦敦塔管理者的花园里采来绿色的枝条，用的晚餐简直和王子的一样好。伦敦的民众们每天都在伦敦塔的门口留下赠礼：从食物再到一些小礼品。当我发现他们也为泰迪准备了礼物时，心中一阵触动。一位伦敦的银匠送了他一把小勺子，把手上面刻着我们的家徽和长着双翼的天使，一个做玩具的人送了他一只木马。泰迪看到这个很高兴，不过他还没有把它夹在两腿间走路的本事，但他换了个方式，在走路的时候把木马举在面前，还让我在一旁吆喝“快跑”，因为他只会说“驾!”他的父亲抱怨道，他学会说话时的第一个词应该是“á Seymour! [①]”

我和奈德分别在自己的房间里用餐，等桌子上的碟盘一撤下，仆人们准备在夜晚休息时他就来到我这里。守卫让他进来，我们上了床，接吻以庆祝圣诞节。自从我的肚子逐渐大起来后我们就没有做过爱了，但我会把脸埋在他赤裸的胸膛上摩挲，他也会为我轻解衣衫，我们赤裸着躺在一起，这样他就能抚摸着我腹部那令人骄傲的曲线。

“你把腰带缠那么紧，不会弄疼肚子里的孩子吗?”他问。

“我觉得没什么关系，”我说，“在怀泰迪的时候，我可是一直这样缠着

---

① “啊，西摩尔!”——编者注

直到最后一个月呢。”

“这次我很高兴能陪着你。”他把脸埋进我温暖的乳间，“我可能是在伦敦塔的高墙里住过最幸福的人。”

我笑了起来。“你没有绝望到在石头上刻字吗？也没有掰着手指头数过日子？”

“我祈祷能让女王释放我们，”他严肃地说，“这天应该快到了。女王需要为她出征法国的军队筹钱，所以召集了议会。不过他们有个前提，那就是得让她先选定自己的王位继承人。现在他们由此牵制住了她，枢密院的领主们在主显节之后秘密见过面，任命你为继承人的呼声也越来越强烈了。”

我叹了口气。“他们终于承认我们结婚了？”

“他们一直都知道，”他对我保证，“只是之前不敢违抗女王罢了。但不管怎么样，他们都会让我们在坎特伯雷大主教面前宣誓结婚，他也正是专门负责见证英格兰女王婚礼的人。坎特伯雷大主教已经听见了我们婚礼的誓言，除此之外还能有什么更好的方法来证明我们结婚的事实吗？现在谁都没法否认这一切了。”

我大笑起来。“我根本没想到这点！他们真是一群傻瓜！为了抓到我们，却把自己给困住了。”

“这群傻子。”他说这话的时候带着深深的喜悦，因为他所爱的人正躺在他的臂弯里。除此之外，别的什么都不重要了，没有人能比对方更重要。我们躺在床上，壁炉中的火光映在我们半裸的身子上。“在这个愚蠢的世界上生活的愚蠢之人，永远不会理解我们的喜悦。”

# 1563年春

**伦敦　伦敦塔**

玛丽带了一些人形小面包过来探望我们，这是王家烘焙坊的师傅们眼中泰迪的样子，她的怀里抱满了小礼物。

“上帝啊，那些是什么?”我问她。

她笑了起来，把礼物全摊在桌上。“我在城里走过的时候，人们认出了我，就让我把这些东西带给你。接着我的周围就被热情的民众围得水泄不通。守卫把这些东西都给伦敦塔的中尉看过了，确保里面没有字条。”

“这些是他们送给我们的礼物吗?”

“都是各种各样的小玩具和小东西。人们都很爱你，每个人都说他们应该把你放了，让你和丈夫住在一起。我可以说，全英格兰的所有人都觉得你什么都没做错，应该立刻放了你。所有人，我是说真的，不论是宫里的夫人也好还是史密斯菲尔德的风尘女子也罢，每个人都这么觉得。”

“他们都在支持我吗?”

“我觉得他们都快要为你举行一场游行了。”

有那么一会儿我们什么都没说，只是互相看着对方。“最好不要有游行，”我平静地说，“不管怎么样我都要感谢上帝，你没有染上天花。”说罢我吻了吻她，现在弯腰对我来说有点困难，她一下子就看出来了。

“天花的小疱疹生在我身上可就变成大疱疹了[①]。”她自嘲道，“你怎么了？动作那么僵硬，是不是伤到背了？”

我等她坐到椅子上之后便将手指放在她的嘴唇上，以免她听到这个消息后叫出声来。“我怀孕了。”我凑到她耳边轻声说道。

她的双眼睁得大大的，直到我把她放开。

“我的上帝啊，怎么回事？”她问。

我笑了起来，玛丽的想法总是那么直白。“他们对我们做出了不利的判罚之后，中尉就让奈德差不多每晚都来见我了。”我说，“我们贿赂了守卫，这样整晚就能待在一起。”

“预产期是什么时候？”

“我还不确定，但感觉快了，应该在一个月以内吧。”

玛丽看起来很焦虑。“凯瑟琳，你务必要保守好这个秘密，因为宫里每个人都在谈论你。那些支持释放你的人听到你在这儿又有了个孩子后肯定会激动得发狂，甚至有可能直捣伦敦塔来让你重获自由，守卫可能会干脆让大门径直敞开着。我想伊丽莎白那时就不得不承认你婚姻的合法性，任命你为她的继承人，你的儿子就是你的理所当然的继承人。”

“真的吗？我知道那些领主都在建议她任命我……”

“她出席了议会会议，在会议开始前的礼拜上，主任牧师更是在布道中亲自对她说她必须结婚！接着参众两院更是一个接一个告诉她，她必须任命自己的继承者。他们不能忍受伊丽莎白在临终前任命罗伯特·达德利。她现在做得有点太过火了，这个错误让她失去了那些领主和议会的信任。她很有教养地对那些领主说话，告诉他们王位的继承人必须由她亲自选出，他们直白地告诉她，她必须结婚生下自己的继承人，要不就得另立一位，

①上文天花为smallpox，此处pox有疮的意思，因为玛丽身形矮小，对正常体型的人来说得天花是小疱疹，对她来说就是大疱疹了。

他们不会接受她任由自己的性子选择继承人。"

我不由得抓住了玛丽。"他们不可能这么说的!"

"我没法说清当时宫里的情形。不过她召见了阿兰德尔伯爵亨利·菲茨艾伦,他更是当着所有夫人的面说:如果她再这么由着自己的性子办事,那他和所有其他领主都会阻止这一切发生。"

"他居然敢对她说这话?"

"没错,而且不止他一个人这样。她生病后一切都变了,我也没法告诉你这一切是怎么变的,不过我觉得她也意识到自己现出了原形。所有人都看到她有多爱达德利了,而那些领主和顾问则觉得她背叛了自己的国家。现在没有人相信她了,谁都不信她会犯下这样的错误,居然选择达德利来做英格兰的统治者。大家都觉得她不仅让自己蒙羞,更让所有人失望。"

"她对亨利·菲茨艾伦说了什么?"

"她听了那话简直暴跳如雷,开始朝他大发脾气,随后却哭了起来。你从来都没见过这样的事儿。我们这群女士完全不知道应该怎么办。她一言不发地掉着泪,而亨利·菲茨艾伦只是站在那儿看着她,末了朝她鞠了一躬,然后走出了宫殿。伊丽莎白也冲进卧室,把身后的门一甩,跟个发脾气的小孩似的。她后几天都没有出门,也没有再让亨利·菲茨艾伦上过朝。"

我看着玛丽。她对伊丽莎白的描述让我很是震惊,她不再是一个冷静下令的女王,而是成了一个怒不可遏的小孩。"我的天啊,她要失势了,"我惊讶地说,"如果菲茨艾伦都能在朝廷上斥责她,那说明她在宫里已经没了往昔的地位。"

"而且罗伯特·达德利也什么都没有了。我有没有对你说过女王在濒死前也给他的男仆留了一笔钱?"

"给塔姆沃斯?"我问,想起了那个从床上起身随后立刻坐在门口望风的人,对于眼前的一切他既没有感到惊讶,也没有任何疑虑,似乎已经做了很多次。

“而且还是在她濒死前，”玛丽重复道，“现在所有人都说这证明了女王在和达德利幽会的时候，负责站岗放哨的人就是他。这下她也彻彻底底让达德利蒙羞了。”

“没人支持他成为王国守护吗？”

玛丽做了个傲慢的表情。“一个人都没有。他们甚至都没提起他。他说亨利·黑斯廷斯应该成为王位继承人，可他这么说全因为他是达德利的妹夫。就连达德利都不敢承认自己的地位。这全是她高烧产生的幻象，另外也说明了女王在临死前就只想着一件事：把国家留给自己的爱人，并给他的男仆一笔封口费来隐藏这个羞耻的秘密。”

“议会会强迫她任命一位继承人吗？”

“只要她一天不任命，那议会就一天不为她的法国军队拨钱，他们正是这么要挟她的。她必须给军队发军饷，但议会只有在她任命继承人，也就是任命你之后才会拨钱。”

“她就不能选别的人吗？”

“没有别的人了。”玛丽的眼睛都亮了起来，“我都没法数清自己现在在宫里有多少朋友。你可能会想：我才六英尺高，怎么会有人愿意和我做朋友？但事实的确如此，我和每个人都交上了朋友，大家都为你感到难过。我这里还有给你的几十条消息呢。每个人都知道那个继承人会是你。就连伊丽莎白也清楚。她最近就会宣布这个消息。”

我停了一会儿，能够感到自己心中涌起了胜利的喜悦。“玛丽，这事已经确定了吗？我可没法忍受希望再次落空。”

“我可以肯定，”她说，“她会任命你为继承人，因为她总得任命一个人吧，又有谁比你更合适呢？”

“她还会放了我。”我说。

“她当然会放了你。”我的妹妹肯定道。

“她不得不这么做，心血来潮的想法无法与议会相抗衡。再说，她也公开宣称自己会接受世人建议来选择王位继承人，别人除了你之外，再也没有第二个候选者了。”

“天花是不是把她吓坏了？”我问，想象着伊丽莎白受到的羞辱。

“她已经竭尽所能去治愈这个疾病，所以脸上只留了几个痘痕，可以通过涂脂粉把它们盖住。他们在她发烧的时候把她的头发给剃了，所以她现在戴着一顶用马尾毛制成的红色假发。不过她穿着一身鲜艳的红袍，上面还缀着白鼬皮。有那么一两个人说，她看起来很年轻也很健康，只要她现在就结婚，那明年就能生下一名小王储来。”

“可她永远不会嫁给他们选择的任何人。”我猜道。

玛丽摇了摇头：“我敢发誓，如果她不能和罗伯特·达德利结婚，那她也不会接受任何人。”

“那她为什么就不能理解我也是为了爱情而结婚的呢？”我问，“如果她对达德利的爱那么深，足以让她为此赌上整个国家，那她为什么没有对我的遭遇表示同情呢？”

玛丽听着我那哀伤的语调，不禁摇了摇头。“因为她不喜欢你，”她猜道，“你不了解她。所有人都觉得她是一个由感性推动的女人，遇事的话永远先遵循自己心中的所想，但事实并非如此，她虽然是个能感受到心中情绪的人，可却不会单纯地被情绪左右。她意志坚定而又自私无比。对于罗伯特·达德利，她永远都不会放弃，但同时又永远不会与他结婚。在她心中，对于王座的喜爱更甚于他。达德利仍然觉得她终究会无法抵御自己的魅力，可我觉得他错了。他会发现自己在做一场最糟糕的交易：永远与伊丽莎白保持亲密的距离，也永远无法触及王位。”

“你把她说得像个暴君似的。”我轻声说。

玛丽扬起了自己弧形的眉毛。“她可是都铎家的人，”她说，“这家族的人不都这样吗？”

我倒吸一口气，用手捂住自己的腹部，那儿猛地一动，我弯下腰，疼痛让我不停喘息着。

玛丽立刻警觉起来。她从椅子上跳了起来，把手搭在我弯曲的背脊上。“怎么了？发生什么了？”

“肚子里的孩子在动，”我喘着粗气，保持这个姿势等待着，以防这阵疼痛再度袭来，随后慢慢直起身子，“上帝啊，刚刚来了阵可怕的痉挛。”

“孩子要出生了吗？是不是快到预产期了？”

“我怎么知道现在是不是？”我狂乱地说，“我既不能去见巫婆，也不能见医生。”我能觉察到这种感觉再度袭来，这次我抓紧了旧王座的扶手，像一只狗那般随着疼痛上涌又消退的节奏喘息着。“不，我想起来了，”等我终于能喘过气来时说道，“它要出生了。”

“我能做什么？”玛丽卷起袖子，环顾着房间四周。

“什么都不用！你什么都不用做！”我的神志还算清醒，知道玛丽不该在这里出现，而且还在这里帮助我生下另一位王室的继承人。“你必须离开这里，不要提起这件事。”

“我没法在这种情况下把你留在这儿！”

“快走啊！这里的情况一个字也不要说。”我紧紧地按着自己腹部，似乎这样可以延缓孩子无休无止的移动，还有阵阵难以抵御的疼痛。“玛丽，快走！你安全离开后，我就派我的女仆去找中尉，他会为我找个助产士来。但你不能知道我生了孩子这件事。你必须和他们一样在宫里等这个消息，还要表现出一副惊讶的样子。”

她几乎就要因为沮丧而当场急得跳起来：“我怎么能就这么抛下你？你可是我的亲姐姐啊！难道要让你一个人留在这里，孤立无援？而且简就是……她就是在这里……”

“这是为了你的安全着想。”我喘息道，疼痛又一次袭来，我甚至能感觉到自己的脸上正滴下豆大的汗珠，腹部也满是汗水。“我这么做是为了你自己的安全。我发誓！你快走啊，暗自为我祈祷吧。”

我在椅子上弯下身，她踮起脚尖在我脸上轻轻落下一吻。“上帝会祝福你、保佑你的。”她激动地说道，“我要走了。你要立刻把女仆叫来，一定要渡过难关，再把好消息告诉我。”

她轻声离开房间，守卫等她走后闩上了身后的门闩。我等着腹中的婴儿再度蠕动，准备迎接另一阵疼痛，随后我大声喊道：“露西！快过来！”

到处都是吵闹声，分娩用的房间已经布置好了，伦敦塔的守卫在城中四处奔走，寻找一个能立刻过来的助产士和能哺乳的奶妈。仆人们搬了一张躺椅进来，在我的床柱间绑了根绳子，在我分娩时就可以抓着它用力。我此刻正在房间里走来走去，当疼痛袭来时就抓着椅背缓解一下。可疼痛一阵接一阵地袭来，我甚至都没法从连续不断的痛楚中恢复。我的脚下到处都是小狗，诺兹先生坐在木质的百叶窗上，用他那双闪着光的棕色眸子担忧地看着我。我派人把这个消息告诉了奈德，自己来回走着，一边看向窗外，试图减轻自己背部的疼痛。他换了窗台上的围巾，现在飞扬的是西摩尔家族的旗帜。他的乐观引得我笑了起来，不得不靠着墙来让自己站稳。

我的女侍臣罗瑟小姐进了门，她的面色就和身上的亚麻布衣服一样苍白，跟在她身后的是个胖胖的红脸女人。“夫人，”罗瑟小姐说，“我已无计可施了！如果你早点告诉我，我们就能好好准备一下。这是我们在匆忙中能找来最好的助产士了。”

“请不要介意。”那个女人说道，她有着强烈的伦敦口音，一听就是土生土长的伦敦人。

“我不介意，”我对她保证，“希望你能照顾好我和我的孩子。这是我第二次生产了。”

她用自己肉乎乎的手握住我，我身后的仆人在我的躺椅上铺了层崭新的亚麻床单，又带来了一大壶热水，给孩子用的襁褓带，几套床单及亚麻绷带。

露西牵着泰迪，他才到她的髋部。“我要带他先出去吗？”露西紧张地问，“那些小狗们要不要也先出去？”

我突然克服了自己的疲惫。“好，把所有东西都弄得有条理些，”我对罗瑟小姐和露西说，“我想躺一下。”

她们趁我在两阵痛楚之间扶我躺在躺椅上。“告诉奈德我很好，”我对露西轻声说，“我一切都好。”

孩子在当晚出生了，和我祈祷的结果一样，是个漂亮的男孩。仆人们用苔藓敷在我血流不止的下体上，再用亚麻布把我的乳房包起来，让我躺在被抓得破破烂烂的大床上。他们找到了一个奶妈，她就坐在我身边，为我的儿子喂着奶。我们把刚出生的孩子抱给泰迪看，他指着他说道：“嘿！”似乎在鼓励他快快长大。但奈德不能进来见我。

伦敦塔的中尉爱德华爵士透过会客室与卧室之间半开的门缝对我轻声说道：“赫特福德夫人，我派人把你的消息通知了宫里，恐怕他们听到这消息后会很惊讶吧。”

“谢谢你。”我说，把身子靠在枕头上。我喝了有助产效果的艾尔啤酒，那酒尝起来黏糊糊的，也把我的脑袋弄得晕晕的。我知道宫里听到这个消息后可不止惊讶那么简单。那些想确保新教继承权的人会很高兴，他们在宫中占了大多数，几乎所有人都会有这种感觉。而那些害怕我得到王位继承权的人则会认为这将我的继承权重翻了个倍。只有伊丽莎白才会嫉妒我生下了这个漂亮的孩子，对我的快乐充满怨恨。我们现在只能等待，且看她会为复仇作何打算。

她迅速给出了充满恶意的回应：伦敦塔的中尉爱德华爵士被锁进了自己的地牢里，奈德则被勒令在星法院①中受审，罪名是他曾让一位有着王家血统的处女在女王的房间中失去童贞，并在之后再度占有她。

在他离开伦敦塔受审时，我在窗台上挂上了西摩尔家族的旗帜，他看见后就能清楚知道他的妻儿都安然无恙，而且对自己的姓氏感到骄傲，永远不会否认这一切。

他当然没有矢口否认我们。我不知道他说了什么，也不知道他是怎么忍受别人的盘问的，但我随后从玛丽那儿得到了一封未署名的便条，上面用难以辨认的字迹写着：

> 枢密院在刚刚听闻你怀孕时便宣布你为继承人。这个消息引起一片哗然，不过这也证明你真的结了婚，也加大了你夺得王位的可能性。奈德在星室法庭前表现得很出色，他宣誓你和他是真正的夫妻，为此他要接受一笔他人无力承担的罚款，也肯定要被关进监狱。伦敦的人民呼吁将你释放，他们唱着歌谣，将你和你的姐姐简作比较，也要求给予你和你的儿子们自由，更是将他们称作在伦敦塔内新受祝福的王子们。记得告诉我一些关于你健康的消息。阅后即焚。

---

①以专横暴虐著称的英格兰法庭，位于威斯敏斯特宫内，始建于15世纪，于1641年解散。起初为帮助普通法庭审判那些有着重大影响力的政治犯，后因滥用权力以压迫犯人而臭名昭著。

# 1563年夏

**伦敦　伦敦塔**

我为自己的孩子托马斯·西摩尔施洗，但没人能进塔内见证。他的教父和教母是伦敦塔的两位看守，我的女侍臣抱着他，站在伦敦塔的教堂前，他们就在那里为他起了名字。等他们把他带给我时，他的灵魂已被拯救了，但却没人为我做感恩礼拜。我再次拒绝了天主教教堂提供的圣餐，从这点上看，我也算得上是一名优秀的新教徒了吧。我从床上起身，沐浴净身，换上了自己的亚麻外衣，独自一人祈祷，就算完结了。

罗瑟小姐只给我带来了宫廷中盛传的流言。她对我提起我的表姨玛格丽特·道格拉斯和她软弱不堪的丈夫马修·斯图亚特，说他们安静地住在自己的宅子里，对伊丽莎白施加于他们头上的不悦只能卑躬屈膝。如今他们虽然罪行累累但却被释放了，这让伦敦人民对我被关押的不满更甚。人们现在还开始谣传说我的姐姐简也在伦敦塔里怀上了孩子，就和我一样，但却胎死腹中。我厌恶他们这么提起简的名字，不过他们依然以殉道者的面貌记住她，这令我十分动容，他们也说她本会为英格兰的民众们生下一个儿子，并将其作为国家的继承人。他们提起了我，说我受到的监禁是不公正的。那些喊着“我们的伊丽莎白”并将其作为英格兰宗教改革救世主的人如今发誓她已经与曾经的迫害者无异，认为她正在折磨众人心中新教殉道者的妹妹。她的军队也在法国遭遇惨败，没能保护需要帮助的新教徒们，如今那支败军正散乱地从法国撤离，士兵身负重伤，没有军饷，只得悲惨地违抗军令，残余的幸存者们又被一场突然爆发的可怕瘟疫所摧残。

但最特别的新闻并不是来自罗瑟小姐，而是来自我的小女仆露西，她的消息是从中尉可怜的厨子那儿听来的，他也是王家御厨，被调过来之前负责为王室的餐桌备餐。这个消息是这样的：为了转变所有人对她的看法，也为了让苏格兰的玛丽女王成为更合适更安全的继承人，伊丽莎白打算命令罗伯特·达德利直接娶她为妻。

不能把这个消息告诉奈德实在令我难以忍受，他现在被关在白塔，不能再过来见我了。如果他知道这个消息，肯定会和我一样对着这个不可理喻的提议大笑不止。伊丽莎白想把她那可耻的爱人许配给另一个女王，这么做肯定是疯了。再说了，苏格兰的玛丽已经被许配给了唐·卡洛斯，他是西班牙的王位继承人，她又凭什么会考虑伊丽莎白的提议呢？更不用说达德利的名声早被流言玷污得不轻。只是伊丽莎白急切地想毁去我对王位的合法继承权，才做了这个几乎不可能的决定，这样我的继位顺序就会在这位信仰天主教的法国女人之后，而不久前刚刚击败了我们军队的正是她的家族。

伊丽莎白这回做得实在太过分了。她提议她和玛丽住在一起，她，达德利和玛丽三个人一同住在一座宏伟的宫殿里。这样两位女王共用一座宫殿，也共同统治这座岛屿，当然她们两位或许也会共同侍奉达德利吧。这实在是个惊人、令人反感而又疯狂的想法。我又想象着枢密院、威廉·塞西尔和罗伯特·达德利等人一定在痛苦地揪着自己的头发。

显然，伊丽莎白写了不少信给玛丽（为此城里的流言满天飞）：那些信里的话满是恭维，就像是那些爱人写给自己情妇的信一样。她还打算给她寄去一枚钻戒，仿佛是枚订婚戒指，还在信中向她承诺了永恒的爱和友谊。如果玛丽遭到危险，那她就能召来那位有权势的女王，而伊丽莎白会来找她，并永远不会让她失望。伊丽莎白为了她的政治目的，直击玛丽的欲望深处，这着实是走了一着妙棋。

可随后伊丽莎白就像自己的父亲那样，一个接一个地宠信别人，引得他们互相憎恶，现在又转而面向我们那个沾染了污名的表姨：玛格丽特·道格拉斯，并对外界展现出自己更偏爱她而不是我。玛格丽特夫人从来都没有像我那样直面过这个强加给她罪名的人。那些对于她雇佣占卜者与死灵术士来预测伊丽莎白死亡的指控都被撤销了。她不再遭到软禁，名誉丝毫没有受损，现在她又生龙活虎地出现在宫里，接受着女王的宠爱。她那漂亮的儿子亨利·斯图亚特如今从法国回来，整天跟在她屁股后面，如同一艘小巧的船航行在一艘驳船身后。玛格丽特·道格拉斯对所有人提议，亨利·斯图亚特会是苏格兰的玛丽合适的丈夫，这个说法很早之前引起过王室成员的不满，但如今终于能公开提起这件事了，他们甚至还在仔细考虑这事的可能性。对罗伯特·达德利来说，只要能让自己逃过一劫，他对这样乱点鸳鸯谱的事倒并不在意。

去问一个疯女人她怎么想，这个行为同样也是够疯癫的。同样，审问傻子也不是什么聪明的行为。不过说真的，女王愿意宽恕一位叛徒，做出威胁自己王位的举动，并将自己的爱人拱手相让，还将自己的敌人任命为继承人，这一切难道真的就仅仅是为了不让我在她死后坐上王位吗？我一直以为她的复仇行为让人捉摸不透，却不料其实是她彻头彻尾地疯了。为什么她要赌上一切，只是为了不让我获得荣誉呢？为什么对她来说，羞辱和惩罚我变得那么重要呢？

我只能想着，她或许一直处在童年时期就埋下的嫉妒心绪之中，她一直想要弄明白自己的父亲究竟喜欢谁。一开始她对自己同父异母的姐姐玛丽·都铎颐指气使，在她还是个小孩子时就强迫自己的姐姐乖乖在那儿等着。但当形势有所转变，等玛丽受宠时，伊丽莎白也没少受辱。她见证着被自己鄙视的姐姐登上了王位，看着她在当权的头一个月是如何被万众爱戴的。伊丽莎白一直对其他女性心怀怨恨，我想着她一会儿恨着自己的某位继母，然后又是她那同父异母的姐姐，随后是可怜的艾米·达德利夫人，如今又把矛头对向了我。如果她愿意牺牲达德利，让他娶另一位女人为妻，做这一切只是为了不让我拥有某个头衔，那她一定非常恨我，而且还抱有一种可怕的报复心理。我开始觉得她就像她父亲那般疯狂。

但这只不过让我感到更加恐惧，我希望自己能和奈德谈谈心中日渐产生的忧虑。这已经不再与政治或者策略之类有关，更不是女王担心继承者会夺走王宫中众人对于她的关注这么简单的事，而是一位女人愿意穷追不舍直到最后一刻，为的就是狠狠地伤害自己的敌人。她已经做好准备，愿意舍弃自己一生所爱，并让整个国家的敌人作为王位继承人，目的只有一个，就是让我与王位彻底无缘，并且不让我与奈德和孩子们快乐地生活在一起。我拥有了那么多，她肯定很嫉妒吧！如果她愿意不惜毁灭自己也要摧毁我的生活，那她一定非常憎恨我拥有的幸福快乐的婚姻，以及备受人民爱戴的孩子们。她又会再做些什么，来对我这个比曾经的她更年轻、更漂亮、更幸福也更适合这个王位的人施以报复呢？

我没有忘记她对自己同父异母的姐姐玛丽有多么憎恨。她眼睁睁地看着她死去，死后又对她加以折磨，与她的丈夫调笑，拒绝给予她安息。我没有忘记艾米·达德利独自在家死去，而谋杀她的人则从来没有被提起过，但伊丽莎白在她的死讯公开前就已知道了这一切。与敌人进行长久的较量本应是一个女人害怕的东西。我想起了自己的表姐，苏格兰的玛丽女王，默默祈祷她不会像我一样屈从于伊丽莎白的权势。我想起了玛格丽特·道格拉斯，她能被释放一定是个奇迹。随后转念一想，伊丽莎白对自己的血亲来说是不是就像她的父亲对他的血亲那样，都是致命的呢？

# 1563年仲夏

## 伦敦　伦敦塔

天气热得可怕，毒辣的烈阳照在伦敦塔的城墙上，把石块晒得亮闪闪的，而且烫得炙人。护城河成了一汪死水，恶臭不堪，里面满是粪便和垃圾，潮汐并没有将沟中的污物冲洗干净，仅仅是搅起了这堆污物，退潮后仍是老样子，还留下了腐烂的海带和死鱼。每天晚上我都能闻到泰晤士河中散发出的恶臭和腐烂的气息，以及整个伦敦所散发出的冲天臭气。

领主们要求将奈德、我和我的两个孩子从塔里释放出来，并允许我们住到乡下去。每个夏天，伦敦城内都是一派疫病横行的景象，唯独今年却有着暴发瘟疫的兆头。那些从法国撤回的士兵们不但个个身无分文，吃了败仗，又有不少人得了重病，可根本没有特殊措施来对待他们。他们只得躺在街头苦苦乞讨，又把痰和唾沫啐在露天的排水沟里，沟里的污水缓缓地流过伦敦城中心的每一条街道，有时还会被垃圾给堵上。恰逢炎热干燥的天气，许久都没有吹过一丝微风，也没有雨将这些可能会滋生疫病的污物冲走，没有风将笼罩在街道上空的瘴气吹散。

露西来找我的时候面色苍白，她说自己的母亲病倒了。她就住在伦敦塔外，负责为我清洗衣物。她的母亲腋窝里长了可怕的囊肿，腹股沟里也长着肿块，这都是瘟疫的迹象。露西恐惧得浑身颤抖。“她昨天才洗过你的亚麻布衣物，”她说，“我亲自把它们带过来的，还给孩子们换上了。”她担忧地颤抖着。“求求上帝放过我们，求求他放过夫人。我再也不会那么做了！我之前根本不知道母亲的病情！如果孩子们染上了瘟疫该怎么办!”

露西家的门窗都被钉上了，还被画上了红叉。她不能去探望自己的母亲，所有人都被挡在门外。她的母亲只能独自躺在房里的床上，痛苦地扭动着身子。她在孤独的夜里，听凭天意决定自己的生死。露西的母亲清楚自己的命运，她的女儿甚至不能为她递上一罐清水。那些承受瘟疫痛苦的人忍着自己不断升高的体温和肿胀的身体，只能发出痛苦的呻吟，可没人能过来帮他们，只能自己在心中祈祷着死亡的降临。

“我还没有见过我的兄弟，”露西痛苦地说，“他正在服侍诺福克公爵。”

“他们或许已经和王宫的其他人一起离开了城里，”我无助地说，“或许他们和女王一起安全地生活在温莎。”

“我可以把孩子身上的亚麻布都拆下来再洗一次吗?”

孩子们身上裹着从染疫的房子里洗出的亚麻布已经大半天了，但我还是犹疑地说：“快去吧，再在走廊和窗户边上焚烧一些药草。”

那个没良心的女王伊丽莎白把我和孩子留在了这座瘟疫之城的中心，却不敢让自己的健康冒一丝风险。她把自己锁在了温莎城堡的房间里，凡是伦敦来的人，一律不准进宫。她甚至还命人在镇子的边缘造了个绞刑架，把那些胆敢靠近的人通通绞死。一扇大门、一位身高惊人的守门中尉对伊丽莎白而言都不够，她还需要一位绞刑人帮她把门，然而她却把我和我的孩子留在全英格兰疾病最横行的地方。

最糟的事情是我们永远不明白为什么有些人得了病，有些人又得以幸免于难。如果那一年大家运气不错，那么整条街的人都会幸免于难，只有城中某幢小屋里的人会因瘟疫而死。若是遇上了灾年，那么情况便恰好相反，整条街的人都会死，只有一幢小小屋子里的人可以活下来，他们被死亡围绕，会点上一支蜡烛，并用尽一切能花钱得到的预防手法进行处理。

八月的热浪一直持续着，今年是个灾年的情况越来越明显了，而且还将是最严重的一次。每天晚上，教区都会派推车来拖走尸体并将其掩埋，根据他们的报告，或许每周都有一千多人死去。

每天，我都为我自己和我的孩子们担忧，同样也对伦敦塔内的奈德充满忧虑。“不要来接近我的孩子们，”我焦虑地对罗瑟小姐和露西，同时也对所有从这座疫病笼罩着的城市里过来的任何人说道，“今天由我来照顾他们。把所有泰晤士洗衣房洗过的亚麻布都丢掉，再把房间打扫干净，扫一遍地，在房里焚点香。”

露西绷着脸，不满地看着我。失去母亲的悲伤现在包围了她。“你的儿子托马斯和他的乳母睡在一起，”她说，“他身上的襁褓是由我那死去的母亲缝补的。如果你认为瘟疫是经由触摸传递的，那么那些孩子早就染上了。”

我恐惧地呻吟了一声。想着自己或许会失去两个孩子，我知道那样自己肯定会悲痛而亡。我心里在想，这不就是伊丽莎白所希望的结果吗？她祈祷着我和我的儿子都会死去，这样没人能改正她身上的错误了。我也会像艾米·达德利夫人一样——世人已经忘却了她的牺牲。

我在窗台上挂了一条白色的手绢，这样奈德就能看到我们一切安好。做完这事后，我也一直站在窗边，直到我能看见他作出的回应：和我一样的白色布条飞扬在他的墙上。我知道他会在自己的房间里愤怒地走来走去，给他宫中所有的朋友们写信，这样一个疫病暴发的灾年等于让那些监禁在塔里的人们遭受不需要宣判的死刑。这里位于伦敦城的中心，四周被恶臭的排水沟所环绕，我们穿的每件衣服和吃的所有东西都来自这个生病的城市，一切东西在送到我们手里之前，已经过了数人之手。

我亲自给威廉·塞西尔写了封信，求他把奈德、我和我的孩子们送去伦敦塔外的郊区。我这一生从来都不愿在伦敦度过盛夏，我甚至敢发誓奈德也是如此。只要有人在乡间有间屋子，不论那屋子是奢华还是简陋，我们都不愿在疫情袭来的几个月中住在城里。

我一直在等人给我一个结果，但谁都没有来。我想塞西尔一定已经离开城市，前往他在伯格利漂亮的新房中，又或许他和宫中欢快的人们一起安全地躲在温莎堡里，守卫们看守着城堡与镇子联通的出口，他就这么安全地躲在他们身后。那一台台绞刑架等待着所有前来一探那些少数特权者的人。如果所有人都走了还把我忘在了这里，那我又如何才能活过这个夏天呢？伊丽莎白如果秋天回到伦敦，发现我已经与那些因为瘟疫而死的人埋在一起，我的孩子们也都变成了尸体躺在我身边，她心中肯定会高兴不已。

我不知道自己是应该把窗关上，将自己与河面散发出的危险瘴气隔离开来，还是任由它开着，让闷热的房间变得凉爽些。到了晚上，当孩子们睡去时，我会用披肩裹上自己的头和肩膀，在中尉的花园里散散步。那位新任命的中尉理查德·布朗特爵士代替了可怜的爱德华爵士的职位，由他负责每天从窗口看着我。另有位守卫站在大门口。我感觉非常疲惫，在想这是否是瘟疫的迹象。此刻的我精疲力竭，心头掠过一丝不祥之兆，如果之后腹股沟淋巴结有发炎迹象，那我或许会见不到明天的太阳。

就在我刚准备转身回屋去时，我听见了一阵撞击声。这并非用以报警的警铃声，而是更为低沉的声音，当中还夹杂有爆裂声，以及人们不停的拍手声。随着这声音越来越近，我可以听见马车车轮嘎吱作响，似乎那是一辆边行边摇铃的马车，它已经进入了大门，在岗哨楼与伦敦塔的仆人们居住的小村庄周围行驶着。钟声一次次地响起，随后我在钟声鸣响的间隙听见有人大声喊道：

“快把家中的死者拖出来！快把家中的死者拖出来！”

上帝保佑我们，疫尸车[1]已经驶入了伦敦塔内，那么疫情肯定就暴发在仆人住的地方或者马厩的马倌中间。我用披巾缠住自己的口鼻，飞快地走回房间，并把门闩上，似乎这么做就能将死亡锁在门外。

我从玛丽那儿得到一张便条，纸张已经被醋浸湿了。有些人在上面喷洒了发酸的酒，希望以此来防止瘟疫附在纸上。

> 我们在温莎，不过大家没有忘记你。那些大人们坚持说，你不该在疫病发生的时候还被关在伦敦塔里。他们向伊丽莎白表示，这几乎等同于一场隐藏的死刑判决。记得让他人与你保持距离，除了你自己之外，不要让别人碰触你的孩子们。我相信你再过不了几天就会被释放的。

我亲自为孩子们清洗衣物。我在早晨带泰迪出去玩，正午的太阳对像他这样的都铎孩童来说难免太过毒辣，对他苍白的皮肤和古铜色的头发都有害，夜晚的雾气又带着病菌。吃饭用的盘子也是我自己洗的，不过这些水都来自于伦敦塔的水井中，有时我能看见当中有悬浊的杂质，而且我对中尉厨房中出产的晚餐也毫无办法。我的小儿子吸吮着奶妈的乳汁，她也很有可能受到感染。我不确定这是否属实，不过我也不敢立刻把她送走，因为这样他就要挨饿了。露西的身体一直没有出现症状，不过我随时监视着她是否有头晕或者发烧的迹象，并时刻准备请走她。罗瑟小姐给了我一封信，说她的姐姐病了，现在要和她一起去乡村。她对抛下我不管感到很

---

①用以将尸体拖走并加以掩埋或焚化的车。

抱歉，但也不敢有所拖延。伦敦城外的村民们正逐渐对任何从城里来的人关上大门，如果她现在没有动身，那就只能和那些逃离疫区的病人一起睡在屋外了。

我看着奈德的窗户，每天都有一面白色的手帕，告诉我他一切都好。我给了守卫一枚银便士，让他告诉奈德我们都没有得病，我们也希望自己能被释放。奈德由此为我写了一首诗作为回应：

我的爱不怕瘟疫，
不畏太阳炙烤。
我的爱永不泯灭，
直至自由降临。

我让侍卫拿着纸，在上面撒上药粉，读的时候把手伸得直直的。那些话印在了我的心里，读罢，我就把纸给烧了。

# 1563年夏

**伦敦　伦敦塔**

在天气还算凉爽的一天清晨，我听见许多人沿着楼梯走向我房间，这意味着伦敦塔的新任中尉理查德爵士前来拜访。我站在自己破旧的王位边上，诺兹先生坐在我的肩上，我的怀里抱着托马斯，泰迪则站在我身边，牵着我的手。露西站在我身后。我觉得我们这群人看起来就像是一户遭到了瘟疫袭击、只能靠乞讨度日的穷苦人家，而不是能引起伊丽莎白噩梦的王室继承人。

门开了，理查德爵士进来后鞠了一躬，我说道："抱歉，但守卫们必须留在外面，我担心瘟疫传染。"

"当然。"他说，然后对他们做了个手势，让他们往后退两步。"我很高兴地说，您不用再感到害怕了，因为您马上就要被释放了。"

喜悦充盈着我，让我几乎听不到他说话："什么？"

他点了点头。"我的夫人，您没有听错。您马上就要从伦敦塔被放走了。今天您就能走了。今天早上。"

"我被放了？"

"没错，"他确认道，"感谢上帝，还有我们尊贵的女王殿下。"

"愿上帝保佑她，"我轻声说道，"我可以随时出发吗？"

"我为你准备好了马匹，还有装货用的马车。"

我指了指边缘有磕碰的桌子和那些破破烂烂的椅子。“我没什么值钱的东西可以带走，露西会立刻为我们打包好服饰之类的东西。”

他鞠了一躬，说道：“我听候您的差遣。你应该在天气没有更热之前尽快离开。”

“赫特福德伯爵会和我一起走吗？”我快到门口时问道。

他再度鞠了一躬：“他也将被释放。”

“赞美上帝，”我说，“感谢仁慈的上帝，感谢他能对我的祈祷作出回应。”

我们打包就绪，在半个小时内即将启程。我不会让任何事推迟我出发的时间。在我们身后的马车上载着那些还算新的家具，还有整整一车衣物。朱顶雀被关进了笼子，外面围着一层披巾，巴哥犬乔还有她的孩子们都在一个大篮子里，我们把它系在马车顶上，这样就能保证安全。诺兹先生在阴影处的笼中，笼子被放在阴凉的地方。泰迪被我抱在身前，乳母把托马斯绑在胸前，还能用手枕着他。

我想象着一行人骑马前去汉沃斯，那里有洁净的房子，明亮的阳光，甜美的空气，还有奈德的母亲安妮夫人站在台阶面前，等着与她的孙子见面——那是一位有着都铎和西摩尔血统的男孩，英格兰王位的继承人。

理查德爵士和一名守卫已经等在伦敦塔的院子里，身边是满载货物的马车。他们看见我过来便翻身上马，我见到了我的丈夫奈德，他从马厩的拱廊下走出来，四周都是守卫。他迅速迈出四大步，穿过院子，别人还没来得及拦住他，他便握住了我的双手，亲吻了它们，双眼在我的脸上游移，寻找着欲望浮现在脸上的红晕，接着便抱住我，吻上了我的双唇。我刹那间便感受到了他的爱意。我也抱住他，让他紧紧地贴着我。感谢上帝，我们终于团聚了，今晚我们就能睡在同一张床上。这种突如其来的如释重负令我泫然欲泣，感谢上帝，我们的担忧终于画上了句点。

他的脸和我一样充满喜悦的神情。“亲爱的，”他说，“谁能想到我们因瘟疫获释，再度重聚？感谢上帝。”

“我们永远都不会再分离了，”我对他保证，“快发誓。”

“永远都不会再分离了。”他也对我保证道。

“在我们出发前，你一定要看看自己的儿子们。”

尽管分离了许久，泰迪依然记得他父亲，他从马车上跳下来，向他父亲伸出手去。奈德把自己的儿子抱在怀里，让他靠在自己宽阔的胸膛上，我这才发现他还那么小。泰迪的双手绕在他的脖子上，和自己的父亲脸贴脸。托马斯咧着嘴微笑着，他对所有人都这样笑着，还挥了挥自己黏糊糊的手。

“他们看起来多英俊啊，长得也好看！谁能想到我们在这个阴郁的地方却营造出了如此光明的景象？”奈德说，“真的，这就是一个奇迹。”

“没错，”我说，“现在我们就可以在你家族的宅邸里，和两个孩子，也是两名王位的继承人一起享受婚后时光了。我们要去汉沃斯对吗？”

“对，我们这次获释全要感谢我的母亲。我知道她一直在给威廉·塞西尔写信，向他说明我们的情况。她想让我们回家去。”

中尉走到了我身边。“夫人，若你不想让这趟旅途对孩子们来说太过煎熬，那我们现在就要出发了，因为一会儿会变得非常热。”

“当然。”我说。我抓着泰迪软乎乎的小屁股，但他却把自己的父亲抱得更紧了，还坚持道：“泰迪——爹地！爹地！”

“泰迪可以和我一起骑马吗？”奈德问我，“我觉得要是不用撬棒，根本没法把他从我身上拖下来。”

“你想和你的爹地一起骑马吗？骑在他的大马上？”我问。

泰迪把他微笑的小脸蛋从父亲的脖子那儿移开，看着我点了点头。“泰迪——爹地！驾驾！”

“泰迪可以和自己的父亲一起骑马，如果他想休息会儿就和露西一起，因为她有个枕头。”我提议道。

“大人，您的马蹄上缺了一只蹄铁，”中尉对奈德说道，“蹄铁匠正在为您钉马掌，还要多花几分钟。最好让她先开始自己的旅程，这样她就能自由地休息一会儿。您可以之后骑马赶上她，因为马车走得实在是太慢了。”

“很好，那泰迪可以和我一起等着，我们很快就会赶上你们的。我会把他抱得牢牢的。”奈德对我保证。他又隔着孩子，在他的头顶上方吻了我。在我抱着自己的丈夫和大儿子时，心中涌起了一股纯粹的喜悦之情。我的一只手搭在丈夫的肩头，另一只手环在我小儿子的肩上。

“我们路上见，”我用双手笼住自己儿子的脸颊，“做个爹地的好儿子，记得把帽子戴上。”

“好。”我的儿子听话地说，紧紧地抱着自己父亲的脖子。

“他要勒死我啦！”我的丈夫微笑道，“不要担心他会摔下去，他就像是诺兹先生一样抱得紧紧的。”

我再次吻了吻他，然后踩着马镫骑上马鞍。所有人都已经骑上马等我出发。我对奈德和儿子挥了挥手，跟着守卫走出了马厩的院子。“一会儿见！”我喊道，“一会儿见。”

我们穿过大门的拱廊，马蹄在通向大门的路上哒哒作响，阴影落在我们身上，我听到一阵震耳欲聋的声音。伦敦塔的守卫们在门廊前排成两排，护城河的桥上站满了伦敦塔的侍卫。我骑马经过他们时，他们伸出手臂对我行了个礼，似乎我是骑马出行的女王，正走向属于自己的王位。我走出门廊，沐浴在阳光下，人们爆发出一阵欢呼，仆人们把他们的帽子抛向空中，女士们对我行礼，向我送来飞吻。我终于自由了。我可以闻到满是盐味的空气，还有海鸥们欢愉的叫声。

我对伦敦塔的仆人们微笑着，向他们挥手致意，在桥的远处，也就是距离我们最远的门楼那儿，伦敦的市民们不知怎地知道了我们被释放的消息，他们挤着要来见我，聚在一起欢呼，甚至还为我高举玫瑰，同时又被守卫不断推开。

我穿过人群，那样子就像正率领一支王室队伍。我依然害怕瘟疫，所以没有停下来拿花，在我身边的守卫们板着脸，从人群中破开一条路去。但那些卖鱼妇、街边小贩、学徒姑娘、纺织娘和女酿酒者们都穿着自己粗糙的工作围裙，和守卫对抗，努力把玫瑰和花瓣丢在我面前，这样我的马儿便走在了一条鲜花铺成的小径上，我知道，全伦敦的姑娘们都站在我这边。

我们绕路走过塔山，经过立在那儿的断头台，父亲正是死在那儿的。我想起了他，低下头表示哀悼，记起了他无望地与玛丽女王进行的对抗。我想，如果他能见到自己的女儿终于离开伦敦塔，重新获得了自由，那该是有多高兴啊，在她身边的是她的孩子，品行高尚的丈夫和王位的继承人就跟在她身后。他的记忆带着苦涩的味道，也是他最终让简离开了这个世界，所以我转头看向乳母，她坐在马车的后座上，一名侍卫坐在她身前，托马斯则用带子绑在了她身上。我招手示意让她与我并肩骑行，这样我就能看见自己的儿子，感受到未来的希望。

这时我突然意识到一行人正在向北而非向西骑行，我对领头的军官说："这不是通向汉沃斯的路啊。"

"我的夫人，您说得对，"他彬彬有礼地说道，拉了拉马的缰绳，"我很抱歉，没有意识到没人和您说过这些事。我接到的命令是将您带向普利格。”

“带到我叔叔那儿？”

“您说得没错，赫特福德夫人。”

我对此很满意。在我叔叔那间美丽的新房子里要比奈德在汉沃斯的宅邸舒服得多。他的母亲或许为自己的儿子向塞西尔写过信，又或许她的确说服了女王将我们俩释放，可我对她的所作所为却没有什么奢望，就连为她生下两个孙子也没法改变这点。比起住在她那儿，我更愿意和叔叔一起住在属于我们家的房子里，只要他能原谅我对他不得已而为之的欺骗。

“他有没有邀请过我？”我问，“有没有给我送来任何消息？”

那个年轻人低下了头。“夫人，我也不知道。我的命令只是把你们都安全地带到普利格，除此之外我什么都不知道。”

“奈德知不知道我们要去哪儿？他肯定还以为我们在前往汉沃斯的路上。”

“他知道你去哪儿的，夫人。”

我们又骑行了大约两个小时，穿过一些村子，屋子的前门都紧闭着，旅店的门闩也牢牢地闩上了。任何人都不想与来自伦敦的旅客打交道，这条路上的所有人都为了躲避传染而逃得远远的。我们走过他们时，他们的背都紧靠着树篱，这样就连我们的马儿也不会蹭到他们身上。他们对我们避而远之，我们对他们也是如此。我盯着他们看，试着从他们身上找出瘟疫感染的迹象。乳母把托马斯抱得紧紧的，把她的披肩遮在他脸上。

日头升高，猛烈的阳光照在我们身上，再继续骑马不免会感觉太热。守卫的长官建议我们停下来，在浓密的树影下小憩一会儿。乳母抱着托马斯喂奶，我们其他人则吃着面包和冷肉，饮着淡麦酒。所有东西都是从伦敦塔的厨房带来的，我得祈祷那些食物并没有被感染。

“我需要休息一会儿。”我说。既然奈德就在我们身后不远处，那他应该会很快赶上我们，我就能和他一起在树荫下小憩，同样也是在生命中的第一次，两个人能不用谎言做掩饰躺在一起。我会睡在他的臂弯里，醒时就能看见他的笑容。

“确保有个人在大路边留意我丈夫的行踪。”我提醒守卫的长官。

“我派了哨兵值守，”他说，“他会在路上看见你的旗帜的。”

他们在林间的地上展开了毯子和披肩，我把自己骑马时用的披肩围在头上，躺下来闭上双眼，想着我只需要躺着等一会儿，不久就能听见奈德和他的守卫们骑马向我们这里走来。我微笑着睡去，想着泰迪和自己的父亲一起骑着高头大马该是多兴奋，而且他又是人生中第一次在伦敦塔的墙外骑马而行。我想起他紧紧地抓着自己父亲的脖子，还有奈德紧紧抱着他时展现出来的温柔。

随后我进入了梦乡。终于离开了瘟疫肆虐的城市，我感到无比放松，这是我这整整两年来第一次在自由的状态下睡着，自由的空气要比从铁栏中吹过的空气更加清新甜美。我想着自己和奈德还有孩子们既没有在汉沃斯，也没有在普利格的房子里，这或许是个预言吧，我们未来会快乐地在属于自己的宅邸中生活，住在我们曾经谈起过的，等我当了女王后打算修建的宫殿里。我一直熟睡，直到乳母法罗小姐过来温柔地碰了碰我的肩把我叫醒。我这才知道这一切不是一场梦，我真的自由了。

“我们要准备出发了。”她说。

我微笑着坐起身来：“奈德到这儿了吗？”

“没有，”她说，“他还没有来，不过现在凉快了一些。”

在太阳散发的光晕边飘着几片散落的云彩，山丘上吹来阵阵微风。“感谢上帝，”我说，看着乳母，“他吃得好吗？我们能启程了吗？”

“噢夫人，当然可以，”她说，站了起来，“您想抱着他吗？”

我抱起了自己深爱的男孩，他带着喜悦的笑容看着我。“我几乎能感觉到他比今早的时候更重了，”我对她说，“他吃得很好。”

“真是个伦敦来的大胃王。”她不无称赞地说。

守卫们把马带回来，长官得把我抱上马鞍，我想奈德会在普利格把我抱下马，到那时他肯定能赶上我们的。随后我拾起缰绳，骑马前行。

等我们骑马穿过普利格宫的邸园，来到它的三角墙面前时已近乎傍晚。我的叔叔从宏伟的大门出来迎接我们，跟在他身后的还有他的家人、侍从和家仆，他们在台阶上整齐地站成一排。虽然这本是一场欢迎仪式，但他却没有微笑，看上去焦虑不堪。

“我的叔叔！”我真诚地希望他能原谅我当着他的面撒谎，但他肯定也清楚，我除此之外什么都不能做。

他把我抱下马，一如既往地温柔吻了我。我指向乳母和托马斯，说道：“这位是你的王室家族新的亲戚。他那同样有着王室血统的哥哥，也就是比彻姆子爵，正和他的父亲一起跟在我们身后。我倒是对他没有跟上来很惊讶，不过他的马在我们出发那时正在钉马掌，所以得晚一些时候过来。”

可他只是瞥了我的孩子一眼，随后就将注意力转向我。“你最好先进屋来。”他就说了这么一句话。

他把我的手夹在手臂之间，带着我穿过宅邸前门宏伟的双开门，来到了富丽堂皇的会客厅。我没有见到他的妻子格雷夫人，这很奇怪。我本来还想着她会出来迎接我的，但不管怎么说，我是一位公爵夫人，也是英格兰王位公开宣称的继承人。

“格雷夫人呢？”我有点唐突地问。

他看起来有点尴尬。“她去进行礼节性的访问了，之后会来找你的。快进来吧，夫人。”

他带领我走上台阶，穿过令人印象深刻的会客室，随后又是一个更小的房间，最终来到我的套间，后面有一间很大的卧室。我知道这些房间：它们是整座宅邸里第二好的。伊丽莎白在这里住的房间更好一些。我想我会坚持要最好的那间，可我还没开口，他就关上门，把我按在椅子上。

“怎么了？”我问他，心中生出一阵难以名状的恐惧。叔叔一直都很自信，可他现在看起来对自己要说的事并不肯定。曾经的他一副自命不凡的样子，如今却怅然若失。“叔叔，有什么问题吗？”

“他们是对你说，赫特福德伯爵也在往这儿走吗？”他问。

“没错，当然啦，他就落在我们后面。”我说。

“我不这么觉得。我听到的消息是只有你独自前来。”

“不不，”我反驳道，“我们今早是一起离开伦敦塔的，他只是因为钉马掌的事儿晚了一点。他就在我们身后，还带着我们的儿子泰迪，他是比彻姆领主。泰迪坚持要和自己的父亲一起骑马。他会抱着他，让他坐在鞍上，和自己一起骑。他们那么久都没到，我还以为是泰迪坚持要自己掌控缰绳呢。”

他又迟疑了一会儿，随后用冰冷的手掌握住我的手说道：“亲爱的凯瑟琳，我很抱歉地告诉你，你的麻烦还远远没有结束。你没有获释，赫特福德伯爵也是如此。你们不会住在一起。他被带往汉沃斯，由他的母亲负责看守，而你则被送到这里，由我来关着你。”

我听到他说的话很是惊讶，几乎说不出话来，只是看着自己的叔叔，感觉自己的下巴都合不拢了。“不可能。”我只是简单地说出了这三个字。

他眼睛都没眨一下。“恐怕事实正是如此。”

“可她在所有人的要求下把我放了啊，这样我才能因为瘟疫的关系离开伦敦!"

我们都不必言明她是谁。

"她没有，虽然宫廷上下说服了她，在这么危险的情况下不应该将你留在那儿，但总的说来，她还是没有宽恕你，也没有赦免你，当然也不会给你自由。你只是被关在了这儿，仍然是个罪犯，和你在伦敦塔被守卫看管时差不多。我接到了命令，除了我家中的仆从之外，谁都不能探望你，也不能与你交流，他们还要防止你离开这里。"他顿了顿，"甚至连去外面走走也不行。"

"叔叔，你不会同意了吧？你最后成了我的狱卒看守？"

他无助地看着我，说道："难道要我拒绝她的请求，把你留在伦敦塔里，任由你被瘟疫感染而死去吗？"

"你要把我关在这里，把自己的侄女关起来？"

"如果她这么要求，我又能做些什么呢？难道她把我和你一起投进伦敦塔里就是更好的选择吗？"

"那我的丈夫奈德呢？"

"他的母亲答应将他关在宅子的两间房子里。他和你一样，也没有被宽恕或者赦免。他的母亲也负责看守他。"

"还有我的儿子!"我焦急地说道，"上帝啊！叔叔！我的儿子泰迪。我让他和奈德一起骑马，以为他会跟上来。泰迪在哪儿？他会过来吗？他们有没有让他过来和我相聚？"

我的叔叔因为压力而脸色苍白。他摇了摇头，说道："他得和自己的父亲和奶奶住在汉沃斯。"

"不和我一起住？"我轻声问道。

"不。"

"不可能!"我尖叫着跑向房门，死死地抓着门把，可门纹丝不动。我知道叔叔的仆人们已经把我锁在了里面。我用双手死命地捶打着木门。“让我出去！我要见我的儿子！我必须要见我的儿子！”

我随后转身，伸手去抓叔叔的胳膊，他躲开了我，面色苍白。

“叔叔，你一定要让他们把泰迪还给我。”我急促地对他说，“他连两岁都不到！一步都没有离开过我身边！他不像那些和仆人们一起长大的王室成员那样，我们母子俩从来没有分开过！我一直陪在他身边，日夜都以母亲的身份照顾他。如果没有我他会死的！我不能和他分开。”

“你的孩子已经在你身边了。”他无能为力地说。

“我有两个孩子！”我坚持道，“我生了两个孩子，必须让他们都陪在我身边。你不能就这样从我手里夺走一个孩子，不能让她把孩子与我分开！这对我来说无异于死刑，甚至比死了更糟。我必须要把我的孩子要回来。”

他再次把我按回木椅上。“不管怎么样，先稳住情绪。我会写信给威廉·塞西尔，他仍然是你的朋友。枢密院也在为你的自由而不断努力，大约只需要再花上几天时间。所有人都知道你是合法继承人，符合血缘关系，枢密院也是因此才选择你的。所有人都知道你不能就这样无限期地被关着。”

我安静了下来，他看着我在椅子上扭动身子，躲避着他焦虑的目光，然后把脸抵在木质的椅背上。“她已经将我的丈夫从我身边夺走了，如今更是连我的儿子都不肯放过吗？”我断断续续地轻声说道，“既然她让我的生活变得生不如死了，那又为什么要将我从死神手里救出来？我必须要和我的儿子在一起。他才两岁，还太小了。他必须和我在一起，我也必须让他陪在我身边。如果没了他我该怎么办？谁来把他抱上床？”

我抬起头看着叔叔的脸，他因为紧张而表情扭曲。

“上帝啊，”我想着泰迪，“他肯定会以为我抛下他不管了。他的心肯定都要碎了。他必须和我在一起。我不能没有他。我对你发誓，如果他从我身边被夺走了，我肯定也活不长。”

“我知道，”叔叔安慰我，“或许她的态度会变得温和些，肯定会的。”

我抬起头。“这么做着实太过残酷了，”我说，“我宁可在伦敦塔里染上瘟疫而死也不要失去自己的儿子。”

“我明白。”

# 1563年夏

## 埃塞克斯　普利格宫

叔叔和我一起给女王写了一封请愿书。他每天都会来见我，然后两人为此商讨一番。女王是个学者，喜欢优美的语言，虽然不是像我的姐姐简那样的学生，不过一封措辞典雅得当的信总是能引起她的注意。

我们把第一封草稿送给威廉·塞西尔审阅，他寄回来时在边缘的空白处写上了自己的评论，我们修改完后再写一遍。这封信务必尽善尽美，必须能说服她，告诉她我对未经允许就擅自结婚这个行为很抱歉，里面的内容也必须毫无争辩性，但又必须说服她，让她明白我坚持要维系自己与奈德的婚姻，同时我的两个孩子是合法的王位继承人；我们也必须向她保证，尽管我的继位顺序在母亲之后，我又是亨利七世的曾曾孙女，但我在她生时永远不会挑战她的王位，若无她的允许，在她死后也不会觊觎她的王位。我们也可以在后面加上这一段：前提是她能让自己永葆现在的容貌，永远年轻，也永远不会死。

我得想办法告诉她，她和我是截然相反的人。她生性虚荣，无法想象有人会和她不同，只能想象出自己脑海中的世界，但我和她完全不一样。对我来说，我的心统领着我的头脑，她却事事算计。我为了爱情而结婚，她却将自己爱的人出卖给了苏格兰的玛丽。我生了两个漂亮的男孩，而她一直不孕，也将始终如此。我们之间最大的区别就是我并不想要英格兰的王位，如果夺得王位要付出如此代价，我宁可不要，但她却对此渴求不已。因为她小时候就被称为私生子，并从王室直系继承亲属中被除名，如今这却成了她始终渴求的一切。

我不敢冒昧地请求陛下原谅我的恣意及鲁莽，我只是非常谦卑地请求陛下继续您对我的仁慈。我承认自己是一个非常不值得接受您如此多恩惠仁慈的人。我理所当然地感觉着痛苦乃至持续的悲伤，日渐意识到了自己过错的严重性，而您对我的怜悯使我更加悲伤，因为我已经忘记了自己对陛下的责任。这是对我心灵的巨大折磨。因此，愿尊贵的陛下允许我成为最卑微的追随者，为自己悲惨的境地请求陛下进一步的恩惠与惯有的仁慈。我谦逊而明智地跪在地上，每日祈祷上帝，保佑陛下得以永远安康。

陛下您最谦卑、最慷慨、最顺从的仆人，

1563年11月，自普利格

我叔叔和我终于将请愿书寄给了罗伯特·达德利，他既是我们的朋友，也是女王最主要的顾问。巧的是，他的命运和我一样，处在微妙的平衡之中。他或许会发现自己处在一个奇特的位置上：既是英格兰女王的爱人，又是苏格兰女王的丈夫。他能成为女王的配偶，实现自己兄弟差点就能做到的事，只有一名达德利才希望得到这种充满野心和欲望的结果，也只有一名伊丽莎白才敢这么想。

我们不知道的事正是玛丽女王可以预想到的。我们都得静静等在那儿，看着她是否认为自己妹妹所抛弃的爱人值得成为英格兰王位的继承人。我们都等着，看看伊丽莎白是否能忍受将达德利提升到莱切斯特伯爵的地位，这样他理论上就能娶王室成员为妻，接着再把他送走。我们都等着，看看枢密院会否要求伊丽莎白任命我为继承人，因为在不久前她曾保证自己会听从他们的建议。

与此同时，伊丽莎白正在对自己的玛丽表亲献殷勤，似乎她们是一对爱侣。我们现在虽然身处乡村，也听闻塞西尔写了一封长信，来冷静一下她们之间提出的种种诱惑性的建议。女王送了玛丽一枚漂亮精美的钻戒作为爱的誓言，我握住自己的那枚订婚戒指，全然不能理解伊丽莎白的所作所为，或许其他人也不能吧。

罗伯特·达德利向我保证，等女王愿意听听我是怎么说的，就将我们的请愿书呈上去。他如今支持我的理由又多了一些。尽管我并不怀疑他会愿意像之前承诺的那样成为莱切斯特伯爵，但他不太可能愿意付出这个代价而选择与苏格兰的玛丽结婚。他仍然希望自己能迎娶伊丽莎白。等他成了伯爵，那他的头衔就更配得上女王了，但同样也离苏格兰的女王更近了一步。我们都知道只有达德利才能让女王同意眼前的一切，也只有他才能让女王变得快乐起来，但他是否有足够的影响力来说服她对此更加慷慨？他又是否能让身为英格兰教会最高领袖的伊丽莎白像一个基督徒那般施行宽恕呢？

他没有成功。或许这是她第一次拒绝他。我们都觉得伊丽莎白不会拒绝达德利，她不会拒绝任何事，可就是这件小事，这么一件入情入理的小事，既平和，又合乎所有人的认知，对她来说也微不足道的小事。她知道我现在心痛不已，与自己的丈夫和儿子分别，独自一人在叔叔的屋子里，需要依靠他为我的饮食与衣物掏钱。我的小儿子什么错都没犯，却和我一起被关在这里，我的大儿子则被迫与我分离，丈夫则被他的母亲关在自己家里。伊丽莎白清楚，这对于我们两个名门望族而言实在太过残酷，也是对这片土地上的法律和正义的冒犯。她应该释放我们，我们对她根本不是威胁，除了对方的爱，我们什么都不需要，只想在一起，但她就是不愿让我们如愿以偿。

我与奈德结婚带来的罪似乎会让我的余生都在监狱中度过，直到我咽下最后一口气为止，这全都拜伊丽莎白不能结婚所赐。这仅仅出于嫉妒，但又远甚于此，已经成了可怕的怨恨。当我收到她拒绝的消息后，我心里明白，恐怕只有死亡才能给予我最终的自由了。她就像所有都铎家的人一样，所行之处必有死亡。她的姐姐杀死了我的姐姐，而她又想杀了我。这一切只会以死亡作结：我死，抑或她亡。

# 第三章

# 玛丽

# 1563年秋

**温莎堡**

伊丽莎白就和落在长满蔷薇果的篱笆上的乌鸫一样欢乐，在清晨就早早地骑着马，所有的女侍臣都要跟着她一起出行，她才不论她们喜欢与否，快乐与否。我坐在一匹高大的马上，骑马时毫不畏惧，因为小时候在布拉德盖特时我就已经会骑了。父亲总把我放在正常大小的马儿上，让我坚定地握住缰绳，也让马儿知道到底是谁在掌控这一切。因为我脊柱有点弯曲，所以在马上坐得稍微斜一点也没什么关系，只要我吐字既清晰又坚定，长得太矮太小都没关系。父亲告诉我，虽然我身形矮小，但也能有着了不起的威仪。

我的姐姐简只想待在房内与书本为伴，而凯瑟琳只想和她养的那些野生小动物在花园或者自己的房间里玩，我则一直留在马厩里，把木桶倒扣过来，站在上面梳理着马儿的毛。又或者踩上垫脚台，坐在马儿温暖宽阔的背上。

“你不能让生来矮小、有点弯曲的身子和别的事挡住自己未来的路。”我的父亲曾经这么对我说道，“我们并非生而完美，你天生的缺陷不比国王理查德三世[①]来得更糟，但他却骑马参加了六七场战争，最后在骑兵冲锋

①理查三世（1452—1485），约克家族和金雀花王朝的末代帝王，于玫瑰战争中战死。患有严重驼背。

时不幸身亡。从来没有人对他说过他不能骑马。”

“可他是个很坏的人。”我用自己七岁小孩的严苛判断道。

“非常坏，”父亲同意我的说法，“但那只是他灵魂上的问题，不是身体上的。虽然你的个子矮，脊柱也异于常人，但这全然不妨碍你成为一名出色的姑娘。你能学习如何像英王侍卫那样站直，终会让你成为美丽的妇人。如果你一生未婚，那就能成为简和凯瑟琳的好妹妹，也会成为她们孩子们的好阿姨。不过我倒看不出你到那时不选择结婚的任何原因。你的出身和整个王国中的女人一样好，除了那些皇亲贵胄外，比之普通人，着实好上不少。说实话，只要你心地善良，那么你的脊柱是否弯曲并不重要。”

父亲对我的信心让我很是高兴，他教我骑马，让我骑得和其他人一样优秀，也是第一个为我设定目标、让我站直来拔高身姿的人，此后全靠我自己训练自己这么做了。我跟在伊丽莎白和她那荒谬的掌马官身后骑了好几天，从来没人觉得我是在竭力追赶或已疲惫不堪。我骑得和宫中任何一位夫人一样远也一样快，更是比她们中的任何人都要更勇敢。我永远不会在马鞍上弯腰休息，更不会在每天漫长的骑行之后因为疼痛的脊背而面露痛苦。我也从来不会向罗伯特·达德利投去求助的目光，求他试着让女王折回宫里。因为我从未寻求过任何人的帮助，自然也从未尝过失望的滋味。

让我精疲力竭的并非骑马本身，上帝知道我只是对伊丽莎白的失望感到厌倦了。当我们踩着卵石路穿过温莎堡的大门时，托马斯·凯耶斯抬起头，他那双关切的棕色眸子盯着我，我带着一丝微笑地对他点了点头，他明白我感到疲惫是由于女王，并非鞍马劳顿，而是心中痛苦。

暑气渐渐退去，慢慢由夏转秋，在这段欢乐的时光里，伊丽莎白选择在白天狩猎，在中午时分享用野餐，并在河上泛舟，到晚上则做做游戏、跳舞或者谈天。但与此同时，我的姐姐被自己的叔叔羁押着，和她的孩子一起关在三间屋子里，被迫与自己所爱的儿子分离，也无法与丈夫团聚。

可什么都不会让我们那位有着王家血统的表姨感到苦恼！所有东西都能让伊丽莎白感到快乐。伦敦酷热难耐，瘟疫逐渐蔓延至全国，她却在温暖的气候中纵情享乐。由伦敦城向四周延伸的小径上，每个村庄路边都有一幢门上画着红叉的小屋，病人就在里面听天由命。泰晤士河沿岸的所有房子都把自己家的水闸关上，这样从伦敦来的任何驳船都无法进来。每个城市都挖有埋葬坑，用以埋葬染疫的尸体，每所教堂都在祈祷瘟疫能够饶过它们的会众。每个健康的家庭都为旅者闩上了大门，因为恐惧，所以人人都铁石心肠，可这一切根本未曾对伊丽莎白造成过困扰。她在炎热的白天与罗伯特·达德利调情，在晚上则肆意进出他的房间，可我的姐姐呢？她只能一个人暗自流泪，祈祷自己能够睡去，并在梦中获得自由。

托马斯·凯耶斯得在城堡的门前值守，或许未必会帮我从马鞍上抱下来，不过总有宫里的年轻男子飞快地走到我身边，将我抱下马来。他们知道我的姐姐，明白她的两个儿子是王位的下一任继承者，也清楚女王了解我的地位。但他们谁都不知道我的影响力有多大，以及如果他们能取悦我，我又会为他们做些什么。他们几乎不太会引起我的注意，我的微笑只留给女王的守门中尉托马斯·凯耶斯，在这个两面三刀、危机四伏的宫中，只有他才是我信任的人。当我走过他身边时，托马斯对我点了点头，这是专属于我的特殊待遇，我知道当晚些时候伊丽莎白被其他人逗乐而忘记留意我的行踪时，自己还能见到他。

“玛丽小姐呢？”伊丽莎白一下马就问我，仿佛她对我宠爱有加，整天都在想着我。我走上前一步，接过她那双纹饰精美的手套。其他人拿过她的鞭子，她则将自己白皙的手伸向罗伯特·达德利，他带着她走出阳光下，步入温莎堡凉爽的阴影中，大厅里已经摆好了早餐，西班牙的大使早已经等在那儿准备与她见面了。

我把伊丽莎白的手套拿到王家衣橱那儿，用香粉轻轻擦了擦，再用丝绸裹起来。随后我折回厅里，坐在为女侍臣准备的座位上。伊丽莎白坐在上座，西班牙的大使和罗伯特·达德利分坐在她的两侧。我坐在为宫中女士准备的桌子的上座，这不仅是因为我是她的外甥女，更因为我是一位拥有王室血统的公主。我们低头进行餐前祷告，伊丽莎白肯定愿意听拉丁语，这倒不是为了体现自己的虔诚，而是炫耀她的学识。随后侍从们端上盛满清水的双耳水罐和碗让我们洗手，接着呈上一道又一道精美的菜肴。经过早上的骑行，所有人都饥肠辘辘，每桌都有大块的肉和一条条新鲜出炉的面包。

“你有没有听说过任何关于你姐姐的消息？”贝丝·圣·洛悄悄问我。

“我给她写了信，可她没给我回应，”我说，“虽然叔叔得先读一遍她收到的信，但这些信最终还是会交到她手里，可她一封信都没回。”

“她到底怎么了？噢！该不会是……瘟疫的原因？”

“不，感谢上帝，瘟疫还没有蔓延到普利格。叔叔告诉我她开始绝食，而且终日以泪洗面。”

贝丝阿姨的脸上写满了温柔：“噢，亲爱的。”

“没错，”我生硬地说，“伊丽莎白把她的孩子从她身边夺走，彻底伤了她的心。”

“但女王终究会原谅她的，也会让他们一家团聚。女王是那么慷慨，凯瑟琳更是唯一信仰新教的王位继承人，伊丽莎白肯定会支持她的。”

“我知道，”我说，“我知道她总会等到那一天，但等待的时刻对我的姐姐来说实在太过煎熬，对她的两个儿子来说也太过残酷，他们生来除了监禁的滋味，别的什么都不知道。你会为她说些好话吗？”

“或许他们最终会获释的……”贝丝刚开始说话，就被女王打断了，她从早餐的桌边站起来，对我们说她要和西班牙大使以及罗伯特·达德利一起在围墙中的花园里走走。三位夫人跟在他们身后，我们其他人则有一两个小时的休息时间。我们起身跟着她，在她穿过花园的时候向她行礼。罗伯特·达德利在一侧牵着她的手，阿尔瓦罗·德拉·考德勒大使在另一侧。伊丽莎白自然是在她一贯喜爱的地方——站在两个男人的中间。我想如果她不是女王，那肯定会是个娼妓。等她们离开后，守卫关上了他们身后的门。我溜到了相反的方向，来到大门那儿。门因为瘟疫被闩上了，但在侧门仍然有一位英俊的守卫把守着大门。我走近时他向我鞠了一躬，并伸手帮我费力地爬过狭窄的门。

托马斯就站在闩上的门外，双手插在他宽阔的胸膛前，他是女王的守门中尉，一位穿着都铎家制服的壮汉。我一看到他，就感觉自己露出了今天第一缕微笑。

“玛丽女士！”我突然出现在他的手肘那儿，他惊讶地说道，然后单膝跪地，这样他的脸就和我一样高；那双棕色的眼里充满了爱意。“你空闲的时间多吗？会在门口坐坐吗？”

“我有一小时时间，”我说，“她在花园里散步。”

托马斯让一名守卫代替他的位置，然后带着我走向门楼。他看着我爬上他桌边的那张大椅子上，又从食品储藏室拿来一个双耳罐，为我倒了杯淡麦酒，又搬来一张小凳子坐在我身边，这样我们的脑袋就在同一个高度了。

“你姐姐那边有什么消息吗？”他问。

“没什么新鲜的。我问罗伯特·达德利，他是不是会再替我姐姐向女王说情，他告诉我这么做不管用，只会让她更加生气。”

“那你只能等着了？”

“没错。”我说。

“那我想我们之间的事也应该缓一缓。”他温柔地说。

我把手放在他宽阔的肩膀上，用手指抚摸着他领子上的都铎玫瑰。“你该清楚，如果可以的话，我明天就能和你结婚。不过我现在不能向女王提任何要求，要直到她能释放凯瑟琳为止。我姐姐必须先获得自由。”

“为什么她那么介意这一点?”他好奇地问，“为什么像她那样了不起的女王会这么介意你姐姐？赫特福德伯爵出身高贵，为什么你的姐姐不能当他的妻子呢?”

我迟疑了，托马斯有着老实人的思维，他每天所做的不过是站在门口，为那个心思最矛盾的女王负责安全。他们就是那些热爱伊丽莎白，并愿意为她牺牲性命的人，求着进入她的城堡，这样就能一睹她的尊容，仿佛她是个圣徒似的。这样一来等他们回去的时候就可以告诉他们的孩子们，说自己见到了整个基督教国家中最伟大的女人，在晚宴上的她全身缀满珠宝，带着了不起的威仪。还有一些人恨她将整个国家带得离罗马教廷越来越远，他们称她为异教徒，恨不得将她投入监牢或者乱刀砍死，又或者设计一个陷阱等她乖乖踩入。有些来访者因为她放荡的私生活而诋毁她，有些人怀疑她通奸，还有人控诉她使用妖术，又或者身体有畸形，藏有一名私生子，甚至说她是个男儿身。每个心思不同的男男女女都从托马斯·凯耶斯的眼前走过，而他依然坚持把那些人往最好的方面想，相信他们是安全的，如果他觉得某个人可能会带来危险，那他就会叫那人回家去。他始终坚信别人的本质和他一样善良和蔼。

“我不知道为什么伊丽莎白不能忍受凯瑟琳的婚姻，”我仔细斟酌着自己说的话，“我只知道她担心如果凯瑟琳成为她的继承人，那么所有人都会抛弃她，凯瑟琳则会密谋推翻她的统治，就同她的另一位表姐玛格丽特·道格拉斯一样。还远不止如此，也不仅仅是凯瑟琳的问题：伊丽莎白不喜欢任何人结婚，她喜欢成为万众的焦点，而且这关注必须独属于她一人。我们这些女侍臣都不用期望她能允许我们结婚，她甚至不让我们谈论这件事。宫里的所有人都必须全心诚意地爱她。”

托马斯宽容地笑了起来。“她毕竟是女王，”他说，“我猜她想要宫里变成什么样就是什么样吧。我今晚锁上大门后能来见你吗?”

“我们在花园里见面吧。”我对他保证道。

他用自己的大手掌握住了我的小手，温柔地吻了一下。“我很荣幸，”他轻声说，“我整天都在想你，你知道的，当你进出我把守的大门时，我的目光一直盯着你看。我特别喜欢看着你骑马的样子，你坐在马上的时候很高，穿着长裙非常漂亮。”

他吻完我的手抬起头来，我把自己的脸颊靠在他脑袋上，他的头发很粗，带着卷，闻起来有着清新空气的气味。我想，在这个危险、什么都不确定的世界里，我终于找到了唯一能够付诸信任的人。他或许不明白这对我来说有多么珍贵。

“你第一次注意到我是什么时候?”我轻声问道。

他抬起头，对我的幼稚微笑着，重复这个说了好多次的故事。“我注意到你是在你第一次来到宫里的时候，那时你连十岁都没到，还是个小不点儿。我记得自己看到你骑在自己的大马上，对你不由得心生畏惧。随后我见到你是怎样驾驭它的，才知道你是个值得敬畏的姑娘。”

“你是我见过最伟岸的人，”我告诉他，“担当女王的守门中尉，穿着制服的你看起来如此英俊，如树般高大，身躯也和树干一样宽阔，就像一棵大橡树。”

“当你被任命为女王的女侍臣时，我就知道自己可以看着你进出宫廷了，于是脑海中想的便全是这个。你是我见过最漂亮，也是最甜美的姑娘，”他说，“当你姐姐蹑手蹑脚地从我看守的门前经过时，我就知道她在寻找自己的爱人，我差点就想来提醒你；可你又那么年轻，而且还那么漂亮，我不能成为那个为你的生活带来烦恼的人。在你和我说早上好之前，我根本不敢和你说话。我开始期待着你对我说的那句：‘早上好，凯耶斯长官。'之后的我就像一个傻瓜一样结结巴巴的，一句话也说不出来。"

"我就是这样知道你喜欢我的，"我告诉他，"你对其他人说话时吐字都很清晰，但是看到我，你说话就像一个孩子那样磕磕巴巴的，而且你还会脸红！天啊！一个大男人怎么会像上学的孩子那样脸红！"

"谁让我和像你这样的女士说话呢？"他说。

"你是宫里最好的男人，"我告诉他，"当我前去伦敦塔拜访凯瑟琳时，你提出要陪我一起过去，我很高兴。当你说街道并不安全，你要护送我前往，我很庆幸有你在我身边。自己就像走在一匹高大的夏尔马①身边，别人光是看到你的身形就已经望而却步了。我看到姐姐陷入了深深的烦闷之中，以为自己会情绪崩溃，和她一起痛哭起来，但我之所以能感到欣慰全是由于有你在那儿，你就像一座山一样。我感觉自己有了一位盟友，如城堡般坚实。"

"当然还是个高大的盟友，"他说，"我的姑娘，我会为你做任何事。"

"像这样永远爱着我就好。"我在他耳边低语道。

"我发誓我会的。"

他安静了一会儿然后问道："你真的不介意我之前结过婚吗？"他的声音很轻，"你会接受我的孩子们吗？他们和自己的阿姨住在桑盖特，但我更愿意让他们知道，他们有着这么一位可爱的后妈。"

"他们会看不上我吗？"我笨拙地问。

他摇了摇头。"就算他们需要弯下腰来亲吻你的手，他们也会知道你是个伟大的夫人。"

"我应该会喜欢有孩子的生活，"我害羞地说，"首先我会照顾你的孩子，之后或许我们也能生几个。"

他将我的手伸向自己温暖的面颊，说道："玛丽，我们会过上幸福的

①原产英格兰的挽马，世上体形和身高最大的马之一，马蹄处有距毛。

日子。”

我们沉默了一会儿，随后我打破僵局：“你知道……我要走了。”

他从椅子上起身，又恢复了正常身高，头顶几乎要擦到天花板了。他从靴子到卷曲的棕色发梢接近七英尺高，我站在他边上，头顶只到他抛过光的皮带那儿。他为我打开门，我来到温莎堡紧闭的大门前，他又打开了侧门。

“今晚见。”他轻声说道，接着在我身后轻轻把门关上了。

# 1563年圣诞节

## 温莎堡

我的爱人给了我一枚金戒指，上面有一枚象征着真爱的红宝石，颜色深红。我给了他一条厚厚的皮带，让他系在粗壮的腰上。这是我用鞋匠的锥子亲手冲的孔，我还在皮带上刻下了我的名字和家徽。他可以把那一面穿在里面，这样除了我和他之外就没有人知道这件事。我把皮带交给他，他从我做的小丝袋里把它取出来，看到后脸一直红到了耳根，就像个孩子一样。

我对他给我的戒指很满意。它很适合我的手指，就像一枚婚戒，他说我在独处的时候一定要把它戴在我的无名指上，这是他对我爱的诺言，也是互相之间许下的承诺。

“我希望我们能立刻结婚，然后住在一起。”我轻声对他说。我坐在他的腿上，他用粗壮的胳膊搂着我，那么温柔，似乎我是个孩子，我把手放在他的腰上时，自己能够感受到他的心跳，他的欲望，在他怀里的我作为女人存在着。

“我也想，”他说，“只要你愿意，我会立刻找来一位牧师来见证我们的婚礼。或者我们可以去教堂，我不想让你面对你姐姐所面临的问题。我们会请人来见证这一切，将我们的婚约写在纸上。”

“他们不怎么在意我，”我愤愤地说，“在伊丽莎白眼里，我总是那么不值一提，她根本不怕我。我不像自己的姐姐，全欧洲几乎有半数王室都在为她互相竞争，秘密地准备计划。婚姻是私人的事，对她来说我结不结婚、是儿孙满堂还是只有你一位爱人应该都没什么影响。”

“那我们秘密结婚吧？”他满怀希望地说，“你敢吗？”

“或许还是再等一年吧，”我谨慎地说。“我不想让女王想起自己对凯瑟琳发的火，也希望议会能说服她，让她在这个月把我姐姐放了。有些学者已经开始着手对我姐姐是否是王位继承人展开研究，试图证明她的婚姻是有效的，这样她的儿子们也都是合法的继承人了。除非这一切都已经被证明，写在白纸黑字上并公之于众，否则我不会去想别的事情。”

托马斯点了点头，他对于我家族的学识钦佩有加，而且在简被认作神学家并且文章被出版并广为传阅时，这份钦佩更是有增无减。“你有在写这些书吗？”他问。

“噢，没有，”我说，“这都是由档案室的资深文员约翰·哈尔斯整理的。他见过国王最初的手谕，上面清楚地写着他任命我的母亲和她那一脉作为继爱德华国王和公主们之后的继承人。哈尔斯证明了外婆的婚姻是合法的，所以我们这一脉也是合法的，而且也是血统纯正的英格兰人及新教徒。凯瑟琳现在的丈夫奈德·西摩尔给海外的牧师出钱，让他们证明自己和凯瑟琳的婚姻是有效的，他们私下真的交换了誓言，孩子也是合法出生的。当所有的证据汇聚到一起，约翰·哈尔斯就会整理出版这本书，全国的人看着这些确凿的证据，都会知道凯瑟琳是女王的合法继承人：不仅出身合乎规定，婚姻也同样如此。”

托马斯犹疑了，他所受的教育虽然不多，但对这个世界还是有着不少认识。自从伊丽莎白登基以来，他一直负责整个王宫和女王的安全。“我的漂亮宝贝，我既不是领主，也不是牧师，但我不确定这是不是个聪明的选择。女王可不是一个会乖乖听从别人想法的人，就算整个国家都这么想，她依然会按照自己的方式做事。你还记得吗？在她姐姐成为英格兰女王的那会儿，她是全国唯一一位坚持自己新教信仰的公主。就算整个国家，从女王到西班牙人看起来都在与她作对，她也没有改变自己的想法。我觉得如果想让她改变主意，光是一本书可能不够。”

“可她的确会做从众的事，”我固执地说，“我还记得她自己亲自去做弥撒，嘴里还在抱怨着什么。”

“但是她很早就从弥撒里出来了，”他提醒我，“她借口自己身体不适，以此来告诉所有人她不会忍受这种行为。”

“没错，但这本书有威廉·塞西尔的帮助，”我仍然坚持自己的观点，“罗伯特·达德利也参与其中。威廉·塞西尔今天想的，明天女王就会如数宣布。也就是说，到最后她还是会接受他的建议。他和他的姐夫还有所有的谋士们都为这本书费尽心力，也将亲眼目睹它的出版。如果整个基督教世界都说凯瑟琳结婚一事确凿无疑，并且枢密院也认定她为王位的继承人，那女王最终都得将这个决定昭告天下。”

我们听见了报时的钟声。“我得走了。”我说，很不情愿地从他的怀里起来。

他把我抱下来，身体向前倾着，为我理好长裙，抻平袖子上的褶皱，就和女侍臣一样温柔。他轻轻地拉了拉我的兜帽，再为我调了调皱领。“好了，你是宫里最漂亮的小姐。”

我等着他打开通向守卫房间的门，再探头看看外面。“没有人。”他说，然后退回一步，让我走出房间。

我从大门处穿过城堡的庭院，走上花园的台阶，用斗篷裹住自己，抵挡着微微飘落的雪花。但我的运气着实不怎么样，我碰上了女王，她在挂满冰花的草地上玩着滚木球的游戏。她戴着自己那顶红色的白鼬皮镶边的天鹅绒风帽，一只手搭在罗伯特·达德利的手臂上，脸颊因为寒冷而冻得绯红，双眼闪着光。我退后一步行了个礼，趁她那双敏锐的眼睛扫到那枚红宝石戒指前，偷偷地把它摘下来，装进斗篷的口袋里。“参见女王陛下。”

女王的矮个弄臣托马西娜跟在他们身后，朝我做了个鬼脸，似乎在问我去了哪儿。我对她不予理睬。她没资格对我表现出好奇，我也没必要回答她，如果她让女王来问我，那我之后就会找她好好算账，让她管好自己的事。

“玛丽小姐。”伊丽莎白用一种令人不悦的语调说道，我完全想不出来自己到底哪里冒犯到她了，不过她的确是有点不高兴了。“你愿意赏脸为我更衣，来为今晚的晚宴做准备吗？”

我可以感受到罗伯特·达德利投来消除我疑虑的微笑。我不敢看向别处，只能直直地看向伊丽莎白那双闪烁的黑色眸子。“当然可以，女王陛下，”我恭顺地说，“我很荣幸。”

“可别忘了。”她不友好地说，然后径直从我身边走过。我行了个礼，当我抬起头来时，正好看见罗伯特·达德利投来同情的微笑，托马西娜厚颜无耻地朝我眨了眨眼。罗伯特·达德利跟在女王身后离开了，而她则留了下来。

“有人在写一本关于你姐姐的书，”她告诉我，“所以她才对你那么生气。她只是听说了这个消息而已。显然，大家都在说你的姐姐会成为英格兰下一位女王，你会成为女王的妹妹和下一任国王的阿姨。真是有趣，像我一样的矮子居然能离王位那么近。”

“我一点都不像你，”我冷冷地反驳她。

“噢，是吗？你的姐姐头顶上戴了个王冠，难道你的个子就真的会高一点？”她微笑着问道，“你真相信一人得道，鸡犬升天？如果她封你为女公爵，你还真的能长高了？”

“我不知道你在说什么。”我转身准备了离开，但她用自己那只又小又方的手抓住了我的裙子，那只手和我的非常像。

“你到底想干什么?”我直接问道，“让我走，你难道想在这儿像门童那样打一架吗?”

“如果你想要见证某些事，总得需要付出点代价，”她幸灾乐祸地说。“不过我总是将自己视为一个小个子的女人，而不是一个什么幸福美满的矮子。”

“我从来没有想过组成自己的家庭，”我庄重地说，“而我的身高和别的事都无关。若你能松开抓着衣服的手，我倒是会非常感谢。”

她松开了手，但脸上那副无礼的表情一直没有消退。“玛丽小姐，真的有这么一本书，”她简短地说，“学者们正在试图一点点将其拼凑出来。他们从档案室里偷出来一页纸，为的就是证明你们家族是被亨利八世任命为继承人的，证明了你们姐妹三个，简、凯瑟琳和你都是在英格兰出生，又是新教徒，更是有着王家血统。”

“你不准提到简。”我警告她。

“她只不过像孩子那么大，现在已经被埋在棺材里啦!”她嘲笑着我，我只能转身大步走开，但我可以听见她在我身后啪嗒啪嗒的跑动声，然后又绕道至我面前，挡住了我的路。

“你想知道剩下的事吗?”她对我说，“听着，这是为你好。来自法国和西班牙的学者递来的报告都说你的姐姐凯瑟琳是合法的王位继承人，女王大发雷霆。如果这封报告是你委托他们写的，那你最好告诉你的那些牧师，让他们做好开溜的准备。你也可以告诉你叔叔，让他为了自己的健康着想，去法国旅旅游。当然，你也最好低调行事，不要再去和守门中尉卿卿我我了。”

她这话让我震惊不已，我强忍住不让自己倒抽一口冷气。

“我看见的东西可多着呢，”她很快补充了一句，“你想知道为什么? 因为没人在意我们俩。”

“为什么你要来警告我?”我问，“你还生活在女王的阴影之下。”

“因为我们都是矮个子啊，”她直白地说，“在这个宏大而又危险的世界里，我们两个不过是矮小的女人而已，这点给了我们一份姐妹情谊，就算你想否认也罢，事实正是如此。所以我想告诉你，不要冒犯她。你们家族现在做的事已经让她够生气了。”

她狡黠地朝着我点了点头，似乎在让我明白她想表达的观点，随后她转身，蹦蹦跳跳地穿过院子，看起来就像一个跟在老师身后的小姑娘，我一直望着她的背影，直到那扇通向伊丽莎白私室的楼梯大门在她身后关上为止。

# 1564年春

## 温莎堡

在整个春寒料峭的早春，我始终一丝不苟地侍奉着伊丽莎白，尽管她会打个响指让我把她的扇子拿过来，也会在我为她戴上蓝宝石项链时抱怨我划到了她的脖子，可她对我办的事确实真的无可指摘。

我甚至从来没瞥过托马西娜一眼，向她对我的警告表示感谢，当舞池中的众人随着舞步移动，将我带到她身边时，我则想法子换开自己的位置。对于小脚女生之间的情谊我概不承认，对于矮小女士的联谊会我也拒绝参加。我当然能在托马西娜身上看到我的特点：她那双短短的腿努力跳出圆形的舞步，一直昂着头，这样她才能跟得上那些比她高得多的人交谈的内容。而在马背上骑了一整天之后，我猜她的背肯定和我一样疼痛不堪，当别人把我们当做孩子对待，认错我们的年龄或者头脑中蕴藏的智慧时，我和她一样感到生气。可我永远不会承认自己和她是同一类型的人，我和她在外表上有些相似，但也就仅限于此。难道伊丽莎白要认所有红发的人做表亲吗？比起出生的家庭来，外表根本算不上什么。我拥有纯正的王家血统，才不是什么矮子。我是正统的格雷家族的女儿，不是什么漂亮的玩具。我可以继承英格兰王位，而托马西娜呢？除了一身矮小的骨架，好像也没能得到什么更重要的东西了。

可在早春的一个晚上，我们前去用晚餐，我发现威廉·塞西尔缺席了，这很不寻常，而且罗伯特·达德利惯有的甜言蜜语和幽默风趣似乎也打了折扣。伊丽莎白暴跳如雷，就像一只被窗户中泼出的水恰巧淋中的猫；所有人都能看出她现在烦躁易怒。除了那个矮子托马西娜之外，没人知道究竟是谁蠢到敢去惹怒伊丽莎白，我也不敢去问她。

当桌子清理干净后，罗伯特·达德利对着她的手弯下腰来，我看见她对自己的秘书点了点头，那人带来一沓文件。达德利鞠了一躬，把那叠纸拿走，准备离开大厅。我悄无声息地绕了一圈，背贴着墙，没有别人注意到我，我的脑袋消失在高背的椅子后面，正好在大门里碰上了他，守卫为他把门打开，我借机溜了出去。

“玛丽小姐。”他说，对我鞠了一躬。大门在我们身后关上了，让我们得以躲开宫中的眼线。

“是不是出了什么事?”我直截了当地问。

达德利的身子放得很低，这样就能悄悄地和我说话了。“没错。有人把一本书交给了伊丽莎白，我猜那人是法国大使，书里的内容是支持你的姐姐凯瑟琳女士继承王位。”

“应该是赫特福德夫人，”我纠正他的说法，把她婚后的名字告诉了达德利。

他不悦地看着我：“凯瑟琳女士，”他重复了一遍，“现在可不是你强调这段被女王宣布为无效婚姻的时候。”

我看着眼前这位面容阴郁的男人，要不是他的妻子被谋杀了，那他的婚姻也会被认为无效。

“我们知道真相。”我坚定地说。

“那些作者出版了他们认为的真相。”

“难道不是你委托别人写这本书的吗?”我问，我知道他做过。

“没有，”他矢口否认，“所有与其有关联的人都得受罪。女王起草了一份令状，用来逮捕你的叔叔约翰·格雷，还有约翰·哈尔斯与他的书记员罗伯特·贝尔，以及爱德华·西摩尔的继父弗朗西斯·纽迪吉特。甚至连掌玺大臣[1]尼古拉斯·贝肯都在劫难逃，因为他曾表示过对你姐姐的支持。”

这些话让我着实吃了一惊。“我的叔叔被捕了？连掌玺大臣都被抓了？但是凯瑟琳呢？”我双手抓着他的袖子，“噢！罗伯特爵士！他们不会再把她抓回伦敦塔吧？”

“这倒不会。”

“但如果我的叔叔被抓了，那她还能去哪儿呢？难道就让她一个人和格雷夫人待着吗？还是说女王会放了她？罗伯特爵士，她会被放走吗？”

“不会，”他站直了身子，“玛丽小姐，我现在得离开去处理女王陛下的事务了，我要派出守卫前去羁押那些人并加以盘问。”

我抬头看着他又高又英俊的样子问道：“你要抓他们？你和这本书一点关系都没有，现在要出手抓他们？”

“没错，”他简单地说，“女王命令我这么做。”

他当然会做女王要求他们做的任何事，也从来没有反抗过她，这没什么可抱怨的，在这样一个暴君统治的宫廷里，你如果不牺牲自己的原则，是没法获得真正的宠爱的。我能做的只是想办法让他站在凯瑟琳这边。

“罗伯特爵士，这么做对我的姐姐和她的儿子们太残忍了。他们是无辜的，我姐姐也是。肯定是别的人下令出版这本书，甚至还有可能是你的朋友，但肯定不会是她。是别人写了这本书，不是她。是别人出版了这本书，不是她。就算你们要把其他人抓住也就算了，但你就不能替她说情，让女王放她自由吗？”

①负责掌管英格兰国玺，同时也会起草、颁发各种政府文件，并给各类令状盖章以证明其效力。

他摇了摇头。“在这件事上，女王不听我的，”他说，“任何人的话她都不听，只有当这件事让她高兴了，她才会宽恕别人。”

“但玛格丽特·道格拉斯就被放了！她的情况可比这糟得多！”

“那是女王陛下的决定，这是她应有的权力。”

“我知道！她……”

他抬起头，告诉我他不能再听这些批评女王的事了，因为她的权力掌管着我们两人。

“她已经做下决定，”我继续说道，达德利转身离开了，我对着自己低语道，“这决定糟糕透顶。”

我和托马斯·凯耶斯一起待在门房里，他透过门房那扇小小的窗户看着大门，值着自己的班，而我听见了马蹄踩在卵石路上的嗒嗒声，托马斯说：“那是你姐姐的支持者，他被抓了，真可怜。”

他把我抱上凳子，这样我能透过窗户向外窥探而不被人发现。哈尔斯骑在一匹驽马上，在他身后我看到另一个人，他被一群全副武装的守卫包围着，脑袋低垂。

“我的天啊！那是我的叔叔约翰。约翰·格雷，他负责看守我的姐姐！”

托马斯把我留在门房里，带着象征他职权的权杖。我听见他大声喊着，盘问来者的信息，然后开门放他们进来，又回到我身边，将自己权杖放回角落里，再松了松自己的皮带。

“但他们做了什么？”他一脸疑惑地问我，“就是因为写了本书吗？”

“没错，”我有点苦涩地说道，“你知道的，我的叔叔不会做任何有损伊丽莎白的事，他对女王一直忠心耿耿。约翰·哈尔斯自己也说他所做的只是为了让新教徒能够获得王位继承权竞争的胜利。他没有让凯瑟琳接替伊丽莎白的位置，只是希望伊丽莎白没有生下儿子就突然驾崩后，她能成为继承人罢了。”

“枢密院会做出判决的。”托马斯充满希望地说。

“除非他们会把自己的双眼紧紧地闭上。”我语调苦涩。

# 1564年夏

### 格林威治宫

伊丽莎白让我一人独自去她的卧室，她正准备为出席晚宴而盛装打扮。她坐在梳妆台前，身前是一面威尼斯玻璃镜，那顶红色的假发放在架子上，身边点满了蜡烛，她的女侍臣正在一丝不苟地为她涂上白铅粉底。白铅和醋[①]混合的溶液被仔细地撒在她的发际线上，再沿着脖子，一直涂抹到胸口。她看起来依然完美无瑕，有如一尊大理石雕像，人们甚至不敢大声呼吸。我被吓得一动不动，和房间里别的雕像一样，直到她睁开双眼，在镜子中看见了我，因为白铅粉正在慢慢干燥，所以她的嘴唇都没动，便说道："玛丽小姐，看看这个。"

她那低垂的目光让我只得顺从于她，我向前走了一步，她眨了眨眼表示允许，我才敢拿过那本书，在她面前打开。

这本书叫做《象形符号清单》，作者是约翰·迪伊。这本书似乎准备献给神圣罗马帝国的皇帝，书前漫长的前言让读者思考地球上的符号以及它们对于自身的意义，这些符号既是一门语言，又是一种密码。

我抬起头，伊丽莎白晦涩的目光与我在镜中相遇。"读下去，"她命令道，连嘴唇都没动，"读完后有什么想法吗？"

我翻过几页，里面都是作者设计的以及天文学方面的符号，还用小字

---

①白铅溶于醋，可制成溶液方便涂抹在皮肤上。

来解释每个符号都是什么意思，以及它们互相之间是怎么搭配的。有几页内容和数学相关，阐释了符号之间连接的关系，还有几段话读起来更像是哲学著作，甚至有涉及炼金术的部分。

“就看这几眼，我还不能理解里面的内容，”我只能老实交代，“我要研究上好几天才能理解这本书。我很抱歉，女王陛下。”

“我也看不懂，”伊丽莎白深吸一口气，再将白色的粉末吹向镜子，“不过我觉得这是一部非凡之作。他将古代的符号还有对穆斯林的研究结合在一起，并论及了与这个世界并列的另一个世界，它就在我们所处的世界之后，我们能感觉到，但却极少能亲眼目睹。他觉得这些符号正是描述了这一切，这些符号是一种可以被习得的语言。”

我一脸迷茫地摇了摇头。“如果您希望的话，我可以仔细读一读这本书，并写一份摘要。”我提议。

她只是微微一笑，以免把脸上的粉底给弄裂。“我会和作者一起读，”她说，“他听从我的命令。不过如果你愿意，还可以坐在一边，聆听我们之间博学的对话。我只想知道你第一眼看到这本书的时候想到了什么。”

“我没有如此荣幸可以让我聆听您的学识，”我圆滑地说，“但我很高兴能够多学一点知识。如果我能聆听你们之间的对话，我相信自己会理解更多。”

“不过我听别人说，你的姐姐是个了不起的学者，”她说。“还听说罗杰·阿斯卡姆[①]正在告诉所有人，说她是她所在的世代里最伟大的学者。他甚至还写了一本书纪念她。最近几天似乎所有人都想出版这本书，他们至于这么做吗?”

---

①罗杰·阿斯卡姆（1515—1568），英格兰著名学者、教育家，为伊丽莎白一世年幼时的希腊和拉丁语教师，并于爱德华六世、玛丽一世及伊丽莎白一世时期担任行政大臣。

“他才见过简一两次而已，”我说，生生地忍住不要为女王打翻的这坛陈年老醋进行争辩，“他根本不怎么了解她。”

“要记得，我也和凯瑟琳·帕尔王后一起学过。”伊丽莎白说，她依然对很久之前的敌对行为耿耿于怀。

“我也是。”玛格丽特·道格拉斯在房间的后面说道，她急着想参与进我们的对话，还试图提醒伊丽莎白不要忘记她的王室血统。可伊丽莎白甚至都没有转头正眼瞧她。

“我相信她从来没有读过任何和这本迪博士写的书有所类似的书。”我说，试着让伊丽莎白的关注点回到现实中来。

“没错，”她说，“我敢说她不会理解这个的。”

她们为她涂上了口红，用深色的笔画了睫毛和眉毛，还往她的双眼里滴入颠茄汁来让她的眼睛看起来更黑更闪耀。我手捧那本书，等着看她是否会让我离开这里。今夜不是由我来服侍她的，也不是由我来为这位伪君子涂脂抹粉的。今天晚上我应该随意去做任何自己想做的事，但她却把我留在这儿，担心我是不是太过聪明以至能够理解一些对她来说不甚明晰的东西，还担心我那早已去世的姐姐是个更好的学者，能够帮她理解这些。

“不管怎么样，你不觉得这是异教吗？”她从梳妆台前起身，女侍臣们将她长裙的边缘凑到她脚边，方便她跨进去，这样她们就能将裙子提到腰际，并用丝带系紧。

“我没法给出自己的建议，”我谨慎地说，“女王陛下对此定会有自己的判断。但我一直听闻你对约翰·迪赞赏有加。”

“没错，”她大方地承认了，“他能回到英格兰，并有着如此学识，这让我很高兴。我明天就会开始读这本书，你可以和我们一起。”

我行了个礼，装作自己对此十分荣幸的样子。“感谢女王陛下，我很期待自己能和你们一起学习。”

约翰·迪有着一双黑色的眸子，穿一身很像学者的长袍。他四周都是一沓沓的纸，每张纸上都画着一个符号，一个指向另一个，每个符号都有十几条短小的注解，我看到他画了不少小小的手，它们伸出一只表示责难的手指，指向他想让我们注意的段落。伊丽莎白把他的书摊开放在腿上，坐在这场学术风暴的中心，她的眼睛闪烁着专注的光。而托马西娜呢，她就像一只打扮精美的哈巴狗，跪坐在女王脚边。我坐在另一边的椅子上，既然伊丽莎白坐在那儿，我才不会因为畏惧而坐在地板上。

约翰·迪谈起那些关于星星的符号，天上显现的事都与地上发生的一切所对应。“天若此，地复哉。”他说。

“那么你能预测王子的婚姻情况吗？”伊丽莎白问。

“如果我有他们的出生日期和时间，以及出生地，那就很有可能，因为这些信息告诉了我他们在星宫中的宫位。”迪回答道。

“这不就是占星学吗？”我警告性地说。

他对我的警示点了点头。“不，我不会去预测别人遇到的危险，”他说，“预言王子的死期是违法的，但预言他们的喜乐却是无害的。”他容光焕发地看向伊丽莎白说道：“我可以像为您选择加冕之日那样，为您选择结婚的最佳日子吗？”

伊丽莎白做作地笑了起来。“我的哲学家啊，不要预测我的。你知道我不是那种会受到他人影响的人。我刚刚拒绝了费迪南大公，我告诉他，我宁可做一个永世不嫁的挤奶妹，也不愿当一个嫁了人的女王！”

“禁欲主义的确是在遵循上帝的召唤。”约翰·迪说道。而我想着伊丽莎白成为一名修女的样子，只能在一边努力憋住不笑。虽然托马西娜低着头，但我也不敢看向她。

在我们这个有趣的小圈子不远处，女侍臣们个个因为穷极无聊而唉声叹气，不断交换自己的位子。朝臣们倚着墙，相互之间窃窃私语，有一两个人因为疲惫不堪而背靠墙上的镶板。尽管约翰·迪已经对着自己的书滔滔不绝地讲了两个小时，可没人能坐下来。

迪又翻过一页，把内容指给女王看，这时威廉·塞西尔正好悄悄地进来，向女王鞠了一躬。

“抱歉打扰您的学习，”他轻声说，“但苏格兰女王已经允许玛格丽特·道格拉斯夫人的丈夫进入苏格兰了。”

那个面容精致的男孩亨利·斯图亚特听见了自己母亲的名字，在角落里惊叫一声，抬头看去，但伊丽莎白和塞西尔依然在窃窃私语。

“她从来没有同意过吗?”伊丽莎白问，将自己的笑意藏在一把绘有图案的扇子之后。

塞西尔鞠了个躬。“当然。”

她抓着塞西尔的袖子，把他拉得更近了一些，只有托马西娜和我能听见他们悄声进行的交谈。“不过我这么问只是因为我肯定玛丽女王会拒绝他进入苏格兰的请求。”她轻声说，“我只是为了在她和西班牙的唐·卡洛斯之间给她带点麻烦才这么问的。”

“那你现在可以说已经一石二鸟了，”塞西尔圆滑地说，“用计谋彻底打败了她。因为她允许让伦诺克斯伯爵和他的儿子进入苏格兰，他们作为天主教徒，势必会挑起她和她那群新教谋士之间的矛盾。我们应该放他们走，还是安全起见，把他们留在我们身边?”

伊丽莎白招手示意达恩利领主亨利·斯图亚特过来，他长有一头金发，和女孩一样漂亮。因为他是玛格丽特·道格拉斯夫人的儿子，所以也成了我的表弟，不过我不怎么觉得自己和他有什么一家人的感觉。我从来都没有喜欢过他母亲，因为她象征着伊丽莎白的不公——她获得了自由，而我的姐姐仍是囚徒。她的家族地位稳步上升，我姐姐的地位则一落千丈。我敢说，就算全世界都觉得女王的继承人应该是我姐姐凯瑟琳，她也会不死心地认为自己才是真正应该坐上王位的那个人。

亨利·斯图亚特从法国回来后，就像笼中鸟一样被关在这间名为宫廷的笼子里。他婉转地鸣叫着，试图取悦女王，但笼门从来没有为他打开过哪怕一丝一毫。他母亲试着把他放在任何可以被女王见到的地方，她觉得自己的儿子拥有的魅力是无可阻挡的。玛格丽特·道格拉斯希望他能够迎娶苏格兰的玛丽女王已经是个众人皆知的秘密，但她在成为寡妇的第一天抵挡住了他花言巧语的承诺。如今他只得卑躬屈膝，寄居在伊丽莎白的威严下，甚至还对我点了点头，可我们谁都没有在对方身上浪费更多时间。他不过是个自视甚高的年轻人，对任何女人都兴致缺缺。他所熟知而且擅长的，正是如何取悦一名比自己年长而又对年纪较小的男人有着溺爱心理的女人，比如他的母亲或者女王。而他一个人则更喜欢喝得烂醉，和其他英俊的男孩一起在城里晃荡，寻衅滋事。但不管怎么说，我没有引起他的注意，他也没有在我身上浪费时间。

“你可以告诉你父亲，在我的要求下，苏格兰的女王已经给了他入境权，”伊丽莎白对亨利·斯图亚特说道。他的脸像个女孩一样刷地红了，然后单膝跪在伊丽莎白面前。她对亨利微笑着问道：“你想和他一起去苏格兰吗?”

“我不愿离开您!”他这么说，心里可能早已裂成了两半，“我的意思是，抱歉，我说得太快了。我会遵从您的命令和我父亲的命令。但我不想离开这个宫里再去另一个。难道要让一个人离开太阳而向月亮奔去吗?”

“如果你的父亲需要你，那你到时候会离开的。”伊丽莎白的话语中透出一股强硬的态度。

他把自己前额的长刘海捋到一边，双眼闪着光，样子看起来就和一只年幼的金毛猎犬一样楚楚可怜。“我可以留下来吗？”

伊丽莎白伸手将一缕金发从他玫瑰花瓣般的脸上轻轻撇到一边。“没错，”她宠溺地说，“我不能放了你。你的父亲伦诺克斯领主会先去那儿，在属于自己的土地上建立起家业，而你还是应该安全地留在我身边，如同一只小小鸟儿安全地窝在巢里。”

塞西尔听着女王宠溺的语气，不由得扬起了眉毛，但什么都没说。亨利·斯图亚特自作主张，握着女王的手，将它贴在自己的嘴唇上。伊丽莎白微笑着，任由他这么做。

“我永远不会离开您，”他发誓，“我无法忍受和您分离。”

我当然知道这不过是逢场作戏，因为托马斯·凯耶斯获令不许让他踏出大门一步。不过宫里这种由虚伪和奉承构成的爱倒是比平淡的真实更为重要。

“我知道你永远不会离开的。”伊丽莎白用充满魅力的嗓音低声说道，就像一只因为获得了他的注意而感到愉快的猫儿。

“我不像罗伯特·达德利！他是不是要去苏格兰和女王结婚了？”亨利问，在这美丽的糖塔上滴了一滴毒药。

伊丽莎白的脸在她厚厚的粉底下抽动着，但她只是强硬地说道：“他会为了我的爱而去的。”

# 1564年秋

### 伦敦　白斤宫

一位说话声音很轻柔、同时又极富魅力的苏格兰人詹姆斯·麦尔维尔应他的女王玛丽之命前来诱惑伊丽莎白，企图让她提名自己为英格兰王位的继承人。他到来时已是夏末，白天尚且温暖，但夜晚已经变得有些冷了。树叶开始变成耀眼的铜色、金色和红色。喜欢炎热天气的伊丽莎白依然对她在夏日的欢愉记忆念念不忘，坚持要我们一起乘坐王家驳船，在泰晤士河上观赏日落。我站在女王的一侧，而重获宠爱的凯特·艾什莉站在另一侧。矮子托马西娜站在船头的一个箱子上，这样她就能看见船头破开的银色浪花。我把目光从她身上移开，因为自己不喜欢看到她像个孩子似的对着渔夫和内河船的桨手们挥手的样子。

伊丽莎白在和苏格兰的谋士密切地交谈着。不管她说了什么，看起来都想保持这段信息的私密性。但我能解读出她的微笑中隐含的谨慎意味，就像我的姐姐能解读希腊文一样。我清楚地知道她在对那人说些什么……她在告诉他，他必须说服苏格兰的玛丽女王，让她与罗伯特·达德利结婚，作为回报，伊丽莎白会给予她属于我姐姐的权利，那就是任命她为自己的继承人。她也向她保证凯瑟琳会被关在房里，一直到继承权摆明的那天，任何支持她的活动都会被镇压下去。伊丽莎白更偏好将苏格兰的玛丽认作自己的继承人，直到玛丽的地位被确认前，我姐姐仍将被所有人忽视。

我不敢让目光越过凯特·艾什莉，她一定和麦尔维尔，威廉·塞西尔以及新郎官罗伯特·达德利一样对这个疯狂的决定满是不情愿。我不敢看向任何同行的女士，害怕她们会对我眨眨眼睛。我们谁都不觉得等那一天真的到来之时，她会让自己的爱人就这么离开。我们也不觉得玛丽得了这个被伊丽莎白抛弃的人还会对她心怀感激。就算罗伯特·达德利拥有巨大野心，我们也不觉得他敢接触一位还没有被他的求爱方式所折服的女王。但伊丽莎白给人一种已经决定一切的感觉；她不断和苏格兰的大使耳语着，直到最后，他终于点头同意，而后鞠了一躬，向后退去。

伊丽莎白背靠王位，对深受她宠爱的凯特微笑着说道："他会去做的，他会先说服她，然后她终将接受达德利。"

"我明白为什么麦尔维尔会愿意尝试，因为能亲眼见证自己的女王成为英格兰王位的继承者实在是一份巨大的荣誉。但达德利会同意吗？你又会同意吗？"

伊丽莎白把头扭向一侧。"除了罗伯特和她，我谁都不能相信，"她轻声说道，"如果她嫁给了西班牙的堂·卡洛斯或者某位法国的公爵，那在我们北面就有了一位潜藏的敌人，天主教牧师们都会从特威德河[①]对岸涌过来。但罗伯特会救我一命，就像他之前做的那样。他会和她结婚，并以此牵制她。"

"但你就要让他离你而去了，"凯特温柔地说，"你就要把他交到另一位女士的怀里。"

"或许这一切并不仅仅是一会儿的问题，"伊丽莎白的措辞十分含糊，"或许要花很长时间进行安排不是吗？我们或许会在一起住上一段时间。或许还能在约克北部，也有可能在纽卡斯尔或者卡莱尔造一幢宫殿，每个夏天，之后所有的夏天都去度假。我们可以设立一个北部议会，由罗伯特长

①英格兰与苏格兰的界河，全长约155公里。

官主持。当然，只要她怀了孩子，那罗伯特就能回来了。”

“怀了孩子，”凯特重复道，她的眼睛直直地盯着女王的脸，“她还年轻，还能生育。他们说她每晚在床上哭泣，因为自己没有丈夫。如果她和罗伯特陷入爱河，并生下了爱情的结晶又该怎么办？你有没有想过，当你听到她怀上了罗伯特的孩子时，自己心中会是怎样的滋味？而当他得知自己的妻子怀上的孩子会是苏格兰和英格兰的王位继承人时，心中又会怎么想？你难道不害怕他们之后会产生真正的爱情吗？所有的男人在那之后难道不都会全心全意爱上自己的妻子吗？”

虽说伊丽莎白抹着一层厚厚的白色粉底，我依然可以看到她的脸变得愈加苍白。我猜她的胃肯定也因为嫉妒而翻腾起来了。“他应该生下一个王子，”她依然绝望地捍卫自己的想法，“他是一个有资格坐拥一个王国的男人。况且，他们也许会等到很久之后才会结婚，久到她过了她的育龄。”

“她才二十一岁，”凯特直白地说，“你觉得自己可以和她耗多久？”

伊丽莎白扯过一块皮草盖在自己的肩膀上，我躲闪着她黑色的目光。“任何情况都会比她姐姐更好，”她粗鲁地说，向我点了点自己那红色的脑袋，“我不会让一名竞争者出现在我的视野里，也不会让自己的继承人与西摩尔家族结合，让她得以在自己名下聚集起一支王家军队，也得以让所有人都涌到她的名下。我不会让任何像凯瑟琳·格雷那样的女人出现在宫里，给别人对于我们两人进行比较的机会。”

# 1564年秋

### 伦敦　白厅宫

谁都不相信女王会真的决意与罗伯特·达德利分开。不过她正是如此说服詹姆斯·麦尔维尔，她执意如此，威廉·塞西尔正在为苏格兰和英格兰部长在贝里克签署婚约和盟约的会晤做准备。矮子托马西娜看着我，面露一丝不易察觉的微笑，好似我二人在看见伊丽莎白并没有向那位苏格兰大使展示她的舞姿、音乐修养和学者风范后，我们便比这群必须崇拜她的男人知晓更多内情。为了让自己的最爱成为一名合格的求婚者，她决定让罗伯特先成为莱切斯特伯爵和登比男爵，宫里的所有人都来到了大厅，见证罗伯特·达德利这位背叛者的子孙荣升为伯爵。玛丽女王必须确定伊丽莎白对罗伯特·达德利就像对待一位兄长一样，并待他如俗世间的领主，但伊丽莎白就连在这样装模作样的仪式上都无法忍住自己的冲动。达德利跪在地上的时候，她居然伸出手爱抚着他的后颈。苏格兰的大使看到了，我们都看到了。或许她也在向众人宣布她对他的爱，他完全被她控制着。苏格兰女王玛丽绝不可能就这么接受伊丽莎白余下的残羹剩饭，更不用说这碟东西甚至都没推到她面前。而且看起来，伊丽莎白的唾沫还残留在上面呢。

## 1564年冬

### 伦敦　白厅宫

在十一月的一天晚上，我急匆匆地走进宫里，空气中弥漫着从泰晤士河上满溢出的冰冷雾气，眼前一片烟雾弥漫，院子中的火炬映出夜空中的蒙蒙细雨。托马斯突然出现在通向大门的阴影里，似乎一直在等着我。

“托马斯！”我大喊道，“你在这儿做什么？我没空停下来，我得赶去大厅。”

他的大脸上露出不悦之色，头戴的软帽在他手上被揉成一团。“我得见见你。”

“发生什么事了？”

“这对你来说是个噩耗，”他难过地说，“噢，玛丽啊，上帝知道我多希望自己能救救你。”

我强忍自己心中的恐惧。“怎么了？是不是凯瑟琳？还是她的某个儿子出事了？”

他单膝跪地，这样就能和我一样高。“不，感谢上帝，她像笼中的鸟儿一样安全。出事的是你叔叔，他死了。”

“她下令把他斩首了？”我害怕地问道。

“不不，没那么糟。他们说他是因忧伤而死。”

我感觉自己定在了原地，一言不发。他一直不是一个讨人喜欢的亲戚，不过他的确是因为支持凯瑟琳才被关押的，如今他死了，凯瑟琳也没了自己的守卫。又一位我的家人因都铎家成员的怨恨而死。说真的，他们实在是难以侍奉的主人，更谈不上让人喜爱。

“愿上帝拯救他的灵魂。”我脱口而出。

“阿门。”托马斯也虔诚地说道。

“但凯瑟琳呢？噢，托马斯，你觉得女王现在会放了她吗？现在叔叔去世了，她就不能再留在普利格了。”

他用自己那双宽阔的手掌握着我的手说道：“我的美人儿，这真是雪上加霜。他们要把她送到威廉·彼得那儿。我亲眼看到守卫们前去羁押她，就好像她是个会越狱的罪犯。他们没有给她自由，而是把她转移到另一个地方去罢了，只会把她看守得更紧。”

我皱起了眉。“威廉·彼得爵士？他还活着吗？我以为他病得不轻了，他肯定至少一百岁出头了吧。”

他摇了摇头。“他连六十岁都没到，不过他们给他安排了重担。或许他是唯一一个缺少技巧来挣脱这份桎梏的人了。”他看着我，宽阔的脸上满是关切产生的皱纹，“或许会没事的，他有一幢漂亮的宅子，你姐姐说不定会喜欢住在那儿。他们或许也能允许她的儿子在花园里玩耍。”

“他住在哪里？”

“因盖特斯通府，”他说，“在埃塞克斯。你去过那儿，还记得吗？它在通向纽霍尔的半途中。”

“我得见见她，”我突然决定道，“我必须去见她。我实在没法忍受了。”

我等啊等，直到伊丽莎白用完晚膳，并与新册封的伯爵罗伯特·达德利共舞。他使出浑身解数，向伊丽莎白施展自己的魅力，让她开怀大笑，所有人都不断祝贺他升官晋爵，也称赞女王慧眼识人。但她做的是否足以让玛丽女王接受他呢？罗伯特·达德利是男爵也好，伯爵也罢，苏格兰的玛丽女王在得到伊丽莎白的承诺——将属于我姐姐的权力移交给她——之前是不会接受他的。在贝里克进行的苏格兰和英格兰谋士之间的会议中，双方努力想达成共识。伊丽莎白已经决定玛丽应该嫁给罗伯特·达德利，并将她任命为英格兰的下一任女王了，但玛丽坚持要求自己先获得继承权后才肯结婚。谁都不相信，像这样两位相互之间并无太多信任的女王可以达成一个长久的协议。

可至少伊丽莎白今晚的心情还不错。我托着她那绸缎晚礼服在火前取暖，有人呈上一盘果脯，还有一名女侍臣为她端来了甜酒，负责铺床的侍从用刀扎床并仔细检查了床底，以防有刺客潜藏在内，好像我们真的相信门关了之后，她会在自己的房间里待上超过十分钟似的。我等着她坐在壁炉边的椅子上，现在她周遭一切皆已齐备，我便走到她前面，跪在地上。

“别再让自己更矮了，玛丽小姐，不然你就要掉进装木材的篮子里了。”她讥诮道，周围一片哄笑。在我被所有人羞辱的时候，我能感到托马西娜目光直直地落在我的脸上。我站直身子，但就算这样，我也不过和伊丽莎白那不怀好意的双眼一样高。

“女王陛下，我请求您开恩。”我平静地说。

“在你开口求我前，你可有曾仔细考虑过要说的事？”她问。

“没错。”

她的目光中充满着消遣的意味。“你们哪一个能用思虑使得身量多加一肘呢？[①]”

所有人都为女王的智识谄媚地笑了起来，我的脸刷地红了。“我愿借由您的仁慈来为自己的声名增添光彩，而非奢望自己能长高哪怕一毫。”我平静地说。托马西娜的眼睛盯着我，似乎能用目光将我点燃一般。

她脸上的幽默感消失了，像是用了一块海绵擦去了她脸上的白铅。“我不觉得有人能配得上我的怜悯。”她冷冷地说。

“我的姐姐凯瑟琳，”我的声音非常平静，“我们已经失去了她的看押者，也就是她的叔叔。我刚刚得知他是因为您的不悦而忧伤离世，您将自己美丽的脸庞从他眼前移开令他忧伤难耐，以致去世。我知道我的姐姐凯瑟琳终日以泪洗面，滴水不进，因为她失去了自己伟大女王的宠爱。我害怕她没有您的善意，便失去了活下去的勇气。我求求你，至少让我前去探望她。”

她用了一小会儿时间来思考我的请求。我看见托马西娜正屏住呼吸，女王周围的女侍臣也在一边苦苦地等着，我也一样。

“不行。”她说。

我只能给凯瑟琳写信。

我亲爱的姐姐：

我希望你在因盖特斯通过得舒适，你的孩子能为你带来喜悦。我知道你会听闻来自汉沃斯的好消息。你的大儿子和他的父亲身体都很健康，希望与你再度相聚。

我在宫中过得很好，女王陛下既仁厚又温柔，审慎而又明智地运用着自己的大权，我相信你很快就会被宽恕的。我也会为你

---

①《圣经·马太福音》第6章第27节，这段经文的本意是劝慰人不必忧虑，在此用以讽刺玛丽的身高，并暗示她的做法纯属无用功。

求情。

噢，凯瑟琳，我真的非常想你。

爱你的妹妹

玛丽

# 1564年冬

## 威斯敏斯特宫

在我盼望着凯瑟琳的回信时，有一天威廉·塞西尔爵士在走廊里与我擦身而过，他特地放慢了脚步来迎合我的步伐，并且弯下腰来，这样他就能看着我的脸。

“我听说你给你姐姐写信了？”

我猜我刚把信交给他，让他帮忙寄出去的几分钟后，他就第一时间拆开读过了。没错，最后一段就是写给女王看的。

“没错，”我谨慎地说，“没人和我说过自己不能给她写信。我询问了一下她的健康情况，并向她袒露了作为妹妹对姐姐的爱。”

“写信当然允许了。”他向我保证道，然后站定，头微微一侧，请我坐在窗边的位置上，这样他不必弯腰就能看着我的脸。我搬来一张稍矮的凳子，把它当作梯子爬上去。他知道我不想要别人帮忙。当我坐好后，他才坐在我边上。

“我有个关于赫特福德领主的坏消息要告诉你。”他说。

我立刻想到的便是自己的姐夫去世了，心想，这个消息对我姐姐来说会是压垮她的最后一根稻草。我咬紧牙关，什么都没说，而是抬起头，看着他的脸，等着他把话说下去。

“他从自己母亲家中被移交到了居于伦敦的约翰·曼森爵士那儿继续

关押。”

“为什么?”

这位年迈的朝臣耸了耸肩，似乎是在对我说自己无可奉告。我知道他这么做肯定不是出于什么好的理由。伊丽莎白没有任何理由去怨恨奈德和他的小男孩，除了奈德曾在她的王宫里和另一个女人坠入爱河。“对此我很抱歉。”他心情沉重地说。

“那么那个小男孩泰迪是跟着他父亲一同前往那儿吗?”

塞西尔低下了头，说道:“不是。”

我难过得说不出话来。“难道凯瑟琳的儿子需要离开他的父母，和他的奶奶一起留在汉沃斯?”

“事实上这么做对他来说反倒更好,”塞西尔指出,“在他们家族的房子里，他会和自己的奶奶一起活得更加自由自在。”

“那他不就是一个孤儿了吗?”

“至少还是在他家族的房子里，而且还有他的奶奶陪着，肯定会安全长大的。”

“我的天啊，凯瑟琳肯定连心都要碎了!”

这位伊丽莎白的谋臣当然对心碎非常了解，他只不过点了点头。

我稳住了自己的情绪，平静地问道:“我们能做些什么？任何事都行。我们能做些什么让他们再次相聚吗?”

“目前没有,”他缓缓地说,“但我倒是看到些许希望。”

“比如?”

“如果苏格兰女王和罗伯特·达德利的婚姻告吹，那么她便永远失去了英格兰的王位继承权。我们的女王终究会发现自己名下无子，凯瑟琳夫人便是她唯一的选择。”

“那么苏格兰女王和罗伯特·达德利的婚姻究竟进展如何呢?”我问。

塞西尔谨慎地斟酌着自己的用词："苏格兰人觉得这不过是一种欺瞒之计，"他的声音很平静，"他们说过，只有伊丽莎白先行公开宣称他们的女王是英格兰的王位继承者，苏格兰方面才会接纳他。他们邀请罗伯特·达德利前往爱丁堡，但事情进展到这一步时，我觉得女王陛下是不会下令让他动身的——我们不能让罗伯特·达德利前往那儿，他必须得留在英格兰。"

威廉·塞西尔就这样平静地把这个重大的消息告诉了我。除了我的姐姐之外再无新教继承人，这种情况再次出现了。我浑身剧烈地颤抖着，深吸一口气，发现威廉·塞西尔正在看着我。

"一切听凭女王陛下安排。"我谦卑地说。

威廉·塞西尔赞许地点了点头。"我相信她会做出公允的决断。"

他又从自己那件黑色天鹅绒夹克的内袋里抽出一封信。"遵循规矩，这封信自然先到了我这里，不过它是写给你的。我很抱歉，这里面不是什么好消息。"

我看着信封上裂开的印戳。这封信是凯瑟琳寄来的，她的反抗行为让我微微一笑。她那封叠好的信上用的是西摩尔家带着天使翅膀的印戳，火漆已经裂开了，信显然早已被读过。威廉·塞西尔的眼线洞悉一切。他站了起来，向我鞠了一躬，留我一人在那儿读着我姐姐寄来的信。

我最亲爱的玛丽：

感谢你的来信和你美好的祝福。但恐怕它们来得太晚，我已无福消受了。我想自己的心早已碎成了两半，一半为我的丈夫，一半为我那可爱的儿子。我既无心进食，夜里亦辗转反侧。我的婚姻始于一场在床上的欢宴，如今却在饥饿和孤独相伴的不眠之夜里终结。

我知道你和我们所有的朋友都竭尽所能，向我们仁慈的女王陛下阐明我并无恶意。我所犯下的一切过错不过只是为了爱情，绝非另有所图。

我祈祷自己和年幼的儿子们能重获自由。如果我的性命终将画上句点，那么玛丽，我诚恳地希望你能代我照顾好我的两个儿子，告诉他们我和他们父亲的爱究竟有多深。我希望你能找到属于自己的幸福，抑或是爱情。若你有机会同时拥有两者，那我希望你能好好把握。

永别了，我的好妹妹。

凯瑟琳

# 1565年春

**伦敦　白厅宫**

那个漂亮的男孩，也就是达恩利爵士亨利·斯图亚特获得了一份护照，可以和自己的父亲一起前往苏格兰，伊丽莎白批准了此事。他的旅程是由伊丽莎白的两位谋臣罗伯特·达德利和威廉·塞西尔热心谋划的，他们两个人自有其理由。罗伯特·达德利想把这个“魔鬼”送去苏格兰，让女王嫁给他，自己或许就能安全地留在家里，而威廉·塞西尔相信亨利既会说法语，又有教养，举止得体，在苏格兰的女王玛丽刚守寡的时候，他的母亲玛格丽特·道格拉斯将他安插在她身边，送他回苏格兰可以搅乱她团结和统治自己人民的步伐。他估计亨利·斯图亚特会引起数不清的麻烦和问题。

除了他的母亲之外，谁也不觉得苏格兰的女王会认真对待这个英俊帅气的年轻人。伊丽莎白就从来不会。不过塞西尔觉得亨利·斯图亚特和他的父亲伦诺克斯伯爵能跟苏格兰所有的领主成为朋友，同时惹恼风头正劲的传教士约翰·诺克斯[1]，并重新激起旧怨。将他妻子道格拉斯家族的封地重新据为己有会让在爱丁堡发生的事超出玛丽的控制。极端的苏格兰新教贵族势必会憎恶那位有女人缘，会法语但又生于英格兰的天主教男孩，

---

①约翰·诺克斯（约1513—1572年），苏格兰牧师、神学家，引导了苏格兰宗教改革，亦是长老宗的创始人。

并密谋对抗他，这样就能打破玛丽苦心赢得的脆弱平衡了。

而对罗伯特·达德利来说，他要做的就是尽力不让自己被逐去苏格兰，而且玛丽将他视作犯下通奸和杀妻罪的人，所以他也要想办法不让自己和她结婚。他很清楚，不论她现在说什么，伊丽莎白都不会原谅他娶另一个女人为妻，所以他将一切都赌在伊丽莎白不会让他离开这件事上，为此他敦促女王，让她将亨利·斯图亚特送走来接替自己的位置，这样只是为了转移玛丽宫中众人的注意力，并无别的目的。

谁都不觉得达恩利爵士亨利·斯图亚特是成为玛丽女王的丈夫与谋臣的合适人选，他最好还是想法子保住自己的王室头衔，当一个英格兰的大使兼聪明的谋臣吧。他还没有到二十岁，一直在自己母亲的重压下生活，时而被她纵容溺爱，时而又饱受她的责骂。他生来就被培养成了一个谄媚者，既富有魅力，与人相处时又很能讨喜，而且风趣幽默，是个很好的伴侣。可没人觉得他能忠于英格兰，成为一名技巧丰富的外交家。所有人都觉得他只是个会浪费时间的傻瓜而已。

但我觉得他们低估他了。我相信他那张漂亮脸蛋下藏着一颗贪婪的心，他那漂亮的外表或许也能吸引到孤独的法国王后，她周围全是一圈假情假意的男人，表面上真心实意，背地里却要求着属于自己的权利。并非所有人都是伊丽莎白：渴望着一个看起来更像是盗马贼而不是贵族的男人。但不论是塞西尔（尽管他在女王还是个小姑娘的时候就已经研究透她的好恶了）还是那个邪恶的罗伯特（他一直以来都是女王的心头好），都不能让这个争宠的人想到另一个女人或许会发现另一个男人的优点。如果那个女人喜欢漂亮的娃娃脸，那我想那个年轻的亨利肯定对她来说魅力十足。不过我也是个漂亮的娃娃，所以这对我来说就没什么稀奇的。

我也不知道自己是不是达德利爵士的仰慕者，那天我看着他离开王宫，却不带一丝后悔。他获得了自由，这让他在惊讶之余忘记了他母亲和我母亲之间的较量，他第一次对我微笑着说道："当属于我的星辰升起时，我将会记住你的姐姐。"他说话的语气甜甜的。"谁能怀疑女王对自己家族所展现出的仁慈呢？你和你的姐姐会慢慢变得没那么重要，我也会为你们说情的。"

"她迫切地需要朋友的援助，"我坚定地说，"可是我们只能相信女王陛下了……"

他挥手让宫中聚集起来看他的人离开，随后像个舞者般优雅地鞠了一躬，转身跃上了马鞍。他的马儿用后脚站了起来，罗伯特紧紧地抓着缰绳，就算马背那么陡，也依然稳稳地坐着。他脱帽向我致意，并对伊丽莎白送去一个飞吻，她亲切地对他微笑着。他看起来真的英俊极了，像极了一个坐在马背上的天使。我在想，当他从伊丽莎白的视线中消失后，要用多久才会让她感到后悔呢？

还不到一个月就有了答案！伊丽莎白开始在自己的房间里大发雷霆，如果我不是像根拨火棍那样直直地站着，而且还要尽力拔高身子，让自己看起来像把阔剑，我肯定会笑出声来。身为苏格兰女王谋臣的威廉·梅特兰爵士从爱丁堡前来，带着玛丽女王的婚约：她愿意嫁给伊丽莎白高贵的臣民，达恩利爵士亨利·斯图亚特。伊丽莎白的脸瞬间因为生气而变得煞白，转身回到了房内。塞西尔和达德利焦急地进出房间，活像玩偶匣中的玩偶。他们进去，听着伊丽莎白愤怒的叫喊，她说亨利·斯图亚特和他父母马修·斯图亚特、玛格丽特·道格拉斯一样是装腔作势之人，玛丽是个傻子，他肯定会伤了她的心，自己葬送了成为英格兰王位继承人的可能性。而他们出来后，便忙着与枢密院的领主们见面，看看有没有合法的手段禁止两人结婚，以及任何可以让两个人拒绝承认这段婚姻的方法，如果他们已经结婚了，那就想法子宣布这段关系无效。

对我来说这就像看戏一样精彩。这真是一出彻头彻尾的好戏，让旁人眼看着这些大人物们是如何在设计摧毁一个女人无辜的愿望。他们除了自己的目的和自身的政治利益，别的什么都不会考虑。她尚且年轻，周围亦无谋臣，只是一位孤寂的年轻女子，她身处因为愤怒而四分五裂的朝廷中，没有别人可以求助，此时身边陡然多了个年轻英俊的男人，她自然会坠入爱河，这些他们都没有考虑过。

“他甚至都算不上是令人钦佩的年轻人。”我对托马斯·凯耶斯说。在一个寒冷的下午，我和他分别坐在他位于水闸上方的房间的壁炉两侧。他手下的一位士官正在大门值班。水闸吊门的铰链就在墙的另一侧，除非有托马斯的准予，否则谁都不能擅动这个绞盘。他有一罐酒，我也看着他温柔地把拨火棍从红热的余烬中取出来，再把它放进酒里。翻滚的液体发出嘶嘶的声音，加热后的葡萄酒散发出的香气弥漫了整个房间。他给我和自己各倒了一杯。

“那个娇贵的小贵族，”他说，“但我觉得恐怕没人会像他那样走路。”

这对托马斯本人来说真的是很严苛的责备，因为他从来不会说别人的坏话。我从杯子上方向他看去：“怎么？你知道关于他的什么事？”

他对我微笑着。“我管着大门，”他提醒我，“所有人都从我眼皮底下经过。我知道来拜访他的人都是谁，他们不是那些最优秀的人。我也经常看见他，因为他有时候会过来拜访我的士兵们。”他简短地说：“当他们下班的时候就来找他们喝酒。我倒不能对这事评论太多，毕竟这有点不太合适。”

我听着他说的那些话，不由得惊得张大了嘴：“你从来都没有对我说过这样的事。”

“我说这些不太合适，”他说，“你也不应该听到。我的未婚妻可不是用来处理那些流言蜚语的。”

我对他笑着说：“托马斯，你对我的评价可够高的嘛。宫里通行的主要‘货币’就是这些小道消息。如果我把你刚刚告诉我的‘闲话’交易给别人，那说不定还是一条很有价值的消息呢。”

他点了点头。“这么说来我手头倒是有不少这样的流言蜚语。你觉得我只是让人们一直进进出出吗？我什么都能听到，只是不会把这些话告诉别人罢了。”

“我很高兴你能这样，”我说，“如果我觉得你是会到处乱说的人，那我现在也不会在这儿了。”

他摇了摇头。“我不会那么做的。”

“你有没有从威廉·彼得爵士那儿听到过任何消息？或者听到过我姐姐的任何消息?”我问他。

“我知道的事和你了解的差不多：她情绪不太高涨，他也不是个很好的东道主，只是个又累又病的老人罢了。他下令别人看着她，不要在她身上花一分钱，这么来看真算不上快乐的一家人。”

我想到凯瑟琳一直都是个无忧无虑、活泼好动的人，但她现在被关在一个环境极差的房子里，而且全然沉浸在悲痛中。我只能低下头，盯着壁炉中红色的余烬，似乎能在那儿看见一个属于她的更快乐的未来。我感觉她的悲痛就像是落在我肩上的一份重担，她的渴望宛如落在我腹部的一记重拳。

“好日子肯定会来的，”托马斯鼓励我说，“而对我们来说，我们是否能结婚，甚至秘密地结婚，然后永远在一起，这些都是个未知数。我们之间的事肯定不会比你那可怜的姐姐和她的孩子们引起的一切更糟吧？而且女王现在的注意力都被另一个女王给吸引过去了，她或许就不会再来烦我们了吧?”

我看着他那宽阔而又诚恳的脸，在火光中闪烁着温暖的光。我已经厌倦了拒绝他，厌倦了保持谨慎和不悦，厌倦了成为伦敦塔中的圣徒和因盖特斯通的殉教者的阴影下被人鄙视的小妹妹。

“没错，”我说，“至少让我们两个人获得快乐吧。”

# 1565年夏

## 伦敦 白厅宫

因为伊丽莎白越来越讨厌自己的另一位表姐玛格丽特·道格拉斯，所以我在宫里的话语权越来越大了，众人鼓励我要变得勇敢些。她在获得伊丽莎白的准许之后将自己的丈夫和漂亮儿子相继送到苏格兰去，还获得了一堆污名，什么天主教徒、信仰异端、口蜜腹剑、又老又丑、令人恼火、狼子野心、两面三刀。而就在她送往苏格兰的两个男人之间，王位正冉冉升起，它正在寻找自己的主人。

伊丽莎白经过数日对玛格丽特·道格拉斯的愠怒和讥诮，最后告诉玛格丽特，让她必须留在自己宫中的房间里，谁都不许见。经过一周的软禁之后，女王亲自签署了释放令。玛格丽特这次不会被关在房间里，而是转到一幢漂亮的房子里舒舒服服地待着，只是没了和女王一起乘驳船航向伦敦塔的资格——只是因为她生了个英俊的儿子，他之前去了苏格兰，现在又不愿意回来，此外她身上没有别的指控，当然也不可能有。他们把她关在伦敦塔里只是为了吓吓她的儿子，好让他从苏格兰回到自己母亲身边，这些人正是把她当作人质来要挟她的儿子罢了。

但这么做并无成效。伊丽莎白的家族带给她的坚韧性格比她自己预计的更甚。我的表姨虽说与自己丈夫和儿子分离，但也从来不会把别人叫做无赖和杂种。被关在伦敦塔里的玛格丽特·道格拉斯也不会命令自己的儿子回来和她关在一起。她在塔里建起了自己的小家庭，并耐心等着从苏格兰传来的好消息。苏格兰的女王肯定不会让自己未来的婆婆坐大牢，法国和西班牙的大使们也不会让伊丽莎白迫害一个有名望的天主教徒。玛格丽特·道格拉斯比起自己多愁善感的丈夫和那个像花蝴蝶一样的儿子来，更像是一匹年迈但又坚韧的战马，平静地面对伊丽莎白的种种迫害。

女王和宫里所有人都受邀参加这场年度最为宏大的婚礼，结婚的是凯瑟琳·凯里[①]之子亨利·诺利斯。凯瑟琳·凯里是伊丽莎白的表姐，也是首席侍寝女官，还是我的继祖母凯瑟琳·布兰登的好友，她们都是坚定的新教徒，在直面玛丽女王的统治以及逃亡欧洲之间选择了后者。她们也在同一时间回到了伊丽莎白的宫里，女王热情地欢迎了她们。当然，因为她们的信仰，自然将我的姐姐简奉为偶像，我一直觉得自己是个伟大新教殉道者的缩小版，但若是抛开这份偏爱，我也会将她们视为朋友，特别是我的继祖母——萨福克公爵夫人凯瑟琳·布兰登。

现在凯瑟琳·凯里的儿子亨利就要娶达勒姆的玛格丽特·卡芙为妻了，伊丽莎白坚持了好几周，让我们穿上她最好的长裙，站成一排从她面前走过，这样她就能选出最豪华的那件，以期让新娘和所有人比起她来都黯然失色。

伊丽莎白对于苏格兰的玛丽的所有热情转而成了一份憎恶，但又悄然被威廉·塞西尔所化解。他向女王指出，玛丽永远不能成为英格兰女王：她的行为已经向世人证明自己并不服从管教，也不可靠。他们勒令那位年轻的美男子亨利·斯图亚特返回英格兰，可他否认之前为伊丽莎白所做的承诺，违逆了她的命令，拒绝回到这里。他的忤逆犯上加不忠之举让伊丽

①凯瑟琳·凯里之母玛丽·波琳（1499—1543）是亨利八世第二任王后安妮·波琳（1501—1536）的姐姐。——编者注

莎白失去了理智，在我看来，究其原因还是对他的偏好感到勃然大怒。那个年轻人更喜欢芳龄二十一的女王真挚的爱情，而不愿接受她三十一岁的表姨不断提出的无理要求。这对所有人而言都是显而易见的事，只有伊丽莎白自己仍在自欺欺人。她在盛怒之下发誓，自己绝不会将继承权交到那个信仰天主教的女王手中，同样也信仰天主教的玛格丽特表姐如今就是她的敌人，她的丈夫和儿子则比叛国者更为恶劣。

我在一边举着一对装饰繁复的袖套①让伊丽莎白看，随后又展示另一对，可她两对都不喜欢。我只得把它们放下，再拿起另一双来。这样的比较可以持续一整天，王家衣橱里到处都塞满了豪华的衣服、袖子和女式长袍。伊丽莎白每一季都会订新的，旧的衣服也从来不扔。每一件都上了粉，填充上了薰衣草，挂在亚麻布罩里来防止蛾子。她结婚的时候可以在挑选衣服上花上百个小时，以此来毁掉新郎的幸福感。对她的女侍臣来说，穿衣倒不是什么麻烦的事，我们穿的衣服真的是非黑即白，只有女王才是我们中的一抹亮色，只有她才能被众人崇拜。

但我倒不太在意自己要穿什么，也不在意别人命令我穿什么。亨利·诺利斯和玛格丽特·卡芙的结婚日期也会成为我的结婚日期，我要嫁给一个我认识、爱慕且信任的男人，他们的结婚之日也是我的结婚之日，但比起他们的幸福来，我更确信自己才是会拥有幸福的那个人，而他们的婚姻不过是被父母安排好并且受到伊丽莎白准许的，如果伊丽莎白觉得这之中有任何热情或者爱的因素在，那便不会批准——所有的爱慕都应属于她，不得与别人共享。

女王最后选好了自己的袖套，便轮到另一位女士来打开珍宝匣，让她选择有吊坠的项链、没吊坠的项链、耳环，还有胸针。她只有把所有的东

---

①在都铎时代，贵族妇女会在戴上较短的袖套，一般由绸缎和蕾丝缝制而成，上面缀有珍珠等装饰。

西都摆出来，互相比较，也只有我们一致认为她是最富丽、最精致，也是最漂亮的女人后才能让我们开始为她穿衣。

我们为她仔细地梳了那头稀疏的发丝，在她头顶盘了一个小小的发髻。女傧相玛丽·拉特克里夫稳稳地托着一罐刚调好的白铅，伊丽莎白则静静坐在那里，合上双眼，让玛丽用温柔的笔触仔细地将白铅和醋从她拔去眉毛的额头一直抹到她的双乳上。这是个漫长的过程。女王的脖子、后背和双肩也都要一丝不苟地涂上白铅。她挑选的长袍领口开得很低，所以那完美无瑕的白色肌肤上容不下一丝丑陋的天花伤疤的痕迹。

等女王脸颊上的颜料干了之后，托马西娜就从椅子上站起来，在她苍白的面颊上轻轻刷上腮红，在薄薄的嘴唇上涂上胭脂。我的贝丝阿姨用棕色的眉笔为她画上两条弓形的眉毛。

“主啊！看看我为了变美所付出的代价！”女王说道，我们都和她一起笑了起来，似乎她说的话很幽默，也合乎道理，不是那种每天都会说出口的荒谬的话。

贝丝·圣·洛小心翼翼地将那顶茂密的红色假发放在她那头杂有灰色发丝的头发上，伊丽莎白扶着前额的头发，看着镜子，赞许我们这番努力的成果。

她将那身准备穿的长裙扔到一边，身上只套了件宽松而又华美的刺绣连衣裙。她坐在椅子上，伸出一只脚来穿丝袜。

多萝西·斯坦福德弯下腰，小心翼翼地将袜子套在她的脚上，向上卷到膝盖处，系上了袜带。

“你们知道玛格丽特·卡芙会为自己家里带来怎样的财富吗？”伊丽莎白问她。

“凯瑟琳夫人告诉我，她会继承自己父亲在沃里克郡金斯伯里的房子。”多萝西回答。

伊丽莎白做了个厌恶的表情，如果自己像她一样是个真正的继承人，而非被弃之不理，为真正的继承人让路的私生子……她似乎在想自己会做什么。在她脸上厚厚的脂粉下，是一张扭曲了的脸庞。

女王站起身，她的女侍臣们将紧身胸衣按在她的腹部，接着绕到她身后，将丝带穿过胸衣上的孔，再用力拉紧。女王紧紧地抓着床的边缘，身子倚在上面说道："再紧点，你们系的都不如凯特·艾什莉好。"

伊丽莎白的前任家庭女教师凯特·艾什莉这段时间缺席了她的工作。她卧床不起，抱怨自己气短，而且容易疲惫。伊丽莎白每天早上都会去看望她，但只有在拉紧和系上丝带的时候才会想起她。只有凯特会拉得那么紧，这样伊丽莎白的肚子才不会从她那无法生育的腹部凸出来。

多萝西·斯坦福德撑开裙撑，让伊丽莎白站进去，再将它提到女王瘦小的臀部，又在腰上系了一圈缎带。"女王陛下，您觉得舒服吗？"她问，伊丽莎白的表情告诉我们，她正在为英格兰的利益承受这一切。

我向前走了一步，在伊丽莎白穿进长裙时递上她选好的袖套，伊丽莎白把它们一个接一个地套上手臂，随后就像往常那样讥笑道："贝丝女士，你来帮我系上袖子吧，玛丽小姐永远够不到那儿。"

我微笑着，装作之前从来都没有听过这样的话，贝丝阿姨帮忙把袖子和袖套系在一起，同时由多萝西帮女王穿上长裙。

我们就像一群试图拖走死兔子的蚂蚁似的围在她身边，把内衬连衣裙的蓬松的灯笼袖[①]穿过精心装饰的紧身袖中，并系紧上面的钩子和线孔把长裙放在裙环和臀撑[②]上，她的裙子后摆在臀部那儿被垫得更高了。我们从她身边散开后，她说："鞋子呢？"随后年轻的珍妮就会蹲在她膝盖前，

①这种袖子称为puff and slash，一种紧身袖，肩部为蓬松的灯笼状。它最早出现于15世纪末的德国长矛兵中，后成为欧洲服装的标准样式之一。

②一种系在臀部的长条状布包。

为女王陛下穿上她最好的鞋子。

她站在原地，我们为她佩戴上珠宝，再用针别好，确保它们牢牢地附在衣服上。她说自己要穿一件斗篷，在沿河航向达勒姆府的路上把全身都遮住，我们就想办法将斗篷的兜帽戴在她红色的假发上。她比我高得多，我眼中的她就像是一位众人创造出的怪物，半是马的尾鬃，半是绸缎、海珠和白铅。我想，这是我对你感到恐惧的最后一天，我会像我姐姐一样，找到自己渴望的东西，而你却从来不敢这么做。我向上帝祈祷，自己个子那么矮，她不会俯身注意到我，自己在相貌上对她也构不成威胁，更没能力威胁王位。我可以像我母亲和继祖母那样嫁给一位小人物，将自己的姓氏藏在丈夫的姓氏之后。比如我的继祖母不再叫做凯瑟琳·布兰登，而是已经改姓伯蒂，我也将舍弃自己格雷家族的堂堂大名，世人此后将称我为玛丽·凯耶斯。

伊丽莎白走向房间的门口，她希望这群女侍臣都能跟在她身后，不要花时间去看自己在镜中的相貌，或者整理自己的长裙。我按照自己的身份等级跟在她身后，玛格丽特·道格拉斯不在了，那我就成了宫中地位最高的女侍臣，可我却一心想等众人登上驳船的时候悄悄溜走。

我们穿过私家花园，走向码头，看见新郎的父亲正在和新任西班牙大使堂·迭戈·古兹曼·德·席尔瓦争论不休。他们一见到伊丽莎白就分开了，随后安布罗斯·卡芙先生上前解释，法国大使在婚礼开始前与他一同进餐，如今却赖着不走了，原因是他不愿将位置让给西班牙大使。女王显然不能插手外交事务的争执，更不用说现在所有人都知道法国和西班牙在争着向苏格兰女王提供支持，帮她对抗这位身处英格兰的讨人爱的表姑。

有那么一会儿，我以为伊丽莎白会大发脾气，谁都不许参加婚礼，我也会派人告诉托马斯我们的婚礼也得被取消。可随后我越过宫里所有人，看到了他高塔般耸立的肩膀和脑袋，他站在私家花园的大门处，等着确定女王是否已经安全地登上了王家驳船。那温暖的黑色眸子投出的视线落在了我身上，接着不带任何表情地移开，依旧直视前方。他知道这一切，明白这一切，我很欣慰，那些愚蠢的大使带着愤怒和失望惹了这么一出闹剧，他不会再重蹈覆辙。

女王让威廉·塞西尔去解决这件事。他和女王派去苏格兰的大使尼古拉斯·斯洛克莫顿爵士一起前往达勒姆的宅邸，为女王驾临做好准备。我的托马斯要和他们一起走。我目送他们穿过大门，托马斯则为这两个大人物把好大门，安静又敬畏地跟在他们身后。

女王表现出了异常的耐心，我由此明白她是决意要去参加亨利·诺利斯的婚礼的。伊丽莎白不但想去，更花费了大笔钱财来让自己一路顺利。她坐了下来，有人找来一些乐师，他们刚刚磕磕绊绊地从宫里走出来，还以为自己完成了一天的工作，现在又要准备为她吹奏乐器。宫里的人们此时站在一边相互交谈，同时也警惕她的情况，像随时准备出发的马儿那样打起精神。还没过半个小时，花园的大门又一次打开了，我的托马斯引着威廉和尼古拉斯爵士出来，他们脸上都挂着微笑。

“欢迎，”威廉·塞西尔邀请女王，“请停好您的驳船，法国大使出于形势考虑，已经离开了晚宴，现在您可以进来参加婚礼了。”

对我来说这实在再好不过。经过这番推延，所有人只想赶快进去，根本没人会注意到我。

我碰了碰玛丽·拉特克里夫的胳膊。“我肚子很痛，没法出席了，要是进教堂的话，我怕自己会忍受不住。”我说。

“你要和女王说一下吗？”

“她不会在意的，”我肯定地说，“我不会跟在她后面，把预定好的时间一拖再拖。如果她问起我来，那就告诉她我病了，求她能原谅我。”

宫里的人们鱼贯走下码头，我们可以听见桨手拍打着船桨大声喊叫。

“快去，”我说，“不要让她现在就等着。”

玛丽一溜烟地跑开了，空旷的花园里只剩我一个人。我转身走进宫中，可突然有一阵冲动让我回到会客室，穿过房间，走进女王的卧室里。

我受到一阵奇特的诱惑，胡乱摆弄这些东西。女王的房间里到处都是漂亮的东西——桌上摆着瓶瓶罐罐和各种化妆用的颜料，匣子里塞着珠宝首饰，还有蕾丝和丝带，它们就像玩具一样，统统都在这个塞得满满当当的儿童房间里，只属于一个被宠坏的孩子。仆人们很快就会进来，将一切打扫干净，摆放整齐，但它们此刻只属于我一个人。我拿起装铅白的罐子，在眼睛下方抹了一点，然后立刻把它擦掉了。那种明亮的白让我看起来像是个假面剧的演员，对我的外貌没有任何帮助，因为我既不用遮住天花的疮疤，也不用盖住自己的皱纹。

我放下兜帽，让头发自然地垂下来，用女王那背部镶金的梳子温柔顺畅地梳着。梳齿滑过我金色的头发，从我的肩膀处掉了出来。我放下梳子，仔细地编着自己的头发，用我自己的发夹让辫子紧紧地贴着自己的脑袋，这样我就能戴上自己的兜帽了。我想，今天晚上，托马斯·凯耶斯会把我的帽子缓缓放下，再松开我的头发。想到这些，我便在自己的头发上撒了一点伊丽莎白放在桌上的玫瑰精油，闻着它那温暖而又香甜的气味。

我一再肯定自己已把女王发梳上的头发全部理净了，它们在一缕缕灰色的发丝之间闪着光。清理后我把梳子放回原处，和她的女侍臣所放的位置毫厘不差，随后往嘴唇上轻轻抹上一点胭脂，赞叹着它所带来的效果。我又在脸上扑了点腮红，拿起伊丽莎白的眉笔，学着她的样子给自己的眉毛上了色。但这有点过了，我又用掌根把它擦干净。我觉得自己很顽皮，但又很高兴，仿佛是在富裕的母亲的梳妆桌前玩耍的孩子。

房间一片寂静，我明白宫里的所有人都前往了达勒姆宅邸，于是便从桌前起身，对着银镜中的自己微笑。房间里尽是属于女王的珠宝匣，里面装满了首饰，但我从未想过自己会偷走那么一两件。因为我是简·格雷的妹妹，也是凯瑟琳·格雷的妹妹：她是这一切的合法继承人，所以这些珍宝都属于我们，我总有一天会履行自己的权利，坐上这个位置，我毫不怀疑。

我邀请三位女亲属前来与我一起共进晚餐，分别是我最爱的表姐玛格丽特·威洛比，还有两位斯坦福德家的姑娘。我可以相信她们能保住我的秘密，但是我不会冒险让她们成为我婚礼的见证人，因为这样她们就有被责备的危险。我转而请来了我的女仆，她借口自己将去度假而离开王宫，之后兴致勃勃地来到我的房间，好奇我想让她帮忙做什么。我让她等在那儿，那个人马上就会过来。随后传来一阵敲门声，她急匆匆地过去把门打开，门口站着的人几乎把整个门框都填满了，他低头避开门上的横梁，那就是我的爱人，我那魁梧又了不起的爱人。

“现在是九点，”他说，我们听见钟声整点敲打的声音，似乎在证明着他报时的准确性，“亲爱的，你准备好了吗？”

我站起来，向他伸出手去。

“我准备好了。”

“你不用再考虑考虑吗？”他温柔地说，“确定了？”

我对他投去一个微笑。我不必涂脂抹粉，因为光凭心中的渴望就能使得自己脸上带着红晕。“我确定，”我说，“托马斯，我爱了你那么久，能成为你的妻子让我很自豪。”

他低下头，握着我的手。我和他走在最前面，三位朋友和那位年轻的女侍弗朗西丝跟在后面，穿过空无一人的宫殿，来到托马斯位于水闸上方的房间里。

他的房间挤得满满当当的，几个兄弟也在里面，还有几个是他的朋友。托马斯请来了一名牧师，他已经等在房间里了，祈祷书在他面前摊开。我转身对我的伴娘说："你们必须都到外面去等着，如果有人问起来，你就说你们什么都没看见，因为你们一直都在门外。"

我们都紧张得很，脑袋中的弦都绷紧了。她们走出去的时候都笑了出来，我也被逗笑了。随后我转向托马斯，我清楚地知道接下来要做的事情的严重程度。

"那你准备好了吗？"我反问他来当作自己的回答，"女王与她所有的继承者都有过争执，我也是唯一一位留在宫中的亲属。她或许会接受我们组成的家庭，也或许会恨我们。她或许会对我失去自己那个了不起的家族姓氏感到很高兴，或许会厌恶我所获得的幸福。我说不准。"

"但我可以确定，"他说，"不管发生了什么，我都肯定自己想要娶你为妻。"

"那就让我们开始吧。"牧师说，随后念出了婚礼的誓词，我曾以为自己永远都不会听到这些话的。他把自己的祈祷书递给托马斯，上面放着一枚黄金做的戒指，大小正合适。托马斯和我发誓会永远爱着对方，永远忠贞不渝，直到死亡将我们两人分开。

当然了，我想起了自己的姐姐。她没有请我去见证她的婚礼，这是为了保护我，就像我为了保护自己的女亲属而让她们去了房间外头。可我读遍了对她结婚的审问材料，从她丈夫的审问回答来看，我知道了在结婚那天奈德的房间里放着葡萄酒，摆满了食物，简妮·西摩尔是他们唯一的见证人，以及等牧师离开房间后，他们又是如何同房，还进入了梦乡，最后还得急急忙忙从床上爬起来，互相为对方穿好衣服，她最终是匆匆跑回宫里的。我知道她对奈德的爱有多深，没有什么能阻挡自己嫁给她。我也知道自己做出了和她一样的选择——为了爱情而结婚，让自己的人生变得完满，承受伊丽莎白施加的种种恶意。因为我不会学着让自己死去，也不愿让自己的生命有缺憾。我想成为他的妻子，或许也会成为我们孩子的母亲。我想让托马斯成为我的丈夫，而不单单在这个残酷的宫中生存下去。我只有二十岁，我准备好要迎接属于自己的生活。我渴望爱情，渴望真正的生活，我想要一名爱我的丈夫。

托马斯的家人和我一起共进晚餐，他自豪地将第一任婚姻生下的儿子介绍给了我，我向他问了好，似乎我会成为他的新一任母亲。他也向我介绍了自己的兄弟和他最好的朋友——他坚持让自己成为这一切的见证者，另外还有一名在早些时候于格洛斯特大主教那儿工作时交的好友。他们都对我和我的姐姐们怀有敬畏之情，大家挤在一个小房间里，共同秘密地庆祝这一切，一边吃饭一边喝酒，冰释了所有羞赧。托马斯非常稳重，待人温暖而有礼貌，没人感觉拘束，不一会儿我们就活跃起来，又是笑又是侃侃而谈。“轻点声，轻点。”虽然整个宫里的人都在很远的地方庆祝异常宏大的婚礼，但我也敢说，在那个婚礼上，那一对心中的爱根本不会比我们多多少。

托马斯最好的朋友对我说：“我之前从来没见他这么开心过，我也从来没想过在他第一任妻子去世后他还会像这样快乐。我由衷地为他感到高兴。您真的带给了他祝福。”

他的儿子也对我说：“我很高兴，父亲变得开心也让我们快乐了起来。”

托马斯也对我说：“你只属于我。”

我意识到时间已晚，女王或许就要回来了，因此他们没有在用餐后停留太久，也没有想法子把我们灌醉。托马斯目送他们走出大门，他手下的人很惊讶，他之前居然没有值班，但他只是静静地说：“今天没有轮到我。”

便没有人再多问。

他看着自己的客人从前门离开、我的亲属也回到了自己的房间里之后，我锁上门，开始宽衣解带。我不知道自己要不要穿着身上宽松的连衣裙。我为这个重要的晚上买了一条睡裙，可我弄不太准自己是要穿着它坐在火炉边还是赤身裸体地跳上床。我不由得对自己大笑起来，已经和我爱的人结了婚，而且还没有经过那个以善妒出名的女王同意，比起这事来，女王那边才更需要我担心吧。但不管怎么样，今天的新婚之夜我依然是一位新娘，我自然要为这些事担忧。不论是穿着绣有花纹的丝质睡裙坐在火炉边，还是半裸着躺在他的床上，都是想要让他高兴，想让他在看到我的时候不由得倒吸一口气。我想让我们互相都感到由衷的愉悦。

当他敲门时，我刚把半个身子探进床上，于是不得不胡乱套上自己那件漂亮的樱桃红色丝质睡裙，匆匆忙忙地跑去开门。当他进来的时候，我既非在床上摆出诱惑的姿势，也没有像帝王般端坐在火炉边上，只是一阵手忙脚乱，脸上绯红。

他手上拿着一个托盘，上面盛着葡萄酒和一些小蛋糕。

“我吃不下了！”我说。

“我的个子可比你大多了，”他的脸上带着微笑，“我需要吃够多的东西才能长力气。”

“我就是喜欢你这样子，”我说，“我以为你和我吃的一样多就够了，甚至都没有注意到你是不是因为饥饿而使不上力。”

“尝尝看这个。”他求我，这是女王御用厨房里出品的甜杏仁千层酥，材料是由我们打发的，是她最爱的一道甜品。

“真好吃，”我嘴里塞得满满当当的，“但是厨师知道这个情况吗？”

“我告诉他我要和自己见过最美的姑娘一同进餐，”托马斯说，“于是他就自愿为她做了这小个千层酥。”

我啜了一口葡萄酒，托马斯看着我。

“我要先躺在床上，然后你再向我走来吗？”他温柔地问，“一切都听凭你的吩咐。”

我这才意识到自己有点焦虑，对如何变得更加勇敢而感到紧张。但我现在知道自己什么都不用怕，眼前的男人真心实意地爱着我，而我也全心全意地爱着他。不论在这场婚礼和之后的洞房之夜会发生什么，我们都会用真爱一起共同面对。

“我来了。”我说，毫不畏惧地松开了睡袍上的腰带，让它落在地上。我看见他的目光落在我浑圆的双乳，再移到我那细瘦的腰上，我脊柱的微微扭曲让我一侧肩膀向前扭曲，但除了这个小小的扭曲之外，我是完美无缺的，我只不过是个身形娇小的美人。我摇头让自己的头发自然地垂落下来，掩盖住自己绯红的脸颊，我的发丝上有着玫瑰的香气。

“快过来吧。”他回答道，脱去了自己的马裤和衬衫，伸手迎向我。他和我一样赤身裸体，一把将我抱起来，放在高高的大床上。接着他的身子就像棵倒下的大树一般滚向我，把我抱在怀里，让我紧紧地挨着他宏伟的胸膛。“亲爱的，”他温柔地说，“我的爱人。”

我并没有整夜都和自己的丈夫待在一起，而是在宫里的众人回来的时候回到了自己的房间。我的侍女们为我宽衣解带，扶我上床，她们甚至都没有意识到我只是在她们回来的时候才和宫中的众人会合。我的女仆弗朗西丝面无表情地为我脱下鞋子。我想自己会一直醒着躺在床上，因为快乐而难以入眠，但当我的脑袋刚碰到枕头上，自己就立刻坠入了梦乡，直到男童抱着木柴进门，为我的房间生火时才醒来。

今天早晨本该由我来服侍伊丽莎白，所以我赶快洗漱，穿上衣服，急匆匆地走向王室的房间，我走到半路上才回过神来，脑海中一直在想着：“他爱我，昨晚他把我抱起来，就像是一位沉溺在最深沉的爱河中的男人。他与我结了婚，他爱我，我是他的妻子。”

这些话就像是一首歌谣，整日在我脑海中反复播放。伊丽莎白会见大使，与罗伯特·达德利一同骑马出去，饥肠辘辘地回来用早餐，又与西班牙大使调情，希望能让他相信自己很希望结婚，随后再带领宫中的众人玩着牌直到晚膳开始。但这一整天我都在想，他爱我。他昨晚抱着我，是一个深陷爱河的男人。他与我结了婚。他爱我，我是他的妻子。

当宫里的众人用完晚膳，仆人们清理完大厅，为之后的舞会和一队杂技演员腾出空间后，我便借机悄悄溜走，托马斯就等在那儿，像一棵树那么高，他正在让前来看舞会的伦敦市民进去。

“你好啊，玛丽小姐！”他大声地说，然后又对着我特地轻声说道：“你好啊，凯耶斯夫人。”

“我的丈夫，你好啊，”我微笑着抬头看他，“我过来是想看看自己是不是要在整个宫里的人都睡了之后悄悄地溜到你房间去。”

“我应该这么想。”他说，假装我说的话让他不太高兴，“事实上我的确希望你能来。我希望自己的妻子能够顺从听话。”

“你的梦想会成真的。”我对他保证，这时我看见威廉·塞西尔的一名手下向我走来，便对他投去一个微笑，说道：“我向你保证过的。”随后我便悄悄溜走了。

这是我们第一次睡在对方的臂弯里直到天明。当我们躺在枕头上，脑袋紧挨在一起，这时候的我们是一样高的。他宽阔的前额抵在我窄小的前额上，他温柔地吻着我微笑的双唇。他长长的双腿一直延伸到床的底部，双脚甚至都伸出了床的边沿，我只占了整张床的一半而已。但我们依然肩并肩地躺着，当被子盖在我们身上时，我们是平等的，也是合二为一的。

第二个夜里我被威斯敏斯特大教堂的钟声吵醒了，钟一遍又一遍地敲响着，低沉的钟声回荡在夜空，向众人诉说有人去世了。

“伊丽莎白。”我一边从梦中醒来一边呢喃道，在话未说出口、思绪还没反应过来前，我的心头就早已有了这个愿望。我满怀喜悦，半是觉得自己在梦里，半是相信这钟声宣布了伊丽莎白的死讯，我的姐姐会随之成为英格兰的女王。

托马斯也听见了这哀悼的钟声，立刻从床上跳了起来，低着头以免撞上房顶的横梁。“我必须得走了。”他说着，摸索着穿上自己的制服。我也起来了，穿上了自己的连衣裙。

“需要我帮你系上带子吗?”他走到一半，转头问我。

“我自己会想办法的，你先走吧。”我简短地说。我知道他急着去履行自己的职责，守卫着大门，不让任何坏消息传进来。

他跑着离开了自己的房间，我往自己脑袋上披上一块披肩，看起来活像是个穷苦的妇人，随后我走下楼梯，穿过院子。我以为自己回到房间的时候不会被别人看到，但托马西娜从女士们的房间里走出来。她立刻就看见了我衣衫不整的样子和垂落的头发，可她没有时间对这一切加以评论。

“这个钟声是为凯特·艾什莉敲响的，”她的声音和持续不断的钟声重合在一起，“上帝保佑她，我们永远失去她了。”

“失去她了?”我愚笨地问道。

“她去世了，这件事发生得很突然，女王现在悲痛欲绝，”托马西娜说，“是她下令敲响丧钟并且让整个宫中的人都进行哀悼。她说对她来讲，凯特·艾什莉就像是自己的母亲。”

“没错。”我严肃地说，但却突然想到：就连这女儿般的感情也没有阻止她把凯特关进伦敦塔里。

我冲进自己的房间里，迅速戴上兜帽，匆匆来到女王的房间，发现她的会客室一片阴暗，百叶窗被拉了下来，所有人都在互相轻声耳语。在会客室里，那些受到伊丽莎白宠爱的朝臣也在低声交头接耳，许多人会想念凯特·艾什莉，但对于更多人来说，这就相当于在伊丽莎白身边留出了一个空位，它将由最具野心的人填补，而她的女侍臣之间出现的空位也会由某个人牢牢抓住。

我走到卧室门前，在门口等着，贝丝阿姨从房间里出来，看上去疲惫不堪。“你愿意代替我一个小时吗?”她问，“她想让我们两个人一直坐在她身边，和她一起哀悼，我从凌晨起开始就在里面了。”

我点了点头，走进房间里。

房间的门窗都紧闭着，壁炉的火熊熊燃烧，房间里又暗又闷热。伊丽莎白躺在床上，被子一直拉到她的下巴上。她坐在凯特身边一整晚，身上的装扮依然一丝不苟，只有鞋子从她的脚上滑落了。她颈边的轮状皱领变得皱巴巴的，双眼周围满是泪水洇开眼妆的污渍，脸上的白铅在枕头和她歪斜的假发上留下点点斑痕。在这片悲痛中，她依然看起来如同孩子一般。她就像路边的孤儿一样抽泣着，将自己的软弱袒露无遗。尽管伊丽莎白将自己的宫中塞满了阿谀奉承的临时仆人，但她其实始终孤身一人；如今，随着从她孩提时就伴在她身边的女人离开人世，她也终于再次重新认识了这一切。凯特·艾什莉在她失去自我的时候来到她身边，她一直是个备受宠爱的公主，自己的母亲也备受国王宠爱，可随之而来的命运就是她被抛弃到了一边，被人无情遗忘，头衔和姓氏都被拿走。当凯特·艾什莉第一次见到她时，见到的是个外表虽然无恙，内心却已被彻底摧毁的小姑娘。她重新建立起了伊丽莎白的骄傲，让她对知识和信仰重新燃起了热情，也教会了她如何在宫中生存下来，如何变得狡诈，不去信任任何人。凯特是世界上唯一爱过伊丽莎白的人，如今她去世了。伊丽莎白把自己的脸埋进枕头里，掩盖自己抽泣的声音，我想着，没错，如今她的确是孑然一人了。如今的她或许能够理解什么是对一个人真正的爱，并且当他们从自己身边被夺走时，心中是怎样的滋味。而凯瑟琳呢？她成了一个孤儿，并与她的丈夫和儿子永远地分离了，或许伊丽莎白会对她心生怜悯吧。

威廉·塞西尔来到了女王的房间里，等着我从她的卧室出来，让我为床上的女王带去一封口信。

我犹豫了。“她不想见别人，”我说，“布兰琪·帕里将会成为她的首席女侍臣。”

他弯下腰，这样就能安静地在我耳边说道：“我不能进去，所以如果她是从你这里第一次听到这个消息，其实是个好事。”他说。

“我可不是你传递坏消息的最佳人选。”我不太情愿地说，感觉自己心中油然生出一股恐惧之情，尽管我觉得这不可能是姐姐的事，如果凯瑟琳病了，威廉·塞西尔不会像这样折磨我。“发生什么事了？”

“达恩利领主亨利·斯图亚特和苏格兰的女王结婚了，”塞西尔悄声说道，“说话声音一定要轻点。”

他倒是不必提醒我切勿大肆声张，因为我心里清楚这对英格兰来说是怎样的一场灾难。但我也让自己的表情保持平静。“你说亨利·斯图亚特？”

“没错，她还让他成了国王。”

现在我的表情凝住了，活像一副面具。苏格兰的玛丽一定是疯了，或者对他爱得太深，在他可以成为国王时赐予了他王冠和王座。我猜她太想再次成为国王的妻子了，所以才想到干脆自己扶持一位国王，但是她根本没有想过亨利生来不过是个臣子罢了，对于帝王之位，他连接都没接触过。

威廉·塞西尔对我的冷静态度赞许有加，然后继续说道："她让自己继承英格兰王位的可能性越来越远了，她先是个天主教徒，现在又和那么羸弱的丈夫结了婚，对我们来说她已经全无威胁。我们虽然永远不会接受她嫁给达德利，再由他出任英格兰国王，但也更不可能支持达恩利领主。我们不会接受信仰天主教的国王和王后，而因为嫁给这样一个男人，就连法国都不会支持她。"

"这全是她自作孽的结果，"我轻声说道，"她为了一个男孩彻底抛弃了自己手中的所有筹码。"

"没错，"塞西尔说道，"她明显已经被说服了，肯定是达恩利和他的父亲说可以为她打败自己的敌人。他们已经说服她起兵对自己的人民发动战争，目标便是那些新教领主们：那是她自己的臣民，却有着与我们相同的信仰。她让自己成为了我们的敌人。所以对于英格兰来说，我们的继承人只剩一种选择。苏格兰的玛丽是我们所信奉的信仰面临的敌人，玛格丽特·道格拉斯是她的婆婆，你的姐姐成了唯一的选择。女王现在会明白这点，所以你亲自把这个消息告诉她吧，说的时候要站在她身边，这样她才会明白，你们格雷家族对于整个英格兰是多么忠心耿耿。"

伊丽莎白对那个叛逆女王的愤怒立刻取代了内心的悲痛。她从床上站起来，让人为凯特·艾什莉举办一场私人葬礼，随后怒气冲冲地来到枢密院，下令让他们对苏格兰开战。

苏格兰已经出现叛乱了，女王同父异母的兄弟，默里郡伯爵转而对抗她的统治。尽管他先前欢迎她来苏格兰，并为她出谋划策过，但他却是个坚定的新教徒，无论如何都无法忍受一个信奉天主教的女王和突然冒出头来的天主教国王结婚。尽管伊丽莎白对于宗教间的战争并没有什么真正的兴趣，但还是决定支持身为私生子的默里郡伯爵詹姆斯・斯图亚特起兵反抗自己那位已经被授予圣名的女王兼同父异母的姐姐。她为他寄去一笔钱，用以奖励他的支持者，和每位向我们通报叛乱进程以及请求更多支援的信使。枢密院面面相觑，甚至还来问我们这些夫人，女王到底在打什么算盘，先是支持叛军反抗正式加冕过的女王，只给对方送去金钱却按兵不动，做的事情的确算得上支持他，但却不能确保他能胜利。法国大使愠怒着来到宫里，声称若是伊丽莎白支持新教徒反抗一位合法加冕而且具有一半法国血统的天主教女王，那他们也会介入其中……于是伊丽莎白突然间就失去了以新教名义对抗苏格兰女王和支持那位私生子起兵叛乱的动力，她也突然记起自己对玛丽女王许下过的诺言。颠覆一位大权在握的女人对所有同类的女人来说都是巨大的威胁。伊丽莎白又突然成了对方的盟友。

另外，我们从苏格兰方面收到的消息都是年轻的王后一路凯旋，而伊丽莎白痛恨成为失败的一方。玛丽集结了一支军队，而且自己亲自领军；她在好几场战斗中一路追赶自己的同父异母的兄弟，最后终于在国界处追上了他。他向我们驻扎在泰恩河上的纽卡斯尔驻防部队乞求增援，最后只得一瘸一拐地南下来到伦敦，令他大为震惊的是，伊丽莎白对他的不忠表示强烈谴责。伊丽莎白将默里郡伯爵和他们以新教为名起兵叛乱的缘由都留在了苏格兰的废墟中，得知这个决定后，托马西娜和我交换了一个复杂的眼神，朝廷上下都对伊丽莎白真正的意图备感困惑。

不过她做出的决定倒并没有让我感到惊讶。因为她威胁我、威胁凯瑟琳和她的小儿子时都没有什么理由。伊丽莎白这么做是因为她害怕了，她由于内心的焦虑做出这个决定，随后又后悔了。苏格兰的玛丽现在自然无法成为英格兰的继承人，但伊丽莎白也没有正式宣布我姐姐无罪，就连被关押的无权无势的女人也会让她感到害怕，似乎在对方身后有着一支国境线上的军队。伊丽莎白不会放走我的姐姐，我想，如果姐姐一直不能与自己的丈夫和儿子团聚，她或许会在自己的房间里去世吧。王宫，枢密院，女王的盟友们，甚至连她的敌人也对她做出的种种决定表示不解。他们没有意识到女王为难我的姐姐和玛丽女王并非出于什么策略，而是一种对立情绪，这种情绪不需要政治因素来左右。我清楚地明白这一点，因为她的所有姐妹都蒙受着她的恶意和刁难，连我也不能幸免。

# 1565年夏

**伦敦　白厅宫**

我躺在托马斯的怀里，听着他有节奏的呼吸，看着床对面的窗户中透出的天空，天色由黑转成鱼肚白，初升的朝阳再为它染上一抹桃色与粉色。我没有动，我不想吵醒他，只想让这一刻变成永恒。有托马斯这样的大个子躺在我身边，他的手臂将我抱住，温暖的呼吸落在我的脖子后面，此刻的我感受到了一种深深的平和与喜悦。

房间里突然响起一阵尖锐的敲门声，我霎时警觉起来，同时也感到一阵恐惧。没人知道我在这儿，我不能被发现。我立刻坐直了身子，托马斯也立刻下了床，他就像一个哨兵一样睡觉，随时都能醒来。他的动作像一只大猫，大大的脚走路时却不发出一点声音。我则抓过被单裹住自己赤裸的身子，跳下高高的大床，退回房间的后面，这样开门时门外的人就看不到我了。托马斯穿上自己的马裤，瞥了一眼，确认我已经藏好，向我点了点头，示意我保持安静，不要乱动，然后对着闩上的门问道："是谁?"

"我是女王的矮个子托马西娜!"门外传来她迫切的声音，"托马斯·凯耶斯，你这个大傻瓜，快给我开门!"

他收起了脸上的微笑，打开房门，用手撑着门框，但她甚至不用低头就能溜进房间里，随后她看到了我。"我就知道你会在这里，"她上气不接下气地说，"看来这是真的，你结婚了。你最好赶快把衣服穿上跟我走，她知道这件事了。”

我瞠目结舌地看着她。“她怎么知道的？”

她摇了摇自己的小脑袋。“我也不知道。她今早一睁开眼睛就要找你，天知道为什么，然后他们发现你不在自己的床上。”

“我可以编造一些理由，”我慌乱地穿上自己的长裙，托马斯为我系上带子，“我可以说自己去拜访一个生病的朋友了。”

“你这个傻大个儿，”托马西娜把他推到一边，“让我来。我马上就要走了，托马斯·凯耶斯！你们不能被人发现两个人留在你的房间里！这会让流言满天飞的！”

我人生中第一次没有纠正她，告诉她这个房间里可不是两个普通人，我和她一个是公主一个是侏儒，我们两个可不是同类。我一刻不停，把脚塞进小鞋子里，再把长筒袜塞进斗篷的口袋。她之所以过来提醒我，是相信我们姐妹之间的友谊，在这个危险的世界上，有一个小个子的姑娘去帮助另一位，而我也不会再否认她对我的好感，现在她已经成了我的朋友，成了我的姐妹。

“是谁告诉她的？”我问。我把自己的长头发卷起来，塞进兜帽里。托马西娜动作飞快地用针为我固定好，看得出来，她技巧很娴熟。

“她的一个女仆。”她说，“但女仆也不敢多说别的，只是说你不在自己的床上，没有告诉她你到底在哪儿。不过我们都知道你们两个好了几个月了。你和他结婚了吗？”

“结了。”

“没有征得女王的同意？”

“又没有法律不让我这么做，”我充满学究气地说，“曾经有过这样的法律，不过现在已经被废除了。”

“女王才不需要通过法律来表达自己的不满，”她嘲笑道，“你去问问玛格丽特·道格拉斯，再去问问你姐姐。现在只有上帝才会帮你了。”

她飞快地走出门。“动作快点!”我听到她在催促我，然后嗒嗒地跑下楼梯。

托马斯穿着满是皱褶的衬衫耸了耸肩，伸手去拿他的制服夹克。“我们应该做什么?”他问我，“我要和你一起去见女王吗?”

“不，如果她在自己的卧室里，那你怎样都不能去。”

“我从她登基起就一直在服侍她了，”他说，“她会明白我对她的忠心。”

我没有告诉他伊丽莎白是怎么对待她那些忠心耿耿的仆人的。他大可去问问罗伯特·达德利，这么多年来忠心服侍她究竟得到了什么回报，也可以问问威廉·塞西尔。“如果她说起，我会提醒她的。”我对他保证。

我踮起脚尖，他弯腰吻了我。这既非为了表示祝福，亦非飞快的亲吻。他紧紧地抱住了我，这个吻中充满热情，仿佛我们永远不会再见一般。“我爱你，”他平静地说，“一旦你从女王那儿出来就立刻来大门这儿找我，告诉我一切都好，或者派人送个信来也可以。”

我向他露出勇敢的微笑。“一旦事情过去我就来找你，”我说，“等我，记得等我。”

我跑向女王的会客室，房间里满是请愿者和来访者，只为了在她走向教堂的时候获得一点她易逝的注意力，其中半数人向女王请愿，让她宽恕某位因为犯了异端罪和叛国罪而被处以监禁的人。监狱里到处都是嫌疑犯，宫里也挤满了他们的家人。枢密院相信天主教徒们会反抗伊丽莎白，支持苏格兰的玛丽女王。他们相信我的姨妈玛格丽特·道格拉斯和法国与西班牙共同密谋，将自己信仰天主教的儿子和女王一起送上王位。这个国家如今满是恐惧和猜疑，我害怕女王也在怀疑我。

我穿过人群，走向她房间的门口。人们为我留出一条路，他们知道我是格雷家的姑娘。我可以看见那些命悬一线的人前来寻找帮助，但就连他们也向我投来了怜悯的目光，连那些在断头台阴影下的人们都在可怜我。有两名守卫站在伊丽莎白房门门口，他们为我打开了门，我走了进去。

女王的女侍臣们和一些侍女已经在场了，而且显然都在谈论我。当我走进房间时，整个房间突然寂静得可怕，我环顾四周，她们都是我整整十一年的同伴和朋友，可没人说一句话。

“布兰琪·帕里在哪儿?”我问。她是首席女侍臣，肯定知道我要面临的麻烦究竟是什么。克林顿女士对着紧闭的门点了点头。

“她和女王陛下在一起，女王很生气。”

人群开始交头接耳起来，但没人直接和我说话。看起来她们不敢让我感受到叛国罪名所带来的恐惧。虽然她们几乎所有人都曾以能自称为我朋友而自豪，但现在却没人想让女王认为自己与我是亲密的朋友。

“他们说的是真的吗？玛丽小姐，你结婚了?”有一个年轻的女仆突然问道，然后连忙向我行了个礼，脸都红到了耳朵根。“请原谅我的鲁莽。”她轻声说。

我不必回答她，但也不准备现在就否认这件事。我永远不会否认自己的婚姻，也不会否认我所爱的人。但我心中另一半却在想着：这真是太胡来了！一个姐姐因为夺取王位而被处死，另一位则是因为爱情。如今也轮到了我，口袋中还装着一枚戒指，我也私自结了婚，既非为了王位，亦非为嫁入豪门。

“她非常生气吗?”我问。

有人轻声吹了个口哨，如同呼唤起一阵风暴。

“是要让我进去了吗?”

“你等在这里，”克林顿女士说道，“她会派人来找你的。”

“我得先回一下房间把衣服换上。”我说。没人告诉我不能走开，所以我再次穿过一扇扇门，穿过女王的会客室和众人悄悄投来的目光，走上狭窄的台阶，回到自己的房间里。我的女仆脸色苍白，一言不发地为我梳完头发再别好。而我也没有对她说话。

当我回到女王的房间时，看到有人喊来了威廉·塞西尔，他正站在凸窗边，对布兰琪·帕里和我的继祖母凯瑟琳·布兰登讲话。所有人都保持着一个礼貌的距离等候，伸长耳朵认真倾听，但却没人敢上前一步。我的继祖母站在我身后，似乎她会愿意支持我。

“这就是接下来要做的事。”威廉爵士温和地说道。我想，感谢上帝啊，至少终于有人知道这是为爱而结婚，这意味着谁都没有料到我们两个会在一起，除了她自己没心没肺的逢场作戏之外，所有的爱情都会冒犯到她。但终于有一位通情达理的男士，知道我的这件事在这个更为广阔的世界里来说并不重要。

“很抱歉，我没有征得别人的同意。”我轻声说道。

“你结婚了？”他问。

“没错，我嫁给了托马斯·凯耶斯先生。”

这位年迈的政治家脸上浮现出了一丝怀疑的微笑。“我想他或许是宫中身形最大的男士，而你也是身形最娇小的夫人了。”

“约翰·迪会说我们两个一大一小，倒是正好互补。”我评论说，继祖母也露出了微笑。

“但是会让她很生气。”威廉·塞西尔说着对女王紧闭的房门努了努嘴。

“这件事不会有什么影响。虽然女王或许会感觉受到了冒犯，但关系不大。”

他听了我的话，低下了头。

“我能进去了吗？我可以向她解释，这不过是个私人事件，并不是什么大问题。”

“我来领她进去……”我的继祖母提议。

布兰琪摇了摇头。“她不会见你的，”她简短地说，“这件事让她非常生气。玛丽女士，这件事比其他任何事都糟得多……”

“这又没什么大不了的。”我依然坚信自己的观点，“你说其他事，如果你是指我姐姐嫁给一位年轻的贵族，那就是说那件事也没什么大不了的啰？苏格兰的玛丽女王也结了婚，这才叫全国性的大事，但和我们一点关系都没有。我的姐姐和我结婚不过是些个人行为。”我看向房间里的其他女士们，问道：“难道你们这辈子就打算永远不结婚了吗？”

威廉·塞西尔清了清喉咙，然后说道：“在女王陛下查清这件事之前，你需要先去温莎。”

“我会为你说话的。”继祖母对我说。

“这有什么可调查的？”我反问道，“不过是一场私下举办的婚礼罢了，但我们有目击者，我丈夫的家人当时就在现场，还有一位女仆替我这边见证一切。也有一位牧师可以证明这场婚礼是有效的。你不用通过审讯来了解事实，我或者凯耶斯先生都可以把一切告诉你。”

威廉·塞西尔看起来很疲惫。“或许可以这样，但女王陛下还是希望你们能在她审问的时候先去温莎。”

我握住他的手，抬头看着他。“威廉爵士，你告诉过我们，西班牙有计划向苏格兰女王提供资金。而且苏格兰女王也嫁给了苏格兰的王位继承人，挫败了反抗她的新教叛军。就算是这种情况下，你和枢密院都要为我的事情操心吗？”

“我？”他对我充满暗示地投来一个微笑。

“在这个宫里，我也没法变得更加不引人注意。但关于我是否忠心，这实在不是什么大问题。”

“她执意这么做，”威廉·塞西尔温柔地说，“去把你的行李准备好吧。”

我想直接走到大门处和托马斯会面，但两位侍女却一路跟着我来到房间里，帮我把书、纸张、衣物和珠宝打包好。等我准备离开时，有两名守卫早已候在门口，带我走下台阶前往水闸。我在宫殿大门那儿寻找着托马斯，但他不在那儿，他手下值班的人没有看着我，所以我也没法对他做些手势。水闸上方的房间正是我和他两人以夫妻之名共同居住的地方，但窗户里并没有透出光亮。窗板关得严严实实的。他或许是在一片黑暗的房间里被捕了，或者那些人已经将他带向了别处。

“我想见见我的丈夫托马斯·凯耶斯，”我对身边的守卫说道，“我坚持这么做。”

“我收到的命令只是带你乘上前往温莎的驳船。”他说。

“守门中尉，”我提醒他，“他拥有这个军衔，同样也有着无可指责的荣誉。我执意请求让你带我见他一面。”

守卫朝我低下了头，用非常轻的声音说道：“他们把他带进城里了，夫人，他已经走了。”

# 1565年夏

### 温莎堡

我被关在三间挺不错的套房里，它们能俯瞰温莎堡的整个庭院。外门被锁上了，但白天会有侍卫守在门口，如果我想去王家花园走走，那么他们就会领着我一起。城堡中的任何地方我都可以去，唯独不能出大门一步。房间很宽敞，我有两位女侍臣和三位女仆。这房间比起凯瑟琳在伦敦塔中的中尉之屋来说要好得多，比起简那时候的也更自由。我很高兴自己没有被关在伦敦塔里，我根本没法忍受那里的日子。我也绝不能沿袭两个被监禁的姐姐走过的路，我不能在醒来的时候就看到成为殉道者的姐姐牺牲的地方。至少这里要比那儿好得多。

我的生活很平静，每天去城堡里的教堂两次，在路上我身前身后都有守卫。我阅读，学习，缝纫，甚至谱曲。这些事对我自己没有什么帮助，但至少我不会对一位恨我的暴君卑躬屈膝。

我也会给凯瑟琳姐姐写信，我和她一样，都是因为爱情而结婚的，和一位品行优秀的男士快乐地生活在一起，这么做没有任何错。我也在信里说自己这么做冒犯到了女王，但我希望她会原谅我，也能原谅凯瑟琳。我把这封信交给了城堡的主管，但我拿不准这封信能不能躲开塞西尔的间谍，安全地寄到我姐姐那儿。

给托马斯·凯耶斯的信就没有那么容易写了。他不像可怜的奈德·西摩尔一样是个诗人，我们之前的爱情从来没有那些甜言蜜语。所以我写得很简短，也不期望会有别人为我把这封信寄给他。倘若我把这封信完完全全展示给间谍们看也没有关系，托马斯不需要我发下爱情的誓言，我也不需要他的。我们是爱人，而且已经结婚了，对彼此的真心早已心知肚明。不论这封信有多么简短，字数有多么少，他都知道我对他的爱有如最热切和最有力的诗歌。

我最爱的丈夫：

我被女王陛下软禁在温莎堡内，我希望她能明白，我们之间的婚姻只是为了能让两人幸福地生活在一起，除此之外并无恶意。愿女王能早日宽恕我们。

我非常想你，也全心全意地爱着你。我不后悔自己和你结婚（只是这么做让女王感到有些不满），你就是这个寒冷世界中的一团火焰。

爱你的妻子，玛丽

公园里的树木就像女王那些青铜、黄铜和金项链一样鲜艳，药草园里盛开的花朵已经失去了它们的颜色，花瓣也开始垂了下来。夏天在漫长而又温暖的白昼中逐渐接近尾声，每天我都会爬上旋转楼梯走向塔顶，在那里可以看见河流以及在河面上来回驶过的船只。尽管我总是在落日时分上塔远眺，但王家驳船却从未为我驶来。

有一天晚上我走回房间的时候，城堡的主管喊住了我，让我准备好行李，次日凌晨就动身出发。

“我被释放了吗？”我问。

他低头隐藏住自己尴尬的神色，我立刻明白了。“你要和威廉·霍特里待在一起，”他轻声说道，“请理解，你不会和他住在一起很久。”

“为什么?”我有些唐突地问。

他又鞠了一躬。“抱歉夫人，他们没有告诉我。”

“但又为什么是威廉·霍特里爵士?”

他做了个无可奉告的动作。“除了护送你前往他的屋子之外，别的我什么都不知道。”

“这么看起来，我也什么都不知道了。”

# 1565年秋

## 白金汉郡　契克斯庄园

我们从温莎出发，一整天都在骑马，穿过河流，然后越过奇尔特恩丘。我骑在马背上，环顾四周绿色的原野及田野上一束束捆扎好的秸秆，感到一阵快乐涌上心头。走到靠近村庄的地方，村民们就会从家里出来看着守卫、我、骑在我身边的马夫以及和一名守卫共同乘马的女仆。

我们没有携带旗帜，所以没人知道我是女王的囚犯，这也是伊丽莎白害怕的另一个因素。她不想让整个国家知道自己又毫无理由地将另一位表亲抓了起来。人们在凯瑟琳被关押的起始就要求女王放人，也抱怨女王扶持玛格丽特·道格拉斯的决定，因为她的儿子娶了女王的敌人为妻。但我并不奢望别人像声援凯瑟琳或者简那样支持我，因为没人能够出手相助。我的朋友们都在伊丽莎白的王宫里，都在她的掌控之下。我已经没有了家人，最亲密也是最可信的人就是我的丈夫了，但我不知道他现在在哪儿，也不知道自己要如何才能收到他的来信。

威廉·霍特里爵士是个四十五岁左右的好人，他那年轻又有钱的妻子站在他身后，在漂亮的契克斯庄园宅子里等着我，牵着我的手走进房里。他对我的态度既矛盾又奇怪，他尊重我是因为我是王位唯一的继承人的妹妹，但他同时又带着焦虑，因为他被迫将我视为他的囚犯。

“这边请。”他很有礼貌地说，带我走向西翼的楼梯。他打开门，门后是一间狭小的房间，只够放下一张床，一张桌子和一把椅子。我立刻退了两步。

“我的房间在哪儿？我不能住在这里。”

“女王就是这么要求的，”他不自然地说，“我以为你只要在这里停留一两天，除了这里之外，没有别的房间能这么安全……”他的声音越来越轻了。

“威廉爵士，”我认真地对他说，“我什么都没有做错。”

“我相信这点，”他温柔地说，“所以你也肯定会被女王宽恕，然后被召回宫里。大概只要等一段时间，大约一两个晚上就好。”

我环顾四周，女仆在门口徘徊着，这个房间太小了，几乎没有让她侍奉我的空间。

“你的女仆会住在旁边的房间里，白天会和你在一起，侍奉你的饮食。”威廉爵士说，“为了你的健康，你也可以随意去花园里散散步。”

“像这样的生活我可过不下去。”我说。

“你不必忍受太久，”他向我保证，“你只需要住几天就行。她肯定会原谅你的，我对此深信不疑，你也会重新回到宫里去。”

他又做了个手势引我进屋，我只得进去。我很害怕他会碰我，因为我讨厌别人推我或者被人举起来。没人可以觉得他们能够不经我的同意就随意将我丢到某处。我走向狭小的窗户，拉过来一张椅子坐在上面，这样自己就能俯瞰整个庄园。窗外的景色很美，就像我的家乡布拉德盖特一样。亲爱的上帝啊，简、凯瑟琳和我三人在故乡的童年记忆，似乎已经离我太远了。

我可以透过房间高处的窗户看见日落。夜晚很美，太阳落下，月亮升起。我向月亮许愿，我从自己还是个小女孩时就这么做了，我的姐姐简告诉我，这种说法完全就是异教徒们的胡说八道，我应该为自己的愿望祈祷，而不是把自己的想法浪费在无谓的许愿上。夜晚的星星就像天幕上的颗颗钻石，我为自己的自由向那些星星许愿了，我也没有忘记托马斯，所以也为他在每颗星星上都许了愿。

身后有人拍打房门，引得我扭头一探究竟。那人是可怜的威廉爵士，他看起来疲惫不堪，而且麻烦缠身。“我只是过来确认一下您什么东西都不缺。”

我没有作答，只是点了点头。今晚的晚餐着实寒酸，他也明白。一个王室成员的餐桌上应该有二十道菜，而今晚的餐点像是给穷苦人家的女人吃的。

“我打算写信给女王，请求她释放我，”我说，“您愿意为我寄出这封信，并确保它能交到女王手中吗？”

“我会的，”他说，“还会附上我的请愿书，她一定会对你、你的姐姐、姨妈玛格丽特夫人，以及她的小儿子网开一面的。”

我听到那个小儿子，不由得警觉起来。“你不会是指查尔斯·斯图亚特吧？他只是个孩子啊。”

他点了点头，脸上满是忧愁的神情。“他被关在北部一所私人住宅中。”

“可他只有十岁啊！”我大声说，“他的母亲在伦敦塔里，父亲和哥哥在苏格兰，为什么女王不让他在家里和仆人以及朋友同住呢？他还很瘦弱，孤身一人在这世上生活着，对任何人来说都绝非威胁。他一个人在自己的家里都会感觉到孤独和恐惧，为什么要把他关在一幢陌生的房子里，还称他为囚犯呢？”

谁也没有说话，我们都知道为什么。这对我们来说是个警示：女王的不满早晚或许都会落在我们身上，甚至连无辜的孩子都不会放过。这也为我们所有人提了个醒，她真的算是希律王[①]再世。她一个亲戚都不喜欢，但会在他们死后举办葬礼来纪念他们。对于自己的表亲们，她只希望他们能被关在监狱里，而不是别的任何地方。

威廉爵士摇了摇头。“当然，我也祈祷她会尽早释放她所有的亲戚。”

我给威廉·塞西尔写信，请求他告诉女王陛下，我和凯瑟琳从来都没有说过任何密谋对抗她的事。我们和苏格兰女王或者玛格丽特夫人不一样，从来没有说过自己离王位有多近。我和凯瑟琳的确都是因为爱情而结婚的，可这并不是犯罪。我们虽然不经过女王的允许就结了婚，但这也绝非违法。

我收到一封未署名的便条作为回复，上面说我的姐姐和他的小儿子在因盖特斯通一切都好，她的大儿子和奶奶一起住在汉沃斯，而她的丈夫依然被关在伦敦。我的丈夫托马斯·凯耶斯则被关在弗利特监狱。那个没有署名的便条还说女王很快会放了我们，把我们关到一个更加宽松的地方去，特别是对托马斯·凯耶斯来说，那里实在太过约束。一旦等女王“方便做决定”，就会立刻把这个提议告诉她。

我手里拿着那张便条，在自己的小房间里坐了许久，之后才回过神来，把那张纸揉成一团丢进了火堆的余烬里。我明白女王的情绪仍然很糟糕，没人敢对她提议，就连威廉·塞西尔也不例外。我之前还了解到一些别的情况，那就是她对我或者对我姐姐全无怜悯之心，如今我终于明白托马斯也在为我默默承受。我在想那位不愿署名的人用“太过约束”一词代表着什么。让我感到担心的是他们或许把托马斯关进了一间小屋子里。弗利特监狱的牢房又矮又潮湿，老鼠甚至可以跑着穿过房间，他们该不会把我那个英俊高大的丈夫关进一间笼子里了吧？

---

①希律王（公元前74—公元前4年），以残暴闻名，他为了杀死襁褓中的耶稣，曾下令杀光伯利恒城所有两岁以下的儿童。

我明白，他在那儿肯定会备受羞辱。那里只是座普通监狱，里面关押的都是罪犯、造假者和醉汉。次日威廉爵士在那顿寒酸的晚饭前过来见我，我便问他有没有任何关于托马斯·凯耶斯的消息。

现在我认出了他焦虑的神色。他的目光先是看向地板，脸上的皱纹满是忧愁，不由自主地伸手碰了碰自己银灰色的头发。“我没有消息，只有一些流言而已。”他说。

“请一五一十地告诉我。”我说。我能感觉到一阵痛苦从我的腹部延伸开去，一直到我的喉咙深处，这是难受和期待混合的情绪。我爱着托马斯，现在却成了他蒙受羞辱的原因。我之前从未想过自己会希望从来没有与他结过婚，但如今我发现，如果他正因为我而遭受种种痛苦，那我一定会希望自己真的从未与他结过婚。

“威廉爵士，请把你知道的一切都告诉我吧。”

“他们把他关在弗利特监狱里了，”他说，“但至少冬天即将到来，瘟疫传染的时节已经慢慢离我们远去了。”

所以这封信上说的是真的，我早就知道会这样。托马斯的监狱就在弗利特河上方，那是伦敦最脏的河，那里冬天极为潮湿，而且冷入骨髓。囚犯们需要自己花钱来买柴火和床上的毯子，如果托马斯的家人没有给他寄去钱和食物，那他就将忍饥挨饿。他已经不是个年轻人了，关在那个狭小环境中会让他生病的。

“他们给了他一间很小的牢房。”威廉爵士轻声说道。他瞥了一眼我的小房间，床的两边的空隙很小，座椅被塞到了房间的角落里，窗户又小又狭窄，里面的空间也一样局促。“当然，他是个身形非常高大的男人。”

我想起自己第一次见到托马斯的时候，他笔直地站在白厅宫的大门前，拇指插在又厚又有光泽的皮带中，宽阔的肩膀呈现出倒三角形的样子，他那高大伟岸的身躯，他那优雅得体的行为都让我记忆深刻。像他这样高大的男人居然有着轻巧的双脚和灵活的头脑。我还记得他看见我的时候脸上露出的微笑，以及他单膝跪地和我说话的样子。

“他的房间到底有多大?”我无法想象威廉爵士告诉我的场景，“能不能详细告诉我?”

他清了清喉咙。“他在房间里都没法直起身子，”他不情愿地说着，“他得一直弓着身子，但就这样对他来说也不够。他躺在床上也没法伸展开身子，必须得蜷起来。”

我提醒威廉，他睡觉时双脚会从自己的床上探出来，因为他几乎足足有七英尺高。他们这不是在囚禁，而是在摧残他。

“他会很痛苦的。”我直截了当地说。

“而且他们还不给他吃东西，”他满脸羞愧地说，“他只能用一只弹弓透过自己牢房的窗户打些小动物或者鸟儿，这样他才吃得上肉。”

我连忙用手捂住嘴，缓解涌上的一阵恶心感。“这简直是判他死刑。”我轻声说道。

威廉爵士点了点头。“夫人，我很抱歉。”

她赢了。我会否认自己和托马斯的婚姻，像个卑微的奴隶一样求她宽恕我们。她可以任意处置我，把我当作宫里的矮子，当作她养的阉人甚至是宠物都可以。我只求她能在托马斯落下残疾之前把他放了。我会同意自己此生再也不与他见面，永远不提他的名字。我用最谦卑的语气给威廉·塞西尔写了封信。我在信里乞求女王能够原谅我，因为我是个罪人，有着最为卑劣的本性，如果我让她感到不悦，那我宁愿去死。我署名时用了自己娘家的姓氏，也是之前的名字，玛丽·格雷。我在信里没有提到托马斯，努力表现出一副他与我无关的样子，让她明白我已经忘了他，我们的婚姻就像是从未发生过那样。随后我能做的就只有等待了，尽管她之前从未对这样的情况网开一面过，可我还是希望她在得知自己大获全胜的情况下会对我们手下留情。

# 1565年冬

**白金汉郡　契克斯庄园**

我最终被关在契克斯庄园，所以艾格尼丝·霍特里对我总是没有好脸色，那些前来庆祝圣诞的邻里不能过来见我。把我关在她家里对她来说可是一点好处都没有，甚至都不能让来访的客人见我。不过除了她的老阿姨和堂姐妹之外，我是唯一会对她从伦敦听来的流言表示赞许的人，所以她有一肚子话想说的时候也会来找我。

“我得告诉你，”她说，“我得把这件事说出来，可你必须发誓永远不会告诉我的丈夫，也不准告诉任何人说我和你谈过女王的事情。”

“我不会去听任何关于叛国的事情，”我很快说道，“我什么都没听见。”

“这不是什么叛国的事，只是一些大家都知道的事情罢了。”她的语速飞快，“罗伯特·达德利向女王求婚了，她同意了，婚礼将在圣烛节[①]举行！”

“不可能，你肯定听错了。我可以发誓，她不会嫁给他，也不会嫁给任何人。”

“她会的！会的！他们会在圣烛节举行婚礼。”

“你从哪儿听来这个消息的？”我对此依然半信半疑。

---

①圣烛节为每年2月2日，为纪念圣母玛利亚产后净秽携耶稣往圣殿之日，以点燃之烛庆之。

“大家都知道了,”她说,“威廉爵士亲自对我说的,但我也从自己朋友那儿听来了这个消息,她有个堂兄在诺森伯兰公爵手下做事,我那朋友发誓婚礼肯定不能就这么举行,但又没人能阻止。天哪!”她突然换了个话题,好像这个念头突然蹦到了她脑海里似的。“那你怎么办?如果她结婚了,那你会获得自由吗?”

“她现在也没有理由继续关着我,”我说,“我又不会妨碍罗伯特大人对她的爱。但我可以肯定的是,如果她结婚了,还生下一个儿子,那就更没有继续关押我和我姐姐的理由了。如果她结婚了,或许她也会允许自己的女侍臣们结婚吧。”

“那会是场多么宏大的婚礼啊!”她惊叹道,“她肯定会因为婚礼而大赦天下的。”

“圣烛节。”我自言自语,想到了被关在冰冷的牢房中的托马斯,他躺在潮湿的地板上,还忍受着饥饿的折磨。“那要一直挨到二月了。”

# 1566年春

**白金汉郡　契克斯庄园**

没人为我在契克斯庄园里准备圣诞筵席，恐怕我那在因盖特斯通的姐姐也没有什么欢乐可言，她那被关在约翰·马森爵士家里的丈夫自然也是如此。或许在汉沃斯的泰迪会在圣诞节收到他的奶奶为他准备的小礼物，可能是个姜饼人吧；但他或许现在就知道自己不会从父母那儿获得圣诞祝福了。我知道我的丈夫托马斯依然绝望地处在冰冷和饥饿之中。天气越来越冷，在一月下起了雪，我一直在想他，他或许会在那面小小的窗前弯下腰，看着自己是否能抓到一只麻雀，努力从它那小小的骨头上剔下一些肉来。我想他会设下一些陷阱，这样能抓点老鼠吃。我也想着他坐在小小的火苗边上，竭力从那微弱的光点中获得一些温暖。他晚上只得蜷缩在小小的床上，忍受着永远不能舒展身子的痛苦；他的肩膀在白天又得一直弓着，睡觉时腿也必须蜷在一起。

但我也听说，大家在伦敦那儿过得也不怎么开心。伊丽莎白听到了消息，那个与她作对的女王和表亲居然怀孕了，这让她陷入了嫉妒和绝望之中。苏格兰的玛丽和她年轻的丈夫，达恩利爵士亨利就要给苏格兰生下一位王室的继承人，这样伊丽莎白的王位继承权又多了一名竞争者。当威廉爵士告诉我这个消息的时候，我有那么一会儿庆幸自己能够远离朝廷。我简直没法想象，如果玛丽女王生下了一位男孩，伊丽莎白手下的女侍臣们会连带遭受怎样的折磨。我真希望自己能和凯瑟琳在一起，听她想到这件事时发出的咯咯笑声。伊丽莎白刚把自己的外甥女们关起来，我们就又为她准备了一名新的死对头。如果我们没有那么苦，那么这事倒还挺能引人发笑的。

罗伯特·达德利依然相信伊丽莎白会遵照她发下的誓言，在圣烛节和他结婚；但一月早已过去，圣烛节也来了又走，伊丽莎白依然没有举行婚礼。我不知道她是怎么安抚达德利的情绪的。或许她用另一个承诺或者其他足以令他信服的理由来安抚他，但她的神父在一场布道中宣告说圣烛节不存在了，现在这个节日属于异教，或许罗伯特的婚约也和古老的传统一起消失了。

当玛丽女王公开宣称自己才是英格兰的合法女王时，伊丽莎白对她的态度从暴躁的敌对情绪转变成了恐惧。究竟该任命谁作为伊丽莎白的继承人突然变得不重要了，因为玛丽宣布伊丽莎白是个篡位者。她获得了新任教皇庇护五世①的支持才胆敢如此。所以这下整个欧洲都开始反抗起了伊丽莎白，西班牙支持玛丽女王是因为她的信仰，法国支持她则是因为她的家族。如果她亲自带领一支天主教军队逼近英格兰国境，那么半个国家的人都有可能转而支持她。她可以引领一场圣战，直捣英格兰的心脏，遵照自己的权利赢得王位，还可蒙受天主教教派的祝福。不过我在花园里散步的短短半小时内可没想那么多，我只是觉得我和凯瑟琳犯下的过错比起玛丽女王公开向英格兰宣战这件事来说，实在已变得更加不值一提。

不过我清楚，她的声明倒会让伊丽莎白处在更加恐惧也更加嫉妒的境地。她不会思考任何别的东西，也不会和任何人说话，不会对任何人心生怜悯。

---

①庇护五世（1504—1572），大力实施教廷改革，残酷镇压异端，并出兵在勒班陀海战大胜奥斯曼帝国。

我给威廉·塞西尔写了封信，提醒他我和凯瑟琳没有做任何鼓吹自己继承权的事。我们是新教徒，和他还有女王是教友，如果她被天主教的表侄女所威胁，可向我们寻求友谊；她可以向所有人表明自己对我们共同信仰的支持。我们可以在她上朝时站在左右两侧，也可以支持她对这个国家的王位宣布所有权。在信的末尾，我求她若是方便就行行好，把托马斯·凯耶斯换进一间更大的牢房里，再允许他不时外出走走。

“我宣布，”我在信中写道，“终止自己与他的婚姻关系，就当这一切从未发生。若您愿意让他免于牢狱之苦，我愿意此生再也不与他相见。”

在信的末尾，我又署名为玛丽·格雷，以此来否认我的爱情，我的婚姻，也否认了我自己。之后便又是苦苦等待消息的日子。

我觉得自己是个傻瓜，因为我根本没考虑到之后会发生的事。威廉·塞西尔手下的间谍把达恩利爵士耍得团团转，把他弄得像是我姐姐的小巴哥犬乔。他们训练他，让他学会耍那些计谋。他们首先嘲弄他那脆弱的男子气概，对他说，如果他对自己的妻子言听计从，那就不是真正的国王，如今她并不承认他的头衔，所以他必须自己去争取这一切。他们宣称她并不仰仗这位由上帝赐予她的男人，而是遵照她的谋士兼秘书大卫·里奇奥的话。他们同时也对大卫·里奇奥暗示女王对他言听计从，比起自己那个年轻的丈夫来，女王更喜欢的是他；或许女王腹中的孩子是他的，而不是斯图亚特的。他们用酒精以及对于淫欲和背叛的幻想来腐蚀他的心灵，让他带着一把上了膛的枪闯入女王的房间，拿枪口指着她隆起的肚子，让她把这个孩子给里奇奥。当然了，塞西尔和伊丽莎白才不会在意这把枪是不是真的会走火，一不小心就把女王和孩子都打死。那个空有好皮囊的达恩利带着一群同伙闯入女王的房间，把女王的秘书从她的房间里拖出来，里奇奥尖叫着求饶，伸手抓扯她的长裙，他们便用乱刀将他砍死在女王房间门口的楼梯上。这场死亡真是恐怖至极，同时这也是一场可怕的阴谋。这就是伊丽莎白和她的谋臣想出来解决这些重大政治问题所用到的方法。我应该庆幸我的姐姐和我只是被关在这里而已。

我希望自己的姐夫奈德可以成功获释。看管他的人是约翰·曼森爵士，他对奈德可谓憎恶有加，可他去世之后议会却找不到能够代替他的人。没人想去看管这位英格兰贵族，他既没有遭受指控，也没有正当的理由。我问了霍特里女士，她在宫中的朋友是否觉得女王有可能会把奈德送去和凯瑟琳关在一起，如果他们能被关在一起，那她被关的状态就会完全不同。我每个月都听说她正在变得越来越孤独和悲伤。但艾格尼丝说不会，伊丽莎白不会冒险再让一名西摩尔家的儿子出生，他又会成为自己王位的继承者。但我觉得她一定是弄错了。伊丽莎白听闻苏格兰传来这样的消息后肯定会释放奈德和我们所有人的。她一定会对整个国家展示出自己支持新教、对抗天主教的决心。

对于玛丽女王来说，她也以此坚定了自己的理由，并将整个计划都打乱。她聪明地策反了自己的丈夫，那个软弱的男孩达恩利，将他的阴谋巧妙地化解。她否认他试图攻击自己并且杀害自己的谋士，并将他从那群整日喝得烂醉的狐朋狗友手中救了出来。如今他倒戈女王，他否认曾参与过任何攻击自己妻子及谋杀谋士的行为。玛丽女王自己则亲自出马对付那些叛徒，并重新赢得了苏格兰新教领主们的支持。她行事迅速，勇敢果断，打败了自己的敌人，并与别人成为了朋友。伊丽莎白试图努力跟上这一步伐，她现在只能告诉所有人，自己对苏格兰发生的恐怖事件感到遗憾不已，并且担忧亲爱的表侄女的生命安危。她也公开敦促玛丽，让她保重好身体，特别是在她怀孕的数月间。

不过这么做当然愚弄不到谁；但却让我们不停在想，苏格兰的玛丽是否会乘胜南下侵入我们的边境。她已经将伊丽莎白称作私生子和篡位者，将她视作通过暗杀和阴谋才顺利达到现在这个地位的敌人。玛丽女王已经明白自己的优势所在，那么下一步她将怎么做呢？

我只能想，或许她会向英格兰进军，这个国家的天主教徒们会将她视作解放者和救星。如果她打算来这里，并且还能获得胜利的话，那么她会不会让自己其他表兄妹获得自由呢？她肯定会第一个释放自己的婆婆玛格丽特·道格拉斯，但接下来呢？为什么不会释放我和凯瑟琳呢？她自己有了一个孩子，是否会对我的小侄子们心生怜悯？由一个天主教女王来释放简·格雷的妹妹们，想到这个我便感觉呼吸急促起来。但我可以肯定的是，不论她是个多么糟糕的表姐或者女王，也不可能比伊丽莎白对我们更坏。

## 1566年夏

**白金汉郡　契克斯庄园**

太阳升起的时间越来越早，我看着窗外的树木逐渐由星星点点的绿意变得枝繁叶茂起来。当我在花园里散步时已经不再披着厚重的斗篷，而是在肩上围了一条轻薄的方形披肩，鸟儿在我周围放声歌唱。有一天早上我听见了一只布谷鸟的叫声。它的声音又响又突出，我立刻回到了在布拉德盖特的时光，凯瑟琳拉着我的手，越过新开垦的田地，激动地说道："快来！快来！或许我们能看到它。布谷鸟代表着好运气。"

我很希望自己能在这个季节获得自由。因为我看见兔子在绿色的树篱下蹦跳着，野兔在清晨薄雾中用来滚木球游戏的绿色草地上跃动，我听见狐狸在夜晚发出了叫声，猫头鹰在高高的烟囱上互相唱出求爱的歌谣。在这个年轻而又爆发活力的季节，我真正地意识到了自己的青春和精力充沛的生命。我夜不能寐，脑海中全是对托马斯的渴望。我们在一起只有很短的时间，但我的皮肤却能记得他对我的每次触碰。我想要好好爱一次我的丈夫，我想躺在他颀长的身躯上。我不在意我们要住哪儿，也不在乎我们贫穷与否，或者是否承受着不该有的污名，只要我能和他自由地在一起，那就很开心了。

随后我听到了一些好消息，或许是一系列幸福喜悦的开始，就如同那些树上爆出嫩绿的新芽：凯瑟琳在因盖特斯通的狱卒威廉·彼得爵士病得太厉害，没法再把她关在自己的房子里了。或许上帝并没有忘记我们。奈德之前也是如此，现在又轮到了凯瑟琳。我真的开始相信我的姐姐或许会与我团聚，或者我们都会被释放，转而在同一个屋檐下被软禁着。这么想自然是理所当然的事，把我们两个人关在一起不是会更省花销也更容易管理吗？我给威廉·塞西尔写了封信，告诉他如果我们能被关在一起，那我肯定会更加开心些，对女王陛下来说也自然会更加方便。我的姐姐可以少请些佣人来，我可以负责照顾他的儿子，也会照顾她的饮食，为她做伴。

“这么做是个更加经济的选择，”我信心满满地写道，“我们可以共用一批炉火以及仆人。”我问他，他是否会向女王说情，另外她或许也能放了托马斯·凯耶斯，让他和他的孩子们一起住在肯特。“我可以忍受自己永远不与他见面，他也发誓永远不来见我。”我说，“但是像拴着熊一样把托马斯这样高大的人关在一间狭小的牢房里更糟，这绝非符合基督教教义的行为。就像你不能把一头大牛关在这样狭小的牛栏中。他只是爱我而已，除此之外又做错了什么呢？倘若我不鼓励他，他也永远说不出爱我的话。”

我收到了威廉·塞西尔少见的回复，他写信告诉我，我的姐姐凯瑟琳接下来会被关在另一位有着王室血统的朝臣约翰·温特沃斯那儿，他住在高斯菲尔德大厅里，之前默默无闻，现在却被找了出来，可他半截身子都快入土了。她会住在英格兰西侧，被自己的女侍臣们照料。她的儿子托马斯出生后整整三年都从未感受过自由的世界，从未见过自由的天空，之后仍会和她住在一起。

“至于凯耶斯先生，他被允许在院子里散散步，伸展他的长腿，”威廉·塞西尔的信中带着自己特有的幽默，“女王已经向他展现了自己的仁慈，在这个多灾多难的时刻，也有许多人为你和凯瑟琳夫人求情，我是这些人中最急切的。”

我不是很确定塞西尔说的“多灾多难的时刻”指的是什么，自从被他保护的人登上了王位，这样的时刻只出现过几次，但在六月的时候，我听说对伊丽莎白而言最糟糕的事还是发生了：苏格兰的女王玛丽生下了自己的孩子。伊丽莎白曾经怂恿那个男人对着她的腹部开了一枪，但她事后还是活下来了，而且生下的还是个健康的孩子，对伊丽莎白来说最最糟糕的莫过于那个孩子还是个男孩。那个天主教表亲，就像她的新教表外甥女一样，都有一个健康的儿子，同时还是英格兰王位的继承者。而伊丽莎白呢，她已经三十二岁了，但仍然未婚，也没有恋人，现在她的两个后辈都有了自己的儿子，她更加无法同时否认她们两个人的存在了。

她听到这个消息后的反应正是她一直会做的事：她选择逃避事实，假装一切都没有发生过。契克斯庄园的厨师和王家马夫是朋友，我们都听说伊丽莎白在肯尼沃斯举办了一场豪华的庆典，罗伯特·达德利在那儿将他的财富掷在他的女王，他最为特别的爱人脚下。很明显，他为了女王的来访建造了整整一套新的西侧房间，还有专门为她准备的假面舞会、游猎以及特地创作的戏剧和焰火。他在圣烛节饱尝失望之后便让自己投入另一种求爱行动中。今年他愤怒或者失望地离开宫中两次，每次她都放低自己的姿态求他回来。所有人都清楚，她不能离开他。他一定在想，自己的所作所为对她来说是不是已经够明确了。

我坐在自己小小的房间里，试着咽下自己的愤怒带来的苦楚，心想，现在伊丽莎白肯定正在肯尼沃斯，看着广渺的湖面上焰火的倒影吧。我不像自己的姐姐凯瑟琳那样是个多愁善感的囚犯，也不会让自己陷入自怨自艾的境地。伊丽莎白对我们的疯狂行为使我永远不会原谅她。她在我心中是个恶毒的疯女人，每当我写下乞求她开恩宽恕我们的信，并发誓否认自己王室成员的身份时，我就和她所有的朝臣一样在撒谎。她让整个宫里的人都成了骗子，而我是程度最深的那个。

# 1556年秋

**白金汉郡　契克斯庄园**

我又听说她让罗伯特·达德利处在一种似是而非的状态——这和我之前预测的一样。我相信他永远都会处在婚姻的门口，却永远无法越过这道坎。我也相信她谁都不会嫁。我去年就这么发过誓，现在也打算再说一次。她会一直把他留在自己身边，这距离足以毁了他的生活，可对自己毫无影响。她从肯尼沃斯回到伦敦后不得不召集议会，因为她需要资金。之前在苏格兰的时候她已经花了一大笔钱来制造麻烦，进行间谍活动和策反从来不是什么便宜的事。但议会声称，除非她确立自己的继承者，否则不会再拨钱。他们发现了能够命令她的机会。这些信仰新教的议会成员心中只有一位候选人，那就是我的姐姐凯瑟琳，而她那姓西摩尔的儿子就排在她之后。

有一天我正在花园里散步，赞叹着邸园中树木那鲜艳耀眼的颜色，以及被风吹起、围着我脚边旋转的落叶。这时我看见在我前方的路上有一张白色的方形纸条。我立刻拾起它，展开读了起来。

“你的朋友会为你和姐姐说情。我们没有忘记你们。英格兰知道谁是这个国家的继承人。”

读罢，我立刻把它卷了起来，等回到房里后，就在空壁炉中把它烧了，再用一张扑克牌把灰烬扫清。我发现自己露出了一丝微笑。或许不久之后我就能走在一间超过十二尺宽的房间里了，我不仅能在花园里散步，更能走出花园的大门。等到明年春天，说不定我还能在布拉德盖特的公园里听见一只幸运布谷鸟的叫声。

那个满脸不情愿的主人来到我的小房间里拜访我，他穿着一条马裤和一双靴子，手上搭着一件保暖用的斗篷，另一只手里拿着一顶帽子。他的脸上没有羞愧的神色，而是面带喜悦。我坐在打开的窗子前，他见到我深深地鞠了一躬。我立刻像一只在风中闻见猎犬气味的鹿那样警觉起来。现在又发生了什么事？

“你也看见了，我准备马上动身离开，前往伦敦。”他说。

我点了点头，虽然脑海中的念头飞速旋转，但我仍想办法让自己看起来很冷静，对他的话似乎充满兴趣。

“我恳求您在我离开的那段时间里安静地待着，”他说，“如果您试图利用我不在的这段时间逃离这里，那么女王的恼怒就会重重地落在我和我妻子身上。你应该明白，我不敢面对这一切。”

“我无处可走，也没有人可以见；我也不会让你或者我的姐姐面临这样的麻烦。”我对他保证，“如果我逃走了，女王肯定会狠狠地惩罚我的姐姐和侄子，我对此深信不疑。”

他又鞠了一躬。“另外，我也希望这次回来能带来您和您那王室的姐姐，也就是赫特福德夫人的好消息。”他说。

我注意到他用王室二字来称呼凯瑟琳，并且还加上了她婚后的头衔。“真的吗？”

他回头看了一眼，确保没有人在敞开的门边逗留。我也转身把窗关上看着他。我们立刻就成了密谋讨论的人，提防着四处存在的眼线。

“我被召去了议会，”他说，“我们坚持让女王任命自己的继承人，因为只有议会才有权为她提高税率，还可以控制形势。这是我们首次达成协议，没有被宫中的谋士们分散论点。我们还联合了上议院[①]大家一致坚持让她任命自己的继承人，而且只能是赫特福德夫人和她的儿子。”

我听了简直要高兴得跳起来，兴奋地鼓掌叫好。但我只是像一个公主那样端坐着，点了点头。“我很高兴能听到这个消息。”我只说了这句话。

“等您被释放后——”他用了“等”而不是“如果”——“我希望您能告诉您的姐姐赫特福德夫人，我依照自己的权力范围，对您尽了一位好主人的义务。”

“我会转告她的，”我公允地说，“我也会告诉她，你一收到请求就立刻前往了伦敦，并且和其他人一起竭尽全力说服女王，让她任命我姐姐当她的继承人。”

他依照对待王室成员的礼仪，对我深深地鞠了一躬。

“另外，”我补充道，“若你能拜访羁押于弗利特监狱的托马斯·凯耶斯先生，并坚持请女王释放他的话，我感激不尽。”

“我会与议会成员一同向女王提起这件事的，”他向我保证，“当然了，没人可以不经审判就被关进牢里。”他说完等了等，看看我还有没有别的指示。“我要不要代表你对宫中的某人说些什么？”

我对他微笑着，我并不打算提及任何朋友或者王室亲属们的名字，因为不想连累他们。“就公开对他们说吧，”我说，“向所有人说说我和我姐姐的事。”

---

①上议院也是议会的一部分，但成员并非选举而来，而是通过自己的地位占据一席之地，因此也称作贵族院。

看守我的人离开之后，他们允许我去花园里走走以及坐着休息。我用这段时间来学习和写字，读我的《圣经》，再画些画。我甚至尝试在自己房间的墙上画些湿壁画[①]，我一边画着，一边想起了达德利家的男孩们关在伦敦塔的时候，闲暇之余在石砌烟囱的炉胸那儿刻上的画。我想如果凯瑟琳和我获得了自由，她被任命为王位继承人，而我们也回到了自己家里，那么这段漫长而又痛苦的家族蒙羞史和缺乏爱情的人生也终将告一个段落，那些无辜的孩子也会获得自由。我想起了自己好久没见到的小侄子，希望他们都能住进父亲的大宅子，在父母的照料下安心长大，并且知道自己总有一天会成为这个国家合法的继承人，也肯定能够获得属于他们自己的位置。我想凯瑟琳会成为英格兰的好女王：她不会篡夺自己的权利，也不会利用间谍以及折磨别人的方式来实现自己的目的。而接替她的儿子会成为饱受荣光加持的新教国王，一位西摩尔家的国王，成为像我那可怜的表舅爱德华国王那样的人。

一周后，霍特里夫人收到了一封丈夫寄来的信，把它带到我的小房间里来。她拍了拍我的门，等我说“请进!”之后才进来。

“我的丈夫从伦敦寄来了一封信，告诉我们现在的状况。”她说，行了个礼，身子弯得很低，“我猜你可能想要了解一下情况。”

“没错，”我说，“请坐。”

她从火炉边拿了个矮凳子，我则坐在自己用餐的椅子上，这下我们两个人就一般高了。她展开这封信，通读了一遍。

“他说下议院和上议院联手对女王发出抗议，发生了一些双方都很愤怒的情况，”她说。“上下两院都决定将凯瑟琳夫人任命为女王的继承人。枢

①绘制时先在墙上涂刷一层粗灰泥，再覆一层细灰泥，最后刷一层石灰浆，趁其未干之际用颜料在上面作画。

密院也同意议会的决定。女王则和诺福克公爵，罗伯特·达德利以及彭布罗克伯爵大吵了一架。”

我专心听着，这些人都是女王最重要的谋士和朋友；彭布罗克伯爵是凯瑟琳之前的公公。我也从来没有想过他会冒着反对女王的风险为凯瑟琳说情。伊丽莎白必须认识到他们这么做是为了国家的利益，如果他们不能确定自己百分之百会成功，那么肯定不至于公然与女王作对。

“现在她已经下令禁止他们进入自己的房间，”霍特里夫人读道，抬头看着我。“这倒是件出人意料的事，不是吗？”

“没错。”我草草地应道。

“她从下议院召来了三十个人，不让议会发言人来到她身边，”霍特里夫人继续读着。“我的丈夫说她还对他们大喊大叫。”

我扭头努力藏住微笑。我想象着那些偏狭的议会成员在女王面前吓得屁滚尿流的样子，因为女王完全可以事先不加警告就把他们抓起来，并且不必经过审判就可将他们丢入大牢。但他们并没有退缩，依然坚定地运用着自己的权利向她上书呈言，所说的内容就是她要么立刻结婚并且亲自怀上一名继承人，要么现在就任命一个。

霍特里夫人拿起最后一页信纸。“他在回家的路上，”她说，“他的工作已经做完了。”

“她任命了凯瑟琳为自己的继承人？”我半信半疑地低语道，如果上下两院的成员联合起来反对她，那么这么做是她唯一的选择。“她提名她了吗？”

霍特里夫人把信叠了起来，交到我手里。“你自己看吧，她发誓了，议院也批准了她需要的补助金，她也许诺他们可以决定她的继承人。”

她看着我继续说道：“他们赢得了她的同意权，你觉得他们会任命你姐姐为继承人吗？”

我颤动着笑了几声。“我可不敢如此奢望，我能做的只是祈祷。他们终于鼓起了勇气，而她也终于成功被人说服去做一些正确的事了。”

她有些惊叹地摇了摇头。“她可不是什么一般的女人，对任何人来说，她都显得那么难以捉摸。”

“她只有在上帝面前才能被真正看透吧，”我坚定地说，“上帝会问伊丽莎白关于凯瑟琳和她的儿子托马斯与泰迪的事，会问起凯瑟琳的丈夫奈德，甚至会问起玛格丽特·道格拉斯和她的小儿子查尔斯，以及我和托马斯·凯耶斯。上帝向我们保证过，他连天上的麻雀都看顾，自然会在今晚询问女王，她的表亲们究竟在何方。”

# 1566年冬

**白金汉郡　契克斯庄园**

苏格兰的玛丽因为脾脏的问题元气大伤，身处自己那个痼疾缠身的国家更是让她在精神上也受到了挫折。她昏迷了数小时，众人已经想尽办法去温暖她那冰冷的身躯。看来，她的命运只能交给上帝决断了。她的儿子虽说是王储，可毕竟还是个婴儿，如果她死了，那就没人会保护他了。他们说她的最后一句话便是让伊丽莎白来当他的保护者。

如果一只布谷鸟在其他鸟儿的巢里下了蛋，那伊丽莎白或许会让它去保护巢里原有的鸟蛋吧，也或许会让猫头鹰去保护老鼠。不过我算是看清楚了这当中暗含的计谋，就算在自己临死前，玛丽女王也不忘算计伊丽莎白，用这个王室血统的男孩做诱饵，牢牢将她困住。如果伊丽莎白同意成为苏格兰王储的保护人，那么她便承认了对方的王室血统。而她如此贪婪地在苏格兰寻求自己的影响力，面对比自己更年轻更漂亮的苏格兰女王，自然在爱与恨之间摇摆不定，无法抵御这个提议的诱惑。我收到了一张简短并且未署名的便条，心中推测是威廉·塞西尔写的。

*"女王已经成为苏格兰詹姆斯王子的教母。"*

便条上就写了这么一句话，但就是这么短短的一句话终结了我的希望。伊丽莎白打破了她对议会和领主们发的誓，她选了玛丽而非凯瑟琳，选了天主教徒而非新教徒。她大概会觉得，这不是玛丽亲手送上门的机会吗？

她此刻或许依然卧床不起，但比起伊丽莎白没完没了的残忍行为，她用自己冰冷小巧的手指下的这着棋显然更妙。玛丽女王用自己的儿子作诱饵，伊丽莎白则心甘情愿地跳上了钩，她希望在玛丽死后将这个男孩纳入自己名下，而他会成为英格兰未来的国王。

我给凯瑟琳寄去一封圣诞信笺，但我没有什么东西能够给她。她给我回了信，随信还附上了一条金项链。

> 我的丈夫送给过我许多小礼物，而它就是其中之一。他通过写信和寄送钱财来把他的爱寄给我。我们的小儿子托马斯身体健康，正在茁壮成长。而我们的大儿子泰迪和他的奶奶一起住在汉沃斯，她告诉奈德他也一切都好，身体强壮，享受着无忧无虑的快乐童年。我们祈祷你和我们都能获得自由，在我被关押的第六年里，我终于和一户好人家住在了一起，他们竭尽所能地安抚我。我感到疲惫不堪，也终日郁郁寡欢，可我相信自己在来年，或许在新的一年吧，女王就会宽恕我们，给我们自由。我听说苏格兰的女王和我们的好女王达成了一个协议，会让你和我成为她们的臣民与亲戚。妹妹，我很想见你。
>
> 就此别过。

我把这封信读了一遍又一遍，直到把它的内容都牢牢地记在脑海中为止，随后在我房间里的小壁炉中把它烧了。我把凯瑟琳寄给我的金项链戴在脖子上，心想，这个小物件可是来自一个有权进入英格兰宝库的女人给我的。

这不是我收到的唯一一份圣诞礼物。主人家送了我一些丝带，我的女仆用漂亮的蕾丝为我编织了一件宽松的无袖连衣裙。我给霍特里夫人画了一幅从我的窗口望去的花园素描。如果我能看到更多景色，就能画出更多东西，但就连我的视线也是受限的。

# 1567年春

**白金汉郡　契克斯庄园**

那个臭名昭著的达恩利领主，也就是我表姨玛格丽特·道格拉斯的儿子死了：别人从来没觉得他会有个好结局，但也没想到会落得如此可怕的下场，他被人绞死，尸体赤身裸体地横在自家花园里，身后房子则成了一片废墟。有人用火药炸毁了他在克里克欧菲尔德的房子，所有人都说这是新教的领主们派人干的，因为他在逃亡的时候被人抓到了。达恩利不是一个最终会寿终正寝的年轻人，而是一个谋杀犯，威胁过自己尚未出生的儿子和妻子，他被母亲宠坏了，内心扭曲。不过所有人都惊讶于他会以这种方式死亡，也对这种可怕的行径究竟对苏格兰女王意味着什么感到震惊，她才刚刚从疾病中恢复，如今又被众人怀疑谋杀了自己的丈夫。

伊丽莎白听闻这场灾难后简直难抑心中的喜悦，她和苏格兰女王之间达成的协议也被打破了，像是被炸成碎片的克里克欧菲尔德宅邸一样，那位恶习缠身的男孩让自己的母亲心都碎了，她的遗憾就这样落满那片废墟。我们的表姨玛格丽特·道格拉斯夫人从伦敦塔获释，他们允许她和托马斯·萨克维尔①一起住在萨克维尔宫。她的小儿子查尔斯为了安抚她遭受重创后的心灵，也搬过来和她一起住。她那罹患梅毒又身为谋杀犯的儿子

①托马斯·萨克维尔（1536—1608），首任多塞特伯爵，英格兰政治家、诗人与剧作家，于威廉·塞西尔死后担任英格兰财务大臣。

暴毙之后，反倒减轻了她自身的罪孽。玛格丽特夫人重获自由，无辜的凯瑟琳和我却依然被关着。伊丽莎白现在满脑子都想着如何对付玛丽女王。

狂热的苏格兰布道者们宣布女人无法掌控权力，伊丽莎白反倒支持起玛丽来。不过她不能全身心地去做这件事。她发表了向苏格兰女王提出的一些意见，指出自己和她的区别：她是一名奉行禁欲主义的女王，而对方呢，不过是个流言缠身的新寡妇罢了。甚至连身处契克斯庄园的我都收到了这封信的副本，我读了一遍，女王居然称自己是一位虔诚的表亲和朋友，这倒是挺让我惊讶的，她还说玛丽身处险境，这比达恩利的死更让她感到难过，玛丽应当保全自己的名誉，而不是“像大多数人说的那样”偷偷寻找那些成功谋杀了她丈夫，替她实现心愿的人。

我不知道伊丽莎白为玛丽做出糟糕的辩护前，是否真的有“大多数人”说过玛丽才是谋杀达恩利的人，不过我非常肯定，现在所有人的脑海里都会有这个概念了。另外，不论是深夜花园中的谋杀，还是那位天主教女王名声的毁灭，以及伊丽莎白对她突如其来的亲密以及假意的怜悯，我都见到了威廉·塞西尔在幕后操纵的痕迹。达恩利的死亡和他之前与玛丽结婚一样，彻底把她的名声搞垮了。威廉·塞西尔的计划正是如此——她与伊丽莎白达成的协议成了泡影。

这可不是什么在偏僻阴暗的楼梯上发生的谋杀案，还有一群陪审员可以做出意外死亡的判决。正如众人所说，这可是一场发生在午夜时分爱丁堡市中心的爆炸案，又恰巧发生在女王拒绝和自己的丈夫共寝的当晚，好像那些火药是某个她认识的人打包好放在那儿的。

就算我关着门，而且只能在花园里散步，那些流言也时不时会传到我的耳中。契克斯庄园的厨房里到处都是叽叽喳喳的闲话，马厩院子里的女仆都热情地支持苏格兰领主詹姆斯·赫本，他是博斯维尔伯爵，总是勇于捍卫新教，其行事手段简单直接但却有效。洗衣房的女仆们则对可怜的达恩利领主充满惋惜之情，不论是对他在床上发生的爆炸一事还是他那邪恶的妻子下令让野蛮的苏格兰领主们派人勒死了他。整整一个春天，这些流言都在发酵，情节越来越吓人，也越来越详细，直到四月，我们听说玛丽女王已经逃离了首都，而在五月，她嫁给了那位杀死了她丈夫的人：博斯维尔伯爵詹姆斯·赫本。

# 1567年夏

**白金汉郡　契克斯庄园**

比起苏格兰女王糟糕的婚姻来，我和托马斯·凯耶斯，甚至凯瑟琳与奈德·西摩尔的婚礼都算得上谨慎。至少我们姐妹爱的都是有荣誉有名声的人，他们都能自由地结婚。玛丽女王的婚姻却毫无荣誉可言，虽然穿着哀悼的衣服，但实则花哨无比：一身黑色纹饰的天鹅绒连衣裙，上面绣满了金线和银线。我请霍特里夫人务必打听清楚这件长裙，它的确奢华至极，上面缀着真正的黄金，在这件衣服下面配着的是一条猩红色的长裙；她既是新娘，又是寡妇。她有可能是凶手；而她无疑嫁给了凶手。现在世人眼中的她的形象已经毁了：不论是法国、西班牙还是英格兰，在天主教和新教两派中更是如此。她把自己毁了，另外，很明显，她不能再成为英格兰的继承人了。

我等着威廉爵士过来告诉我，我已经获得了自由。他在暗中对抗苏格兰女王的漫长战争终于获得了胜利，为我的继承权悄悄付出的努力终于获得了圆满的结局。此后伊丽莎白再也没有理由继续关押我和我的姐姐了。威廉·霍特里爵士告诉我，约翰·达德利的哥哥安布罗斯前来拜访了奈德·西摩尔，这违背了我的姐夫不可拥有访客的命令；他还向奈德保证女王会任命我的姐姐凯瑟琳为王位继承人，达德利家族会在背后暗中支持她的。

我在闷热的房间里坐卧难安，只得把两扇窗都打开探向窗外。当我出门时，便不断在仲夏时漂亮的花园里来来回回散步，在窗外一遍又一遍地走动，就像雪貂在笼子里一圈圈地跑那样。每次我听见远处传来的马蹄声，心中便暗想这是否会是女王派来释放我的信使。事到如今我应该不会再等太久。

霍特里夫人对我说了一些从伦敦传来的流言，玛格丽特·道格拉斯的丈夫，也就是达恩利领主那担惊受怕的父亲从苏格兰逃走了，同时也被获准进入英格兰。人们邀请他到宫里去，玛格丽特夫人也获释，得以和他一同前往。他说苏格兰已经出现了叛乱，领主们纷纷开始对抗博斯维尔和他们的女王。苏格兰的玛丽是博斯维尔的妻子，同时也是他的牺牲品，她已经无法再维系女王的权威了。就像伊丽莎白害怕的那样，婚后的女王会和地位稍低的丈夫处在一个层级。玛丽刚来到苏格兰时是拥有法国王室身份的遗孀，穿着的是最亮丽的白色。现在她成了博斯维尔的妻子，还穿着一身带有诱惑意味的黑色长裙，内里还有红色衬裙。人们对她连表面上的尊重都没了，把她关进了洛克利文岛上的城堡里。我姐姐的对手曾经有过自由和强权的时期，但如今也像我们一样成了阶下囚。

我们这个被关押的表姐眼下也和我们一样仰仗着伊丽莎白的慈悲。除此之外，没人能下令让苏格兰的领主们尊重自己的君主，也没人能派兵威胁边境，在各处安插间谍，大多数领主们此刻都像是雇来的侍从一般安顺。但是伊丽莎白没有恢复另一位女王的身份，反而听任玛格丽特·道格拉斯争夺自己孙子，也就是尚且年幼的王储的抚养权：她要求为她儿子的死讨回公道，处决她的儿媳，继承她小孙子的财产。这些义正词严的请求都是对苏格兰女王的羞辱，它们正合伊丽莎白的意，不过她不能批准。

伊丽莎白非常坚定地认为，针对这片国家所施用的法律并不适宜用于女王。同时她也想让所有人都理解，就算身为女王也有犯错的时候——或许她在一生中会犯下几次致命的错误，但仍能继续保持自己的统治。如果人们说，女王不能和已婚的男人恋爱，那么伊丽莎白和罗伯特·达德利要何去何从？如果人们还说，不能因为讨厌自己的配偶便将对方无情地杀害，那么验尸官对艾米·达德利的意外身亡应当做出怎样的裁决呢？伊丽莎白想把年幼的斯图亚特控制起来，想要看到他如何为他父亲的死复仇，然而他的女王母亲的性命安全是神圣不可侵犯的。因为伊丽莎白的母亲是被砍了头的王后，所以对她来说，最重要的是让所有人都明白：**女王不可被斩首**。从今往后，英格兰再也不会出现任何一名被斩首的女王或者王后了。

## 1567年夏

**白金汉郡　契克斯庄园**

苏格兰的贵族们率先打破僵局，他们不理解英格兰女王的决定，便一不小心摧毁了自己的利益。他们宣布自己的女王玛丽所拥有的王家血统已经被她在岛上遭受的监禁破坏了，这等同于向王位宣告自己放弃了所拥有的权利。他们让她放弃对自己儿子的监护权，她也同意放弃自己所有的头衔，成为一名寂寂无名的囚犯。但伊丽莎白却立刻转而针对起贵族们来。她拒绝承认小王子詹姆斯为苏格兰国王詹姆斯六世，说他不能代替自己母亲的位置，不能篡夺她的王位，女王也永远不能被自己手下的领主赶下台。永远，永远，永远都不能另立新主来代替原有的君王，这也是伊丽莎白这辈子最害怕的事。她谴责威廉·塞西尔，发誓永远不会同意玛丽女王放弃王位的决定。世人对待女王应该心怀敬意，而不可随意评判指责，更不能按照民众的意愿来废立。为了保护同为女王的玛丽，她甚至不惜让英格兰发动战争。

所以现在她又转而憎恶起刚刚获得宠爱的表姐玛格丽特·道格拉斯，因为这位夫人一直坚称自己的儿媳玛丽女王应该永远被关在牢里，或者让她接受审判，最后以谋杀亲夫这一恶劣罪名判处死刑。这事对她来说不算什么，只要那孩子能够被带到英格兰，玛格丽特夫人就可以称自己为国王的祖母，能看着他继承苏格兰和英格兰的王位。

威廉·塞西尔依然在下一盘很大的棋；面对这一切他一直缄默不语。对外他同意女王的意见，不允许对王室成员出兵，不过他也指出，对苏格兰发动任何入侵都可能会让当地的领主们立刻选择刺杀或者处死女王。他们会感到恐慌——他圆滑地说，双眼直视伊丽莎白满是恐慌的脸庞。到目前为止，对英格兰最好的方法就是进行态度温和的抗议，试着找个方便的时机把孩子送往南方，并与玛丽同父异母的哥哥默里郡领主进行协商，他如今自称为摄政王，宗教信仰也与玛丽相左。

当然了，苏格兰的新教领主们永远不会将自己的王子交到玛格丽特·道格拉斯那样信仰坚定的天主教徒手中。再说，玛格丽特·道格拉斯的儿子已经惨遭毒手，自然永远不能将另一位男孩交付到她手中。种种事情把伊丽莎白搞得心灰意冷，她拒绝和自己的顾问说话，对她喜爱的表姐也是冷冷淡淡；比起之前来我更有理由相信她会转而认可我们。她也不得不这样，毕竟还有哪些家族可以供她选择呢？

# 1567年夏

**白金汉郡　契克斯庄园**

一边是凯瑟琳，她没有犯下任何罪，而且被半个英格兰的人民所喜爱，她的儿子在暗中由人抚育长大是具有王室血统的西摩尔家族成员，如今她却被关在高斯菲尔德庄园里。另一边是玛丽，她被关在拉克利文，或许不是杀人犯，但肯定犯下过通奸罪。她被半个英格兰的人所憎恶，更为其同教教友所厌弃，她儿子还在她同父异母的哥哥手上，丈夫依然在逃，那么谁更适合当王位继承人？谁更适合英格兰？可伊丽莎白做了错误的选择，她选择支持玛丽，并且呼吁别人释放她。

苏格兰人收了她的钱，但却毫无进展，塞西尔巧妙地破灭了一切英格兰进军苏格兰的希望。他建议伊丽莎白出游享乐，罗伯特·达德利也许诺给她一个宁静平和的夏天，她当然没理由拒绝快乐。伊丽莎白将她表亲们的事情抛到一边，和她的爱人并肩骑马，再次选择逃避自己遇到的种种麻烦。

# 1567年夏

**白金汉郡　契克斯庄园**

燕子飞入了契克斯庄园的花园，夜晚时它们飞得低低的。我可以在暮色中听见夜莺在林中歌唱。夏天是囚禁的日子中最为艰难的时刻，我感觉一切都是自由的，有着自己的生命，它们都在黄昏中欢快地歌唱，但只有我是例外。

这个晚上我的情绪甚是低落。通常我会试着在这时候读读书，在墙上画画来装饰我那狭小的房间，或者学习《圣经》，研读一下我姐姐简所写的东西，唯独今天晚上，我只是站在敞开的窗边，用手托着下巴，怔怔地看着窗外。天色开始变暗，孤独的星星高悬夜空，就像在深蓝色的丝质长裙上别着的银针针头那般耀眼，我知道自己远离家庭和朋友，此后再也不会遇见一位爱我的男人了。这辈子再也不会有了。

泪水打湿了我的面颊，我知道自己已经无法再用别的方法排遣这个夜晚。就算到了次日早晨，这种感觉也不会好多少，我什么东西都学不进去，只能沉沦于深深的哀愁。我不是那种靠流泪释放压力、好好哭一场就能感觉良好的人，我反而看不起这样的女人。我让自己忙碌起来，忙着做其他事，如此以避开伤感的时刻，避免为失去自由、失去姐姐而悲伤，同时也不去想我们人丁萧条的家族，不去想这背后的原因是我们身上的都铎血统，不想为这一切而哀叹。我把脸埋进袖子里，在我的脑海中寻找简所说的圣言，甚至我母亲做出那些铁石心肠的决定。我不能像凯瑟琳那样心软和脆弱，不然我只会像她一样陷入绝望。

我正打算把窗关上，尝试卧床让自己睡着，以此来打发夜晚的孤寂，在探出身子、刚伸手握住窗把手时，我便听见马蹄声沿着道路传来，听起来不止一匹马，或许有六匹吧。有一小队人骑马从伦敦到了契克斯。这是我长久等待着的马蹄声，我伸长耳朵认真听着，没错，肯定是这样，他们没有骑马经过这里，而是转入了庄园。我现在把身子探出窗外，在半明半暗的光线中认真看着他们，努力辨清他们前方是不是有旗帜，又究竟是谁在晚上踩着轻快的步子过来找我。

如果有人在夏天傍晚来找我，决意趁伊丽莎白正在出游、塞西尔在新家休息的一周时间给我们自由，不论他是谁，我都愿意前往。就算他要带我去法国或者西班牙过贫苦的生活，或者让我卷入危险或者叛乱之中我也愿意。我不想再在这里耗上一个夏天，和凯瑟琳的朱顶雀一样被关在笼子里。我只想离开这里，不在乎我们骑马到海岸边的时候会不会中途死亡，或者我们的船被拦截下来，最后葬身海底。我宁可淹死，也不愿意在这张小床上看着白色的天花板和草草绘制的壁画再过一晚。就算今晚死了，也比活在这里强。

骑手们沿着道路拐弯前来，我现在可以看见他们了。他们举着都铎家族的旗帜。这不是什么偷偷来解救我的人，而是伊丽莎白派来的信使。那队人中有一名领主，周围是他的护卫，这次来访是针对女王的事。他们终于来宣布我获得自由的消息了——只有这个可能。其他任何命令都只会派一个人前来，而且步伐肯定不会那么急。赞美上帝，这一刻终于到来了，我必须赞美他，伊丽莎白终于给了我自由，我可以骑马离开这幢该死的屋子，并且永远不会再踏足此地。

我砰的一声关上窗，从凳子上跳下来，摇醒了在椅子上打盹的女仆。

“快帮我梳头，”我命令她，“把我最好的兜帽拿出来。威廉爵士随时可能敲响房门，到时候为他开门，他会宣布我们获得自由的消息。”

她立刻打开箱子，取出兜帽，把它别在我金色的头发上，再为我把帽子理平，我的心一直在怦怦地跳着。我把自己的婚戒从手指上摘下来，吻了吻它，再用一根项链穿在上面，让女仆为我系在脖子上。她紧了紧我的长裙袖口和衬裙①的系带，我把自己的手臂张得开开的，看起来活像一个娃娃，不过这样她才能把连衣裙的上身给理得更加服帖。她说：“夫人，一切都弄得完美了。”她话音刚落，就响起一阵敲门声，我迎上了她的目光，微笑着说道：“终于来了，感谢上帝，这一时刻终于来了。”

我坐上椅子，她为我打开了门，对威廉爵士行了个礼，后退两步，将他引见给我。他进了房间，深深地鞠了一躬。我看见在他身后是带着他前往大门的上尉，那人手里攥着自己的无边软帽，看到我便鞠了一躬，我微微点了点头。

“玛丽女士，”威廉爵士同样也鞠了一躬，说道，“事态有变。”

我难以抑制自己的笑意：“我听见你们的马蹄声了。”我说。

“他们要把您从我这里带走，”威廉爵士紧张地说，“当然，他们事先并没有通知我。不过我们看见您离开会感到很难受的。”

我扭了扭，把身子移到椅子边缘，然后跳了下来，向他伸出手来，他单膝跪地吻了吻我的手背。“上帝保佑您，”他用低沉的声音说道，“赞美上帝，他终于让您获得了自由。”

“你是一个很好的房主，”我说，“不过当然了，我也很高兴能离开这里。”

“您需要在明早理好东西离开这里，”他说，“我希望这不会给您添

---

①一种穿在宽松的连身内衣裙外部的裙子，其上通常会再罩一身更为正式的长裙或者长外套。

麻烦。”

我大可径直走出这里，把这张旧旧的床铺、椅子、简陋的小床、小桌以及塞在下面的凳子全都留在身后。如果我今晚就能前往布拉德盖特，那我连衣服都可以不带，只穿自己内里那身宽松的连衣裙，赤脚走出这里都行。

“很好。”我说。

威廉爵士身后的守卫长鞠了一躬，然后说道：“尊敬的夫人，我们会在用完早餐后动身，大约在七点，您方便吗？”

我点了点头，“很好。”我又说了一遍。

威廉爵士犹疑地问：“你不打算问问你要去哪里吗？”

我轻声笑了笑，因为我只想到自己要自由了。我长久地梦想能离开这里，想着有一天能骑马离开那扇石质大门，去向任何地方。如果我的丈夫托马斯还被关着，那我想去伦敦见见他。如果他获得了自由，那么他去哪儿我也跟着去哪儿，我猜他或许会去肯特吧。我不在意这些，我只想获得自由，想走在路上，但并不在意它会通向何方。“当然了，我应该问问的。我要去哪里呢？”

“他们让你去你的继祖母，也就是萨福克公爵夫人那儿，”他说，“由我来护送你去她在伦敦的房子。”

这对我来说倒是没有什么分别，我想去伦敦，让托马斯获得自由，我的祖母是我家族成员中唯一一位尚且在世的人。我一直都很喜爱她，她为人处世经验丰富，有位爱谁谁死的国王①很欣赏她。我去她那儿的确十分合乎情理，等姐姐获得自由后，她也会前来加入我们的。

“那我的姐姐呢？”

“我不知道她的情况如何，”威廉爵士说，“但我们可以心怀期待。”

---

①指亨利八世，曾有谣传他打算娶她为第七任妻子。

我注意到我们现在可以堂堂正正地表露期待了，而且他也正是如此。我马上要和自己的继祖母团聚，即将让我的丈夫重获自由。我也肯定会见到罗伯特·达德利或者他的弟弟安布罗斯，因为他们都开始关心我们是否获得了自由。我也应该见见威廉·塞西尔；拜访一下凯瑟琳和我的小侄子，并为他们的自由而努力，最后伊丽莎白会发现自己毫无理由继续关押她，也会意识到自己应该支持我和我的姐姐，而非继续支持苏格兰的玛丽。伊丽莎白只能有一位继承人，那就是我的姐姐凯瑟琳。我们会在这世上重拾自己的地位，获得自由，重新团聚。我们或许还会再一次感到快乐。为什么不呢？凯瑟琳和我一直都有着乐观的性格，我们马上就能自由地获得快乐了。

# 1567年夏

## 从契克斯通往伦敦路上

我们在英格兰夏日的某天早早地动身了，天空泛着珍珠白，这是英格兰最好的季节中最好的时刻。太阳在一片苍白的云朵后面升起，那片云就像奶油色的丝带一样落在奇尔特恩丘上。我们一路向东骑行，在一片金色的日光中走上如剑般笔直的阿克曼大道，这条道是古罗马时期建成的。

与我同行的人并不多，几名守卫骑在队伍的最前面，我们和他们隔开了一小段距离，这样就不会沾染上被他们带起的尘土，随后是我和威廉爵士，以及守卫的指挥官，剩下的人们跟在我们身后。每骑几个小时我们就会停下来，让马儿喝点水，吃些草料。威廉爵士问我有没有感到疲惫。

“没有，”我说，“我很好。”

我这么说是在撒谎。我的背已经疼痛不堪，双腿因为骑坐在鞍上更是感到阵阵酸痛，因为我像父亲教导我的那样骑马：我不会像个农村姑娘一样，坐在一些傻瓜背后的坐垫上。我自己骑着自己的马，挺直了身子，骄傲地坐在马鞍上；但我被关在一间小屋子里实在太久，甚至已经失去了自己的力气和活力。不过我仍没有失去对生活的希望和对自由的热情。我宁可因为疼痛而死，在马鞍上因为疼痛而痉挛也不愿意承认自己的疲惫。我害怕守卫的指挥官提议让我们回到契克斯去，直到我们找到轿子为止。没有任何东西能让我再回到那个监狱里去。我的手变得很干燥，双腿也渗出了血，但我宁可这样继续骑马也不愿回那个小房间，透过窗户看那块方形的天空。

这种感觉就像是重生一般，在我们上方便是穹顶，风温柔地吹拂过我的面颊，太阳在我上方照耀着。我忘却了自己背部和身体中每根骨头的疼痛。我能闻见树篱上忍冬和野生豆类植物花朵的香气。当我们骑马翻过山丘时，草地上的绵羊都在盯着我们看。我可以听见云雀在我们头顶的高处鸣叫，随着小小的翅膀拍动的节奏唱着律动的歌谣。燕子们绕着村子里的池塘盘旋再俯冲下来，人们在田间看见我们，朝我们挥着手，狗儿在马蹄周围跑来跑去，四处嗅嗅气味。当我们在路上超过一名流动小贩时，他把自己的包裹打开摊在地上，求我停下来看看。我被眼前所见的一切和听见的声音弄得有点晕乎乎的，虽然这些都是日常的东西，但我从未想过自己还能有一天再亲身体会这一切。

我们在正午时分停下来用餐，等到下午四点的时候，司令官把自己的马牵到我身边对我说："我们会在品纳村的哈德斯通庄园休息，他们正在恭候我们的光临。"

我立刻警觉起来。"我不会再被关起来的。"我说。

"不，"他说，"你是自由的。"

威廉爵士对我露出了一个令人安心的微笑，说道："你会有自己的卧室和私人套间，如果你愿意的话，也可以和我们的主人一同在大厅里进餐。这里不是一座监狱。"

"我不会上当的。"我说，因为我想起了凯瑟琳离开伦敦塔，以为自己会和丈夫住在一起，但却事与愿违。

"我发誓，我真的会带你去和萨福克公爵夫人见面，"那位司令官向我保证道，"但我们没法在一天里就到达目的地，明早还需要再骑半天的马才行。"

“那好吧。”我说。

这位新房主罗杰·诺斯爵士接待我的时候时时带着尊敬的神色。很明显，他们非常欢迎英格兰王位继承人的妹妹。而他的妻子诺斯夫人薇尼弗蕾德把行礼这件事搞混了，她的腰弯得比平常更低，试图对王室成员展现出应有的尊重，而且还试着让自己弯腰弯到低得能让脑袋够到我的身高。我笑着请她起身，她带我去我的卧室看看。主人家的两位女仆已经为我烧好了洗漱用的热水，我自己的女仆则从我随行的小包里取出一件干净的长裙。

我没有和他们一起在大厅的桌上吃饭，而是一个人在宾客的房间里独自进餐。经过了足足两年的关押，我感觉有点羞赧，同时自己也怀疑餐厅里除了真心实意对我好的人之外，也可能会有间谍。另外，我也没有准备好面对大厅中的拥挤和吵闹。我已经孤独了那么久，还不习惯一下子有那么多声音的场面。

次日凌晨，我们醒来后去了教堂，随后吃了顿早饭，九点翻身上马，准时出发。我的马儿好好休息过，尽管我的双腿满是瘀青而且酸痛不堪，获得自由依然让我很高兴。当我们在笔直而又干燥的路上伸展筋骨时，我对守卫的指挥官露出了久违的笑容，我还告诉威廉爵士，我们可以让马跑起来。

这感觉就像是飞起来一样，我骑得飞快，身子前倾，催促马儿快跑，马蹄声如隆隆雷声一般响亮，溅起的泥泞和迎面吹来的风都打在我的脸上，让我想充满喜悦地放声歌唱。我自由了，经历了那么多磨难之后，我知道自己真的自由了。

我们在通向伦敦的路上遇见不少小村子，那里的人们似乎都对瓦尔廷大街上来来往往的普通旅行者们司空见惯了，他们渴望看到象征身份的旗帜。当王家的旗帜出现在他们的视野里时，他们立刻认出我来，叫着我的名字，指挥官骑马来到我身边。

“上头命令说让我们不要引起众人的注意，”他有些愧疚地说，“我尊敬的夫人，能请您戴上兜帽把脸遮住吗？引起众人的围观并没有什么好处。”

我一言不发地戴上了自己的兜帽，心想，如果像我这样身材矮小的王亲在路上被人看到都会是危险的事，那女王的善意肯定远没有我想象的那么多。

“你的姐姐呢？凯瑟琳夫人和她健康漂亮的儿子们在哪里？”在我们骑马走向城市的东边时，有人大声问道。

“小王子们在哪里？”另一个人喊着，我看见守卫指挥官的脸有些扭曲。“西摩尔家族的儿子在哪里？”

我把兜帽往前再拉了拉，骑马走到他身边。“这也是我想问的。”我冷冷地对威廉爵士说。

“但却不是我能回答的问题。”他回答道。

# 1567年夏

**伦敦　迈诺瑞斯**

我们终于敲响了继祖母在迈诺瑞斯的宅邸大门，这里曾经是我们的家，我还记得我的父亲在我还是个小姑娘的时候带我来过这里，他将宅子里的东西指给我看，告诉我这是年轻的爱德华国王给我们的礼物，因为我们是王室成员的另一支血脉。我还记得自己看见巨大的黑色木门时吓得往后缩，还有之前的修道院中那道可以发出阵阵回声的石质拱廊。但在简被斩首之后我们失去了这一切，当然了，当时的我们可谓一无所有。

我的继祖母凯瑟琳年近五十岁，是个安详而又美丽的女人，她从大厅里缓缓走出来，穿着旅行用的斗篷。她看见我们在她宅子的门口，骑在大汗淋漓的马背上，一脸惊喜。

“玛丽！我亲爱的玛丽！我以为你下个月才来！他们告诉我你要下个月才到。”她招手示意一名穿着制服的马夫，对他说道：“托马斯，快去帮玛丽夫人从马上下来。”

他扶我下马，我的祖母跪下来热情地亲吻着我。“我很高兴你获得了自由，现在由我来照顾你，”她说，“欢迎，我亲爱的孩子，你看起来脸色有点苍白，不过也实属意料之中。”

她抬头看着威廉爵士。“这是怎么回事？他们告诉我，你们要一个月左右再把她带来这里，现在我正要动身去格林威治。”

威廉爵士从马上下来，向她深深地鞠了一躬。“这些守卫在大前天突然毫无征兆地过来护送她，”他说，“我遵从了他们的命令，但是玛丽夫人这一年来每天都急切地想要重获自由，再让她在那个房间里关一天实在太过残酷，而且说实话，我也不觉得自己能再关她一天。上帝很清楚，她是靠自己争取到了这份自由。”

我的继祖母脸上闪过一丝阴郁的神色。她转身看着我：“可你知道自己还没有获得自由吗?”

“什么?”

她转身对着威廉爵士又说了一遍：“她还没有获得自由，只是转移到了我的名下照看，从你那里到了我这里而已。”

威廉爵士咒骂了几句，转身对着马儿暗暗地说着骂人的话。等他转身看着我们时脸都涨红了，他怒气冲冲，眼里还带着泪光。“她没有自由吗?”威廉爵士重复了一遍，“但是谁下令……”他咽下了有叛国嫌疑的后半句话。“我以为她来这里是因为你是她的祖母，之后她想去任何地方都可以。我还想着您接纳她之后就会把她再带回宫廷里。”

“快进来吧。”我的祖母说，她注意到仆人们都在等着，而且外面的街上还有四处闲逛的人们。她带我进到房子的大厅里，随后来到守门人的房间以避人耳目。房间里只有一张桌子和一张椅子，还有一处用来写信与填写账目的书写台。我靠在桌上，突然感觉筋疲力竭。

“亲爱的，快坐下，”她温柔地说，“威廉爵士，能请您为她斟一杯麦酒或者葡萄酒来吗?”

我不能让自己坐下来，我觉得如果自己坐了，那他们就会把门关上，永远不让我出去，于是只能讷讷地站在那里。经过整整两天的骑行，我的背又酸又痛，只得靠在门框上，用身子抵住门，让它一直开着，心里充满痛苦的恐惧。“我还没有自由吗?”我几乎说不出话来，双唇又肿又僵硬，犹如有人用力在我脸上扇了一巴掌，“我以为自己自由了。”

她摇了摇头。“你现在由我来看守，就像你那可怜的小侄外甥一样，他被自己的祖母关在汉沃斯。不过女王没有打算把你放了，因为我承诺会好好看着你。”

“我做不到！”我大声喊道，感觉泪水从眼中涌出，颤抖着大哭起来。“祖母，我不能再被关着了，我一定要到外面去走走。我没法忍受自己被关在一个小房间里，活像一只关在盒子里的娃娃。祖母，我做不到！这样下去我会死的，我发誓，如果不能去外面骑马或者在室外自由地走动，我真的会死的。”

她面色苍白地点了点头，瞥了一眼威廉爵士，然后说：“你把她看得很紧吗？”

他生气地耸了耸肩，说道：“我能怎么办？我接到命令就是如此，让她在保持健康的最低需求下每天出去散散步。不过只要我可以，每天都会让她出去走走，有时让她在外面待上一整天也没事。命令里还说她应该有一间自己的房间，很小的就够了，再给她准备一名女仆，但是不能收发信件或者让朋友们拜访。她甚至都不能和我的仆人们说话，我也不能和她说话。”

我的祖母转身坚定地对我说：“玛丽，不要哭，我们会为你做任何力所能及的事，至少你现在住在我这里。你可以和我还有我的孩子苏珊与普利格林住在一起，我们可以自由地交谈、学习、书写和思考。”

我的继祖母看向威廉爵士。“我本应现在就动身前往格林威治，”她说，“玛丽夫人可以和我一同前往。她是不是有一列行李跟着你们一起过来？还是说你可以将这些东西直接发往格林威治？”

“她什么东西都没带，”威廉爵士连忙说，“她跟着我一起，几乎什么都没带，只有几张挂毯和一两个枕头。”

我的祖母把我的行李拿了进去，看看他，再看看我，问道："她的东西呢？她继承的遗产呢？她的母亲是拥有王室血统的公主，有一幢大宅子，里面尽是珍宝。他们家族很有钱，有数不清的宅子、土地、许可文件以及垄断权。她从宫里带来的长裙和珠宝首饰呢？"

威廉爵士摇了摇头。"我只知道她到我这里的时候像个穷苦的女人那样，什么东西都没有寄给她。我会把属于她的东西全都寄给你的，夫人，我很抱歉，但她真的只有那些东西。"他又对我点了点头。"我会把你需要的所有东西都从契克斯寄过来，"他提议，"只管开口就好。"

"我什么都不想要。"我摇头说道，"只想要让自己获得自由。我还以为自己已经真的自由了。"

"你先吃点东西，我们随后乘船去格林威治。"我的祖母命令道，"之后我们要看看你的房间、家具和衣服。女王陛下会提供那些我们缺少的东西，我也会和威廉·塞西尔亲自谈谈关于给你准备这些东西和自由的事。我亲爱的，不要怕，你会自由的，我对你发誓，你的姐姐和她的儿子们也都会自由的。"

我看着她，我面前这位女性曾经遭受过流放，因为自己的信仰而被迫害。这位女士嫁给了地位比她更低的人，因为这样她才能自由自在地爱着和活着。"祖母，请帮帮我，"我轻声说，"只要女王愿意给我还有我那可怜的姐姐凯瑟琳自由，我可以向她做出任何承诺。"

走向萨福克的码头登船就像是走向记忆，我曾经乘船顺流而下，前往位于格林威治的宫殿，也曾逆流而上，前往里奇蒙德，看着青翠的草甸在视线中飞快地向后掠过。天气很热，坐在散发着臭气的城市里更是闷热难当，好在乘船时身处河流中，还有丝制的遮阳篷遮挡阳光，凉爽的微风从上游的大海吹来，轻轻拂动着发丝。海鸥在我们头顶鸣叫着，全伦敦的钟声在整点时分同时敲响，似乎在庆祝我获得了自由。我们的船驶过伦敦塔那再熟悉不过的石墙，还有打开的水闸大门，看到这一切霎时让我精神不已。至少我再也不用慢慢地走入囚室了。我在自己祖母的看管下，但我还能乘坐着她的驳船，和她一起航向王家宫殿，阳光洒在我的脸上，带着咸味的风吹拂着我的头发，现在我看到的可不仅是那小小的方块天空了。

我们快到格林威治的时候河道开始变宽，随后我就见到了都铎家族最爱的宫殿，也是我们最爱的宫殿，它看起来就像是梦境中的宫殿，似乎是漂浮在水面上的。码头在阳光下闪着金色的光芒，宏伟的大门已经为我们打开，看起来甚是富丽堂皇，一切都散发着友善和平和的气息，我不敢相信在这幢美丽的宅邸背后会有任何与囚禁相关的东西，它们肯定不会在这幢漂亮的房子里。它的大门敞开着，背后是繁茂的花园、植物园和果园。

伊丽莎白不在这里，她还在吉尔福德郡的法纳姆城堡那儿享乐，所以只有几名仆人值守。他们负责清扫房间，把那些沾满灰尘而且没什么用的东西丢掉，再在所有公共区域里撒上新鲜的绿叶和草药，进行诸如此类的大工程。我继祖母的仆人们在等着她的到来，他们在宫殿中属于她的房间门前排队站好，当我和她一起走进房间时也朝我鞠了一躬。我几乎都忘记为一名要求极高的女人布置好一个房间究竟需要多少仆人了，因为我已经习惯了自己窄小的房间，习惯了那小小的方块天空和房间中的寂静。我的继母带我走到她的房间里去，坐在高起的讲台边，示意我坐在她边上。他们用纯银水壶和水罐为我们洗手，给我们端上冰凉的淡麦酒，一碟水果以及肉类拼盘，格林威治的内务总管过来向我的祖母汇报这儿的运作情况，包括有一名马夫未经允许便擅自离岗，还有葡萄酒的价格有所上升。

我没什么胃口，她听着内务总管报告的时候，一直在用敏锐的目光看着我，他说完后便鞠躬向后退了几步，祖母对我说："亲爱的，你必须吃点东西。"

"我不饿。"我答道。

"你一定要吃点才行，"她坚持道，"你骑了很久的马，还在河上旅行。有一点你必须清楚，那就是你必须成功活下去，并且健康成长，而且越快越好，这样才能破灭你的敌人付出的努力。"

"我可没有敌人，"我坚定地说，"在我为女王服务的时候从来没有树过敌，我是因为爱情而嫁给了一位男士，他也是自发地爱着我。我没有竞争对手，也没有敌人，但却无端被关了两年。没人因为任何事控告我，也没人出庭作证对抗我，因为根本没人有理由恨我。"

她点了点头。"我知道，但这事不能在这里说。可不论怎样你都得吃点东西，因为你现在的计划就是必须活下去……"

她没有说："还要比伊丽莎白活得久。"但我们都知道她背后的意思。

"我会的。"我说，向她微微一笑。我看出了她眼中的决意，想要活下去的强烈意志，她是我的榜样。"因为您正是如此做的。"

她做了个不太明显的手势，它继承自她那出名而又美丽的西班牙母亲。"一名合格的朝臣必须知道如何独善其身。我在宫中出生，也在这里长大，我希望自己在死的时候能躺在丝制的床单和被套之间。"

"不论我在哪里去世，只希望能有一场盛大的葬礼，"我不无苦涩地说，"女王在自己的家人平安去世之后，喜欢追悼自己的家人。"

她笑着轻哼一声。"好啦，"她说，"只要你还能笑，那你就能吃下东西。他们告诉我你的姐姐陷入了深深的悲痛之中，而且终日水米不进。这可不是什么抗争的好手段。我会写信给她，把这个建议也和她说说。我的朋友凯瑟琳王后[①]就知道这一点，你的母亲也清楚这个道理。聪明的女人才会懂得让自己活得更久，而后静观其变的道理。”

①指凯瑟琳·帕尔。——编者注

# 1567年秋

**格林威治宫**

我在格林威治的房间装饰得非常精美，因为我的继祖母给威廉·塞西尔寄了份必需品的清单，所以女王亲自给我寄来一些用来盛麦酒和喝葡萄酒的银壶。她在抱怨我们贫穷时说的话并没有言过其实，我也不觉得她会对我们经营这里的水平感到认可。我的继祖母抢先一步逃到欧洲，躲开了天主教间谍的追捕，免于被抓回英格兰遭受异教审判的命运，但是在流亡的这几年里，她失去了自己所有的好东西。如今她决意不再让自己的家族遭受这样的浩劫。她在伊丽莎白的宫中备受宠爱，等着整个王庭回到格林威治宫，到那时，她才会为我争取自由。她相信我会被释放，而奈德也会回到汉沃斯，我的姐姐凯瑟琳及托马斯会与他和泰迪会合，整个家族都将重获自由，再度团圆。她相信伊丽莎白心中对新教的忠诚会胜过对信奉天主教的外甥女任性而又长久的爱，胜过她对苏格兰的玛丽依然残存的家族荣誉感，胜过她出于恐惧而努力捍卫的女王权利，哪怕这份权利仅仅是给那位没做多少事、根本配不上享受它的女王准备的。

船只在河上扬起风帆，自由的鸟儿正绕着桅杆飞翔。当我的祖母看见我在花园中疲惫地走着，怔怔地看向河流时，她欢快地对我说："要勇敢起来！我发誓，等到来年春天，你就可以去任何你想去的地方了。我也会为你的丈夫说情，还有你的姐姐、你的姐夫，以及两位无辜的孩子。

你不会像你那可怜的姐姐简那样一辈子都被关着。相信我，你会获得自由的。”

我的确对她深信不疑。她的丈夫理查德·伯蒂也弯下腰，轻轻拍了拍我的面颊对我说，幸运的时刻终将来临，所有人都在这个充满烦扰的世界中受苦，但是上帝会奖赏那些虔诚信仰他的人。他提醒我，在我的祖母信仰的教派成为英格兰的国教时，他们就把她召回家来，仅仅一天之后，她就从一位受诅咒的异教徒成了被上帝选中之人。

“另外，”我的祖母告诉我，“伊丽莎白不能为苏格兰的玛丽组建一支军队。她已经给了汉密尔顿家族一笔不菲的贿赂，可他们仍不会为玛丽起兵。她也要求欧洲各国拒绝与苏格兰贸易，以此要挟他们，但就连玛丽前任丈夫所属的法国王室都拒绝支持对苏格兰的贸易封锁。没了西班牙和法国的支持，伊丽莎白没法为自己的表侄女做任何事。”

“或者换句话讲，没了他们的支持，她什么也不敢做。”理查德·伯蒂轻声补充道。

我的祖母笑了起来，轻轻拍了拍自己丈夫的手。“英格兰真正在意的并非是让那位信仰天主教的女王重新登上王位，”她说，“凡是任何有违她统治下的新教国家的事情，我们的女王都永远不会做。但不论她倾心于谁，她自己的头脑里总是有着清晰的判断。你可以相信这点。”

“我可以肯定威廉·塞西尔是这样的人，”理查德·伯蒂说，“他遇到麻烦时，永远不会倾心于某位天主教徒。”

“那么现在，”我问，“苏格兰前任女王玛丽的境况如何？”

我的继祖母耸了耸肩，似乎在说，“谁关心这个？”“她被关着，”她说，“她肯定很想念自己交出去的儿子，也肯定在为自己失去的孩子感到哀痛。她肯定明白自己之前犯了傻。我的上帝啊，先是嫁给那位恶毒的男孩，然后再允许别人杀了他，最后又嫁给杀死他的人，这一系列事肯定让她悔得肠子都青了。”

“我不知道有证据表明，是她谋杀的达恩利领主。”我插嘴道。

我的继祖母挑起了眉毛。“那是谁做的呢？”她问，“如果不是他那遭受虐待的妻子和她的爱人，还有谁能从这个没有价值的年轻男人之死上获益？”

我本打算张嘴争论，但最后沉默不语。我不知道事实的真相究竟如何，也不知道我那危险漂亮的表姐究竟做过什么、没做什么。不过我知道她就像凯瑟琳和我一样，讨厌自己遭受的监禁，如同一只受惊的鸟儿，不断扑打着笼子的铁栏。我知道她会像我一样一心追求自由，也会为了自由去做任何事。这是我们所拥有的力量，也是让我们自己面临危险的原因。

我想，凯瑟琳和我还是有机会的。自从简坐上达德利家族的驳船逆流而上，来到赛恩府，在他们把王冠戴在她小小的头上时，幸运女神就背弃了我们，如今终于有了回转的势头。之前看守我姐姐的守卫去世了，她突然因此获得了自由。这件事似乎只对于那些希望把我的姐姐赶得远远的，永远也不必再想起她的人来说才会感到惊讶。可怜的老温特沃斯已经七十多岁了，他起先抗议关押她所要花费的金钱，乞求说自己不能做这个，如今他终于获得了长眠，彻底从这份差役中解脱了。

我早已习惯了那些坏消息，因此在九月的早些时候，我看见自己的祖母沿着耙得整整齐齐的碎石子路向我走来，手里还拿着一张纸时，心头不免一紧。我立刻担心有什么事情发生了，心中第一反应是我那被关在弗利特监狱的丈夫托马斯·凯耶斯，第二个想到的是我的姐姐凯瑟琳和她年幼的儿子。

我跑向她，两只小巧的靴子在碎石上碾过。“我的祖母！是不是有什么坏消息?”

她对我挤出一个微笑。“噢！玛丽啊！你难道像市集里的矮子那样会读心术吗?”

“快告诉我吧!”我说。

“亲爱的，先坐下。”

我心中的恐惧愈甚。我们走到一片树荫下，那儿有座装饰着金色叶片的亭子，我们在那里找了个小石凳坐下。我故意爬上凳子让她感到满意，然后看向她：“快告诉我!”

她展开了来信，“是你姐姐的事，你那个可怜的姐姐。”

这封信是老人的遗嘱执行者寄来的，他本是一位无足轻重的老人，如今却被卷入了这些重大的事情里。洛克·格林先生给威廉·塞西尔写了封信，信中说，尽管温特沃斯的遗孀将凯瑟琳视如己出，但却不能让她来负责关押他们母子俩。他在信中只是试探地提了这点，并没有明确指出凯瑟琳应该去哪儿，或者女王想让她做些什么。他本人太过贫穷了，对凯瑟琳这样了不起的女士来说，他的房子实在太小。他自己是个鳏夫，假设他有个妻子，他们还能给她提供一个小小的避难所。没人会同意让她过来和他住在一起，因为他的房间里根本没有可以服侍她的侍女，他的房子也又小又破，自己也是个穷苦的男人。但话又说回来，这已经是第三封信了，没人告诉他应该怎么做！在凯瑟琳接下去的目的地尚未被女王宫中的大人物们决定，同时她也无处可去时，她是否应该邀请凯瑟琳来到自己家中呢?这不是为了展现什么同情心、偏见或者与她所奋斗的目标相左，只是因为她还年轻，但又很脆弱，美丽至极但又瘦弱无比，她水米不进，因为她绝望地认为再次见到自己丈夫和孩子的机会是如此渺茫。她几乎终日卧床不起，在聪慧的女王决定如何安置这位可怜又虚弱的女士的同时，洛克·格林先生会为她提供一个庇护之所吗？因为她已不能留在她如今的住处，而且她若是继续遭受众人的忽视，那她必死无疑了。

我把这封信递给我的继祖母，直白地说："她已无处可去了。"

她的脸上倒是闪起了光芒。"那是他这么说。"

"你看起来为什么还挺高兴的？"

"当然，因为我觉得，这是我们帮她获得自由的机会。"

我感到心脏突然急促地跳了起来。"你觉得她们会同意吗？你会不会邀请她上这里来？"

她对我微笑着说："为什么不呢？已经有人预先通知我们了，不是吗？正巧她现在也无处可去。"

我的继祖母给女王、威廉·塞西尔和罗伯特·达德利各写了一封信。整个王室如今在温莎堡，天气很好，所以他们推迟了返回伦敦的行程，更重要的是，没人愿意回去面对"应该如何支持苏格兰女王，同时又不惹恼与我们拥有共同信仰的苏格兰领主们"这一棘手的问题，她可是女王的表侄女！而且还是一国之君！伊丽莎白也不知道该怎么做，所以宁可让自己留在温莎和罗伯特·达德利眉来眼去，而不愿回去面对这个问题。继祖母的收信人可是一群不愿意面对麻烦事的大臣，所以她直接在信中给出了一个简单的解决方案：凯瑟琳可以带着小儿子过来和自己的祖母住在一起。还应该把奈德送到汉沃斯由他母亲照顾，同时也应遣返托马斯·凯耶斯回肯特，去和他的家人团聚。我们都应该被关在一起，这样就不会造成任何麻烦，也不会互相写信，与之相对应的，便是不再拥有权利和派别；我们都应该像平民一样生活，另外，既然我们没有犯罪，那我们就应该获得自由。

她把这几封信寄给了居住于伯格利新家中的威廉·塞西尔，也寄给了在温莎向伊丽莎白献媚的罗伯特·达德利；还寄给了度假中的女王本人，我们接下来能做的只有满怀希望地等待着他们的回复。

威廉·塞西尔立刻给我们回了信。至于那两位秘密情侣达德利和伊丽莎白嘛，他们肯定决定好让威廉·塞西尔一个人给我们写回信就够了，正值收获的季节，他们在英格兰金黄的田野上纵享欢愉和自由，不该被人打扰。天气很好，很适宜打猎，他们谁都不想处理国家事务。把达德利再束缚在身边一整年让伊丽莎白很高兴。我知道罗伯特·达德利会为让凯瑟琳获得自由而说情，不过只有当他感觉自己这么做不会引起麻烦时才会这么做。当女王和他快乐地在一起时，他不会允许任何东西来干扰她的幸福。

威廉·塞西尔亲笔写道，凯瑟琳或许现在还不能和我们团聚。他用了“还”这个字，并在下面加了下划线。所以她或许会转到另外一处很好的王室人家去，那人是住在萨福克考克菲尔德宅邸的欧文·霍普顿爵士。

“上帝啊，他是谁?”继祖母暴躁地问，“为什么他们一直在找这些无足轻重的人?”

“住在萨福克考克菲尔德宅邸，”我越过她的肩膀读着信，“看这里……”

我伸手指着那句短短的话。*女王陛下执意让凯瑟琳夫人和她的儿子与他人保持完全隔离的状态。既不能收信，收礼物，也不能接待客人、来访者或者外国势力派来的密使。*

继祖母看着我问道：“他们都以为她会做些什么啊？难道他们不知道她现在心里很难受，甚至都很少说话了吗？她吃得也很少，身心都已疲惫不堪，也鲜从床上起来，终日以泪洗面。”

我想起了自己的姐姐，她又一次面临着孤独的境地，甚至还将搬到离我们更远的地方。“你把这些情况告诉他们了吗？”

“我当然告诉他们了，而且不管怎么说，威廉·塞西尔都清楚这一切。”

“女王到底想从我们这里得到什么？”我问，“她是不是只想让我们一直被关着，安静地死去？她把我们关在某个不被众人熟知的地方，这样当我们忧伤地死去时就不会有人向她抱怨了。”

继祖母没有回答我，她看起来一脸茫然，似乎不知道该说什么。我意识到自己在冲动中指明了事实的真相，只是她无意反驳罢了。

朝廷终于回到了汉普顿宫，但我的继祖母没有被获准进宫。

“我不想成为引起你和女王交恶的因素，”我对她说，“我知道你还得为你自己的两个孩子考虑，也知道你需要保证他们的安全。你不能让你的家人因为伊丽莎白讨厌自己的表亲们而蒙受污名。”

她把头侧向一边，疲惫地对我笑笑。“你肯定也知道，比这更糟糕的情况我都面对过。我曾经侍奉过教会伊丽莎白所有知识的王后，正是这些知识才让她得以骄横跋扈。我曾经也侍奉过教会伊丽莎白如何统治国家的王后，也侍奉过写下了祈祷书并且教授伊丽莎白和你的姐姐简神学知识的王后。她们远比伊丽莎白伟大，彼时的她不过是个小姑娘而已。我永远不会忘记凯瑟琳·帕尔，现在也不会害怕伊丽莎白。”

“我害怕她。”我坦白地说，突然感到一种奇怪的释然之感，这种感觉贯穿了我的一生，我一开始就被家族的人们当作弄臣一般对待，当时我还是个很小的姑娘，还不能替自己做决定，就被无情地当作联姻的工具许配给了亚瑟·格雷。“我不会假装自己有多勇敢。我害怕她。我觉得她会成为令我蒙羞的原因，现在似乎已经是了。我猜她会希望我和凯瑟琳早些死去，一直以来不就是这样吗？”

我那令人敬畏的继祖母向我露出了最灿烂的微笑。“活下去，”她提醒我，“只有先活着，才能对未来抱有希冀。”

新教在法国也没有获得什么好的结果。新上任的国王被他所属的吉斯家族控制着，迫害那些信仰新教的人们，众人最终以神圣的名义举兵反抗。英格兰是新教势力的初始地，自然应该给胡格诺派[1]增援军队和金钱，出兵推翻他们信仰天主教的统治者。可伊丽莎白一如既往地只尽了一半的义务。她知道自己应该阻止法国天主教的统治者继续迫害和摧毁自己的教友，但是苏格兰的新教徒们却推翻了自己生于法国吉斯家族的表亲，而她同样也无法忍受自己的王权受到威胁。她很清楚自己会成为教皇的敌人，对方曾经放言自己会宣布将她革出教门，称她为众人唾弃的对象，甚至杀死她也是合法的。但同时，苏格兰新教领袖约翰·诺克斯称她和苏格兰的玛丽女王为“道德败坏的女性统治者”，不配统领众人，他还敦促所有思想正常的男性起来反抗她们。伊丽莎白对这种大不敬的行为甚是不悦，看起来也糊弄了她思考的能力，比起教皇来，她变得更加讨厌约翰·诺克斯，所以她觉得自己应该站在苏格兰的玛丽一边，转而攻击约翰。

我给自己的姐姐写了一封信，由理查德·伯蒂最忠心的仆人藏在自己的袜子里悄悄送去。我相信等这封信送到凯瑟琳手上时肯定满是他的汗臭，会把凯瑟琳熏个半死。我不知道她能不能给我写封回信，甚至不知道她会不会活着读到它，因为我完全不知道她现在的情况究竟如何。

---

①新教加尔文教派在法国的称谓。——编者注

亲爱的姐姐：

我最亲爱的凯瑟琳，我虔诚地在磨难来临之际为你祈祷。我在我们的继祖母，也就是萨福克女公爵的看照下过得很好，我们住在格林威治，她对我也很仁慈。我住在她的房间里，可以在花园和河边散步。虽然我不能接待访客，但却很享受普利格林和苏珊的陪伴。

我一直在给伊丽莎白女王与宫中的领主们写信，为了争取我们，还有奈德·西摩尔以及我可怜的丈夫托马斯·凯耶斯的自由而努力。请不要指责我嫁给他，就算有这个想法也不要。他是个很好的人，也深深地爱着我。我们的婚姻对他来说无异于一场灾难，如果放弃我和他的婚约可以将他从牢里释放出来，那我会主动放弃。除此之外再无其他理由可以将我和他分离。

我听说你身体羸弱，但请一定一定为生活而努力。记得吃饭，散步，和你的儿子玩耍。凯瑟琳，要记得，我们得活下去。虽然简说过“认识来世”，但她彼时已经在毫无余地的死刑判决之下了。她说错了，我们不必认识来世，我想要活下去，也想让你活下去。我也更是有着好好活下去的打算。我向上帝祈祷，他会仔细倾听我们所有的祷词，我们比起天上小小的麻雀来，自是更加重要一些①，你和我会好好活下去，终会在未来的某一天团聚。当我在看见落在格林威治宫下方的水浸草甸周围树篱上的麻雀们时，我便想起了简妮的朱顶雀，以及你对自然界中事物的热爱，我祈祷我们终有一天会像小鸟一样自由。

我就写到这里吧，再见了姐姐，我祈祷自己能很快见到你，

① “上帝连麻雀都看顾”。

也希望我们能健康快乐。

玛丽

伯蒂的人告诉我他将这封信放在一捆生活用的木柴中，带进了她的房里，但是因为没有回音，所以我不知道她是否读到了这封信。

# 1567年冬

## 格林威治宫

没有人被召到威斯敏斯特宫里去，我的祖母、她的孩子们或者我都没有。不过我听见一些流言顺流而下，在仆人之间互相传播，被流动小贩和蜡烛贩子带向各处，还有口无遮拦的挤奶仆人。伦敦的所有人，甚至包括我们，都知道伊丽莎白终于准备结婚了，她选择的对象最终还是神圣罗马帝国皇帝费迪南德的儿子，奥地利大公查尔斯二世。

这会是一场了不起的联姻，一下子使得英格兰和欧洲最强大的势力，也就是哈布斯堡王朝结合了。如果真的可以这样，那我们就会安全不少，再也不必畏惧从欧洲大陆进攻的势力，甚至连教皇的怨恨也可置之不理。这也意味着我们恢复了英格兰在基督教世界原本的地位，对于欧洲来说，新教便不再是外界的异教。我们可以帮助苏格兰的玛丽，也可以对她置之不理，全凭我们的喜好——如果有了哈布斯堡王朝作为我们盟友，那她是否当权对我们而言已不是什么威胁。

我们几乎不花任何代价就取得了这一切。伊丽莎白不必改变自己的信仰，整个国家也不必改变。她也不必将她的丈夫视为高自己一等。这并不是让他成为王配的原因。因为查尔斯二世年纪还轻，所以他清楚退一步海阔天空的道理。最好的一点是，大公或许不会改变自己的信仰，他会私下继续信奉自己的信仰，在每个王家宫殿都会有一个教堂，也会有一位牧师跟着他四处走动。他自己会举办弥撒，但不会强迫其他人也和他一起参加。我们之后会告诉世人，当然也应该让全国的人知道，在自己所在的国家里，起统治地位的先是天主教，再是新教，然后又变成天主教，随后又是新教，这两个教派不断轮换，相互接替，但仍旧能和谐共存。世上只有一名上帝，但却可以用几种不同的方式来接近他。上帝不过是希望我们能互相爱着对方，耶稣也从未说过我们要互相迫害对方至死，《圣经》中更是没有提及要求简必须死去的文章；世人和上帝的律法中不曾书写关于监禁我们的事。

不过我没有被我的表姨伊丽莎白所描绘的美好愿景所诱惑。如果我获得了自由，那我一刻都不愿将自己幸福的生活浪费在这上面。伊丽莎白成功说服议会，让他们相信自己执意要与大公结婚，但我永远不相信她会让别的男人代替罗伯特·达德利在她心中的位置；不过枢密院倒是感觉如释重负，因为这样终于解决了王位继承权的问题。她为了转移他们的注意力，还特意问了他们对此有什么看法和建议。

那些领主和平民百姓去年坚持让她任命一名继承人，还为她提供了一名合法的新教继承者，那就是我的姐姐凯瑟琳，如今伊丽莎白这么做倒是最能让他们感到满意。现在她看起来更像是市集中的那些江湖骗子，从容易轻信他人的受害者口袋中骗出铜板儿，还说自己接受了他们的建议，必须结婚，而且已经想好要嫁给一位信仰天主教的哈布斯堡家族的成员，他们会成为一对快乐的夫妇，会在秋天生下一位孩子，所以她既不用任命苏格兰的玛丽，也不必任命凯瑟琳：前者被关在自己的小岛上，后者被关在欧文爵士那儿。伊丽莎白保证自己会生下一个孩子，一个漂亮的儿子，他会成为神圣罗马帝国皇帝的侄子，也是亨利八世的外孙。整个世界都可以为此感到高兴，因为正是爱让天主教和新教再次得以和谐共处，而憎恨却无法做到这一点，所有人都能感到快乐，当然，这当中要除了凯瑟琳和我，还有苏格兰的玛丽女王，我们会被留在监狱里，（但愿能）被人遗忘。

流言通过只言片语从伦敦传出，随后成功传遍了世界。尽管伊丽莎白女王明显准备好以国家之名出嫁，尽管她也已经成功说服神圣罗马帝国的皇帝，让他相信她会嫁给他的弟弟，但议会还是分成了两派。一派用他们不确定的态度作为她的挡箭牌，伊丽莎白通过这样藏起自己决意独自一人生活甚至死去的想法，她的表亲诺福克公爵托马斯·霍华德说嫁给这样一位伟大的王子对国家来说不但没有危险，更能从中获得不少好处，他的信仰并非阻碍；大公也已经提出了如此宽厚的要求，并做出了这样的承诺：我们可以和女王的丈夫住在一起，他虽然是个天主教徒，但却愿意私下单独做弥撒。可事情又有变化，有传言说议会剩下的一些人，比如那位坚定的新教徒弗朗西斯·诺利斯，那位坚定的达德利家族成员罗伯特·达德利，以及信奉新教的彭布罗克伯爵威廉·赫伯特，还有北安普敦侯爵威廉·帕尔一起警告女王，这个国家不会忍受女王拥有一个天主教丈夫，等那位半是天主教徒半是新教徒的孩子出生，也不会有人为他祝酒。罗伯特·达德利也建议说一名来自国外的求婚者并没有什么吸引力。有人告诉女王查尔斯二世相貌丑陋，哈布斯堡家族的人都长得一副尖嘴猴腮的样子，难道她想嫁给一位长得像松鼠的人吗？

就在圣诞节前夕，伊丽莎白写信给神圣罗马帝国的皇帝，终于说出自己不能嫁给他的弟弟查尔斯大公。自然，整个哈布斯堡家族都感觉被深深冒犯了，基督教国家中信仰天主教的所有国家都将英格兰视作执迷不悟的异教国家。如果她再也不玩这种装腔作势的游戏，假装愿意结婚，对我们倒是更有好处。在他们眼里，英格兰成了个背信弃义的国家。法国正在迫害国家里每个新教徒，这一事实相当苦涩，伊丽莎白除了被废黜的女王玛丽以及我那可怜的姐姐之外，再次没有了继承人。我们又回到了一切的开始，正如我们司空见惯的那样，她通过玩弄自己国家的继承权，让自己得以自由地爱着罗伯特·达德利。

# 1568年春

**格林威治宫**

凯瑟琳的新任看守欧文·霍普顿爵士写信给威廉·塞西尔，求他从伦敦派一位医生去埃塞克斯。我的姐姐因为长期绝食，日渐虚弱，如今终于到了病入膏肓的地步。

“我们已经派西蒙德斯医生来照看夫人了”，塞西尔用外交常用的语气写道，他没有说是谁出钱请这位全伦敦最好的医生去照看我的姐姐的。不过这不是他第一次为凯瑟琳看病，他对她的病情并不乐观。我们应当为她的灵魂祈祷。

“我得去见她，”我对自己的继祖母说，“你一定要写信给塞西尔，请求她同意我陪伴在她身边。他不会拒绝这个要求的，因为他清楚凯瑟琳绝不能孤身一人死去，我必须过去。”

她的脸色苍白，焦虑不安。“我知道，我知道。我会给他写信的，你也可以自己写一封，然后现在就寄出去。”

“我没有经过同意也可以动身吗？现在就能出发了？”

她合上双手，说道：“我们不敢这么做，如果女王听说我让你在未经允许的情况下擅自离开房子，那他们就会把你从我身边带走，那时谁也不知道你会被带到哪里去。”

“她快不行了！”我直截了当地说，“难道我还没有权利去和自己将死的姐姐道别吗？她是我最后一位家人啊！”

她抽出一张纸递给我：“快写信吧。”她简短地结束这段谈话。“等他们允许了，我们立刻就出发。”

我们终究没有获得准许，威廉·塞西尔的办公室给我们寄来了一沓纸，他在最上面认真地用手写了一张便条。“**恐怕你们立刻出发也太晚了，凯瑟琳夫人已经去世了。**”

我看向自己的继祖母，因为我不能相信这个事实会以如此简洁的方式告知我们。没有一个表示同情的词，也没有一个词能看出这位年轻的女士去世所引发的悲剧。她只有二十七岁，是我的姐姐，是我漂亮，风趣，可爱，又有着王家血统的姐姐啊！

继祖母解开捆着那沓纸的丝带，对我说：“这是她离世前几小时的记录，愿上帝保佑这个漂亮的孩子吧。要不要我为你读一读这些纸上写的东西？”

我爬上她房间里窗边的椅子上。“请读给我听听吧。”我沉闷地说，心里在想，我不能哭，随后我才意识到自己此生都活在断头台的阴影之下。我从来没有想过我们中有谁能够在都铎家族的统治中活下来。我的继祖母把纸张放在膝盖上理平，然后清了清喉咙。“上面说，她在家族成员写信给她、求她为生活而战的时候就已经准备好去世了。她离世时并非孤身一人，霍普顿夫人陪伴在她身边，说她蒙受着上帝的恩宠，肯定会活下去。不过她说这并非是上帝的旨意，她应当活得更长一点，应该实现的是上帝而非她的愿望。”

她瞥了一眼，想看我是否能忍受得了这一切。我知道虽然自己看上去外表很平静，但内心无比绝望。

“在今晨早些时候，天空刚刚泛白，她就叫来了欧文·霍普顿爵士，让他为自己捎带一些消息。她乞求女王能够原谅她未获同意便私自结婚，她在消息中写道：**请善待我的孩子们，勿将我的错怪罪于他们。**”继祖母读到这儿又看了看我。我点头示意她继续读下去。

“她让女王对自己的丈夫赫特福德领主好些，她写道：**我知道自己的死对他来说是个沉痛的消息**。她请求女王给他自由，并将她的订婚戒指交还到他手中，那枚戒指上有着一颗小小的钻石，另有一枚由五个环组成的婚戒。”

“我记得它，”我打断了继祖母的话，“她之前给我看过。她一直把这枚戒指带在身边。”

“她把这枚戒指还给了奈德，还给了他一枚表达哀悼的戒指。”继祖母声音哽咽了，“可怜的孩子，可怜的乖孩子啊，这是个彻头彻尾的悲剧！——**就像我对他是一位真正忠诚的妻子那般，他也会成为备受我们孩子喜爱的真正的父亲**——她一直在为他祈祷。据说她在好几个月前就把自己的纪念戒指和她的画像一并交到了他手上，她肯定知道自己命不久矣，只能用这种方法让他将自己铭记于心。”

我在椅子上蜷成一团，把脸贴在膝盖上，双手捂住眼睛，就像一个受伤的孩子。我差点就要用自己的双手塞住耳朵，这样就不必听见我姐姐最后对我关爱的话语。我感觉自己陷入了深深的失落中，在这样的情绪里不断沉沦。“她写了什么？”我问，“那枚戒指上刻了什么？”

**“我与你同在。”**

“只有这些吗？”我问。悲伤如同海洋淹没过我的头顶，我现在肯定沉溺在悲伤之海的海床了吧。

“上面还说他们为她敲响钟声，村民们祈祷她能康复。”

“她有没有对我说什么？”

“她说，再见了，我的妹妹。”

这几个字最先由简对凯瑟琳说过，现在轮到凯瑟琳对我说。但我却已经没有人可以送出这句祝福了。如今凯瑟琳离开了这世界，我唯一的姐姐也离世了，我彻底成了孤儿。

“她说的最后一句话是：愿耶稣接纳我的灵魂，再用手轻轻抹上双眼，离开我们。”

“我不知道自己应该如何面对这一切。”我轻声说，把自己推到座位边上，跳了下来，“我真的不知道。”

我的继祖母握住我的手，但却没有把我抱在她怀里。她知道我的悲痛太深，那些简单的安慰根本无法触及到分毫。“赏赐的是耶和华，收取的也是耶和华；耶和华的名是应当称颂的。[①]”她告诉我。

伊丽莎白女王自然给我姐姐举办了一场盛大的葬礼。她究竟对葬礼，特别是家人的葬礼有多喜爱？凯瑟琳被葬在约克斯福德的村镇教堂里，那里远离她的故乡，远离她母亲的安息之所，也远离她丈夫的家族教堂；但伊丽莎白命令宫中所有人为她哀悼，试图将自己虚伪的面容掩盖成悲痛的样子。七十七名专职哀悼的成员来到宫中，同行的还有一名专职掌管纹章的官员和宫中的仆人们；凯瑟琳的纹章绣在横幅、三角旗和旒旗[②]上，挂在教堂里。所有用以赞扬都铎家族公主的东西都为她准备好了。凯瑟琳的葬礼成了对她的赞美和褒奖，而她惨遭迫害的一生，却被人无情遗忘。

伊丽莎白不让我参加葬礼，她当然不会让我去了。只有当自己的继承人比她先去世时，她才会对他们表达爱意，而她最不想让别人知道的一点就是，如果凯瑟琳是都铎家族的公主，那她的妹妹自然也是，而且还是都

①《圣经·约伯记》第1章第21节。

②指长形剪刀尾的旗帜，上面往往写有格言等。

铎家族最后一支血脉。她最不希望的就是拥有一名活着的表外甥女，特别是她在大张旗鼓为另一名哀悼的时候更是如此。我的继祖母得以在凯瑟琳去世后向她道别，但却不能在活着的时候如此做。她回来时心情沉重地对我说，白发人送黑发人，这是她人生的一出悲剧。

我沉浸在葬礼的悲痛中，在房间里闭门不出。失去姐姐带来的痛苦和对女王的恨意让我难以呼吸，更是难以进食，家里人只得说服我至少每天吃一顿。我想，如果我既无法对自己的姐姐道别，也无法照顾她的孩子，那还不如死了好。我不能和丈夫团聚，也不能陪伴她的孩子，伊丽莎白让我和她自己一样孤独，成为了家族唯一的孩子和像她一样的孤儿。她个子比我大，心胸怎么远比我小？她一直把自己困在母亲去世的时候，那时没人知道她是谁。我或许个子有些矮小，但我绝非像她一样甜美而又致命。

要不是我的继祖母敲门，我想自己会一直卧床不起。她说："我们有个访客。你难道不想来我的会客室看看是谁过来看你了吗？"

"谁？"我闷闷不乐地问，躺在枕头上的身子动都没动。

她把脑袋靠在门上，带着浅浅的微笑，我在这个月来第一次看见她露出笑意。"凯瑟琳的看守欧文·霍普顿爵士过来看你了，他把你姐姐的二儿子托马斯·西摩尔带去汉沃斯，和他哥哥以及奶奶团聚，也把她的婚戒和信带给了奈德·西摩尔，现在他来看你了。"

我把被子一甩，一骨碌从床上爬起来，我的女仆跟在我祖母身后进了房间，手里还抱着我的小长裙、袖套和兜帽。"让他等等，我马上就来。"我说。

祖母看着我急匆匆地穿好衣服，跟着她走到会客室里，站在她面前的是一位个子高大但却面露疲态的男人，他的手里抓着斗篷，另一只手里拿着酒杯。在靠近大门的地板上放着一只盒子还有一个高高的笼子，外层被罩住了。他看见我进来时便放下手中的酒和斗篷，把手放在自己胸口，跪下身来。

“玛丽夫人，”他说，“我很荣幸见到你。”

他跪在地上，似乎我是个女王一般。“请起身。”

“我对自己带来的消息感到很抱歉。”他边说边站起身，但却一直弯着腰，让自己能够看着我的脸。“你的姐姐刚来我的住处，便使得寒舍蓬荜生辉，我对她敬爱有加。我的妻子和我都对她的死感到悲痛不已。我们会为她做任何事，什么都可以。”

我意识到自己应该抛弃自己的悲痛向他询问一些事。一名公主去世和普通人去世的意义完全不同。“我理解您的心情，”我说，“但我也知道不论你们做些什么都不能解救她。”

“我们做了所有能做的事，”他说，“我们确保她能按时进餐。虽然她没有胃口，我们也无力为她提供珍馐，但也尽力让自己的厨房为她提供佳肴。”

想到伊丽莎白吝啬的以牙还牙的行为，我不免咬牙切齿，但我仍然对他竭力露出微笑。“我相信她在你这里找到了最佳的归宿，”我说，“如果我之后还能够过上快乐的日子，那我永远都不会忘记你曾经对我姐姐的好。”

他摇了摇头。“不，我做这一切不求回报，”他说，“我过来不是为了向你们索求感谢。世人明白她是位了不起的夫人，能够接待她是我的荣幸。”

想到凯瑟琳去世后却一点点变得更加伟大，我差点就要笑出声来。这世上只有她才会和我分享笑话。听到这句话，我只能点了点头。

“我给你带了些东西，”他说，“她的丈夫赫特福德伯爵说，我应该给你带些属于她的书，一本《圣经》还有一些文法书。他说这本意大利文法书应该给你，它本是由作者亲自题辞，送给你的大姐简·格雷的。”

“谢谢你。”我说。

“我还给你带了这个。”他有些不好意思地说。我看见继祖母盯着房间后面的笼子看着。

“千万别是那只猴子!”她说。

虽然在这个场合下并不适宜，但却是我这周第一次感觉自己可以笑出声来。所有人都牢记我姐姐的悲剧，我却将她傻乎乎的行为和她拥有的魅力记在心里。处死她的人可以用这种方法纪念她，带着一箱书，还有一只关在笼子里的宠物，这是年轻的姑娘常有的东西，混合着对远大目标的热情和幽默的念头。

“你给我带来的是什么?”

“正是那只猴子。”他说，悄悄地瞥了我的继祖母一眼，她还正在悄悄地说：“绝对不是!”

“我们真的没法养它，萨默赛特公爵夫人也不愿把它留在汉沃斯。”

“那我也不愿意把它留在这里!”继祖母坚持自己的意见。

他把遮挡笼子的布给拿掉，里面正是诺兹先生，他一如既往地哭丧着脸，坐在笼子的角落里，就像一尊异教的小神像，却被我们冷冰冰的欢迎吓得瑟瑟发抖。我发誓当他看到我的时候立刻就认出了我是谁，然后满怀希望地爬到笼子的门前，用他三根黑色的手指做了个手势，像是要让我帮他打开笼子。

“你看，他认识你。他的女主人去世后他就一直不想出来。”欧文爵士鼓动着我，“就像一个基督徒那样为她哀悼。”

“你这是在胡说八道。”继祖母坐在豪华的椅子上说，但她也没有阻止我把猴子的笼门打开。诺兹先生从笼子里出来，跳到了我的手臂上，我想他变得更老了，也变得更加忧伤了吧。

“您愿意让我照料他吗?”我转身问我的继祖母。

“你这个长不大的小姑娘!”她说，似乎简、凯瑟琳和我对她来说都还是小姑娘，在向长辈祈求饲养不合适的宠物。

“求你了！”我说，脑海中想起了凯瑟琳的声音，“求你了，他不会惹麻烦的，我发誓。”我想起了那个阳光明媚的日子，我们在简的房间里，凯瑟琳求着简不要让他把诺兹先生放到门外去，还在他身上有没有虱子这件事上撒了谎。

“好吧，那就留着他，”继祖母宽容地说，“不过他不准扯东西，或者在房间里捣乱。”

“我会管好他，保持他身上干净整洁。”我对她保证。我可以感觉到他用自己的小手紧紧地攥着我的大拇指，似乎我们正在通过握手达成某种协议。“她的确很喜欢他啊。”

“她很有爱心，”欧文爵士说道，“非常有爱心。”

有人为他缝制了一件小夹克，上面有着黑色的丝带，这样他也能为爱着他的年轻女子哀悼了。他用忧伤的眸子看着我，我把它紧紧地抱在怀里。

“她的猫和狗呢？”

他那不安的眼睛显得更加阴郁了。“猫已经老了，现在住在我们马厩的院子里。你们也明白，他们不是什么王室成员，我没想过去把他抓过来带给你。”

“没关系，”我的继祖母连忙说，“真的没关系，我们不需要更多猫了。”

“那只小巴哥乔……”他犹疑了。

“你也没把她带过来？”

“事实上，我没法把她带过来。”

“为什么？”虽然我问了，但心中却暗暗猜到了原因。

“在凯瑟琳夫人生命中最后的日子里，她一直陪伴在她床上，寸步不离，不吃不喝。这真的算是一个小小的奇迹。凯瑟琳夫人说她应该把肉放在自己卧室的地板上让她吃的。她一直都留意着那只小狗，从未忘记过她，就算在她准备向上帝交代后事的时候也是如此。”

“继续。”我说。

“她一直睡在凯瑟琳的脚边，当凯瑟琳夫人永远地阖上双眼后，她发出了小小的声音，像是一声呜咽，然后把脑袋靠在了她脚上。”

我的继祖母清了清嗓子，似乎她没法忍受这个多愁善感的故事。

“你说的是真的吗？”我问。

“千真万确，”欧文爵士说道，“我们不得不把凯瑟琳的尸体移开，对她进行防腐处理，把她封进铅盒。在公主下葬之时这些事情都做完了。”

我当然知道，谁能比我更加了解这点呢？

“那只小狗紧紧地跟随着凯瑟琳的遗体，像是走在队伍最前面的吊唁者，说实话，我们都不忍心将她抱开。上帝明白，我们这么做毫无对凯瑟琳夫人不敬的意思，只是她经常让自己的小狗跟在身后到处跑来跑去，尽管她的女主人已经去世了，我们也让她跟着。”

“在葬礼当天有一辆漂亮的柩车，外表端庄，上面盖着一块黑色加金色的布，十分合适。掌礼官走在队伍的最前面，然后是宫中的七十七名吊唁者，接着是我的家族、很多当地人还有从远方来的贵族。她也在那里，一切都安排得很完美。”他对我的继祖母鞠了一躬，“每个人都跟着掌礼官一起进入教堂中，小狗也跟着，可那时没人注意到她，大家都跟随着那些旗帜和掌礼官，以及步入宫中带来的荣誉和所有其他东西。如果我注意到她，那我肯定不会让她进来。不过说实话，凯瑟琳就像我自己的女儿一样，她的去世对我来说犹如丧女之痛，这并非有意冒犯，我从来没有忘记过她尊贵的地位，但她的确是我所服侍过的最漂亮的夫人，或许我此生再无希望见到像她这样的夫人了。”

“没错，没错。”我的继祖母说道。

“她长眠于教堂中，坟茔上覆着一块雕刻精美的石头，四周挂满了长方形和三角形的旗帜，等所有人说完自己的祷词并为她祝福后便各自回家了。

没人为她的灵魂祈祷，”他特地指出这点，看着我那位坚定的新教亲属，“现在已经没有炼狱了，不过我们都祈祷她能够在没有痛苦的情况下升入天堂，随后我们都回家了。”

“但是那只小狗没有和我们一起回来，而是独自留在了教堂里，她真是个可爱的小东西。谁都不能让她离开那里，就连喜欢她的马厩女侍都做不到。我们给她一点面包甚至肉引诱她出来，不过她什么都没吃。我们还试着用绳子拽着她的项圈，想把她从那儿拖走，不过她挣脱了自己的项圈，又回到了教堂里，睡在坟墓的石头上，最后我们只得由她去了。她闭上眼睛，把爪子搭在自己的鼻子上，似乎在表达悲痛。在第二天早上，这个可怜的小东西身体已经变得又冷又僵硬，似乎没有自己的女主人，她也没了活下去的念头。”

我看着自己的继祖母，她的嘴角微微扭动着，我知道自己也是一样。我悄悄地咬着嘴唇里侧，不让自己为小巴哥的死和姐姐的死哭出来，也不让自己因为我家族的陨落而落泪。这一切都是无端发生的，一切都是毫无理由的。

我们陷入一片沉默，随后欧文爵士突然用喜悦的语气开口道：“另外，我还在马车后面带来了几只朱顶雀。”

“不会是简妮·西摩尔的那几只吧!”

“是它们的下一代，或许是下下一代。”他说，“她让它们筑巢繁殖，我们得遵照她的命令放走一些，再留下一些。不过我为你准备了一笼活泼漂亮的朱顶雀，和我一起去马车那儿吧。”

# 1568年春

### 伦敦　迈诺瑞斯

我们家族的朋友，有时也是我们的盟友贝丝·圣·洛夫人去年取得了一场重大胜利，让我不论在什么时候想起她来都能露出微笑。贝丝阿姨安葬了自己第三任丈夫，带着一大笔遗产第四次走入了婚礼的殿堂，不过这一次她成功地超越了自己以往的成绩，因为这回她嫁给了什鲁斯伯里伯爵乔治·塔尔伯特。这下她差不多把整个英格兰中部都纳入了自己名下，一举成为了全英格兰第二富有的女人，拥有的财产仅次于女王。

如果我没那么伤心，贝丝阿姨所取得的了不起的成就真的会让我大声笑出来。她曾经还只是我们的朋友，跟我们一起住在布拉德盖特，是个趋炎附势之人，现在她却摇身一变成了伯爵夫人。她出身贫寒，又在年轻时成了寡妇，却获得了我母亲的喜爱，如今靠着自己出色的经济嗅觉，成功变成一个了不起的夫人。当然了，我觉得她所拥有的好运或许会帮助到我。像她那样名下有着上千幢房屋和千亩良田与村镇的人肯定能轻而易举地把我藏在某处。女王信任她；为了确保我能住在她那儿，她可以保证我不会逃走，也不会和西班牙密谋，不会做任何让女王害怕的事。如果贝丝阿姨能够为我美言几句（尽管我记得她根本没有为我姐姐凯瑟琳说情）那我或许可以在温菲尔德宫、图特伯里城堡、伯顿城堡或者茨沃斯宅邸附近，或者任何属于她的房子中做一名自由的房客。如果她能成为我的房东，那么我就能把我的祖母从她所履行的职责和伊丽莎白对她的不悦中解脱出来，我可以远离伦敦，被世人遗忘，更能够获得自由。

我把这件事告诉了继祖母，对她说贝丝或许会为我向女王说情，也或许会为我提供住所。她便鼓励我写信给这位新晋的伯爵夫人，求她利用自己的影响力去说服女王，因为她虽然地位一再提升，但仍是伊丽莎白的女侍臣。我想，在简陋的村镇中拥有一幢小房子对我来说无异于快乐的源泉，就算我再也没法见到托马斯·凯耶斯，那或许我还能让他的孩子们和我住在一起。另外我也肯定，诺兹先生肯定想要一个小小的果园。

# 1568年夏

**林肯郡　格里姆斯索普城堡**

我们的表亲伊丽莎白听说凯瑟琳去世的消息后悲痛不已，整个宫里的人陪她整整哀悼了一个月。随之而来的五朔节狂欢就成了有史以来最为美好的一次。她对表侄女玛丽女王的事也没那么焦虑了，毕竟她还被关在监狱里。所以她给玛丽的抓捕者以及她小儿子的监护人，亦即背叛苏格兰女王的同父异母弟弟默里领主[①]互通了几封信。当伊丽莎白听说他打开了王家宝库的门，准备拍卖玛丽著名的珠宝时，她克服了自己对玛丽曾经过分的焦虑，投身于这场竞价活动中。默里领主背叛了自己同父异母的姐姐兼加冕过的女王，这的确缓解了伊丽莎白的压力，她成功打败了其他竞价者，拿下了六条价值连城的珍珠项链。我想到被关在拉克利文城堡中的玛丽，她就像被关在继祖母的格里姆斯索普城堡里的我一样。她以为会来救自己的表姑反倒选择与抓捕自己的人进行了一场交易，最后还戴上了曾经属于自己的珍珠项链，如果她知道这些，不知心里是怎样苦涩的滋味。

不过我的表姐玛丽并没有浪费时间细数自己的损失，并为与自己分隔两地的孩子们哀伤。在五月的末尾，我们得知她成功逃了出来，就像在面临绝境时能够爆发出无穷勇气的女人一样逃了出来。我也希望自己有如此的勇气、财力以及盟友来帮自己做成这样的事。玛丽独自划船越过了一面

---

①指詹姆斯·斯图亚特，默里首任伯爵。

湖，假扮成男仆，重新组织一支军队，向自己的弟弟下了战书，与他相约在战场上兵戎相见。伊丽莎白应该派出一支军队前去支持，她之前一直这么叫嚣来着，结果却只是向她送去了自己最好的祝福，这显然收效甚微。苏格兰女王的军队最后折戟沙场，这便是她的孤注一掷，现在她处在流亡之中，没人知道她在哪儿。

她肯定在苏格兰原野中的某处。这场战斗发生在苏格兰西海岸的格拉斯哥，她并不熟悉那里的环境，那里也不太可能有她的朋友。她的丈夫兼最有力的盟友博斯维尔不知所终，伊丽莎白也未伸出援手，玛丽现在彻底成了孤家寡人。数日来，我们没有再听闻任何有关她的消息，随后有人称她在战败之后在黑暗的碎石荒地中骑了整整三十英里，最终找到了一处安全的藏匿地，那是一所修道院，里面的人们敬爱自己的女王和她所代表的信仰。如果英格兰这时候向她伸出援手，那也会在瞬息之间改变一切的局势。玛丽可以重新登上自己的王位；伊丽莎白又能让一个漂亮的表亲成为自己邻国的女王。

就算我的继祖母一家和我都被勒令远离宫中，只可居住在林肯郡的格里姆斯索普城堡里，我们也能了解这事——因为整个国家都知道玛丽向伊丽莎白伸出了求助之手，还派人送给了她一个纪念物，伊丽莎白也无法对它蕴含的强大力量视而不见。五年前，伊丽莎白把这枚戒指送给了她，向她承诺了永恒的爱和友谊，还向玛丽保证，若有需要出手相助的时候，可以把这枚戒指寄给自己，而她也绝不会令她失望。这次玛丽送来的正是这枚戒指。

我时刻跟进着这个故事的最新进展，世上的其他人也一样，它就好像是印在纸上、由民谣歌手四处售卖的扣人心弦的故事：一位伟大的女王对另一位女王发下过绝不辜负她的誓言，如今这份承诺终于面临兑现之际。我简直等不及想要知道玛丽到底在哪里，也等不及想要知道她接下来会做些什么了。

我想伊丽莎白肯定会伸出援手，玛丽第一次从监狱中逃脱的时候她就那么做了。但如今她的表侄女虽然获得了自由，但却再无自保之力，只得送回这枚戒指，希冀着伊丽莎白承诺过的援助不会落空。伊丽莎白必须履行自己对那位了不起的表亲作出的承诺，必须对她公开发下的誓言负责，必须助她一臂之力。

没有拨款流向苏格兰的消息，不过伊丽莎白当然可以向她送去一笔秘密拨款，不用告诉任何人。但看样子，她肯定不会为玛丽出兵增援了。如果她真的这么做，就算是在最隐秘的地方组织起军队，我们也肯定会听到相关的消息。我想伊丽莎白或许会与枢密院开会，说服他们必须支持苏格兰女王，这样她自己才不会受到威胁。或者她干脆会直接召集议会成员，将玛丽任命为自己的继承人。她终于又把自己带回了这个节骨眼上，只有把玛丽任命为英格兰的王位继承人，才能让苏格兰人识趣而退，明白将她送回自己国家的王位更加符合他们的利益，这样玛丽就能将自己的名号传给她儿子，苏格兰和英格兰的王位终将合二为一。

有传言说法国会把她从苏格兰的海岸那儿抓回来，因为她是法国王室的亲属，如今更是深入险境。如果他们比我们抢先一步，那苏格兰女王就落在了法国手中，英格兰又要如何保证自己免受法国攻击呢？如果她嫁给另一名拥有雄厚国力的王子，将自己的王国夺回来呢，如果她将自己的表亲伊丽莎白视作一位有损王室名誉而且违背了神圣誓言的人、一位靠不住的盟友，而且更是一位不合格的王室亲属怎么办？她会不会将英格兰视作与自己信仰相左的敌人呢？

这一切取决于伊丽莎白，形势敦促她要赶快救出她的后辈，并且重新将她扶上王位。如今她终于有了不得不做的理由，而且更无其他理由去做别的事。玛丽和她都有着王室的血缘关系，更有望成为下一任女王，而且还拥有她发下的神圣誓言，伊丽莎白势必要帮助玛丽，她再也没有理由拒绝。

可我们仍然什么消息都没听到。我用自己的信用做担保，写信给我的阿姨贝丝，问她是否方便去问一下女王，我能否获得自由，住进她的某间房子里。我知道她忍受着我的母亲，也向我的姐姐发过誓。我还写信向她询问有没有什么新消息，她是否知道我的表姐，也就是苏格兰的玛丽王后究竟发生了什么事，她是否又能获救？她是否听说过任何消息呢？

我尚未收到回信，有一天，继祖母进了我的房间，我正在和一名女侍臣读着拉丁语。她对我说："你绝对想不到发生了什么事。"

我立刻从椅子上跳起来，突然感到一阵惊吓。我此生从未像这样期盼着好消息。"什么事？"

"苏格兰的玛丽女王越过索尔威湾，离开了苏格兰，来到英格兰境内，给伊丽莎白写了一封公开信，说自己希望立刻回到苏格兰，并能带回一支支持她的军队。"

我想自己听到这个消息本应该很高兴才对，这是她走出的另一步大胆而又巧妙的棋。玛丽强迫伊丽莎白做出下一步决定，而伊丽莎白也不能像往常那样了，她已没有含糊其辞的余地。我的表姐做出了如此勇敢的决定，但我却没有感到激动，心里更多的还是畏惧。"女王作出回应了吗？"

我的继祖母看起来还挺高兴的。"我的丈夫伯蒂和宫中众人一起在格林威治，他说伊丽莎白同塞西尔正在商议相关的条款。伊丽莎白声称玛丽必须留在苏格兰，身边要有一支强大的军队，这样苏格兰人（以及其他所有人）都必须明白他们不能随意将一名女王赶下台。威廉·塞西尔同意了这一说法，所以枢密院也不会有异议。没人愿意让约翰·诺克斯这样的人在自家门口打败一名女王。议会会举行投票来确定拨款，之后组建军队。玛丽女王会被送到她在爱丁堡的住所，伊丽莎白则会率军为她而战。"

“她真的会这么做吗？”

“她之前就这么做过，派了一支军队到苏格兰对抗天主教的摄政王，最后获得了胜利。她知道这么做是行得通的。”我的继祖母说着自己的看法，“另外，这件事也未必会进行到这个地步。苏格兰的领主们不想与英格兰开战，其中半数人都拿着我们的俸禄。如果伊丽莎白和塞西尔挥军北上，那些苏格兰人就会知道他们应该把自己的女王接回去，并且与她达成和解。他们没法忍受的其实是博斯维尔，大多数人还是真心爱戴玛丽女王的。”

“我更愿意让她获得自由，”我说，“虽然我知道她是个天主教徒，或许还是个罪人，但我很高兴她逃出了拉克利文城堡，不管之后会发生什么，至少她现在自由了。我经常会想起她，她和凯瑟琳一样漂亮，年龄也相仿，我也更希望她，还有我们所有这些表姐妹们都能获得自由。”

只有一名都铎家族的人没有对玛丽女王获得自由这件事并感到高兴，那人就是我的姨妈玛格丽特·道格拉斯，她听到这个消息后就和塞王一样报复心切，携自己的丈夫伦诺克斯伯爵一起冲进宫里。他们两个都为自己家的浪荡子达恩利领主亨利·斯图亚特悲痛不已，夫妻俩跪倒在伊丽莎白面前向她哭诉：他们一定要为自己的儿子讨回正义。玛丽女王是谋杀他的凶手，她回英格兰时必须戴上枷锁，一定得经受谋杀罪的审判。伊丽莎白务必要将她绳之以法，让她作为谋杀亲夫的凶手经受火刑。

女王对她的表姐开始感到有些不耐烦了。把达恩利送去苏格兰的正是他的母亲，等到伊丽莎白勒令他回国时，他又拒绝了——伊丽莎白可永远都不会忘记这点。而且他组织了一队武装力量试图推翻自己的妻子，我们都听说过他曾经拿着枪对准自己妻子怀孕的腹部。他当然是那些恨他的苏格兰领主们手下的牺牲品，但却没有确切的证据表明玛丽女王也卷入了这场阴谋中。而且不管怎么说，我们的姨妈玛格丽特夫人到现在也应该清楚，伊丽莎白的良心实属多变，她难道忘记众人对艾米·达德利的死是作何看法了吗？

不过伊丽莎白还是足够耐心且温和地向玛格丽特解释道，苏格兰人不能审判自己的女王，任何人都不能将自己承认而且在上帝面前加冕过的君王放上审判席。相应地，伊丽莎白也没有审判玛丽的权利，因为她们俩都是女王，所以她既不能逮捕玛丽，也不能将她投入监狱。法律是由女王制定的，所以她们自然高于法律。她肯定当玛丽见到自己的婆婆时，会对此事给出一个完整的解释，这是她们婆媳之间的私事。简单来说，没人太在意玛格丽特·道格拉斯究竟是怎么想的，不，老实说，应该是根本没人在意过。

但这让我变得更加焦虑起来。日子一天天变暖，我始终没有收到什鲁斯伯里伯爵夫人，也就是我的贝丝阿姨寄给我的回信，宫里也没有传出任何要让我搬到别处的消息。我仍然是个被我继祖母关押着的囚犯，这让我心神不宁，而与此同时，苏格兰的玛丽女王正在弗朗西斯·诺利斯爵士的卡莱尔城堡中待着，表面安全，实则身处狱中。看起来伊丽莎白不太愿意与她两位表亲中的任何人作对；不过我们两个都被关在了监狱里，难道她真的以为自己可以一直关着我们，直到我们最后像凯瑟琳一样绝望而死吗？

她给玛丽寄去了几件衣服，因为她除了逃跑时穿的那身衣服之外就一无所有了。可当他们把包裹打开时发现，寄来的东西只比破布稍微强一些：里面是两件破破烂烂的宽松直筒连身裙，两匹黑天鹅绒，两双鞋子，除此之外别无他物。

“她为什么要用这种轻蔑的态度羞辱她的晚辈？”继祖母问我。

我们两个看着破破烂烂的脚凳和两块污迹斑斑的挂毯，它们本来是我房间陈设的一部分，伊丽莎白更是直接把磕破的杯子给我用。

“这是为了警告她，”我缓慢地说，“就像她警告凯瑟琳和我一样。她想让我们知道，我们没有她的宠信只会变得贫穷，永远都是囚犯。她或许不能逮捕另一名女王，可只要玛丽女王是弗朗西斯·诺利斯的宾客，而且永远不能离开，那她不是伊丽莎白的囚犯又是什么呢？你觉得玛丽能不能理解这个信息呢，她会不会清楚其实自己就像我一样，不过是个犯人而已呢？”

## 1568年夏

**林肯郡　格里姆斯索普城堡**

议会在格林威治宫召开了会议，对外宣称苏格兰的玛丽即将面临一场审判。除非她被判无罪，否则不能带着英格兰的军队返回苏格兰。她势必会受到谋杀亲夫的指控，并遭受相应的判决。这件事和叛国一样罪孽深重，因为这既违反了世间秩序，更是一场精心策划的谋杀，若是罪名成立，她将面临火刑。可令人惊讶的是，伊丽莎白并没有因为议会与她意见相左而迁怒于对方，这就相当于告诉我们，议会就是她的喉舌，替她说出了她不敢说出的话。但伊丽莎白并没有规定玛丽不能来到宫中，以女王的身份向她解释自己的所作所为，因为她的名声早就被流言蜚语玷污了。犯下通奸罪的女人不能进宫，这个说法如果没有用在玛丽身上，倒未必会让人感觉如此可怕。如果她根本没有机会说话，那又如何才能让众人公正地做出判断呢？如果由伊丽莎白和塞西尔掌控的枢密院声称玛丽没有自我辩护的权利，要对她以谋杀罪论处，那他们两人肯定早就已定下她有罪，而且必须死去。

但玛丽比他们更聪明。她拒绝了女王寄来的天鹅绒破布和旧鞋子，称其为“擅作主张”，弗朗西斯爵士手捧破布尴尬地说，王家衣橱肯定犯了什么愚蠢的错误，玛丽说她是一名女王，曾经穿着白鼬皮，是王室成员，没人可以给她寄去那些不符王室规格的衣服，也没人可以随意审判她。她是被上帝授予圣权的一国之君，只有上帝才能对她做出裁决。

伊丽莎白立刻让步了，这个决定做得很快，或许只有她自己才能做得出来。她给自己的表侄女写了封信，声称这不是审判，因为女王是不能审判女王的。遭受指控的不是她，而是她的弟弟默里领主。如果他有叛国嫌疑，那就会在做出判决后恢复她的王位。他们会洗清她的污名，让她重新戴上王冠，使她从此不再受到流言的困扰，可以带着她的儿子回到自己的城堡里。

“她会自由的，”我说，“感谢上帝，至少在我们这些人当中，她终于自由了。”

在七月的时候，我终于收到了贝丝阿姨的回信。信上的火漆盖着她的新家徽：一只用后退姿势站立的狮子。我看着它，微笑着拆开火漆印戳，她用这个家徽实在再合适不过了。

最亲爱的玛丽，很抱歉我没法给你写信作答。承蒙你的母亲和你对我的爱，我很乐意让你住在我家里（住在我任何一幢房子里都可以！）。不过我还没来得及询问女王我是否能接纳你，她就给了我一个更加严肃的任务。我们即将迎来另一位客人，或许你能猜到那人是谁。我们需要保证她的安全，远离我们的敌人，监控她收发的信件，并向女王汇报她的一切行为。她虽然是名宾客，但却只能在我们决定让她返回苏格兰之后才可获准离开，我们也需要调查她信匣中的每封信。我们要去发现一切能发现的东西，并给出合适的判断。

读到这里，你肯定能猜出来我这里的人是谁了吧？以及我不能收留你的原因！女王信赖我的丈夫，让我负责关押苏格兰的玛丽并且保证她的安全，直至女王准备让她回到苏格兰为止。我们

> 不出任何差错，必须谨慎地完成这个任务。想想看，如果我们让苏格兰的女王暂住于此并最终让她重新坐上王位，这会给我们带来何等的荣誉与益处？当她回到苏格兰的时候，我会询问女王，看她是否愿意放你出去，让你快乐地住在我们名下的某间小宅子里。

我看完后，信落在了地上，心中的感觉和凯瑟琳被带到伦敦塔，伊丽莎白将她的手交到我手里的时候一样糟。“她永远都不会获得自由了，”我这么猜道，“苏格兰的玛丽女王永远无法逃离这里，伊丽莎白就像关着我一样，也把她关在那儿，我和她终将死于监禁生涯。”

# 1568年圣诞

**林肯郡　格里姆斯索普城堡**

圣诞节当天，格里姆斯索普城堡阳光明媚但又寒风凛冽，我的继祖母去了宫里，所以她的家人和我安静地庆祝了这个节日。他们允许我在花园里走走，我可以一直走到马厩那儿，绕着这座漂亮城堡的庭院散步。可等到雪花飘落，厚厚的雪堆积在小路上时，我就走不了太远了。被积雪困住倒不怎么让我在意，因为我明白，冰雪终有消释的那一天。

我的继祖母给我寄来一封信，向我说了些新闻，随信附上了我的圣诞礼物，那是一只金杯子。她措辞很仔细，这样密探们就不会说她是在和我密谋。

> 我有个关于赫特福德伯爵奈德·西摩尔的好消息，她在信中写道，避免称他为我的姐夫。他获释了，可以自由地生活在威尔特郡的狼厅里。他的儿子泰迪和托马斯依然与祖母一起住在汉沃斯，不过他们可以给自己的父亲写信，也能获准与你通信。我知道这个消息会给你带来不少欢乐。

我停了下来，想着我的小侄子们，虽说他们的父亲仍然不能与他们相聚，但至少可以互相通信了。说真的，伊丽莎白已经成了一名残暴而又强大的女王，我们都像棋子一样，只能落在她批准的地方。

我的继祖母毫不含糊地说，那场审判原来是为了测试玛丽女王那邪恶的同父异母的弟弟，结果却来了个180度的大转弯。默里领主为这场审判准备了整整一篮信件，据说可以证明女王正是谋害自己丈夫的凶手，也是与博斯维尔通奸的女人。这下落在审判席上的不再是女王同父异母的弟弟，而是成了玛丽女王自己，可伊丽莎白发誓这种事永远不可能发生。

不过这些信件看起来并非真的是她的笔迹，我的继祖母圆滑地解释道，所以有些人就怀疑这些信由她自己书写的真实性。

我对此深信不疑，想象着威廉·塞西尔的间谍们裁开这些信，细细地模仿着笔迹，他们狂热伪造赝品的样子活像好孩子们弯腰认真对着自己的课本。但不管怎么样，伊丽莎白缺乏给出最终结论的勇气，苏格兰的女王和我依然身处监禁之中，就这样进入新的一年。我被关在格里姆斯索普城堡，她被关在伯顿城堡，但她身穿能够彰显自己王家身份的华服，这是她坚持要从拉克利文那儿寄来的，不过我们两个都希望能在春天获得自由。

她做的事比我想的更复杂：她先是给西班牙的菲利普二世写了封信，说自己被伊丽莎白无端端地关押。这么做未必能让她获得自由，但肯定会让她遭受威廉·塞西尔和所有新教徒们的敌意。我不像她，没人可以让我写信，唯一的王室亲属也是我的敌人——唯一的伊丽莎白。

# 1569年春

### 林肯郡　格里姆斯索普城堡

我很难相信这天终于来了，可现在已是春天，大地从冰封中苏醒，小溪沿着路边的小径缓缓流淌，被关押的苏格兰女王玛丽和我都将要获得自由了。这个季节总能让我想起自由歌唱的鸟儿，也是我将获得自由的季节。玛丽女王也将回到苏格兰，重新登上王位，针对她的审讯不了了之，伊丽莎白也清楚自己无法没来由地拘留自己王室的亲属。她甚至也不打算继续关着我了，只是我没有菲利普二世和天主教国王可以为我撑腰。似乎伊丽莎白已经了解到自己闯下的祸，也明白自己所走的路。如果她证明那些对玛丽不利的证据是真的，那肯定会直接下令处死她。若是她继续无限期地关着我，那和死刑判决又有什么区别呢？多变而又心怀恐惧的伊丽莎白不再继续迫害她的继承人，而是选择给我们自由，以期在爱丁堡的玛丽和被关在远处的我能比被关押的时候给她少带点麻烦。

“你要去托马斯·格雷斯汉姆爵士那儿了，”继祖母说，“亲爱的，我会想你的，不过我也很高兴你能继续留在伦敦，等下次宫里的人们再去度假的时候，你就能回到原来的位置，重新变为女侍臣了。”

“她觉得我还会回去继续侍奉她吗？”我怀疑地问。

我的继祖母笑了起来。“当然。这是用来表示你对她毫无威胁的最好方式，说明你不是她的竞争对手。她的姐姐曾经就把她关起来过，等她获得自由后又被召回了宫里，所以她觉得自己也能这么做。”

“但我会获得自由?”

“没错。”

我把她的手握在手里，告诉她：“我永远都不会忘记你收留过我。”

“这有什么，”她苦笑着说，“你可别忘了，我还收留了你那只该死的猴子呢。”

# 1569年夏

### 伦敦　主教门[①]　格里姆斯索普城堡

我骑马走向伦敦，穿过整个英格兰最为富裕的地区。在道路两旁是新刈过的干草，我可以闻到它们散发出的味道。在田野后面的山丘上，我们可以看见成群的绵羊在牧童们心不在焉的照看下漫步。在河边的浸水草甸上，成群的水牛眼里只有茂盛的绿草，当我们骑马在晚上经过它们身边的时候，见到那些女孩把牛奶桶挂在牛轭上，手上还提着挤奶凳。

我很高兴自己能重新骑在马上，我不想让这旅途早早结束。但不久后我们就穿过了主教门，那里有一幢十分漂亮的大宅子，建造它的人是托马斯爵士，他是用教授我们都铎家族如何经营而挣来的钱盖的。是他警告女王必须召回那些破损的货币并且铸造新的，也正是他住在安特卫普，在我们强大的贸易伙伴面前守护着英格兰商人的利益，他还提议在英格兰建一座大厅，这样商人们就能在那儿碰面，互相交换信息，敲定营业执照和专卖权限，再互相为对方的公司投钱。

我们在他那幢漂亮的宅子前停下，那房子几乎就和一幢宫殿差不多大，身穿制服的仆人打开两扇大门，我们走了进去。前来欢迎我的只有他家中的男仆，他向我鞠了一躬，准备引我去自己的房间里。

“托马斯爵士呢？”我一边脱下自己骑马用的手套问他，“还有格雷斯汉

①该地为伦敦下属伦敦市的二十五个区之一。

姆夫人在哪儿?”

“托马斯爵士生病了，躺在自己的房间里，格雷斯汉姆夫人出去了。”他说，显然对他们的失职以及对我们缺乏尊重感到尴尬。

“那你先把我带到我房间去，等格雷斯汉姆夫人一回来就请她来我房间拜访我。”我直截了当地说。

我跟着他走上一级级高大的楼梯，他带着我走过数间双开门或单开门的房间，最后在宅子的角落那儿停下了。他开门后我进了房间里，这里不是我在契克斯住的小房间，但也不是那种气势恢宏，装饰漂亮的大房间，那不过是一间一般大小的私人套房，没有客厅，显然我不能在这里像个公主一样，有着自己的宫殿。

在我面前是个卧室，里面摆着一张大床，墙上开着一扇凸肚窗，下方就是嘈杂的街道，我可以看见托马斯爵士下属的商贩和批发商进出他们的账房。

“他们说你不会在这里住很久，”男仆带着歉意说道，“还说你马上就会回到宫里去。”

“我也是这么相信的，如果你们没有更好的选择，这样也能应付。”我平静地说，“请带我的女侍臣和女仆去她们的房间，你再给我带些葡萄酒、清水和吃的东西来，放在我房间外面就行。”

他鞠躬离开，我环顾四周，这里对我来说已经很不错了，天啊，这里比起伦敦塔里可不是好了一星半点！对我来说，在这儿待到我回宫为止也够了。

对我来说最幸福最愉快的事终于发生了：它不但本身就是一个好消息，更是之后欢乐幸福的预兆。我的脑海中一片空白，只想忍不住跪下来感谢上帝的仁慈。我最最亲爱的丈夫托马斯·凯耶斯在英格兰最糟糕的监狱里挺了过来，他终于离开了阴暗潮湿的角落，挨过了饥饿和寒冷，重新获得了自由。我收到了他亲自写的便条，自从我们匆匆接了个吻便就此分别后，这是他写给我的第一份东西。我知道他不是什么了不起的学者，对他来说，想要把自己的想法确切地付诸书面不是什么特别容易的事，所以我很珍惜那张小纸片及他认真撰写的字迹。它们出自一位诚实之人的手里，他是属于我的，这比诗或者情歌更好，因为他所写的字句都是肺腑之言。

> 我将动身前往桑德盖特城堡，它位于我的家乡肯特郡，我曾经在那儿做过上尉，所以清楚地知道那是个虽然小但却很舒适的住处。我全身心地对重获自由感到高兴。我每天都会为你和你的自由向上帝祈祷，也祈祷你会希望过来见我。自从我在你十岁的时候看见还是孩子的你第一次骑在太过高大的马儿上时，我对你的爱到现在始终未曾减少过分毫。如果你可以，就过来见我吧，我会等你。我永远会是你爱的丈夫。
>
> 托马斯·凯耶斯

虽然我把自己收到的其他信都付之一炬，可实在没法让自己把这张便条烧掉，便把它夹在属于凯瑟琳的法语《圣经》扉页，奈德在那儿写上了自己儿子们的出生日期。我就这样把它夹在书页里，每天都会看看它。

我收到便条后做的第一件事就是给在宫中的继祖母写信，请她替我问问女王，我什么时候才能重新回去侍奉她。“我对自己的房间毫无怨言，但在您身边服侍您却更会令我感到快乐，”我这么写道，“另外，托马斯爵士因为终日研习自己账目的盈亏，已经处于半盲状态，并且旧伤复发，脚也瘸了，他的妻子也令人讨厌。这不是什么让人快乐的地方，要不是我必须住在这儿，我真是一刻都待不下去了。而他还在这里度过了一生中大部分的时光。”

或许我对女王安排给我的住处不太满意，但至少我所见的景色及其代表的含义起了变化，说明我正在逐渐重获自由。这么比起来，我要比苏格兰的玛丽女王幸运不少，她根本没有重回苏格兰的迹象。她那同父异母的弟弟又违背了自己要接纳她回国的诺言，那些新教领主们也不怎么信任她。她要一直和我的贝丝阿姨住在一起，在众人同意她回国前，她得一直留在温菲尔德宅邸里。虽然她身处全国最漂亮的房子，服侍她的人数众多，可我对她毫无嫉妒之情。她和我一样，只是住在过渡性质的房子里，虽说有着自由的希望，从某种程度上来说依然受到束缚。我们都等着伊丽莎白能再度大发慈悲，但这种情况如同满月时的大潮，极其少见。

# 1569年夏

**伦敦　主教门　格雷斯汉姆宅邸**

宫里的人们在出游时接到了这个听起来不可思议至极的消息：我的表姐，苏格兰的玛丽女王似乎已经用自己的计谋成功摆脱了关押她的人——贝丝阿姨。这事就像凯瑟琳和我一样，令伊丽莎白极为不悦。她之前嫁给了现已失踪的博斯维尔伯爵，如果这对我们那个仍未出嫁的女王来说还不够致命的话，如今她又准备让自己嫁给一位地位更高的英格兰贵族，这真是荒唐。所有人都说她已经与伊丽莎白的波琳家族那边的亲戚——诺福克公爵托马斯·霍华德订了婚，而且他也没有上朝，没人知道他去了哪里。

托马斯爵士一早醒来就离开了家，直到午夜时分才回来。商人最讨厌的就是不确定的事，如果伊丽莎白不得不派兵对抗自己母亲所属的霍华德家族，那她也将面对诺福克家族的大部分势力。这样胜负就不好说了，玫瑰战争又将重新上演，这和在法国的战争一样糟糕，这是为信仰而战，是两位女王为英格兰的未来而战。不论是对国家还是对我姐姐的王位而言都不啻为一场灾难。

伊丽莎白索性终止了自己的夏日出行，带着王宫众人赶回了温莎堡，为进攻做准备。她这一辈子都活在恐惧里，正是因为害怕会发生这样的事，如今它终于发生了。伊丽莎白一直都害怕自己的继承人会嫁给势力强大的臣子并合谋对抗她，她觉得托马斯·霍华德会让整个英格兰东部地区都起来造反，北面的领主们也早已养精蓄锐，随时会率军南下，救出苏格兰的女王。两股势力都是为世人所知的天主教徒，而且他们都对都铎家族没有什么好感。

我从房间的窗户那儿就能听见成群的市民和那些还在当学徒的男孩子们正在为了保卫伦敦而苦心操练，如果我打开窗户向外看去，还能看见他们扛着笤帚的柄来代替长枪，沿着我窗前的那条路来回走动。

他们说诺福克公爵会向温莎进军，而北部的领主们会去进攻贝丝阿姨的宅邸，用武力将她关押的玛丽女王给救出来。贝丝阿姨和自己的丈夫什鲁斯伯里伯爵曾经对自己将要看守一名女王甚是骄傲，如今却要准备把她从温菲尔德宅邸转移到图特伯里城堡，并且做好抵御围攻的准备。英格兰就如之前一样分裂成了两个阵营，伊丽莎白长期以来让两个信仰分庭抗礼，两股势力互相对抗，两名亲属势不两立的计谋终于彻底崩塌，化作一片慌乱。

北方领主们高举绘有耶稣五道圣痕[①]的旗帜，为这场战争冠上圣战之名，以期让英格兰的每位天主教徒都出来支持他们。这是一场新的求恩巡礼，就像他们之前差点成功颠覆亨利八世统治的那样[②]，那些无法信任、最终叛变的北部地区教士们在每所教堂背后都摇响了铃铛，以此来说明他们正在为曾经的信仰和年轻的苏格兰女王揭竿而起。

我那可怜的贝丝阿姨啊！我与接纳我的托马斯爵士在大厅和花园之间的通道里碰上了，他简短地和我说了几句关于她的消息。他说贝丝阿姨已

①分别为双手和双脚的十字架钉痕，以及由朗基努斯用圣枪戳刺耶稣躯干的伤痕。

②指1536年英格兰北部反对亨利八世政府及宗教改革的巡礼。

经逃到南方去了，她苦苦地骑马，试图逃离正在南下的北方军队，因为他们正在一路扫荡英格兰。贝丝阿姨接到了伊丽莎白下的命令，让她在北方的领主们抓到她和她的家属，并且将他们全部杀死之前，把玛丽女王藏在考文垂的城堡高墙之后。伊丽莎白在伦敦的商人那儿以及尚在操练的男孩们中间集结了一支军队，托马斯爵士也派出了自己手下的士兵，两股势力一起向北方进军。但如果所有村镇都对抗他们，如果沿途的每座教堂都在举行弥撒，宣布自己为了玛丽女王的自由而斗争，那就算他们到了那儿也实在什么都做不了。不过几乎可以肯定的是，他们已经晚了，伊丽莎白在约克安插的北部议会已经被北方领主们层层包围，彻底被控制住了。另外，托马斯·霍华德率领的诺福克军队仍然没有任何消息，他肯定正率军前往考文垂去解救自己的新娘，但也有可能在向伦敦进军，为玛丽夺取英格兰的王位。

# 1569年冬

## 伦敦　主教门　格雷斯汉姆宅邸

托马斯爵士告诉我，西班牙方面也有一支大军等着从西属尼德兰[①]乘船前往英格兰，用以增援北方军队，并且救出苏格兰的玛丽女王。他说，女王或许能和西班牙达成和解，他们可能会通过让玛丽女王重返苏格兰王位，并宣布她为伊丽莎白的继承人来换取和平，但北部地区的领主们可就没有那么好对付了。

“你说诺福克公爵、西班牙还有北部地区的领主们会不会反目成仇？”我问。

他脸上浮现出放债人和金主评估放贷对象风险时的神态，只对我说了这一句话：“背叛永远都可能发生，这也是我们最后的退路。”

伊丽莎白很幸运。她的运气一直不错，如今幸运女神又向她露出了微笑。诺福克公爵托马斯·霍华德是最先崩溃的那个，他向伊丽莎白投降了。他并没有起兵，而是选择举了白旗，得到的回报就是被投入伦敦塔中。西班牙人也没有启航，因为他们对北方军队是否会与他们并肩作战心存疑虑；

①神圣罗马帝国统治时期低地国家的统称，包括了现今比利时和卢森堡的大部分地区，以及法国北部、荷兰南部以及德国西部地区，1556年至1714年间由西班牙国王统治，首都为布鲁塞尔。

而北方军队没了西班牙的支持，也不敢对伊丽莎白发起挑战，只得乖乖退回他们那冰冷的丘陵之间；至于伊丽莎白，她仅仅是藏在温莎堡坚实的高墙背后，什么都没做便赢下了战争，随后得意扬扬地回到伦敦，夸耀这天赐的胜利。

## 1570年春

**伦敦　主教门　格雷斯汉姆宅邸**

所有人都说，我那可怜的贝丝阿姨失去了自己的第四任丈夫。不过这次她的丈夫不是死了，给她留下了一笔可观的遗产，而是她的丈夫不再爱她了。世人都说他爱上了我的表亲玛丽女王，这就是他失职、没有看好她，或者说没有及时警告伊丽莎白关于起义之事的缘由。

爱慕玛丽这件事已经给了伊丽莎白一个足够恨他的理由，也让她恨起了可怜的贝丝阿姨，伊丽莎白指责他无法抗拒漂亮的女王带来的诱惑。贝丝不再受到女王的恩宠，她此生为此而竭力维护的一切都坍塌了。对她来说最糟的莫过于她和自己闷闷不乐的丈夫不能再住在自己可爱的屋子里了(我还记得她在给我的信中提到她有很多幢宅子)，因为他们必须负责密切监视苏格兰女王，所以她就被关在了阴冷潮湿的图特伯里城堡中。玛丽悲惨地被关进牢里，贝丝阿姨也和她关在一起，就同被关在主教门的漂亮房子中的我一样，而我那心不甘情不愿的主人也和我一起被关押着。

# 1570年春

**伦敦　主教门　格雷斯汉姆宅邸**

但其他事情就毫无征兆了。我的房主托马斯爵士告诉我，动荡的时事有损货币的价值，如今他不知道一先令又该值多少苏[①]了。我问他现在又发生了什么事，他说玛丽女王那背信弃义的弟弟，亦即苏格兰的摄政王默里领主正在召苏格兰女王回去。去年夏天，伊丽莎白准备将她送回苏格兰时，他们还拒绝接纳她，如今又想让她回国了，不过伊丽莎白已经开始害怕起她来，所以她并没有答应这要求，而是把玛格丽特·道格拉斯的丈夫伦诺克斯伯爵交给了苏格兰的摄政王。

就连我也看出这个决定势必不会受到世人欢迎；他真的会给这个分裂的国家带来和平吗？还是说他准备在自己憎恨的儿媳回到苏格兰时前去欢迎她？他除了去追究那些被他指控谋杀了自己儿子的苏格兰领主，再一次挑起两国之间的战争之外，还能做些什么？

①苏为法国旧货币名，1路易合24里弗，1里弗合20苏。

# 1570年夏

**伦敦　主教门　格雷斯汉姆宅邸**

我手里捧着我丈夫托马斯寄来的信，它对我来说是最珍稀的东西。它是被夹在我那床洗干净的亚麻床单中给我的，所以应该是某个人贿赂了洗衣妇，让她把这封信带给我。信纸材质很高级，他肯定去见了桑德盖特城堡里的文员们，从他们手里买了一张纸，再小心翼翼，一笔一画地写信。虽不是学者的风范，但却能让别人一眼就读懂，这对超过了喊声传递的距离而需要靠便条递送简短命令的门卫来说非常有用。

我的爱，虽然我和你的距离远非单纯的呼喊所能及，但我依然能听见你的声音。上帝知道，我一直等着倾听你的声音。

亲爱的妻子：

我已经与帕克大主教谈过了我和你的事（据我所知，他是个好人），并问他，如果两人已经结为夫妻，那么是不是没人可以将他们拆散。他准备以此向女王求情，并且希望我能获准与自己的妻子住在一起。我愿意陪你去往任何地方，愿意陪你关在任何地方，想到你为我做的一切，我只能希望我的陪伴能让你的监禁生涯好受一些。我在行动和思想上永远都会是你最忠诚的丈夫，TK。

女王的亲戚托马斯·霍华德获释了，女王没有审讯他就把他从伦敦塔里给放了，继续开始他在宫中的日常生活，这对我来说着实是个好消息。他这样与敌国女王订婚的人都能被释放，如果他能回到苏格兰，那伊丽莎白也没有理由继续关着我。

“我向女王询问过释放您的事，”托马斯爵士出于礼节来我房间拜访我时，对我生硬地说道，“我能向您保证，等明年您就能获得自由了。”

于是我在给托马斯的信中写道：

亲爱的丈夫，我曾经得到过那么多关于自由的承诺，这些都让我学会不再信任一切，但如果我能过来见你，那我肯定会义无反顾地向你奔去。我每天都为你祈祷，带着无尽的爱意思念你。我很高兴你终于获得了自由，此刻我只希望能和你在一起，成为你孩子们的母亲。永远爱你的妻子，MK。

我在署名时用了“MK”来指代玛丽·凯耶斯，我没有否认自己对他的爱，也没有否认我和他的婚姻。我以吻封笺，在封口处滴上融化的火漆，用带着我家徽的印章盖上戳记。他会拆开蜡封，领取我给他的吻。

# 1571年春

**伦敦　主教门　格雷斯汉姆宅邸**

伊丽莎白前来视察了商人大厅以及托马斯爵士所建造的商店，随后也会在他家里用餐。他激动得难以自持，那坏脾气的妻子也终于在她的人生中多少获得了一些喜悦。令人惊讶的是，他们会在正对着我楼下的那间房里为我的姨妈举办宴会，可我却无法出席。虽然我在她的命令下留在这里，但却不能让别人见到我。

“我不能见她吗？”我直白地问。有那么一会儿我想着自己干脆直接跟随那些夫人去她的房间算了，她也会利用这次会面的机会将我带回宫里，让我在继续履行王室中的职责，既不会对我遭受监禁一事感到抱歉，也不会对此多加评论。伊丽莎白的行事方式实在奇怪，又多少有些冷酷，所以我觉得她会一言不发地把我带回宫里。

“不，”格雷斯汉姆夫人冒犯地说，“我让我丈夫向伯格利领主解释过，如果你不在我们的房子里会更好，这样可以避免尴尬的事情发生，他说你留在自己的房间里就行，那不会让别人感到尴尬。”

“伯格利领主又是谁？”我问。

“那是威廉·塞西尔爵士的新头衔。”

我点了点头，我的老朋友对苏格兰女王一直心存敌意，如今终于获得了奖赏。

“你得待在自己的房间里。”她向我确认这一点。

“如你所愿。”

“而且不要发出任何声音。”

她的粗鲁让我不由得圆睁双眼。“我根本没打算在房间里跳舞或者唱歌。”

“你不能去试着吸引她的注意力。”她规定。

“我尊敬的格雷斯汉姆夫人，”虽然我兜帽的顶部才刚刚够到她的腋窝那儿，可我仍用居高临下的口吻对她说，“这辈子我都在努力避免引起我那身为女王的姨妈的注意，所以在她来你们家参加宴会的时候，我才不会对她大喊大叫，只是希望你能让一切都合她的意。如果我没记错，你已经很久没有进宫了吧？难道你就这么甘愿成为一名普通市民的妻子而不是一名贵族吗?”

她压低声音，愤怒地咒骂了一句，然后冲出房间，留我一个人在那里大笑。折磨格雷斯汉姆夫人实在是我快乐的源泉，如果让王室成员前来拜访我，那我回旋的余地就更大了。

事实上，一切都进行得极其顺利。伊丽莎白在格雷斯汉姆的宴会厅中用了晚餐，观看了一出赞美她和夸耀她有多伟大的戏剧，随后又在托马斯爵士造的那幢商人大厅中走了一圈。商人们并没有像在布鲁日的交易大厅里那样聚集在这里。金匠、珠宝匠以及商人也没有把他们的小店搬进来，他们更喜欢自己家里传下来的货摊，在位于繁忙街区的房子中选择沿街的房间进行售卖。托马斯爵士乞求自己所有的租户，让他们把全部存货带过来让女王见识见识，再把每间店铺准备的礼物都赠送给她。伊丽莎白就像一只肥胖的橘猫那样贪婪地接受了这些礼物和恭维，随后叫来一名传令官，宣布这里从此之后就被称作王家交易所，托马斯终于可以在这里赚钱了，他的蚂蚱纹章终于可以跳遍整个伦敦。

今天晚上格雷斯汉姆夫人来找我，她说：“你自由了。”然后用她那张令人讨厌的脸示意我房间的门，她的脸红通通的，半是因为喜悦，半是因为酒力。“托马斯爵士问了女王，她说你可以离开我们了。”

“我很高兴自己能够离开。”我听到这个好消息，努力不让自己在这个讨厌的报信人面前流露出喜悦的神色，她算是最配不上传令天使这一身份的人。“这么说，我能和我的丈夫团聚了吗？”

“我不知道，”她没法用否认来嘲讽我，“不过你肯定可以离开了。”

# 1571年秋

**伦敦　主教门　格雷斯汉姆宅邸**

我等着他们下令让我把书搬走，把诺兹先生放在旅行用的笼子里，不过谁都没有来过。随后我才知道威廉·塞西尔爵士一直在忙着做其他事。他发现了一个准备绑架伊丽莎白女王的阴谋：托马斯·霍华德遭受指控，说他正与西班牙一同密谋举兵，准备把玛丽扶上属于她的王位。宫中的众人开始恐慌起来，根本没人准备释放另一位继承人，另一位玛丽，虽然只有我叫这个名字，但所有人都知道我什么事都没做。托马斯·霍华德回到了伦敦塔，贝丝阿姨家里的守卫又增加了，伊丽莎白立刻又将自己的三名表亲关在了里面。

我写信给托马斯。*我以为自己能来到你身边，不过这件事要拖延一会儿，但祈祷最好也只是拖延一会儿而已。在我的心里和祷词中，你每天都和我在一起。你最爱的和永远的妻子，MK。*

我没有收到他的回信，但这对我来说问题不算很大，或许他还没有收到信抑或是找不到给我寄来秘密便条的机会。我坐在窗边，俯瞰着伦敦的街道，有名医生正巧从我窗户下方的前门进来。我没有向他们说过自己生病了，所以不由得暗自思忖，究竟是谁唤他过来的，会不会是格雷斯汉姆夫人被我气病了？

谁料到我的房门被托马斯爵士打开了，史密斯医生进了我房间，所以他是来拜访我的。我只得站在他们面前，浑身都感到不自在。如果他们打算给我自由，那又为什么要派个医生过来呢？而且他们俩的表情为什么看上去都如此严肃？

我没有等他自报姓名或者等他鞠躬，而是抢先一步问道："请告诉我，立刻，马上告诉我，你们过来是想和我说些什么？"

他们两人交换了一个眼色，我立刻就知道，自己一定失去了一生的挚爱。

"是托马斯吗？"

"没错，我的夫人，"医生平静地说，"我很抱歉地告诉您，他去世了。"

"我的丈夫去世了？"我难以置信地说，"我的托马斯，我的托马斯·凯耶斯？你是说那位女王的守门中尉，那个宫中身形最高大的人？那个娶我为妻的人？"

我一直在想，肯定是哪里弄错了。我的托马斯在弗利特监狱的冬天活了下来，自己回到了肯特，还写信告诉我他会来找我，结果却在我们团聚前违背了誓言，撒手人寰。这不可能是属于我们的爱情故事，它太过离奇了，我们的故事怎么可能以这样悲伤的结局收尾呢？我一直在想，肯定是另一位叫托马斯的人去世了，不是我的托马斯。他的个头就像一棵树，肩膀挺得笔直，和善的双目扫着每位进出自己看守着的大门的人。

"夫人，我们没有弄错，"医生又重复了一遍，"我很抱歉，他去世了。"

# 1572年春

**米德尔塞克斯郡　奥斯特利庄园**

他们把那些令我彻底崩溃的话告诉我之后，我立刻晕了过去，许久之后我才慢慢醒转，他们以为我永远都不会再睁开双眼了。我没有说话，他们觉得那个消息仿佛让我气绝身亡。当我从床上醒来时，我问他们，这一切是不是真的，在他们和我说“没错，托马斯·凯耶斯已经去世了”的时候，我又一次闭上双眼，转身回到自己的房间。我面对墙壁，等待死亡降落在我身上。现在的我已经失去了我曾爱过的所有人，也失去了属于我的所有人。我的生命变得毫无意义，只是在无谓地消磨着时光罢了，这只会让女王更加生气，她已经成了一个怪物，像她父亲一样目盲的鼹鼠，一只活在英格兰腹中的怪物，吞噬着她最幸福的孩子们。

伊丽莎白的怨恨伤透了英格兰最伟大的人的心，当一个女人只考虑到自己的时候，最伟大的人即便有着最伟大的灵魂也无法证明她的威严，而只能显露出邪恶的力量。我生来就相信谋杀是最沉重的罪，如今我却改变了自己的看法，最沉重的罪应当是虚荣。伊丽莎白被自己的虚荣控制着，倘若有人觉得别的女人比她更好，那人就必须死；倘若有人爱着其他女人更甚于她，那他也必将面临流放。就算像托马斯这样的人，忠心耿耿地侍奉她这么多年，只是爱上了一位个子还没到自己宽皮带高的女人，也难逃她的毒手。一旦托马斯将自己的视线从她身上移开落向别人，她便会无法忍受与别人快乐地生活在一起的他。

他们把我搬去了奥斯特利庄园，那是托马斯·格雷斯汉姆爵士的乡间宅邸，可他们带我过去的时候就像带着一具尸体。他们觉得我会一个人在乡间死去，这样所有的麻烦都会结束。只要我稍加思考，必定会认为自己肯定要死去。我没有生的欲望，也不会选择自杀来亵渎上帝的神威，一切全看上帝的决定。不过我既不吃，也不说话，只是闭上双眼躺在那儿，脑袋下的枕头早已被泪水浸湿。我为自己的丈夫托马斯流泪，不论我是醒着或是睡着，泪水都不断从我阖上的眼睑下流淌出来。

日头变得越来越短，我的卧室在下午三点就变得如夜晚般昏黑，许久许久之后，金色的阳光才会照在房间的白墙上。清晨来临了，鸟儿在窗外鸣啭，天色变得越来越亮，我想念自己的丈夫，我挚爱的丈夫永远不会让我轻言放弃。当我还是个骑在高头大马上的小姑娘时他就爱上了我，他爱的是我的勇气，我那永不言败的精神。或许凭借自己对他的爱，我能再次找回那份勇气和精神。

我想，自己或许不能做别的，但却能让伊丽莎白知道，她的表亲们并没有死绝，她也没有获得胜利。我想到了一直等待着回到苏格兰的玛丽女王，她决意回到自己的国家和儿子身边。我想到了诺福克公爵托马斯，他在伦敦塔里也始终在为自己辩护。我又想到了自己的姨妈玛格丽特·道格拉斯，她的丈夫在苏格兰死于一场争斗，如今她虽然成了孤家寡人，依然没有放弃对正义的追求，没有放弃为自己生于苏格兰的孙子争取王位。如果我就这么放过了伊丽莎白对我们三位幸存的继承者所做的一切，如果我选择向伊丽莎白屈服，安静地退出这场争斗，那我肯定会遭受诅咒的。我是简·格雷的妹妹，他们称她为第一位新教殉教者，我不会在一片沉默声中就此退出。“认识你的来世！”这句话并非教导我们像巴哥犬乔一样趴着，把爪子放在自己的鼻子上，向这一切认命，而是敦促你思考，怎样才能让你的死变得有意义，让你的生命变得有意义。

经过长久哀悼和沉默，我决定起来，因为我爱自己的丈夫，我会用余生来证明这一点，更是因为我唾弃伊丽莎白的所作所为，也会用自己的余生来不断给她制造麻烦。当春天来临时，我也振作了起来，这和起床一样简单，就是这样简单地起身梳头，我金色的发丝中掺了银白，这倒是很适合我丧夫的身份，我也从托马斯爵士在伦敦的店里定了一些黑色的料子，并与格雷斯汉姆夫人就一身长裙需要多少布料来做一身吊唁用的黑裙争论起来。我希望这身裙子有着繁复的褶边，制作得精美绝伦。随后我听说她那愚蠢至极的丈夫（他就是个蠢货，脑子里只有生意经）跑去问威廉·塞西尔，我是否需要一身作为寡妇穿的衣服，好像这件事和他还有他们所有人有关系似的！这件事还需要去麻烦女王，问她一名寡妇是否应该为自己爱的人穿上黑色的衣服，似乎女王应该放下自己的身段，去担心她个子最小的臣子所穿的黑色衬裙似的。就算我仅在心中带上对丈夫最深切的爱，也会有人否认我穿黑色长裙的权利。

最终我还是赢得了那身黑裙，也赢得了我的自由。我得以在花园中散步，甚至在宅子周围的草地上骑马。诺兹先生喜欢托马斯·格雷斯汉姆的果园，当最早的那些水果成熟时，我往往能看见他在大吃覆盆子或者那些早熟的浆果。他也会随意挑选着那些新长出来的作物，我不由得怀疑惹恼主人能给他带来特别的快乐。托马斯爵士不止一次从伦敦写信过来，要求给他送些自己温室中种的桃子去，他需要在重要的晚宴上招待身份显赫的外宾，可我们随后发现诺兹先生已经抢先了一步。他知道如何打开通向温室的门，于是第一个进去，吃掉最好的水果。有时他甚至在每只桃子上都只咬一小口。我在想，托马斯爵士或许会很满意诺兹先生以此抬高桃子价值的行为，不过他倒没有那么做。

我给威廉·塞西尔写了封信，对他说，既然现在众人都觉得我的婚姻是合法的，那我就应该住到我丈夫曾经生活过的地方去，也就是肯特郡的桑德盖特那儿，并将他与首任妻子生的孩子们视若己出，抚养他们长大。如今我和他们算得上是孤儿寡母，如果我能够照料他们，那也是服务教区，并且对我来说也是一种欢乐。

他隔了很久才回复我，不过我知道还有许多其他事在困扰着他。诺福克公爵托马斯·霍华德接受了审判，他面临一系列针对他的指控，可只有一个是真实的，这真是令人恼火。比起伊丽莎白女王来，他更喜欢玛丽女王，他决定娶这位更加年轻漂亮的女人为妻，而他若如此行事，女王就会看着他死。他曾经知道有一出阴谋，自己或许只要出点钱就能放出苏格兰女王，但是别的事倒没怎么做。他没有参与这个计划，转而选择向女王投降，并祈求她能宽恕自己。她没有接受他只是向苏格兰女王承诺结婚，却并未付诸行动这个借口，他还没有向玛丽自己伸出援手。要我说，他在这世上面对像伊丽莎白这样的女人时，最不应该说的就是这话，因为伊丽莎白根本不能忍受别人将本属于自己的关注转嫁到任何其他女人身上。所以托马斯·霍华德如期受审，并且被判有罪。但女王可以选择是否宽恕他。在此期间，他只能在伦敦塔里苦等，就像我的姐姐简和凯瑟琳在那儿等着那样，就像我在奥斯特利庄园等着那样，一切全听凭女王的喜好。

如今时刻已到，托马斯·霍华德因为试图与她结婚被定为叛国罪，贝丝的丈夫因为与玛丽女王坠入爱河而遭受众人唾弃，玛丽女王的名声突然间被摧毁得彻彻底底。枢密院同意公开她那些被人伪造和杜撰出来，装在镀银小盒中的著名信件。威廉·塞西尔因为这些信件的事一直忙碌着，曾经它们都是机密，甚至连王室顾问也无权阅读，如今却大事印刷，成了廉价读物。在伦敦，甚至连那些粗野的男孩和在厨房做工的女孩都能买得起一本，他们会了解到，玛丽女王不是合法的女王，因为她与博斯维尔有奸情，还设计炸死了自己的丈夫。

议会震惊不已，并且被威廉·塞西尔随后的一系列指控给吓到了，因此连忙对玛丽提出指控，并且准备处死她。不过贝丝阿姨名下那个不受欢迎，且能引起破坏性后果的苏格兰女王必须听候伊丽莎白女王发落。我猜伊丽莎白会下令把她所有表亲们都无限期地拘押起来，直到玛丽容颜衰老，托马斯忠诚的军队遗忘掉他，直到这些人因为悲痛而死。不过她没法再诋毁我的声誉了：我的体形还有声名都已经够不起眼了。她也没法再伤我的心，因为我的心已经与托马斯一起埋葬了。

我最终收到了塞西尔的回复，他在信中拒绝了我的请求。女王还不想让我回归正常生活。我不能照看自己的继子和继女，不能遵照托马斯的吩咐养大他的孩子们。不过她也不必觉得我会安静地死去来让她满意。不管在这件事还是其他事上，我都不会如她所愿。

# 1573年春

### 伦敦　阿尔德盖特　圣博托夫教区外

我终于获得了胜利，我终于在伊丽莎白的怨恨和她的妒忌心中活了下来，一切都结束得那么简单漂亮。

我曾见她抛下我挚爱的姐姐，让她在瘟疫中等死，之后又让她绝望地死去。我曾见她让我那还是婴儿的侄子处在患病的危险中，并对他视而不见。我曾见她处死了自己的表亲托马斯·霍华德，并监禁了身为女王的表侄女——谁会想到有人能把苏格兰女王和法国王室的亲属关进牢里？可我就见识了伊丽莎白如此行径。我也最终见识到她对我的恶意有如强弩之末，我虽然没有为此努力，可也不曾真正放弃，最终投降的是伊丽莎白。她终于放了我。

起先，她让我和我住在博默纳的继父阿德里安·斯托克斯在一起，所以我回到了家族所在的房子里，不过随后她似乎也疲于对我的常年迫害，选择了给我自由，答应恢复我的生活费。对她而言，逮捕我已经不再有意义，所以还不如放了我。虽说我曾经对她也没有威胁，但至少她现在终于认清了这点。这不过是王室成员的胡思乱想罢了。

但我并不在意这些，因为我既没有呼吁正义降临，也没有抱怨她本来可以在七年前就把我放走，更永远不必把我挚爱的丈夫关起来。伊丽莎白本来也可以放走凯瑟琳，她也不必死去。我知道我们让伊丽莎白产生了恐惧和那些蠢念头，不过我也没有过多抱怨。她给了我一笔津贴，还给了我自由。现在我可以自己一个人独立生活了，于是我与自己的继父、他的新妻子以及可爱的孩子们吻别，给自己买了一套房子，摇身一变，成了伦敦的居民，和格雷斯汉姆夫人一样骄傲自由，但远比她快乐。

伦敦在春天甚是漂亮，那是一年中最美的时节。紧贴城墙的村庄覆盖着皑皑白雪，黄色的水仙在风中摇曳。诺兹先生现在年事已高，他知道我们终于有了属于自己的家，便整天坐在一张高背椅子的红色天鹅绒坐垫上，我把那张椅子摆在大厅里，这样他就能看着所有进出我房间的来客，就像是一名小小的守门中尉。我给他订做了一根厚厚的雕花皮带，还有一件都铎家族的绿色外套，以此来纪念女王的守门中尉，我永远都不会忘记他。

我一如向自己丈夫许诺过的那样，负责照料他的孩子们。他的女儿简・梅里克经常来拜访我，请求我成为她女儿的教母，还用玛丽来为自己的女儿命名。除她之外还有其他访客，比如昔日宫廷中的朋友，婚礼上的女傧相，首席内廷女官布兰琪・帕里也时不时地过来与我畅谈旧日往事。如果我想要回去侍奉伊丽莎白，我知道布兰琪会为我说话，想到自己会考虑到这件事，我也不由得沾沾自喜起来。最适合我的地方还是宫里，但我太讨厌伊丽莎白，所以比起回去宫中，或许我更愿意自我流放，可究竟如何呢？我还不确定，但总要做出选择，毕竟现在的我有了选择的自由。

拜访我的人还不止这些，比如我的继祖母和她的孩子只要来伦敦就会来见我，我经常和他们吃饭，留他们在这儿过夜。我的姐夫奈德会给我写信，并在信中提到我的侄儿，我会在夏天去汉沃斯见见他们。小的那个孩子叫做托马斯，他和我的简姐姐一样爱钻研学问，也像自己的父亲那样有着诗人气质。传教士们也会过来教我并且给我讲述新的神学知识，他们说，伊丽莎白那半新教半天主教的教堂在经过改革和纯化后会走得更远，并且还向我推荐了一些书，我把这些书也寄给了托马斯一份。我买了新出版的书，并听了几场布道，让我自己在这些翻来覆去的辩论中一直紧随时代的脚步。

对我们家族来说，贝丝阿姨就是那个有福同享，有难却未必能同当的朋友，当她访问伦敦的时候也会来见见我。她与自己的丈夫离婚了，也分割了家产（对贝丝阿姨来说，这要比丈夫去世的情况糟不少）。她甚少提起这些事，但所有人都知道她口中贵为伯爵大人的丈夫在接待、娱乐并且保证自己那位贵客的安全等事上花了大把的银子，因为伊丽莎白既没有下令让那个人满载荣誉地回到苏格兰，也没有让她充满耻辱地回到法国，所以这事最后反倒把他的积蓄给掏空了。与他离婚后，贝丝阿姨终于得以让自己不再面对这场全英格兰最了不起的婚变，也不用再看着自己的丈夫移情别恋了，虽然她的希望、野心和爱都化成一场空，但离婚后伊丽莎白也没法再借此嘲笑她了；或许现在最让她伤心的就是自己没法再拿回失去的财产了吧。

她满怀感情地谈论她的孩子们，还有她那宏伟的家庭建设计划。现在她已经还清了伯爵的债务，也为自己在旧宅子，也就是哈德威克庄园边上造一幢新宅子存够了钱，现在就差找到另一位王室成员来结婚了。她的伯爵或许辜负了她，但她的野心却永远不会磨灭。只有上帝知道谁会被她选中，给她那可怜的女儿做丈夫。

“你觉得查尔斯·斯图亚特适不适合当我女儿伊丽莎白的丈夫？”她问我，“因为他的家族和女王联姻，所以也成了王室成员，他自己也是现今苏格兰国王的叔叔[①]。”

我看着她，她的想法让我着实一惊。“你觉得这样的联姻会得到伊丽莎

①查尔斯是苏格兰国王詹姆斯五世同母异父的妹妹玛格丽特·道格拉斯的小儿子。故事此时的苏格兰国王为1567年继位的詹姆斯六世，是玛丽女王和查尔斯的哥哥亨利所生之子。

白的准许吗?”

她轻吁一口气，那样子就像在吹灭一根蜡烛，不知出于什么原因，她这么做却把我吓住了。“噢，那或许这样不行吧，”她说，“你能不能告诉我，你给这里的大厨付了多少钱？伦敦的佣人应该没有贵得那么吓人吧?”

我让她自己转移了话题，也让自己忘记她说过了那些话。我的贝丝阿姨在自己的家徽上加上了跃起的狮子之后，倒是很能体现她的特色。没人知道她和自己的家族最终会如何。

在她离开之前，我带她看了看我这幢小房子，从阁楼上仆人的卧室开始，一直到楼下我的卧室和会客室。她对我的藏书赞不绝口，对我的四柱大床也是摸了又摸。“一切都很不错。”她用一种白手起家的女人与另一位失而复得的女人谈话的语气说道。

我又带着她看了大厅，还有碗橱中的银具。我的桌子可以让足足二十人同时用银器进餐，下面的大厅更是能坐下一百人。有时我会举办盛大的晚宴，邀请自己想请的任何人过来。在我们参观我现在所拥有的财富时，诺兹先生就在一边静静地看着我们。我带她穿过厨房，给她看火中的肉叉，炭火正在烤制碟中的酱汁，烤面包的炉子，还有里面的储物间，屠宰间，甜品间，乳制品间，酒窖和食品储藏室。

“这幢房子很不错。”她说，似乎觉得像我这样身形矮小的人只需要那种给娃娃住的房子般大小就够了。

“没错，”我说，“我等了很久才有这一天。”

在房子后面还有个马厩，我没有领她看，不过当我想骑骑马的时候就会上马骑上一圈，想骑多远就骑多远。再也没人会告诉我我只能走着穿过大门，或者只能透过小小的方形玻璃窗看着天空。我想起了自己的姐姐凯瑟琳，想起她的甜美和她临终前的病痛，她对自己丈夫恒久的爱，以及为他和自己儿子所捍卫权利的勇气。我也不由得想到了自己的丈夫托马斯·凯耶斯，想到他们把他关在狭小的笼子里，就和布拉德盖特熊苑里的熊一样，那头庞大而又美丽的野兽被残忍的狱卒死死地束缚住了。我想起一生中本来可以轻易选择沉默寡言的简，却决意为上帝发声。我想她一定选择了属于自己的命运，就像我一样。

我很高兴自己没有像简一样选择殉教，也没有像凯瑟琳一样心碎。爱上托马斯是一件令我幸福的事，我也知道自己会一直爱着他。我虽然对伊丽莎白多有违逆且从未感到后悔，但我还是很高兴她没有毁了我。我生来矮小，人生短暂，现在的一切对我而言已经很辉煌了。

我抚平自己黑色的长裙，因为我是一名受人尊敬的富家寡妇，所以总是选择穿着一身黑裙。我依然记得人们对我说，苏格兰的玛丽女王在自己的婚礼上也穿着一袭黑裙，上面有着银线和金线的刺绣，我听了以后心想，这才是一名时髦的寡妇该有的样子！这才是一名女王该有的气度！我在黑色的锦缎下穿的是一件猩红色的衬裙，当我穿着这身衣服在我的宅邸外面散步或者走到街上去时，它就会显露出灿烂耀眼的颜色。红色是反抗的颜色，是生命的颜色，也是爱的颜色，所以它也是属于我的颜色。我会一直这么穿着，直到我有一天去世为止。不论我什么时候离开这个世界，只要那个可怜的、从未体会过爱的伊丽莎白还坐在王位上，那她至少会为我举办一场盛大的葬礼，一场配得上我末代都铎公主身份的葬礼。

·全书完·